21世纪高等继续教育精品教材·经济管理类通用系列

西方经济学

（第三版）

主编　缪代文

中国人民大学出版社
·北京·

21 世纪高等继续教育精品教材

编审委员会

总　序

21 世纪，科学技术发展日新月异，发明创造层出不穷，知识更新日趋频繁，全民学习、终身学习已经成为适应经济与社会发展的基本途径。近年来，我国高等教育取得了跨越式的发展，毛入学率由 1998 年的 8%迅速增长到 2004 年的 19%，已经进入到大众化的发展阶段，这其中高等继续教育发挥了重要的作用。同时，高等继续教育作为“传统学校教育向终身教育发展的一种新型教育制度”，对实现“形成全民学习、终身学习的学习型社会”、“构建终身教育体系”的宏伟目标，发挥着其他教育形式不可替代的作用。

目前，我国高等继续教育的发展规模已占全国高等教育的一半左右，随着我国产业结构的调整、传统产业部门的改造以及新兴产业部门的建立，各种岗位上数以千万计的劳动者，需要通过边工作边学习来调整自己的知识结构、提高自己的知识水平，以适应现代经济与社会发展的要求。可见，我国高等继续教育的发展，既肩负着重大的历史使命又面临着难得的发展机遇。

我国的高等继续教育要抓住机遇发展，完成自己的历史使命，从根本上说就是要全面提高教育教学质量，这涉及多方面的工作，但抓好教材建设是提高教学质量的基础和中心环节。众所周知，高等继续教育的培养对象主要是已经走上各种生产或工作岗位的从业人员，这就决定了高等继续教育的目标是培养能适应新世纪社会发展要求的动手能力强、具有创新能力的应用型人才。因此，高等继续教育教材的编写“要本着学用结合的原则，重视从业人员的知识更新，提高广大从业人员的思想文化素质和职业技能”，体现出高等继续教育的针对性、实用性和职业性特色。

为适应我国高等继续教育发展的新形势、培养应用型人才、满足广大学员的学习需要，中国人民大学出版社邀请了国内知名专家学者对我国高等继续教育的教学改革与教材建设进行专题研讨，成立了教材编审委员会，联合中国人民大学、中国政法大学、东北财经大学、武汉大学、山西财经大学、东北师范大学、华中科技大学、黑龙江大学等 30 多所高校，共同编撰了“21 世纪高等继续教育精品教材”，计划在两三年内陆续推出百种高等继续教育精品系列教材。教材编审委员会对该系列教材的作者进行了严格的遴选，编写教材的专家、教授都有着丰富的继续教育教学经验和较高的专业学术水平。教材的编写严格依据教育部颁布的“全国成人高等教育公共课和经济学、法学、工学主要课程的教学基本要求”；教材内容的选择克服了追求“大而全”的现象，做到了少而精、有针对性，突出了能力的训练和培养；教材体例的安排突出了学习使用的弹性和灵活性，体现“以学为主”的教育理念；教材充分利用现代化的教育手段，形成文字教材和多媒体教材相结合的立体化教材，加强了教师对学生学习过程的指导和帮助，形象生动、灵活方便，易于保存，可反复学习，更能适应学员在职、业余自学，或配合教师讲授时使用，会起到很好的教学效果。

这套“21 世纪高等继续教育精品教材”在策划、编写和出版过程中，得到教育部高教司、中国成人教育协会、北京高校成人高教研究会的大力支持和帮助，谨表深切谢意。我们相信，随着我国高等继续教育的发展和教学改革的不断深入，特别是随着教育部“高等学校教学质量和教学改革工程”的实施，这套高等继续教育精品教材必将为促进我国高校教学质量的提高做出贡献。

杨干忠

第三版前言

《西方经济学》第三版有以下几点需要特别说明：

（1）在结构上，仍然保持西方经济学整体上的连贯性和逻辑性。突出"供求均衡模型"，供求原理的介绍深入浅出并且贯穿整个课程内容。在价格决定、价格管制、收入决定、收入和就业决定中反复运用"供求均衡模型"。通过理论知识理解和理论运用学习，学生可以理解和掌握供求均衡原理及其基本方法，在现实经济生活中就能理论联系实际，运用经济方法和经济模型进行实际的经济问题分析；就能理解诸如稀缺、价格、GDP、CPI、PPI、消费需求、投资需求、准备金率、外汇储备、人民币升值贬值、市盈率、汇率等这些专家们常用的基本经济变量。本教材的目标是成为一本能帮助学生理解经济学基础知识和基本原理，融知识、方法、技能于一体，全面、准确、简洁而又符合国人逻辑思维习惯的精品教材。

（2）在表述形式上，侧重文字表述，精选函数公式、几何图形和案例，仍然把避免抽象数学推导、克服阅读疲劳、排除对经济学的恐惧感作为本书写作的任务之一，思考题和练习题有针对性地指向重要原理和关键概念，使初学者保持对学习经济学的热情和信心。开章导入案例使学生得到一个理论和实践的场景，教师能从经济实践入手讲解原理，增强学生的学习兴趣，使教学活动与学习活动融合。每章要点、知识点、能力点、注意点是为了帮助学生掌握和复习概念原理，讨论及思考题是为了更广泛地运用知识。

（3）增加知识的分析和讲解。在更新案例、充实材料、补充数据的基础上，增加"重点分析"、"例题讲解"、"难点分析"、"知识点问题"等。减少理论描述，增加宏观经济分析方法介绍。

（4）在目标上向三个方向努力：首先，基本原理与基本技能的融合。理论内容和知识点符合教学大纲所要求的基本原理和基本知识，概念表述严谨，原理叙述准确，知识解释妥当，为培养大批高质量的应用型和技能型人才服务。其次，将理论性和实践性结合，侧重能力培养。体现先进性、运用性，贴近现实生活，便于学生理解与掌握学科重要知识点。理论体系上不求完整，够用为度，知识注重运用，突出针对性，融知识、方法、技能于一体。最后，将系统讲解与思考练习结合。挤干每章"理论"、"案例"、"思想"中的水分，选择那些最合适的方式（公式、表格、图形、曲线、插图、函数、框图、案例等）来解释理论原理，这样既便于准确把握原理，又适合初学者。

由于编写者水平有限，本书的缺点和错误在所难免，敬请老师和同学继续提出批评、建议和修改意见，使本书不断充实、完善。

缪代文

中国人民大学

E-mail：miao1999@ruc.edu.cn

2011年8月

第二版前言

经济学大师保罗·萨缪尔森和曼昆都曾经说过，经济学课程的学习改变了他们的一生。笔者虽然有数十年的经济学教学生涯，但每次上课都诚惶诚恐，深感压力和责任重大。同样，写一本真正好的适合学生学习的教材，把经济学知识、基本思想和思维方式正确、简洁、快速地传递给读者，是一项颇具挑战性的工作。

《西方经济学》作为21世纪高等继续教育精品教材，在中国人民大学出版社推出两年多的时间里，受到了读者的广泛欢迎，出版社也把该门课程纳入到整体教学资源建设体系中，以适应学习手段和学习形式的多样化需求，这也为本书的修订提供了可能性。

这次修订根据《西方经济学》教学大纲的基本要求，遵循“理论够用为度，知识注重运用”的原则，教材压缩至十一章，突出应用性和实践性，为适应和帮助读者理解和掌握经济学分析问题的基本原理和方法，通过引入案例来思考问题进而把握概念和原理。围绕应用讲理论，培养学生实际分析能力满足其自我学习和自我指导的需要。

除了更新内容和阐述方式外，第二版教材在内容上更加简洁，强化了各章的连贯性和逻辑性，即用“供求均衡模型”来统领教材，以供求原理贯穿微观和宏观经济学的内容：

第一章“经济学导论”，着重介绍经济学中反复出现的重要原理，使学生明白通过经济学的学习能使他们了解和参与经济生活、理解宏观经济政策。

第二章“需求、供给与均衡价格”，介绍基本的供求工具，是经济学的核心和基础。

第三章“消费者行为分析”，对“需求”进行深入研究，用边际概念深化了需求定理和需求曲线。

第四章“厂商理论”，是对“供给”、供给定理、供给曲线、生产者行为的深入探讨。

第五章“市场理论：竞争与垄断”，介绍在市场机制和市场供求不能完全发生作用的市场中，厂商的供给、产量及价格的决定。

第六章“外部性、公共物品与政府”，介绍市场供求原理不能发生作用，因存在外部性和公共物品导致市场失灵和市场资源配置缺乏效率的情形。

第七章“国内生产总值、总需求与总供给”，说明消费支出、投资支出、政府支出、净出口决定的总支出决定了总需求曲线，它与总收入或总供给曲线相交，决定了国民收入水平和价格水平。

第八章“凯恩斯的国民收入决定理论”，在前一章的基础上，运用总供求模型来说明在价格水平不变的情况下国民收入的决定与变化。

第九章“失业和通货膨胀理论”，从理论上说明了总供求、国民收入、就业、货币量的内在联系后，探讨利用供给政策、需求政策解决失业和通货膨胀问题的理论依据。

第十章“经济周期与经济增长”，它动态地、开放地研究总供求决定的国民收入的波动，考察国外对本国的需求、供给及本国对国外的需求、供给。

第十一章“宏观经济政策”，主要考察需求管理政策和供给管理政策。

笔者希望同学们经过西方经济学的学习和训练，在头脑中有一个灵活的供求模型，以便理解和把握错综复杂、令人眼花缭乱的经济世界。

本书适用于高等学校财经和管理类各专业的必修课、核心课程和选修课教材。

为便于读者查阅和学习，本书新增加了重要术语英汉对照检索表，各章的引入案例、思考题、关键概念都经过精心挑选，以帮助学生克服对西方经济学的恐惧心理，增加知识的实际运用能力。

笔者主持了普通高等教育“十五”国家级规划教材《西方经济学》的编写，承担着教育部普通高等教育“十一五”西方经济学规划教材的课题，曾获得中华人民共和国教育部“2002 年全国普通高等学校优秀教材一等奖”。

在本书修订过程中，参阅了大量的国内外西方经济学的优秀教材、专著和相关材料，在此向有关作者、译者致以谢意。由于编者水平有限，加上时间仓促，不妥乃至错误在所难免，敬请读者提出批评和建议，使本书不断充实、完善。

缪代文

2007 年 4 月

第一版前言

西方经济学是应用经济学科和部门经济学科的理论基础。而且经济学是我们进入经济世界的门槛。经济学关注和回答的经济问题，涵盖了我们生活的方方面面：(1) 上大学值得吗？怎样比较上大学的成本与收益？(2) 在失业和通货膨胀之间，你作何选择？预期一次新的通货膨胀即将来临，你如何保护自己？(3) 有人说“爱国容易纳税难”，你怎么看？(4) 你有钱了，买什么？股票、住房、汽车，还是储蓄？储蓄金钱还是储蓄健康？(5) 如何认识和理解你身边的经济范畴：价格、择业、失业、利润、利率、赤字、汇率、债券、股票、定价决策、购买原则、经营决策和竞争策略？以上这些问题都能在经济学理论中找到答案。

本书以“市场化资源配置和利用”为核心，根据西方经济学教学大纲的要求和“必需、够用”的原则，确定结构、内容，宗旨是为学生“供给”市场经济基础知识，帮助学生理解经济现实、微观经济原理和宏观政策，为经济类和管理类等专业后续课程打下基础，满足社会经济发展对人才的“需求”。本书有四个特点：

第一，内容全面，结构合理。本书内容覆盖教学大纲的内容，对西方经济学中的基本理论、基本原理、基本概念、发展线索及重要理论的基本应用、政策措施作了全面的介绍。

第二，简明扼要，重点突出。由浅入深、循序渐进地对那些涉及微观经济学和宏观经济学的基本原理、政策、实例，根据必需和够用原则作了介绍。

第三，工具服务于内容。公式、图表、曲线等分析工具的运用服从理论的把握需要，本书遵循少而精原则，优选那些必需的直观图形和精炼的公式。“形式服从内容，工具服务于理论内容”是本书的编写原则，本书将用通俗、生动的描述性语言介绍西方经济学内容，帮助读者克服学习和阅读障碍，理解经济学的实质内容。

第四，联系实际，重视案例。介绍理论尽量从问题入手，案例分析服从对原理的把握。

本书行文力求生动、鲜明、流畅，内容表达遵循简明扼要、深入浅出、循序渐进原则，对一些重点、难点则力图讲深讲透。为了读者学习，每章前后的要点、知识点、能力点、本章小结、关键概念和注意点帮助读者多角度掌握和理解经济学概念和内容。每章后面的讨论及思考题、练习和案例大部分选自国外经济学教材，以便提供阅读所需的背景资料，一定量的作业和练习对西方经济学的学习和掌握而言是绝对必须的，部分题目还给出了提示或答案。

在本书编写过程中，参阅了目前已出版的国内外西方经济学的优秀教材、专著和相关材料，引用了一些有关的内容和研究成果，恕不一一详尽注明，仅在参考文献中列出，在此向有关作者、译者致以谢意。除主编外，参加本书部分章节编写的还有苏静、甄艳，董建、常永才承担了部分图表制作工作，在这里向他们表示衷心的感谢。

经济学是所有学科中发展最快的，在新模型、新理论不断涌现的同时，原有的曾经被普遍接受的理论又一次次地被人们重新评判、分析和检验，经济学就是在这样不断反复创新中发展的，不管是研究人员还是教师都必须天天学习、不断进步才能跟上经济学的发展趋势，我们愿以积极的态度，更新教科书，反映经济学的新理念、新理论、新方法。

由于编著者水平有限，加上时间仓促，不妥乃至错误在所难免，敬请读者提出批评和建议，使本书不断充实、完善。

缪代文

2004 年 10 月

于中国人民大学静园

目录

第一章

经济学导论

导入案例

大炮与黄油

经济学家们经常谈论"大炮与黄油"问题。"大炮"代表军用品，是一个国家的国防所必不可少的；"黄油"代表民用品，是提高一国国民生活水平所必需的。"大炮与黄油"的问题可以引出经济学的定义：经济学研究一个社会如何配置自己的稀缺资源。

任何一个国家都希望有无限多的"大炮"与"黄油"，这就是欲望的无限性。但任何一个社会用于生产"大炮"与"黄油"的资源总是有限的，这就是社会所面临的稀缺性。因此，任何一个社会都要决定生产多少"大炮"与"黄油"，这就是社会所面临的选择问题。作出选择并不是无代价的。在资源既定的情况下，多生产一单位"大炮"，就要少生产若干单位"黄油"。为多生产一单位"大炮"所放弃的"黄油"数量就是生产"大炮"的机会成本。"大炮与黄油"问题概括了经济学的内容。

各个社会都要解决"大炮与黄油"的问题。纳粹德国时期，希特勒叫嚣"要大炮不要黄油"，实行国民经济军事化。第二次世界大战后，苏联为了实现霸权与美国对抗，把有限的资源用于"大炮"——军事装备与火箭——的生产等，这就使人民生活水平低下，长期缺乏"黄油"。第二次世界大战中，美国作为"民主国家的兵工厂"（美国总统罗斯福的名言），向反法西斯国家提供武器，也把相当多的资源用于生产"大炮"。"大炮"增加，黄油自然会减少，因此，美国战时对许多物品实行管制。无论出于什么目的而更多地生产“大炮”，都要求经济的集中决策——如希特勒的法西斯独裁，苏联的计划经济，或者美国的战时经济管制。这些政策都可以集中资源不计成本，但代价是“黄油”减少，人民生活水平下降。

在正常的经济中，政府与市场共同决定“大炮”与“黄油”的生产，以使社会福利达到最大。

本章要点

1. 西方经济学从产生至今，大致经历了重商主义、古典经济学、新古典经济学、当代西方经济学四个主要阶段。

2. 经济学是关于稀缺资源配置与利用的科学，经济学的两个基本假设是稀缺性假设和选择性假设，因为资源稀缺以及选择的必要产生了经济学。机会成本、生产可能性曲线、市场经济体制等都与选择有关，所以，经济学又被称为选择的学问。

3. 在解决资源配置与利用问题时，人类社会采取了传统、市场、计划三种形式，形成了三种经济体制，现代社会主要采取市场经济体制。

4. 本书讲的经济学是指理论经济学，主要包括微观经济学和宏观经济学。

知识点：了解经济学的基本内容（经济学研究的两个层面——微观经济学和宏观经济学）；理解两个基本的经济模型和资源配置与利用中的基本问题及解决方式；掌握经济学的十大原理。

能力点：知道稀缺性、选择性与资源配置以及经济学概念，了解学习经济学对个人、企业及政府的意义，会用机会成本概念解释经济现象。

注意点：(1) 微观经济学是个量分析，宏观经济学是总量分析；(2) 边际分析是微观经济学的基本分析工具；(3) 经济人假设是微观经济学的基石，总量分析法和结构分析法是宏观经济分析的基本方法。

第一节　经济学的历史与未来

一、经济学的历史

经济学的许多思想由来已久，但它真正作为一门科学是从 16—17 世纪开始的，在 18—20 世纪获得了极大的发展。

(一) 经济学的“重商主义”

早期的经济学研究侧重于经济政策，如反对高利贷，保护关税，主张发展对外贸易，扩大出口，限制进口，其研究领域侧重于流通领域。早期的经济政策研究虽然没有形成一个完整的体系，但是，在主张政府干预、保护贸易这一点上特征突出，经济学家把这一时期（15—17 世纪）的经济研究概括为“重商主义”。

重商主义产生于欧洲地理大发现的冒险时代，那是一个崇尚英雄、冒险家、商人、航海家的新时代。许多重商主义者相信，通过扩大出口、保护关税、海外殖民能导致一个国家的繁荣。他们的观点被当时的统治者普遍接受，许多重商主义者是各国王朝的顾问。重商主义理论的代表人物早期有英国经济学家约翰·海尔斯（他和威廉·斯塔福德在16世纪合写的《对我国同胞某些控诉的评述》中提出的“货币差额论”，被称为“货币主义”，后来他移居法国，最早鼓动政府创造货币来制造繁荣），晚期有英国学者托马斯·曼（他的《英国得自对外贸易的财富》是重商主义的代表作）、法国学者安·德·孟克列钦（他的《献给国王和王太后的政治经济学》最早使用“政治经济学”一词，使经济理论开始贴近政治）。

（二）古典经济学（从亚当·斯密到大卫·李嘉图）

1776年，亚当·斯密（1723—1790）出版了《国富论》，这一年被认为是经济学真正诞生之年。亚当·斯密试图把经济运行从封建统治制度的政府干预中解脱出来，他极其不满贵族的伪善矫饰，指出“阁下有面包、葡萄酒和肉吃，靠的并非面包师、酿酒工、肉食店老板的好心，而是他们对自利的追求”。

亚当·斯密的理论之所以有如此巨大的影响，是因为他揭示了资产阶级的时代精神，即斯密向当时处于上升阶段的资产阶级提供了适合于他们利益要求的理论，自由竞争、自由放任的理论告诉厂商们，照顾好自己的企业是上帝的旨意。斯密把个人利己行为与社会财富和经济福利内在地统一起来，由此而得出价格调节（市场竞争性价格）经济是一种正常的自然秩序的结论。

《国富论》出版以后的半个世纪中，经济学家发现了收益递减规律。年轻的马尔萨斯牧师（1798年年仅22岁时就写成《人口论》），预言生产率每前进一步都会伴随着人口无节制的增长。马尔萨斯成为那个时代悲观主义的代表人物，马尔萨斯提醒后人，人口增长必须与经济增长相适应。

在1820—1870年整整半个世纪中，大卫·李嘉图使经济学者和政治家们着了迷。大卫·李嘉图的成名作是《政治经济学及其赋税原理》，他的劳动价值理论成为马克思主义经济学的重要来源之一。

（三）新古典经济学

1870年前后，世界上有三个人同时而独立地提出了边际效用价值论，引发了经济学上的“边际革命”，开创经济学这一新时期的经济学家是英国的W. S. 杰文斯、瑞士洛桑学派的法国人L. 瓦尔拉斯和奥地利的卡尔·门格尔。

与古典经济学强调成本、生产费用和供给不同，新古典经济学发现和分析了需求、效用和偏好，特别是在瓦尔拉斯的深奥的数学分析中，一般均衡的分析得以完成。1890年英国剑桥学派经济学家、最早的经济学折中大师阿弗里德·马歇尔（1842—1924）出版了《经济学原理》，这本书综合了供求论、边际效用论、边际生产力论、生产费用论形成均衡价格论、价值论、分配论、局部均衡论、需求弹性、供给弹性等各种经济理论。马歇尔是庇古、凯恩斯的老师，早年学习数学、物理学，他把达尔文理论引进经济领域，提出自然不飞跃的经济进化论，其剪刀均衡价格论把供给和需求曲线神奇地综合在一起，使经济学向简单化、直观化、定量化迈进了一大步，建立了现代微观经济学的基本学科体系，他也使经济学走出了象牙塔，成为备受政府和社会重视的学科。20世纪的经济学就是在这些研究的基础上发展起来的。

（四）当代西方经济学

1. 凯恩斯革命

在凯恩斯之前，微观经济学已经发展到非常成熟的程度，但还没有与之相适应的宏观经济学。20 世纪 30 年代大萧条对传统经济理论提出了挑战，在约翰·梅纳德·凯恩斯出版了《就业、利息和货币通论》之后，经济学就不再是以前的经济学了。作为大萧条之后亦学亦商亦仕的人物，凯恩斯的影响是深远的，为了恢复第二次世界大战后的世界经济秩序，他力主建立世界银行、国际货币基金组织，他的《就业、利息和货币通论》开创了干预主义时代，一直到今天，当代经济学始终与凯恩斯的名字联系在一起。

2. 后凯恩斯主义时期——主流经济学

第二次世界大战后，凯恩斯主义流行于西方各国。美国经济学家 P. 萨缪尔森等人把凯恩斯主义的宏观经济学与新古典经济学的微观经济学理论混合在一起，他们认为这是对混合经济制度的最好概括，他们的理论被称为新古典综合理论，该理论在政策实践中被广泛运用。

3. 新自由主义对主流经济学的反攻时期

20 世纪 60 年代末出现在西方国家的“滞涨”使经济学家重新审视凯恩斯主义。弗里德曼、哈耶克、西蒙斯、卢卡斯是新自由主义理论的代表人物，货币主义、自由放任、理性预期是他们与新古典综合派斗争的理论武器。新自由主义使政府实施干预政策时更加慎重，它提醒决策层：应该让市场价格制度发挥作用，如果忽视市场价格制度的作用，社会将受到惩罚。

对主流经济学提出挑战的还有 J. K. 加尔布雷斯（他在 1958 年出版的《丰裕社会》、1967 年出版的《新工业国》都是很畅销的经济学著作，他文笔优美，好发惊人议论，获得了艺术学者的称号），他认为，现代公司追求增长最大化而非利润最大化，他把第二次世界大战后出现的企业集团和跨国公司归入“计划体系”，并认为美国国内“市场体系”中的 1 200 万个分散企业无法与“计划体系”中的千余家大公司相抗衡。

二、西方经济学与中国

西方经济学系统地研究经济运行已经有两百多年，是西方市场经济运行的经验性总结。即便这样，西方经济理论和经济学家在面对现实经济难题时，也时常感到力不从心。我们在运用西方经济理论、分析工具来设计解决中国现实问题方案时或制定政策时，当然会觉得更加困难。

中国在经济制度、结构特征、发展水平、人口状况、社会政治、历史传统等方面与西方国家的差异是巨大的，但我们不应该简单地作出宏观经济理论不适合中国国情的结论，而应该首先分析我国金融体制改革和市场化程度，考察我国融资体制和经济结构离市场经济要求有多远。

深入理解西方经济理论，搞清其理论的假设条件，自然就会看出中国国情的特殊性，从而建立起符合中国实际的经济模型。通过这一学习、探索、比较、修正、重建过程，我们就能掌握西方人经过几百年连续不断的研究总结的一整套研究方法和分析工具，这比我

们自己从头去摸索要好得多。

西方学者面对和讨论的许多问题，对我们来讲都具有超前性。例如，我们刚开始建立和完善社会保障制度，以便为劳动力流动、自由竞争和企业重组创造条件，而西方市场化国家在 20 世纪 70 年代就开始研究诸如“如何评价社会保障制度”、“为什么它会引起效率损失”、“普遍的社会保障接近于对懒汉的奖励”等问题了。西方学者有关“国有化部门”的研究结论，虽然不如我们这样深刻、具体、实际，但他们在 60 年代末就开始了。研究发现，与“国有化”倡导者的设想相反，国有化后职工并没有天然地产生劳动和经营积极性，而是出现了缺乏责任心、市场竞争压力不足、雇佣心理状态、工资刚性要求、工会罢工等一系列始料未及的问题。对于“非国有化”的负面影响，经济学家敏锐地捕捉到了：把已经“国有化”的部门转为私营部门，会引起社会心理的不协调，引起工会的反对和社会的动乱，最终将使得这些部门的状况比“国有化”阶段还要糟糕。西方学者把这概括为制度创新成本或制度变迁成本。

关于经济理论和经济模型的预测结果为何很少灵验，西方学者也有研究。他们认为，经济学毕竟不是自然科学，社会经济是不可假设、不可控制的，经济活动太复杂了，不确定因素太多了。现实经济运行，经济因素不独立起作用，还包括文化、政治、国际、战争、传统等非经济的和不可预测的因素。例如，1968 年美国政府增加了联邦税，减少了消费者的收入，然而，消费者的支出却维持不变；1970 年美国政府降低了税收而使消费者收入上升时，消费者却不增加购买；利率上升，储蓄不变，利率下降，储蓄反而增加；即使存在着高额的个人所得税率和遗产税率，但人们仍然拼命攒钱，他们把财富作为“成就”的象征。这些现象使经济学家大跌眼镜，美国经济学家问：“是人们合理还是经济学家错了?”这促使经济学家不仅着眼于经济变量的分析，还开始注意兴趣、爱好、道德、影响、偶然因素等非经济变量对经济的影响。

三、经济学与经济生活

(一) 政府已经离不开经济学

20 世纪 80 年代以来，经济学家已经成为各国总统或总理的经济顾问。政治日程表上充满了经济问题：发达国家首脑的经济会议、税收立法、预防酸雨、南北会谈和经济制裁。政府首脑的身边必须有经济顾问，以保证他们的政治直觉不至于把国家引入歧途。做出事关重大的经济决策时，政府领导人虽然不必是经济学专家，但他必须是经济学家提供给他的经济政策建议的明智的“消费者”。温斯顿·丘吉尔是一个伟人，但是，在他整个一生中，在经济问题上多次犯错误。1925 年，他不顾专家们的反对和警告，把英镑与美元的比价定为4.87∶1,从而使 20 年代的英国未能从经济停滞中恢复过来。[①] 现代宏观经济学的鼻祖凯恩斯在其 1936 年的经典著作《就业、利息和货币通论》中说：“经济学家和政治哲学家们的思想，不论他们是在对的时候，还是在错的时候，都比一般所设想的要更有力量。的确，世界就是由他们左右着，讲求实际的人自认为他们不受任何学理的影响，可是他们经常是某个已故的经济学者的俘虏……不论早晚，不论好坏，危险的东西不是既得

① 萨缪尔森·诺德豪斯：《经济学》，6 页，北京，中国发展出版社，1992。

利益，而是思想。”亚当·斯密的自由主义思想两百多年来影响深远；卡尔·马克思的《资本论》作为一种思想被付诸实践；凯恩斯的宏观经济理论给西方经济带来巨大震动。这些无不证明经济学理论对政府以及经济实践的巨大影响，以至于萨缪尔森《经济学》开篇第一句话就是：“骑士制度的时代已经过去了，随之而来的是诡辩者、经济学家和计算机的时代……经济学被称之为社会科学之王——是最古老的艺术、最新颖的科学。”

（二）企业离不开经济学

经济学通常以提高生产单位的管理效率为己任。西方经济学在不同的程度上构成许多管理学科和部门经济学科的理论基础。其中与基础理论关系较大的学科和专业有市场学、财政学、国际金融、公司财政、货币与银行、投资银行学、有价证券分析、管理经济学等。即使以技术比较独特的学科和课程而论，如技术经济学、西方会计等，也不能脱离西方经济学。对消费者的需求弹性分析，有着明显的实际用途，收入增加3%，或者价格下降10%，对汽车销售有何影响，是5%的增加幅度还是20%的下降幅度，经济学者和统计学者已经拥有研究这种预测的种种方法。

对于企业管理人员和投资者来说，正确地预计国民经济的波动，判断经济有没有下降或转向衰退的危险，对避免严重损失、获得大量利润极其重要。经济学把国民生产总值或国民收入和就业量联系起来进行综合分析，这种“收入和就业分析”为我们把握经济循环波动和国民经济流程提供了便利的方法和工具。很多大公司发现，雇用经济学研究者研究这类看经济风向的工作十分划算。

（三）每个人都离不开经济学

在我们的整个一生中——从摇篮到坟墓——都会碰到经济学的严酷真理。经济学对经济问题和经济运行的描述，几乎涵盖了我们生活的方方面面。没有系统地学习过经济学，你就无法正确认识和理解你周围的世界：（1）长大了干什么？有什么样的就业机会？上大学值得吗？上大学的成本（包括机会成本）有多大？（2）在失业和通货膨胀之间，你作何选择？假如预期一次通货膨胀即将来临，你会采取什么办法保护自己？（3）有人说“爱国容易纳税难”，你怎么看？为什么存在“知易行难”、“语言上的巨人，行动上的矮子”？（4）是消费还是储蓄？买股票还是买住房？钱不够又想拥有汽车怎么办？钱多了怎么办？是储蓄金钱还是储蓄健康？（5）如何才能稳妥地经营工商业？有技术找不到工作的日子何时出现？（6）生存与发展，何者重要？为何富人买钻石储黄金、穷人买面包生孩子来抵御通胀？

你在报纸杂志和个人生活中遇到的许多问题：价格、择业、失业、利润、利率、赤字、债券、股票、定价决策、购买原则、经营决策和竞争策略等，都能在经济学理论中找到答案。

掌握经济学知识，懂得经济事务，是现代人受过良好教育的标志之一。经济理论学习对个人的最大影响是对事物有一个比较客观、深入、全面的把握。

例如，中国向市场经济转轨后，各种经济类信息充斥报纸杂志，大众可以通过每季、每月甚至每周的统计资料了解我国的经济情况：CPI和PPI等物价上涨指数、失业率、工业增加值、GDP增长率、金融机构存贷款余额、净出口额、外汇储备、银行存款利率、货币发行量、汇率变化、股市行情、招工信息、物品和房屋租赁等，若没经过系统的学习，你会在经济生活的海洋中茫然无措。

有人说，我不从事经济活动，而是投身于政治、法律、历史、文学、哲学活动，不需要学习经济学。我国著名经济学家樊纲说过：政治和法律是为了解决经济利益冲突而存在；历史说到底是经济发展的过程；文学探讨人的“偏好”的多样性、复杂性及它在人的行为中的作用；哲学研究“形而上”，解释“人的起源”，但亚当、夏娃一旦走出伊甸园，他们一定会按经济规律办事。在许多国家，经济学是每一个大学生的必修课。

经济理论的学习还可以帮助你正确地认识社会。许多人看问题从个人经验出发，认为对个人有利的事对社会也有利。其实不然，以物价为例：低价供应食品对于每个人都有利，殊不知价格越低供给越短缺，长期供不应求中的低价政策导致短缺—排队—定量配给—黑市交易—价格控制—短缺……所以，低物价对个人有利，对社会不一定有利。又如，粮食丰收对个别农户是好事，收入会增加，但如果所有的农户都丰收，就会出现产量增加、收入下降的情况（增产不增收、谷贱伤农）。

人们常说：认认真真做事，明明白白做人。深厚、凝重的经济学将有助于你做一个“明白人”，帮助你铸一把利剑，练一双慧眼，透过枯燥的概念范畴去领悟理论逻辑的无限风光，去感受那常绿的生活之树。

经济不同于经济学。许多著作等身、声誉很高的经济学家却是生意场上的失败者；相反，商业上成功者的经济学知识也未必靠得住。思想与行动、说与做是两回事，就像教练员与运动员，不能要求足球教练同球员一样去踢球。

一些急于求成者总是问：经济学能教会我如何赚钱、怎样经营工商业吗？如何最明智地花钱，或者如何在股票市场上迅速致富？我们说，从经济学中我们能得到许多启发。个人能从经济学中得到许多行为和活动的逻辑解释、描述和判断，个人也可以从中领悟一些东西，并进一步升华。

四、经济学的前景

人类在绝大多数的时间里，都生活在物品匮乏之中。根据张维迎教授介绍的美国加州大学伯克利分校德隆教授的研究成果，在250万年的人类历史中，人类社会97%的财富是在过去250年——也就是0.01%的时间里创造的。也就是说，在人类250万年至今的99.99%的时间里，世界人均GDP基本没有什么变化。财富和经济增长，在西方主要发生在过去一二百年的时间里，在中国主要发生在过去30年，在这之外的其他时间里，人们基本生活在物品匮乏之中。

从苏格拉底、亚里士多德和亚当·斯密到凯恩斯和加尔布雷斯的2 000多年的历史发展中，人类社会与物品匮乏进行了不懈的斗争，经济学首先是关于财富的科学，经济学是对人类的提供种类浩繁物品和劳务方面的日常事务的研究。尽管人类社会仍然承受着失业、通货膨胀、沉重债务、持续贫困的困扰，然而，经济学家不再相信对人类经济增长的马尔萨斯式的悲观预测，托马斯·卡列尔关于经济学是“沉闷的科学”的断语已失去市场，人们还是相信经济学是“社会科学皇后”的说法。

大约75年前，现代经济学之父凯恩斯透过大萧条的阴影，为人类描绘出一种令人惊异的经济前景：假设一百年以后，我们所有人的生活……要比我们现在……好上百倍，如果没有大战，没有人口的巨大增长，那么经济问题是可以解决的。那时，经济问题不再是人类的永久的问题。那时，人类将面临的问题是，怎样利用越来越多的闲暇，过着智慧、和谐、美好的生活。当人类富裕以后，最深层的经济问题不再是生产什么、如何生产、为谁生产，而是为什么要富裕、为什么目的而活着，“人的价值”、“选择的自由”、“平等”、“公平”等将取代效率。

这是一个美好的预言，凯恩斯想说的是，经济学应该关注现在，今后相当长的时间内，人类仍要把某些令人憎恶的品质（如占有货币的偏好）奉若神祇。

当我们试图理解经济和经济学的现在和未来时，应该仔细品味加尔布雷斯教授在《丰裕社会》中对现代社会的关键性评价：一个贫困交加的社会必然崇敬生产，而丰裕社会则应将注意力转向其他目标；当私人财富得到保证时，社会福利便成为可能；我们正从对物的投资转向对人本身的投资。

第二节　经济学及其十大原理

一、经济学概述

经济学的研究对象是资源。资源一般分为资本、劳动、土地、企业家才能四种。经济学讲的资源是经济资源——必须付出代价（成本）才能获取的稀缺资源。

经济学研究稀缺资源在各种可供选择的用途之间如何进行分配。经济学的两个基本假设是稀缺性假设和选择性假设。

（一）资源稀缺性

稀缺性是指相对于人类多样无限的需要而言，满足需要的资源是有限的。我们可以感到身边稀缺的存在：收入有限、上班族时间不够用、政府财政紧张、住房短缺、交通拥挤、能源危机等。人们的欲望产生需要，西方经济学家认为欲望是人对生活资料和服务的不间断的需求。欲望和需要具有无限性。人需要空气、食物和水以维持生命并领悟生命的意义，需要适于所处气候的衣着和住所，需要一个属于自己的家和一块属于自己的空间，即使基本欲望满足了，其他更高级、新的欲望还会自行出现：要有更舒适的家、娱乐、教育、交通、生活环境等。需要与需求是不同的，需求是受价格、成本约束的，是有条件的，随着约束条件的变化而变化。当需求大于供给时，产生短缺，买者竞争使价格波动，价格上升抑制需求、刺激供给，短缺消失。而需要则是无限的、无条件的，永不消失，只有依靠选择来解决稀缺问题。人类需要就长期和总体而言是永无止境、多种多样、不断变化的，而满足需要的资源始终是稀缺的。资源稀缺性无论在贫穷的非洲还是在富裕的欧美都同样存在。

（二）理性选择

理性选择是指资源配置，即如何利用既定的资源去生产量多质优的经济物品，以便更好地满足人类的需要。人类不断面临选择是因为资源稀缺和需要多样性。虽然资源有限，幸好同一资源可以有多种用途；虽然需要多样，幸好需要可以分出轻重缓急。煤炭既可用于发电、炼钢烧炉，又可用于做饭取暖；有限的时间里，你既要安排工作、学习、吃饭、睡觉，又得考虑郊游、锻炼、聚会；一定的人力资源既可投入军用品生产制造，又可去生产黄

油、面包和精神食粮。就像钢铁既可制造飞机、大炮、坦克，又可生产汽车、轮船、自行车一样，同一资源可满足不同的欲望。由于资源的稀缺，无法满足人们多种多样的、无限的、不间断的需求，人们不得不权衡取舍，在进行成本与收益比较后，努力做出选择。

经济学研究如何选择稀缺资源以满足人类多样化的需要。经济学是选择的学问。选择是痛苦和困难的，选择也意味着放弃。你选择了一个工作就意味着放弃了其他工作机会；选择继续攻读硕士学位，就要放弃工作、挣钱和积累工作经验的机会；教授调整工作规划时，准备增加科研时间争取出更多成果，备课时间就会减少。但是，选择的痛苦是一种自由和进步，有选择比没有选择好，亚当和夏娃没有选择，而现代青年都比亚当和夏娃幸运，恋爱自由、选择自主。学分制有许多缺点，但它给同学们提供了更多的课程选择自由，所以，它是一种进步。

选择有两种：一种是非此即彼。如这次旅游选择去海南三亚，就不能同时去西藏布达拉宫。另一种是多与少的权衡取舍。比如收入或时间，用于A种用途多一些，用于B种用途就会少一些。如果你有一百万元可以用于股票、债券、储蓄、邮票、住房或者完成MBA学位，你会发现进行选择不是一件简单的事。西方经济学就是关于选择的学问，学习这门课有助于你做出明智的选择。记住，经济学简单地讲就是研究稀缺资源配置（稀缺资源选择）的学问。

【知识库　欲望的层次】

人的欲望是无限的，但有不同的层次之分。美国著名的心理学家马斯洛（Maslow，1908—1970）在《动机与人格》一书中把人的欲望分为五个层次。

第一个层次是人的基本生理需要，包括对衣食住行等基本生活条件的需要。这是人类最基本的欲望。

第二个层次是安全需要。主要是指对现在和未来生活安全感的需要。这种欲望实际上是生理需要的延伸。

第三个层次是归属和爱的需要。这是一种人作为社会的人的需要，主要指在自己的团体里求得一席之地，以及与别人建立友情。这种欲望产生于人的社会性。

第四个层次是尊重的需要。包括自尊和来自别人的尊重。自尊包括对获得信心、能力、本领、成就、独立和自由等的愿望。来自他人的尊重包括威望、承认、接受、关心、地位、名誉和赏识。这是人更高层次的社会需要。

第五个层次是自我实现的需要。这就是成长、发展、利用自己潜在能力的需要。这种需要包括对真、善、美的追求，以及实现自己理想与抱负的欲望。这是人类最高层次的欲望。

不难发现，人的欲望是无穷无尽的，又是有层次的，在较低的层次得到满足之后，又会产生更高层次的欲望。相对无穷无尽的欲望，我们在一定时期内用来满足欲望的手段却是有限的，这样就产生了如何满足欲望、先满足哪些欲望的问题。

二、表示资源配置的两个经济模型

（一）生产可能性边界

资源配置意味着选择或取舍，这可以用生产可能性边界图来表示。生产可能性边界是指一个社会用其全部资源和当时的技术所能生产的各种产品和劳务的最大数量的组合。

由于整个社会的经济资源是有限的，当这些经济资源都被充分利用时，增加一定量的一种产品的生产，就必须放弃一定量的另一种产品的生产。整个社会生产的选择过程形成了一系列的产品间的不同产量的组合，所有这些不同产量的组合就构成了社会生产的可能性边界。下面，我们举例说明生产可能性边界的含义。

假设一个社会把其全部资源用于 A 和 B 两种产品的生产。那么生产可能性边界可用图 1—1 表示。

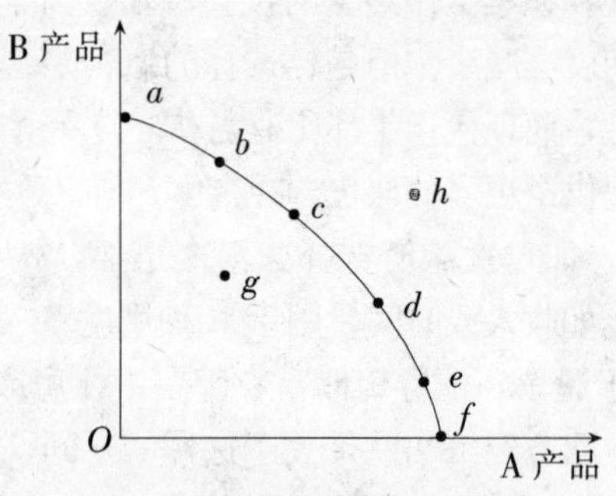

图 1—1　生产可能性边界曲线

图 1—1 的生产可能性边界曲线（a、b、c、d、e、f 的连线）表示一个社会在资源有限、技术一定的情况下（想想稀缺性假设）所能生产的 A 产品和 B 产品的不同产量组合，它规定了在既有资源约束下所能达到的产量组合边界。如果选择 b 点，则社会得到的 B 产品多于 A 产品；如果选择 e 点，则 A 产品增加，同时必须放弃部分 B 产品。在曲线上的任意一点都表示全部资源被利用时，社会可接受并得到的产量组合（选择性假设）。曲线以外是产量达不到、不能成立的，因为没有足够的资源；曲线以内虽可以达到，但没有有效利用资源，所以生产可能性边界曲线又叫生产可能性曲线。

（1）生产可能性曲线可以说明三个概念：

资源稀缺性：边界以外无法达到的组合意味着资源的有限性；

资源选择性：边界线上各种组合的存在意味着选择的可能性；

机会成本：曲线向下倾斜意味着机会成本，要想获得多一些的 A 产品，必须以放弃或牺牲 B 产品为代价，所以，机会成本又叫选择成本。

（2）生产可能性曲线可以说明不同的资源配置取向，如图 1—2 所示。如果所有的资源都用在生产奢侈品上，生活必需品则为零，反之奢侈品则为零。如果资源既用于生产奢侈品，又用于生产生活必需品，则二者的不同组合就是 AB 线上的所有组合点。例如，C 点表示较多的奢侈品与较少的必需品组合，而 D 点表示较少的奢侈品和较多的必需品组合。AB 曲线上的点表示既定稀缺条件下所能生产的奢侈品和生活必需品的最可行的组合，在曲线之外的点则是达不到的，曲线之下则表示虽可行但不理想、缺乏效率的组合。

AB 曲线上的不同组合代表了不同的选择或资源配置取向：经济不发达、人均收入偏低的国家多选择 D 点；经济较富裕的国家多选择 C 点。

（3）生产可能性曲线可以说明抉择的机会成本。生产可能性曲线向下倾斜并呈凸型表明当全部资源都被利用时，要想获得更多的奢侈品，就必须牺牲或放弃更多的必需品，即随着奢侈品生产的增长，其选择成本或机会成本也越来越大。选择成本或机会成本递增规律在许多重要的选择中都存在，例如，政府发现本国需要更多的农产品时，为获得更多农

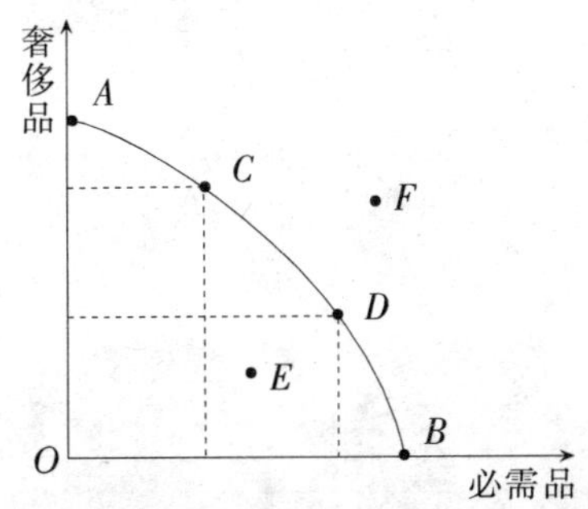

图 1—2　必需品与奢侈品的不同组合及选择

产品就必须放弃相当多的工业品。换句话说，为得到更多农产品而不得不支付更高的成本。企业发现技术升级越来越困难，需要支付的各项费用越来越高。个人在实现物质需要和精神需要时也存在这种交替关系。机会成本是经济学中一个非常重要的概念，它是资源有限性的函数，是直接由选择问题引申出来的概念，指做出一项决策时所放弃的另外多项决策中的潜在收益最高的那一项决策的潜在收益。例如，某人有 10 万元资金，开商店可获利 2 万元，炒股票可获利 3.5 万元，买国债可获利 1.8 万元，如果他选择了开商店，则机会成本就是 3.5 万元。

【案例　上网聊天的经济学】

根据统计，大学生平常平均每人每天的上网时间为 3 小时左右，而在考试期间，上网的时间会明显减少，每天不足 1 小时。

另外一项调查表明，由于电脑显示器的强电磁波辐射，经常上网的同学得眼病的比率比不经常上网的同学要高出 5 个百分点，并且许多喜欢上网的学生放弃了大部分户外的娱乐活动，导致他们身体素质下降。由于上网聊天和打游戏，同学之间的日常交流也明显减少。

这其中包含的经济学原理是：第一，我们一天中的时间是有限的，这意味着时间这种资源是稀缺的，我们当然希望有更多的时间在网上聊天或玩游戏，但我们还有许多其他重要的事情要做。第二，时间的相对有限性迫使我们选择。或许我们在网上玩得兴起时可以不考虑时间，但从网上退出之后却往往会有一丝悔意，因为我们还有其他事情没有做。所以，上网是有成本的，这种成本或许因为你能使用公共的校园网络资源而变得不很明显，但上网挤占了你学习或做其他事情的时间却是不争的事实，此外上网也会对眼睛造成损害，造成锻炼时间减少、身体素质下降等，这些都构成了上网的机会成本。第三，机会成本与选择所获得收益之间的比较是你决策的依据。的确，上网可以给我们带来快乐，这是收益，但同时我们又不得不考虑上网的机会成本。你在不断地调整你的上网时间，以便获得一种最佳组合，考试前上网时间缩短就是例证。经济学无非是将你的选择表述出来而已。

【案例　时间分配的经济学】

某人时间分配的生产可能性曲线如图 1—3 所示。某人一天用于学习、工作和消遣的时间总共 16 小时，周一至周五每天的时间分配组合选择 A 点；周六、周日则选择 B 点组合。选择 B 点组合时，为新增加 6 小时消遣时间而放弃 6 小时的学习、工作时间就是周末消遣时间增加的机会成本。

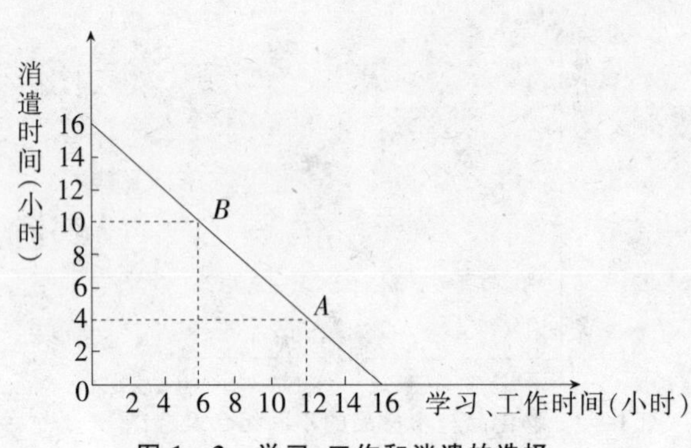

图 1—3 学习、工作和消遣的选择

（二）市场运行图

比较资源配置的两种基本方式——计划经济体制和市场经济体制，我们会发现，由于计划经济体制运行所需要的各种条件尚不具备，它不能解决诸如信息问题、动力问题、失衡问题、配置成本问题、条块分割和政企不分问题，因此，当今世界绝大多数的国家都选择了以市场为基础的市场经济体制。

市场经济体制是在市场机制的作用下配置经济资源的体制，它由市场主体、市场客体以及市场机制构成。

所谓市场，简单地说就是商品或劳务交换的场所或接触点。市场可以是有形的场所，如商店、贸易市场、证券交易所、展销会、订货会；也可以是无形的场所，一个电话或在某个场合签订的合同便可完成商品或劳务的交换，无须固定的场所。市场除了有形和无形的划分外，还有其他的划分方法，如国际市场、国内市场和地区市场（按范围划分），消费品市场、生产资料市场或生产要素市场（按商品的自然性质划分），批发市场和零售市场（按流通方式划分），现货交易和期货交易市场（按交易时间划分）等。

市场的参与者称为市场主体，即市场上从事各种交易活动的当事人，它包括自然人、家庭、企业、社团组织、政府、经济组织的法人。市场主体以买者或卖者身份参与市场经济活动，活动中不仅有买卖双方或供求双方的关系，还会有买方之间、卖方之间的关系。供方为市场提供商品、劳动力、房屋、土地、资金、技术、信息，为争取更多的买者和更高的价格，以获取更多的盈利，供给者之间会展开激烈的竞争，如提供新产品和服务，提高货物和服务质量，降低价格、利率、租金、工资等，吸引购买者；需求方同样为争取到自己需要的产品、劳务和生产要素展开竞争，谁出价高，谁就在竞争中获胜；供求双方的竞争导致价格上下波动并趋近于价值。因此，市场主体之间的竞争表现为买者之间的竞争、卖者之间的竞争和买卖双方的竞争。

市场客体是指市场主体在市场活动中的交易对象，体现着市场交换中的经济关系，是各种经济利益关系的物质承担者，包括商品、劳动力、工资、技术、资金、信息等。市场主体与市场客体是构成市场运行的两大系统。

市场机制是指通过市场价格和供求关系的变化及经济主体之间的竞争，协调生产与需求之间的联系和生产要素的流动与分配，从而实现资源配置的一套有机系统，其核心是市

场价格与竞争机制。

市场机制作为价格、竞争、供求、利率、工资等市场要素形成的机制体系，主要包括价格机制、竞争机制、供求机制、利率机制和工资机制等。

如果抽象掉政府、外贸、银行，市场经济体系中就有两个部门，一个是公众（居民或家庭），一个是厂商（企业）。两个部门的相互关系，既可以说明国民经济的运行、循环，也可以说明市场经济的运行。

市场经济是指通过市场交换配置社会资源的经济形式，它是竞争性价格、市场供求、市场体系等一系列市场要素及其相互关系的总和。市场交换的基本法则是：先利他才能利己。每一个市场主体首先满足了别人，为别人创造了价值，才能满足自己。每个市场主体都必须对自己的行为负责，把满足别人的利益当作追求自己幸福的前提。图 1—4 对市场经济中的市场主体、供求关系、市场体系、价格机制及市场经济的运行作了全面概括。公众要从消费中取得最大的效用，就要付出成本去产品市场上购买消费品，供给这些物品的是厂商，厂商首先要供给物品，才能取得最大利润，而为了取得最大利润它们必须把生产费用降低到最低水平。因此，在产品市场上形成两条曲线：需求曲线和供给曲线。产品市场上的供求相等意味着：社会能以最优的方式（最低的生产费用）使用资源来使消费者得到最大的满足（最大的效用）。

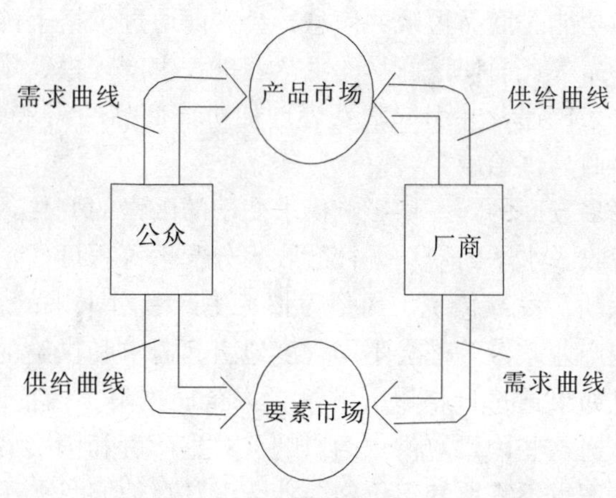

图 1—4　市场运行图

为了进行生产，厂商必须付出代价或成本在生产要素市场上进行购买，从而，生产要素市场上的需求曲线代表为了满足消费者需要而造成的引致需求。为了取得收入，公众也必须在要素市场上出卖生产要素。在这一市场的供求相等或供求曲线相交的交叉点意味着各种生产要素（劳动、资本、土地）都得到了它们生产上的贡献的报酬。

三、价格机制

市场运行是通过市场机制的作用实现的，价格机制是最基本、最重要的市场机制。

在市场机制中，价格机制处于核心地位。价格机制是指商品或资源的供给与需求同价格变化诸因素之间的有机联系。具体地讲，当某种商品供不应求时，买者的竞争使该商品的生产者竞相提价销售，市场价格上升，并使其他部门的厂商把资金、人力、物力投入该种商品的生产。于是，该种商品供给增加，当增加到超过市场需求时，卖者会竞相削价出售商品，该种商品价格下降，生产者抽出资金，最终供给会下降。价格变化与生产者供给的产品量呈同方向变动，而同消费者对商品的需求量呈反方向变动。

供求、竞争、价格的相互作用最后会使商品的供求趋于一致，形成相对稳定的均衡价格和均衡产量。

价格机制是一种没有上级指令的工作系统，它的运转不需要人们用语言传达命令，不管彼此是否喜欢，价格是无声的语言、无色的指挥灯，它通过一系列供求、竞争的联系，发生无意识的协调作用。人们把价格机制比喻为一架精巧的机器体系，尽管它存在着不完善之处，却解决着牵涉到数以万计的、关系复杂的问题。任何一个大城市，人口成百万甚至上千万，每天要消费大量的粮食、果品、肉类、蔬菜，每天有成千上万的人去购买电器、衣物、日用品，这就需要有物品的流进流出，但是，每天有多少种不同的产品被多少个生产者生产出来，又被多少个不同的批发商分给多少个不同的零售商，再转卖给多少个收入、爱好各不相同的消费者？每天消费的大米、白面、蔬菜、鸡蛋又是经过多少道环节才到消费者手中？如此庞大而复杂的经济流程是如何进行的？这一切，都是在没有任何人设计、指导和计划下自行完成的，是市场机制这只神奇的“看不见的手”创造出来的。

在市场经济中，价格机制有四大功能或作用：

第一，传递信息的功能。商品短缺的信息，会立即通过价格上涨传达出来，价格上涨使该商品的消费者减少需求，而使该商品的生产者扩大生产规模、增加产品供给；商品过剩的信息通过价格下跌来传递，并引起消费者增加对该商品的需求而使生产者撤出资金、缩小生产规模，引出该商品供给减少。

价格传递的信息是多方面的，一切影响供求变动的因素的变化，都会在价格波动上得到反映。例如，消费者收入水平的变动、社会收入分配平等程度、消费者偏好的变化、社会人口数量及构成的变动、民族传统、风俗习惯、生产者对未来的预期、技术水平变化、生产要素成本以及宏观产业政策等都会不同程度地引起需求和供给的变动，并通过价格波动反映出来。这些信息如果通过价格以外的途径去全面搜集、捕捉、分析是非常困难的。只有价格才能综合地传递这些因素对供求的影响。对生产者和消费者而言，他们恐怕不知道价格涨跌的原因，他们也不需要知道价格为什么涨跌，他们只要了解价格变化趋势并做出相应反应就够了。

以股市价格变动为例。经济学家至今还不完全清楚究竟是什么因素直接导致股市的大起大落，这恐怕是因为影响股价涨落的因素太复杂、太微妙了。但是在规范化的市场中，股价的波动传递着一个重要的综合性信息：股市行情看涨，说明投资者信心足、预期乐观、国际国内经济政治环境较好；股市行情看跌，说明投资者对前景悲观、经济政治环境变化微妙。所以，股市价格（股票价格指数及成交额）被视为一国经济状况的“晴雨表”，它传递的信息是综合性的，有重要的参考价值，对厂商或居民而言，知道股价涨了或跌了就足够了。

第二，合理配置资源的功能。合理配置社会资源，就是对各种有限资源按照社会生产的内在联系，进行各种用途的分配，并取得最佳社会经济效益。市场经济中，市场主体以盈利最大化为目的，哪个部门商品价格上升，意味着该部门的生产者可以获得较多的利润，社会资源就会流进这个部门；反之，哪个部门商品价格下降，资源就会从该部门退

出，流到市场价格高、利润高的部门中去。当某部门资源投入过多、产品供过于求时，其市场价格就会下降，利润减少；反之，当某部门资源投入过少、产品供不应求时，其市场价格会上升，利润增加。资源在价格变动引导下在部门间的流进流出使得社会资源得到调整，最终实现资源的合理配置。

第三，提供生产动力和促使企业竞争的功能。每个生产者和生产要素供给者都会不同程度地对价格变化做出反应，这种供给对价格做出的反应（供给价格弹性）表明价格能提供生产动力（激励）并促使企业间展开竞争：一旦预期到某种商品价格看涨或发现某种商品价格开始上涨，生产者就会增加生产、扩大规模以赚取利润。价格的激励作用使其他生产者也从事该种商品的生产。当社会上该种产品供给量增加并超过市场需要时，价格开始下降，生产者为保证一定的利润，就不得不努力降低成本、采用新技术、提高产品质量；当该行业竞争激烈，供给量大量增加，价格继续下降，这时生产该商品的部分生产者就会把资金抽出投向别的行业。激烈的竞争使商品越来越丰富，最终达到要素或资源的合理配置。

第四，影响或决定收入分配和收入水平的功能。市场中，一个人收入的多少取决于他拥有的生产资源（土地、生产工具、劳动力、资金、技术专利、企业家才能等）以及这些资源的市场价格。某种资源或要素市场价格的涨跌实际上影响拥有该种资源或要素的人的收入，进而相对地降低或增加了其他要素所有者的收入。所有要素市场价格都平衡地或同比例地涨落，一般不会影响到人们的相对收入；而各种要素市场价格非平衡或不同比例的变动，会引起人们相对收入的变化。

物价总水平的变化也会影响人们的收入分配。以物价上涨为例，它会减少债权人、工薪阶层、现金持有者、出租人、退休金领取者、固定收入阶层和抚恤金领取者的实际收入，而相对地增加债务人、雇主、黄金持有者、不动产和实物拥有者、承租承包者的实际收入。所以，价格变动引起人们相对收入水平的变化，从而起着利益分配的作用。

四、经济学十大原理

（一）学会像经济学家一样思考

经济学源于经济生活，只要把经济学还原为事理常规，它毫无神秘之处。每个领域都有自己的语言和自己的思考方式，供给、需求、弹性、消费者和生产者剩余、边际成本、边际收益、国民生产总值、充分就业——这些术语都是经济学家语言的一部分。经济学家还运用假设、图形、公式、代数等工具来理解、解释现实并简化经济生活。

许多对经济学感兴趣的人常常因为其特殊的表达方式产生畏惧。很多经济学著作中存在着把经济问题复杂化、数学化、公式化、神秘化的倾向，使得初学者对其望而却步。其实，经济学可用四种表达方式表达：文字、简单几何、代数、算术。选择哪一种，取决于个人的偏好。经济学不像量子力学那样要求有深厚的数学技术，领悟经济学的美妙只需要简单的逻辑推理，只要你愿意动脑筋、努力思考就行了。但是，熟悉大多数经济学家的语言又是必需的，它能为你提供一种关于你所生活的世界的新的、有用的思考方式。面对繁杂无序、冲突顽固的现象，经济学提供了一个扎扎实实的观念体系。

正如你不能在一夜之间成为一个数学家、心理学家或律师一样，学会像经济学家一样思考也需要一些时间。为了尽可能缩短读者掌握经济学的时间（经济学家指出学生的时间是稀缺的资源之一），下面介绍在整个经济学中反复出现的一些重要原理，如权衡取舍原理、机会成本原理、边际决策原理、激励反应原理、比较优势原理、“看不见的手”原理、“看得见的手”原理、生产率差异原理、通货膨胀与失业短期交替关系原理、收益递减原理，它们是经济分析的基础，同时在不涉及数学分析的条件下介绍宏观经济学和微观经济学的基本内容。一旦熟悉和掌握了经济学方法和术语之后，你就可以学会像经济学家一样思考了。

（二）经济学的十大原理

1. 权衡取舍原理

权衡取舍原理是指人们基于稀缺经常要做出的各种选择。在资源既定的情况下，多生产甲产品，必须以少生产乙产品为代价。“天下没有免费的午餐”、“有得必有失”、“甘蔗没有两头甜”、“鱼和熊掌不可兼得”等，这些谚语表达的都是资源约束下的权衡取舍。经济生活中人们面临广泛的权衡取舍：（1）学习经济学的时间多了，在会计学、心理学、英语上花的时间就少了；新增加5个小时的学习时间，就要放弃本来可用于睡眠、打球、看电视、玩电脑的时间。（2）是打工挣钱储蓄货币，还是干自己喜欢的事储蓄健康和快乐的感受？（3）一国资源应更多地用于“大炮”生产（军需品）还是更多地用于“黄油”（民用品）生产？（4）任何社会都需要在效率与平等之间进行权衡取舍，为了平等，就要尽力去保证每个人的医疗保健，就会牺牲效率、降低工作激励。

2. 机会成本原理

你放弃的收益就是机会成本。上大学的成本是多少？如何计算自己的成本与收益？经济学讲机会成本，机会成本又称选择成本，它是指做出一项选择时所放弃的最高的那一项潜在净收益。通常而言，为了得到某种东西而必须放弃另一种东西，经济学家将这种被放弃的东西称为机会成本。我们可以举出许多例子：（1）上大学除交纳学费、书费外，实际上还存在时间成本——把这段时间用于工作可以挣到工资（比如每年两万元），那么，四年八万元就是上大学的机会成本。（2）体育明星从事职业运动，一年能赚几十万元，他们认识到上大学的机会成本极高，所以都是在退役以后再去上大学。

3. 边际决策原理

边际决策是指人们经常要对现有行动计划进行增量调整，这种增量调整被称为边际决策或边际变动。例如：（1）当人口骤增而粮食又歉收时，农业问题就成为边际问题，需要放在突出的位置；当温饱问题基本解决而农业劳动生产率大幅度提高时，农业问题可能会让位给交通问题、电力问题、环境保护问题等。（2）吃糠咽菜的年代，肥胖是富态；而富裕年代，肥胖则是病态，减肥成为时尚。（3）当发展中国家与发达国家坐到一起讨论人权时，发展中国家更关心人权中的发展权、生存权，因为他们面临的边际问题是脱离贫困。（4）消费者和生产者几乎无时无刻不在考虑边际产量，以便做出更好的决策，只有一种行

动的边际收益大于边际成本，理性“经济人”才会采取该项行动。

当自变量发生微小变动时，因变量就随之变动，这就是边际分析方法，它用于变动趋势分析。经济学的“边际革命”是数学方法的革命，是从常量数学方法转向应用变量数学（微积分）方法，英国的杰文斯说过，经济学是快乐和痛苦的微积分。

【案例　在边际上决策】

一个航空公司的边际问题是决定对等退票的乘客收取多高的价格。假设每个座位的平均成本是500美元。航空公司的票价可以低于500美元吗？可以，因为航空公司考虑的是边际成本而非平均成本。飞机即将起飞时仍有10个空位。在登机口等退票的乘客愿意支付300美元买一张票（边际收益为300美元）。航空公司应该卖给他票吗？当然应该。飞机有空位，多增加一位乘客的边际成本是一包花生米、一杯咖啡、一罐饮料（边际成本为20美元）。只要乘客的支付意愿大于边际成本，让他登机就是合算的、理性的。

4. 激励反应原理

激励反应原理是指人们会对激励做出反应，人们会比较成本与收益从而做出决策。所以，当成本或收益变动时，人们的行为也会改变。例如：(1) 某种商品价格上升时，意味着购买者成本上升，人们会做出减少购买而选择其他替代品的决策；反之，当价格下降时，人们对该商品的购买会增加。同样，该商品的生产者也会根据价格的升降做出相应决策，因为价格的升降意味着出售商品的收益的增减。(2) 经济学家发现，广泛地提高税率反而会减少政府的财政收入，因为税率提高降低了对生产者的激励，所以其生产活动减少了。罗纳德·里根描述过征税的激励反应：第二次世界大战期间，演员拍电影的片酬很高，但战时附加所得税达90%，演员只要拍四部电影收入就达到最高税率——90%，所以，许多演员拍完四部电影就停止工作到乡下度假。高税率引起少工作，低税率引起多工作。所以，1980年，里根总统当选后施政计划的重要内容之一就是减税，这一激励政策被称为里根经济学——供给学派的经济学观点。

5. 比较优势原理

比较优势原理又叫交换（贸易）原理，它说明了交易能使每个人状况更好的道理。即使一国在所有物品上都有绝对优势，也不可能在所有物品上都有比较优势。相反，即使一国在所有物品的生产上都没有绝对优势，它也会在某些物品的生产上具有比较优势。

两个人的交换能使双方获益，两个国家的贸易可以使每个国家的状况都变得更好，即双赢。贸易促使人们专门从事自己最擅长的活动，并享有更多的各种各样的物品和劳务。任何个人、企业、单位和社会即使没有绝对优势，但仍存在比较优势——比较优势永远存在，例如，姚明应该打球，玛丽应该打字，为什么呢？

玛丽打球挣取的年收入是10万元，打字挣取的年收入是15万元，打球和打字肯定都不如姚明（姚明有绝对优势，玛丽只有绝对劣势）。但是，玛丽打字挣到每元钱的机会成本（放弃/得到＝10/15＝0.67元）小于她打球的机会成本（打球每元钱的机会成本＝15/10＝1.5元）。假设玛丽打球特别差，不过没有关系，她应不自卑、不气馁，抬起头、挺起胸，向前走，社会需要她，市场需要她，她给社会带来服务，社会必然回报她相应的幸福。因为，玛丽打球越差意味着她打字的机会成本就越低，例如玛丽打球只挣0.01万元，反过来玛丽打字的机会成本就是0.01/15=0.006 7元。玛丽打球越差，她打字的机会成本就越低，她的比较优势就越大。

同样，姚明打球挣取的年收入是12 000万元，打字挣取的年收入是120万元，打球和打字肯定都超过玛丽（绝对优势），但他打字挣到每元钱的机会成本（放弃/得到=12 000/120=100元）大大超过他打球的机会成本（打球每元钱的机会成本为120/12 000=0.01元）。姚明打字挣到每元钱的机会成本很高（100元），姚明显然应该选择机会成本低的（0.01元）、有比较优势的工作——打球。

市场经济中，每个人做自己有比较优势的工作，你为市场提供了服务、产品、效用，为别人创造了财富、供应了幸福，市场才会给你回报，市场会奖励你、回报你、肯定你。你的收益、盈利和利润是市场对你创造财富、制造幸福无声的赞美、表扬、奖励，指示你扩大规模、勇往直前；你的损失、亏损、破产是市场对你浪费和消灭财富、制造痛苦无声的谴责、批评、惩罚，让你改弦易辙、迷途知返。你的比较优势只有通过市场交换才能实现，市场是理性的——它不管你说的，它只看你做的。

按照比较优势进行分工的社会会变得更加富足，按照比较优势进行分工并进行贸易的两个国家能享有更多的商品和服务。世界人口增加是从最近250年发生的，财富的超速增长也是从最近200年出现的。据统计，最近250年创造的社会财富超过过去几千年。1750年之前，人类通过战争相互掠夺财富，而1750年之后，人类主要通过分工、交换和世界贸易获得财富。人类，奔跑不如猎豹；嗅觉不如猎犬；视力不如飞鹰；听力不如野猫；力量不如笨熊；灵巧不如猕猴；组织不如蚂蚁；繁殖不如家鼠；水里不能活、海里不能过，冷热抗不住；搭窝筑巢不如小蜜蜂；飞翔不如小家雀；爱心不如袋鼠和南极企鹅；无私奉献不如工蚁和螳螂。可是，人类有分工、交换、价格、市场和国际贸易，知道比较优势，学会了选择和替代，人类因此成为万物之灵。

6. “看不见的手”原理

“看不见的手”原理是指家庭或企业受价格这只看不见的手指引，决定购买什么、购买多少、何时购买，决定生产什么、生产多少、如何生产、为谁生产，他们时刻关注着价格，考虑他们行动的收益与成本。结果，价格指引这些个别决策者通过市场在大多数情况下实现了整个社会福利的最大化。

“看不见的手”原理最早由经济学家亚当·斯密提出。17世纪和18世纪是资本主义形成和发展的初期，生产规模相对狭小，经济自由竞争受到各种限制。英国资产阶级古典经济学家亚当·斯密在其1776年出版的《国民财富的性质和原因的研究》（简称《国富论》）中对经济自由竞争、自由贸易进行了详尽的阐述，斯密表述了使他欣喜若狂的伟大发现（著名经济学家萨缪尔森把这一发现与牛顿的伟大发现相提并论）：动机良好的法令和干预手段，不能帮助经济制度运转，不要计划，利己的润滑油会使经济齿轮奇迹般地正常运转，市场这只“看不见的手”会解决一切。每个人既不打算促进公共的利益，也不知道他所增进的公共福利为多少。他所追求的仅仅是他个人的利益。在这种场合，像在其他许多场合一样，他受一只“看不见的手”引导去促进一种目标，而这种目标绝不是他所追求的东西，由于他追逐自己的利益，他经常促进社会利益，其效果要比他真正想促进社会利益时更好。

后来的经济学家发现，这是人们对市场经济描绘中最经典、最清楚的一段文字。斯密的思想反映了资本主义的时代精神以及处于上升阶段的资产阶级的利益。斯密把个人利己行为与社会经济福利统一起来，由此得出价格调节经济是一种正常的自然秩序——“上帝”的旨意的结论，使后来的新老自由主义者相信，通向地狱的道路是用良好的愿望铺成的，这使人们时刻警惕干预主义被滥用。

7. “看得见的手”原理

“看得见的手”原理是指在“看不见的手”失灵或市场失灵的领域和时期，政府干预或宏观调控就不可避免，政府干预有时可以改善市场结果。

市场失灵是指市场本身不能解决资源有效配置的情况。市场失灵包括：(1) 失业和经济周期。尽管一百多年前马克思就科学地说明了经济自发性、盲目性导致的危机和失业，后来的西方学者直到20世纪30年代才承认失业是一个普遍现象，并且用有效需求不足、三大心理规律说明失业的原因。凯恩斯提出宏观财政政策和货币政策的刺激总需求措施并在第二次世界大战时盛行，凯恩斯主义（干预主义）又叫需求管理。(2) 公共产品。公共产品领域（国防、路灯、公路、公共设施、基础研究、广播电视、教育卫生、医疗保险等）具有的非竞争性和非排他性，使市场机制无能为力，需要政府出面提供这些产品或采取措施保护公平竞争、限制垄断。(3) 外部性问题。外部性包括有益外部性（新发明、播种疫苗、教育投资、助人为乐等）和有害外部性（环境污染、汽车尾气、噪音释放等）。解决有益外部性需要政府的奖励和专利保护以及慈善机构和社会公益团体参与，解决有害外部性靠政府制定法律、法规、税收政策或界定权利。(4) 平等问题。市场配置会导致贫富悬殊和两极分化，需要政府采取公共政策，消减或缓释残酷的市场竞争后果，如采用累进所得税、社会救济、福利再分配等政策增进社会经济福利，但前提是不降低社会经济效率，争取把社会“经济馅饼”做大。

“看得见的手”必须建立在市场基础上，在市场失灵的领域发生作用。由于信息不完全、政策程序等原因，政府干预可以改善市场结果，但并不意味着它总能促进经济福利。

8. 生产率差异原理

生产率是指一国生产物品和劳务的能力。各国生产率的不同导致各国人均收入和生活水平的差别。生产率高低用一个生产者一个小时所生产的物品和劳务量来衡量。在那些生产率较高的国家，人们会拥有更多的电视机、汽车、营养、医疗保健、教育和更长的预期寿命；而那些生产率较低的国家，大多数人必须忍受贫困的生活。2009年，世界生活水平排在前10名的国家（卢森堡、挪威、瑞士、美国、日本、丹麦、冰岛、瑞典、英国、芬兰）人均收入超过27 000美元；而排在后10名的国家（乌干达、卢旺达、莫桑比克、尼日尔、塔吉克斯坦、马拉维、塞拉利昂、几内亚比绍、利比里亚、布隆迪）人均收入不到241美元。创造经济学奇迹、排在世界第109名的中国人均收入也只有1 100美元。

9. 通货膨胀与失业短期交替关系原理

通货膨胀是指一国经济中物价总水平的持续上升。货币量的迅速增长、货币流通速度加快和生产率的大幅度下降都会导致通货膨胀。失业是指愿意工作而且有能力工作的人没有在生产中得到就业。许多国家都遇到过通货膨胀与失业交替出现的问题，即通货膨胀率与失业率此消彼长：失业率高，通货膨胀率低；失业率低，通货膨胀率高。经济学家菲利浦斯把这种交替关系划成一条凹型曲线——菲利浦斯曲线。这条曲线仍然是一个有争议的问题，但大多数经济学家认为，通货膨胀与失业之间存在短期交替关系。

10. 收益递减原理

收益递减是一条可广泛观察到的经验性规律，内容是指当保持其他投入不变时，连续增加同一单位的某种投入所增加的收益（或产量）越来越少，又称边际收益递减规律。收益递减的原因是：随着某一种投入，如更多的劳动单位增加到固定数量的土地、机器和其他投入上，劳动可使用的其他要素越来越少。土地变得更加拥挤，机器超负荷运转，所投入的劳动也变得较不重要了。

边际收益递减的另一面是边际成本递增。在短期内，当把可变的生产要素用于不变的生产要素时就表现出收益递减的倾向，这就意味着边际成本有上升的倾向。如果最初存在着收益递增，那么，边际成本就下降，但在一定时间后，边际收益递减和边际成本递增总会出现。成本的“∪”形变化规律和收益的“∩”变化规律对企业和厂商来讲意义深远。

小时候，家长总说“一个和尚挑水吃，两个和尚抬水吃，三个和尚没水吃”，告诉孩子不要攀比依赖、偷懒耍小聪明。其实，没水吃的根本原因是：只有两个水桶，越是后面上山的和尚（边际要素），可以使用的资本要素（水桶）越少，因此，边际收益越低。只要在增加上山和尚的同时能够不断增加木桶，就不会马上出现边际收益递减现象。

第三节　经济学的基本内容

一、经济学的精髓

一百多年来，经济学卓有成效地运用现代数学工具或统计方法，极大地推动了数学的发展，现代数学中的线性规划、数理统计、非线性动态分析、控制论、博弈论等，都从经济学中汲取了丰厚的养分。

有人曾经嘲笑经济学家，说经济学的全部内容可以在两个星期内掌握。我国著名学者汪丁丁评论说：一门可以在两个星期内掌握的科学，一定是简练到优美地步的学问，其基本定律一定如此有效以至于根本用不到更多的假设和辅助定理，就足以解释整个世界了。

通俗地讲，经济学的精髓是研究“给定条件下的最大化”。理性经济人追求给定成本（价格、收入或付出）下的收益最大化（具体分为效用最大化、产量最大化、利润最大化）。支撑经济学的“最大化分析”可以浓缩为一个公式：$MU_i/P_i=\lambda$。MU_i 为每增加一单位 i 商品消费给消费者带来的效用，即边际效用，P_i 为 i 种商品的价格，λ 为一常数。当边际效用递减的情况下，$MU_i/P_i=\lambda$是消费者理论中的消费者均衡条件（原则）或消费者效用最大化公式。$i=1,2,3,\cdots,n$，代表不同的商品，它的展开式为：$MU_1/P_1=MU_2/P_2=\cdots=MU_n/P_n=\lambda$。例如，消费者选择两种商品 x 和 y，当 MU_x/P_x 大于

MU_y/P_y时，他会增加 x 商品或减少 y 商品，直到每单位货币得到的不同商品的边际效用相等，即 $MU_x/P_x=MU_y/P_y$。

我们可以据此推出其他一些重要的微观经济学中的理论或定理。

（一）需求定理

$MU_i/P_i=\lambda$ 公式中，如果 MU_i 不变，P_i 下降人们会增加商品 i 的消费，反之则减少商品 i，即其他条件不变时，价格变化引起需求量向相反方向变化，得到需求定理。

（二）供给定理

把公式 $MU_i/P_i=\lambda$ 换成 $MR_i/C_i=\lambda$，边际收益与成本之比，假定 C_i 不变，MR_i 上升，供给增加，反之减少，得到供给定理（其他条件不变时，供给量随价格或收益同方向变动）。

（三）要素最优组合的条件

如果把 MU_i 看作投入 i 种要素获得的边际收益（MR_i），P_i 看作投入要素支付的成本（C_i），固定投入不变且边际收益递减规律存在时，生产者实现收益最大化和要素最优配置的条件是 $MR_i/C_i=\lambda$。

（四）分工和交易原理

我们还能从 $MU_i/P_i=\lambda$ 得到交易、分工和贸易原理，不同消费者对不同商品而言，边际效用（MU_i）是不同的，这就产生了交换的必要。不同国家的资源禀赋不同，成本（C_i）不同，就产生了分工和贸易。

（五）寻租理论

不完全竞争市场中“寻租”和“设租”的理论基础也是基于 $MR_i/C_i=\lambda$ 公式中成本（C_i）与收益（MR_i）的比较分析。

（六）外部性和公共产品理论

成本（C_i）收取上的困难以及收益（MR_i）分担上的不对称产生了搭便车、外部性、公共产品等市场失灵问题。

总之，经济学中的重要原理，包括边际效用递减规律、边际收益（报酬）递减规律、边际成本递增规律、要素最优投入组合、需求定理、供给定理、均衡价格的形成机制、利润最大化原则、寻租与设租、公共产品、搭便车、外部性、市场失灵等经济学的基本内容都是从经济理性、“给定条件下的最大化”，也就是 $MU_i/P_i=\lambda$ 这个公式中推导演化出来的，经济学在预设的简洁性和逻辑一致性上达到了炉火纯青的地步。

二、微观经济学和宏观经济学

（一）微观经济学与资源配置的问题

微观经济学要解决的是资源配置问题。资源配置涉及三个基本问题：

第一，生产什么？由于资源有限，用于生产某种产品的资源多一些，用于生产另一种产品的资源就会少一些。人们必须做出抉择：用多少资源生产某一种产品，用多少资源生产其他的产品。

第二，怎样生产？不同的生产方法和资源组合是可以相互替代的。同样的产品可以有不同的资源组合（劳动密集型方法或资本技术密集型方法）。人们必须决定：各种资源如何进行有效组合，才能提高经济效率。同样的产品生产在不同的外部环境下，会有不同的劳动生产率，所以，人们还必须决定资源配置到哪里最有效。

第三，为谁生产？应考虑：产品如何在人们之间进行分配，根据什么原则及采用什么机制进行分配，分配的数量界限如何把握，等等。

（二）宏观经济学与资源利用的问题

当出现失业时，意味着经济资源的闲置与浪费。所以，经济学家不仅研究资源配置问题，还研究资源利用。所谓资源利用是指人类社会如何更好地利用现有的稀缺资源，使之生产出更多的物品。资源利用也涉及三大基本问题：

第一，失业问题。应考虑：为什么资源得不到充分利用，如何解决失业及实现“充分就业”。

第二，经济波动问题。应考虑：经济产量为什么会波动，如何实现经济增长。

第三，通货膨胀问题。应考虑：如何对待“通货膨胀”。

由此可见，稀缺性不仅引起了资源配置问题，而且引起了资源利用问题。主流经济学认为，经济学是研究稀缺资源配置和利用的学问。

三、市场经济体制和计划经济体制

资源配置与利用中的六大基本问题是：（1）生产什么商品（包括生产多少，何时生产）？是多生产军需品满足安全需要，还是多生产民用品满足消费需求？（2）如何生产？是用石油和煤炭发电，还是用风力、瀑布和原子能发电？是手工操作还是机器大规模生产？由哪些人使用何种资源、何种技术？谁去打猎？谁去钓鱼？（3）为谁生产物品？谁来享用这些物品和劳务？社会产品怎样分配给不同的人和家庭？是按照体力还是按照智商给予酬劳？（4）为什么资源得不到充分利用？通过什么手段消除失业以及资本与土地的闲置？（5）如何实现经济持续稳定的增长？（6）现代经济社会中，在解决失业、通货膨胀方面有什么办法？

解决以上六个问题，过去传统社会中主要依靠习惯和传统，而现代社会经济中，则通过两种基本的经济体制：（1）市场经济体制，即主要通过市场来解决资源配置与利用问题。生产什么？由市场竞争性价格决定，企业总是生产那些价高利大的商品。如何生产？企业使用成本最低的技术和成本组合。为谁生产？生产要素价格或要素供求决定人们收入的高低，产品的分配取决于人们的货币数量或消费决策。资源的高效率充分利用，经济波动和通货膨胀也主要通过价格的调节与刺激、间接经济手段来实现。（2）计划经济体制，即主要通过计划来解决以上问题，中央集中的指令性计划决定生产什么（军需物资或民用消费品数量及比例）、如何生产（生产要素统一调拨、按计划供应、产供销“一条龙”、计

划缺口的平衡与调剂)、为谁生产(产品分配依靠自上而下的组织及制度,计划中心起着支配作用。苏联的资源配置和利用都由计划中心来安排)。目前,世界上大多数国家采取的经济体制是市场经济体制与计划经济体制有机结合的混合经济体制。

经济体制是指资源配置和利用中所采取的经济决策方式和经济运行方式。

四、微观经济学研究的重点是企业行为

(一)企业利润最大化行为分析

利润是总收益与总成本之差。假定要推出一种新产品,如太阳能变速运动鞋,你一定会对自己提出一系列问题并进行思考,然后分步解决。

第一步,你会考虑投产所必需的条件:市场需要量,每双鞋的成本,销售价格盈利多少。你在考虑这些因素时,已经是一个踏进经济学门槛的人了。

第二步,如何使利润最大化?不用翻阅高深的经济学著作,你就会想到:(1)降低成本而质量不变;(2)提高价格但市场需要量不变;(3)降低价格但必须扩大销量(薄利多销)。以上说明市场需求、成本、价格和产量是经济分析的对象的要素。

第三步,接下来你应做出决策了:提价?降价?还是价格不变、降低成本?实际上,你凭经验就能做出选择:(1)太阳能鞋并非生活必需品,价格太高没人买;(2)太阳能鞋替代性强,涨价会降低需求,会把顾客推到销售皮鞋、布鞋、旅游鞋的商场;(3)涨价与否还要考虑人们的收入水平、太阳能变速运动鞋售价占社会平均收入的比重、其他相关商品价格等,你在做出选择时,实际会涉及经济学中的需求价格弹性大小分析。需求价格弹性是指需求量变动率与价格变动率的比率。需求有弹性的商品(奢侈品、耐用消费品、旅游和旅游纪念品等)适合降价多销,使总收益和总利润增加;需求缺乏弹性的商品(生活必需品、替代性弱的商品)适合提价销售,这时,价格变化引起的需求量变化不大,总收益和总利润会增加;需求无弹性的商品(药品、各种管理收费等)更适合涨价销售,但会受到政府的干预和管制。

需求价格弹性是经济学中非常重要的概念,它不仅使我们知道需求是价格的函数,而且进一步对其量化,使我们知道需求量变动程度的大小。决定需求价格弹性的因素很多,主要包括:收入比重(某商品价格占消费者预算支出的比重与需求弹性呈正比);替代程度(某商品的替代品越多,其需求价格弹性就大);时间长短(时间长短与商品需求弹性呈正比);需求程度(生活必需品需求弹性小,而奢侈品需求弹性大)。

第四步,你在确定了价格高低之后,接下来应对产量多少做出选择。确定产量时,你会把成本分为固定成本和变动成本,并且很快会明白,只有变动成本才与产量有关,你每增加一单位产量,成本和收益也会增加(边际成本和边际收益),当每增加一单位产量的收益大于成本($MR>MC$,边际收益大于边际成本)时,你会继续增加产量,反之则会减少产量,直到每增加一单位产量的收益等于成本(边际收益等于边际成本是利润最大原则)时,这时的产量水平所获得的总利润最多。你会奇怪,最后一双鞋的成本与收益相等,那生产这双鞋有意义吗?读过经济学的书后你会明白:首先,应确定生产规模(产量)的大小;其次,这时的产量水平所获得的总利润最多;最后,最后一个单位产品的成

本与收益相等，不等于你没有得到利润。西方经济学称成本与收益相等时的利润为正常利润，它包含在成本之中：最后一双鞋的卖价 200 元（收益）＝200 元的代价（成本＝外在成本＋机会成本，即成本＝180 实际支出＋20 未支出的机会成本）。你可以计算一个学生上大学的实际成本（会计成本）和机会成本。

（二）市场类型

西方微观经济学中有关市场出清（产品市场、劳动市场、金融市场在市场机制的作用下能迅速达到均衡状态）、经济人完全理性、完全信息和资源自由流动假设只不过是经济学家理想的乌托邦，人们实际面对的是接近完全竞争的市场或不完全竞争市场。

在完全竞争市场上，有成千上万的买者和卖者，每一位厂商无法决定和影响价格，他只是市场价格的被动接受者。假如你是一个市场销售经理，为了在市场上立住脚，你必须不断地调整销售量，把握进货时机，低进高出。而长期来看，你必须告诉企业生产经理：突出产品特色。基于产品的差别性，由市场价格的接受者变为价格的创造者才是取胜之道。

在垄断竞争市场上，因为部分地存在产品差别，竞争手段常常是让人眼花缭乱的广告大战，而注重特色、树立形象、推出品牌，最终也能达到控制产量、提高价格的目的，在垄断竞争市场上，每一个公司的产品都有自己的特点，由于其替代品的存在，在掌握价格竞争策略时，了解市场对本产品的需求及需求价格弹性极其重要。一般而言，从短期来看，在垄断竞争市场领域的公司有控制产量和价格的能力，但从长期来看，由于竞争，新公司可以加入，利润会被摊薄。

在垄断市场上，最有效的竞争手段是维持垄断地位、阻止其他公司加入，垄断产品原料、生产技术和发明，维持较大生产规模，最终控制产量和价格。

在寡头市场上，几家厂商垄断了该行业产品的生产和销售，它们彼此密切注意对手的一举一动，而各自又拥有一种独具特色的产品。在广告宣传上，它们互不相让、攻势如潮，最后产生的效益相互抵消，结果几败俱伤。之后，它们会在价格、市场份额上达成协议，协调议定价格和涨价幅度。从竞争策略上讲，寡头之间会尽力避免价格竞争，防止为了人为创造需求、控制价格而进行广告大战。美国历史上的香烟广告大战、汉堡包大战、眼花缭乱的麦片粥之争、各领风骚的汽车争斗、刀光剑影的航空业价格战，都曾留下惨烈的故事。

实际上大公司之间的竞争很少在价格上展开，那样的话，只会相互损害，各伤元气；而常见的是在广告、产品差别、服务质量上明争暗斗。

以上内容涉及微观经济学中的均衡价格理论、生产和消费理论、弹性理论、成本理论、收益理论以及厂商均衡理论（市场理论和定价决策论）。

五、宏观经济学的核心问题

（一）凯恩斯——现代宏观经济学之父

凯恩斯之前的西方经济学信奉“萨伊定律”，认为市场机制能自行调节经济。但古典经济学却无法解释 20 世纪 30 年代的经济大萧条。古典经济学认为，萧条、失业只是暂时

现象，失业只是劳动力供给超过需求时的特殊情况。失业时，工资水平会下降，厂商会雇用愿意接受低工资的失业工人，从而拉低在业工人的工资，这样失业会消失。

但是，凯恩斯认为，由于工会、传统、制度限制以及工资刚性，人们已经习惯于既有的工资水平，因而工资水平不可能降低，这样，充分就业只是一种特殊情况，失业可能会经常存在，失业会成为一种普遍现象。为什么供给不能创造需求解决供过于求问题呢？凯恩斯否定了“萨伊定律”，认为不是供给创造需求，相反，是需求创造了供给。他认为国民收入由总需求（消费需求和投资需求）决定，由于边际消费倾向递减、资本边际效率递减、流动偏好三大心理规律的作用，导致消费需求和投资需求不足，故而出现失业。凯恩斯所要解决的核心问题是失业问题，它也是宏观经济学的核心问题。

（二）简化的凯恩斯宏观经济理论——浴缸理论

一国总收入或经济活动水平取决于各种支出的总水平，政府可以通过制定和调整税率政策、利率政策、政府本身的货币支出来影响居民的消费支出和投资支出。其道理可用一个浴缸来说明。

图1—5中的水代表经济活动水平和就业水平（国内生产总值GDP和就业量）。当出现失业时，水位较低，这时可采取以下办法：开大水龙头（增加政府支出和投资及消费支出）；关小排水口（减少税收，降低储蓄）；在开大水龙头的同时，关小排水口。当出现通货膨胀时（充分就业时，总需求继续增加，水从浴缸中溢出），应该开小水龙头，放大排水口；开小水龙头的同时放大排水口。国民收入如果正好处于充分就业时的均衡时，则应使流入等于流出（水位始终不变）。

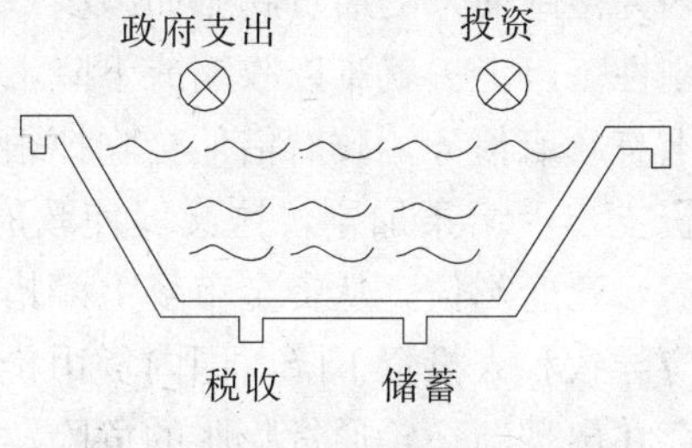

图1—5　经济浴缸

凯恩斯主义盛行的年代，政府正是用以上办法来管理和调节经济的。政府通过影响消费支出、投资支出和政府支出的总体水平来控制经济（需求管理）。当出现失业和经济萧条时，政府采取扩张性财政政策，增支减税。一方面，政府增加财政支出（公共工程、政府采购、转移支付）、减少税收、降低税率；另一方面，政府采取扩张性货币政策，增加货币供应量，降低存贷利率，利率下降会间接影响储蓄、投资和消费，储蓄减少和消费增加，贷款上升，投资增加，即货币供应量变化间接影响利率，利率再影响储蓄、投资。如果出现经济高涨，方向正好相反。由上可见，政府的财政政策即增支减税是直接起作用的；通过货币供应量变化、利率变化影响消费、投资的货币政策是间接发生作用的。

（三）中央银行和政府的干预及后果

在西方银行体系中，中央银行管理商业银行，而中央银行既独立于国会，又独立于政府。中央银行主要通过货币供应量的变化来影响利率、贷款数量，还可以通过直接变更商业银行向其借款的再贴现率调节利率，利率变化作用于投资、储蓄、消费。所以，中央银行运用货币政策（货币供应量、利率）控制经济。

政府主要通过财政政策调节政府支出和税收影响经济总水平，达到控制经济的目的。

20 世纪 40—60 年代，西方各国政府把失业率和通货膨胀率控制在 3%～4%的“正常”界限内。凯恩斯理论似乎提供了解决当时所有问题的答案，此时，经济学凌驾于所有社会科学之上，好似一颗灿烂的明珠，连后来成为总统的尼克松也是凯恩斯的信徒。但从 60 年代中期开始，政府开支大增、石油涨价、通货膨胀出现，而高物价并未带来高就业，而是带来了高失业。经济学家断言通货膨胀与失业只能交替出现，政府在失业时采取扩张性政策，增加总需求，只会增加国民收入和就业，不会引起物价上升。这与现实严重背离。现实中，为减少失业而采取的任何措施都会造成高物价；为降低物价的措施又带来高失业率，经济学中把这称为“滞胀”。

为了治理“滞胀”，西方国家采取了如下办法：一方面利用货币政策对付通货膨胀，由中央银行负责操作。中央银行代表商业银行利益，作为债权人的商业银行家及股东是不喜欢通货膨胀的，因为通货膨胀时，吸存困难、贷款贬值。另一方面利用财政政策对付失业，由政府具体操作。政府主要关心失业率问题。增支减税，加快经济发展速度，创造更多的就业机会，减少失业，可以树立政府形象，争取更多的选民。

由上可见，货币政策与财政政策有时是相互矛盾的，政府与银行的偏好是不一致的。当银根紧缩、投资不足、经济不景气时，政府税收下降。与此同时，失业率上升，失业救济、福利补贴、转移性支付会自动上升，使政府开支迅速上升，收支不平衡，出现赤字。耐人寻味的是，赤字并不会因为接踵而来的通货膨胀而减少或消除。事实是，赤字始终存在，因为：第一，政府支出刚性一旦上去就难以收缩或下降，支出削减计划会受到各方的强烈反对；第二，赤字事实上是政府债务，政府借债会吃掉很大一部分私人储蓄，从而挤掉了部分本应有的消费和投资支出，萧条加剧，这又促使政府进一步借债以刺激总需求，从而出现赤字恶性循环；第三，政府举债，从资金市场上筹措资金、填补赤字，对货币需求增加，利率上升，挤出效应导致私人投资下降，国内货币价格上升、出口下降，如果这时银行扩大货币供应量，就存在出现新一轮通货膨胀的危险。这样看来，调节经济是一件非常复杂的事情，如果调节经济仅仅是运用“凯恩斯政策工具箱”中的各种工具，那么经济学家就无事可做了。但即使是天才的经济学家，也不可能提供解决所有问题的答案。

第四节　经济学的基本方法和基本工具

一、实证方法和规范方法

（一）实证方法

实证方法是一种摆脱或排斥价值判断、集中研究和分析经济活动与经济过程如何运行的分析方法。它只研究经济现象间的联系，分析和预测经济行为的后果，只回答“是什么”，对诸如“状态”、“可选择的政策”、“实施某方案的后果”等方面进行描述、解释。

用实证方法分析失业、通胀、财政政策、增长、发展等经济问题和经济现象，叫实证经济学。萨缪尔森说："当代政治经济学的首要任务在于对生产、失业、价格和类似现象加以描述、分析、解释，并把这些现象联系起来。""我们必须尽力树立一种客观和超然的态度，不管个人的好恶，要就事物真相来考察事物。""检验一种理论是否正确要看是否有助于说明观察到的现象。它的逻辑是否完美，讲得是否细致美妙，那是次要的"。① 他在这里讲的，就是实证方法的基本特征和基本要求。微观经济学与宏观经济学都把社会经济制度作为既定不变量，不分析社会经济制度变动对经济的影响，故它们都属于实证经济学。

实证分析一般借助于一系列经验数据、假设条件、经济数量模型，根据理论模型做出预测，然后用事实来验证预测，以便决定修改或放弃理论及其预测。经济学就是在"考察资料、形成假说、检验假说、修改或放弃假说"中演化和发展的。

（二）规范方法

规范方法是以一定的价值判断（伦理学意义上的好或坏）为基础，提出某些标准作为分析处理经济问题的标准，作为制定经济政策的依据，并研究如何才能符合这些标准。它回答"该做什么"，"应该是什么"，其分析结论往往无法通过经验事实来检验。规范尺度或价值判断的标准，不同时期和不同流派的经济学是不同的。例如，中世纪对经济问题的分析，是以神学为"规范"的；西方古典经济学的规范是个人主义的伦理观；当代福利经济学派的规范则是"福利主义"；伦理学派的规范是"机会均等"的彻底自由主义。经济学规范研究重在考察行为的后果，判断它们的好坏善恶，分析这些后果是否可以变得更好。因此，规范研究包含了对于偏好的行动路线的判断和规定。经济学规范研究常常涉及以下问题：通货膨胀的容忍限度应该是多少（6%，8%，12%）？究竟是应当把解决就业压力放在优先位置，还是把抑制通货膨胀放在优先位置？是否应该向富人课税以帮助穷人？国防开支每年应当增长3%还是7%？经济学家根据不同规范和价值判断展开争论，他们之间的分歧不可能通过科学或诉诸事实加以解决。对于通货膨胀应多高，什么程度的贫穷才是合乎正义的以及国防开支应占多大比重的问题，根本不存在正确或错误的答案，这些问题是由政治抉择来解决的。

经济学家之间在实证经济学的许许多多问题上已经取得相当一致的意见：如租金控制的影响、最低工资、关税以及汇率的作用和政府支出。实证经济学只有在货币的作用和通货膨胀问题上还存在着重大分歧。经济学家之间的重大分歧在宏观经济学和规范经济学领域，如有关政府的适当规模、工会的力量、通货膨胀和失业、收入的公平分配等涉及广泛的政治和伦理问题，经济学家们存在意见分歧，而在关于价格和市场的微观经济学中，经济学家们的意见相当一致。

二、经济学实证分析的基本要求

在微观经济学和宏观经济学的发展中，人们越来越强调实证的方法。许多经济学家认为，经济学的实证化是经济科学化的唯一途径，这样才能使经济学成为像物理学、化学一

① 萨缪尔森：《经济学》，11～18页，北京，商务印书馆，1980。

样的真正科学。为此，经济学家提醒人们要避免主观性、防止合成推理谬误和误判因果关系。

（一）避免主观性

主观性是指在观察和处理问题时，不是从客观实际出发，而是从愿望、意志、感情、个人经验出发，在实际工作中，表现为教条主义和经验主义。西方学者承认，经济问题容易引起个人感情，在牵涉到根深蒂固的个人信仰和偏见时，血压上升，语音刺耳，而某些偏见又都是披上薄薄一层合理化外衣的特殊经济利益。生长在地球上面，有的人以为宇宙的其他部分都围绕地球转；有的人牛顿力学学得很好，却妨碍他们掌握新的相对论。生活在资本主义社会并长久地体验其生活方式，要赞同和理解其他经济制度是比较困难的，人们习惯于用自己大脑中的概念、理论、经验来解析经济现象。人们年轻的时候，很容易接受新思想，然而一旦把经验、知识组织成一种关于现实的观点以后，就很容易变成自己知识、成见、偏见、感情和利益的俘虏。当你采用一套新的经济原理时，你就要以新的和不同的方式去理解现实，每个人都需要对自己的主观性和没有明确表达出的假设条件事先有所警惕。

（二）防止合成推理谬误

根据微观而推导出宏观，由局部而到整体，从个体而推延至全体，就是合成推理谬误。事实上，某一原因对个体来说是对的，对整体来说则不一定如此，以下例子都是正确的陈述，如果你认为不对，就犯了合成推理的错误：

（1）某企业的工人或某行业的工人会从工资提高中获得好处，但所有工业的工人并不能从类似的工资提高中获得好处。

（2）即使所有的农民努力干活，又遇风调雨顺，获得一次大丰收，农业总收入也很可能下降。

（3）在经济萧条时，个人多储蓄一些，反而会减少整个社会的储蓄额。

（4）税收能增加政府收入，但也可能减少政府财政收入和国民收入。

（5）大规模的广告能增加产品销售量，但当该行业所有公司都大搞广告攻势时，不一定能取得类似销量增加的好处。

（6）开车上下班比骑自行车或乘公共汽车节省时间，但如果所有的人都驾车上下班，情况恰好相反。

（7）个人、地方和部门能从关税保护中得到好处，但国家和消费者不一定能从中获益。

（8）对个人来说是妥善的行为，对整个国家来说有时却是愚蠢的事情。

（9）每个人都踮脚尖看庆祝游行并不能使人看清楚，但某一个人这样做可以看得更清楚一些。

在经济学领域，可以肯定的是：对于个人来说是对的东西，对整个社会来说并不总是对的；反之，对大家来说是对的东西，对某个人来说可能是十分错误的。

（三）警惕误判因果关系

由于错误地断定因果关系的方向，人们（包括经济学家）会犯“误判因果关系”错

误。例如，下面的观点就是搞反了因果关系。

（1）甲城市警察在不断增加，暴力犯罪事件却有增无减，所以，警察越多越集中的地方，越危险，越不安全。

（2）夫妻们准备要孩子并预期到孩子出生，开始购买婴儿车和旅行车，从而引起婴儿车和旅行车销售量上升。有人据此认为：婴儿车和旅行车的销售引起人口增长。

（3）有人认为，只有她在春天穿上裙子以后，树木才会变绿。

（4）一位记者认为，由于佛罗里达州是死亡率最高的一个州，因此，住在那里一定对健康不利。

（5）大规模的、地毯式的广告宣传导致了美国高标准的生活水平。

一切分析都需要进行概括和抽象、演绎和归纳。对于某城市的高死亡率与人们健康的关系，我们必须仔细分析，首先假定该城市与其他城市除居住生活以外的其他条件相同，或者根据年龄分布、性别、有损健康的诸多因素做出校正以便具有可比性，然后考察资料，确定假设、形成假说、检验假说，最后，才能对居住在该城市是否有利于健康做出结论。

经济学家在考察分析、描述经济现象时，离不开定义、假设、假说、检验这几大实证方法的基本环节，定义概念、确定假设、形成假说、检验假说的过程，也就是理论形成的过程。理论往往比感觉更可靠。

三、经济学研究的基本工具

（一）供求分析

供求分析是指在分析经济现象或考虑经济问题时，总是要从供给和需求这两个方面来考虑，供求的相互作用总是要反映在价格上。

（二）成本收益分析

成本收益分析是指人们做出每一项决策都会比较成本与收益。当成本或收益变动时，人们的行为也会改变。在给定成本下争取最大收益，或者在给定收益下使得成本最小，这是理性人或经济人的行为原则。

（三）边际分析

边际分析是指当自变量发生微小变动时，因变量就随之变动。例如，在经济决策中人们不仅会比较总成本与总收益，还会比较边际成本与边际收益。

（四）总量分析法

总量分析法是指对影响宏观经济运行总量指标及变动的动态分析方法，宏观总量指标包括 GDP、失业率、通货膨胀率、固定资产投资规模、汇率、财政收支、国际收支、外汇储蓄、工业增加值等。

本章小结

1. 经济学是研究稀缺资源在各种可供选择的用途之间进行有效配置与利用的科学。在解决资源配置与利用问题时，人类社会采取了传统、市场、计划三种形式，在现代社会中，则采用计划经济和市场经济这两种基本的经济体制。

2. 在资源既定的情况下，资源配置与利用的效率是不同的，生产可能性曲线很好地说明了这一点。资源配置有两种基本方式，即计划与市场，前者所需要的条件不完全具备，所以，当今世界各国都以市场经济体制作为基本的运行方式。市场运行离不开市场和市场机制。

3. 经济学喜欢用简洁、精练的工具（如数学分析和几何图形）来描述经济现象，但这并不意味着必须使用这些工具。经济学十大原理的阐述采用的就是通俗易懂的文字表达方式。

4. 经济学有两个基本的领域：微观经济学和宏观经济学。前者研究居民和企业经济行为，后者研究影响整体经济的力量和趋势。微观经济学运用供求方法和边际方法研究企业和居民的经济行为，包括价格、弹性、市场类型、消费和生产；宏观经济学在研究失业和通货膨胀中，运用长期短期分析方法对总供求以及影响总供求的消费、投资、储蓄、进出口、政府收支、货币供应量等因素及相互作用进行了分析。

5. 经济学的方法包括实证方法和规范方法。实证方法是一种描述和解释性的方法，它不提倡或尽可能避免价值判断，回答“是什么”，对“状态”、“政策”、“后果”进行描述。经济学在运用实证方法中，要注意避免主观性、防止合成推理谬误、警惕误判因果关系。经济学家相信理性，认为理论比感觉更可靠；经济学的分析工具包括供求分析、成本收益分析、边际分析。

6. 在今天，世界各国政府决策越来越愿意听听经济学家的建议，许多国家都有专门的经济顾问委员会和最高决策经济参谋机构，一些企业也喜欢在投资决策中请经济学家来判断经济风向；个人经济生活的多样性和复杂性，也使人们开始重视经济学。

7. 西方经济学从产生至今，大致经历了重商主义、古典经济学、新古典经济学、当代西方经济学四个主要阶段。

本章关键概念

1. 资源：指用于满足人类需要的有形物品和无形物品。经济学讲的资源是经济资源——必须付出代价（成本）才能获取的稀缺资源。

2. 稀缺：指相对于人类多样无限的需要而言，满足需要的资源是有限的。

3. 选择：是指资源配置，即如何利用既定的资源去生产量多质优的经济物品，以便更好地满足人类的需要。

4. 经济学：研究稀缺资源配置与利用的科学。

5. 机会成本：做出一项决策时所放弃的另外多项决策中的潜在收益最高的那个决策的潜在收益。

6. 资源配置问题：就是由资源的稀缺性和选择性引发的生产什么、怎样生产、为谁

生产这三大基本问题。

7. 资源利用：是指人类社会如何更好地利用现有的稀缺资源，使之生产出更多的物品。

8. 生产可能性曲线：指一个社会用其全部资源和当时的技术所能生产的各种产品和劳务的最大数量的组合。

9. 市场经济：指通过市场配置社会资源的经济形式，它是竞争性价格、市场供求、市场体系等一系列市场要素及其相互关系的总和。

10. 供求分析：是指在分析经济现象或考虑经济问题时，总是要从供给和需求这两个方面来考虑，供求的相互作用总要反映在价格上。

11. 成本收益分析：是指人们做出每一项决策都会比较成本与收益。当成本或收益变动时，人们的行为也会改变。在给定成本下争取最大收益，或者在给定收益下使得成本最小，这是理性人或经济人的行为原则。

12. 边际分析：是指当自变量发生微小变动时，因变量就随之变动。例如，在经济决策中人们不仅会比较总成本与总收益，还会比较边际成本与边际收益。

13. 宏观经济分析：是指对宏观经济运行总量变动的分析，如对国内生产总值、消费额、投资额、净出口额、银行贷款总额及物价水平的变动规律的分析等。宏观经济分析方法包括总量分法法和结构分析法。

讨论及思考题

1. 假如你一天有 16 小时在闲暇和学习之间分配时间。设闲暇为变量 x，学习时间为变量 y，用坐标几何图表示学习与闲暇此消彼长的关系；如果你每天将 6 小时用于闲暇，请在图上标出你要选择的点，假如你决定每天只需要 5 小时的闲暇时间，请标出新点。若你觉得时间少了，你每天用 18 小时的时间分配在学习和闲暇上，画出新的曲线。（提示：16 小时的函数方程式为 $16=x+y$，18 小时的函数方程式为 $18=x+y$，方程式的变化在几何图形中表现为线移动）

2. 什么是经济学？如何从资源的稀缺性和选择性推导出经济学？

3. 不同的制度在解决生产什么、如何生产和为谁生产问题的方式上有何不同？考虑在家庭内、大学里、食品行业和军队里是怎样解决三个基本经济问题的。（提示：家庭内通常是习惯和传统起作用，大学和食品行业主要受市场机制支配，军队靠计划指令）

4. 你是否认为对工作的喜爱、社会责任感、成就感能够取代利润动机？请说明这句话的意思："我从来没有看到那些假装为了公共利益而从事贸易的人做出多少好事来。"（提示：经济人或理性人假设是经济学的基本假定，理性人追求利益最大化并通过市场有序交换实现双赢、多赢和整个社会的均衡；利益集团通常以国家、民族、公共利益之名行维护垄断利益、反对自由贸易之实）。

5. 举十个你身边的例子说明经济学十大原理。

6. 试述价格机制的作用过程及价格机制的功能。

7. 你是否认为稀缺是经济学的中心问题？为什么？一位耶鲁大学的学生在他的博士论文中论证说，未来的希望不是发展生产、增加产出，而是减少人们的欲望。你同意吗？

你认为人类应如何解决稀缺性问题？（提示：选择问题是由稀缺性问题引出来的；对于个人，可以通过减少欲望来解决稀缺性问题；人类应通过发展生产、理性选择来解决稀缺性问题）

8. 什么是边际分析方法？你最近一周遇到的边际问题是什么？你是如何做出边际决策的？（提示：当自变量发生微小变动时，因变量随之变动，这就是边际分析方法）

9. 如果年收入 5 万元，纳税 20%（平均税率），超过 5 万元以上的部分税率为 50%（边际税率），请计算一个有 6 万元年收入的人的平均税率和边际税率及纳税总额。（提示：当年收入为 6 万元时，纳税总额为 1.5 万元，平均税率为 25%；边际税率为 50%）

10. 长寿者一般不吸烟，不吸烟者大都长寿，对否？个人在萧条时期多储蓄一些，会增加还是减少社会总储蓄？（提示：吸烟与长寿没有因果函数关系；会减少总储蓄，否则，就犯了合成推理谬误）

11. 解释：(1)“在长期中，竞争的利润怎么能是零呢？谁还愿意不赚钱而干活呢？”(2)“竞争所消灭的只是超额利润。管理人员仍然能得到他们工作的薪金；所有者在竞争的长期均衡中得到资本的正常利润——不多也不少。”（提示：参考第五章中的完全竞争市场和垄断竞争市场）

12. 琳达 1 小时可以读 80 页经济学书，她还可以 1 小时读 100 页心理学著作。她每天学习 8 小时。(a) 请画出琳达阅读经济学和心理学著作的生产可能性曲线；(b) 琳达阅读 160 页经济学著作的机会成本是什么？（提示：设琳达读经济学书 Y 页，读心理学著作 X 页，两者是线性减函数关系；因为 8 小时可以读 640 页经济学书或 800 页心理学著作，所以，$Y=640-\frac{4}{5}X$，据此可做线性生产可能性曲线图）

13. 假定一个社会以其全部资源生产小麦和棉花，数据如表 1—1 所示。

表 1—1

可能的组合	A	B	C	D	E
小麦（万吨）	20	18	14	8	0
棉花（万吨）	0	1	2	3	4

试画出该社会的生产可能性曲线。（提示：以小麦和棉花为纵横轴，连接 A—E 组合点）

14. 重商主义者（14—15 世纪）认为交换产生财富，财富主要来源于贸易顺差，流通和贸易是强国之本、富裕之路。今天有人高喊着“交换万岁”，认为我们每个人都没有理由拒绝交换、拒绝市场，交换和市场目前仍然是中国最大的需求。你以为如何？（提示：每一种思潮或理论都历史地反映了当时的时代需要）

15. 20 世纪上半期，德国实行国民经济军事化，要“大炮”不要“黄油”；第二次世界大战后的苏联和美国为了军备竞赛，把有限的资源用于“大炮”，“黄油”减少，人民生活水平下降；“文化大革命”后，邓小平提出和平与发展主题，注重给人民带来实惠，把更多的资源用于生产“黄油”。请问为什么“大炮”与“黄油”是一种此消彼长、你多我少的替代关系？如何解决“大炮与黄油”问题？（提示：因为资源稀缺，社会必须进行权衡取舍；依靠计划或者市场方式解决生产什么、如何生产、怎样分配的问题）

第二章

需求、供给与均衡价格

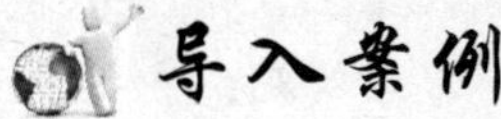

钻石与水的悖论

水对人的生存非常重要，价格却很低；钻石只是装饰品，它对我们来说并不是非需要不可，但它的价格却非常昂贵。这似乎是一个悖论（即亚当·斯密悖论）：为什么不是越有用的商品价格就越高呢？这一悖论可以用供求均衡原理予以解释。

由于人们在生活中需要水，他们为生存而愿意支付很高的价格，但是由于水的供给非常丰富，所以水的需求曲线与供给曲线的交点非常低，即水的均衡价格很低；而对钻石来说，由于钻石开采比较困难，供给非常有限，所以钻石的供给曲线和需求曲线的交点很高，也就是说，钻石的均衡价格很高。而现在，由于钻石开采技术的提高，其价格越来越低，也正说明了这一点。同样的道理，19世纪以前，铝价值连城，甚至超过黄金，电解铝出现以后，由于铝供给大幅度上升，所以铝的需求曲线与供给曲线的交点非常低，即铝的均衡价格很低，铝的价格也不再像以前用克来计量了。

本章要点

1. 经济学用需求表、需求曲线、需求定理、需求价格弹性等概念工具说明价格对需求的影响。影响需求的非价格因素主要包括收入、分配、偏好、人口、政策、预期等，这些因素变动引起需求不同方向和不同程度的变动。

2. 经济学用供给表、供给曲线、供给定理、供给价格弹性等概念工具说明供给与价格的关系。影响供给的非价格因素包括相关商品价格、要素价格、目标、技术、政策、预期、自然和社会条件等。

3. 经济学把价格变化引起的需求量变动称为需求量的变动（沿曲线上的点移动），把非价格因素变动引起的需求变动称为需求的变动（需求曲线的线变动）。同样，供给也分为供给量的变动和供给的变动（点移动和线移动）。

4. 市场供求分析主要是均衡分析，包括两个内容：一是均衡稳定分析，需求曲线与供给曲线相交决定了均衡点（剪刀均衡），由此决定了均衡价格和均衡数量。二是均衡移动分析（比较静态分析），如果价格不变，影响供求的因素的变动，不仅会引起供求本身的变动，同时还会引起均衡点以及均衡价格和均衡数量的变动。

5. 生产要素的供给来自要素所有者，比如劳动者、资本家、地主和企业家；生产要素的需求来自企业或厂商。在要素市场上，对要素的需求和要素的供给决定了要素的价格，要素价格决定了收入在要素所有者之间的分配，解决分配问题就是解决要素价格问题。

6. 工资是由劳动这个生产要素的需求曲线和供给曲线的交点决定的；利息是由资本的需求和供给的均衡状态决定的；地租是由土地的需求和供给的均衡状态决定的。利润（超额利润）来自于承担风险、创新或垄断。为什么歌星与普通人的收入差上万倍？为什么市场配置资源会导致收入的巨大差距？经济学用生产要素的供给和需求以及生产要素价格来解释。

知识点：学习本章，首先要了解需求或供给及影响需求或供给的不同因素，并严格区分需求量或供给量变动和需求或供给变动；理解需求或供给受不同因素影响的变化程度（弹性理论）；掌握供求相互作用怎样决定均衡价格和均衡产量以及竞争在均衡价格和均衡产量形成中的作用。

能力点：熟练掌握需求或供给变动的几何表示，知道供求分析的实际运用和供求分析的三个基本步骤。掌握产品市场与要素市场的区别与联系。

注意点：(1) 函数关系中的自变量与因变量以及原理中的“其他条件不变”。(2) 均衡分析中的局部均衡和一般均衡，均衡点稳定分析和均衡点移动分析，静态分析和比较静态分析。(3) 要素所有者的收入形成国民的主要收入，但国民的收入不全来自要素收入，其他再分配渠道的收入如转移支付收入、助学金等都形成国民的收入，但它们与要素价格无关。

本章说明市场需求与供给如何决定价格以及价格怎样配置稀缺资源。本章的重要性可以通过下面的话得以证明：你甚至可以使鹦鹉成为一个博学的经济学者——它所必须学的就是“需求”与“供给”这两个名词。

第一节　需求理论

一、需求与价格

（一）需求

需求是指居民在一定时期内，当影响需求的其他因素不变时，某一时期内，在不同价格水平上居民愿意并且能够购买的商品量。关于需求的定义要注意以下几点。

1. 需求是商品本身的价格与其需求量之间的“价格—数量”组合关系（复数），需求是对应着不同价格的“许多”的需求量

需求不同于需求量，需求是价格变量与需求量之间的关系①，是一组关系。以汽车需求为例，当价格分别为 11、10、9、8、7、6、5、4、3、2、1、0 万元时，汽车需求量分别为 0、10、20、30、40、50、60、70、80、90、100、110 万辆，如表 2—1 所示。与 11～0 万元价格对应的从 0～110 万辆这一组汽车需求量（复数）称为需求。

表 2—1　　汽车的需求表

价格—数量组合	价格（万元）	需求量（万辆）
A	0	110
B	1	100
C	2	90
D	3	80
E	4	70
F	5	60
G	6	50
H	7	40
I	8	30
J	9	20
K	10	10
L	11	0

2. 当其他条件不变时，某一时期内居民对某种商品的需求具有购买意愿和购买能力两个特点

某一时期内在不同价格水平上，居民愿意并且能够购买的商品量是一个主客观结合的计划。

3. 需求可以表示为需求函数、需求表、需求曲线、需求定理

（1）需求函数。线性需求函数的公式为：$D=a-bP$；非线性需求函数的公式为：

① 经济学家苏埃德·雷诺兹对需求下的定义是：“需求是按各种价格要购买的数量单（或表）。在经济学中，需求总是说一个表。它不是单一的数量。如果我们要研究按某种特定价格购买的数量，我们叫它需求量。”（参见劳埃德·雷诺兹：《微观经济学》，80～81 页，北京，商务印书馆，1993。）

$D=aP^{-b}$；某一个具体的需求函数可以是：$D=20-2P$。需求函数中，价格是自变量，需求是因变量。

（2）需求表。不同的价格对应着不同的需求量，居民在特定时间内，对某一商品的需求量同这种商品的价格之间存在着一一对应的关系。如表 2—1 所示，当汽车的价格为 1 万元时，需求量为 100 万辆；价格为 2 万元时，需求量为 90 万辆。价格为 3、4、5、6、7、8、9、10 万元时，需求量依次为 80、70、60、50、40、30、20、10 万辆。价格为 11 万元时，需求量为 0。

表 2—1 是汽车的需求表。需求表用数字表示某一商品的价格和需求量之间的函数关系。这种需求表提供价格—数量的各种组合，说明了在各种价格下可能有的需求量。

（3）需求曲线。需求函数关系既可以列表，如表 2—1 所示的需求表，又可以绘成曲线（见图 2—1）。通过需求表，很容易找出对应于每一价格的每一需求量，通过需求曲线，不仅容易找出对应于每一价格的每一需求量，而且可以明显地看出价格变化时需求量变化的趋势。

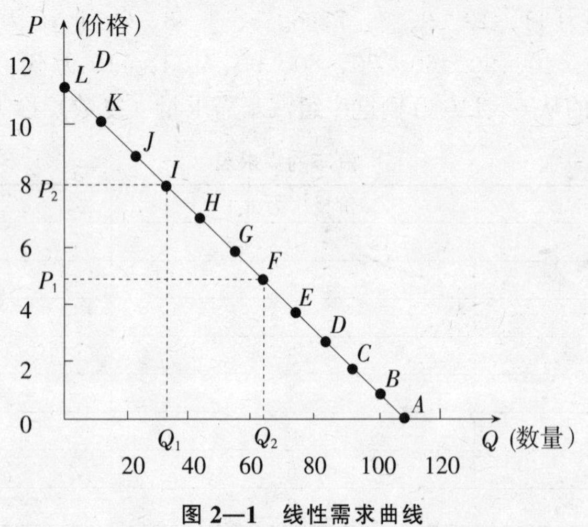

图 2—1 线性需求曲线

在图 2—1 的价格—数量坐标平面上，找出表中价格—数量组合 A、B、C、D、E、F、G、H、I、J、K、L 各点，然后将各点连接起来，便得到需求曲线。

从图 2—1 中可以看出，需求曲线是表示其他条件不变时，商品价格和需求量之间的函数关系的几何图形：当某一商品的价格为 0 时，需求量为 110 万辆，这时价格—数量组合为横轴上的 A 点；价格为 11 万元时，需求量为 0，价格—数量组合为纵轴上的 L 点。其他组合都位于连接这两点的直线上，例如，I 点为（P_2，Q_1），F 点为（P_1，Q_2）等。需求曲线是一条光滑的曲线，它建立在价格和需求量的变化都是连续的这一假设之上。西方学者认为这一假设有简便的优点，尽管它很难完全符合实际。

需求曲线向右下方倾斜，斜率为负。价格和需求量之间的关系可以是线性关系，也可以是非线性关系。当二者之间存在线性关系时，需求曲线是一条向下方倾斜的直线，直线上任一点的斜率都相等。图 2—1 中的需求曲线便是如此。与此不同，当二者之间存在非线性关系时，需求曲线是一条向右下方倾斜的曲线，曲线上不同的点的斜率是不同的，请看图 2—2。

图 2—2 的纵轴表示每单位商品的价格，横轴表示市场对该商品的需求量。D 代表需求曲线，线上的任意一点都有相对应的价格和在该价格水平上的商品需求量（A 或 B）。

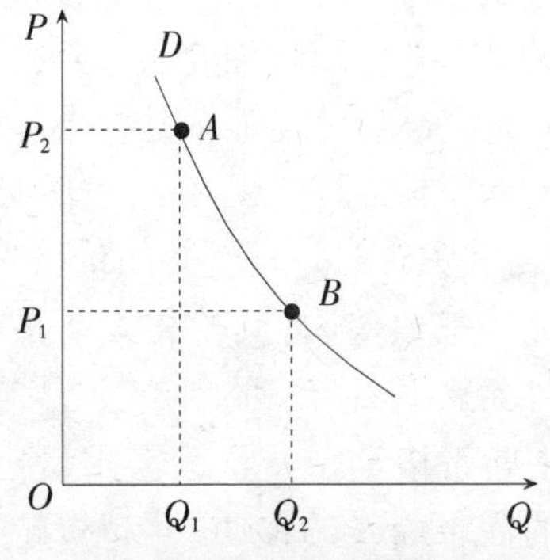

图 2—2　非线性需求曲线

（4）需求定理。从图 2—2 可以看出，商品价格越低，市场对该商品的需求量越大，需求曲线向右下方倾斜以及需求曲线的负斜率反映了这种价格和数量的反比关系。需求定理是指假定影响需求量的其他因素（非价格因素）不变，当一种商品的价格下降时，居民愿意并且能够购买的商品数量就随之增加，即价格与需求量按反方向变化。

这些不同的表示方法各有特点，需求函数精确，需求表通俗，需求曲线直观，需求定理简单，它们都一样说明其他因素不变时价格与需求量按反方向变化的关系。

（二）收入效应和替代效应

为什么需求曲线会向右下方倾斜呢？或者说为什么需求量与价格反方向变动呢？这是收入效应和替代效应共同作用的结果。

收入效应是指当价格变化引起居民实际收入减少或增加时，导致居民对该商品需求量下降或增加。广义地讲，凡是由于实际收入变化引起的对某一种商品需求量的改变，均被称为收入效应。

替代效应是指由于一种商品价格变动而引起的商品的相对价格发生变动，从而导致的消费者对该商品需求量的改变。价格变动的替代效应，即通过购买其他的非涨价商品来替代涨价商品，减少对涨价商品的需求量，达到实际收入不减少的目的。广义地讲，凡是由于实际收入变化引起的对不同种商品相对需求量的改变，均被称为替代效应。

商品价格的变化使消费者在替代品之间的选择方向发生了变动，此时居民的实际收入并未发生变化。就是说，如果某种商品价格上涨了，而其他商品的价格没变，那么，其他商品的相对价格下降，消费者就要用其他商品来替代该商品，从而对这种商品的需求就减少了。简单地讲，就是通过购买非涨价商品来替代涨价商品，减少对涨价商品的需求量，达到实际收入不减少的目的。例如，大米涨价而面粉价格不变，面粉相对就便宜了，消费者就会更多地购买面粉而减少大米的购买量。这种因某种商品价格上升而引起的其他商品对该商品的取代就是替代效应。

替代效应使价格上升的商品需求量减少，使价格下降的商品需求量增加，即较高的价格挤走一些购买者，较低的价格带来新的购买者；收入效应使消费者价高时少买，价低时多买，即价格的高低变化影响消费者对该商品的购买量。所以，替代效应和收入效应说明了需求定理成立的原因。

（三）需求定理的例外

需求定理的例外有三种情况：第一，炫耀性商品，其价格与需求量呈同方向变化。如首饰、豪华型轿车、知名品牌，只有高价才能显示其社会身份，如果降低价格，成为大众化商品，高档消费群的需求量反而下降。第二，低档生活必需品（吉芬商品）。英国经济学家吉芬发现，在1845年爱尔兰大灾荒时，马铃薯的价格上升，需求量反而增加。第三，投机性商品（股票、债券、黄金、邮票等），其价格发生波动时需求呈现出不规则变化，受心理预期影响大，有时出现“买涨不买落”的现象。

也有些经济学家（阿尔钦、斯蒂格利茨）认为需求量定理不存在例外，“越贵越买”只不过是非价格因素变化引起的需求曲线的移动，“越贵越买”的是品质更优、预期回报更高、需求曲线移向更高位置的商品，而不是原来的商品。

二、需求函数

（一）影响需求的因素

影响需求的因素多种多样（包括价格因素和非价格因素）。假定影响需求量的非价格因素不变，考察某一商品的需求量同这种商品的价格之间存在的一一对应的关系，叫建立一元需求函数；考察所有因素对需求量的影响，叫建立多元需求函数。

影响需求的因素多种多样，概括起来主要有以下几种。

1. 商品本身的价格

商品本身价格的变化引起对该商品的需求量反方向变动，即需求定理。

2. 相关商品的价格

许多商品之间存在着相关的联系。商品之间的联系有两种：一是互补关系，二是替代关系。互补关系的商品如钢笔与墨水、录音机与磁带、香烟与打火机。在互补关系商品中，当一种商品价格上升时，对另一商品的需求就下降，反之亦然。替代关系的商品如羊肉与牛肉、面粉与大米、公路与铁路。在替代关系商品中，当一种商品价格上升时，对另一种商品的需求就上升，反之亦然。结论是：两种互补商品之间价格与需求呈反方向变动，因为，它们共同满足一种欲望，它们之间是互补的。两种替代商品之间价格与需求呈同方向变动，因为，它们可以互相替代来满足同一种欲望。

【案例　汽油价格与汽车需求】

正如我们知道的那样，一种商品的需求量取决于该商品的价格。但仅仅知道这一点还远远不够。事实上，市场上各种产品之间往往并不是相互独立的，它们之间存在着紧密的联系，其中一种产品的需求或供给发生变化，不仅影响到产品本身的价格，而且会影响到其相关产品。一个典型的例子就是发生在20世纪70年代的石油危机以及与此相联系的汽车需求。

20世纪70年代，曾经出现过两次石油危机。1973年，为了反对美国支持以色列，石油输出国组织（OPEC）对美国采取石油禁运。1979年，由于伊朗国内政局变化而导致该国石油供应瘫痪，石油供给急剧减少。受石油危机的冲击，美国的汽油价格从1973

年的每加仑 0.27 美元猛增至 1981 年的每加仑 1.40 美元。石油价格的上升对美国经济所产生的影响是多方面的，对汽车的销售量的影响更是非常直接的。

统计资料显示，在第一次汽油价格上升之后，美国每年大约出售 250 万辆大型汽车、280 万辆中型汽车以及 230 万辆小型汽车。到了 1985 年，这三种汽车的销售比例出现了明显变化，当年售出 150 万辆大型汽车、220 万辆中型汽车以及 370 万辆小型汽车。由此可见，大型汽车的销售自 70 年代以来迅速下降；反过来，小型汽车的销售却持续攀升，只有中型汽车仍保持了原有水平。

3. 收入水平和分配平等程度

平均收入增加，收入分配趋向平等，会使需求增加；反之则下降。富裕的国家或家庭，几乎对一切物品的需求都高于不发达的国家或家庭对汽车、电器、水果、住宅、电力等的需求，仔细观察会发现，由于各种商品需求程度上的差异，市场需求量对收入变化的反应也是不同的。生活必需品对收入变化的反应不大，而奢侈品、耐用消费品对收入变化的反应则较大。应当注意，并不是任何商品的需求都与收入呈同方向变动，前面介绍的低档商品就是例外。

4. 消费偏好

社会消费风尚的变化，会促使消费者在商品价格未发生任何变化的情况下增加或减少对某商品的需求。消费者偏好的变化受许多因素影响，其中，广告宣传可以在一定程度上影响偏好的形成，这就是为什么许多厂商不惜血本大做广告的原因。

5. 人口数量与结构

人口数量的增减直接影响需求的变化。人口结构的变动主要影响需求的结构，进而影响某些商品的需求。例如，人口的老龄化会减少对碳酸饮料、时髦服装、口香糖、儿童用品等的需求，但会增加对保健用品、药品的需求。

6. 政府的经济政策

例如，偏紧的财政政策和货币政策会抑制消费需求，而鼓励消费的消费信贷制度则会增加需求。

7. 消费者对未来的预期

消费者对自己的收入水平、对商品价格水平的预期直接影响其消费欲望。如果预期未来收入水平上升，商品价格水平也会上升，则消费者会增加目前的需求与消费；反之则会减少目前的需求与消费。

（二）多元需求函数

如果把影响需求的各种因素作为自变量，把需求作为因变量，则可以用函数关系来表示“影响需求的因素与需求之间的关系”，这种函数称为“多元需求函数”，用公式表示就是：

$$D=f(a,b,c,d,\cdots,n)$$

其中 D 代表需求，a，b，c，d，…，n 代表影响需求的因素。公式的经济意义是：影响需求的因素是多种多样的，包括价格、收入、分配、政策、人口、预期等一系列因素，它们的变动都会引起需求不同程度的变动。

如果假定其他因素不变，只考虑商品本身的价格与该商品的需求量的关系，并以 P 代表价格，则需求函数为：

$$D=f(P)$$

（三）需求量的变动与需求的变动的几何解释

经济学严格区分需求的两种变化：一种是需求量的变动，另一种是需求的变动。

1. 需求量的变动

需求量变动是由于价格变化引起的需求量的变化，单一点的对应，其考察范围限于 $D=f(P)$，例如，$D=40-2P$，价格从 2 变动到 4 时，需求量从 36 变动到 32。从需求表上看，需求量的变动表现为同一需求表中“价格—数量”组合的移动。从需求曲线图上看，需求量的变动即商品价格变动（自变量）所引起的需求量的变动（因变量），表现为同一条需求曲线上的点的移动。“点的移动”是需求函数（如 $D=20-2P$）中 P 变化时对应的 D 变化，即函数中自变量与因变量的关系，如图 2—3 所示。

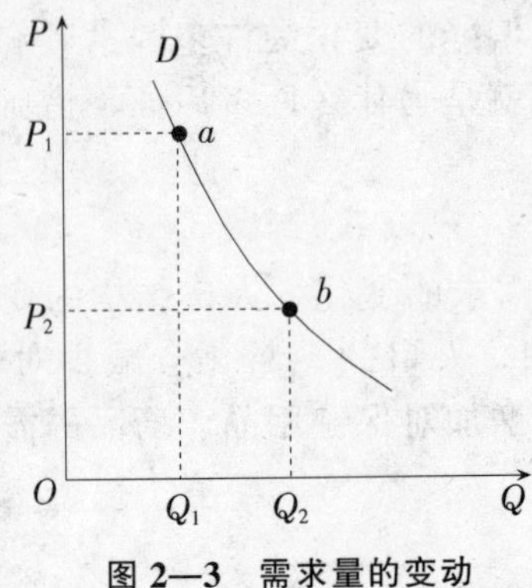

图 2—3　需求量的变动

图 2—3 中，当价格为 P_1 时，需求量为 Q_1；当价格下降到 P_2 时，需求量增加到 Q_2，价格与需求量的变化在需求曲线上则是从 a 点到 b 点的移动。

2. 需求的变动

需求的变动是指在商品本身价格不变的情况下，由于其他非价格因素的变化所引起的需求的变动。如需求的变动涉及的需求函数公式为：$D=10-2P$。当商品本身价格不变时，因非价格因素变化，比如由于人们收入（y）变化，即当人均收入每年从 2 万元提高到 6 万元时，汽车需求函数公式由 $D=20-2P$ 变为 $D=40-2P$；当人口增加时，对食品需求函数公式由 $D=100-3P$ 变为 $D=500-3P$；当政府征税时，人们对奢侈物品的需求函数公式由 $D=800-5P$ 变为 $D=80-5P$；当保健品广告被禁止时，人们对它的需求函数公式由 $D=100-10P$ 变为 $D=60-10P$ 等。这种对应非价格因素变化的需求关系的变化叫

"需求函数的变动"、"需求的变动"或"线移动"，它涉及 y、D 和 P 三个以上的变量。

从需求表看，需求的变动不是同一需求表中"价格—数量"组合的移动，而是相同价格水平下不同需求表的变化。从几何图看，需求的变动表现为整个需求曲线的移动（线移动）。请看图 2—4。

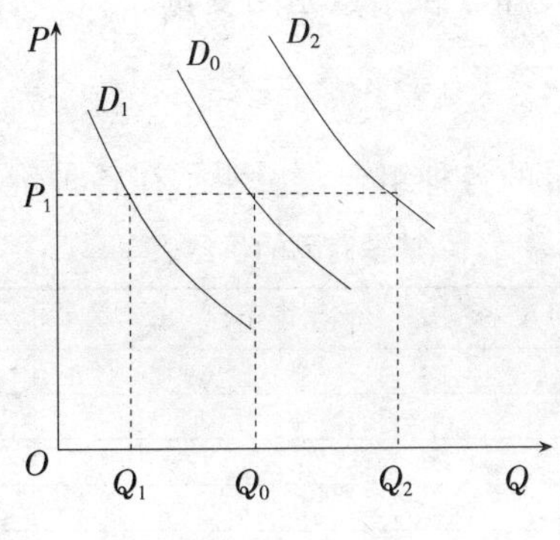

图 2—4　需求的变动

图 2—4 中，在 P_1 点，价格未发生变化，只是由于收入、相关商品价格、人口、预期、偏好、国家政策的变化，引起需求曲线向左下方或右上方移动。读者可以根据不同因素的变动，自己判断需求曲线变动的方向。例如，预期和偏好会影响人们对首饰、名牌、股票、债券、黄金的需求，从而出现"买涨不买落"、"越贵越买"的现象。需求可分为个人需求和市场需求。个人需求是指某个居民对某一商品的需求；市场需求是指居民全体对某一商品的需求。市场需求是个人需求的集合。例如，某一小城市，当汽车价格从 0 变动到 100 万元时，汽车需求量从 200 万辆变动到 0，称为需求量的变动，它涉及 D 和 P 两个变量。当商品本身价格不变时，非价格因素变化，比如由于人们收入（y）变化：当人均收入每年为 2 万元时，需求函数公式为 $D=200-2P$；当人均收入每年为 6 万元时，需求函数公式为 $D=400-2P$；当人均收入每年为 1 万元时，需求函数公式为 $D=100-2P$。这种对应非价格因素变化的需求关系的变化叫需求的变动，它涉及 y、D 和 P 三个变量。

第二节　供给理论

一、供给与价格

（一）供给

供给是指厂商或企业在一定时期内，在不同价格水平上愿意并且能够提供的商品量，即不同的价格与相应的供给量之间的关系。供给不是某一个价格水平或特定价格上的供给量，经济学讲的供给反映的是价格与其供给量之间的价格—数量组合关系（复数）。供给也分为个别供给和市场供给。

（二）供给的表示：供给函数、供给表、供给曲线和供给定理

市场实践证明，不同的价格对应着很多不同的供给量，即厂商在特定时期内，愿意并

且能够提供的商品数量与该商品的价格之间也存在着一一对应的关系。

1. 供给函数

线性供给函数的公式为：$S=-a+bP$；某一个具体的供给函数可以是：$S=-5+20P$。供给函数中，价格是自变量，供给量是因变量。

2. 供给表

表 2—2 提供了价格—数量的各种组合，说明了在各种价格上可能有的供给量。

表 2—2　　某一商品的供给表

价格数量组合	价格（元）	供给量（单位数）
A	0	0
B	1	10
C	2	20
D	3	30
E	4	40
F	5	50
G	6	60
H	7	70
I	8	80
J	9	90
K	10	100
L	11	110

3. 供给曲线

把供给表中的价格—数量组合关系绘成图 2—5 就是供给曲线。通过供给曲线，不仅可以很容易地找出与价格对应的供给量，而且可以明显地看出价格变化时供给量变化的趋势。

图 2—5 表明价格与供给量同方向变动，即价格上升，供给量增加，反之下降。图 2—5 中的供给曲线是一条直线，即线性曲线。价格与供给量之间的关系也可以是非线性关系，非线性供给曲线上的斜率在每一点上是不同的，而线性关系则是相同的，但它们的区别不影响供给曲线的性质。

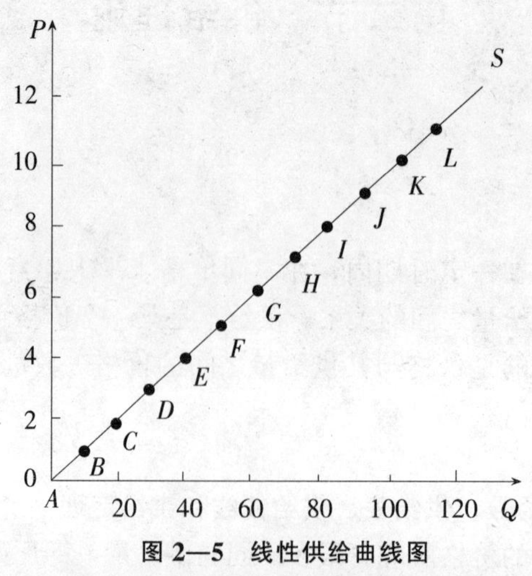

图 2—5　线性供给曲线图

图 2—6 的纵轴表示每单位商品的价格，横轴表示市场供给量；S 代表供给曲线，线上的任意一点都有相对应的价格和在该价格水平上的商品供给量（A 或 B）。

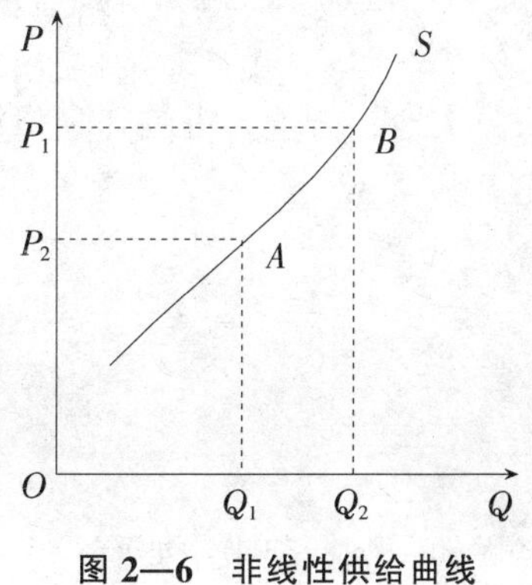

图 2—6　非线性供给曲线

4. 供给定理

供给定理是指当非价格因素不变时，某种商品的供给量与其价格呈同方向变动，即供给量随着商品本身价格的上升而增加，随着商品本身价格的下降而减少。供给定理是在假定价格以外的因素不变的前提下，商品本身价格与供给量之间的关系。

供给定理存在的原因有两个：第一，企业对最大利润的追求。较高的价格意味着较多的利润，较多的利润驱使企业扩大生产、增加供给。当价格下降时，利润也下降了，这又促使企业缩减生产，从而减少了供应量。第二，商品价格必须同增加的成本（边际成本）相适应，才能使商品供给量相应增加，因为根据收益递减规律和成本递增规律，在一定的技术条件和生产规模下，产量达到一定程度以后便会出现收益递减和成本递增现象，这时，价格提高的幅度会大于供给量增加的幅度，在供给曲线上表现为逐步变陡。

（三）供给定理的例外

有些特殊商品，供给定理不适用。劳动力的供给就是一例。当工资（劳动的价格）增加时，劳动的供给会随着工资的增加而增长；但当工资增加到一定程度时，如果工资继续增加，劳动的供给不仅不会增加，反而会减少。请看图 2—7。

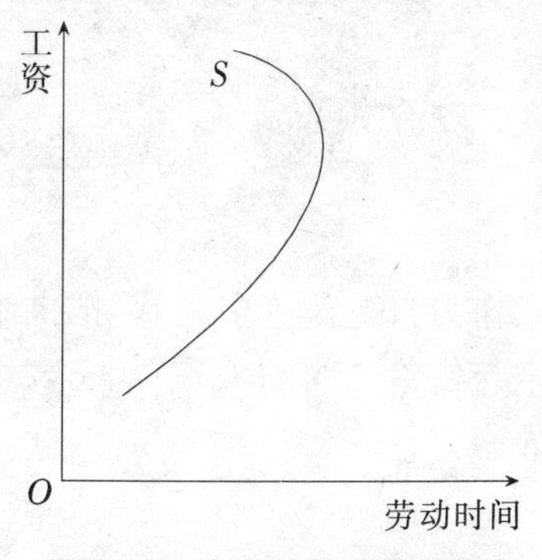

图 2—7　弯曲的劳动供给曲线

劳动供给之所以呈图 2—7 的形状，是因为随着工资率（每小时工资水平）的进一步提高，劳动者仅用较少的工作时间就可以获得原先需要较多的工作时间才能获得的维持基本开支所需的工资收入，这时，他在闲暇与收入（工作）之间更倾向于前者。

除了劳动的供给特例之外，像土地、古董、古画、名贵邮票、证券、黄金等，这些物品的供给曲线可能呈不规则变化。

二、多元供给函数

（一）影响供给的因素

影响供给的因素也是多种多样的，概括起来主要有：

第一，商品本身的价格。即根据供给定理，商品本身价格的变化引起供给量同方向变动。

第二，相关商品价格。两种互补商品之间，甲商品价格下跌会减少乙商品的供给，使乙商品供给曲线左移。两种替代商品之间，甲商品价格下跌会使乙商品的供给增加，反之减少。例如，一块地可种小麦也可种玉米，玉米价格下跌，农民不种玉米而种小麦，使小麦的供给曲线右移。

第三，生产要素的价格。生产要素价格下降，会降低商品的生产成本，企业就愿意增加供给，甚至愿意以比以前更低的价格提供同样数量的商品。所以，生产要素的价格下跌会使供给曲线右移，相反则供给曲线左移。

第四，厂商目标。经济学一般假定厂商以利润最大化为目标，即利润大小决定厂商供给多少，但厂商有时也为了提高市场占有率和销售最大化以及政治、道义、名誉等目标而决定其供给。

第五，技术进步。技术进步可大大提高生产效率，使企业有可能在给定资源条件下更便宜地生产商品，或者说以同样的资源生产出更多的商品。所以，技术进步会使供给曲线右移。新材料、新能源的发明和利用，可将供给带到一个新的水平。

第六，政府的政策。政府的财政政策、价格政策、产业政策、分配政策、货币政策等会刺激或抑制供给。

第七，厂商预期。乐观的预期会增加供给；反之，厂商对投资前景持悲观态度，则会减少供给。

第八，自然条件、社会条件、政治制度等。

（二）多元供给函数

如果把影响供给的各种因素作为自变量（多元），把供给量作为因变量，则可以用函数关系来表示“影响供给的因素与供给之间的关系”，它表示供给是各种影响供给的因素的函数，多元供给函数的公式为：

$$S=f(a,b,c,d,\cdots,n)$$

上式中，S 代表供给；a，b，c，d，…，n 代表影响供给的因素（如厂商目标、预期、技术、成本等）。

假如其他因素不变，只考虑商品本身的价格与该商品的供应量的关系，则一元供给函数为：

$$S=f(P)$$

上式表明某商品的供给量 S 是价格 P 的函数。

（三）供给量的变动和供给的变动的几何解释

1. 供给量的变动

供给量的变动是指其他因素不变的情况下，商品本身价格变动所引起的供给量的变动，它涉及的函数公式是 $S=f(P)$。例如，$S=5+2P$，价格从 2 变动到 4 时，供给量从 9 变动到 13。从几何曲线图看，供给量的变动表现为同一条供给曲线上的点的移动（点移动）。

图 2—8 中，当价格为 P_1 时，供给量为 Q_1；当价格上升为 P_2 时，供给量增加为 Q_2。价格与供给量的变化在供给曲线上则是从 A 点移动到 B 点。

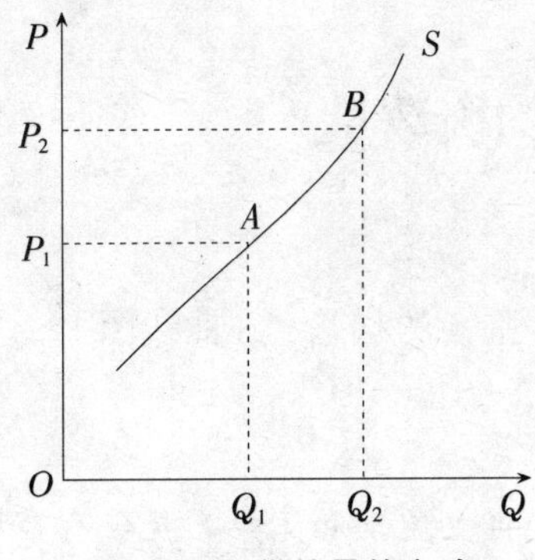

图 2—8　供给量的变动

2. 供给的变动

供给的变动是指商品本身价格不变的情况下，其他因素变动所引起的供给的变动。它涉及的是函数公式的变化，例如，技术进步使供给函数由 $S=-20+50P$ 变为 $S=50+50P$；生产成本上升使供给函数由 $S=-5+20P$ 变为 $S=-10+20P$；宏观政策变化使企业投资意愿上升，供给函数由 $S=500+200P$ 变为 $S=800+200P$；当采用手工生产、半机械化生产、自动化三种不同生产方式时，供给函数发生变化，供给函数由 $S=-2+2P$ 变为 $S=50+2P$ 和 $S=500+2P$。从供给表看，供给的变动不是同一供给表中价格—数量组合的移动，而是整个供给表的变化。从供给几何曲线图看，供给的变动表现为整个供给曲线的移动（线移动）。

图 2—9 中，价格 P_1 未发生变化，只是由于厂商目标、技术、成本、预期、相关商品价格、政策等因素的变化，引起供给曲线向左上或右下移动。

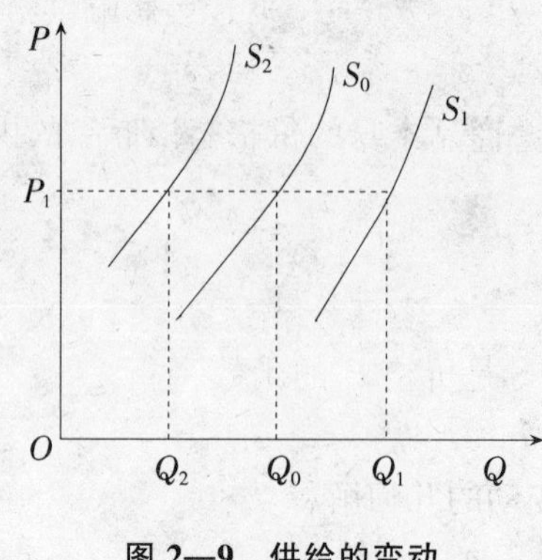

图 2—9　供给的变动

第三节　均衡理论及其运用

市场需求是个人需求的集合，当买者的数量增加（减少）时，则市场需求曲线向右（向左）移动；市场供给是个人供给的集合，当卖者的数量增加（减少）时，市场供给曲线向右（向左）移动。市场需求与市场供给的相互作用决定了市场均衡（均衡价格和均衡数量）。

一、均衡、均衡价格和均衡数量

（一）需求与供给的均衡

均衡是指供给与需求达到了平衡的状态。在曲线图上，均衡是指供给曲线和需求相交点（均衡图中的 E 点）。

【重点提示　均衡】

只要有要素、商品的自愿和自主流动和竞争，就会有市场；只要有自由市场就会有交换；只要供给意愿与需求意愿不一致，就会出现买者间的竞争或者卖者间的竞争，买卖双方也会谈判、协商、讨价还价，最后就有可能成交，成交就是均衡。成交价就是均衡价格，成交量就是均衡数量。

（二）均衡点稳定分析——均衡价格和均衡产量

我们先不考虑非价格因素对供求的影响，即在供求函数不发生变化的情况下进行静态分析。需求与供给是市场中两种相反的力量，市场上的需求方和供给方对市场价格变化作出的反应是相反的。所以，在大多数情况下，需求量与供给量是不相等的，或者供过于求，或者供不应求，可参见图 2—10 和图 2—11。

当供不应求时，买者竞争，市场价格会上升，从而导致供给量增加、需求量减少；当供过于求时，卖者竞争，市场价格会下降，从而导致供给量减少、需求量增加。供给与需求相互作用最终会使商品的需求量和供给量在某一价格上正好相等。这时既没有过剩（供过于求），也没有短缺（供不应求），市场正好出清。这种需求量与供给量在某一价格水平上正好相等的情况，经济学中称为均衡状态，此时的价格为均衡价格，此时的供给量和需

求量正好一致，称为均衡数量。

从几何意义上说，供求均衡出现在该商品的市场需求曲线与市场供给曲线相交的交点上，该交点被称为均衡点。均衡点相对应的供求量和价格分别被称为均衡数量和均衡价格。请看图 2—12。

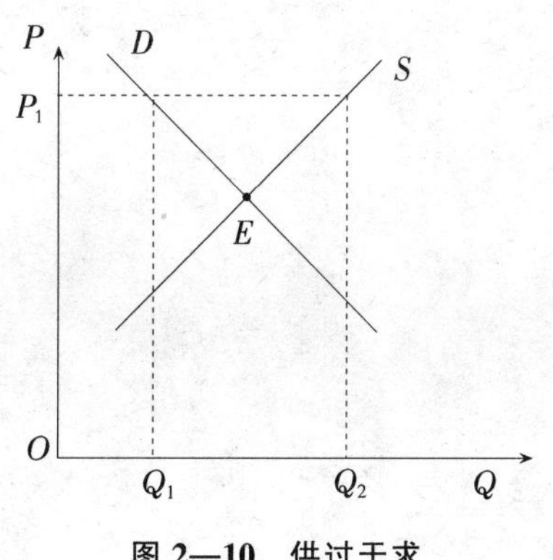

图 2—10　供过于求

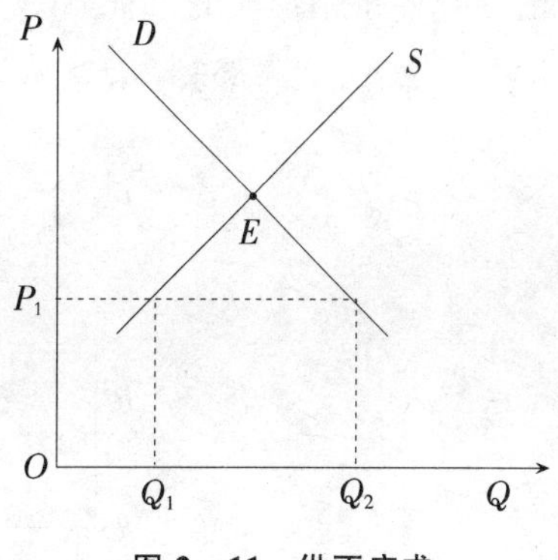

图 2—11　供不应求

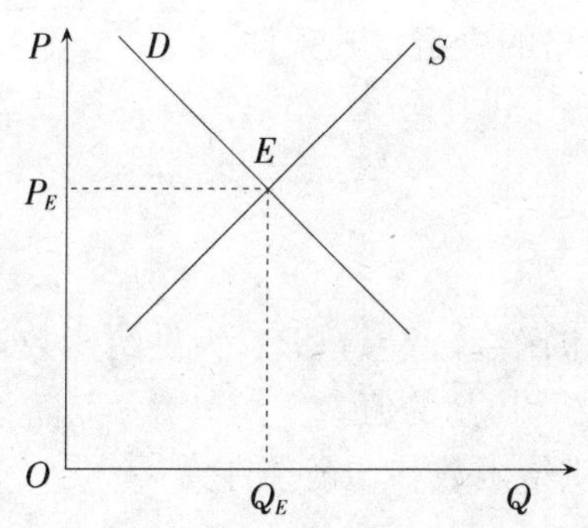

图 2—12　均衡价格和均衡数量

关于均衡价格的理解，必须注意：当我们单独考察需求与价格或者供给与价格时，价格决定需求或者价格决定供给，这时，价格是自变量，需求或供给是因变量。当我们考察价格是由什么因素决定时，会发现，供给和需求相互作用决定价格，即价格由供求决定。供求决定价格有三种情况：其一，供给量大于需求量，供求不均衡导致价格下降，这是竞争机制在发挥作用；价格下降引起供给量减少、需求量上升，缓和供过于求状态直至消除过剩，这是价格机制在发挥作用。其二，供给量小于需求量，供求不均衡导致价格上升，这是竞争机制在发挥作用；价格上升引起供给量增加、需求量下降，缓解供不应求，直至消除短缺，这是价格机制在发挥作用。其三，供给量等于需求量，价格处于相对静止的状态，这时的价格即为均衡价格。

所以，市场上的价格最终是由需求和供给两种相反的力量共同作用的结果，只有将需求和供给二者结合起来，弄清楚竞争机制和价格机制的调节作用，才能说明一种商品价格的决定。经济学讲的“价格决定”一般是指由于供给量和需求量的相互作用最终使供求不均衡得以消除，使价格不再波动而处于一种相对静止、不再变动的状态，这时的价格和数量是暂时确定的，即均衡价格和均衡数量。

（三）均衡价格的形成与竞争

1. 均衡价格的形成和决定

均衡价格的形成过程即是价格决定的过程，它是通过市场上供求双方的竞争过程自发地形成的。均衡价格形成的过程如图2—13所示。

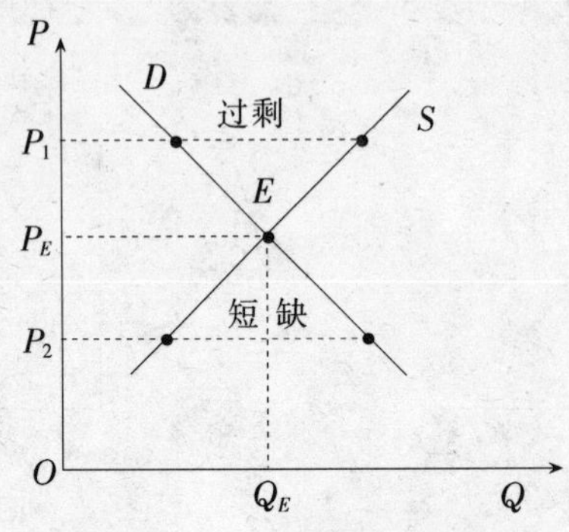

图2—13　均衡价格的形成

用经济模型来说明均衡价格的决定，其条件为：

$$D=f(P)$$
$$S=f(P)$$
$$D=S$$

上式中，$D=f(P)$为需求函数，$S=f(P)$为供给函数，$D=S$代表供求相等，即均衡价格决定的公式，可以据此得出P的值。

［例］　已知需求函数、供给函数和均衡条件为：

$$D=26-4P$$
$$S=-4+6P$$
$$D=S$$

求均衡价格和均衡数量。

解：根据均衡条件$D=S$求出均衡价格

$$26-4P=-4+6P$$

得：均衡价格$P_E=3$

将$P_E=3$代入需求函数和供给函数

得：$D=26-4\times3=14$

$$S=-4+6\times3=14$$

均衡数量为14。

所以，均衡价格为3，均衡数量为14。

2. 均衡价格的形成与竞争

均衡价格的形成与竞争是分不开的。当某种商品供不应求时，会出现买者的竞争，买者竞相抬价，使卖者处于有利的位置，结果商品价格上升；当某种商品供过于求时，会出现卖者的竞争，卖者竞相削价，使买者处于优势，结果商品市场价格下降；当某种商品的供求均衡时，买卖双方势均力敌，价格趋近不变，从而决定了均衡价格和均衡数量。这说明竞争直接导致了价格变动并使供求趋于一致形成均衡。

3. 均衡稳定模型的运用——政府管制价格及其后果

供求关系变化引起的价格波动，不利于生产稳定，而供求严重失衡时，不利于社会稳定。为调节和稳定某些产品的供求，政府会采取两种价格政策，支持价格政策和限制价格政策。

最低限价（支持价格）是指政府为了扶植某一行业而规定的该行业产品的最低价格，例如，政府制定的“最低工资标准”、“农产品支持价格”等，如图 2—14 所示。

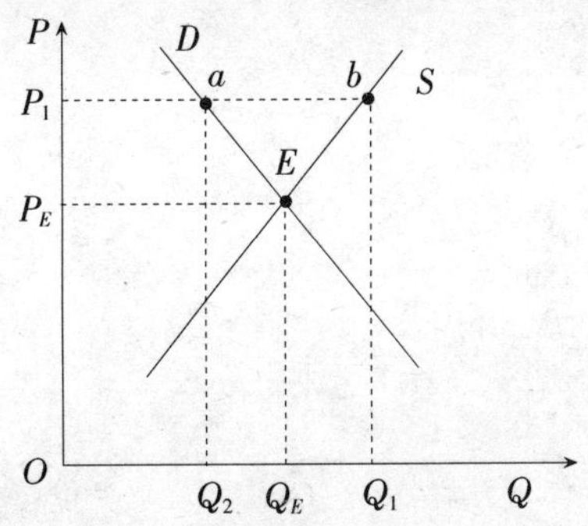

图 2—14　最低限价(支持价格)

从图 2—14 可见，政府规定的价格为 P_1，此时供给为 OQ_1，但需求却是 OQ_2，供过于求，Q_1Q_2 为过剩部分，通常由政府收购建立库存或出口。最低限价一旦取消，市场价格将会迅速下降，回复到原有的均衡价格水平。

最高限价（限制价格）是指政府为了限制某些生活必需品的涨价而规定的某种商品的最高价格。

在图 2—15 中，政府限价为 P_1，低于均衡价格，此时供给为 OQ_1，需求为 OQ_2，供不应求，为了不让价格上涨，不得不实行配给制。限制价格下，由于价格固定，供给也固定化，需求大于供给得不到缓解，于是出现排队、短缺、抢购、定量配给、黑市交易、走“后门”、浪费等现象。所以，经济学者一般反对长期采用限制价格政策（如通过政府规定房租、利率、粮食等商品的价格），认为只有允许竞争，价格灵活变动富有弹性，才会消除短缺或者过剩。

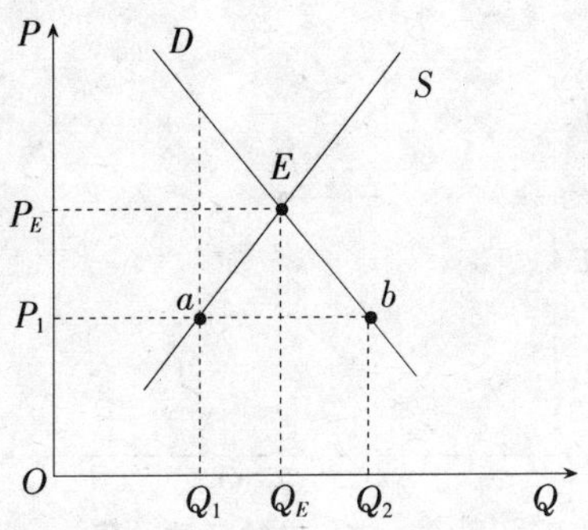

图 2—15　最高限价(限制价格)

二、均衡的变动与供求定理

（一）均衡的变动（均衡点移动分析）

均衡价格和均衡数量是由供求均衡决定的，即供求均衡点决定了均衡价格和均衡数量。如果均衡价格不变，非价格因素变化，就会引起需求或供给的变动（函数公式或曲线移动），那么，需求和供给的变动必然会引起均衡点的移动，从而导致均衡价格和均衡数量的移动。均衡点变动分析被称为比较静态分析。

在图 2—16 均衡稳定模型中，离开均衡点，给 P 任意值，就是有对应的供求量，或过剩，或短缺，需求量或供给量的变动（从 a 到 E、从 E 到 d，或者从 b 到 E、从 E 到 c），都不会引起均衡点或曲线交叉点的移动。

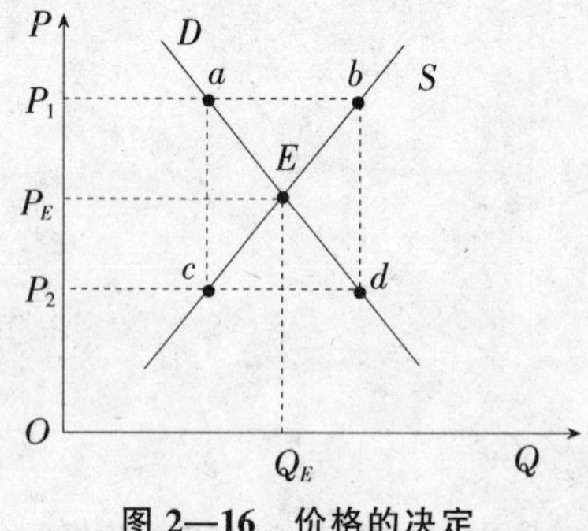

图 2—16　价格的决定

那么，什么情况下均衡点才会变动呢？需求或者供给变动都会引起均衡点变动。需求的变动是指在商品本身价格不变的情况下，由于其他非价格因素，包括收入、购买者数量、相关商品价格、消费偏好、分配、政策、人口、预期等的变化所引起的需求的变动。从几何图看，需求的变动表现为整个需求曲线的移动（线移动）。

供给的变动是指商品本身价格不变的情况下，其他因素包括厂商目标、厂商数量、技术、成本、预期、相关商品价格、自然条件、政策等变动所引起的供给的变动。从供给几何曲线图看，供给的变动表现为整个供给曲线的移动（线移动）。

在图 2—17、图 2—18 均衡变动模型中，供给的变动和需求的变动都会引起均衡点的移动，从而导致均衡价格和均衡数量的变化。

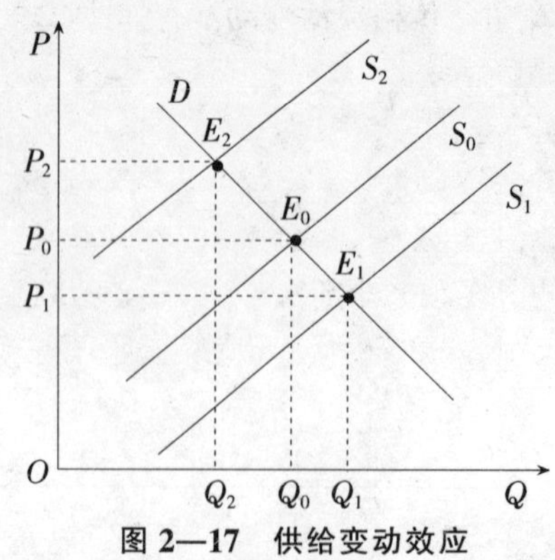

图 2—17　供给变动效应

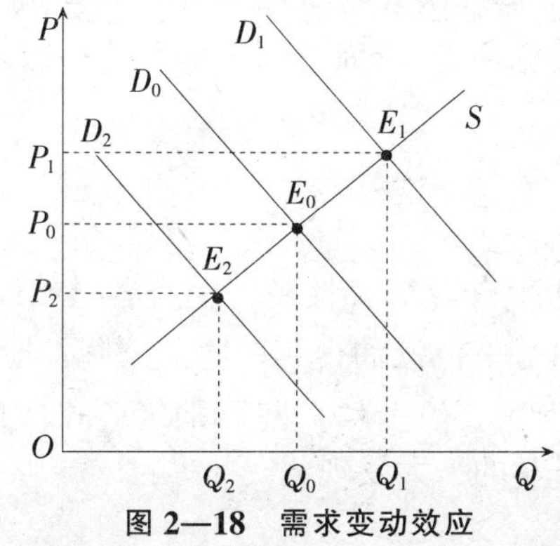

图 2—18　需求变动效应

在图 2—17 中，假定需求曲线不变，当供给的增加使供给曲线向右移动时，均衡数量增加而均衡价格降低；当供给的减少使供给曲线向左移动时，均衡数量减少而均衡价格提高。这被称为供给变动效应。

在图 2—18 中，假定供给曲线不变，当需求的增加使需求曲线向右移动时，均衡价格和均衡数量会增加；当需求的减少使需求曲线向左移动时，均衡价格和均衡数量会下降。这被称为需求变动效应。

(二) 供求定理和供求分析的三个步骤

供求定理的内容是：需求的变动引起均衡价格和均衡数量同方向变动；供给的变动引起均衡价格反方向变动而引起均衡数量同方向变动。

供求定理是经济学定理中最重要的定理之一，它具有广泛的实用价值。因为，价格和数量取决于供给和需求曲线的位置，而当某些事件发生时，就会使供给曲线和需求曲线发生移动；曲线移动了，市场上的均衡就改变了。当需求与供给同时变动时，均衡的变化是不确定的，具体情况取决于双方力量对比。关于这种变动的分析被称为比较静态分析，即原均衡与新均衡的比较。

由于影响均衡的因素太多、太复杂，因此，有必要确定分析某事件影响市场均衡的步骤。分析某个事件如何影响一个市场时，我们按三个步骤进行：

第一，确定该事件是使供给曲线移动，还是使需求曲线移动，或者是使两条曲线都移动。

第二，确定曲线是向右移动，还是向左移动。

第三，用供求图来考察这种移动对均衡价格和均衡数量的影响。

分析中要注意，“需求”、“供给”是指曲线的位置，而“需求量”、“供给量”是指买者和卖者希望获得或出售的数量。因此，说明需求或供给移动中涉及的是“点移动”还是“线移动”是理解供求原理的关键。现在读者可以根据以上三个步骤分析以下事件对均衡价格、均衡数量的影响以及它们涉及的分别是“需求点移动”还是“需求线移动”：(1) 天气炎热对冷饮市场的影响；(2) 地震使冷饮厂商中止生产及对其市场的影响；(3) 天气炎热和地震同时发生对冷饮市场的影响。

(三) 供求均衡变动模型的运用

生活中我们可以看到很多供求变动引起均衡点变动的实例。比如，“洛阳纸贵”(需求函数变动）、“减肥运动”（食品需求函数变动）、所谓“千年极寒”引起的能源、保温材料上市公司股价暴涨（需求函数变动）。下面介绍一些非价格因素影响供给函数以及均衡点变动的情况。

1. 征税的影响

图2—19中，假设对汽油生产者征直接税，生产者供给减少，供给曲线向左上方移动。因为，赋税增加后，厂商每单位汽油得到的收益下降，愿意提供的产量下降，这样，供给减少（曲线左移），即 $S \to S'$，$P_1 \to P_2$。对汽油生产者征直接税，而赋税却由消费者和生产者共同承担，这是经济学的一大发现。

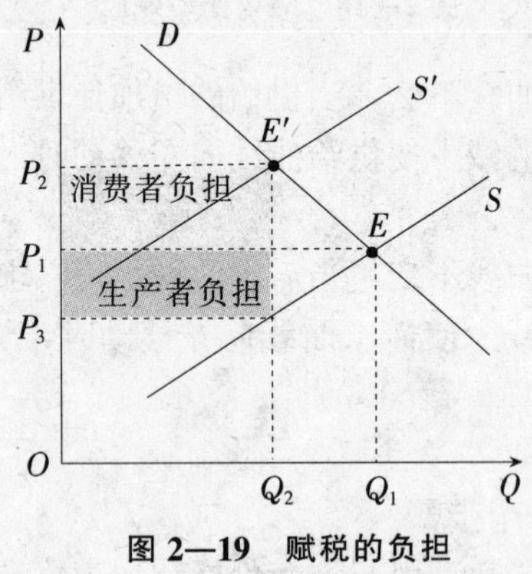

图2—19　赋税的负担

赋税到底是主要由买者还是卖者承担，取决于供给和需求的相对弹性。如果需求价格弹性大于供给价格弹性，赋税主要就转嫁给生产者；反之转嫁给消费者。请看图2—20和图2—21。

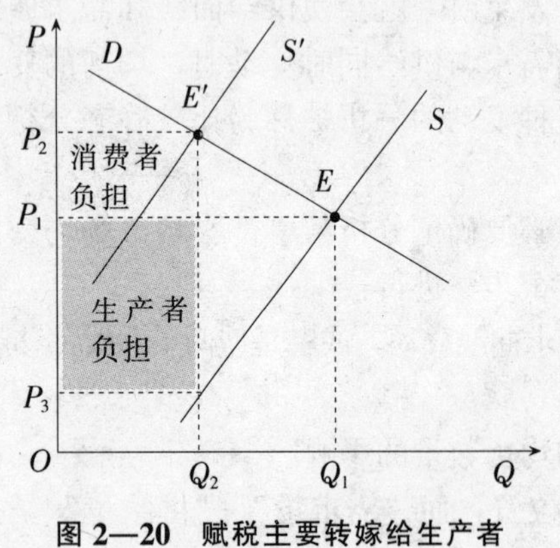

图2—20　赋税主要转嫁给生产者

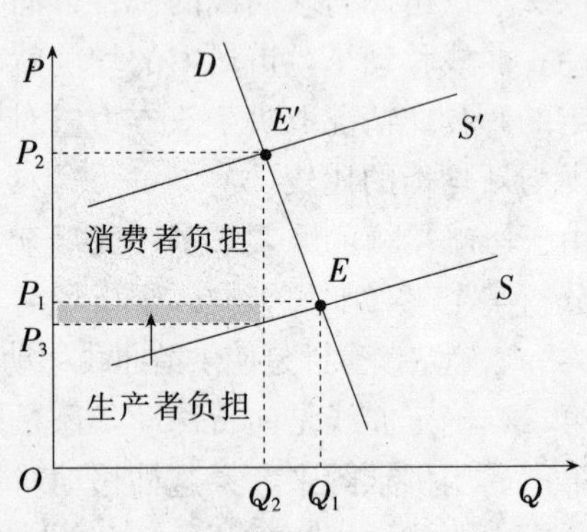

图2—21　赋税主要转嫁给消费者

2. 限制玉米种植和医生数量、汽车关税和技术进步

图2—22说明了政府如何通过限制种植玉米数量来提高农民的收入。供给减少（$S \to S'$）后，玉米单位销售价从 P_1 提高到 P_2。

图2—23说明了限制医生的数量如何能够使医疗价格上涨、医生收入增加。例如，高昂的学习费用、严格的开业条件、颁发医生营业许可证等，使医生的供给下降并维持在一个不变的水平上。

图 2—24 中，对进口汽车征收关税（每辆 10 000 元），使进口汽车供给减少，价格上升，从而增加了对国内汽车的需求。

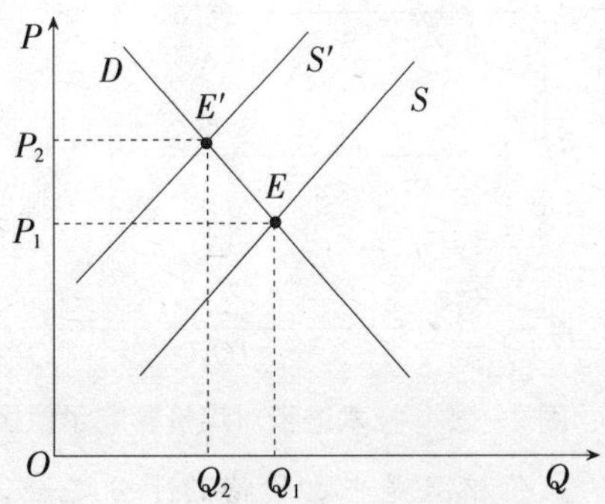

图 2—22　限制玉米种植数量引起玉米价格变化示意图

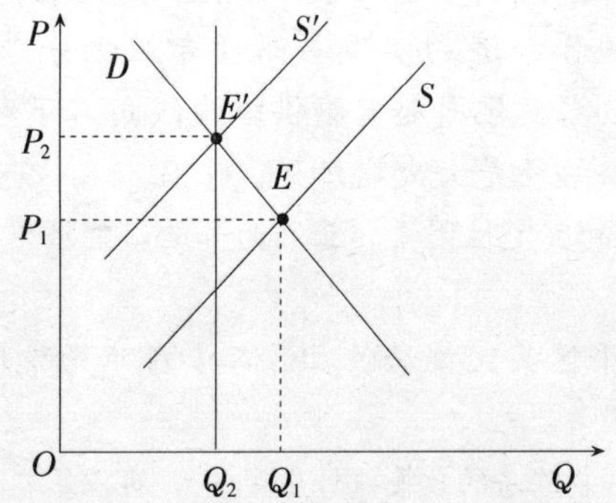

图 2—23　限制医生数量引起医疗价格变动示意图

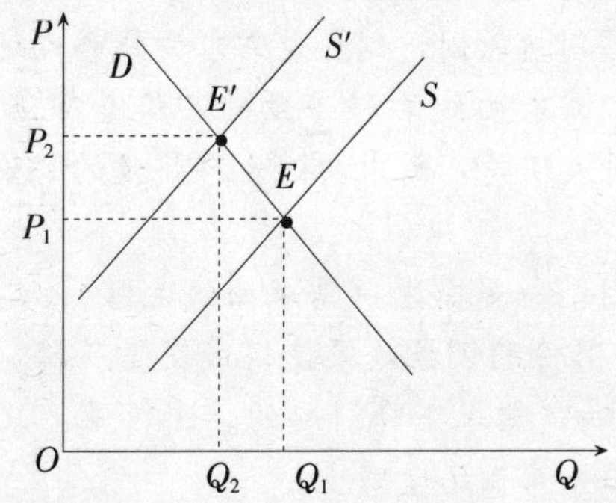

图 2—24　进口汽车关税变化引起汽车市场变化示意图

图 2—25 中，假定煤是按不变成本生产出来的（水平线），煤生产技术的提高使煤的生产成本大幅度下降，煤价几乎减半。

【案例　技术进步与电脑供给】

在供给理论中，我们的分析以供给量和价格的关系为中心。但应该看到，在今天，决定供给的关键因素是技术。电脑的供给说明了这一点。

20 世纪 80 年代，个人电脑的价格按运算次数、速度和储存能力折算，每台为 100 万美元。尽管价格如此高昂，但供给量极少，只有少数工程师和科学家使用。如今同样能力的个

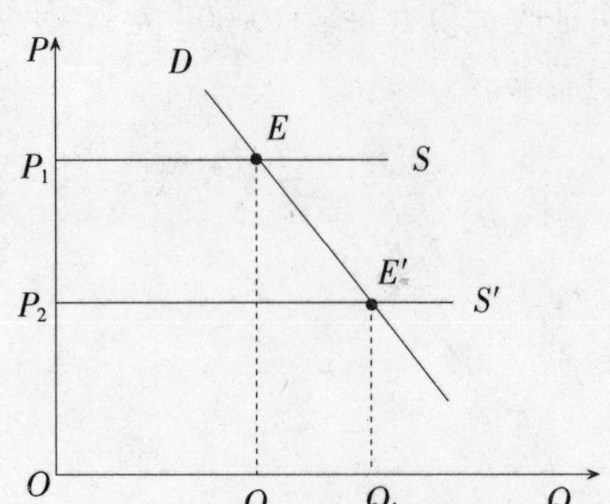

图 2—25　技术进步对煤价影响示意图

人电脑已降至 1 000 美元左右，价格只是当初价格的千分之一，但供给量增加了不止一万倍。

电脑供给的这种增加不是由于价格的变动引起的，而是由于技术进步引起的。从 20 世纪 80 年代末开始，电脑行业的生产技术发生了根本性变化。集成电路技术的发展，硬件与软件技术标准的统一、规模经济的实现与高度专业化分工使电脑的生产成本迅速下降，而质量日益提高。这种技术变化引起电脑供给曲线向右下移动，而且，移动幅度相当大。这样，尽管价格下降，供给还是大大增加了。

技术是决定某种商品供给的决定性因素。正因为如此，经济学家越来越关注技术进步。

【案例　房价变动原因】

2010 年 8 月，北京市昌平区某大型居住社区二手房市场价格下跌了，如何判断是需求原因所致还是供给原因的结果？

运用供求定理，结合政府抑制购房的政策（外生变量），可以基本判断：房价下跌是需求原因。

分析：(1) 根据供求均衡点变动模型（供求定理），供求曲线变动（原因），均衡点必然变动，均衡价格（“价”）和均衡数量（“量”）相应会改变（结果）。这样，我们就可以反过来根据“价量变动组合”判断原因，到底是需求曲线移动还是供给曲线移动。

价格上涨的两种表现是：需求曲线右移导致的“价量齐涨”和供给曲线左移引起的“价涨量跌”；价格下跌的两种表现是：需求曲线左移导致的“价量齐跌”和供给曲线右移引起的“价跌量涨”。

(2) 房价下跌有两个原因，一是需求（需求曲线左移）；二是供给（供给曲线右移）。从实际情况看，2010 年 4—8 月份的调控政策使得成交量下降，结合房价下跌，属于“价量齐跌”。所以，此次房价下跌是需求下降引起的。逻辑是：政府抑制购房的政策→需求曲线左移→均衡价格下降→二手房供给量减少。

第四节　弹性理论及其运用

一、需求价格弹性

（一）需求价格弹性的定义

需求量随价格的变化而变化，但不同的商品在不同的价格水平上需求量对价格的反应

程度是不一样的。价格下跌10%，需求量可能增加2%，也可能增加20%。经济学用不同商品不同的需求价格弹性来表示这种区别。

$$E_d=-\frac{\text{需求量变化百分比}}{\text{价格变动百分比}}=-\frac{\Delta Q}{Q}\Big/\frac{\Delta P}{P}=-\frac{\Delta Q}{\Delta P}\cdot\frac{P}{Q}$$

公式中，Q是需求量，ΔQ是需求量增量，P是价格，ΔP是价格增量，E_d是需求的价格弹性系数，E_d是负值，表示价格变化引起需求量反方向变化。它还可以用微分方式表示：

$$E_d=-\frac{\mathrm{d}Q}{\mathrm{d}P}\cdot\frac{P}{Q}$$

需求弹性是需求理论中的一个重要概念，除了需求价格弹性（需求弹性）外，还有需求交叉弹性、需求收入弹性。

（二）需求价格弹性的五种情况

不同商品的需求价格弹性是不同的，如必需品的需求通常对价格变动作出的反应微小；而奢侈品则具有较高的价格敏感性。一般把物品的需求价格弹性分为五类：需求富有价格弹性（$E_d>1$）、需求缺乏价格弹性（$1>E_d>0$）、单位需求弹性（$E_d=1$）、需求完全有弹性（$E_d\to\infty$）、需求完全无弹性（$E_d=0$）。

1. 需求富有价格弹性

它是指需求量变动的幅度大于价格变动的幅度。如价格变动10%引起需求量变动60%，这就是需求富有价格弹性，如图2—26所示。

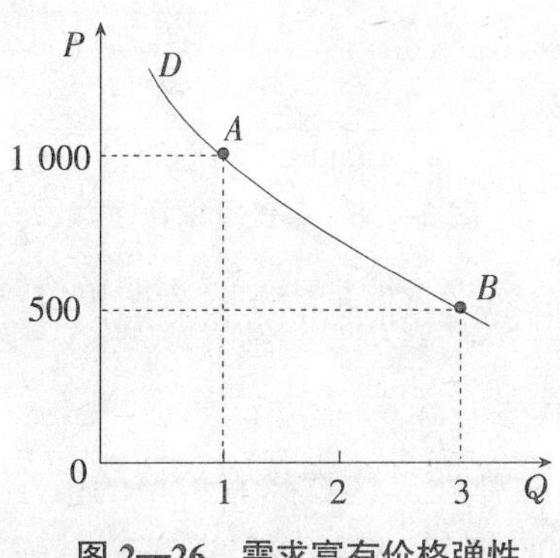

图2—26 需求富有价格弹性

图中，价格下降了一半，消费者将其需求量从A点改变到B点，使需求量增加两倍，表明需求富有价格弹性。

2. 需求缺乏价格弹性

它是指需求量变动的幅度小于价格变动的幅度。如价格变动10%引起需求量变动6%，这就是需求缺乏价格弹性，如图2—27所示。

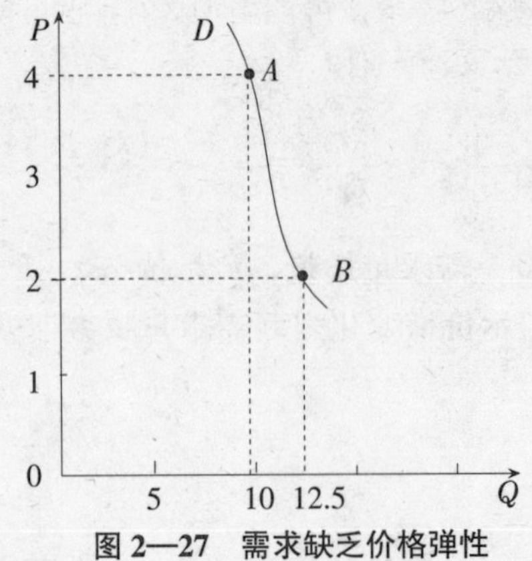

图 2—27　需求缺乏价格弹性

图 2—27 中，价格下降了 50%，需求量仅仅增加了 25%，表明需求缺乏弹性。

3. 单位需求弹性

它是指需求量变动的幅度与价格变动的幅度相一致。如需求量变动 10%，价格变动也是 10%，如图 2—28 所示。

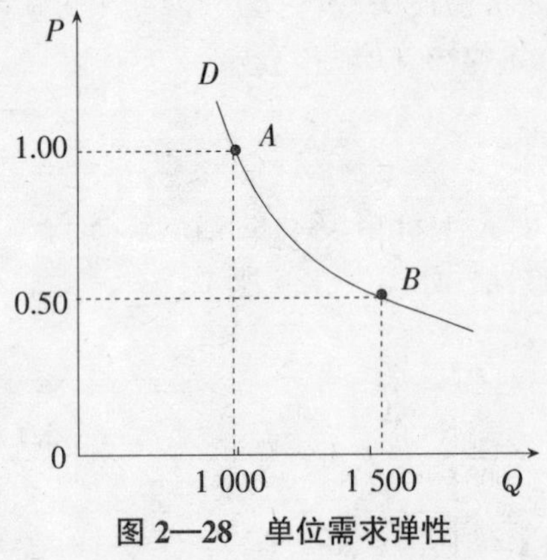

图 2—28　单位需求弹性

图中，价格下降一半，引起需求量增加一半，表明单位需求弹性。

4. 需求完全有弹性

它是指需求量具有无穷大的弹性。这意味着价格的微小变化会引起需求量无穷大的变动，如图 2—29 的水平需求曲线 D_1 所示。需求完全有弹性的需求曲线是需求曲线的特例，消费者对商品价格的变动极其敏感。例如，出租车服务价格为每千米 2 元，如果某个出租车服务提供者涨价，则人们对他的需求量为零；反之，低于 2 元，人们会排队抢着上他的车甚至提前预订。黄金、外汇、股票等的需求曲线也会近似于一条直线。

5. 需求完全无弹性

它是指无论价格如何变化需求量都不会作出反应，如图 2—29 中垂直需求曲线 D_2 所

示。需求完全无弹性的需求曲线是需求曲线的特例，消费者对商品价格的变动无动于衷，例如，人们对生老病死服务的需求。

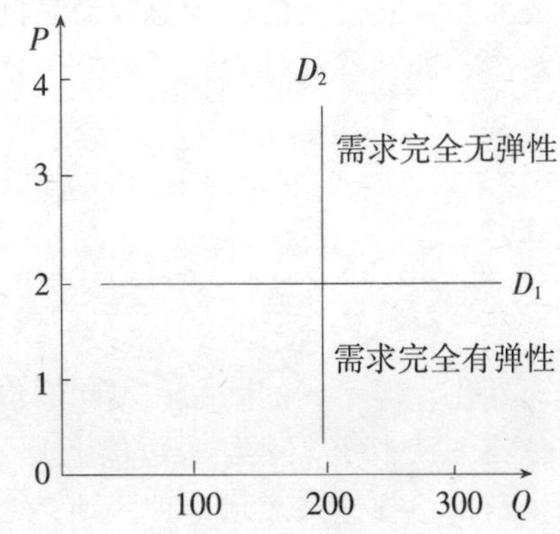

图 2—29　需求完全有弹性和需求完全无弹性

(三) 决定需求价格弹性程度的因素

关于商品的需求价格弹性差异，人们做了大量的研究工作，如表 2—3 所示。

表 2—3　　若干商品测算的需求价格弹性

商品	价格弹性
西红柿	4.6
青豆	2.8
出租车服务	1.2
家具	1.0
电影	0.87
鞋	0.70
香烟	0.51
医疗保险	0.31
客车旅行	0.20
居民用电	0.13

是什么原因造成了不同商品需求价格弹性的区别呢？

需求价格弹性的大小取决于以下因素：

第一，收入比重，即商品销售价格在消费者预算中所占的比重。

第二，替代性，即该商品是否存在替代产品，存在多少替代产品。

第三，依赖程度，即消费者对商品的依赖性或必需程度。

第四，时间长短，即消费者是否有时间对价格变化作出反应，时间越长，消费者越有条件对价格变化作出反应，反之只能被动接受。

第五，商品用途的广泛性。商品需求弹性的大小直接影响厂商在价格决策中的总收益大小。例如，家电、化妆品、旅行、航空等需求富有弹性的商品，它的价格与总收益呈反方向变动，价格上升，总收益减少，价格下降，总收益增加，这是“薄利能多销”；而像食品、药品等需求缺乏弹性的商品，它们的价格与总收益呈同方向变动，价格上升，总收益增加，价格下降，总收益减少，即“谷贱伤农”、“增产不增收”。

二、供给价格弹性

（一）供给价格弹性概述

供给量随着价格的变化而变化，但不同的商品在不同的价格水平上，供给量对价格变化的反应程度是不一样的。价格下跌10%，供给量可能上升20%，也可能仅上升5%。经济学中用不同商品的不同的供给价格弹性来表示这种区别。

供给价格弹性是指供给量对市场价格变动所做出的反应程度，即供给量变化的百分比除以价格变化的百分比的比值，其一般公式为：

$$Es=\frac{\text{供给量变化的百分比}}{\text{价格变动的百分比}}$$

$$=\frac{\Delta Q}{Q}/\frac{\Delta P}{P}$$

$$=\frac{\Delta Q}{\Delta P}\cdot\frac{P}{Q}$$

公式中Q是供给量，ΔQ是供给量增量，P是价格，ΔP是价格增量，Es是供给的价格弹性系数，Es是正值，表示价格变化引起供应量同方向变化，它还可以用微分方式表示：

$$Es=\frac{\mathrm{d}Q}{\mathrm{d}P}\cdot\frac{P}{Q}$$

很容易看出，供给价格弹性的定义与需求价格弹性的定义是相同的。唯一的差别在于：对于供给而言，数量对价格的反应是正的；而对于需求而言，反应则是负的。

（二）供给价格弹性商品的五种类型

根据不同商品供给价格弹性的大小，一般把商品分为五类：供给富有弹性（$Es>1$，如劳动密集型产品）、供给缺乏弹性（$0<Es<1$，如资金技术密集型）、供给单位弹性（$Es=1$）、供给弹性无限大（$Es\rightarrow\infty$）、供给无弹性（$Es=0$）。

图2—30描绘了供给弹性的三种重要情况。垂直的供给曲线表示供给完全无弹性，无论价格怎样变化，生产者提供的商品都是一样的、既定不变的，供给完全无弹性的需求曲线是供给曲线的特例，生产者对商品价格的变动不作出反应。例如，一个城市的土地供给曲线。

水平的供给曲线表示供给完全有弹性，在一个既定价格下，厂商愿意提供任意数量或者无限的商品，供给完全有弹性的供给曲线是供给曲线的特例，生产者对商品价格的变动反应极其强烈。例如，自来水公司的供给曲线。

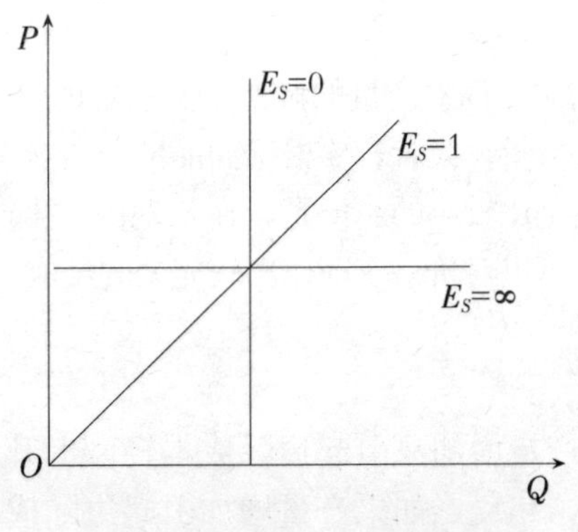

图 2—30　三种供给弹性

中间经过原点的曲线表示单位供给弹性。

图 2—31 中，供给曲线上各点的弹性均大于 1。例如在 A 点，因为 $BC>OB$，所以$Es>1$。

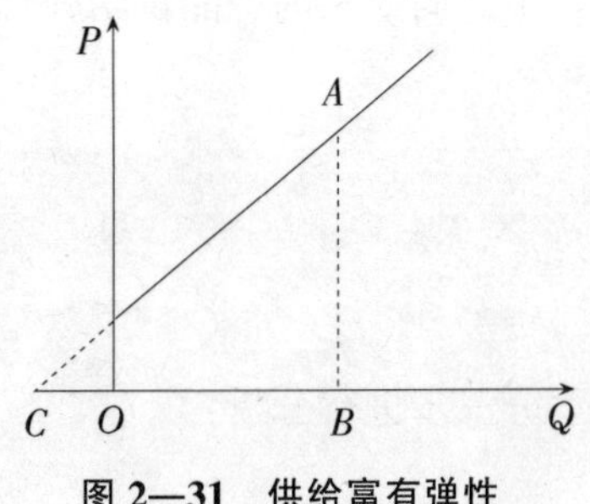

图 2—31　供给富有弹性

在图 2—32 中，供给曲线上各点的弹性均小于 1。例如在 A 点，因为$BC<OB$，所以$Es<1$。

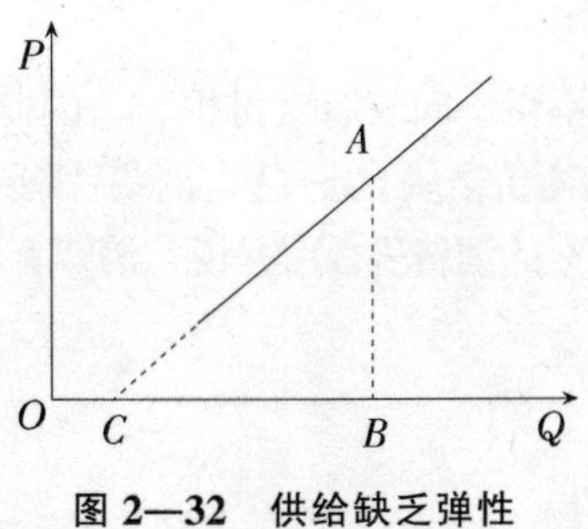

图 2—32　供给缺乏弹性

（三）影响和决定供给价格弹性的因素

1. 供给增加的难易程度

如果在现行市场价格下很容易购买投入品，就像纺织行业的情况那样，那么，微小的价格上升就会引起数量大幅度增加，这意味着供给弹性相对较大。假定生产能力受到严重限制，就像南非金矿开采那样，那么，即使黄金价格急剧上升，南非的黄金产量也只是作出微小反应。

2. 时间长短

当商品的价格发生变化时，厂商对产量的调整需要一定的时间。在很短的时间内，厂商若要根据商品的涨价及时地增加数量，或者若要根据商品的降价及时地缩减数量，都存在程度不同的困难，相应地，供给弹性是比较小的。但是，在长期内，生产规模的扩大与缩小，甚至转产，都是可以实现的，供给量可以对价格变动作出较充分的反应，供给弹性也就比较大。

3. 生产成本变化的情况

就生产成本而言，如果产量增加只引起边际成本轻微上升，则意味着厂商的供给曲线比较平坦，供给弹性比较大。相反，如果产量增加引起边际成本较大上升，则意味着厂商供给曲线比较陡峭，供给弹性比较小。

4. 产品生产周期的长短

在一定时期内，对于生产周期较短的产品，厂商可以根据市场价格变化及时地调整产量，供给弹性相应较大。相反，生产周期长的产品供给弹性往往较小。

三、弹性理论的运用

（一）谁来承担税收

我们仍然根据均衡变动模型分三步进行分析：

（1）税收政策影响需求。

（2）需求曲线向左下移动。

移动距离等于每单位物品的征税量。供给曲线并不受影响，因为在任何一种既定的价格水平下，卖者向市场提供产品的激励是相同的。

（3）均衡点左下移动。

在图 2—33 中，买者购买时不得不向政府支付税收，因此需求曲线向左移动。移动距离也是确定的，即 P_2P_1。征税后，均衡价格从 $P_E \to P_2$，消费者购买每单位的物品，除了支付 OP_2 的价格给销售商外，还必须缴纳 P_1P_2 的消费税，就是说，消费者每单位物品支付的总价款是 OP_1。

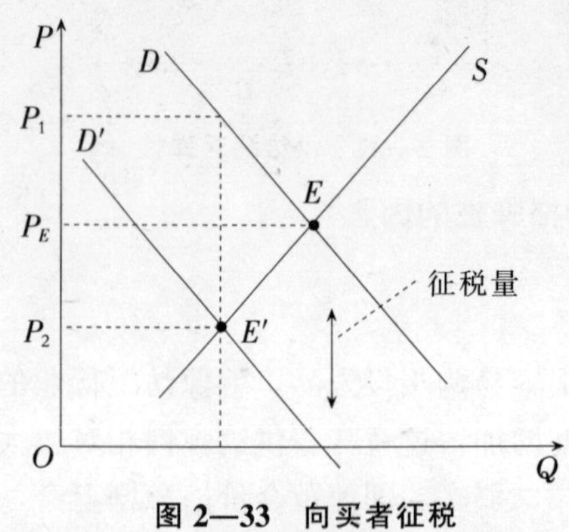

图 2—33 向买者征税

从表面上看，税收完全由消费者承担，仔细分析会发现，实际上，税收是由买者和卖者分担的。因为，在 P_1P_2 的税收中，同以前价格为 P_E 相比消费者实际负担是 P_EP_1，生产者负担是 P_2P_E。所以当向一种物品征税时，会抑制市场活动，减少销售量。

【例题讲解　赋税分担的经济学发现】

已知某厂商生产销售的香烟的需求函数，供给函数为：

$D=26-4P$

$S=-4+6P$

根据均衡条件 $D=S$，得：均衡价格 $P_E=3$，均衡数量 $D=S=14$

求：(1) 政府对厂商生产销售的每单位香烟征税 1 元后，新的价格和产量是多少？(2) 买卖者之间赋税的分担情况如何？

解：(1) 根据前面介绍的供求分析步骤，我们作如下分析：

1) 征销售税作为外生变量影响供给行为。因为，生产计划中厂商会考虑到：每盒香烟卖掉后，都要拿出 1 元交税，即从单位价格里减掉 1 元。征税的行为后果是供给函数改变了，新的供给函数为 $S'=-4+6(P-1)=-10+6P$，供给减少表现为供给曲线向左移动 $S-S'$。2) 令 $D=S'$，则 $P'=3.6$，$S'=D=11.6$，所以，新的市场均衡价格上升了，均衡产量下降了。

(2) 征税使得买者每单位香烟支付的市场价格由 3.0 元增加为 3.6 元，相当于承担了 0.6 元，即 60%；征税后，生产者每单位香烟卖价 3.6 元，交完 1 元税后实际所得 2.6 元，每单位收入由原来的 3.0 元减少为 2.6 元，相当于承担了 0.4 元，即 40%。[请读者求解向消费者征 1 元税的市场影响，提示：$D'=26-4(P+1)$]。

政府向卖者征税：(1) 税收最初影响供给。(2) 供给曲线向左上方移动，移动距离等于每单位物品的征税量。向卖者征收一定量税时，供给曲线向上移动相应的征税量。(3) 均衡点向左上方移动。这时均衡产量下降，均衡价格上升，移动距离等于 P_1P_2。征税后，卖者得到的价格每单位虽然是 OP_1，但必须要拿出其中一部分（P_1P_2）缴税。与过去相比，卖者得到的价格从 P_1 下降到 P_E。而买者支付的价格从 P_E 上升到 P_1。从图 2—34 中可以看出，虽然是对卖者征税，但税收实际上是由买卖双方分摊的，买者承担 P_EP_1，卖者承担 P_EP_2。

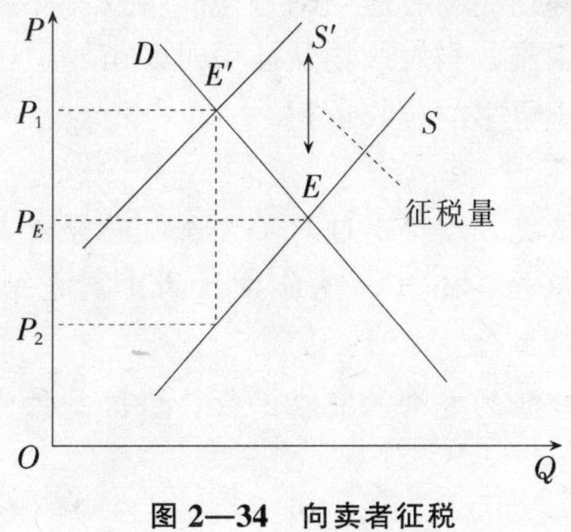

图 2—34　向卖者征税

以上分析表明，不管是向买者征税，还是向卖者征税，它们都使买者支付的价格上升，卖者得到的价格下降，无论如何收税，买卖双方都要分摊税收。到底是买者负担多还是卖者负担多，取决于供给和需求的相对弹性。

图 2—35 中，供给曲线富有弹性，需求曲线缺乏弹性。没有税收时的价格由 E 决定。征税后，卖者得到的价格由 C 降至 B，买者支付的价格由 C 上升到 A。显然，在征税量 AB 中，买者承担较大部分。

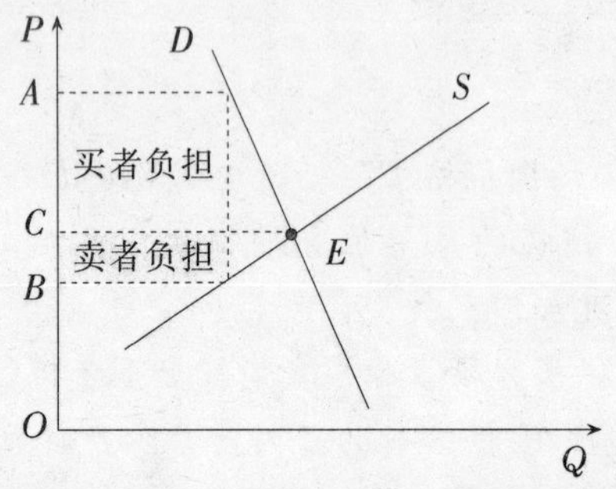

图 2—35　供给弹性大于需求弹性($E_s>E_d$)

图 2—36 中，需求曲线缺乏弹性，供给曲线缺乏弹性。没有税收时的价格由 E 决定。征税后，卖者得到的价格由 C 降至 B，买者支付的价格由 C 上升至 A。显然，在征税量 AB 中，卖者承担较大部分。

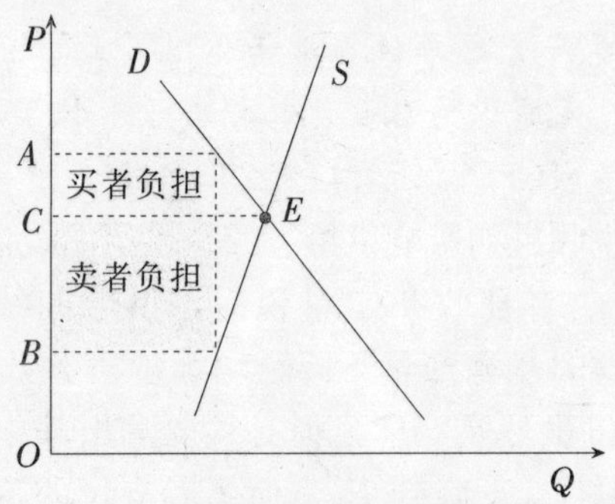

图 2—36　供给弹性小于需求弹性($E_s<E_d$)

图 2—35、图 2—36 说明：税收负担更多地落在缺乏弹性的市场一方。这是因为，弹性小，意味着或者买者对该种物品没有适当的替代品，或者卖者的退出成本较高，没有新的适合生产的替代品，退出困难，当对该物品征税时，市场中选择机会少的一方不能很容易地离开市场，从而必须承担更多的税收负担。

【例题讲解　谁来买单】

前面讲过对卖方征税的情况，这里通过对买方征税的分析，你会发现，对谁征税无关紧要，税收总是由买卖双方承担。而且，税负分担的比例也跟向谁征收无关。谁负担得多，取决于供给和需求的相对弹性。

例如，已知某厂商生产销售的香烟的需求函数、供给函数为：

$$D=26-4P$$
$$S=-4+6P$$

根据均衡条件 $D=S$ 得：均衡价格 $P_E=3$，$D=S=14$。

求：(1) 政府对消费者购买每盒香烟征税1元后，新的价格和产量是多少？(2) 买卖者之间赋税的分担情况如何？(3) 为什么分担比例不一样？

解：(1) 根据前面介绍的供求分析步骤，我们作如下分析：

征税影响需求。消费者购买每盒香烟，都要另外拿出1元交税，即每盒香烟的单位价格多了1元。新的需求函数为$D'=26-4(P+1)=22-4P$，需求减少表现为需求曲线向左移动$D-D'$；令$D'=S$，则$P=2.6$，$S=D'=11.6$，所以，新的市场均衡价格下降了，均衡产量下降了。

(2) 征税使得买者每盒香烟支付的市场价格（买价）由3.0元下降为2.6元，上交政府1元税收后，实际支付3.6元，相当于承担了1元税收中的0.6元(3.6－3.0)，即60%；征税使得生产者每盒香烟的市场价格（卖价或收入）由3.0元下降为2.6元，相当于承担了1元税收中的0.4元，即40%。

(3) 谁负担得多，取决于供给和需求的相对弹性。当$P=2.6$，$S=D'=11.6$时，根据需求价格弹性公式，得$E_d=0.90$；供给价格弹性，$E_s=1.34$。$E_d<E_s$，需求价格弹性小于供给价格弹性，弹性小的需求方负担较大比例的税收。

【提高练习　补贴效应】

已知粮食市场的供求函数为：$D=26-4P$；$S=-4+6P$；消费者每购买一单位粮食政府补贴1元后，均衡价格从3美元上升为3.4美元；均衡数量由14个单位提高为16.4个单位[提示$D'=26-4(P-1)$，$S=-4+6P$，令$D'=S$，$P=3.4$，$D'=S=16.4$]。谁从补贴中获益更大？

不管是税收政策还是补贴政策，都是对弹性系数（绝对值）小的一方影响更大，即弹性系数小的一方承担较大税负比例，或者获得补贴的较大比例。例如，在上面的供求函数中，需求弹性小的获益更大。在新的均衡点(3.4，16.4)，$E_d=0.83$，$E_s=1.24$，$E_d<E_s$。需求价格弹性小于供给价格弹性，弹性小的需求方将从补贴中获益更大。[相对于补贴前，受补贴政策影响，需求方原来每单位支付3元，现在每单位向卖方支付了3.4元后，再从政府那里得到1元补贴，实际支付2.4元(3.4－1)，实际获得的补贴是0.6元，占补贴额的60%；受补贴政策影响，供给方单位收益增加=3.4－3=0.4元，占补贴额的40%]。

20世纪七八十年代，美国对蔬菜和水果的补贴很少，对玉米、大豆、高粱、大麦、燕麦、棉花、大米等20多种包括转基因在内的农产品实行大量补贴。得到补贴的几个食品集团大做食品和汉堡广告，使得人们对蔬菜、水果的需求减少，产生了很多身体超重的胖子。

(二) 需求价格弹性、价格变化与总收益

需求价格弹性与总收益有着密切关系。它可从下列公式得到说明：

$$TR=P\cdot Q$$

TR代表总收益，Q代表与需求量相一致的销售量。

从公式可见，总收益取决于价格和需求量。所以，需求价格弹性发生变化，必然会引起总收益发生变动。

由于不同商品的需求价格弹性不一样，对总收益的影响势必不同。这里，以需求价格

弹性的三种情况为例来考察它们对总收益的影响。

1. 需求富有弹性的商品

假定，电视机的需求富有弹性。如 $E_d=2$，每台电视机的价格为 500 元，销售量为 100 台，这时，总收益是：

500×100=50 000 元

如果，每台电视机的价格从 500 元下降到 450 元，下降幅度为 10%。由于 $E_d=2$，销售量便会增加到 120 台。这时，总收益是：

450×120=54 000 元

两者比较，后者每台电视机的价格虽然下降了，但总收益却增加了 4 000 元。反过来看，如果电视机的价格提高 10%，那么，销售量会减少 20%。这时，总收益是：

550×80=44 000 元

两者比较，虽然后者每台电视机的价格提高了，但总收益却减少了 6 000 元。

通过上述分析，可得出这样一个结论：需求富有弹性的商品，它的价格与总收益呈反方向变动。价格上升，总收益减少；价格下降，总收益增加。

2. 需求缺乏弹性的商品

应该指出的是，并不是任何降价都会增加销售，从而增加总收益。

以面粉为例。假定，需求弹性系数为 $E_d=0.5$，每千克面粉的价格为 2.00 元，销售量为 100 千克。这时，总收益是：

2.00×100=200 元

如果，面粉的价格下降 10%，由于 $E_d=0.5$，销售量则上升 5%。这时，总收益是：

1.80×105=189 元

两者比较，虽然后者每千克面粉的价格下降了，但总收益并未增加，反而减少了 11.00 元。

反过来看，若每千克面粉的价格上升 10%，情况则是：销售量下降 5%。这时，总收益是：

2.20×95=209 元

两者比较，虽然后者每千克面粉的价格上升了，但总收益并未减少，反而增加了 9.00 元。

通过上述分析，可得出这样一个结论：需求缺乏弹性的商品，它的价格与总收益呈同方向变动。价格上升，总收益增加；价格下降，总收益减少。

3. 单位需求弹性的商品

单位需求弹性即 $E_d=1$。在这种条件下，总收益为最大值。萨缪尔森指出：“大多

数的 DD 曲线在价格提高的起始部分属于弹性充足的情况，在低数值的 P 的终结部分属于弹性不足的情况，而在其间，通过弹性为 1 的位置，这时，$P\times Q$ 具有最大的数值。”关于 $E_d=1$，总收益为最大，请看表 2—4。

表 2—4　　单位需求弹性的总收益

P	ΔP	Q	ΔQ	E_d	TR
12		1			12
	2		1	3.67	
10		2			20
	2		1	1.80	
8		3			24
	2		1	1.00	
6		4			24
	2		1	0.56	
4		5			20
	2		1	0.27	
2		6			12

由表 2—4 可见，在价格 6～8 的范围内，需求量变动的幅度与价格变动的幅度一致，即需求弹性系数为 1，这时，总收益为最大。

如果将需求完全有弹性和完全无弹性考虑在内，那么，厂商的总收益变动与前三种情况不同。

在需求完全有弹性的条件下，厂商面对既定价格，收益可无限增加，因此，不会降低价格。如果提高价格，总收益会减少为零，因此，厂商也不会提高商品售价。

在需求完全无弹性的条件下，厂商降低商品售价只会引起总收益同比例于价格下降而减少；相反，提高售价只会引起总收益同比例于价格提高而增加。

（三）谷贱伤农

“谷贱伤农”描述了在丰收年份，农民收入反而减少的现象。这一现象可用弹性理论加以说明。

随着科学技术的进步，农业生产中的技术含量越来越高。如通过运用拖拉机、联合收割机和摘棉机来实现机械化。这些创新，一方面大幅度地降低了对农业劳动力的需求（一百年前，一半的美国人生活和工作在农场。今天，这个数字已下降到 3%）；另一方面极大地提高了农业生产率（统计资料表明，在美国，农业生产率的增长步伐比大多数其他行业要快）。生产率的快速增长，大幅度地增加了供给。如图 2—37 所示，供给曲线从 SS 移动到 $S'S'$。

长期统计研究的结果显示：随着收入增长，食物需求的增长相对较慢，使农产品需求曲线有限右移。

供给的快速增长超过了需求的有限增加，从而导致农产品价格下降。如图 2—37 所示，决定价格的均衡点 E 移动到均衡点 E'。美国从 1951 年到 1990 年，相对于总体价格水平而言，农作物价格下降了 67%，同时，由于需求缺乏弹性，随着价格下降，农业收入减少。

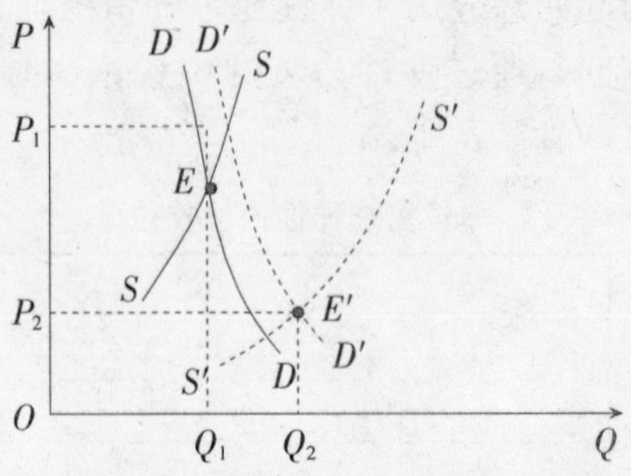

图 2—37　供给的扩张和无价格弹性的需求导致农业收入降低

(四) 限制种植

收入下降时，农民往往寻求政府给予经济资助。长期以来，与其他国家一样，美国政府采取了多种措施来帮助农民：提高农产品的价格；通过关税和配额限制进口；有时还对于小麦或玉米以千克为单位简单地给予农民补贴。

在政府支援农业的方案中，引起最多争议的是要求农民限制数量。图2—38说明了这一政策的经济影响。

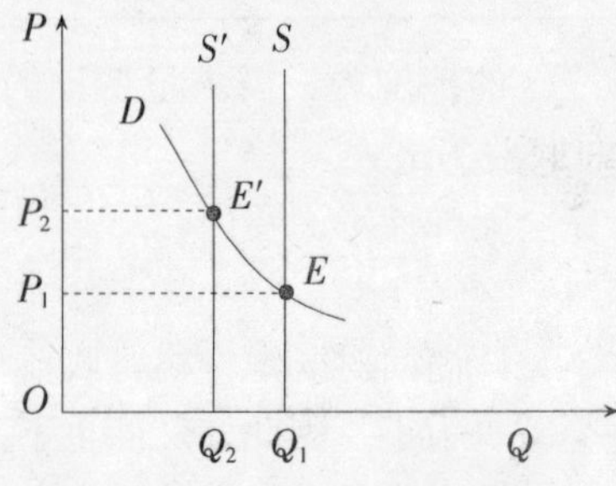

图 2—38　限制种植提高了价格

如果美国农业部要求每一个农民减少上年耕种的玉米面积的 20%，这就引起玉米的供给曲线向左上方移动。由于食物需求缺乏弹性，限制种植不仅提高了玉米和其他农作物的价格，而且增加了农民的总收入和利润。

当然，消费者在限制种植和较高的价格中遭受了损失，这正如他们在水灾或旱灾造成的粮食稀缺中的情形一样。但这是通过闲置生产性农业资源达到支持农民的目的时，社会必须付出的代价。

(五) 限制医生的供给

限制不仅运用于农业，也可用于其他行业，如限制医生的供给。在一些国家，报考医学院的人数比录取人数高出许多倍。为了在医院里得到一个位置，必须通过资格考试。

资格考试作为一种限制，有效地降低了医生的供给，使医疗供给曲线左移。这种限制和类似证书的拥护者相信，为了提高医疗服务质量，这些措施是必要的。

由于医疗服务的需求缺乏价格弹性，因此，限制从医人数会提高医疗服务价格，增加医生的收入。对于消费者而言，较高质量的医疗服务是以较高花费为代价的。

第五节　供求均衡理论的运用——收入分配

一、要素的需求和供给

在生产要素市场上，要素（劳动、资本、土地和企业家才能）的供给和需求的相互作用决定了要素（均衡）价格。要素价格既决定了居民或家庭的收入（工资、利息、地租、利润），又决定了完全竞争市场上厂商的生产成本。要素价格决定了收入在要素所有者之间的分配，所以，收入分配理论又被称为生产要素价格理论。

（一）要素的需求是派生需求

厂商购买生产要素不是为了自己的直接需要，而是为了生产和出售产品以获得收益。例如，购买一台机器并不能直接提高某个人的效用，而只能是增加生产的能力。因此，从这个意义上来说，对生产要素的需求不是直接需求，而被认为是“间接”需求。

如果不存在消费者对产品的需求，则厂商就无法从生产和销售产品中获得收益，从而也不会去购买生产资料和生产产品。例如，如果没有人去购买汽车，就不会有厂商对汽车工人的需求；对保健服务的消费者需求引起对医生和护士的需求；消费者购买面包，是直接需求，消费者对面包的直接需求引致面包厂商购买生产要素（如面粉和劳动等），面包厂商对面粉和劳动等的需求是派生需求。由此可见，厂商对生产要素的需求是从消费者对产品的直接需求中派生出来的。生产要素的需求是“派生”需求或“引致”需求。

（二）完全竞争厂商的要素需求

厂商选择要素最优数量的依据是利润最大化原则，即要素的边际收益等于要素的边际成本（$MR=MC$）。因此，需要明确要素的边际收益和边际成本。

1. 要素的边际收益

“产量的边际收益”是指厂商增加一单位产量（ΔQ）所增加的收益。注意，这里的单位产量是自变量。$MR=P$，$MR=f(Q)$。

“要素的边际收益”是指厂商增加一单位要素（L、K 或 N）使用量所增加的产量（MP）带来的收益增量（MR），用 MRP 表示，$MRP=MR\times MP$。这里每单位要素的增加是自变量，它带来的产量及收益是因变量。如果是完全竞争市场，“要素的边际收益”也被称为“要素的边际产品价值”，它等于产品价格乘以要素的边际产量，即 $VMP=P\times MP$。因为，完全竞争市场上 $P=MR$，所以 $MRP=MR\times MP$ 表示为 $VMP=P\times MP$，VMP 只是 MRP 的特殊形式。

厂商对生产要素的需求就取决于生产要素的边际收益。生产要素的边际收益取决于该要素的边际生产力。在其他条件不变的情况下，增加一单位某种生产要素所增加的产量（或者这种产量所带来的收益）就是该“生产要素的边际生产力”。

在其他条件不变的情况下，生产要素的边际生产力是递减的。因此，“生产要素的边际收益”曲线是一条向右下方倾斜的曲线。如果不考虑要素成本，这条曲线也是生产要素的需求曲线，如图 2—39 所示。

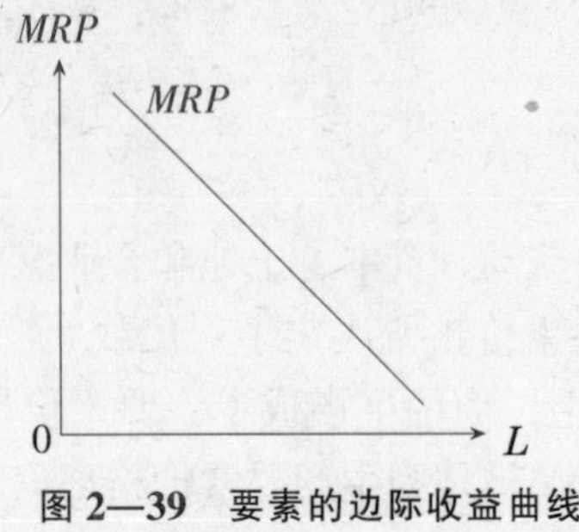

图 2—39 要素的边际收益曲线

图 2—39 中，横轴表示劳动要素的数量 L，纵轴表示生产要素的边际收益。由图可见，曲线向右下方倾斜。

2. 要素的边际成本

“产量的边际成本”是指厂商增加一个单位产量（ΔQ）所增加的成本，这里，$MC=f(Q)$。

“要素的边际成本”是指厂商增加使用一单位生产要素所增加的成本，简称为 MFC。在完全竞争市场上，要素的边际成本等于要素价格，即 $MC=P$。在完全竞争的劳动市场上，劳动的边际成本等于工资，若设劳动要素的价格，即工资为 W，则劳动要素的成本可表示为：

$$C=W\cdot L$$

上式中，劳动成本等于要素价格与要素产量的乘积。劳动要素价格 W 是既定不变的常数。因为，在完全竞争下，要素买卖双方数量多且要素无差别，任何一家厂商单独增加或减少其要素使用量都不会影响要素价格。由于要素价格是既定常数，因此，要素的边际成本等于劳动要素的价格，即 $MC=P=W$。换句话说，单个厂商的要素使用量无论多少，要素的边际成本都不会发生变化。

下面介绍完全竞争单个厂商的要素需求曲线。在不完全竞争市场上，厂商使用要素的利润最大化原则是要素的边际收益等于要素的边际成本，即：

$$MRP=MFC$$

在完全竞争条件下，厂商使用要素的利润最大化原则是“要素的边际收益”（MRP）等于要素的边际成本（$MFC=W$）。由于要素边际成本等于要素价格 W，因此，厂商使用要素的利润最大化原则可写为：

$$MRP(\text{或 } VMP)=W$$

当上述原则或条件被满足时，完全竞争厂商达到了利润最大化，此时使用的要素数量为最优要素数量。

如果 $MRP>W$，则增加使用一单位生产要素所带来的收益大于所引起的成本，于是厂商将增加要素的使用以提高利润。随着要素使用量的增加，要素的价格不变，而要素的

边际收益将下降，最终使 $MRP=W$。

如果 $MRP<W$，则增加使用一单位生产要素所带来的收益小于所引起的成本，因而厂商将减少要素的使用以提高利润。随着要素使用量的减少，要素的边际收益将上升，最终也将达到 $MRP=W$。总体来说，不论是 MRP 大于还是小于 W，只要二者不相等，厂商都未达到利润最大化，现有要素使用量都不是最优数量，厂商都将改变（增加或减少）要素使用量。

只有当 $MRP=W$，即“要素的边际收益”恰好等于要素价格时，厂商的要素使用量才有利于利润达到最大。

厂商使用要素的原则可用图形表示（见图 2—40）。

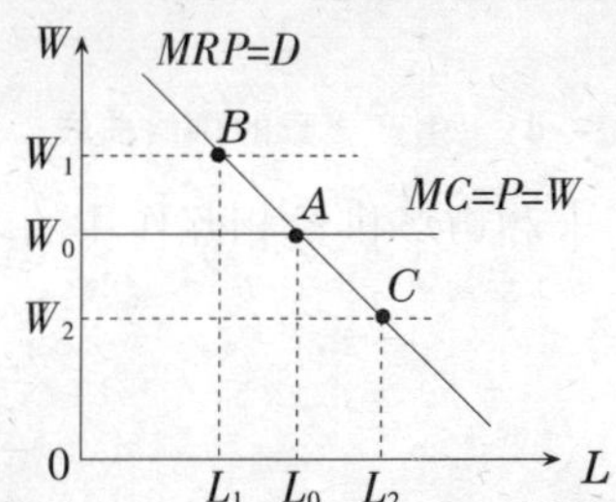

图 2—40 完全竞争厂商的要素需求曲线

在图 2—40 中，MRP 曲线与 W_0 曲线即要素价格曲线相交于 A 点。A 点表明，当要素价格为 W_0 时，要素需求量为 L_0；如果给定另外一个要素价格，则有另外一条水平直线与 MRP 相交于另外一点 B。根据同样的分析即知，新的交点也是需求曲线上的一点。于是，在使用一种生产要素（不考虑其他厂商调整生产要素）的情况下，完全竞争厂商对要素的需求曲线与“要素的边际收益曲线”恰好重合，$MRP=D$。并且，随着要素价格变动，厂商对要素的最佳使用量即需求量与其呈反方向变动。因此，完全竞争厂商的需求曲线与其“要素的边际收益曲线”一样向右下方倾斜。

完全竞争要素市场中包含 n 个厂商。整个行业的要素需求曲线也是向右下方倾斜的。

（三）要素的供给

在市场经济中，大部分生产要素归个人所有。劳动作为人力资本只能出租，不可出售。资本和土地一般为家庭和企业所有。

劳动供给是由许多经济和非经济的因素决定的。劳动供给的主要决定因素是劳动的价格，即工资率和一些人口因素，如年龄、性别、受教育状况和家庭结构等。

土地和其他自然资源的数量是由地质来决定的，并且不可能发生重大的变化，尽管其质量会受到自然资源保护状况、开拓方式和其他改良措施的影响。

资本的供给依赖于家庭、企业和政府部门过去的投资状况。从短期看，资本像土地一样固定不变，但是从长期看，资本的供给对收入及利息率等经济因素非常敏感。

生产要素的供给取决于各要素的特点及其所有者的偏好状况。一般说来，各种要素供给与价格呈正相关关系，如图 2—41 中 A 点以下区域所示。像土地这样的要素供给是固定的，因此，如图 2—41 中从 A 点至 B 点所示，其供给完全无弹性。在一些特殊情况下，要素供给如图 2—41 中 B 点以上区间所示。当要素价格的提高如劳动的价格提高使其所有者的收入大大增加时，其供给曲线可能会向后弯曲。

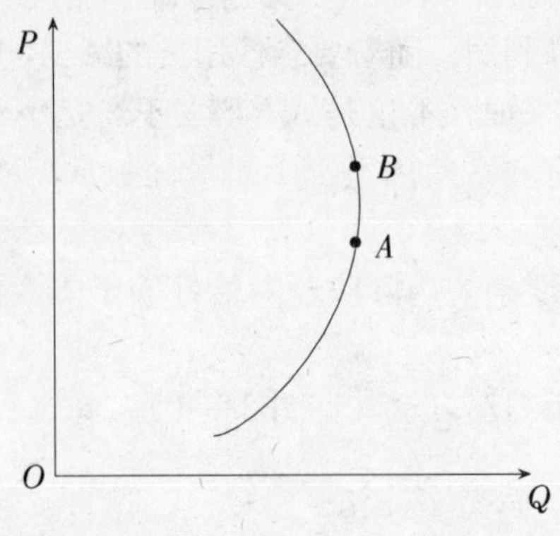

图 2—41　生产要素的供给曲线

要素市场价格由要素的市场需求和市场供给相互作用的均衡决定。

二、劳动以及工资的决定

（一）劳动收入与闲暇

假定劳动者可以自由支配的时间资源每天为 16 小时。设劳动供给量为 6 小时，则 10 小时为“闲暇”时间。劳动供给问题就是如何决定其全部资源在闲暇和劳动供给两种用途上的分配。劳动者选择闲暇直接增加了效用，选择劳动则可以带来收入，通过收入用于消费再增加效用。因此，就实质而言，劳动者并非是在闲暇和劳动二者之间进行选择，而是在闲暇和劳动收入之间进行选择。

（二）劳动供给曲线

如图 2—42 所示，与一般的供给曲线不同，劳动供给曲线具有一个鲜明的特点，即它具有一段“向后弯曲”的部分。当工资较低时，随着工资的上升，人们为较高的工资吸引将减少闲暇，增加劳动供给量。在这个阶段，劳动供给曲线向右上方倾斜。但是，工资上涨对劳动供给的吸引力是有限的。当工资涨到 W_1 时，劳动供给量达到最大。此时如果继续增加工资，劳动供给量非但不会增加，反而会减少。于是劳动供给曲线从工资 W_1 处起开始向后弯曲。

（三）工资的决定

将所有单个劳动者的劳动供给曲线水平相加，即得到整个市场的劳动供给曲线。尽管许多单个劳动供给曲线可能会向后弯曲，但劳动的市场供给曲线却不一定也是如此。在较高的工资水平上，现有的工人也许提供较少的劳动，但高工资也吸引进来新的工人，因而总的市场劳动供给一般还是随着工资的上升而增加，从而市场劳动供给曲线仍然是向右上方倾斜的。

由于要素的边际收益递减，要素的市场需求曲线通常总是向右下方倾斜。劳动的市场需求曲线也不例外。将向右下方倾斜的劳动需求曲线和向右上方倾斜的劳动供给曲线综合起来，即可决定均衡工资水平，参见图 2—43。

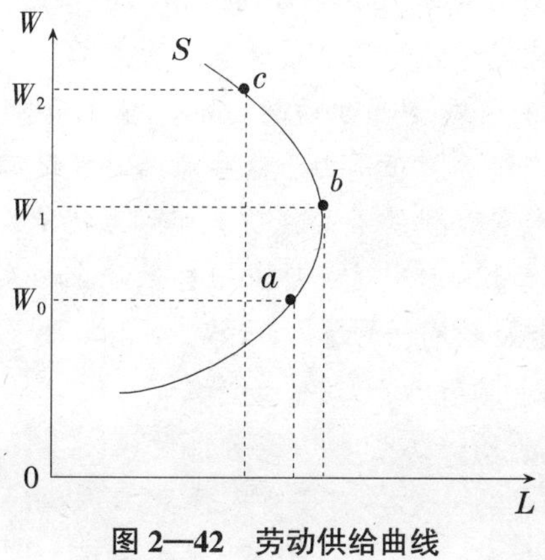

图 2—42　劳动供给曲线

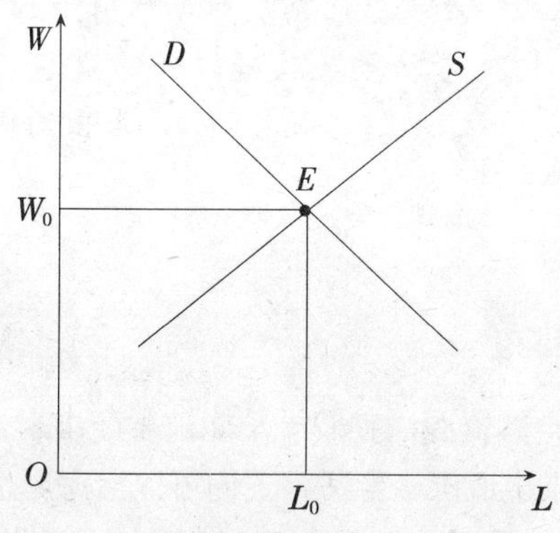

图 2—43　均衡工资的决定

图 2—43 中，劳动需求曲线 D 和劳动供给曲线 S 的交点是劳动市场的均衡点。该均衡点决定了均衡工资为 W_0，均衡劳动数量为 L_0。因此，均衡工资水平由劳动市场的供求曲线决定，且随着这两条曲线的变化而变化。

工会、政府政策、法律、习惯、社会心理等因素，会引起对劳动的需求或供给的变动（曲线移动）并进一步导致市场均衡工资发生变化。

【案例　黑死病灾难带来的富裕】

14 世纪的欧洲，鼠疫的流行在短短几年内夺去了大约 1/3 人口的生命。这个被称为“黑死病爆发”的事件为检验刚刚提到的要素市场理论提供了一个可怕的自然试验。首先，黑死病使人口锐减，从而导致劳动力的数量大规模减少，劳动力的供给十分紧张。在黑死病发生以前，大约每公顷土地平均由 2 个人耕种，但黑死病发生以后，平均每公顷土地耕种者还不到 1 个人。同时，以前土地供应紧张，要不断开垦新的土地，但是在黑死病发生以后，不仅不再需要开垦新的土地，相反，有很多质量较差的已经开垦的土地又重新被废弃，甚至较好的土地也缺人耕种，土地的租金大幅度下滑。据统计资料表明，在这一时期，劳动者的工资将近翻了一番，而土地租金减少了 50%甚至更多，黑死病给农民带来了经济繁荣而减少了土地拥有者的收入。

由于农民收入的上升，逐渐又产生了一种现象，越来越多的人倾向于减少劳动时间，耕种更少的土地，这使得劳动的供给量进一步减少了。

上述事例再次表明，均衡工资率取决于劳动的需求和供给。黑死病导致劳动供给减少，从而工资率提高。同时，在既定的劳动供给条件下，均衡工资又与劳动的边际产量价值同方向变动。随着劳动投入量的不断减少，劳动的边际产量上升。另外，优质的土地被用于生产，劳动的边际产量也会相应增加。正是由于这些原因，黑死病导致了工资率提高。

劳动者工资增加反而导致劳动供给量的减少。实际上就是说，随着工资的上升，出现了劳动的供给曲线向后弯曲的现象。出现这一现象是替代效应和收入效应共同作用的结果。

【例题讲解　工资的决定及政府干预】

假设劳动力市场上的供求函数为：$L_S=-6+2W$，$L_D=9-0.5W$。

（1）求当劳供求均衡时的均衡工资和均衡劳动量；（答：$L_S=L_D$；6；6）

（2）若政府规定最低工资为 8 元，有多少人愿意工作？厂商需要多少工人？有多少人失业？（答：$L_S=-6+2\times8=10$；$L_D=9-0.5\times8=5$；5）

（3）假定代替最低工资规定的是政府同意厂商每雇用一人工作就向厂商补贴 3 元，计算均衡条件下新的均衡工资和均衡劳动量及政府的补贴额。[答：向厂商补贴影响需求函数 $L'=9-0.5(W-3)=10.5-0.5W$；令 $L_S=L_D$，求出均衡工资=6.6；均衡劳动量=7.2；政府的补贴额=21.6]

三、土地以及地租的决定

经济学上的土地泛指一切自然资源。它们既不能被生产出来，也不能在数量上减少。因而它们是固定不变的。当然，如果土地价格合适，人们可以沿海岸造陆地，变沙漠为良田，从而“创造”出土地；另外，如果人们采用一种会破坏土壤肥力的方式耕种，则土地也有“毁灭”的可能。不过，为简单起见，这里不考察土地数量的这些变化，而明确假定它为既定不变。

这里的土地价格是指土地提供服务所得到的报酬，即地租，而不是指土地本身的价格。同样，资本和劳动本身的价格与资本和劳动提供服务的价格是两个不同的概念，不要将二者混淆。

（一）土地的供给

由于土地所有者拥有的土地为既定的，例如为 Q_1，故它将供给 Q_1 的土地——无论土地价格 R 是多少。因此，土地供给曲线将在 Q_1 的位置上垂直，如图 2—44 所示。

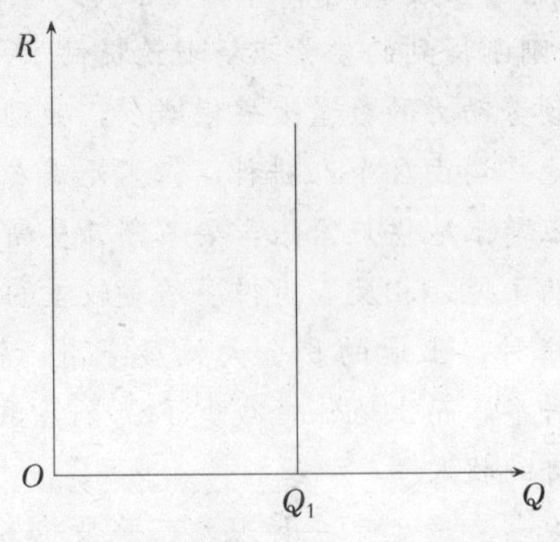

图 2—44　土地的供给曲线

土地供给曲线垂直是因为我们假定了土地只有一种用途即生产性用途，没有自用用途，没有其他选择和替代，只有生产性用途，则它对该用途的供给曲线当然是垂直的。

(二) 地租的决定

将所有单个土地所有者的土地供给曲线水平相加，即得到整个市场的土地供给曲线。再将向右下方倾斜的土地的市场需求曲线与土地供给曲线结合起来，即可决定使用土地的均衡价格，参见图 2—45。

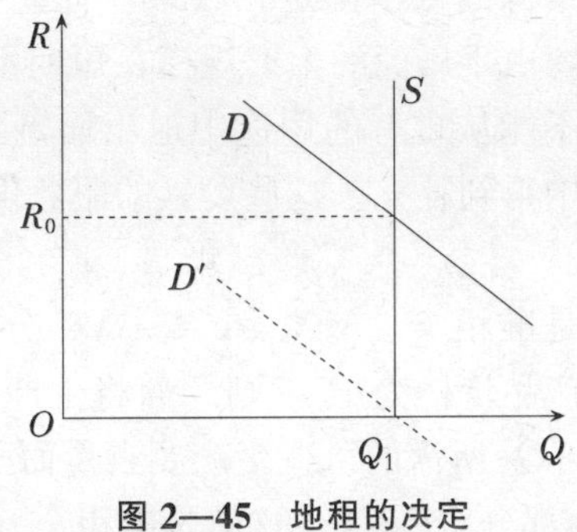

图 2—45　地租的决定

图 2—45 中，土地需求曲线 D 与土地供给曲线 S 的交点是土地市场的均衡点。该均衡点决定了土地服务的均衡价格 R_0。特别是，如果假定土地没有自用价值，则单个土地所有者的土地供给曲线为垂直线，故市场的土地供给曲线亦为垂直线。

土地供给曲线与需求曲线的交点所决定的土地使用价格称为地租。在土地供给曲线垂直且固定不变的条件下，地租的多寡完全由土地的需求曲线决定。地租随着需求曲线的上升而上升，随着需求曲线的下降而下降。如果需求曲线下降到 D'，则地租将消失，即等于 0。

根据上述地租决定理论，可以给出一个关于地租产生的解释。假设一开始时，土地供给量固定不变为 Q_1，对土地的需求曲线为 D'，从而地租为 0；现在由于技术进步使土地的边际生产力提高，或由于人口增加使粮食需求增加使粮食价格上涨，对土地的需求曲线便开始向右边移动，从而地租开始出现。因此，可以这样来说明地租产生的（技术）原因：地租产生的根本原因在于土地的稀少，供给不能增加；如果给定了不变的土地供给，则地租产生的直接原因就是土地需求曲线的右移。土地需求曲线右移是因为土地的边际生产力提高或土地产品（如粮食）的需求增加使粮价提高。如果假定技术不变，则地租就由土地产品价格的上升而产生，且随着产品价格的上涨而不断上涨。

(三) 租金：固定供给的资源价格

1. 租金

“租金”是指固定供给的一般资源的价格。地租是当土地供给固定时的土地服务价格，因而地租只与固定不变的土地有关。但在很多情况下，不仅土地可以看成固定不变的，而且有许多其他资源在某些情况下也可以看成是固定不变的。例如某些人的天赋才能，就如土地一样，其供给是自然固定的。这些固定不变的资源也有相应的服务价格。这种服务价格显然与土地的地租非常类似。为与特殊的地租相区别，把这种供给固定不变的一般资源的服务价格叫做“租金”。换句话说，地租是当所考虑的资源为土地时的租金，而租金则是一般化的地租。

2. 准租金：短期内固定生产要素带来的收益

准租金被定义为：对供给量暂时固定的生产要素的支付，即短期内固定生产要素带来的收益。准租金可以用厂商的短期成本曲线来加以分析。

租金以及特殊的地租均与资源的供给固定相联系。有些生产要素尽管在长期中可变，但在短期中却是固定的。例如，由于厂商的生产规模在短期不能变动，其固定生产要素对厂商来说就是固定供给的。它不能从现有的用途中退出而转到收益较高的其他用途中去，也不能从其他相似的生产要素中得到补充。这些要素的服务价格在某种程度上也类似于租金，通常被称为“准租金”。

图 2—46 中，阴影部分就是准租金。MC、AC、AVC 分别表示厂商的边际成本、平均成本和平均可变成本。假定产品价格为 P_0，则厂商将生产 Q_0。这时的可变总成本为面积 $OGBQ_0$，它代表了厂商对生产 Q_0 所需的可变生产要素量而必须做出的支付（图中空白部分）。固定要素得到的则是剩余部分 GP_0CB，这就是准租金（图中阴影部分）。

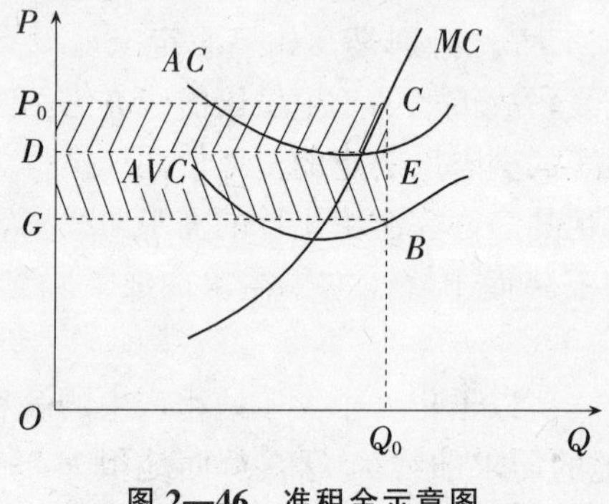

图 2—46 准租金示意图

如果从准租金 GP_0CB 中减去固定总成本 $GDEB$，则得到经济利润 DP_0CE。可见，准租金为固定总成本与经济利润之和。当经济利润为 0 时，准租金便等于固定总成本。当然，准租金也可能小于固定总成本——当厂商有经济亏损时。

3. 经济租金：不影响要素供给的收益

经济租金是指要素收入超出“使用该要素必须支付的最低报酬”的部分。“必须支付的最低报酬”相当于机会成本，要素收入减去机会成本还有剩余的话，这部分剩余就是生产者剩余。所以，经济租金等于生产者剩余。经济租金＝生产者剩余＝要素收入－机会成本（次优用途上的收入）。

例如，我在商场旁边有一块 15 平方米的土地，可以租给广告商（4 万元/年），租给纸媒体经营商（3 万元/年），租给个体烧烤经营者（3 万元/年），租给附近商场用做停车场（3 万元/年），租给保险公司经营保险业务（2 万元/年），租给服装公司（2 万元/年），租给垃圾回收公司（2 万元/年），租给一个农民养奶牛（2 万元/年），租给房屋租赁公司（2

万元/年）……在这个例子中，我把土地租给了广告商而放弃的“使用该要素必须支付的最低报酬”＝机会成本＝次优选择的潜在收入＝租给纸媒体经营商（3 万元/年）＝租给个体烧烤经营者（3 万元/年）＝租给附近商场用做停车场（3 万元/年）。经济租金＝4－3＝1万元。

姚明在 NBA 打篮球年收入 8 000 万元，而在 CBA 是 200 万元，他得到的经济租金是 7 800 万元，这是非常高的。

过去十年，明星玛丽平均每年在好莱坞只拍一部电影（固定供给量）得到 600 万元收入。现在有人跟她签约拍摄中美联合制作并拟在全球放映的电影，她得到的收入将是 660 万元，经济租金是 60 万元。经济租金＝实际收入－固定供给收入＝实际收入－机会成本＝参加联合摄制电影拍摄收入－平常每年电影收入＝60 万元。

例如，长期以来，发达国家投资的平均回报率是 9%，但是，到中国投资的平均回报率是 20%，这些到中国的直接投资就会得到 11%的经济租金。

例如，2006 年左右，北京北部三环的一套三居室租金约为 4 万元/年。2008 年奥运会时涨到约 6 万元/年，则经济租金为 2 万元。

理解经济租金，应把握以下要点：(1) 经济租金是差额，即实际得到的与应该得到的差额。(2) 经济租金是实际得到的与应该得到的“固定供给的收入”的差额；要素的供给量是独立于价格的，是固定的，要素所有者并没有多出租土地和房屋，没有因为收入高一天打三场球，没有多拍两部电影，没有额外增加投资，同样的资源或要素改变了用途，把它们用到比平常效率更高的用途中去了。(3) 去掉经济租金不会影响要素的供给。土地不租给广告商（4 万元/年），仍然要租给纸媒体经营商（3 万元/年），或者租给个体烧烤经营者（3 万元/年），或者租给附近商场用做停车场（3 万元/年）。不租给广告商就没有了经济租金，但仍然要出租，因为，没有经济租金（生产者剩余或者经济利润），仍然有会计利润。(4) 要素“应该得到的”或者要素的机会成本为零时，要素的全部收入为经济租金，经济租金＝地租＝租金。

经济租金的几何解释类似于所谓的生产者剩余，如图 2—47 所示。

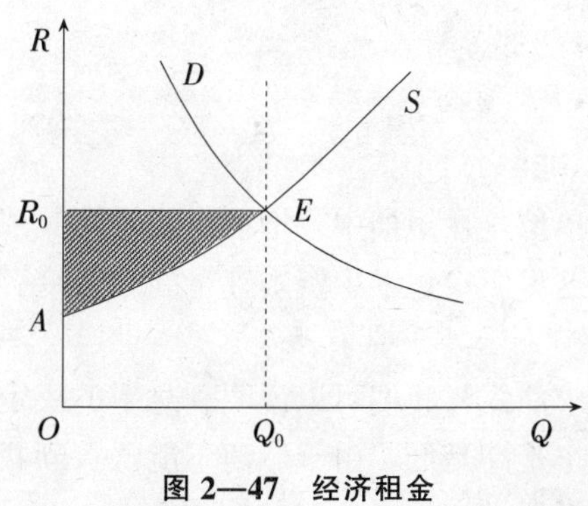

图 2—47　经济租金

图 2—47 中，要素供给曲线 A 以上、要素价格 R_0 以下的阴影区域 AR_0E 为经济租金。要素的全部收入为 OR_0EQ_0。但按照要素供给曲线，要素所有者为提供 Q_0 所愿意接受的最低要素收入却是 $OAEQ_0$。因此，阴影部分 AR_0E 是要素的“超额”收益，即使去掉，也不会影响要素的供给量。

经济租金的大小显然取决于要素供给曲线的形状。供给曲线越陡，经济租金部分就越大。特别是，当供给曲线垂直时，全部要素收入均变为经济租金，它恰好等于租金或地租。由此可见，租金实际上是经济租金的一种特例，即租金是当要素供给曲线垂直时的经济租金，而经济租金则是更为一般的概念，它不仅适用于供给曲线上垂直的情况，也适用于不垂直的一般情况。在另一个极端上，如果供给曲线成为水平的，则经济租金便完全消失。

总之，经济租金是要素收入（或价格）的一个部分，该部分并非为获得该要素于当前使用中所必需，它代表着要素收入中超过其在其他场所所可能得到的收入部分。简言之，经济租金等于要素收入与其机会成本之差。

四、资本和利息

（一）资本和利息的定义

资本是由经济制度本身生产出来并用作投入要素以便生产更多商品和劳务的物品。资本本身具有一个市场价格，即所谓资本价值。例如，一台机器、一幢建筑物在市场上可按一定价格出售。另外，资本也与土地和劳动等其他要素一样，可以在市场上被租借（注意不是出售）出去。因此，作为生产服务，使用资本（或资本服务）也有一个价格，这个价格通常称为利息率（r），利息率是厂商使用资本的价格而不是厂商购买一项资本品的价格。例如，一台价值为1 000元的机器被使用一年得到的收入为100元。用这个年收入来除以机器本身的价值即得到该机器每单位价值服务的年收入：$100\div1\,000=10\%$。这就是该机器服务的价格或（年）利率（$r=10\%$）。资本服务的价格或利率等于资本服务的年收入与资本价值之比。

下面介绍名义利息率和实际利息率。实际利息率是名义利息率减去通货膨胀率。在高通货膨胀时期，实际利息率和名义利息率的差异是很引人注目的。在1979—1980年间，美国的名义利息率高达每年12%；但在扣除通货膨胀率之后，实际利息率几乎为零。这种差别表明在投资时记住实际利息率和名义利息率的差别的重要性。

（二）利息率的决定

1. 短期利息率的决定

提供资本物品以时间为单位，在短期中，增加出租时间其成本（折旧、维修费和服务费）并不随之增加。因此，这里假定短期中资本存量固定不变。所以，资本的短期供给曲线是一条垂直线。

根据短期资本供给和需求曲线，我们可以说明利息率的决定，如图2—48所示。

图2—48中，无论利息率是高是低，由于厂商不能购买新机器，供给不能增加，资本的供给完全无弹性。过去的投资已产生了一定的资本存量，以垂直的短期供给曲线SS表示。企业将按向下倾斜的需求曲线DD所表示的方式产生对资本品的需求。

在E点即供给和需求相交之点，恰好将资本数量分配给需要资本的企业。在这一短期均衡中，企业愿意以每年10%的利息借款购买资本品。在这点上，资金的贷款者也会满意于其所供给的资本得到正好是10%的年利息率。

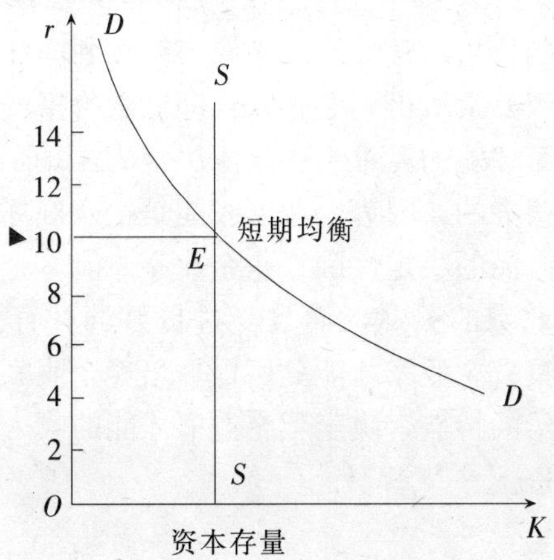

图 2—48 短期利率的决定

2. 长期利息率的决定

如果上述利息率被认为是高利率，那么，人们就会进行更多的储蓄，则储蓄通过投资将不断转化为资本，厂商或设备租赁公司会购买新机器，从而引起长期资本供给曲线和利率水平发生变动。请看图 2—49。

图 2—49 中，曲线 S 表示资本或资金的长期供给，它向上倾斜说明人们愿意以较高的实际利息率供给更多的资本品。

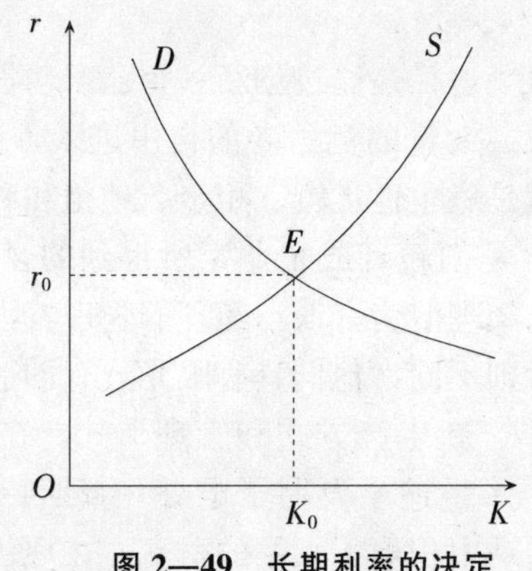

图 2—49 长期利率的决定

图 2—49 中，D 曲线与 S 曲线相交于点 E，形成了资本市场上的长期均衡。在这一点上，净储蓄停止了，净资本积累为零，且资本存量不再增长。它表示企业拥有的资本存量增加与人们所愿意提供的资本数量增加相适应。由这一点所决定的利息率，便是长期资本市场的均衡利息率。

五、风险、创新和垄断与利润

西方经济学将利润分为正常利润、超额利润。

（一）正常利润

正常利润是企业家才能的价格，其性质和来源与超额利润和垄断利润是有区别的。正常利润是企业家才能这种生产要素所得到的收入，即要素价格。它包括在成本之中，其性质与工资相类似，是由企业家才能的需求与供给所决定的。

对企业家才能的需求是很大的，因为企业家才能是生产好坏的关键。使劳动、资本与土地结合在一起生产出更多产品的决定性因素是企业家才能。企业家才能的供给又是很小的。并不是每个人都具有企业家的天赋，而且受过良好的教育。只有那些有胆识、有能力，又受过良好教育的人才具有企业家才能。所以，培养企业家才能所耗费的成本也是高的。企业家才能的需求与供给的特点，决定了企业家才能的收入是一种特殊的工资，其数额高于一般劳动所得到的工资。

（二）超额利润

超额利润是指超过正常利润的那部分利润，又称为纯粹利润或经济利润。这里的超额利润来源于：承担风险、创新和垄断等。

1. 承担风险的超额利润

未来具有不确定性，人们对未来的预测可能发生失误，因此，风险是普遍存在的。在生产中，由于供求关系难以预料的变动，自然灾害、政治运动，以及其他偶然事件的影响，也常存在风险。风险同经济生活中的不确定性相联系。

2. 创新的超额利润

不确定性带来超额利润的另一途径是通过创新（企业家精神）得到的。

在技术无变化的稳定世界里，大量的竞争者的自由进入，促使价格降到成本水平上。在这种环境下，持久收益仅仅就是竞争性工资、租金、地租和利息等收益。

"创新的利润"（超额利润）是创新者或企业家所得到的暂时的超额收益。"创新者"意味着什么呢？这种人不可以与经理混为一谈，经理们管理着大大小小的公司，而不拥有其公司资产的较大部分。创新者则不同，他们具有眼光，有创造力，在经营中勇于引入新思想、新产品、新资源、新市场、新生产方式和管理形式。在历史上有一些伟大的发明家，如贝尔发明了电话，托马斯·爱迪生发明了电灯，查斯特·卡尔松发明了静电印刷术。一些发明家从他们的经营活动中积聚了大量的财富。在现代社会中，史蒂文·乔布斯发明了苹果牌电脑，而比尔·盖茨由于发明了微软操作系统而成为世界首富。每一位成功的创新者都创造了一个暂时的垄断领域，短时期内，可以赚取创新的利润。这些利润的赚取只是暂时的，而且，很快就被对手或模仿者竞争掉。然而，正当一种创新利润的来源消失时，另一种新的来源就诞生了。只要技术不断地变化，创新的利润就会继续存在。

3. 垄断利润

垄断利润也是超额利润的一种。不过，它不是来源于不确定性，而是由垄断造成的。

在非完全竞争的市场中，企业通过提高价格可获得高于正常水平的利润。例如，某种贵重药品专利的唯一拥有者，或某一城市获得出租有线电视的独家特许权者，均可将价格

提高到边际成本以上来赚取垄断利润。

【案例　漂亮与收入】

美国经济学家丹尼尔·哈莫米斯与杰文·比德尔在1994年第4期《美国经济评论》上发表了一份调查报告。这份调查报告显示，漂亮的人比长相一般的人收入高5%左右，长相一般的人又比丑陋一点的人收入高5%～10%。

为什么漂亮的人收入高?

经济学家认为，人的收入差别取决于人的个体差异，即能力、勤奋程度和机遇的不同。漂亮程度正是这种差别的表现。

个人能力包括先天的禀赋和后天培养的能力。长相与人在体育、文艺、科学方面的天才一样是一种先天的禀赋。漂亮属于天生能力的一个方面，它可以使漂亮的人从事其他人难以从事的职业，例如当演员或模特。漂亮的人少、供给有限，自然市场价格高、收入高。

漂亮不仅仅是脸蛋和身材，还包括一个人的气质。在调查中，漂亮由调查者打分，实际是包括外形与内在气质的一种综合。这种气质是人内在修养与文化的表现。因此，在漂亮程度上得分高的人实际往往是文化程度高、受教育程度高的人。两个长相接近的人，也会由于受教育程度不同表现出来的漂亮程度不同。所以，漂亮是反映人受教育水平的标志之一，而受教育是个人能力的来源。受教育多，文化高，收入水平高就是正常的。

漂亮也可以反映人的勤奋和努力程度。一个工作勤奋、勇于上进的人，自然会打扮得体，举止文雅，有一种朝气。这些都会提高一个人的漂亮得分。漂亮在某种程度上反映了人的勤奋，与收入相关也就不奇怪了。

最后，漂亮的人机遇更多。有些工作，只有漂亮的人才能从事，漂亮往往是许多高收入工作的条件之一。就是在所有的人都能从事的工作中，漂亮的人也更有利。漂亮的人从事推销更易于被客户接受；当老师会更受到学生热爱；当医生会使病人觉得可亲。所以，在劳动市场上，漂亮的人机遇更多，雇主总爱优先雇用漂亮的人。有些人把漂亮的人机遇更多、更易于受雇称为一种歧视，这也不无道理。但有哪一条法律能禁止这种歧视？这是一种无法克服的社会习俗。

漂亮的人的收入高于一般人。两个各方面条件大致相同的人，由于漂亮程度不同而得到的收入不同。这种由漂亮引起的收入差别，即漂亮的人比长相一般的人多得到的收入称为“漂亮贴水”。

【难点讲解　地租、租金、准租金、经济租金、租的关系】

这五个概念既有共同点又相互联系：

(1) 共同点。

它们都是“租”，凡是供给固定要素的收益我们都可以称为“租”。凡是劳动、土地、资本、企业家才能，任何供给固定的要素的服务价格，都是“租”。反过来，这些要素服务价格（使用收益）的增加或者下降，都不会改变要素的供给量。地租产生于土地供给固定性，是土地资源的使用收益；租金产生于资源供给固定性，是一般资源的使用收益；准租金产生于要素供给暂时固定性，是短期固定要素的使用收益；经济租金产生于固定供给资源不同用途的选择，是固定要素最优收入与次优用途收入的差额。地租、租金、准租金、经济租金都是供给固定的资源使用收益，其关系是递进的，越来越一般化。

(2) 联系。

a. “租”。“租”是最一般化的概念，往前越来越具体：姚明是稀缺的固定供给要素，只要走出家门，就会有收益“租”。姚明只有一个，收益的大小高低不影响姚明的供给量。

b. “经济租金”。如果可以有选择，姚明会做较高收益的服务，从姚明出卖服务的最优收益（“租”）里减去一个他认为“必须得到的次优收益”（机会成本），剩余部分就是“经济租金”（生产者剩余）。

c. “准租金”。短期中姚明从事篮球运动的投入分为固定投入和变动投入，他的篮球收入减去变动投入（和接下来的与比赛有关的训练、营养、治疗等费用）就是“准租金”，准租金大于固定成本，就存在经济利润，准租金大于0，亏损也工作；小于0，就不出去工作。

d. “租金”。姚明在火箭队打球、出卖服务收益是2 000万美元，第二选择就是在家，在家的服务收益为0（打球的机会成本0），没有其他选择，这时，姚明在火箭队打球2 000万美元的服务收益就是“租金”。

e. “地租”。姚明退休不打球了，把打球攒钱买的、居住了20年的、价值2亿美元的大房子租出去，每年得到的2 000万美元的收益就是“地租”。

本章小结

1. 需求理论说明价格、收入、分配、偏好、人口政策、预期是如何影响需求的；价格是影响需求的因素中最重要的因素。经济学用需求表、需求曲线、需求定理、需求价格弹性等概念工具说明需求与价格的关系。需求是价格的反函数，即价格变化引起需求量反方向变动（需求定理），价格变化大小引起的需求变化大小用需求价格弹性来表示；影响需求的因素除了价格以外，主要包括收入、分配平衡程度、消费偏好、人口及结构、政府的政策、消费预期，等等，这些因素变动引起需求不同方向和不同程度的变动。

2. 经济学把价格变化引起的需求量变动称为“需求量的变动”或“沿曲线上的点移动”（点移动），把非价格因素变动引起的需求变动称为“需求的变动”或“需求曲线的线变动”（线移动）。线移动的前提是假定价格水平不变；供给理论说明价格因素和非价格因素（相关商品价格、生产要素价格、厂商目标、技术、政策、厂商预期、自然社会政治条件等）是如何影响供给的。

3. 经济学用供给表、供给曲线、供给定理、供给价格弹性等概念工具说明供给与价格的关系。供给是价格的函数，即价格变化引起供给量同方向变动（供给定理），价格变化大小引起的供给量大小用供给价格弹性来表示；影响供给的非价格因素包括相关商品价格、生产要素价格、厂商目标、技术进步、政府政策、厂商预期、自然社会政治条件等。经济学中把价格变化引起的供给量变动称为“供给量的变动”或“沿曲线上的点移动”（点移动），把非价格因素变动引起的供给变动称为“供给的变动”或“供给曲线的线移动”（线移动）。线移动的前提是假定价格水平不变。

4. 需求曲线与供给曲线相交决定了均衡（市场均衡）。当供不应求或供过于求时，价格会波动，直至供求两种力量达到均衡状态。均衡时价格和产量被称为“均衡价格”和“均衡产量”；影响供求的因素的变动，不仅会引起供求本身的变动，同时还会引起均衡价

格和均衡产量的变动。供求定理是指需求的变动引起均衡价格和均衡产量同方向变动；供给的变动引起均衡价格反方向变动而引起均衡产量同方向变动。

5. 借助“万能”的剪刀均衡图，可以反映出无限的因素对供求以及均衡价格和均衡产量的影响，进行供求分析的基本步骤是：(1) 确定某事件影响的是供给曲线移动还是需求曲线移动，或是两种曲线都移动；(2) 确定曲线是向左移动，还是向右移动；(3) 用供求图考察这种移动对均衡价格和均衡数量的影响。供求分析具有广泛的应用领域，如政府定价、征税、限产保价、关税、颁发营业许可证。

6. 厂商对劳动、资本、土地和企业家才能四种要素加以组合并生产销售产品所取得的收入，按照参加生产的各个要素所发挥的功能分配给要素所有者，就形成个人收入：劳动的提供者得到工资，土地的提供者得到地租，资本的提供者得到利息，企业家才能的提供者得到利润（正常利润）。因此，要素价格决定了收入在要素所有者之间的分配，解决分配问题就是解决要素价格问题。

7. 工资是由劳动这个生产要素的需求曲线和供给曲线的交点决定的，在工会存在的情况下会对工资有一定的影响；利息是由资本的需求和供给的均衡状态决定的，在市场经济中，利率对资本市场具有调节作用；地租是由土地的需求和供给的均衡状态决定的，因土地的供给一般是固定不变的，随着经济的发展，对土地需求的增加，地租有不断上升的趋势。西方经济学把利润分为正常利润与超额利润，正常利润包括在成本之中，真正意义上的利润是指超额利润，它来自于承担风险、创新或垄断，它的前两个来源是合理的，而后一个来源是市场竞争不完全的结果。

本章关键概念

1. 需求：是指居民在一定时期内，在不同价格水平上愿意并且能够购买的商品量，即价格与其需求量之间的“价格—数量”组合关系。

2. 需求量：是指在一定时期内，按照某种给定的价格人们愿意并能够购买的商品数量。

3. 一元需求函数：假定影响需求量的非价格因素不变，考察某一商品的需求量同这种商品的价格之间存在的一一对应的关系。

4. 多元需求函数：考察所有因素对需求量的影响。

5. 收入效应：是指价格变化导致居民实际收入的变化，从而引起需求量的变化。

6. 替代效应：某种商品价格上升而引起的其他商品对该商品的取代就是替代效应。

7. 需求的变动：指在商品本身价格不变的情况下，由于其他非价格因素的变化所引起的需求的变动。

8. 需求变动效应：假定供给曲线不变，当需求的增加使需求曲线向右移动时，均衡价格和均衡数量会增加；当需求的减少使需求曲线向左移动时，均衡价格和均衡数量会下降。也就是说需求与均衡价格和均衡数量同方向变动。

9. 需求量的变动：指其他因素不变的情况下，商品本身价格变动所引起的需求量的变动。

10. 供给：厂商或企业在一定时期内，在不同价格水平上愿意并且能够提供的商品量，即价格与其供给量之间的“价格—数量”组合关系。

11. 供给量：指厂商或企业在一定时期内，当非价格因素不变时，在某一给定价格水平上愿意并且能够提供的商品量。

12. 供给量的变动：指在其他因素不变的情况下，商品本身价格变动所引起的供给量的变动。

13. 供给的变动：指商品本身价格不变的情况下，其他因素变动所引起的供给的变动。

14. 供给定理：当非价格因素不变时，某种商品的供给量与其价格呈同方向变动，即供给量随着商品本身价格的上升而增加，随着商品本身价格的下降而减少。

15. 均衡：指供给与需求达到了平衡的状态。

16. 均衡数量：需求量与供给量在某一价格水平上正好相等的情况，经济学中称之为均衡状态，此时的价格为均衡价格，此时的供给量和需求量正好一致，称为均衡数量。

17. 最低限价（支持价格）：政府为了扶植某一行业而规定的高于均衡价格的该行业产品的最低价格。

18. 最高限价（限制价格）：政府为了限制某些生活必需品的涨价而规定的低于均衡价格某种商品的最高价格。

19. 供给变动效应：假定需求曲线不变，该种商品价格不变，当供给的增加使供给曲线向右移动时，均衡数量增加而均衡价格降低；当供给的减少使供给曲线向左移动时，均衡数量减少而均衡价格提高，这被称为供给变动效应。

20. 产量的边际收益：是指厂商增加一单位产量（ΔQ）所增加的收益，用 MR 表示。

21. 要素的边际收益：是指厂商增加一单位要素（L、K 或 N）使用量所增加数量的收益，用 MRP 表示，它等于要素的边际数量与产品的边际收益之积，即 $MRP = MR \cdot MP$。

22. 产量的边际成本：是指厂商增加一个单位产量（ΔQ）所增加的成本，用 MC 表示。

23. 要素的边际成本：是指厂商增加使用一单位生产要素所增加的成本。要素的“边际成本”也被称为边际要素成本，简记为 MFC，它表示增加一单位生产要素使用量所花费成本的增加量。

24. 地租：由土地供给曲线与需求曲线的交点所决定的土地使用价格。

25. 租金：是指固定供给的一般资源的服务价格。

26. 准租金：对供给量暂时固定的生产要素的支付，即短期内固定生产要素带来的收益。

27. 经济租金：要素所有者实际得到的收入如果高于他们所希望得到的收入，则超过的部分就是经济租金。

28. 资本：是由经济制度本身生产出来并用作投入要素以便生产更多商品和劳务的物品。

29. 利息率：使用资本（或资本服务）的价格，通常称为利息率。

30. 实际利息率：就是名义利息率减去通货膨胀率。

讨论及思考题

1. 在计划经济和市场经济中，供给不足的问题分别是通过什么方式解决的？可用石油价格变化的例子加以说明。（提示：市场机制或计划指令）

2. 画出供求均衡图及变化，确定以下几件事涉及的是需求曲线的移动还是需求量的改变：（1）汽车销售量随消费者收入的增加而上升；（2）当教皇允许天主教徒在星期五吃肉后，鱼价下跌；（3）征收汽车油税减少了汽油的消费；（4）在一场灾难性的小麦病虫害之后，面包销售量下降；（5）小麦病虫害之后，花生酱和果子冻的销售量下降。（提示：画均衡图时注意确定横轴代表的是哪一种商品；需求线移动同时意味着供给量的改变，反之，供给线移动同时意味着需求量的改变）

3. 画出供求图及变化并确定以下事件涉及的是供给曲线的移动还是供给量的改变：（1）卫生部门在医生的压力下，取缔了无照行医和美容美发厅；（2）通过关税提高价格，减少汽车进口；（3）新技术的运用使煤炭供给成本下降、供给增加；（4）虚假误导性广告的废止，减少了人们对“保健食品”的需求；（5）对房屋开发商征税减少了房屋的数量。

4. 假设你控制着某产品的供给（是垄断厂商）。你在考虑，把该产品价格提高10%是不是对你合算。要是知道该产品的需求价格弹性，对你有帮助吗？为什么？（提示：知道了该产品的需求价格弹性，就能计算出价格变化后销售量及总收益的变化情况）

5. 在1973—1974年，石油输出国组织（OPEC）决定，把原油价格提高500%，这样对他们有利吗？这对原油需求曲线有什么影响？（提示：该题有一定难度。短期看，原油数量下降，供给曲线向左移动，需求曲线不变，由于原油供给和需求价格弹性缺乏，曲线陡峭使价格大幅度上升，欧佩克能获得巨大利益；但长期中，供给能力和供给价格弹性会增加，替代品出现，原油需求价格弹性会提高，需求和供给曲线变得较为平坦，欧佩克再减少产量，供给曲线移动时，对价格的影响就很小）

6. 在供求均衡图上，如何表示包罗万象、难计其数的因素对某一市场的均衡的影响？（提示：经济学把影响供求的因素分为价格和非价格因素。在只考虑价格、供给、需求三个变量时，竞争机制、价格机制的作用会形成稳定的均衡并决定均衡价格和均衡数量；而当价格不变时，非价格因素的作用会使供给或者需求变动并形成新的均衡以及均衡价格和均衡数量）

7. 某报有这样一段论述：“乍一看来，向厂商征税会提高消费者支付的商品的价格。但是，价格的上升会降低需求，需求下降又会使价格下降。因此，无论如何，可以认为，向物品征税不会提高商品价格。”这段话对吗？为什么？画出图形并加以说明。（提示：向物品征税导致供给曲线向左移动并且使得价格上升、需求量下降。区分点移动和线移动以及因变量和自变量。价格上升降低的是需求量，不是需求；需求量下降是结果，是因变量，不会再次成为原因或自变量）

8. 大规模的广告活动使健身器材价格狂涨。在高兴的同时，健身器材经销商又担心价格上升会抑制需求，需求下降拉动价格下降。这种担心对吗？用供求图分析。（提示：广告使对健身器材的需求曲线向右移动并且使得需求增加、价格和供给量上升。区分点移动和线移动以及因变量和自变量。广告引起需求及价格上升，价格上升是结果，是因变量，说价格上升抑制需求是错误的）

9. 经济学家说："价格告诉人们干什么，人们自觉对价格变化作出反应；价格波动自动地实现稀缺资源的供求平衡、安排资源和收入分配；价格还提供了生产、需求、产业结构和资源流动的信息。"你能不利用价格，说明经济是如何运转的吗？（提示：查阅资料说明计划经济的优点和不足）

10. 用供求图分析劝导性的"吸烟有害健康"广告与征收高额烟草税对香烟市场的不同影响。

11. 为什么说生产要素价格理论就是分配理论？（提示：要素的市场供求决定要素价格，要素价格决定要素所有者的收入，所以，市场化分配产生收入差距）

12. 已知供给函数、需求函数为：$S=-4+6P$，$D=26-4P$，这时，均衡价格和均衡数量为 3 元和 14。

（1）政府对购买每单位商品的消费者征税 1 元，新的均衡价格和均衡数量是多少？[提示：通过 $S=D'$ 求出新的价格和数量，其中 $D'=26-4\ (P+1)$]

（2）征税后卖者得到的单位收益是多少？买者支付给卖者的价格是多少？买者支出的单位成本总计为多少（税与购买价格之和）？

（3）赋税分担的比例为多少（买卖之间）？

13. 假定劳动市场上的供求函数为：$S=-6+2W$，$D=9-0.5W$，这里 W 为工资，S 和 D 代表劳动的供给量和需求量（万人）。

（1）均衡工资和均衡劳动量是多少？（提示：令 $S=D$，$W=6$ 元，$S=D=6$ 万人）

（2）若政府规定的最低工资为 8 元，有多少人愿意工作？企业对劳动的需求量是多少？失业量是多少？（提示：10，5，5）

（3）假定政府改用补贴办法，企业每雇用一个工人得到 3 元补贴，新的均衡工资和均衡劳动量是多少？政府的补贴额是多少？（提示：6.6 元，7.2 万人，21.6 万元）

（4）画图说明。

第三章

消费者行为分析

水的边际效用

边际效用递减规律被称为戈森定律，它可以简单概括为“随着获得物品的递增则欲望和享受递减”。钻石没有水有用，价格却比水贵。水对生命如此不可缺少，为什么价格却很低？200年以前，这一悖论困扰着亚当·斯密。现在，我们知道如何解答这一问题了，其答案如下：决定某一物品单位价格的是边际效用而不是总效用。例如，第一桶至第十桶水的边际效用分别是900、100、80、50、20、10、4、3、2、1，那么，虽然水的总效用是1 170，但水的边际效用却是1，如果一单位边际效用的支付意愿是1元，则消费者对水的支付意愿是1元。

第一至第三个单位的钻石的边际效用分别是100、99、98，那么，钻石的总效用是297，钻石的边际效用是98，则消费者对钻石的支付意愿是98元，是水的98倍。所以，钻石比水贵。但水的总效用仍然是钻石的3.94倍，因为，水更有用。

相对于钻石，水的供应充足，其边际效用如此之低，最后一杯水只能以很低的价格出售，最后的一些水仅仅用于浇草坪或洗汽车。我们发现，商品越多，它的最后一单位的相对购买愿望越小，大量的水价就越低。为什么必不可少的水在一些地方成为免费商品？正是无限供给量使其边际效用大大减少，因而降低了这一极其重要商品的价格。

在完全竞争市场中，均衡价格是相对稳定的，消费者剩余是我们从交换中得到的好处。我们购买某一商品的每一单位，支付相同的价格。例如，茶水每杯 1 元，我喝四杯共支付 4 元。但我对四杯水的边际效用评价（愿付价格）分别是 10、6、3、1，这样算下来我就得到 16 个单位的消费者剩余（20－4＝16）。根据边际效用递减规律，对于我们来说，前面的单位要比最后的单位具有更高的价值。因此，我们就从前面的每一单位中享受了消费者剩余（效用剩余）。

结论：边际效用决定消费者的支付意愿，边际效用小，价格就低，比如水；边际效用大，价格就高，比如钻石。这就是经济学中的“稀缺定价铁律”。

本章要点

1. 基数效用论和序数效用论分别用边际效用、无差异曲线和预算线等概念来说明消费者如何才能实现效用最大化。

2. 购买一种商品的均衡原则：边际效用要大于或等于价格，且 $MU \geqslant P$。消费者剩余是边际效用与市价的差额。

3. 购买多种商品的均衡原则：在收入和价格既定时，要使每一种商品的边际效用与价格之比同其他商品的边际效用与价格之比相等。

4. 边际效用递减规律和边际替代率递减规律是理解消费者均衡的关键。

本章说明了收入约束下的消费者行为（如何实现效用最大化）以及消费者行为对需求的影响。本章解释了需求曲线向右下方倾斜的原因，是对需求和需求定律的深入分析。

知识点：了解边际效用论（基数效用论）的总效用、边际效用概念及边际效用递减规律与需求曲线；理解消费者均衡原则；掌握消费者剩余概念。

能力点：理解序数效用论主要以无差异曲线、边际替代率和预算线与无差异曲线的切点上的均衡，来解释消费者行为和需求曲线。

注意点：(1) 基数效用理论着眼于不同商品边际效用与价格的比较，序数效用论着眼于不同商品组合的成本比较，两种理论只有形式上的区别。(2) 人们说汽车、住房的价值大、有用，一般是指总效用，决定商品价格的往往是边际效用，这应了“物以稀为贵”这句古话。(3) 边际效用递减具有普遍性并可据此说明需求和需求曲线。(4) 消费者剩余把边际效用与市场价格结合起来。

第一节　效用论

一、效用是选择的基准

消费者选择商品的依据是什么呢？是购买商品的“成本与收益”的比较，成本是消费者支付的货币，收益就是效用或满足。19 世纪后期，经济学家将“效用”作为消费者在不同消费可能性之间进行选择的基准。

效用是指什么呢？效用就是满足，是消费者的收益。更准确地说，效用是指消费者从消费某种商品或劳务中得到的主观上的享受或有用性。经济学家用它来解释有理性的消费

者如何把他们有限的资源分配在能给他们带来最大满足的商品上。

效用是由什么决定的？人们怎样才能获得效用或满足？效用函数具有多元性，消费者不仅能从取得商品、接受服务、感到安全、得到尊重、发现自我中获得满足，得到主观上的效用；消费者也能从助人利他、积德行善、同情他人、自我牺牲中获得满足，这同样有效用，所谓“施之者比受之者有福”。

二、效用的两种选择学说：边际效用分析和无差异曲线分析

效用是用来表示消费者在消费商品时所感受到的满足程度的，“满足程度”的度量即效用的度量，经济学家先后提出了基数效用和序数效用的概念，并在此基础上，形成了分析消费者行为的两种方法，它们分别是基数效用论者的边际效用分析方法和序数效用论者的无差异曲线的分析方法。

基数和序数这两个术语来自数学。基数是指 1，2，3…，基数是可以加总求和的。例如，基数 3 加 9 等于 12，且 12 是 3 的 4 倍等。序数是指第一、第二、第三……，序数只表示顺序或等级，序数是不能加总求和的。

在 19 世纪末 20 世纪初期，西方经济学家普遍使用基数效用的概念。基数效用论者认为，效用如同长度、重量等概念一样，可以具体衡量并加总求和，具体的效用量之间的比较是有意义的。表示效用大小的计量单位被称为效用单位。例如，对某一个人来说，吃一顿丰盛的晚餐和听一场音乐会的效用分别为 6 个效用单位和 12 个效用单位，且后者效用是前者效用的 2 倍。

到了 20 世纪 30 年代，序数效用的概念为大多数西方经济学家所使用。序数效用论者认为，效用的大小是无法具体衡量的，效用之间的比较只能用顺序或等级来表示。

三、边际效用及边际效用递减规律

边际是指新增加或减少的部分。边际效用是指消费者在一定时间内增加消费一单位某种商品和劳务带来的满足或效用。现在设想消费者连续消费了八个单位商品，第八个单位给他带来的效用被称为边际效用（是数量与效用关系、变化率、效用对量的导数）。表 3—1 中，如果消费者仅消费三个单位，那么边际效用为 5。

表 3—1 **效用表**

商品数量	总效用	边际效用
0	0	
		7
1	7	
		6
2	13	
		5
3	18	
		4

续前表

商品数量	总效用	边际效用
4	22	
		3
5	25	
		2
6	27	
		1
7	28	
		0
8	28	
	−	−1
9	27	

边际效用递减规律：随着个人连续消费越来越多的某种商品，他从增加的一单位商品中得到的效用量是递减的。边际效用递减规律的特征如下：

（1）递减性。边际效用的大小与消费商品的数量成反比。一张桌子有三条腿可以站稳，第四条腿能增加桌子的稳定性和承重力，但是，增加的这条腿的效用（第四条腿的效用＝边际效用）显然不如第三条。越是后面的桌子腿，增加的承重力越比前面的一条低，用经济学的话说就是：桌子腿的边际效用越来越低而边际成本不变或递增。

（2）反复性。边际效用是在特定的连续的时间段里起作用，不同的时间里具有再生性、反复性。

（3）主观性。边际效用具有主观性，消费者对商品的支付意愿或愿付价格由边际效用决定：数量少，边际效用大，反之，支付意愿低。消费同样单位的芹菜或芥末，最后一个单位，有人欣然接受、意犹未尽，也有人如堕深渊、痛苦万分。

（4）相对性。运动员第二场比赛得了亚军，相对于第一场得到亚军满足感下降，但是，一想到跟冠军只有毫厘之差，就不免懊恼、沮丧、难受，但看到上次的冠军这次只拿了季军，心中立即释然。

更多的、普遍存在的现象，比如“虱子多了不痒，债多了不愁”和“吃饱了蜜不甜”、人们追求多样化和少而精、君子戒多戒贪、公务员拒腐寡欲，“良田万顷，日食一升；广厦万间，夜眠七尺”以及普通人济贫扶弱、人类崇尚自由选择等都可以在边际效用递减的规律中得到解释。

边际效用递减规律也被称为戈森定律。戈森定律可以简单概括为“随着获得物品的递增则欲望和享受递减”。边际效用递减规律被称为戈森第一法则。戈森说：“我相信，我在解释人类关系方面所做的，正如哥白尼在解释天体关系方面所做的。我相信，我已成功地发现了使人类得以生存并支配人类进步的力量，以及这种力量发生作用的法则的一般形式。哥白尼的发现使人类得以预测天体未来运行的轨迹。我的发现使我得以指出，人们为了实现人生目的所必定遵循的确定不移的路线。”

四、总效用与边际效用

如表3—1所示，如果消费4个汉堡包，总效用是第一到第四个边际效用之和，即7＋

6+5+4=22。随着消费量增加，只要边际效用为正值，其总效用也增加。但是，当边际效用下降为零时，即第八个时，总效用便停止增加。边际效用能否变为负值呢？如果消费者的产品多到必须扔掉部分，多到造成麻烦、破费或痛苦时，它就变为负值。番茄的边际效用在正常情况下为正值，但收获过剩，就变为负担。

表3—1可以用图3—1表示。每一个长方形的高度表示每增加一个汉堡包消费所得到的边际效用。长方形的高度一直往下减，最后到零。横轴上从0点到任一点上长方形面积的总和表示消费产生的总效用。例如，如果一天消费4个，总效用就是图中阴影部分内的面积。

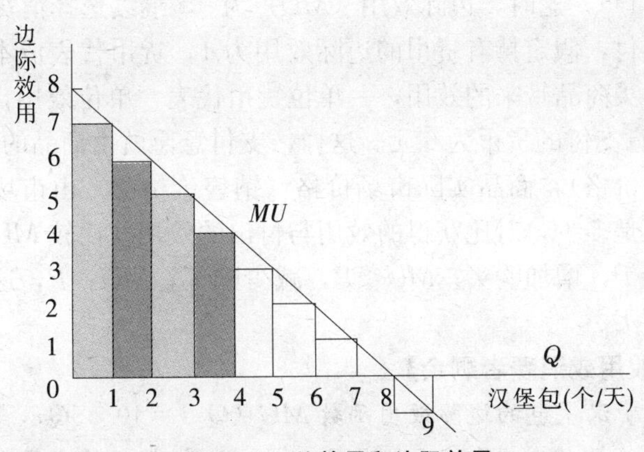

图3—1　总效用和边际效用

图中MU的连续线就是边际效用曲线。在表3—1和图3—1中，你都可以看到，当消费的汉堡包越来越多时，得到的总效用会以越来越缓慢的速度增长。这是由随着消费商品数量的增加边际效用递减造成的。

如何计算总效用与边际效用？例如，玛利亚消费汉堡包的边际效用函数为：$MU(Qx)=40-5Qx$。总效用与边际用的关系如下：

(1) 总效用是边际效用之和。当玛利亚消费3个汉堡包时，总效用35+30+25=90。

(2) 前后相邻的总效用之差乃边际效用。第三个汉堡包的边际效用可以根据边际效用函数得到（25），即$MU(3)=40-5\times3=25$，也可以通过总效用减它的前一个总效用得到$MU(3)=90-65=25$。

(3) 边际效用为零时，总效用最大。例如，当消费8个汉堡包时，边际效用为零，$MU(Qx)=40-5Qx=0$，$Qx=8$，这时，总效用=140。如果，玛利亚继续消费，9个汉堡包的总效用则下降为135。

(4) 边际效用为负时，总效用会下降，最后增加的边际效用不是满足而是麻烦、痛苦。番茄的边际效用在正常情况下为正值，但收获过剩，就变为负担。

结论：根据边际函数，人们可以准确地进行数量选择，而总量函数则不足为据。

【案例　几个包子才能饱】

民间故事说，有一个人吃了5个包子，感叹道："早知道吃第5个包子饱，又何必吃前面4个呢?!"这个人因此被人笑话。人们笑话他，是因为他分不清5个包子的效用与第5个包子的效用、总效用与边际效用。

五、消费者均衡：购买单一和多种商品时的均衡原则

（一）购买一种商品的均衡原则：边际效用要大于或等于零，且 $MU \geqslant P$

如果不考虑成本支付（价格），消费者消费商品的数量由边际效用决定（$MU \geqslant 0$），例如，消费者选择消费的商品数量分别为 0，1，2，3，4，5，6，其总效用为 0，7，11，13，14，14，13，边际效用（MU）分别为 7，4，2，1，0，－1，所以，选择消费 5 个单位时，总效用最大（14），这时，边际效用（MU）为 0，继续选择消费会减少总效用。

如果考虑成本支付，假定持有货币的边际效用为 1，货币代表成本或支付意愿，用货币购买商品也就是购买商品带来的效用，一单位货币代表一单位效用，如果一单位商品的 MU 为 6，消费者愿意支付的货币为 6 元。这样，支付意愿就由商品的边际效用决定：MU 决定支付意愿（愿付价格），商品实际市场价格（销售价格 P）由市场决定。要想知道消费者购买商品的数量是多少，对比获得的效用与付出的效用（比较 MU 与 P）就行了，即 $MU=P$ 原则：$MU>P$，增加购买；$MU<P$，减少购买；$MU=P$，这时所购商品数量的总效用最大，停止购买。

【知识预习　净效用或消费者剩余】

已知，玛利亚消费汉堡包的边际效用函数 $MU(Qx)=40-5Qx$，汉堡包的单价 $P=5$ 元。令 $MU(Qx)=5$，则 $40-5Qx=5$，故 $Qx=7$；她本来可以消费 7 个汉堡包，但她只消费了 1 个，问：玛利亚消费 1 个汉堡包的成本收益情况如何？

答：因为，玛利亚消费汉堡包的边际效用函数 $MU(Qx)=40-5Qx$，消费 1 个汉堡的 $MU(1)=40-5\times1=35$，汉堡的实际市场价格 $P=5$ 元，她的实际成本支付是 5 元。所以，她消费 1 个汉堡包的边际效用（35）减去成本（5），她的净效用或消费者剩余为 30 个单位。

一种商品数量选择的最大效用原则（$MU=P$ 原则）：消费者购买商品的数量要使得商品的边际效用等于货币的边际效用，这时他获得的效用总量或总满足最大。例如，消费者可以选择购买的商品数量分别为 0，1，2，3，4，5，6，其总效用为 0，7，11，13，14，14，13；边际效用（MU）分别为 7，4，2，1，0，－1（消费者的支付意愿或愿付价格分别为 7，4，2，1，0，－1）。购买多少合适呢？当商品实际市场价格（销售价格）$P=7$，他会买 1 个；$P=4$，他会买 2 个；$P=2$，他会买 3 个；$P=1$，他会买 4 个；$P=0$，他会买 5 个；当买商品还有赠品时，他才会买 5 个以上……由此我们可以发现 MU 曲线与需求曲线是重合的，需求概念或需求定理也可以用 MU 来解释（不同价格水平上，消费者愿意并且能够购买的商品数量）。如果给定 $P=2$ 且货币的边际效用为 1 时，他会购买 3 个单位商品，单位商品实际支付的价格是 2，他对第三个单位商品的支付意愿（MU）是 2，所以，消费者购买商品的数量要使得商品的边际效用等于货币的边际效用：

$$MU=P$$

或　$MU/P=$货币的边际效用$=1$

消费者购买 3 个单位商品获得的总效用（支付意愿或愿付价格）为 13，实际支付的价格是 $2\times3=6$，净效用为 7（$=13-6$），而他购买 4，5，6 个单位商品获得的净效用分别

为 6(=14－8)，4(=14－10)，1(=13－12)。

(二) 多种商品数量选择的消费者均衡原则：各种商品的边际效用与价格之比相等

为了效用最大化，消费者购买多种商品会存在一种最优决策的原则吗？人们在购买行为发生前要考虑两个因素：第一，每一单位商品的边际效用；第二，该商品的价格及自己的收入。人们购买的最后一个鸡蛋和最后一双鞋提供的边际效用不会正好相等，而且一双鞋的成本远远高于一个鸡蛋的成本，因而所付出的价格也不同。

人们应该如此安排他们的消费，即在每一种单个商品上花费的每单位货币支出给他带来相同的边际效用。在这种情况下，消费者从购买中得到了最大的满足或效用。

消费者均衡原则（每单位货币得到相同边际效用规律）：在消费者的收入和各种商品市场价格既定的条件下，当花费在任何一种商品上的最后一元所得到的边际效用正好等于花费在其他任何一种商品上的最后一元所得到的边际效用时，该消费者得到了最大的满足或效用。

为什么必须保持这一条件呢？如果某种商品单位货币能够提供更多的边际效用，那么，把钱从其他商品的花费中转移到该商品上去，边际效用递减规律作用使得该商品的单位货币的边际效用下降，一直到等于其他商品的边际效用时为止，这就增加了总效用。如果花费在某种商品上的单位货币提供的边际效用少于普通水平，那么，我可以减少购买该商品的数量，直到花费在该商品上的最后单位货币所提供的边际效用上升到普通水平为止。消费者均衡条件可以用两个简练的方程式来表达：

$$I=P_X \cdot X+P_Y \cdot Y$$

$$\frac{MU_X}{P_X}=\frac{MU_Y}{P_Y}$$

$$=\text{每单位货币收入的 } MU$$

第一个公式是预算方程式。I 代表收入，P_X 和 P_Y 是两种商品的价格。X 和 Y 是两种商品。第二个公式是效用最大化均衡条件，MU_X 和 MU_Y 是两种商品的边际效用。当 $\frac{MU_X}{P_X}>\frac{MU_Y}{P_Y}$ 时，消费者应该增加 X 商品或减少 Y 商品的购买，直到二者相等；当 $\frac{MU_X}{P_X}<\frac{MU_Y}{P_Y}$ 时，消费者应该增加 Y 商品或减少 X 商品的购买，直到二者相等。

【重点讲解　边际定价揭开“斯密价值悖论”】

水、粮食、阳光、空气、国防安全和法律秩序对生命效用之大，如此不可缺少，为什么价格却很低？而对于生命并非必不可少的钻石、工艺品、古董却具有如此高的价格呢？

235 年以前，这一悖论困扰着亚当·斯密，他觉得不可思议、无法解释，是一个谜。现在，我们知道如何解答这一问题了，其答案如下：水的总效用并不能决定水的价格，水的价格是由其边际效用决定的，边际上，最后一个单位的水的效用决定了所有水的单位价格。第一、二、三、四、五、六、七桶水分别用于饮用、酿酒、洗澡、浇花、洗衣、养鱼、冲厕所，其效用分别为 1 000、600、500、400、20、2、1 时，供给的第七桶水（最后一桶水=边际供给）与其边际效用决定水的价格为 1 元/桶。7 桶水消费者总支付意愿（总效用）为 8 533，但边际支付意愿（边际效用）、最后一桶水的愿付价格为 1 元，决定了 7 桶水的支付代价是 7×1 元＝7 元。7 桶水的效用剩余＝总效用－总代价＝8 533－7＝8 526。

边际定价又叫稀缺定价，如果水不充裕，而且极其稀缺，例如只有 1 桶水，那么，水的单位就是 7 000。如果市场上只有 1/10 桶水，其价格就会超过钻石。

水的供给和需求曲线相交于很低的均衡价格，而钻石的供给和需求曲线相交所决定的钻石的均衡价格很高。为什么水的供给和需求相交于如此低的均衡价格呢？

请看图 3—2、图 3—3。

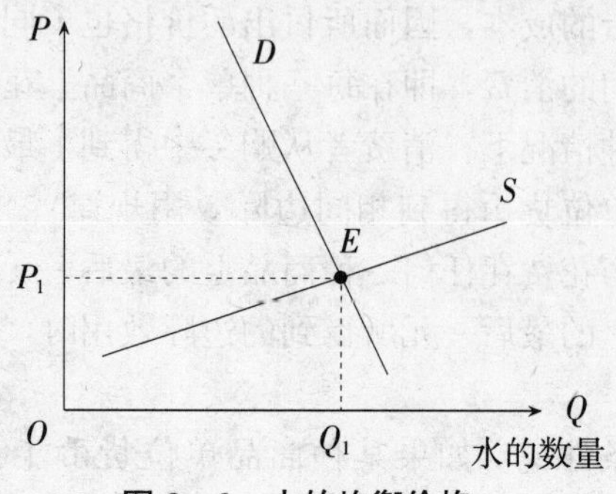

图 3—2　水的均衡价格

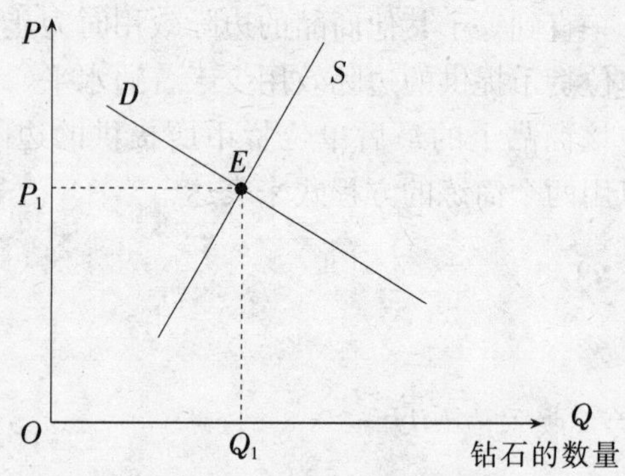

图 3—3　钻石的均衡价格

从成本或供给看，答案在于：钻石是十分稀缺的，得到一单位钻石的成本很高，它的供给线往往很高。而相对于钻石而言，水是相当丰富的，得到一单位水的成本很低，在世界上的许多地方都可以几乎不费代价而得到，供给线往往很低。

从需求角度看，我们对水的需求大于钻石，需求曲线处于较高的位置，总效用大，但水的价格不决定于总效用。相反，水的价格取决于它的边际效用，即边际效用决定了消费者对每单位水愿意支付的价格越来越低（边际效用递减决定需求曲线右下倾）。因此我们发现，商品的数量越多，它的购买愿望越小。为什么必不可少的水在一些地方成为免费商品？正是无限供给量使其边际效用大大减少，因而降低了这一极其重要商品的价格。从均衡图看，需求曲线位置虽然很高，但很陡峭，给定的陡峭的对水的需求曲线与往往位置很低的供给曲线相交，均衡价格必然就低，所以，水价很低。

有人说：经济学的价值论并不难懂，在经济学中，是“狗尾巴”摇动“狗身子”。摇动价格和数量这个“狗身子”的正是边际效用这条“狗尾巴”。

结论是：容易得到的物品，总效用大，但边际效用小，价格就低，比如水；稀少的物

品，总效用低，边际效用大，价格就高，比如钻石。

(三) 原理应用

1. 消费者剩余（交换的好处）

消费者剩余又叫净效用，是指消费者愿意支付的价格高于商品实际市场价格的差额，即消费者剩余 $S=MU-P$。分工和交换社会中，每个人都可能享受消费者剩余，原因在于：对于我们所购买的某一商品的每一单位，从第一单位到最后一单位，我们支付了相同的价格。对于每一个鸡蛋或每一杯水，我们支付了相同的价格。同时，我们所支付的每一单位的代价是它最后一单位的价值。根据边际效用递减规律，对于我们来说，前面的单位要比最后的单位具有更高的价值。因此，我们就从前面的每一单位中享受了消费者剩余(净效用或效用剩余)。

图 3—4 说明了一个消费水的人的消费者剩余概念。比如说，水的价格为每单位 1 元。图 3—4 中位于 1 元的水平线表示了这一点。该消费者考虑在那一价格水平时购买多少水。第一单位的水是非常有用的，能够消除极度的干渴，消费者愿意为它支付 9 元。但是，这第一单位水的代价只是 1 元（水的市场价格）。这样，消费者就获得了 8 元的消费者剩余。

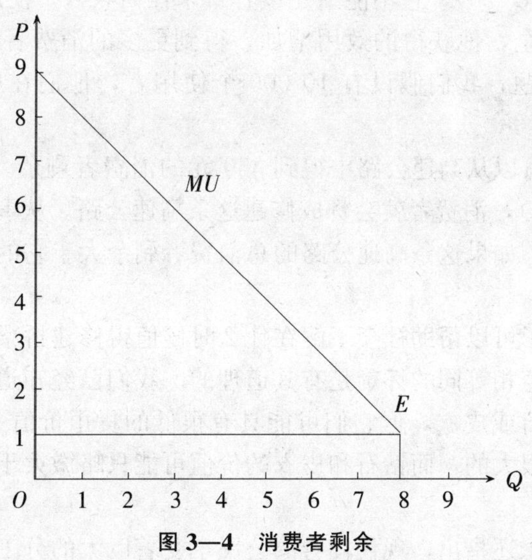

图 3—4　消费者剩余

再考虑第二单位的水。这一单位水对消费者来说值 8 元，但代价仍然为 1 元，因此，消费者剩余为 7 元。如此下去，直到第 9 单位的水，它对消费者来说不值多少了，从而就不购买这一单位水了。在 E 点时，消费者达到了均衡，此时，按每单位 1 元的价格，该消费者购买了 8 单位的水。

在这里我们有了一个重要的发现：尽管该消费者只支付了 8 元，但消费者愿意支付即他得到的总效用为 44 个单位即 44 元（三角形与长方形之和）。该消费者得到了超过其支付额的消费者剩余 36 元（＝44－8）。

在图 3—5 中，供求相互作用决定的均衡价格为 P_1，消费者购买商品数量 OQ_1 所支付

的成本总额为 OP_1EQ_1，但得到的总效用是 $OPEQ_1$，这样总效用减总成本，阴影部分为消费者剩余。

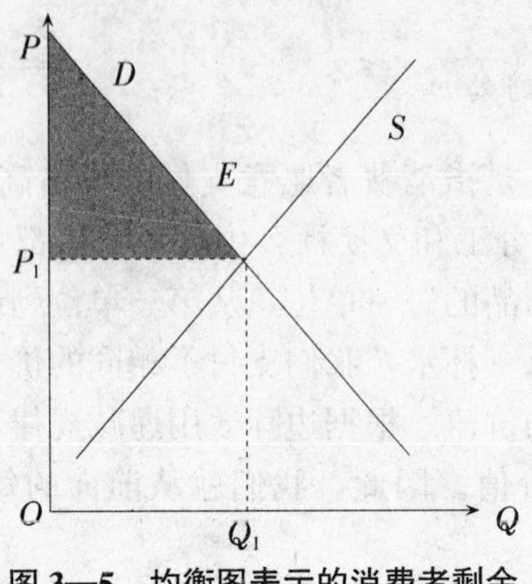

图 3—5　均衡图表示的消费者剩余

2. 消费者剩余概念的应用

(1) 在制定有关公共物品、机场、道路、水坝、地铁和公园的许多决策中，消费者剩余概念是极其有用的。假设一条新的可免费使用的高速公路的修建正在考虑之中。由于高速公路免费使用（$S=MU-0$），它不能给建设者带来任何收入。使用高速公路的人节省了时间或享受了旅行安全，他获得的效用增加，得到更多的消费者剩余。为了避免个人之间效用比较的困难问题，我们假设有 10 000 个使用者，他们在所有方面都是完全相同的。

我们假定，每个人可以从高速公路中得到 350 元的消费者剩余。如果总成本小于 350 万元（=10 000×350 元），消费者就会赞成修建这条高速公路。从事“成本—收益”分析的经济学家们一般建议，如果这条高速公路的总消费者剩余大于它的成本，就应该建筑这条高速公路。

(2) 消费者剩余除了可以帮助社会了解在什么时候值得修建桥梁或公路以外，还可以解释人们对把价格和价值相等同的怀疑是有其道理的。我们已经知道，尽管水和空气的总经济价值远远超过了钻石或皮衣，但它们可能具有很低的货币价值（价格乘以数量）。空气和水的消费者剩余是很大的，而钻石和皮衣的价值可能只略微大于其购买价格（较低的消费者剩余）。

(3) 消费者剩余概念还指出，现代社会的公民享受着巨大的分工和交换带给人们的好处或福利。我们中的每个人都能以低价购买大量品种繁多的非常有用的商品。

这是一种谦虚的思想。如果某些人因为他们的高生产率和高收入水平而态度傲慢，因为成功而不可一世，可以建议他们冷静下来。如果把他们送到没有分工和交换的社会中，什么都要自给自足，没有分工和交换，没有其他人的劳动，没有一代人一代人积累下来的技术知识，没有资本设备，他们的货币收入什么东西也买不到，他们只不过是茹毛饮血的野蛮人。很显然，我们所有的人都从我们从来没有建造的经济世界中获得了消费者剩余。

第二节　序数效用

一、无差异曲线及其特征

序数效用论用“偏好”取代基数效用论的“效用单位”，用“商品组合”替代“商品”。序数效用论者指出：消费者对于各种不同的商品组合的偏好（即爱好）程度是有差别的，这种偏好程度的差别决定了不同商品组合的效用的大小顺序。

无差异曲线是表示两种商品的不同数量的组合能给消费者带来同等效用水平或满足程度的曲线。与无差异曲线相对应的效用函数为：

$$U=f(X_1,X_2)$$

其中，X_1 和 X_2 分别为商品 1 和商品 2 的数量；U 是常数，表示某个效用水平。由于无差异曲线表示的是序数效用，所以，这里的 U 只需表示某一个效用水平，而不在乎其具体数值的大小。

无差异曲线可以用表 3—2 和图 3—6 来说明。

表 3—2　　某消费者的无差异表

商品组合	表 a		表 b		表 c	
	X_1	X_2	X_1	X_2	X_1	X_2
A	20	130	30	120	50	120
B	30	60	40	80	55	90
C	40	45	50	58	60	83
D	50	35	60	50	70	70
E	60	30	70	44	80	60
F	70	27	80	38	90	54

表 3—2 是由某消费者关于商品 1 和商品 2 的一系列组合所构成的无差异表。该表由三个子表即表 a、表 b 和表 c 组成。每一子表中有商品 1 和商品 2 的不同数量组合的六种情况。每一张子表中的六种组合给消费者带来的效用水平被假设为是相等的。以表 a 为例，其中有商品 1 和商品 2 的六种组合。消费者对于这六种消费者组合的偏好程度是无差异的，认为这六种组合各自给自己所带来的满足程度是相同的。同理，消费者对表 b、表 c 中的每一种商品组合的偏好程度也是相同的。

根据表 3—2 可绘制无差异曲线，如图 3—6 所示。由于消费者具有无穷多个无差异子表，因此，作出的无差异曲线也可有无数条。图 3—6 所示的不过是其中三条。

图 3—6 中的每一条无差异线曲线上的任意一点，如无差异曲线 I_1 上的 A、B、C、D、E 和 F 点所代表的商品组合给消费者带来的效用水平都是相等的，无差异曲线是消费者偏好相同的两种商品的各种不同组合的轨迹。每一条无差异曲线代表一个效用水平，不同的无差异曲线代表不同的效用水平。在图 3—6 中，三条无差异曲线各自代表的效用水平是不相同的，其中，无差异曲线 I_3 代表的效用水平大于无差异曲线 I_2，无差异曲线 I_2 代表的效用水平大于无差异曲线 I_1。

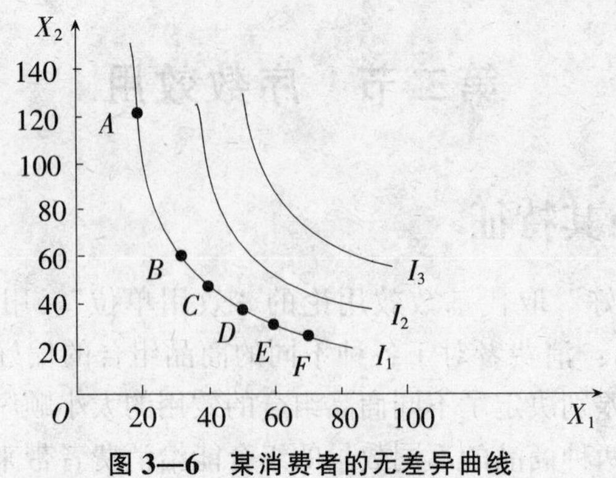

图 3—6　某消费者的无差异曲线

无差异曲线具有以下特征：

第一，离原点越近的无差异曲线代表的效用水平越低，离原点越远的无差异曲线代表的效用水平越高。

第二，任意两条无差异曲线不会相交。

第三，无差异曲线斜率为负值且凸向原点。无差异曲线不仅是向右下方倾斜（斜率为负值），而且，无差异曲线是凸向原点的，即随着商品 1 的数量连续增加，无差异曲线斜率的绝对值是递减的。无差异曲线的这一特性是由商品的边际替代率及其递减规律决定的。

二、边际替代率及其递减规律

（一）商品的边际替代率

当一个消费者的购买沿着一条既定的无差异曲线向下滑动时，两种商品的组合会发生变化，但消费者所得到的效用水平却是不变的。由此可得到商品的边际替代率的概念，即在维持效用水平不变的前提下，消费者增加某种商品的消费量所需放弃的另一种商品的消费量，被称为商品的边际替代率。以 RCS 代表商品的边际替代率，则商品 1 对商品 2 的边际替代率的公式为：

$$RCS=-\frac{\Delta X_2}{\Delta X_1}$$

其中，ΔX_1 和 ΔX_2 分别为商品 1 和商品 2 的变动量。由于 ΔX_1 和 ΔX_2 的符号肯定是相反的，为了使商品的边际替代率取正值以便于比较，所以，在公式中加了一个负号。

用图 3—7 具体说明商品的边际替代率的概念。

图中的无差异曲线所对应的效用函数为 $U=f(X_1, X_2)$。如果消费者的购买沿着这条无差异曲线由 A 点运动到 B 点，由于效用水平不发生变化，因此，当商品 1 的数量由 X'_1 增加到 X''_1 时，商品 2 的数量会相应地由 X'_2 减少为 X''_2。或者说，消费者愿意放弃 $X'_2X''_2$ 即 ΔX_2 数量的商品 2，以取得 $X'_1X''_1$ 即 ΔX_1 数量的商品 1。在这种情况下，两种商品的变化量之比的绝对值即$\frac{\Delta X_2}{\Delta X_1}$，便是由 A 点到 B 点的商品 1 对商品 2 的边际替代率。

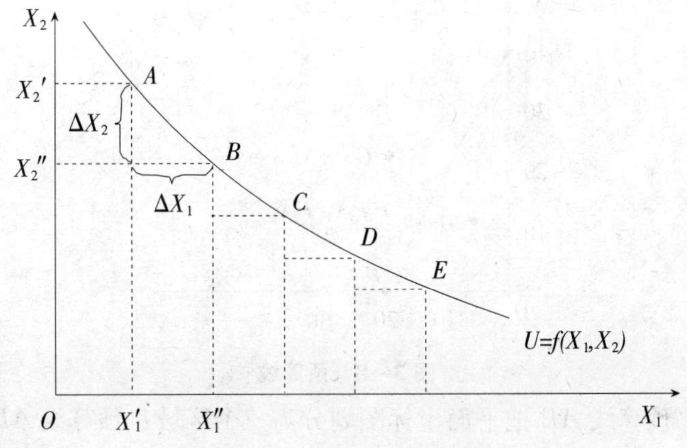

图 3—7　商品的边际替代率

假定商品数量的变化量趋于无穷小，即当 $\Delta X_1 \to 0$ 时，则商品的边际替代率的公式可以写为：

$$RCS=\lim_{\Delta X_1 \to 0} -\frac{\Delta X_2}{\Delta X_1}=-\frac{\mathrm{d}X_2}{\mathrm{d}X_1}$$

显然，无差异曲线上任何一点的商品的边际替代率等于无差异曲线在该点的斜率的绝对值。

（二）商品的边际替代率递减规律

商品的边际替代率递减规律是指：在维持效用水平不变的前提下，随着一种商品消费数量的连续增加，消费者为得到每一单位的这种商品所愿意放弃的另一种商品的消费数量是递减的。例如：在图 3—7 中，在消费者由 A 点经 B、C、D 点，运动到 E 点的过程中，随着消费者对商品 1 的消费量的连续的等量的增加，消费者为得到每一单位的商品 1 所愿意放弃的商品 2 的消费量是越来越少的。也就是说，对于连续的等量的商品 1 的变化量 ΔX_1 而言，商品 2 的变化量 ΔX_2 是递减的。

从几何意义上讲，商品的边际替代率递减表示无差异曲线的斜率的绝对值是递减的。商品的边际替代率递减规律决定了无差异曲线的形状凸向原点。

三、预算线及其变动

（一）预算线

预算线是指在消费者收入和商品价格一定的条件下，消费者所能购买到的两种商品不同数量的各种最大组合。

假定某消费者收入为 80 元，全部用来购买商品 1 和商品 2，商品 1 的价格为 4 元，商品 2 的价格为 2 元。那么，全部收入可用来购买 20 单位的商品 1 和 40 单位的商品 2。由此作出的预算线为图 3—8 中的 AB 线段。

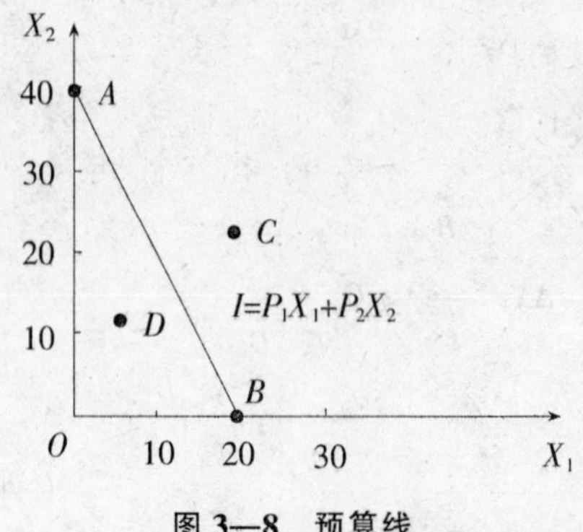

图 3—8　预算线

在图 3—8 中，预算线 AB 把平面坐标图划分为三个区域：预算线 AB 以外的区域中的任何一点，如 C 点，是消费者利用全部收入不可能实现的商品购买的组合点。预算线 AB 以内的区域中的任何一点，如 D 点，表示消费者的全部收入在购买该点的商品组合以后还有剩余。唯有预算线 AB 上的任何一点，才是消费者的全部收入刚好花完所能购买到的商品组合点。

如果 I 表示消费者的既定收入，以 P_1 和 P_2 分别表示已知商品 1 和商品 2 的价格，以 X_1 和 X_2 分别表示商品 1 和商品 2 的数量，那么预算线的方程为：

$$I=P_1X_1+P_2X_2$$

该式表示，消费者的全部收入 I 等于他购买商品 1 的支出和购买商品 2 的支出总和。

由上式可得，消费者全部收入购买商品 1 的数量为 I/P_1，它是预算线在横轴上的截距，即图 3—8 中的 OB。消费者全部收入购买商品 2 的数量为 I/P_2，它是预算线在纵轴上的截距，即图 3—8 中的 OA。预算线的斜率可写为：

$$-\frac{OA}{OB}=-\frac{\frac{I}{P_2}}{\frac{I}{P_1}}=-\frac{P_1}{P_2}$$

当然，预算线的方程也可写为：

$$X_2=-\frac{P_1}{P_2}X_1+\frac{I}{P_2}$$

上式中，$-P_1/P_2$ 为预算线的斜率，I/P_2 为预算线在纵轴上的截距。

（二）预算线的变动

消费者的收入 I 或商品价格 P_1、P_2 发生变化时，会引起预算线的变动。预算线的变动可以归纳为以下四种情况：

第一种情况：当两种商品的价格不变，消费者的收入发生变化时，预算线的位置会发生平移。假定原有的预算线为 AB，若消费者收入增加，则使预算线由 AB 向右平移至 $A'B'$。它表示消费者的全部收入用来购买其中任何一种商品的数量都因收入的增加而增加了。若消费者收入减少，则使预算线由 AB 向左平移至 $A''B''$。它表示消费者的全部收入用

来购买其中任何一种商品的数量都因收入的减少而减少了。

第二种情况：当消费者的收入不变，两种商品的价格同比例同方向变化时，预算线的位置也会发生平移。这是因为，两种商品价格同比例同方向的变化并不影响预算线的斜率，而只能引起预算线的截距的变化。如图 3—9（a）所示，如果两种商品的价格同比例下降，则预算线 AB 向右平移至 $A'B'$；如两种商品的价格同比例上升，则预算线向左平移至 $A''B''$。

第三种情况：当只有一种商品的价格发生变动时，不仅预算线的斜率会发生变化，而且预算线的截距也会发生变化。如图 3—9（b）所示，假定原来预算线为 AB，如商品 1 的价格 P_1 下降，则预算线由 AB 移至 AB'。它表示消费者的全部收入用来购买商品 1 的数量因 P_1 的下降而增加，但全部收入用来购买商品 2 的数量并未受到影响。相反，如商品 1 的价格 P_1 提高，则预算线由 AB 移至 AB''。

同样的道理，在图 3—9（c）中，商品 2 的价格的上升与下降，分别使预算线由 AB 移至 $A'B$ 和 $A''B$。

第四种情况：当消费者的收入和两种商品的价格都同比例同方向变化时，预算线不变。因为，此时预算线的斜率没变，预算线的截距也未变。

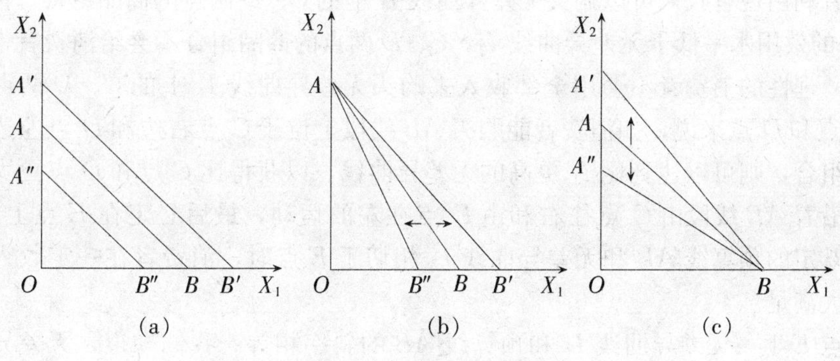

图 3—9 预算线的变动

四、消费者均衡

（一）序数效用论把无差异曲线和预算线结合在一起来说明消费者均衡

一个消费者关于任何两种商品的无差异曲线组合可以覆盖整个坐标平面，即消费者的无差异曲线有无数条，但由消费者的收入和商品的价格决定的预算线只有一条。那么，当一个消费者面临一条既定的预算线和无数条无差异曲线时，他应该如何决策才能获得最大的满足程度呢？序数效用论的消费者均衡条件是：既定的预算线与无数条无差异曲线其中的一条无差异曲线的相切点，是消费者获得最大效用水平或满足程度的均衡点或商品组合。

在图 3—10 中，假定线段 AB 表示在某消费者收入既定和商品价格已知条件下的预算线，I_1、I_2 和 I_3 曲线表示在该消费者无数条无差异曲线中具有代表性的三条。现在的问题是：消费者应该如何选择两种商品的购买数量（X_1，X_2），才能获得最大的效用水平？

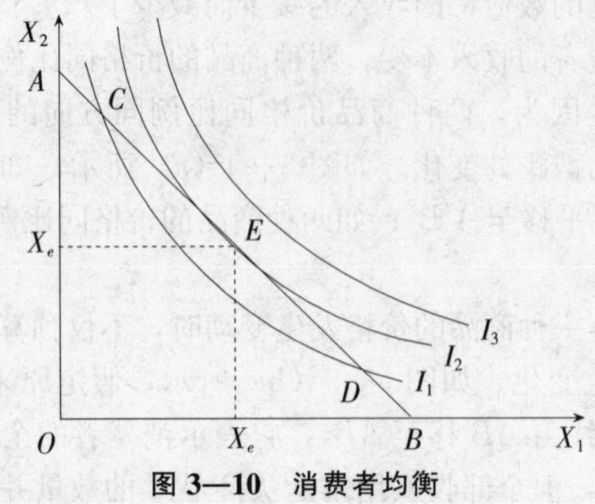

图 3—10　消费者均衡

图 3—10 中，既定的预算线 AB 和其中一条无差异曲线 I_2 相切于 E 点，则 E 点就是在既定收入约束条件下消费者能够获得最大效用水平的均衡点。这是因为，就无差异曲线 I_3 来说，虽然它代表的效用水平高于无差异曲线 I_2，但它与既定的预算线 AB 既无交点又无切点。这说明消费者在既定的收入水平下无法实现对无差异曲线 I_3 上的任何一点的商品组合的购买。就无差异曲线 I_1 来说，虽然它与既定的预算线 AB 相交于 C、D 两点，这表明消费者利用现有收入可以购买无差异曲线 I_1 上的 C、D 两点的商品组合。但是，无差异曲线 I_1 的效用水平低于无差异曲线 I_2，C、D 两点的商品组合不会给消费者带来最大满足。因此，理性的消费者不会用全部收入去购买无差异曲线 I_1 上的 C、D 两点的商品组合。就 C 点和 D 点来说，如消费者能购买 AB 线段上位于 C 点右边和 D 点左边的任何一点的商品组合，则可以达到比 I_1 更高的无差异曲线，以获得比 C 点和 D 点更大的效用水平。这种沿着 AB 线段由 C 点往右和由 D 点往左的运动，最后必定在 E 点上达到均衡。显然，当既定的预算线 AB 和无差异曲线 I_2 相切于 E 点时，消费者在一定收入的约束下获得了最大满足。

在切点 E 上，无差异曲线 I_2 和预算线 AB 的斜率相等。我们知道，无差异曲线斜率的绝对值可用商品边际替代率来表示，预算线斜率的绝对值可用两种商品价格之比来表示，所以，在 E 点有：

$$RCS=\frac{P_1}{P_2}$$

这就是消费者均衡条件：边际替代率等于两种商品价格之比。它表示，在收入一定的条件下，为了得到最大的消费满足，消费者应在两种商品的边际替代率等于两种商品的价格之比的原则下进行购买。

为什么说只有在 $RCS=\frac{P_1}{P_2}$ 时，消费者才能获得最大满足呢？

这是因为，如果 $RCS=\frac{dX_2}{dX_1}=\frac{1}{0.5}>\frac{1}{1}=\frac{P_1}{P_2}$，那么，从不等式右边看，在市场上消费者总支出不变条件下，消费者减少 1 单位商品 2 的购买，就可增加 1 单位的商品 1 的购买。而从不等式的左边看，消费者认为，在减少 1 单位的商品 2 的消费量时，只需增加 0.5 单位的商品 1 的消费量，就可以维持原有的满足程度。这样，消费者就因多得到 0.5 单位的商品 1 的消费量而使总效用增加。所以，在这种情况下，理性的消费者必然会不断

地减少对商品 2 的购买和增加对商品 1 的购买，以便获得更大的效用。例如，在图 3—10 中的 C 点，无差异曲线的斜率的绝对值大于预算线的斜率的绝对值，即 $RCS>\frac{P_1}{P_2}$，消费者则会沿着预算线 AB 减少对商品 2 的购买和增加对商品 1 的购买，逐步达到均衡点 E。

相反，如果 $RCS=\frac{dX_2}{dX_1}=\frac{0.5}{1}<\frac{1}{1}=\frac{P_1}{P_2}$，那么，从不等式右边看，在市场上，在消费者的购买总支出不变的条件下，消费者减少 1 单位的商品 1 的购买，就可以增加 1 单位的商品 2 的购买。而从不等式的左边看，消费者认为，在减少 1 单位的商品 1 的消费量时，只需增加 0.5 单位的商品 2 的消费量，就可以维持原有的满足程度。这样，消费者就因多得到 0.5 单位的商品 2 的消费量而使总效用增加。所以，在这种情况下，理性的消费者必然会不断减少对商品 1 的购买和增加对商品 2 的购买，以便获得更大的效用。例如，在图 3—10 中的 D 点，无差异曲线的斜率的绝对值小于预算线斜率的绝对值，即 $RCS<\frac{P_1}{P_2}$，于是，消费者会沿着预算线 AB 减少对商品 1 的购买和增加对商品 2 的购买，逐步向均衡点 E 靠近。

很清楚，只有当消费者将两种商品的消费量调整到 $RCS=\frac{P_1}{P_2}$ 时，或者说，调整到由消费者主观偏好决定的两种商品的边际替代率和市场上的两种商品的价格之比相等时，消费者才处于一种既不想再增加也不想再减少任何一种商品购买量的这么一种均衡状态。这时，消费者获得了最大的满足。

（二）无差异曲线原理应用

1. 需求曲线

我们可以通过无差异曲线分析得到的价格—消费曲线说明消费者的需求曲线。

“价格—消费曲线”是指，在消费者偏好、收入和其他商品价格不变的条件下，与某一种商品的不同价格水平相联系的消费者的预算线和无差异曲线相切的消费者效用最大化的均衡点的轨迹，如图 3—11 所示。

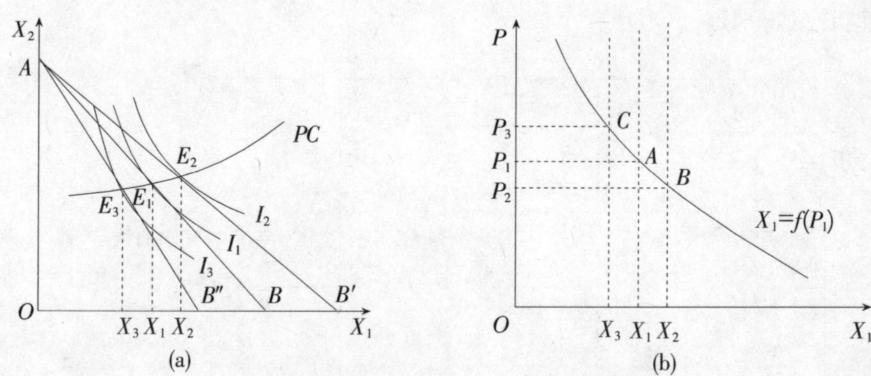

图 3—11　价格—消费曲线和消费者的需求曲线

假定商品 1 的初始价格为 P_1，相应的预算线为 AB，它与无差异曲线 I_1 相切于 E_1 点，E_1 点就是消费者的一个均衡点。再假定商品 1 的价格由 P_1 下降为 P_2，相应的预算线

由 AB 移至 AB'，于是，预算线 AB' 与另一条较高的无差异曲线 I_2 相切于均衡点 E_2。同理，若商品 1 的价格由 P_1 上升为 P_3，预算线由 AB 移至 AB''，于是，预算线 AB'' 与另一条较低的无差异曲线 I_3 相切于均衡点 E_3。显然，在商品 1 的每一个价格水平上，总可以找到一个与之相对应的消费者的均衡点。随着商品 1 价格的不断变化，就可以找到无数个消费者的均衡点。它们的轨迹就是价格—消费曲线，即图 3—11（a）中的曲线 PC。

由消费者的价格—消费曲线可以推导出消费者的需求曲线。

分析图 3—11（a）中价格—消费曲线 PC 上的三个均衡点 E_1、E_2 和 E_3，可以看出，在每一个均衡点上，都存在着商品 1 的价格与商品 1 的需求量之间一一对应的关系。这就是：在均衡点 E_1，商品 1 的价格为 P_1，则商品 1 的需求量为 X_1；在均衡点 E_2，商品 1 的价格由 P_1 下降为 P_2，则商品 1 的需求量由 X_1 增加为 X_2；在均衡点 E_3，商品 1 的价格由 P_1 上升为 P_3，则商品 1 的需求量由 X_1 减少为 X_3。根据商品 1 的价格和需求量之间的这种对应关系，把每一个 P 数值和相应的均衡点上的 X 数值绘制在商品的价格—数量坐标图上，便可得到单个消费者的需求曲线。从这一推导过程中，可以清楚地看到，需求曲线上与每一个价格水平相对应的需求量，都可以给消费者带来最大效用水平或满足程度。换句话讲，消费者正是在追求最大效用或满足中使需求曲线向右下方倾斜的。商品价格对商品需求量的影响可以用价格变动的替代效应（用其他商品替代涨价的商品）和收入效应（涨价使消费者实际收入下降并减少所有商品的购买）来说明。

2. *从个人需求到市场需求*

通过把所有消费者的需求量加总，我们可以得到某一商品的整个市场的需求曲线。每一个消费者都具有一条需求曲线，该曲线是根据需求量与价格而描绘的，它一般向右下方倾斜。如果所有的消费者都具有完全相同的需求曲线，而且，如果有 100 万个消费者，那么，我们可以想象，市场需求曲线就是每一个消费者的需求曲线的 100 万倍。

然而，人并不是完全一样的。一些人有较高的收入，一些人的收入较低；有的人喜欢喝咖啡，有的人喜欢喝茶。为了得到总的市场需求曲线，我们所要做的全部事情就是计算在每一价格水平上不同的消费者的消费总量。然后，我们把总量作为一点描绘在市场需求曲线上。请看图 3—12。

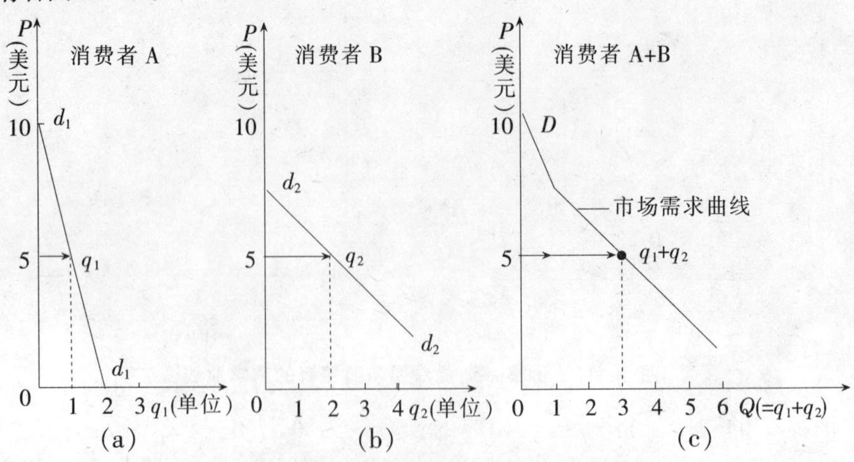

图 3—12　根据个人需求推导市场需求

图 3—12 表明，价格在 5 元时，把消费者 A 的 1 单位需求量和消费者 B 的 2 单位需求量水平相加，得到了 3 单位的市场需求。

某一种商品的市场需求总量曲线表示：在每一个买者的收入和一切其他价格既定时，总需求量与价格成反方向变化。这里，凡是个别需求曲线真实，那么，总需求曲线也必然真实。

本章小结

1. 基数效用理论用总效用和边际效用概念来说明消费者行为，并且用边际效用概念和边际效用递减规律来解释消费者的需求和支付意愿。

2. 消费者均衡是指在收入和价格既定时，消费者在购买多种商品时，要使每一种商品的边际效用与价格之比同其他商品的边际效用与价格之比相等，这样他就能实现效用最大化。

3. 边际效用虽然决定消费者的支付意愿，但消费者实际支付价格是由市场中买者之间、卖者之间、买者和卖者之间的竞争决定的。消费者剩余是边际效用与市价的差额。

4. 无差异曲线表示两种物品的各种组合，这些组合对消费者产生的总满足程度（即提供的效用）是相同的。无差异曲线是用序数效用论分析消费者行为，并用以解释需求曲线的成因的主要分析工具。

5. 序数效用论用无差异曲线和预算线来说明消费者均衡。

6. 在消费者偏好不变的前提下，如果价格和收入发生变动，消费者的均衡点也随之发生变动。消费者行为理论为分析此类问题提供了帮助。

本章关键概念

1. 效用：消费者从消费某种商品或劳务中得到的主观上的享受或有用性。

2. 边际：新增加或减少的部分。

3. 边际效用：是指消费者在一定时间内增加消费某种商品和劳务带来的满足或效用。

4. 边际效用递减规律：随着个人连续消费越来越多的某种商品，他从中得到的增加的或额外的效用量是递减的。

5. 消费者均衡原则：在消费者的收入和各种商品市场价格既定的条件下，当花费在任一种商品上的最后一元所得到的边际效用正好等于花费在其他任何一种商品上的最后一元所得到的边际效用时，该消费者得到了最大的满足或效用。

6. 消费者剩余：是指消费者愿意支付的价格高于商品实际市场价格的差额，即消费者剩余＝边际效用－销售价格。

7. 无差异曲线：是表示两种商品的不同数量的组合能给消费者带来同等效用水平或满足程度的曲线。

8. 边际替代率递减规律：是指在维持效用水平不变的前提下，随着一种商品消费数量的连续增加，消费者为得到每一单位的这种商品所愿意放弃的另一种商品的消费数量是递减的。

9. 预算线：是指在消费者收入和商品价格一定的条件下，消费者所能购买到的两种商品不同数量的各种最大组合。

10. 序数效用论的消费者均衡条件：既定的预算线与无数条无差异曲线其中的一条无差异曲线的相切点，是消费者获得最大效用水平或满足程度的均衡点或商品组合。

讨论及思考题

1. 基数效用论和序数效用论各自是怎样解释消费者均衡的？（提示：前者用不同商品边际效用与价格之比，后者用两种商品边际替代率等于两种商品价格之比来说明消费者均衡）

2. 请举例说明边际效用和边际效用递减规律。（提示：它是一条心理法则，参考戈森定律）

3. 说明消费者剩余的形成。

4. 说明无差异曲线的特点。

5. 说明消费者均衡及其条件。（提示：约束条件及消费者均衡原则）

6. 每一货币单位所购买的不同商品的边际效用均相等，这是消费者购买的明智原则吗？

7. 如果一个消费者位于他的预算线与一条无差异曲线的交点，请解释为什么未达到均衡？他如何调整才能达到均衡？（提示：参见图3—10）

8. 消费者行为的分析要说明什么问题？（提示：既定收入和价格条件下，消费者如何实现效用或满足最大化）

9. 请用效用和边际效用概念解释：（1）经济学家认为，向低收入者发放实物带给他们的效用小于相当于这些实物的货币津贴。（2）亚当·斯密提出的“水与钻石价值之谜”——水的使用价值很大，而交换价值很小；钻石使用价值很小，而交换价值很大。

10. 假定某人消费商品 X 和 Y，X 的边际效用函数为 $MU_X=40-5X$，Y 的边际效用函数为 $MU_Y=30-Y$，他的货币收入 $I=40$，且 $P_X=5$，$P_Y=1$，求该消费者的预算线方程式及最优购买组合。（提示：预算线方程式 $I=P_X\cdot X+P_Y\cdot Y$；以 $I=P_X\cdot X+P_Y\cdot Y$ 和 $MU_X/P_X=MU_U/P_Y$ 解出 X 和 Y）

11. 已知某消费者的效用函数 $U=X\cdot Y$，$P_X=2$，$P_Y=5$，若该消费者的收入 $I=300$ 元，求他选择 X、Y 的数量组合。（提示：分别求导，得到 $MU_X=Y$，$MU_Y=X$，根据消费者均衡条件及收入约束条件求出 X、Y）

第四章

厂商理论

导入案例

上大学的会计成本和机会成本

上大学是要花钱的，这就是上大学的成本。假如，每位大学生在四年期间学费、书费等各种支出约为 4 万元。这种钱要实实在在地支出，称为会计成本或显成本。会计成本是会计师在账面上记录下来的成本，它只包括实际有货币流出和流入的交易，包括工资薪金、原料、材料、燃料、动力和运输等费用，以及为借入资金支付的利息。会计成本是一种历史成本，它记录了过去企业的实际支出。

上大学的代价绝不仅是这种会计成本。上大学放弃工作的机会和工资收入就是上大学的机会成本或隐成本。例如，如果一个人不上大学而去工作，每年可以得到 1 万元，这四年的机会成本就是 4 万元。上大学的代价应该是会计成本 4 万元与机会成本 4 万元，共计 8 万元。

对一般人来说，上大学会提高工作能力，有更好的机会，以后会收入更多。例如，如果一个没上过大学的人，一生中每年收入 1 万元，从 18 岁开始工作到 60 岁退休，42 年共计收入 42 万元。一个上过大学的人，一生中每年收入为 2 万元，从 22 岁开始工作，到 60 岁退休，38 年共计收入 76 万元。后者高出前者 34 万元。上大学的会计成本与机会成本之和为 8 万元。34 万元减去 8 万元为 26 万元。这就是上大学的经济利润。所以，上大学是合算的，这就是每个人都想上大学的原因。但对一些特殊的人，情况就不是这样了。比如，一个有篮球天才的美国青年，如果在高中毕业后可以直接去NBA打篮球，每年可收入100万美元。这样，他上大学四年的机会成本就是400万美元。因此，有这种天才的青年，即使学校提供全额奖学金，他也会在去大学的篮球队与去NBA打篮球之间犹豫。有些具备当模特气质与条件的姑娘，放弃上大学也是因为当模特时收入高，上大学机会成本太大。当你了解机会成本后就知道为什么有些年轻人不上大学了。机会成本这个概念在我们日常生活的决策中也是十分重要的。

机会成本是指生产者所放弃的使用相同生产要素在其他生产用途中所能得到的最高收入，即做出一种选择时所放弃的其他若干种可能的选择中最好的一种。总机会成本＝会计成本＋机会成本＝显成本＋隐成本。机会成本包括企业所有者投入企业的自有资金的利息、企业所有者为该企业提供劳务而应得的薪金、家庭可能投入的许多无偿的时间、放弃的使用相同生产要素在其他生产用途中所能得到的最高收入。

会计成本和机会成本之间的区别说明了经济学家与会计师分析经营活动之间的重点不同。会计师记录成本是为了向别人报告企业的损益情况，以便能够反映企业过去的行为。经济学家关心研究企业如何做出生产和定价决策，因此，他们衡量成本的目的是判断某个方案或者资源的某种用途的好与坏，这必然涉及不同方案或者不同用途之间的比较，对不同投入来源的结果做出选择。

本章要点

1. 生产函数是反映投入产出关系的一个概念。假设生产过程中只增加一种要素的投入量，这种要素增加到一定数量后，所得到的产品增量便会逐渐递减，这就是边际收益递减规律。

2. 追求利润最大化可以通过要素的最优投入组合来实现，经济学通过等产量线和等成本线的组合模型，来表现要素的最优投入组合。

3. 在一定的技术条件下，一定的要素同时同比例投入会形成一定的规模和收益。在技术一定时，要素投入规模的扩大引起收益更大幅度增加，即规模收益递增；要素投入规模扩大的幅度小于收益增加的幅度，即规模收益递减。两者的过渡阶段为规模收益不变。

4. 规模经济反映产量规模扩大与“投入的成本”变化的关系。长期平均成本曲线反映了这一变化趋势。规模收益与规模经济（规模不经济）的关系：在规模经济的情况下，规模收益会递增；在规模不经济的情况下，规模收益会递减。

5. 短期是指厂商只能调整某些生产要素，长期是指厂商可以调整全部生产要素。短期中企业有七大成本，其中，总成本等于固定成本加上可变成本。经济学中讲的成本包括显成本和隐成本，机会成本是隐成本。企业长短期平均成本曲线、边际成本曲线都呈“U”形变动。

6. 利润、收益和成本都与产量有关，都是产量的函数，随着产量的变化而变动。利润最大化原则可以概括为：$MR=MC$。这个等式有两方面的应用价值：(1) 它是确定最优产量的依据；(2) 它是获得最大利润的均衡条件。

本章是对决定供给的生产者行为的进一步研究。其内容主要是产量（收益）变化规律、成本变化规律以及利润最大化原则。

知识点：本章要求学生了解产量变化规律，理解生产函数、平均产量和边际产量、要素的边际技术替代率概念，理解短期中一种变动投入下的生产函数、产量规律及边际收益递减规律，掌握长期中生产要素的最优组合以及规模收益。

能力点：理解和掌握产量规律、成本规律、利润最大化原则。

注意点：(1) 要素投入及比例的不同会有不同的产量规律：边际收益递减规律、最优投入组合、规模经济、规模收益。(2) 规模经济分析“产出”规模与投入“成本”的关系；规模收益分析所有要素同时同比例“投入”与产出（收益或产量）的关系。(3) 短期中由于考虑尽可能多地收回固定成本，亏损情况下，厂商会继续生产，只有当单价低于平均可变成本时，才会停止生产。学习时要领会“停止营业点”与“收支相抵点”。(4) 长期中，厂商会选择最小的单位成本的生产规模和生产方式，即长期平均成本曲线（LAC）是短期平均成本曲线（SAC）的下包络线，它亦呈“U”形变动。可以用规模经济和规模不经济等现象来解释这种曲线的形状。(5) 厂商之所以根据 $MR=MC$ 选择产量，是因为这时总利润最大。

第一节　厂商的生产活动：投入与产出

一、生产函数

厂商是从事生产活动的，生产就是将投入转化为产出的活动，经济学中用生产函数描述生产活动。生产函数是指，能生产出的最大产出量与这一产出所需要的投入之间的关系。它反映了一定物质技术的状况。假定产量为 Q，投入的要素分别为资本 K、劳动 L、土地 N、企业家才能 Ne，则生产函数可表示为：$Q=f(K, L, N, Ne)$。

【例 1】 一个农学家有一本关于农业生产函数方面的书，该书说明了能够生产出不同数量的玉米的土地和劳动的各种组合；如其中一页上有生产 100 蒲式耳玉米所需要的土地和劳动的各种组合，另一页上列出了生产 200 蒲式耳玉米所需要的投入组合，等等。

【例 2】 电力生产。一本工艺指南方面的书表明，生产 100 万千瓦电力所需要的汽轮机、污染控制设备、燃料和劳动的各种组合。其中一页上有一个以天然气为燃料的生产蓝图，该图表明了生产电力的低资本成本和高燃料成本的组合；另一页上有一个以煤为燃料的生产图，该图表明了生产电力的低燃料成本和因污染控制而产生的高资本成本；其他页上描述了核电站和太阳能电站等生产情况。当把所有的 1991 年不同生产蓝图放在一起时，便形成了 1991 年电力生产的生产函数。

【例 3】 通过输油管传送的原油量。工程师知道，产出量取决于油管的直径、抽油机的马力和地形等因素。列出不同的管道直径、抽油机的马力和其他因素，以及与之相应的石油产出的表格，就代表了输油量的生产函数。

有成千上万个不同的生产函数——每个生产函数对应于一种产品——尽管它们并没有被记入工程手册上。生产函数描述了一个企业如何能够生产出它的产品组合，同时，生产函数也是决定企业的成本曲线的重要因素。

二、短期生产函数：总产量、平均产量和边际产量

经济学根据生产中要素投入变动情况，把生产分为长期和短期。短期定义为在这样一个时期，企业能够通过改变可变要素，如原料和劳动，但不能改变固定要素（如机器设备）来调整生产，或者说至少有一种要素投入不能变；把长期定义为一个足够长的时期，以至于包括设备资本在内的所有要素都能得到调整。

从企业的生产函数中，我们可以得到三个重要产量概念：总产量、平均产量和边际产量。

总产量（*TP*）是一定投入所得到的用实物单位衡量的产出总量，如多少吨小麦或多少桶石油。请看表 4—1 和图 4—1。

表 4—1　　总产量、边际产量和平均产量表

劳动单位（*L*）	总产量（*TP*）	边际产量（*MP*）	平均产量（*AP*）
0	0	—	—
1	2 000	2 000	2 000
2	3 000	1 000	1 500
3	3 500	500	1 167
4	3 800	300	950
5	3 900	100	780

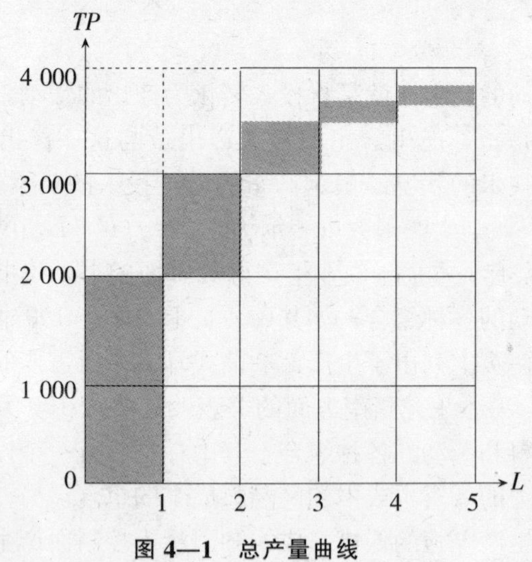

图 4—1　总产量曲线

表 4—1 和图 4—1 表明，随着劳动单位投入量的增加，总产量的增长呈现为越来越小的阶梯式。

平均产量（*AP*）是总产量除以总投入的平均数。

边际产量（*MP*）是指在其他投入不变时，增加某一种投入所增加的产量或额外产出量。例如，我们保持土地、机器和其他投入不变，劳动的边际产量就是从增加 1 单位的劳动中得到的额外产量。请看表 4—1 和图 4—2。

表 4—1 和图 4—2 表明，第 1 个单位劳动，劳动的边际产量为 2 000；第 5 个单位劳动，劳动的边际产量仅为 100。图 4—2 中，边际产量呈现为阶梯式递减。把边际产量用曲

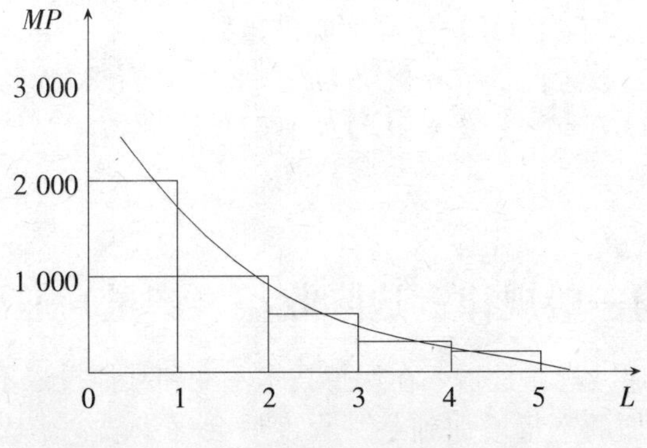

图 4—2　边际产量递减

线连接起来就可得到边际产量递减曲线。该曲线以下面积，即矩形画线部分的面积加总，等于图 4—1 所示的总产量。总产量的变化受限于边际产量的变动。边际产量递减决定了总产量以越来越小的阶梯式增长。当边际产量为负值时，理性的厂商会停止劳动投入，并且调整劳动投入量直到$MP\geqslant 0$，这时总产量最高。

总产量、平均产量、边际产量的关系：

$$AP=TP/L，MP=\Delta TP/\Delta L$$

根据总产量曲线、平均产量曲线和边际产量曲线及其相互关系，可以确定劳动这一可变要素投入量的合理区域，如图 4—3 所示。

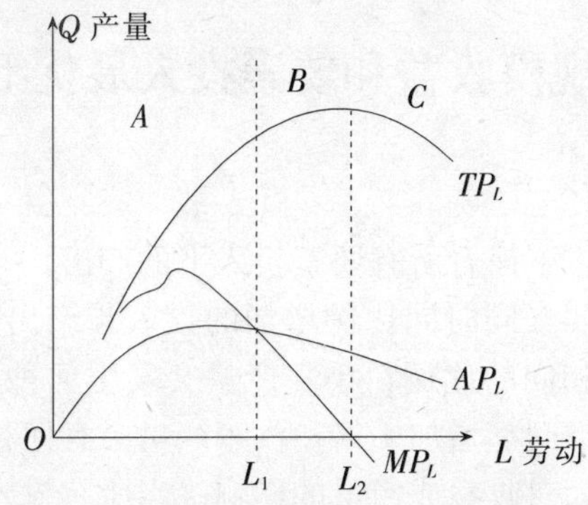

图 4—3　总产量、平均产量、边际产量的关系图

在图 4—3 中，劳动投入量 L_1 对应着边际产量与平均产量曲线的交点，L_2 对应着边际产量等于零或总产量最大的点。这样，劳动的投入量被分成为三个区域：OL_1 为第一阶段 A；L_1L_2 为第二阶段 B；超过 L_2 之后为第三阶段 C。

在劳动投入量的第一阶段内，平均产量呈现上升趋势，劳动的边际产量大于劳动的平均产量。这意味着，劳动的边际水平超过平均水平，因而理性的厂商不会把劳动投入量确定在这一阶段。在第三阶段内，可变投入劳动的边际产量小于零，即增加投入不仅不增加产量，反而会促使产量下降，因而厂商也不会把投入确定在这一阶段上。因此，理性的生产者只会把劳动投入量选择在第二阶段上。

可变投入的第二阶段，即可变投入位于平均产量与边际产量曲线的交点以及边际产量等于 0 之间的区域，被称为可变生产要素的合理投入区。

【例题　一种要素投入下的平均产量和边际产量】

已知某企业的生产函数为：$Q=5+5L+2L^2$。求：AP 和 MP。

解：$AP=TP/L=Q/L=(5+5L+2L^2)/L=5/L+5+2L$；$MP=\mathrm{d}TP/\mathrm{d}L=\mathrm{d}Q/\mathrm{d}L=Q'=5+4L$。

三、短期生产中的一般规律：边际收益（产量）递减规律

边际收益（产量）递减规律是指，在保持技术不变和其他投入不变时，连续增加同一单位的某一种投入所增加的产量增加到某一程度后会逐步减少，从而引起边际收益（产量）减少。

为什么生产函数通常要遵守收益递减规律呢？其原因在于：随着某一种要素的不断投入，如劳动的更多单位增加到固定数量的土地、机器和其他投入上，劳动可使用的其他要素越来越少。土地变得更加拥挤，机器超负荷运转，所投入的劳动、所增加的产量越来越少，从而引起的收益递减。

【案例】在农作物生产中，对于水的投入而言，收益递减是很容易理解的。第一单位的水关系到作物的生命；以后的几单位的水保持作物健康、快速生长。但是，随着水的增加量越来越多，土地被淹没，大多数作物实际上会死亡。

边际收益递减规律只是一条广泛观察到的经验性规律，而不是像地球引力规律那样的普遍真理和自然规律。

四、长期生产函数：规模收益和要素投入最优组合

（一）规模收益

上面考察的是一种投入，下面看所有要素投入下的产出。

规模收益是指所有生产要素同时同比例增加的投入与产出的关系。例如，如果土地、劳动、水和其他投入都增加相同的比例，小麦产量会发生何种变化呢？或者，如果劳动、计算机、橡胶、钢和厂房的空间都增加 1 倍，汽车产量会有何种变化呢？这些问题都涉及规模收益，即投入的规模扩大对收益或产量的影响。当所有投入同比例增加时，总产量有三种反应。

1. 规模收益递增

它表示所有投入的增加比例小于产出增加比例。例如，一位正在设计一个小规模化工厂的工程师发现，把劳动、资本和原料增加 20%，会引起总产出 30%的增长，即规模增加的幅度小于收益增加的幅度。管理工程研究发现，那些达到当今最大规模的工厂的许多制造过程享有适度的规模收益递增。

2. 规模收益不变

它表示所有投入的增加比例导致相同的产出的增加比例。例如，如果劳动、土地、资

本和其他投入增加 20%，那么，在规模收益不变的情况下，产出也增加 20%，即规模增加的幅度等于收益增加的幅度。许多手工业（如在发展中国家使用的手织机）表现为规模收益不变。

3. 规模收益递减

它表示所有投入的增加比例大于总产出增加的比例，譬如说，一个农民的玉米地，种子、劳动和机器都增加了 20%。如果总产出仅仅增加了 15%，这种情况表现为规模收益递减，即规模增加的幅度大于收益增加的幅度。许多涉及自然资源的生产活动，如种植酿酒的葡萄或栽培树林等，都表现为规模收益递减。

当所有投入的同比例平衡增加导致了产出更大比例、同比例或更小比例的增加时，生产表现为规模收益递增、不变或递减。

当今的生产中哪一种收益形式最为普遍？经济学家常常认为，大多数生产活动应当能够达到规模收益不变。他们的理由是：如果生产能够通过对现有工厂一次又一次的简单重建而得到调整，那么，生产者很容易使投入和产出保持相同比例的增长。在这种情况下，你可以观察到在任何产出水平上的规模收益不变。

当企业的规模变得越来越大时，管理和协调的问题也就日益难以处理。在无情地追逐较高利润过程中，企业可能发现它的市场已经扩展到能够有效管理的范围之外。正如扩张得太单薄的帝国那样，规模过大的企业会发现它们自己面临着较小、更敏捷的对手的入侵。因此，尽管技术上可能产生规模收益不变或递增，但是，对管理和监督的需要可能最终导致大企业的规模收益递减。

（二）最优投入组合

不同生产要素投入的比例和组合实际上是不同的，带来的产出量也是不同的。有理性的生产者会选择最优投入组合进行生产。确定最优投入组合需要运用等产量线和等成本线。

1. 等产量线

等产量线是指在技术水平一定的条件下生产同一产量的两种生产要素投入量的各种不同组合所形成的曲线。以 Q 表示既定产量水平，L 表示可变要素劳动的投入量，K 表示可变要素资本的投入量，则与等产量线相对应的生产函数为：

$$Q=f(L,K)$$

请看图 4—4。图中有三条等产量线，它们分别表示可以生产出 50 单位、100 单位和 150 单位产量的各种生产要素的组合。以产量为 50 单位的等产量曲线为例，50 单位的产量可使用 A 点的要素组合生产出来，也可使用 B 点的要素组合或 C 点的要素组合生产出来。

与无差异曲线相似，等产量曲线与坐标原点的距离的大小表示产量水平的高低：离原点越近的等产量曲线代表的产量水平越低；离原点越远的等产量曲线代表的产量水平越高。同一平面坐标上的任意两条等产量曲线不会相交。等产量曲线是凸向原点的。

此外，由等产量曲线图的坐标原点出发引出的一条射线代表两种可变要素投入数量的比例固定不变情况下的所有组合方式，射线的斜率就等于这一固定不变的两要素投入数量

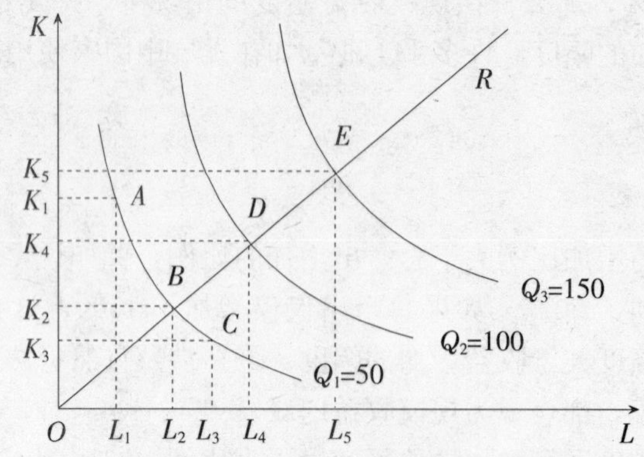

图 4—4　等产量曲线

的比例。例如：在 OR 射线上的 B、D 和 E 三点上，50 单位、100 单位和 150 单位的产量都是以 $\frac{OK_2}{OL_2}=\frac{OK_4}{OL_4}=\frac{OK_5}{OL_5}$ 的固定不变的投入比例生产出来的。从原点沿一条既定的射线（如 OR）移动，随着产量水平的不断提高，两要素的投入绝对数量是不断增加的，但两要素的投入数量比例是固定不变的。要注意区别这种射线和等产量曲线之间的差别。一条这样的射线表示要素投入数量的不变比例的组合和可变的产量之间的关系；一条等产量曲线表示不变的产量水平和要素投入数量的可变比例的组合之间的关系。

2. 边际技术替代率及其递减

等产量线表示了生产者可以通过对两种要素之间的相互替代，来维持一个既定的产量水平。例如：为了生产 50 单位的某种产品，生产者可以使用较多的劳动和较少的资本，也可以使用较少的劳动和较多的资本。前者可以看成是劳动对资本的替代，后者可以看成是资本对劳动的替代。想象一下，在图4—4中，为了维持固定的 50 单位的产量，在企业沿着既定的等产量曲线由 A 点滑动到 C 点的过程中，劳动投入量必然会随着资本投入量的不断减少而增加；相反，在由 C 点运动到 A 点的过程中，劳动投入量必然会随着资本投入量的不断增加而减少。由两要素之间这种相互替代的关系，可以得到边际技术替代率的概念。在维持产量水平不变的条件下，增加一个单位的某种要素投入量时所减少的另一种要素的投入数量，被称为边际技术替代率。以 RTS 表示边际技术替代率，劳动对资本的边际技术替代率的公式为：

$$RTS_{LK}=-\frac{\Delta K}{\Delta L}$$

公式中的 ΔK 和 ΔL，分别表示资本投入的变化量和劳动投入的变化量。公式中加一个负号是为了使 RTS 值在一般情况下为正值。

在两种生产要素相互替代中，存在着一种变动趋势，即在维持产量不变的前提下，当一种生产要素的投入量不断增加时，每一单位的这种生产要素所能替代的另一种生产要素的数量是递减的。这一趋势被称为边际技术替代率递减规律。

边际替代率递减的原因是：随着劳动对资本的不断替代，劳动的边际产量逐渐下降，而资本的边际产量不断上升。因此，随着劳动对资本的不断替代，作为逐渐下降的劳动的

边际产量与逐步上升的资本的边际产量之比的边际技术替代率趋于递减。

3. 等成本线

等成本线是指在既定的成本和生产要素价格条件下生产者可以购买到的两种生产要素的各种不同数量组合的轨迹，如图 4—5 所示。

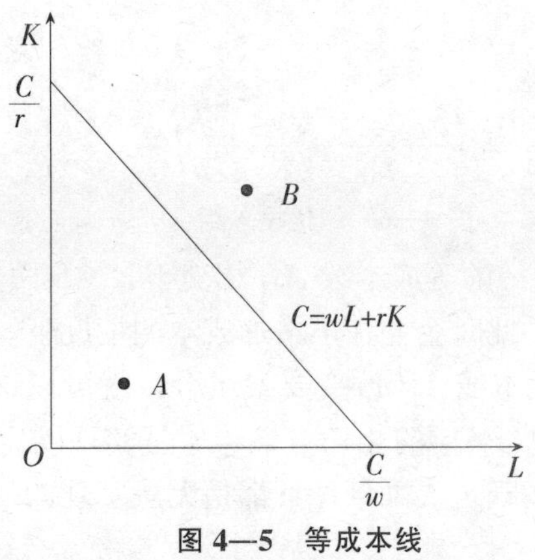

图 4—5　等成本线

在图 4—5 中，C 代表既定成本，w 代表劳动价格即工资率，r 代表资本的价格即利息。横轴上的点$\frac{C}{w}$表示既定的全部成本都购买劳动时的数量，纵轴上的点$\frac{C}{r}$表示既定的全部成本都购买资本时的数量，连接这两点的线段就是等成本线。它表示既定的全部成本所能购买到劳动和资本的各种组合。等成本线以内区域中的任何一点，如 A 点，表示既定的全部成本都用来购买该点的劳动和资本的组合以后还有剩余。等成本线以外的区域中的任何一点，如 B 点，表示用既定的全部成本购买该点的劳动和资本的组合是不够的。唯有等成本线上的任何一点，才表示用既定的全部成本能刚好购买到的劳动和资本的组合。

在成本固定和要素价格已知的条件下，便可以得到一条等成本线。所以，任何关于成本和要素价格的变动，都会使等成本线发生变化。关于这种变动的具体情况，与前面对预算线的分析是类似的，读者可以自己参照进行分析。

4. 最优投入组合

把企业的等产量曲线和相应的等成本线画在同一个平面坐标系中，就可确定企业在既定成本下实现最大产量的最优要素投入组合点，即生产均衡点，如图 4—6 所示。

在图 4—6 中，有一条等成本线 AB 和三条等产量曲线 Q_1、Q_2 和 Q_3。图 4—6 中，唯一的等成本线 AB 与其中一条等产量曲线 Q_2 相切于 E 点，该点就是生产的均衡点。它表示：在既定成本条件下，企业应该按照 E 点的要素组合进行生产，即劳动投入量和资本投入量分别为 OL_1 和 OK_1，这样，厂商就会取得最大的产量。

为什么 E 点是生产要素最优投入组合点呢？这是因为，图 4—6 中，等产量曲线 Q_3 代表的产量虽然高于等产量曲线 Q_2，但唯一的等成本线 AB 与等产量曲线 Q_3 既无交点又无切点。这表明等产量曲线 Q_3 所代表的产量是企业无法实现的产量，因为企业利用既定成本只能购买到位于等成本线 AB 上或等成本线 AB 以内区域的要素组合。再看等产量曲线

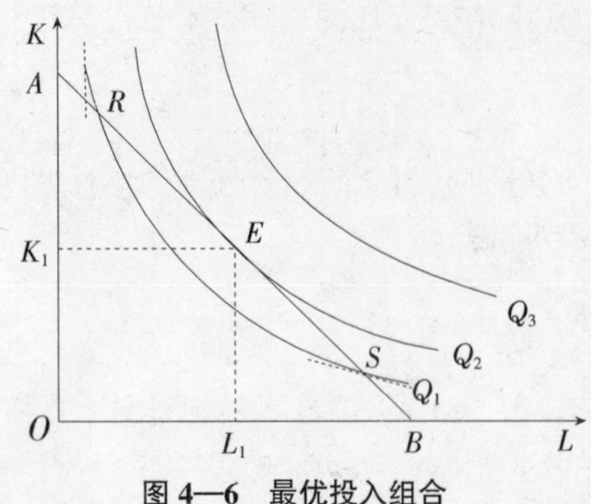

图 4—6　最优投入组合

Q_1。等产量曲线 Q_1 虽然与唯一的等成本线 AB 相交于 R、S 两点，但等产量曲线 Q_1 所代表的产量是比较低的。因为，此时企业在不增加成本的情况下，只需由 R 点出发向右或由 S 点出发向左沿着既定的等成本线 AB 改变要素组合，就可以增加产量。所以，只有在唯一的等成本线 AB 和等产量曲线 Q_2 的相切点 E，才是实现既定成本条件下的最大产量的要素组合。任何更高的产量在既定成本条件下都是无法实现的，任何更低的产量都是低效率的。

确定生产要素最优投入还可以用公式来表达，即在既定产量下当所花费成本最小时的要素组合为最优投入组合，要素投入满足 $C=wL+rK$ 和 $\frac{MP_L}{C_L}=\frac{MP_K}{C_K}$，其中 MP_L 是劳动的边际产量，MP_K 是资本的边际产量。C_L、C_K 为劳动和资本要素的单位价格。其道理类似于消费者均衡原则。

第二节　成本分析

成本的高低决定了利润多寡，同时，成本也是企业在市场竞争中进行决策的重要依据，因此，企业对成本极为重视。本章首先介绍企业有关各项成本，进而在一般意义上分析短期和长期成本。这里，不仅要分析会计成本，而且也要涉及机会成本。

一、短期成本

（一）总成本

总成本（TC）是指生产一定产量所需要的成本总额，总成本随产量的上升而上升。总成本等于固定成本加可变成本。请看表 4—2。

表 4—2　固定成本、可变成本和总成本

产量 Q	固定成本 FC（元）	可变成本 VC（元）	总成本 TC（元）
0	55	0	55
1	55	30	85

续前表

产量 Q	固定成本 FC（元）	可变成本 VC（元）	总成本 TC（元）
2	55	55	110
3	55	75	130
4	55	105	160
5	55	155	210
6	55	225	280

表 4—2 说明了各种不同产量简化了的总成本。观察第 1 栏和第 4 栏，我们看到，TC 随着 Q 的上升而上升。这是很自然的，因为生产更多的某一商品必须使用更多的劳动和其他投入；增加的生产要素引起货币成本的增加。生产 2 单位商品的总成本为 110 元，生产 3 单位商品的总成本为 130 元等。

（二）固定成本

固定成本是指不随产量变动而变动的成本，即使产量水平为零也必须支付的开支总额。固定成本不受任何产出量变动的影响，有时，固定成本也称"经常开支"或"沉积成本"。它由许多项目构成，如契约规定的建筑物和设备租金，债务的利息支付，长期工作人员的薪水等。

在表 4—2 中，第 2 栏固定成本用 FC 表示。由于 FC 是无论产量水平如何都必须支付的数量，因此，FC 的数值为 55 元，保持不变。

（三）可变成本

可变成本是指随着产出（产量）水平变化而变动的开支。它包括原材料、工资和燃料，也包括不属于固定成本的所有成本。

表 4—2 的第 3 栏为可变成本，用 VC 表示。根据定义，当 Q 为 0 时，VC 的起始值为 0。它是 TC 中随着产量增加而增加的部分。实际上，在任何两种产量之间，TC 的增加量就是 VC 的增加量。因为，FC 的数值一直不变。

由表 4—2 可作出总成本、固定成本和可变动成本曲线图，如图 4—7 所示。

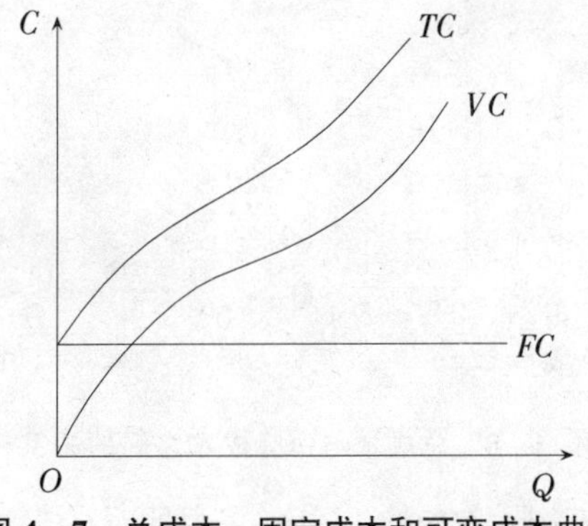

图 4—7 总成本、固定成本和可变成本曲线

图 4—7 中，FC 曲线与横轴平行。这是因为在短期固定成本不会随产量的变动而变化。TC 曲线是产量为 0 时，固定成本的高度随产量变动向右上方倾斜，开始较快，而后

渐缓，最后又加快。*VC* 曲线是从圆点出发向右上方倾斜，其变动趋势与 *TC* 一致。因为 *FC* 一定时，*TC* 的变动取决于 *VC*。

（四）边际成本

边际成本是成本概念中最重要的概念。边际成本是指，生产增加一单位产出（产量）所增加的成本。例如，一个企业生产 1 000 张硬盘的总成本为 10 000 元。如果生产 1 001 张硬盘的总成本为 10 015 元，那么，生产第 1 001 张硬盘的边际成本为 15 元。边际成本可用 *MC* 表示，如表 4—3 所示。

表 4—3　　边际成本的计算　　单位：元

产量 *Q*	总成本 *TC*	边际成本 *MC*
0	55	—
1	85	30
2	110	25
3	130	20
4	160	30
5	210	50

表 4—3 适用表 4—2 中的数据，说明了如何计算边际成本。表 4—3 第 3 栏中的 *MC* 数值来自于第 2 栏中的 *TC* 减去前一单位的 *TC*。例如，第一单位的 *MC* 是 30(＝85－55)，第二单位的边际成本是 25(＝110－85)，依此类推。

除了从 *TC* 栏中得到 *MC* 之外，我们还可以用表 4—2 中第 3 栏的第一个 *VC* 数值与下一行中的 *VC* 相减而得到 *MC*。为什么呢？因为可变成本的增加永远和总成本的增加完全相同，唯一不同之处在于：*VC* 根据定义必须从 0 开始，而不是从 *FC* 水平开始。

根据表 4—3 可作出图 4—8。

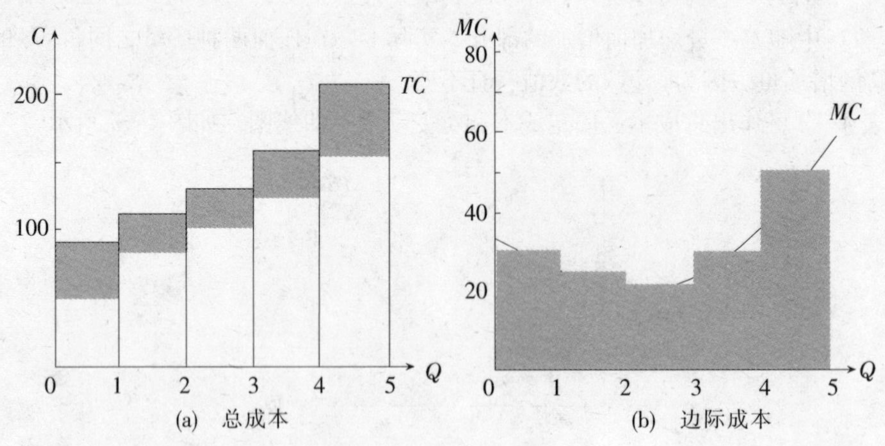

图 4—8　总成本与边际成本之间的关系

图 4—8 说明了总成本与边际成本的关系。它表明 *TC* 与 *MC* 之间的关系类似于总产量与边际产量或者总效用与边际效用之间的关系。经验告诉人们，对于大多数短期生产活动以及农业和许多小企业来说，边际成本曲线如图 4—8（b）所示的 *U* 形曲线。这种 *U* 形

曲线在开始阶段下降，接着达到最低点，然后开始上升。正是 *MC* 曲线的这一特性，决定了 *TC* 曲线的运行轨迹。

（五）平均成本、平均可变成本和平均固定成本

1. 平均成本

平均成本是总成本除以总产量所形成的成本。平均成本也称单位成本。其公式为：

$$平均成本=\frac{总成本}{总产量}=\frac{TC}{Q}=AC$$

根据总成本和产出量可计算出平均成本，如表 4—4 所示。

表 4—4　　根据总成本计算的各项成本　　单位：元

产量 Q	固定成本 FC	可变成本 VC	总成本 TC	边际成本 MC	平均成本 AC	平均可变成本 AVC	平均固定成本 AFC
0	55	0	55	—	∞	0	∞
1	55	30	85	30	85	30	55
2	55	55	110	25	55	27.5	27.5
3	55	75	130	20	43.3	25	18.3
4	55	105	160	30	40	26.2	13.7
5	55	155	210	50	42	31	11
6	55	225	280	70	46.6	37.5	9.1
7	55	315	370	90	52.8	45	7.8
8	55	425	480	110	60	53.1	6.8
9	55	555	610	130	67.7	61.6	6.1
10	55	705	760	150	76	70.5	5.5

在表 4—4 第 6 栏中，当产量仅为 1 个单位时，平均成本必然等于总成本，即 $\frac{85}{1}=85$（元）。当产量为 2 时，平均成本为 $\frac{110}{2}=55$（元）。应该注意，在开始时，平均成本越来越低，当产量为 4 时，*AC* 降到最低点，此后缓慢上升。

2. 平均可变成本

正如总成本可分解为固定成本和可变成本一样，平均成本也可细分为平均固定成本和平均可变成本两部分。

平均可变成本是总可变成本除以产出量所形成的成本。其公式为：

$$平均可变成本=\frac{总可变成本}{产量}=\frac{VC}{Q}=AVC$$

在表 4—4 第 7 栏，*AVC* 的数值随产量增加先下降，而后上升。

3. 平均固定成本

平均固定成本是总固定成本除以产出量的成本。其公式为：

$$平均固定成本=\frac{总固定成本}{产量}=\frac{FC}{Q}=AFC$$

请看表4—4第8栏。如果我们采用产量的小数单位，那么，AFC在开始时为无穷大，随着产量增加AFC越来越小。因为，有限的FC为越来越多的产量所分摊。

【例题　短期成本概念与成本函数】

已知总成本函数$TC=Q^3+2Q^2+80Q+A$，其中，A为任意一常数。求：FC、VC、AC、AVC、AFC、MC。

解：$FC=A$；$VC=Q^3+2Q^2+80Q$；$AC=TC/Q=(Q^3+2Q^2+80Q+A)/Q=Q^2+2Q+80+A/Q$；$AVC=(Q^3+2Q^2+80Q)/Q=Q^2+2Q+80$；$AFC=A/Q$；$MC=\mathrm{d}TC/\mathrm{d}Q=3Q^2+4Q+80$。

二、短期成本分析

盈亏平衡点和停止营业点即是平均成本最低点和平均可变成本最低点。

根据表4—4，可作出平均可变成本、平均成本和边际成本曲线图，如图4—9所示。

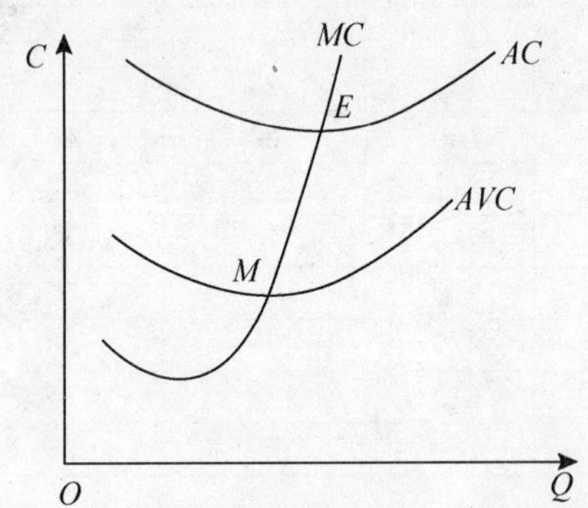

图4—9　根据总成本曲线得出其他成本曲线

下面介绍短期成本的特征。

（一）曲线呈“∪”形

MC、AC、AVC三条曲线呈“∪”形。这一特征是由边际成本递增规律（边际成本的性质）决定的：随着可变投入的增加，边际成本在开始时递减，随着可变投入的继续增加，最终会不断上升。

（二）*MC*相交于*AC*、*AVC*的最低点

在MC曲线上升的过程中，总是通过AC曲线的最低点。这意味着，如果MC小于AC，那么AC必然会下降。为什么会如此呢？如果MC小于AC，那么，生产的最后一单位的成本小于过去全部单位的平均成本。如果最后一单位的成本小于过去全部单位的平均成本，那么，新的AC（即包括最后一单位的成本的AC）必然会小于原来的AC，因此AC必然会下降。用成本曲线的术语来说，如果MC曲线位于AC曲线的下方，那么AC曲线必然会下降。

如果 MC 大于 AC，情况会怎样呢？在这种情况下，最后一单位的成本大于过去全部单位的平均成本。因此，新的平均成本（包括最后一单位的成本的 AC）必然会高于原有的 AC。所以，当 MC 大于 AC 时，AC 必然会上升。

最后，当 MC 正好等于 AC 时，最后一单位的成本正好等于过去全部单位的平均成本。因此，新的 AC，即包括最后一单位成本的 AC，等于原有的 AC。当 AC 等于 MC 时，AC 曲线既不上升，也不下降。

如果厂商销售商品的单价或平均收益等于 MC 和 AC 相交点，那么，这个最低平均成本点，即图 4—8 中的 E 点便称为收支相抵点（盈亏平衡点），因为这一点正好平均收益等于平均成本，超过这点继续增加产量，平均收益小于平均成本，亏损。

同样道理，当 MC 小于 AVC 处于曲线下方时，AVC 下降；当 MC 大于 AVC 时，AVC 上升。只有 MC 与 AVC 相等时，AVC 处于最低点。如果厂商销售商品的单价或平均收益等于 MC 和 AVC 相交点，那么，AVC 的最低点，即图 4—8 中的 M 点通常可称为停止营业点，因为这一点正好平均收益等于平均可变成本，超过这点继续增加产量，平均收益小于平均可变成本，不仅收不回固定投入，连变动投入也不能完全收回，所以产量不能超过这点。

【案例　门庭冷落的保龄球场为什么不停业】

在现实中，我们经常会看到一些保龄球场门庭冷落，但仍然在营业。这时打保龄球的价格相当低，甚至低于成本，他们为什么这样做呢？对企业短期成本的分析有助于解释这一现象，同时也可以说明短期成本分析对企业短期经营决策的意义。

在短期中，保龄球场经营的成本包括固定成本与可变成本。保龄球场的场地、设备、管理人员是短期中无法改变的固定投入，用于场地租金设备折旧和管理人员工资的支出是固定成本。固定成本已经支出，无法收回，也称为沉没成本。保龄球场营业所支出的各种费用是可变成本，如电费、服务员的工资等。如果不营业，这种成本就不存在，营业量增加，这种成本增加。由于固定成本已经支出，无法收回，所以，保龄球场在决定短期是否营业时，考虑的是可变成本。

假设每场保龄球的平均成本为 20 元，其中固定成本为 15 元，可变成本为 5 元。当每场保龄球价格为 20 元以上时，收益大于平均成本，经营当然有利。当价格为 20 元时，收益等于成本，这时称为收支相抵点，仍然可以经营。当价格低于 20 元时，收益低于成本。乍一看，保龄球场应该停止营业。但当我们知道短期中的成本有不可收回的固定成本和可变成本时，决策就不同了。

假设现在每场保龄球价格为 10 元，是否应该经营呢？可变成本为 5 元，当价格为 10 元时，在弥补可变成本 5 元之后，仍可剩下 5 元，这 5 元可用于弥补固定成本。固定成本 15 元是无论经营与否都要支出的，能弥补 5 元，当然比一点也弥补不了好。因此，这时仍然要坚持营业。这时企业考虑的不是利润最大化，而是损失最小化——能弥补多少固定成本算多少。

当价格下降到与可变成本相等的 5 元时，保龄球场经营不经营是一样的。经营正好弥补可变成本，不经营这笔可变成本不用支出。因此，价格等于平均可变成本之点称为停止营业点，意思是：在这一点时，经营与不经营是一样的。在这一点之上，只要价格高于平均可变成本就要经营；在这一点之下，价格低于平均可变成本，就不能经营了。

门庭冷落的保龄球场仍在营业，说明这时价格仍高于平均可变成本。这就是这种保龄球场不停业的原因。

有许多行业是固定成本高而可变成本低，例如，旅游、饭店、游乐场所等。所以，在现实中这些行业的价格可以降得相当低。但这种低价格实际上仍然高于平均可变成本，因此，经营仍然比不经营有利——至少可以弥补部分固定成本，实现损失最小化。

三、要素投入最优组合的确定：最小成本原则

运用边际产量概念可以说明在给定各种投入的价格的条件下，厂商如何选择最小成本进行生产。假设厂商追求生产成本的最小化，即厂商应该在最低可能的成本上进行生产，从而使利润达到最大。

(一) 最小成本的投入组合

一个企业在两种可能的选择条件下，都能够生产出9单位的理想产量。在这两种情况下，燃料（F）的成本都为每单位2元，而每小时劳动（L）的成本都为5元。在第一种选择下，投入组合为A($F=10$，$L=2$)。第二种选择的投入组合为B($F=4$，$L=5$)。哪一种选择更好呢？在两种投入的市场价格下，A选择的生产总成本为$2\times10+5\times2=30$元，B选择的总成本为$2\times4+5\times5=33$元。因此，A选择优于B选择，是较好的最小成本的投入组合。

当存在着许多种可能的投入组合时，选择投入最优组合的一般程序为：(1) 计算劳动、土地、资本等每单位投入的成本；(2) 计算每一种投入的边际产量。当每元投入的边际产量对于各种投入都相等时，就得到了最低成本的投入组合。也就是说，每元的劳动、土地、石油等对于产量的边际贡献必须正好相等，企业的生产总成本才能达到最低。这一结论称为最低成本规则，可用公式表示为：

$$\frac{MP_L}{C_L}=\frac{MP_K}{C_K}$$

企业的这一规则（$\frac{MP_L}{C_L}=\frac{MP_K}{C_K}$）完全相似于追求效用最大化的消费者所遵循的原则（$\frac{MU_X}{P_X}=\frac{MU_Y}{P_Y}$）。在分析消费者选择中，我们看到，为了效用最大化，消费者购买商品时要使花费在每一消费品上的每一元的边际效用对于各种商品都相等。

(二) 最小成本原则的一个推论

如果一种要素价格下降，而所有其他要素的价格不变，那么，企业用现在更便宜的要素替代所有其他要素是有利可图的。

以劳动为例。劳动的价格下降会提高$\frac{MP_L}{C_L}$的比率，从而使$\frac{MP_L}{C_L}$高于所有其他投入的$\frac{MP}{C}$。根据收益递减规律，增加劳动的雇佣量会降低MP_L，从而降低$\frac{MP_L}{C_L}$。在这一过程

中，劳动的较低价格和较低的MP，会使每一元的劳动边际产品重新与其他要素的比率相等，从而实现最低成本原则。

四、长期成本分析

在长期内，厂商可以根据产量的要求调整全部的生产要素投入量，甚至进入或退出一个行业。在长期内，厂商所有的成本都是可变的，没有固定与变动的区别。所以，厂商的长期成本可以分为三种：长期总成本、长期平均成本和长期边际成本，即LTC、LAC和LMC。

（一）长期总成本

从长期看，厂商的每一产量水平面对不同的生产规模（投入及组合）。长期总成本LTC是指厂商在长期中在各种产量水平上通过改变生产规模所能达到的最低总成本，即对各个产量水平下的最低成本。

在长期中，要生产同样的产量，厂商的成本可大可小。为了得到100千克水，可一个人挑，可两个人抬，也可三个人运，这不同的生产规模（投入及组合），总成本是不一样的；每天销售5万个汉堡包，可以开1个店，也可以开3个甚至10个分店，厂商选择的生产规模和生产方式当然是生产成本最低的。

（二）长期平均成本

长期平均成本（曲线）可以根据短期平均成本（曲线）求得。在图4—10中有三条短期平均成本曲线SAC_1、SAC_2和SAC_3，它们各自代表了三个不同的生产规模。在长期内，厂商可以根据产量要求，选择最优的生产规模进行生产。假定厂商生产Q_1的产量，则厂商会选择SAC_1曲线所代表的生产规模，以OC_1的平均成本进行生产。对于产量Q_1而言，平均成本OC_1是低于其他任何规模下的平均成本的。假定厂商生产的产量为Q_2，则厂商会选择SAC_2曲线所代表的生产规模进行生产，相应的最小平均成本为OC_2，如果选择生产规模SAC_1，则平均成本为OC_1，明显高于OC_2。假定厂商生产的产量为Q_3，则厂商会选择SAC_3曲线所代表的生产规模进行生产，相应的最小平均成本为OC_3。

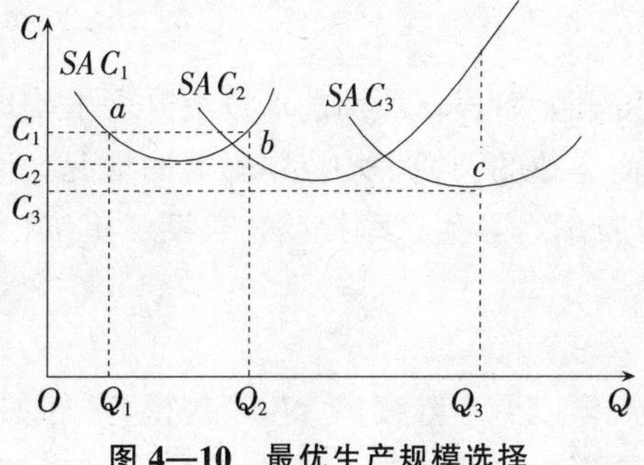

图4—10　最优生产规模选择

在长期中，厂商总是可以在每一产量上找到相应成本较低的最优生产规模进行生产。在短期内，厂商做不到这一点。假定厂商现有生产规模以SAC_1曲线来代表，需要生产的

产量为 OQ_2，那么，厂商在短期内只能以 SAC_1 曲线上的 OC_1 的平均成本来生产，而不可能是 SAC_2 曲线上以较低的平均成本 OC_2 来生产。

由于长期内可供厂商选择的生产规模是很多的，在理论分析中，假定生产规模可以无限细分，从而可以有无数条 SAC 曲线，于是，便可得到长期平均成本曲线，如图 4—11 所示。

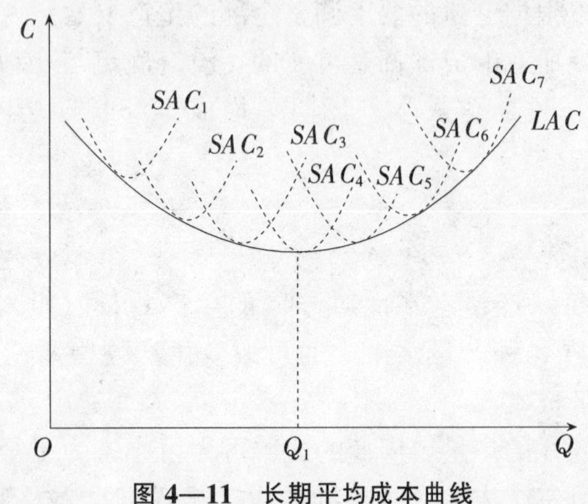

图 4—11　长期平均成本曲线

在图 4—11 中，长期平均成本曲线是无数条短期平均成本曲线的包络线。在这条包络线上，连续变化的每一个产量水平都存在 LAC 曲线和一条 SAC 曲线的相切点。该 SAC 曲线所代表的生产规模就是生产该产量的最优生产规模，该切点所对应的平均成本就是相应的最低平均成本。LAC 曲线表示厂商在长期内在每一产量水平上可以实现的最小的平均成本。

（三）规模经济与长期平均成本

长期平均成本曲线呈先降后升的“U”形，这种形状和短期平均成本曲线是很相似的。但是，这两者形成“U”形的原因并不相同。如前所述，短期平均成本曲线呈“U”形的原因是受短期生产函数的边际收益递减规律的作用。但在长期内所有生产要素投入量都可变的情况下，边际收益递减规律不对长期平均成本曲线的形状产生影响。长期平均成本曲线的“U”形特征主要是由长期生产中的规模经济和规模不经济所决定的。

1. 规模经济

在企业生产规模扩张的开始阶段，厂商的产量上升而平均成本递减。规模经济是指产出规模扩大（产量扩大）而导致的长期平均成本降低的情况。例如，厂商把所有要素投入都增加 80%，结果产量增加 97%，生产率提高，长期（单位）平均成本下降。

2. 规模不经济

当生产扩张到一定的规模以后，继续扩大生产规模，厂商的产量上升而平均成本就会递增。例如，厂商把所有要素投入都增加 80%，结果产量增加 50%，生产率下降使长期（单位）平均成本递增。

这种规模经济和规模不经济都是由厂商变动自己的企业生产规模所引起的，所以，也

被称作规模内在经济和规模内在不经济。规模内在经济和内在不经济的原因是劳动分工、专业化、技术因素、管理效率等。正是规模内在经济和内在不经济，决定了长期平均成本曲线表现为先下降后上升的"U"形特征。

需要指出的是，规模收益与规模经济和规模不经济是不同的，规模收益考察"投入"（规模）与"产出"（产量或收益）的关系；规模经济和规模不经济研究"产出"或产量规模扩大与"投入的成本"变化的关系。

（四）长期边际成本

长期边际成本是指每增加一单位的产量所增加的成本，$LMC=\mathrm{d}LAC/\mathrm{d}Q$。长期边际成本曲线如图 4—12 所示。

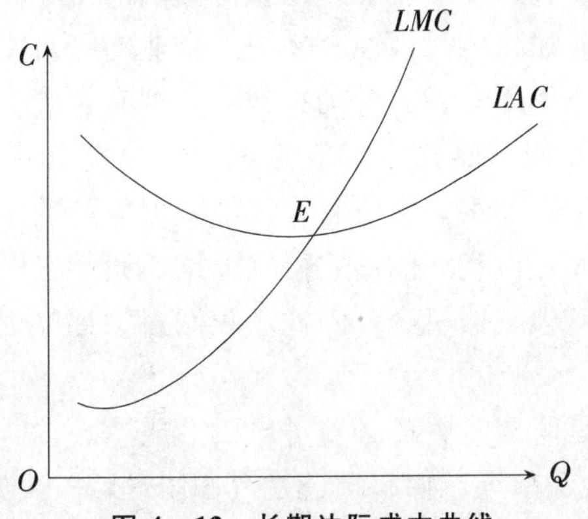

图 4—12　长期边际成本曲线

长期边际成本曲线呈"U"形，它与长期平均成本曲线相交于长期平均成本曲线的最低点。其原因在于：根据边际量和平均量之间的关系，当 *LAC* 曲线处于下降段时，*LMC* 曲线一定处于 *LAC* 曲线的下方，也就是说，此时 $LMC<LAC$，*LMC* 将 *LAC* 往下拉；相反，当 *LAC* 曲线处于上升段时，*LMC* 曲线一定位于 *LAC* 曲线的上方，也就是说，此时 $LMC>LAC$，*LMC* 将 *LAC* 往上拉。因为 *LAC* 曲线在规模内在经济和规模内在不经济的作用下呈先降后升的"U"形，这就使得 *LMC* 曲线也必然呈先降后升的"U"形，并且，两条曲线相交于 *LAC* 曲线的最低点。

第三节　成本、收益、利润和产量

一、显成本、隐成本和机会成本

企业成本包括显成本和隐成本两个部分。

显成本是指厂商在生产要素市场上购买或租用所需要的生产要素的实际支出。例如，某厂商向工人支付的工资、向银行支付的利息、向土地出租者支付的地租，这些支出便构成了该厂商的生产的显成本。从机会成本的角度讲，这些支出的价格必须等于这些相同的生产要素使用在其他最佳用途时所能得到的收入。否则，这个企业就不能购买或租用到这些生产要素，并保持对它们的使用权。

隐成本是指厂商本身自己所拥有的且被用于该企业生产过程的那些生产要素的总价格。

为了进行生产，一个厂商除了雇用一定数量的工人、从银行取得一定数量的贷款和租用一定数量的土地之外（这些均属显成本支出），还动用了自己的资金和土地，并亲自管理企业。西方经济学家指出，既然借用了他人的资本需付利息，租用了他人的土地需付地租，聘用他人来管理企业需付薪金，同样道理，当厂商使用了自有生产要素时，也应该得到报酬。所不同的是，现在厂商是自己向自己支付利息、地租和薪金。所以，这笔价值也应该计入成本之中。由于这笔成本支出不如显成本那么明显，故被称为隐成本。隐成本必须从机会成本的角度按照企业自有生产要素在其他最佳用途中所能得到的收入来支付，否则，厂商会把自有生产要素转移出本企业，以获得更高的报酬。

隐成本不能反映在企业账目的货币性交易中。企业的账目没有涉及其所有者自有资金的资本费用；没有计算企业里所有者的劳动；当企业把有害废弃物倒入河流时，也没有计算所发生的环境污染费用。但从经济学的观点来看，这些都是真正的成本，应该计算在内。经济学家认为，无论生产要素为谁所有，在经济上生产要素的收益是重要的。即使所有者没有直接领取报酬，而是以利润的形式得到补偿，我们也应该把所有者的劳动作为成本来计算。由于所有者有其他工作机会，因此，我们必须把失去的机会作为所有者劳动的成本来计算。

不管是计算显成本还是隐成本，都必须考虑机会成本。

【例题讲解　篮球场、洗车场、停车场还是汽车修理场？A先生如何选择?】

A先生有一块地可以出租用作篮球场、洗车场、停车场或者汽车修理场，收益分别是2万元、3万元、4万元、6万元，其付出的成本分别是1万元、1万元、0万元、1.5万元。请问：(1) 这块地每一种用途的显成本和隐成本分别是什么？(2) A先生会把这块地用做什么？

答：A先生每选择一种用途都要放弃其他三种选择，放弃的选择中潜在净收益最高的就是他所做选择的机会成本。机会成本＝显成本＋隐成本。

(1) 这块地每一种用途的显成本和隐成本分别是：

“篮球场”机会成本＝1＋(6－1.5)＝5.5，经济利润＝2－5.5＝－3.5；

“洗车场”机会成本＝1＋(6－1.5)＝5.5，经济利润＝3－5.5＝－2.5；

“停车场”机会成本＝0＋(6－1.5)＝4.5，经济利润＝4－4.5＝－0.5；

“修理场”机会成本＝1.5＋(4－0)＝5.5，经济利润＝6－5.5＝＋0.5

(2) A先生会把这块地用做汽车修理场，因为，经济利润最高。

二、收益

厂商的收益就是厂商的销售收入。厂商的收益可分为总收益、平均收益和边际收益，它们的英文简写分别为 TR、AR 和 MR。

总收益是指厂商按一定价格出售一定量产品时所获得的全部收入。以 P 表示既定市场价格，以 Q 表示销售总量或产量，则有：

$$TR=P\cdot Q$$

平均收益是指厂商平均每一单位产品销售所获得的收入。公式可表示为：

$$AR=\frac{TR}{Q}$$

边际收益是指厂商增加一单位产品销售所获得的收入增量。公式可表示为：

$$MR=\frac{\Delta TR}{\Delta Q}$$

三、利润、经济利润与正常利润

利润是总收益与总成本之间的差额。

$$\pi(Q)=TR(Q)-TC(Q)$$

利润（π）、收益（TR）、成本（TC）都与厂商的产量（销售量）有关，都是产量的函数，随着产量的变化而变动。

增加一单位产品的生产和销售，如果总收益的增加量（MR）大于总成本的增加量（MC），利润将会多些。反之，如果增加的单位产品，使总成本的增加大于总收益的增加，利润将会减少。由此可得出最大利润规律：$MR>MC$，则增加产量；$MR<MC$，则减少产量；$MR=MC$，产量处于最佳水平。

最大利润规律或利润最大化原则可以概括为：

$$MR=MC$$

这个等式有两方面的应用价值：（1）厂商最优产量抉择的依据，$MR>MC$ 则增加产量；$MR<MC$ 则减少产量；$MR=MC$ 产量处于最佳水平。（2）获得最大利润的均衡条件，$MR>MC$ 时，如果不增加产量，可以赚到的利润没有赚到；$MR<MC$ 时，如果不减少产量，总利润不会增加；只有当产量满足 $MR=MC$ 时，总利润才最大。

这个规律具有普遍意义。它对任何厂商都适用。但是，应用这一规律的结果，则取决于厂商所在的市场类型。具体说，取决于以下两点：

（1）厂商是否在完全竞争下经营。如果在完全竞争下经营则厂商的产品价格为市场所确定，厂商只是既定价格的接受者，它要解决的只是按市场价格提供多少产品。

（2）厂商具有某种市场力量，即有某种可改变它的产品价格的能力。最显著的例子是：一个公司是某种产品的仅有者，即垄断。大多数厂商尽管不能完全垄断市场，但对它们的产品价格均有一定控制能力。

上面提到的利润是经济利润，企业所追求的最大利润指的就是最大的经济利润。

经济利润是指企业的总收益与总成本（包括显成本和隐成本两个部分）之间的差额。在西方经济学中，需要区别经济利润和正常利润。正常利润是指厂商对自己所提供的企业家才能的报酬的支付。正常利润是成本的一个组成部分。因此，经济利润不包括正常利润。由于厂商的经济利润等于总收益减去总成本，所以，当厂商的经济利润为零时，厂商仍然可得到正常利润。

【重要提示　利润最大化原则是确定产量的准则】

一个完全竞争的厂商面临着一条平行于数量轴的需求曲线，他每天利润最大化的收益为 5 000 美元。此时，厂商的平均成本是 8 美元，边际成本是 10 美元，平均变动成本是 5 美元。求：厂商每天的产量是多少？固定成本是多少？（答：实现每天利润最大化要满足 $MR=MC$，$MR=P=MC=10$；$TR=PQ=5\,000$，得 $Q=TR/P=5\,000/10=500$。）

为什么 $MR=MC$ 是确定产量的准则？因为，我们不能根据 TR 与 TC 的比较去确定产量而只能依靠 $MR=MC$ 得到最优产量。例如，请看表 4—5：如果产量表示癌症科研课题研究小组的数量，当课题研究小组为 7 个时，得到的总收益 $TR=56$ 亿元，付出的总成本 $TC=37$ 亿元，请问：此时应该增加还是减少小组的数量？

不管增加还是减少小组，收益总是大于成本的，我们难以决策。从 $TR=56$ 亿元 $>TC=37$ 亿元，你可能做出继续增加癌症研究投入的错误决定。事实上，总成本和总收益的比较不能帮助我们进行选择，总量概念是不可靠的。只有边际概念，即边际收益与边际成本的比较才能帮助我们做出明智的决策。第七个小组带来的收益 MR_7 是 8 亿元，而成本 MC_7 是 10 亿元，显然，我们应该减少而不是增加产量。当产量为 6 时，$MR_6=MC_6$ 时，产量最优，此时边际利润为零（$MR_6-MC_6=8-8=0$）时，总利润最大（$48-27=21$）。

表 4—5　　依靠 $MR=MC$ 得到最优产量

产量 Q	0	1	2	3	4	5	6	7	8
总成本 TC	8	9	10	11	13	19	27	37	48
总收益 TR	0	8	16	24	32	40	48	56	64
边际成本 MC	8	1	1	1	2	6	8	10	12
边际收益 MR	0	8	8	8	8	8	8	8	8

本章小结

1. 所谓生产函数，就是反映生产者投入产出关系的一个概念。在技术不变的前提下，假设生产过程中所投入的要素，只有一种要素的投入量不断增加，而其他要素投入量为一定，那么这种要素增加到一定数量后，所得到的产品增量便会逐渐递减。经济学中把这一现象揭示为边际收益递减规律。

2. 对于生产者来说，追求利润最大化的行为表现为要素的最优投入组合，即产量为一定时，成本最小；成本为一定时，产量最大。经济学通过等产量线和等成本线的组合模型，来表现要素的最优投入组合。

3. 在一定的技术条件下，一定的要素同时同比例投入会形成一定的产出规模，而一定的产出规模又和一定的收益联系在一起。在技术为一定的前提下，当要素投入规模的扩大引起收益更大幅度增加时，就形成了规模收益递增；如果要素投入规模扩大的幅度小于收益增加幅度，就出现了规模收益递减。两者的过渡阶段，为规模收益不变。

规模经济和规模不经济研究“产出”或产量规模扩大与“投入的成本”变化的关系。长期平均成本曲线反映了这一变化趋势。规模收益与规模经济和规模不经济关

系：在规模经济的情况下，规模收益会递增；在规模不经济的情况下，规模收益会递减。

4. 经济学讲的成本是指厂商生产产品或劳务时对所使用的生产要素所做的支付，它包括显成本和隐成本。经济成本（总机会成本）一般大于会计成本，因为，会计成本是指显成本。由此，可以计算出经济利润和会计利润。

5. 短期成本是指厂商只调整某些生产要素量时所发生的成本。在短期，企业成本分为总成本、固定成本、可变成本、平均成本、平均固定成本、平均可变成本和边际成本七大成本，其中，总成本等于固定成本加上可变成本，平均成本等于平均固定成本加上平均可变成本。

固定成本在短期中是固定不变的，它不随产量的变动而变动。

可变成本在没生产产品时为零；在刚生产产品时，增加得较快；当生产的产品量达到较高时，增加得较慢；当生产的产品量达到一定程度时，由于边际效益递减规律的作用，增加得较快。

总成本的变动规律与可变成本的变动规律基本相同，不同的是总成本最小也等于固定成本。

平均成本和平均可变成本的变动规律最初随着产量的增加而下降，当下降到一定程度时，又随产量的增加而上升，具体呈“U”形变动。

平均固定成本的变动规律随着产量的增加而持续下降，并且越来越接近于零，但永远不等于零。

边际成本开始时随产量的增加而减少，当产量增加到一定程度时，随产量的增加而增加，亦呈“U”形变动，并且相交于平均成本和平均可变成本的最低点。其中，与平均可变成本的交点为停止营业点；与平均成本的交点为收支相抵点。

6. 长期成本是指厂商调整全部生产要素量时所发生的成本。长期成本曲线可从企业扩展线推导出来。

在长期内，厂商也总是力求以最小的单位成本进行生产。表示各种不同产量的最小的平均成本的曲线就是长期平均成本曲线，即长期平均成本曲线是短期平均成本曲线的下包络线，它亦呈“U”形变动。可以用规模经济和规模不经济等现象来解释这种曲线的形状。

长期边际成本是长期中增加一单位产品所增加的成本，它随着产量的增加先减少而后增加。长期边际成本曲线呈“U”形变动，并相交于长期平均成本曲线的最低点，且比短期边际成本曲线要平坦。

7. 利润是总收益与总成本之间的差额。$\pi(Q)=TR(Q)-TC(Q)$。利润（π）、收益（TR）、成本（TC）都与厂商的产量（销售量）有关，都是产量的函数，随着产量的变化而变动。最大利润规律或利润最大化原则可以概括为：$MR=MC$。这个等式有两方面的应用价值：(1) 它是厂商最优产量抉择的依据，$MR>MC$ 则增加产量；$MR<MC$ 则减少产量；$MR=MC$ 则产量处于最佳水平。(2) 它是获得最大利润的均衡条件，$MR>MC$ 时，如果不增加产量，可能赚到的利润没有赚到；$MR<MC$ 时，如果不减少产量，总利润不会增加；只有当产量满足 $MR=MC$ 时，总利润才最大。

本章关键概念

1. 生产函数：生产出最大产出量与这一产出所需要的投入之间的关系。

2. 总产量（TP）：是一定投入所得到的用实物单位衡量的产出总量。

3. 边际产量（MP）：是指在其他投入不变时，增加某一种投入所增加的产量或额外产出量。

4. 边际收益（产量）递减规律：是指在保持技术不变和其他投入不变时，连续增加同一单位的某一种投入所增加的产量迟早会逐步减少，从而引起边际收益（产量）减少。

5. 规模收益：所有生产要素同时同比例增加的投入与产出的关系。

6. 规模收益递增：表示所有投入的增加比例小于产出增加比例，即规模增加的幅度小于收益增加的幅度。例如，规模增加10%，收益增加16%。

7. 规模收益递减：表示所有投入的增加比例大于产出增加比例，即规模增加的幅度大于收益增加的幅度。例如，规模增加10%，收益增加8%。

8. 规模经济（规模内在经济）：在企业生产规模扩张的开始阶段，厂商的产量上升而平均成本递减。

9. 规模不经济（规模内在不经济）：当生产扩张到一定的规模以后，继续扩大生产规模，厂商的产量上升而平均成本就会递增。

10. 等产量曲线：在技术水平一定的条件下，生产同一产量的两种生产要素投入量的各种不同组合所形成的曲线。

11. 等成本线：在既定的成本和生产要素价格条件下生产者可以购买到的两种生产要素的各种不同数量组合的轨迹。

12. 最优要素投入组合点（生产均衡点）：企业在既定成本下实现最大产量的最优要素投入组合点，即生产均衡点，它是等成本线与等产量曲线相切的点。

13. 总成本（TC）：生产一定产量所需要的成本总额，它随产量的上升而上升。总成本等于固定成本加可变成本。

14. 固定成本：是指不随产量变动而变动的成本，即使产量水平为零也必须支付的开支总额。

15. 可变成本：是指随着产出（产量）水平变化而变动的开支。

16. 边际成本：是指生产增加一单位产出所增加的成本。

17. 平均成本：也称单位成本，是总成本除以总产量所形成的成本。

18. 平均可变成本：是总可变成本除以产出量所形成的成本。

19. 平均固定成本：是总固定成本除以产出量的成本。

20. 盈亏平衡点：是边际成本与平均成本最低点相交的点，当平均收益或单位价格与该点相等时，厂商收支相抵。

21. 停止营业点：是边际成本与平均可变成本最低点相交的点，当平均收益或单位价格与该点相等时，厂商停止营业。

22. 长期成本：是指厂商调整全部生产要素量时所发生的成本。

23. 显成本：是指厂商在生产要素市场上购买或租用所需要的生产要素的实际支出。

24. 隐成本：是指厂商本身自己所拥有的且被用于该企业生产过程的那些生产要素的

总价格。

25. 总收益：是指厂商按一定价格出售一定量产品时所获得的全部收入。

26. 平均收益：是指厂商平均每一单位产品销售所获得的收入。

27. 边际收益：是指厂商增加一单位产品销售所获得的收入增量。

28. 利润：是总收益与总成本之间的差额。

29. 经济利润：是指企业的总收益与总成本（包括显成本和隐成本两个部分）之间的差额。

30. 正常利润：是指厂商对自己所提供的企业家才能的报酬的支付，正常利润是成本的一个组成部分。

31. 短期成本：是指厂商只调整某些生产要素量时所发生的成本，包括固定成本和可变成本。

讨论及思考题

1. 什么是生产函数？在只有一种可变要素投入时，为什么产出增加少于投入增加的比例？（提示：复习边际收益递减规律；原因：随着某一种要素的不断投入，可使用的其他要素越来越少。）

2. 一个企业在生产中有两种可变要素投入，且这两种要素之间存在有效替代关系。如果现在其中一种要素的价格提高了，那么企业是否会在保持产量不变的前提下减少这种要素投入？如果是，那么企业会在多大限度内减少这种要素的投入量？（提示：根据最小成本原则，企业用现在更便宜的要素替代所有其他要素是有利可图的。）

3. 什么是规模收益递减、规模收益不变和规模收益递增？你预计这些情况分别会在什么时候出现？

4. A企业第一年规模扩大40%后，其收益增加了60%；第二年A企业的规模继续扩大40%，随之其收益增加了30%；A企业计划在第三年继续扩大企业规模。试对A企业扩大规模的行为作出经济分析。（提示：一般情况下，当企业的规模变得越来越大时，尽管技术上可能产生规模收益不变或递增，但管理和协调的问题日益难以处理，可能最终导致企业的规模收益递减。）

5. 某小零售店女店主自己做账，你将如何计算她的各项成本？（提示：总成本由显成本和隐成本构成，计算显成本和隐成本都必须考虑机会成本。）

6. 某产品的边际成本递增，这是否意味着平均可变成本递增？请作图解释。（提示：当 $AVC>MC$ 时，AVC 递减；当 $AVC<MC$ 时，AVC 递增。参考图4—8，某产品的边际成本递增，平均可变成本递增或递减。）

7. 某企业的平均成本曲线为“U”形，为什么其平均可变成本曲线比平均成本曲线低？（提示：$AC=AFC+AVC$）

8. 总成本、会计成本、显成本和隐成本之间有什么关系？（提示：总成本包括显成本和隐成本；会计成本是显成本；计算总成本时要考虑机会成本。）

9. 证明为什么边际成本曲线相交于平均成本曲线和平均可变成本曲线的最低点。

10. 假定从甲地到乙地，飞机票价100元，飞行时间1小时；公共汽车票价50元，需要6小时。考虑下列哪个是最经济的旅行方法：（1）一个企业家，每小时的时间成本是40元；（2）一个学生，每小时的时间成本是4元；（3）你自己。（提示：考虑机会成本的概念。）

11. 在研究投入产出关系时，经济学分别就几种情况进行了考察并且总结出了哪些规律？它们的前提条件是什么？（提示：五种情况：（1）一种要素投入下的边际收益递减；（2）多种要素相同比例投入下的规模收益规律；（3）多种要素不同比例投入下的要素最优投入组合；（4）产量规模与成本变化的规模经济与不经济；（5）产量与利润关系中的利润最大化原则。）

12. 某钢铁企业的生产函数为$Q=5LK$，每单位资本的价格$C_K=2$元，每单位劳动的价格$C_L=1$元。已知，资本的边际产量$MP_K=5L$，劳动的边际产量$MP_L=5K$，若每期生产40单位的产品，企业该如何组织生产？（提示：根据最小成本原则和生产函数$Q=5LK$计算出K和L；$L=4$，$K=2$。）

第五章

市场理论：竞争与垄断

导入案例

案例1

“钻石恒久远，一颗永流传”

一般根据三条标准把市场结构分为四种类型，但这仅仅是基本市场结构类型。在现实中，有的市场介于两种市场结构之间；有的市场即使属于某种市场结构，也有一定的特殊性。企业根据市场结构决定自己的竞争战略时特别要注意这种特殊性。我们用德比尔斯公司的例子来说明这一点。

德比尔斯公司控制了全世界80%以上的钻石矿（其他公司不足20%，分散在斯里兰卡和俄罗斯，形不成规模），凭借这种资源优势，该公司成为世界市场的垄断者。我们知道，垄断者成功的关键在于寻找一种正确的定价原则。由于该市场上只有唯一的企业，不用做广告，即不用通过广告来介绍和创造自己的产品特色。但德比尔斯公司每年都要花费巨资在各国做广告，它的广告词“钻石恒久远，一颗永流传”已经家喻户晓。作为垄断者的德比尔斯公司为什么还要做广告呢?

形成垄断的条件一是进入限制，即其他企业无法进入该行业，二是没有相近替代品。如果没有第一个条件就不能成为垄断，但没有第二个条件，垄断只是一种无保障的垄断——垄断地位随时可以被替代品打破。钻石的替代品是宝石，作为装饰品，钻石与宝石有相当大的替代性。如果宝石可以替代钻石，德比尔斯的垄断地位就被打破了。那么，宝石能否代替钻石呢？这就取决于消费者的偏好。如果消费者认为钻石和宝石作为装饰品是相同的，钻石和宝石就可以互相代替，这时，德比尔斯公司的垄断地位就不存在了，它只是一个寡头，要与其他经营宝石的公司进行竞争。如果消费者认为钻石和宝石不能互相替代，德比尔斯公司就可以保持其垄断地位。

影响消费者偏好的重要因素正是广告。消费者容易受广告的影响形成自己的偏好。无论广告说的是对还是不对，狂轰滥炸、持之以恒的广告还是能左右消费者的偏好的。德比尔斯公司做广告的目的正是让消费者认识到，宝石不能代替钻石——因为只有钻石才有“永恒”的含义，人们都追求婚姻的完满，始终只有送钻戒才吉祥。如果消费者接受了这种宣传，宝石就不能代替钻石，德比尔斯公司的垄断就有保障了。

从实际情况来看，德比尔斯公司的这个广告是成功的。它使产品的市场需求曲线右移并始终保证了其钻石产品需求缺乏弹性。这显然是垄断者的做派。

案例 2

空调行业价格战的意义

空调行业是一个寡头市场，规模经济十分重要。在寡头市场上，当形成默契和协议时，企业会尽力避免价格大战，但在长期中激烈的价格竞争是不可避免的，也是有积极意义的。

在规模经济至关重要的行业，只有当这个市场仅有几家大企业，每家企业规模都很大，形成寡头市场时，整个行业才有效率。但这种寡头并不是一开始就形成的，而是在竞争中形成的。这个行业的特点是最早存在暴利，暴利吸引了企业进入，大大小小的企业在这个行业中都可以生存下来。但由于企业大量进入，供给增加，企业之间必然爆发价格战，用降价来占领市场。谁的规模大、成本低，谁就能在价格战中生存下来。在这种价格战中规模不够大从而成本降不下来的中小企业被淘汰或被兼并，最后生存下来的企业只能是大企业，这是一个行业结构优化的过程，最后的结果是形成几家控制市场的大企业，成为寡头市场。

在寡头市场上，每家企业都要尽量扩大自己的产量，以加强实力、降低成本，这样，从整个市场来看就会形成供给能力大于需求的格局。这是许多寡头市场的共同特点。例如，在汽车这个世界性寡头市场上，生产能力高达 8 000 万辆，而需求仅为 6 000 万辆。在这种供大于求的格局之下竞争就是难免的。博弈论的分析说明，尽管寡头之间形成勾结，提高价格、限制产量对各方都是有利的，但实际上这种勾结难以形成。因此，价格战就成为必然结果。这种价格战的结局是寡头市场成为一个微利企业。世界汽车市场的利润率仅为 3%～6%，正是这种价格竞争的结果。所以，即使在寡头市场形成之后，价格战也会发生，有时还会相当激烈。中国的空调行业在实现寡头市场之后也必然是这种状况。每年，夏天还没有来到，空调行业价格战的序幕已经拉开了。

本章要点

1. 厂商根据实现利润最大化的均衡条件 $MR=MC$ 来确定产量（均衡产量），但是，它们的盈亏并不全是由厂商自己的动机和行为决定的，厂商的利益、消费者的福利以及社会经济资源的利用效率和有效性还要取决于市场结构和市场环境。

2. 四种类型厂商都根据利润最大化的均衡条件 $MR=MC$ 来确定产量，即厂商在不同市场条件下均衡条件是一样的，但是，由于成本、价格、时间条件的差异，短期和长期中厂商的产量、成本、价格、收益以及盈亏存在着不同情况。$MR=MC$ 边际分析方法和长短期分析方法是厂商均衡分析的基本方法。

3. 厂商数量、产品差别程度、替代程度、进出行业难易程度、对价格控制的程度等是决定厂商的市场均衡条件以及厂商的目标选择的关键点。

4. 不同市场类型的经济效率是不一样的。市场竞争的程度越高，则经济效率越高；市场垄断程度越高，则经济效率越低。限制垄断、维护竞争是完善市场经济的重要内容。

本章讲的厂商均衡主要涉及厂商的产量、价格和盈亏三方面的问题。不同的市场结构类型，其产量和价格是不相同的。

知识点：本章要求学生了解完全竞争市场、垄断竞争市场、寡头市场和垄断市场四种市场类型及其特点，理解不同的市场结构类型中产量和价格的确定，掌握不同厂商的市场均衡条件以及厂商的目标选择。

能力点：掌握不同市场条件下经济效率（市场绩效）的差异。

注意点：(1) 完全竞争市场以产品同质、要素自由流动、信息充分、非价格影响为假定条件。(2) 厂商均衡分析的基本方法是“边际收益＝边际成本分析方法”（$MR=MC$）和“长期短期分析方法”。(3) 不同的市场结构，厂商的目标和行为是不同的，不同市场的经济效率也存在差异，本章的分析过程是结构——行为——效率。(4) 这里厂商的目标和行为是单个厂商的行为。(5) 本章重要的是结论而不是图表。(6) 对寡头垄断的分析比对其他市场类型的分析更复杂。

第一节　市场类型

一、四种市场类型

根据市场竞争的范围和程度，微观经济学将市场划分为四种类型：完全竞争市场、垄断竞争市场、寡头市场和垄断市场。请看表 5—1。

表 5—1　　市场类型

市场结构	厂商数目和产品差别程度	代表性领域和进出行业难易程度	企业对价格控制的程度	销售方式
完全竞争市场	许多；同质产品	农业；很容易	没有，厂商是价格的被动接受者	市场交易或拍卖

续前表

市场结构	厂商数目和产品差别程度	代表性领域和进出行业难易程度	企业对价格控制的程度	销售方式
垄断竞争市场	较多；差别很小或没有差别，或幻想的差别	零售业；较易	一定程度	广告、质量竞争
寡头市场	几个；几个厂商的产品有某些差异	钢铁、化学、汽车、计算机；困难	较大程度	广告、产品竞争与勾结
垄断市场	一个；产品无接近的替代品	水电气等公共事业；不能进入	很大程度，但受政府管制	产量与价格控制

二、不同市场类型的成因

（一）成本条件

分工和专业化基础上的规模经济，使大企业能够快速、有效、低成本地生产并保持垄断，对其他企业形成进入障碍。

（二）法律限制和竞争障碍

政府的法律限制包括专利、经营许可牌照、进入特许和外贸关税与配额。

政府常常授予企业提供某种服务（主要是自来水、电力、天然气或电话通信）的排他性权利，作为回报，该企业同意限制它的利润。法律限制的典型例子就是进口限制，“关税乃垄断之母”，如果世界上的许多政府都对外国生产者实行高关税或配额限制，那么单独实行自由贸易的国家将只有国内市场。在市场经济中，减少和排除竞争障碍是公共政策的主要目标之一。

（三）产品差别

（1）产品差别与垄断。英国的汽车方向盘在右边，很难吸引美国的驾驶者；同样，巨大的美国汽车在街道狭窄、停车场很小的国家销售量很小。产品差别在很大程度上是人为造成的。在20世纪末21世纪初，轿车开始进入中国家庭，三厢小轿车受人青睐，而广告宣传又使人们把马力大小与男子汉气概联系起来，从而加剧了这种爱好。

（2）产品差别与市场细分。例如汽车、软饮料或香烟的总需求被分割成许多有差别产品的较小的市场。在这种市场上，每一种有差别的产品的需求是如此之小，不能容纳众多企业，产品差别和关税一样导致了更高的集中程度和更加不完全的竞争。

三、不同企业的竞争策略

（一）完全竞争企业

在完全竞争市场上，有成千上万的买者和卖者，每一位厂商都无法决定和影响价格，

他们只是市场价格的被动接受者。假如你是一个市场销售经理，你必须看清市场、把握市场。你经营水果产品时，减价大卖，会发现别的厂商没有反应，仍然各行其是，就好像在人数众多的广场或全校大会上，你扮了一个鬼脸，根本没有引起大家的注意。完全竞争的基本状态是：统一市场价、众多厂商、产品同质、自由进出、没有门槛、没有歧视、信息通畅。

为了在市场上立住脚，你必须不断地调整销售量，把握进货时机，低进高出。而长期来看，你必须告诉企业生产经理：突出产品特色。基于产品的差别性，由市场价格的接受者变为价格的创造者才是取胜之道。

你左右不了价格，只能不断地努力降低成本。但是，别人也会这么做。价格上涨会吸引新厂商进来，价格下降会使现有厂商退出。从长期看，厂商为了盈利，都尽量调整自己的产量和生产规模按照最低平均成本进行生产。大家都这么做的时候，整个行业的成本降低，经济效率提高，单位产品价格（平均收益）与长期平均成本、长期边际成本趋于一致，即 $P=AR=LAC=LMC$。就是说，完全竞争企业长期中就会不盈不亏，经济利润为零。

注意，完全竞争企业得到的所谓利润是正常利润，是企业创业的报酬，等同于个人劳动的报酬。个人不管是自己创业还是为别人工作，都应该得到平均的劳动报酬，企业也是如此。

（二）垄断竞争企业

垄断竞争企业短期接近完全垄断，长期接近完全竞争。在垄断竞争市场上，因为部分地存在产品差别，竞争手段和策略常常是让人眼花缭乱的广告大战，而注重特色、树立形象、推出品牌，最终也能达到控制产量、提高价格的目的。在垄断竞争市场上，每一个公司的产品都有自己的特点，由于其替代品的存在，在掌握价格竞争策略时，了解市场对本产品的需求及需求价格弹性极其重要。一般而言，从短期来看，在垄断竞争市场领域的公司有控制产量和价格的能力，但从长期来看，由于竞争，新公司可以加入，利润会被摊薄，直至消失。

（三）寡头企业

什么是寡头？“寡”就是少的意思。多少算“寡”呢？一个行业厂商数量达到使它们相互之间“相互注视”、“相互影响”、“相互依存”，就是寡头行业。在寡头市场上，几家厂商垄断了该行业产品的生产和销售，它们的竞争策略是密切注意对手的一举一动，开发和拥有一种独具特色的产品。在广告宣传上，它们互不相让、攻势如潮，最后产生的效益相互抵消，结果几败俱伤；再往后，它们会在价格、市场份额上达成协议，协调议定价格和涨价幅度。一般而言，寡头之间会尽力避免价格竞争、防止为了人为创造需求控制价格而进行的广告大战。

（四）完全垄断企业

在垄断市场上，垄断者没有了竞争对手，没有了替代品，控制了供销渠道，拥有了产品定价权。它唯一不能做到的就是控制需求，它必须在高价少卖和低价多卖之间权衡。

垄断企业最有效的竞争手段是维持垄断地位、阻止其他公司加入，垄断产品原料、生产技术和发明，维持较大生产规模，最终控制产量和价格。

结论：大公司之间的竞争很少在价格上展开，那样的话，只会相互损害、伤其元气，而常见的是在广告、产品差别、服务质量上明争暗斗。

第二节　完全竞争市场

一、单个厂商面对的需求曲线

对单个厂商来说，他不能决定需求和价格，产品的需求价格弹性是无穷大的；他不能影响或支配价格，价格由整个行业的市场供求决定，如图 5—1 所示。所以，在完全竞争市场条件下，单个厂商面临的需求曲线为一条水平线，而且，由于价格不变，厂商所面临的需求曲线、平均收益曲线以及边际收益曲线这三条线是重合的，即 $d=P=AR=MR$。为什么会这样？(1) 买者和卖者的市场份额都极小，使 $d=P$。(2) 不管单个厂商销量增加或减少，都不足以影响市场价格，厂商只是价格的被动接受者。P 不变，单位收益不变，即 $AR=P$。(3) P 不变，销量增加，增加的收益等于单位收益，即 $MR=AR$。所以，$d=P=AR=MR$。厂商不能决定需求和价格，他所能做的就是确定产量，为了保证最大利润，他要使 $MR=MC$。

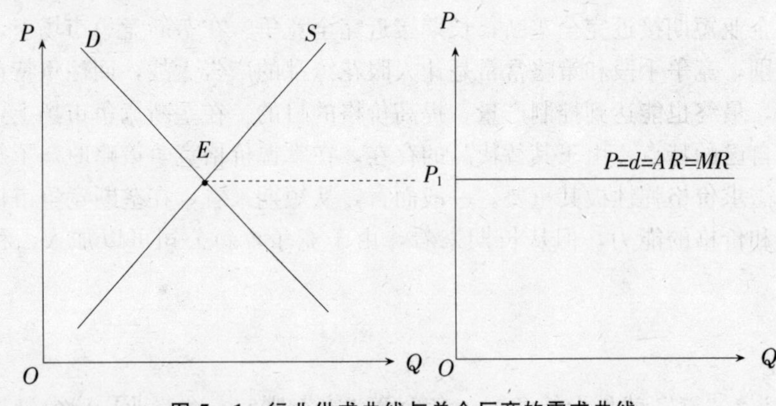

图 5—1　行业供求曲线与单个厂商的需求曲线

二、完全竞争厂商的短期均衡

在完全竞争市场条件下的短期生产中，不仅产品市场的价格是既定的，而且生产中的不变要素投入量是无法改变的，即厂商只能用既定的生产规模（SAC）进行生产，所以，厂商只有通过对产量的调整来实现 $MR=MC$ 的利润最大化的均衡条件。厂商短期均衡时的盈亏状况可以用图 5—2 来说明。

（一）“价格”由行业供求决定

对单个厂商而言，需求线是一条水平线。

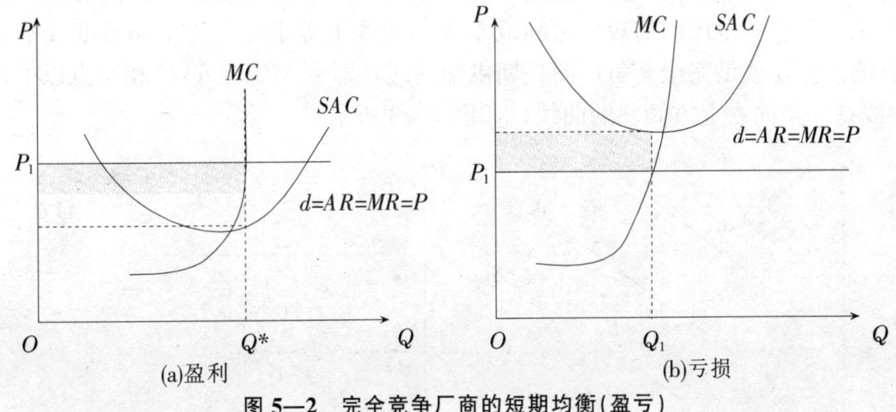

图 5—2　完全竞争厂商的短期均衡(盈亏)

(二)"产量"根据 *MR*=*MC* 法则决定

图 5—2（a）中，Q^* 点以左，*MR*>*MC*，增加产量；Q^* 点以右，*MR*<*MC*，减少产量；*MR*=*MC* 时为最佳产量 Q^*，只有这样才能满足利润最大化。

(三)"利润"大小由厂商平均成本 *SAC* 的高低决定

（1）*SAC* 在水平线以下，*AR*>*SAC*，厂商获得利润。（2）*SAC* 的最低点在水平线上（相切），即 *AR*=*SAC*，厂商的利润刚好为零，但厂商的正常利润全都实现了。由于在这一点上，厂商既无利润又无亏损，所以，*MC* 曲线与 *SAC* 曲线的交点也被称为厂商的收支相抵点。（3）*SAC* 在水平线以上，*AR*<*SAC*,厂商亏损。

亏损情况下，厂商面临三种选择：（1）如果平均收益小于平均总成本，但仍大于平均可变成本，即 *AVC*<*AR*<*SAC*，厂商亏损，但继续生产。企业无利可图，但它们仍然可能继续经营一段时间。对于那些拥有较高固定资本成本的企业来说，这种情况尤其有可能发生。这一结论也可以解释为什么在 20 世纪 80 年代早期的经济大滑坡中，美国的许多大公司，如通用汽车公司、美国钢铁公司和国际收割机公司，尽管亏损几十亿元，但仍然在经营。（2）如果平均收益或销售单价等于平均可变成本，即 *AR*=*AVC*，厂商亏损，厂商可能继续生产，也可能不生产，处于生产与不生产的临界点，该点被称为停止营业点。（3）如果平均收益小于平均可变成本，即 *AR*<*AVC*，厂商亏损，会立即停止生产。这时，假定厂商继续生产，其全部收益连可变成本都无法全部收回，更谈不上对固定成本的弥补。事实上，厂商会停止生产，可变成本降为零。

综上所述，完全竞争厂商短期均衡的条件是：

$$MR=MC$$

在短期均衡中，当 *MR*=*AR*=*P* 时，厂商可能获得最大利润，可能利润为零，也可能亏损。

三、完全竞争厂商的短期供给曲线

在短期中，厂商面对的价格和生产规模是既定的，依据 *MC*=*MR* 原则，厂商能做的就是调整产量，厂商愿意提供的产量都出现在高于 AVC 曲线最低点以上的 MC 曲线上。由此可得出：完全竞争厂商的短期边际成本 MC 曲线上等于和高于平均可变成本 AVC 曲线最低点的部分，就是完全竞争厂商短期供给曲线，即在 MC 与 AVC 相交点以上，$MC=S$。该曲线是一条向右上方倾斜的曲线，如图 5—3 所示。

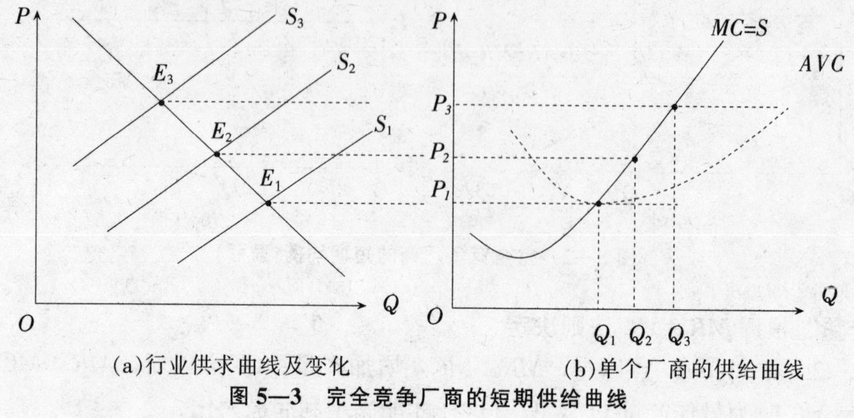

图 5—3　完全竞争厂商的短期供给曲线

四、完全竞争行业的短期供给曲线

加总所有厂商的供给曲线，可得到整个行业的供给曲线，即市场供给曲线，如图 5—4 所示。

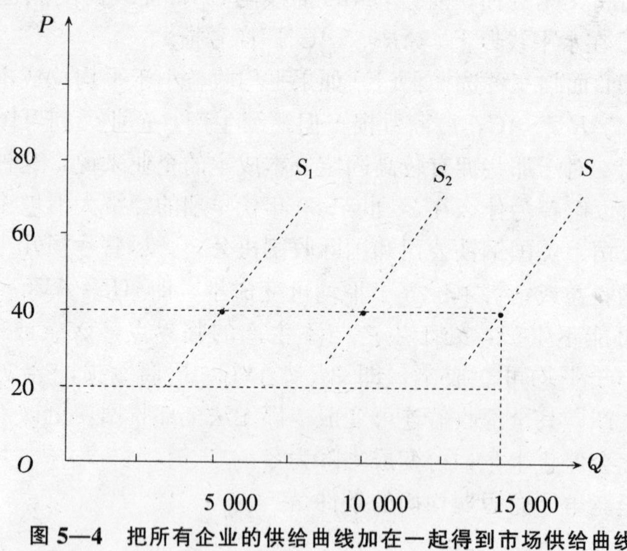

图 5—4　把所有企业的供给曲线加在一起得到市场供给曲线

图 5—4 用两个企业的情况来说明这一点。为了得到行业的供给曲线 S，把在同一价格水平上所有企业的供给曲线 S_1，S_2 以水平方向加在一起。在 40 元的价格下，A 企业供应 5 000 单位，而 B 企业供应 10 000 单位。因此，如图 5—4 所示，行业的供给曲线是把两种供应量加在一起，在 40 元的价格下，行业的总供给为 15 000 单位。如果有 200 万个企业，而不是两个企业，我们仍然可以在现行市场下把 200 万个企业的供应量加在一起而得到行业的供应量。在每一价格水平上，把产量以水平方向加总便得到了行业的供

给曲线。

五、完全竞争厂商的长期均衡

我们已经说明，在短期内，企业即使亏损，只要价格能弥补它们的可变成本，即 $P=MR=AR\geqslant AVC$，就会继续营业。但是，在长期内，所有的成本都是可变的。企业可以付清债券，可以解雇管理人员，可以终止租约。在长期内，企业仅仅在价格等于或高于收支相抵点，即价格大于等于长期平均成本时，$P=MR=AR\geqslant LAC$，才愿意进行生产。

如图 5—5 所示的成本曲线，为了使企业在长期继续经营某一行业，价格必须等于或高于 E 点。如果任何其他企业都完全像该企业一样，处在能够补偿全部成本的收支相抵的价格之下，那么，长期供给量会等于零。

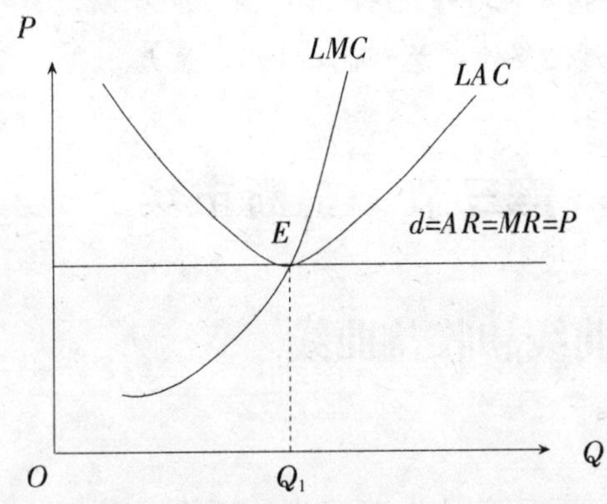

图 5—5　完全竞争厂商的长期均衡

现在，我们进一步假设所有企业都是完全相同的，进入该行业在长期内是完全自由的，从而任何数量的企业都可进入该行业，并且可以用完全和原有企业相同的成本进行生产。在这种情况下，长期价格不能处于长期平均成本的最低点之上。因为，高于这一长期价格水平，新企业就会进入该行业，从而把市场价格压低到长期平均成本最低点。在这一价格水平上，长期平均成本刚好得到补偿。如果，长期价格低于长期平均成本最低点，企业就会脱离该行业，直到价格恢复到长期平均成本最低点为止。

由此，我们可得出，当一个行业的供给是由具有相同成本曲线的竞争企业所提供，而且当这些企业可自由进入和退出时，厂商长期均衡的条件是：价格等于长期边际成本，又等于长期平均成本最低点。公式如下：

$$MR=LMC=LAC$$

其中，$P=MR=AR$ 时，单个长期厂商的利润为零。

在完全竞争市场上，$P=LMC=LAC$，消费者为每单位商品支付的价格不仅等于长期平均成本而且等于长期边际成本，因而，厂商没有经济利润。

【案例与实践　完全竞争企业如何确定其最优产量】

例如，假定某完全竞争市场里的水果销售商的销售量为 204 时，总收益为 816 元，总成本为 622 元。请问：这时，他应该增加产量还是减少产量（已知当产量为 1，2，…，200，201，

202，203，204 时；MR 为 4，4，…，4，4，4，4，4；MC 为 3，3，…，3，4，5，6，7)?

解：调整产量水平的根据是"利润最大化原则"。比较 MR 与 MC，把产量调整到 $MR=MC$，就实现了利润最大化。

产量为 204 时，第 204 个单位的收益与成本之差为 −3，即边际利润 $=MR_{204}-MC_{204}=4-7=-3$，这时总利润 $=816-622=192$，$MR_{204}<MC_{204}$，应该减少产量；

产量为 203 时，第 203 个单位的收益与成本之差为 −2，即边际利润 $=MR_{203}-MC_{203}=4-6=-2$，这时总利润是 $=812-615=197$，$MR_{203}<MC_{203}$，继续减少产量；

产量为 202 时，第 202 个单位的收益与成本之差为 −1，即边际利润 $=MR_{202}-MC_{202}=4-5=-1$，这时总利润是 $=808-610=198$，$MR_{203}<MC_{203}$，继续减少产量；

产量为 201 时，第 201 个单位的收益与成本之差为 0，即边际利润 $=MR_{201}-MC_{201}=4-4=0$，这时总利润是 $=804-606=198$，$MR_{201}=MC_{201}$，如果继续减少产量，利润就会减少（$MR_{200}>MC_{200}$，总利润 $=800-603=197$ 元），所以，最优产量 $Q=201$，这时 $MR_{201}=MC_{201}$，满足利润最大化条件，总利润 $=198$，最大。

第三节　垄断市场

一、垄断厂商的需求曲线和收益曲线

（一）垄断厂商的需求曲线

由于市场中只有一个厂商而且产品没有替代品，厂商完全可以控制产量和价格，所以，垄断厂商所面临的需求曲线就是市场的需求曲线，它是一条向右下方倾斜的曲线。图 5—6 中的 D 曲线就是垄断厂商所面临的需求曲线。假定商品市场的销售量等于市场的需求量，于是，垄断厂商所面临的向右下方倾斜的需求曲线表示垄断厂商可以通过改变销售量来控制市场价格，即以销售量的减少来抬高市场价格，以销售量的增加来压低市场价格，垄断厂商的销售量和市场价格呈反方向的变动。

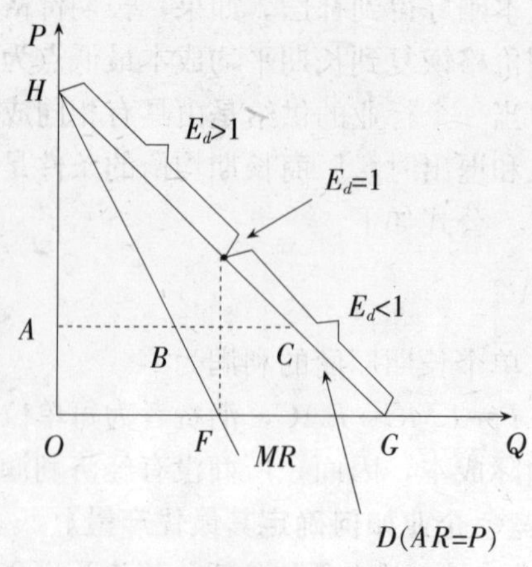

图 5—6　垄断厂商的需求曲线和收益曲线

（二）垄断厂商的总收益、平均收益和边际收益曲线

厂商所面临的需求状况直接影响厂商的收益。请看表 5—2。

表 5—2　　垄断厂商的收益

(1) 数量 Q	(2) 价格 $P=AR=TR/Q$	(3) 总收益 $TR=P\times Q$	(4) 边际收益 MR
0	—	0	—
1	180	180	180
2	160	320	140
3	140	420	100
4	120	480	60
5	100	500	20
6	80	480	−20
7	60	420	−60
8	40	320	−100
9	20	180	−140

在表 5—2 中，商品的市场价格 P 随着垄断厂商的商品销售量的不断增加而下降。与此相对应，从收益看，垄断厂商的平均收益 $AR(=P)$ 也是不断下降的；垄断厂商的总收益 TR 是先增后减；垄断厂商的边际收益 MR 亦呈不断下降的趋势。总收益 TR 和边际收益 MR 之间的关系是：MR 为正值时，TR 是上升的；MR 为负值时，TR 是下降的。此外，在每一个销售量上，边际收益都小于平均收益，即 $MR<AR$。

在表 5—2 中，边际收益小于价格和平均收益，因此，在图 5—6 中，边际收益曲线向右下方倾斜，且位于需求曲线和平均收益曲线的左下方。它表示在每一销售量上厂商的 $MR<AR$，或 $MR<P$。当需求富有弹性时，MR 为正数；需求缺乏弹性时，MR 为负数。

二、垄断厂商的短期均衡

在短期内，垄断厂商无法改变固定投入量，它在既定生产规模下通过对产量和价格的同时调整，来贯彻 $MR=MC$ 的规律。请看表 5—3。

表 5—3　　垄断厂商的短期均衡

(1) 产量 Q	(2) 价格 P	(3) 总收益 TR	(4) 总成本 TC	(5) 总利润 TP	(6) 边际收益 MR	(7) 边际成本 MC	MR 与 MC 的比较
0		0	145	−145	—	—	
1	180	180	175	5	180	30	$MR>MC$
2	160	320	200	120	140	25	
3	140	420	220	200	100	20	
4	110	440	240	200	20	20	$MR=MC$
5	90	450	300	150	10	60	
6	80	480	370	110	30	70	
7	60	420	460	−40	−60	90	$MR<MC$
8	40	320	570	−250	−100	110	

在表5—3中，总利润 TP 最大值为200元。以此相对应的产量是3或4个单位，单位价格为140元或110元，总收益减去总成本，利润最大。根据 $MR=MC$ 原则，若 $MR>MC$，企业应增加产量；若 $MR<MC$，企业则减少产量。显然，最佳利润点发生在边际收益等于边际成本这一点上，企业的产量应为4，因此，垄断厂商的短期均衡的条件是：

$$MR=MC$$

垄断厂商的短期均衡也可用图5—7加以说明。

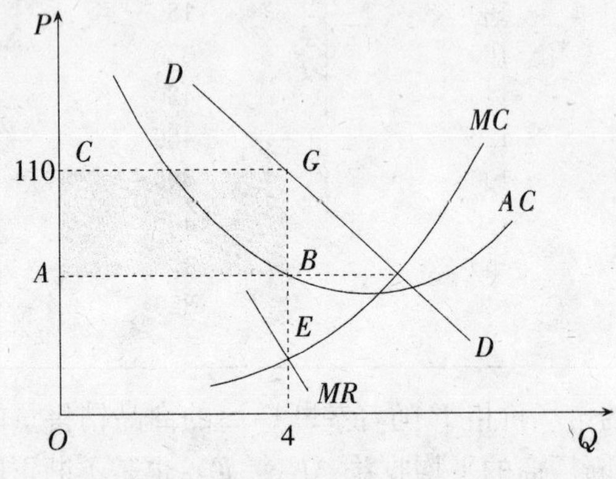

图5—7 垄断厂商的短期均衡(盈利)

(一) 产量

垄断厂商根据 $MR=MC$ 确定产量，即由两条曲线交点 E 向下作垂直线，与横轴相交，这时，产量为4个单位。

(二) 价格

从 $MR=MC$ 的交点 E 点向上作垂直线，与 DD 曲线相交于 G 点。此时的价格为110元。

(三) 盈利和亏损

G 点的平均收益（$AR=P$）高于 E 点的平均成本（AC），保证了 E 点可获得利润。利润的实际数量由图中阴影部分表示。

垄断厂商在短期内并不是总能获得利润。如果 AC 过高，AC 超过单价或平均收益，即为亏损。造成垄断厂商短期亏损的原因，可能是既定的生产规模的成本过高（表现为 SAC 曲线的位置过高），也可能是垄断厂商所面临的市场需求过小（表现为相应的 D 曲线的位置过低）。垄断厂商短期均衡时的亏损情况如图5—8所示。

在图5—8中，垄断厂商遵循 $MR=SMC$ 的原则，将产量和价格分别调整到 Q_1 和 P_1 的水平。在短期均衡点 E，垄断厂商是亏损的，单位产品的平均亏损额为 GF，总亏损额等于图中矩形 HP_1FG 的面积。与完全竞争厂商相同，在亏损的情况下，若 $AR>AVC$，垄断厂商就继续生产；若 $AR<AVC$，垄断厂商就停止生产；若 $AR=AVC$，垄断厂商则认为生产和不生产都一样。在图5—8中，平均收益 FQ_1 大于平均可变成本 IQ_1，所以，

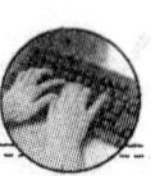

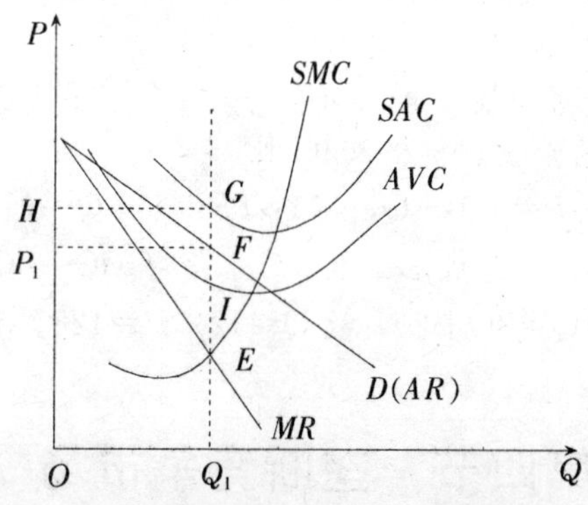

图 5—8　垄断厂商短期均衡（亏损）

垄断厂商继续生产。

在垄断市场上，只有垄断厂商一家，别无分店。因此，垄断厂商的供给就是垄断市场的供给。但是，垄断市场上，并不存在具有规律性的供给曲线。

垄断厂商是通过同时调整产量和价格来贯彻 $MR=MC$ 的利润最大化规律的，并且，P 总是大于 MR。随着向右下倾斜的需求曲线的位置移动，厂商的价格和产量之间不再必然存在如同完全竞争市场的那种一一对应的关系，有可能出现一个价格水平对应几个不同的产量水平，或一个产量水平对应几个不同的价格水平的情形。

三、垄断厂商的长期均衡

垄断厂商在长期内排除了其他厂商加入，而且可以调整全部生产要素的投入量即生产规模，从而实现最大的利润。垄断厂商在长期内对生产的调整一般可以有三种可能的结果：

（1）垄断厂商在短期内是亏损的，在长期内继续亏损，于是，该厂商退出该行业。

（2）垄断厂商在短期内是亏损的，在长期内，他通过对最优生产规模或产量的选择，摆脱了亏损的状况。

（3）垄断厂商在短期内利用既定的生产规模获得了利润，在长期内，他通过对生产规模的调整，使自己获得更大的利润。

由此可见，垄断厂商之所以能在长期内获得更大的利润，其原因在于长期内企业的生产规模是可变的和市场对新加入厂商是完全关闭的。

垄断厂商的长期均衡的条件是：$MR=LMC=SMC$。

在垄断市场上，$P>LAC>LMC$，消费者为每单位商品支付的价格不仅高于长期边际成本而且高于长期平均成本，因而，厂商有经济利润。

【例题　垄断厂商的最优产量】

垄断厂商也是遵循利润最大化原则来确定最优产量的。

例如，已知某垄断厂商总成本函数为：

$$TC=4Q^2+20Q+10$$

产品的需求函数为：

$$Q=140-P$$

试求该厂商利润最大化的产量、价格及利润。

[**解：**由 $Q=140-P$，即 $P=140-Q$，得到 $TR=P\times Q=(140-Q)\times Q$，对总收益函数 TR 求导得 $MR=140-2Q$，对总成本函数 TC 求导得 $MC=8Q+20$。

由 $MR=MC$，得 $140-2Q=8Q+20$，故 $Q=12$。$P=128$。利润$=1\,536-826=710$。]

第四节　垄断竞争市场

短期中，产品具有差别性，很难找到相似的替代品。一般说来，产品差别越大，厂商的垄断程度就越高。长期中，有许多买者和卖者，自由进入或退出某一行业，每一企业都将其他企业的价格作为既定的，而且有差别产品之间又存在很相似的替代品，使每一种产品都会遇到大量的其他相似品的竞争，因此，市场中又具有竞争因素。垄断竞争市场是以竞争为主要特征的市场结构。

一、垄断竞争厂商的短期均衡

（一）产量

垄断竞争厂商根据 $MR=MC$ 选择产量。

（二）价格或收益

给定产量，垄断竞争厂商的产品价格由需求曲线的位置决定。按照利润最大化规律，最优产量是在边际收益曲线与边际成本曲线相交点上，该产量垂直向上与需求曲线相交得到单位价格。

（三）利润

如果 $P=AR>AC$，盈利；如果 $P=AR<AC$，亏损；如果 $P=AR=AC$，经济利润为零，获正常利润。垄断竞争厂商的短期均衡图形与垄断厂商短期均衡图形一致，如图5—7和图5—8所示，盈亏取决于 AC 的高低位置。垄断竞争厂商的短期均衡的条件是：

$$MR=MC$$

二、垄断竞争厂商的长期均衡

垄断竞争厂商可能在短期获得相当可观的利润，但这不能长久下去。因为，利润会吸引新的生产者进入该行业。同样，亏损的情况短期存在，但长期下去会有企业退出。

假设所有现存的和新加入的企业都有完全相同的成本，即相同的成本曲线。随着新企

业的加入，新的有差别的相似产品会瓜分该行业市场。垄断竞争厂商的产品需求曲线会向左移动。最终的经济结果是，随着企业的不断进入，直到利润为零时停止。亏损退出会使留驻该行业的企业的需求曲线向右移动，这样亏损减少直到消失。进入和退出的过程会持续到经济利润为零。

图 5—9 说明了典型的垄断竞争厂商的长期均衡。需求曲线随进入者增加向左移动，直到与该企业的 AC 曲线相切。G' 点是长期均衡点，这时，没有人企图进入或被迫退出该行业。垄断竞争厂商长期均衡的条件是：

$$MR = LMC, \quad AR = LAC$$

其中，$AR = P > MR$。由于垄断竞争厂商面临的需求曲线是向右下方倾斜，所以，在长期均衡时的需求曲线只能与长期平均成本 AC 相切于最低点的左边。这意味着，垄断竞争所提供的产量小于完全竞争的产量但高于完全垄断。

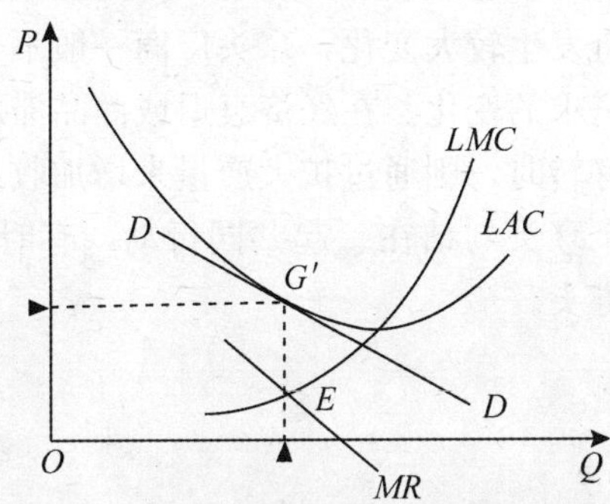

图 5—9　垄断竞争厂商的长期均衡

在垄断竞争市场上，$P = LAC$，$P > LMC$，消费者为每单位商品支付的价格高于长期边际成本但等于长期平均成本，因而，厂商没有经济利润，与完全竞争相比，价格略高而产量略低。

第五节　寡头垄断市场

一、寡头垄断市场的三个特点

在寡头垄断市场上，每家厂商在该行业的总产量中都占有相当大的份额，以至于其中任何一家厂商的产量或价格的变动都会对市场的价格和供给量产生重大影响。寡头垄断是介于完全垄断和垄断竞争之间的以垄断为主要特征的一种市场结构。

寡头垄断一般具有三个特点。

（一）相互依存

在寡头垄断市场上，每个厂商的收益和利润不仅取决于自己的产量或定价、广告、新产品研发，而且要受到其他厂商选择的影响（博弈论专门研究厂商之间的博弈并取得了成果，有五位经济学家因此获得诺贝尔经济学奖）。因此，每个厂商总是首先推测其他厂商的产量，然后再根据最大利润原则来决定自己的产量，每个厂商既不是价格和产量的创造者，也非价格和产量的被动接受者，而是价格和产量的寻求者。面对其他厂商，寡头的选择是：合作或者竞争。

（二）进出障碍

由于规模、资金、信誉、市场、专利、法律等原因使其他厂商很难进入，由于投入巨大，寡头的退出困难，损失巨大。

（三）操纵价格

与完全竞争和完全垄断不同，在寡头垄断条件下，价格不是由市场供求或一家厂商所决定，而是由少数寡头通过有形无形的勾结、形式不同的协议或默契等方式决定的。这种价格被称为操纵价格或价格领导。寡头价格一般低于完全垄断价格。寡头价格一经确立，不易改变。如果生产条件没有发生较大变化，寡头厂商一般不会随着需求的变动而调整价格，而只是调整产量来应付需求的变化。在经济衰退或商品滞销时，寡头厂商通常会采取减少产量的办法；而在经济好转时，则通过扩大产量来增加收益。

为了最大利润，有时几个寡头勾结在一起共同行动，有时寡头也会采取独立的行动。我们首先分析勾结或串谋的寡头。

二、合作的寡头模型

影响市场结构的一种重要因素就是企业之间的合作程度。当企业采取完全合作的方式行动时，它们就相互勾结起来。勾结或串谋这一术语表示这样一种情况：两个或更多的企业共同确定它们的价格、产量、广告，避免竞争性减价或过度的广告投入，或者共同制定其他生产决策。

（一）公开的串谋：卡特尔

当企业认识到它们的利润取决于它们的共同行动时，它们就试图相互勾结起来。为了避免灾难性的竞争，企业公开相互勾结以提高它们的价格。在美国资本主义的早期阶段，寡头往往合并或形成一个托拉斯或卡特尔。卡特尔是生产相似产品的独立企业联合起来以提高价格和限制产量的一种组织，借助于午餐或宴会的形式相聚，从事公开的勾结。

所有寡头一致行动，卡特尔就像一个垄断厂商，形成合作的寡头均衡。设想一个行业，该行业有四个企业，它们具有完全相同的成本曲线，每一个企业都出售完全相同的产品，如石油或工业用品。每一个企业——把它们称为甲、乙、丙和丁——现在都拥有 1/4 的市场份额。请看图 5—10。

在图 5—10 中，甲的需求曲线 D，是通过假设所有其他企业都会跟随甲企业的价格上升或下降来描绘的。这样，企业的需求曲线与行业的需求曲线具有完全相同的弹性。只要所有其他企业都索取相同的价格，甲企业就会得到 1/4 的市场份额。在这种情况下，企业可能相互勾结，以寻求勾结的寡头的均衡，从而使它们的共同利润达到最大。这种情况常称为联合利润最大化。

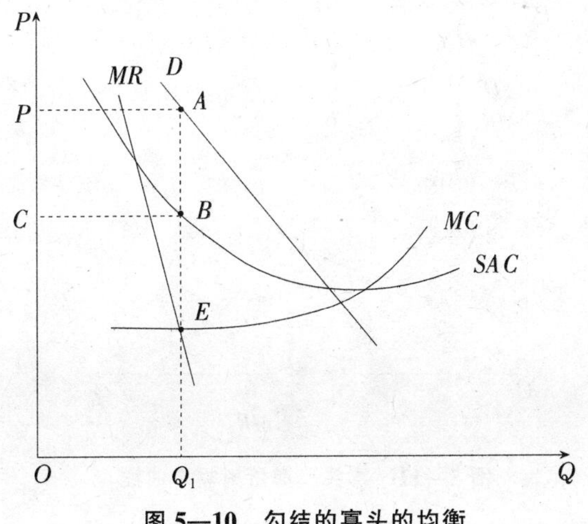

图 5—10 勾结的寡头的均衡

对于勾结的寡头来说，最大利润的均衡就是图 5—10 中所示的 E 点，即企业的 MC 曲线与 MR 曲线的相交点。这时，需求曲线为 D。勾结的寡头的最优价格显示在 D 曲线的 A 点。它在 E 点的正上方。

当寡头可相互勾结，使它们的共同利润达到最大时，考虑到它们之间的相互依赖性，其价格和产量类似于单个垄断者的价格和产量。

（二）暗中勾结：价格领导

今天，在大多数市场经济国家，公司相互勾结起来共同确定价格或瓜分市场是非法的。然而，如果在某一行业里只有少数几个大企业，那么，它们就可能进行暗中勾结，在没有明确或公开协商的条件下，寡头们会心照不宣地与行业中最大的厂商保持一致。通过这种无形的协议或默契把价格确定在较高水平，抑制竞争、瓜分市场。

三、竞争的寡头模型

（一）折射需求曲线（斯威齐模型）

折射需求曲线由美国经济学家斯威齐于 1939 年提出，被称为斯威齐模型。这一模型分析的是独立行动的寡头之间竞争的情形，用于说明价格刚性的现象。在这里，“价格刚性”是指寡头厂商变动价格的后果具有不确定性，他们都尽可能减少价格变动。请看图 5—11。

折射需求曲线的经济学含义：

（1）如果一个厂商提价，其他厂商不会跟进，并乘机占领市场，提价者销售量大幅度下降。如图 5—11 所示，现有价格水平为 P_1，假定甲企业提高它的价格，但其他企业并不跟着加价。这意味着，现行价格水平已很高，他们反对任何加价。

（2）如果甲企业单方面减价，从 D_1 可见其在销售上大得好处，而其他企业损失很大。所以，其他企业不会善罢甘休，也会采取减价步骤。于是，甲企业的需求曲线不再沿着 D_1 继续向右运动，而是顺着 D_2 向下运动，这是因为受到其他企业一齐减价的影响。

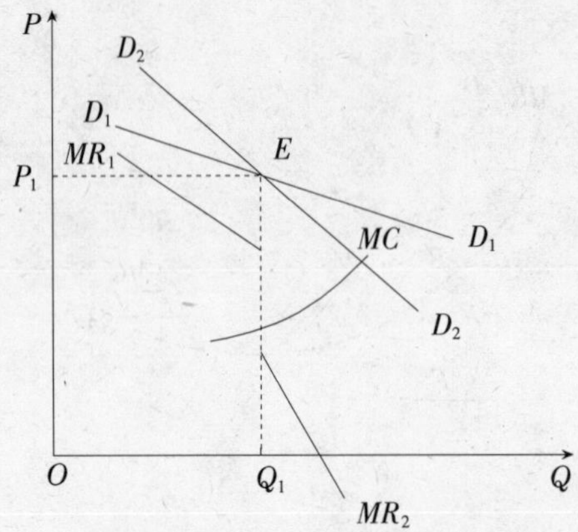

图 5—11　寡头厂商折射需求曲线

（3）甲企业的实际需求曲线先是沿着 D_1 向下，而后沿着 D_2 向下，即 D_1ED_2 曲线。该曲线在现行价格水平上有一个“拐点”。需求曲线上的“拐点”意味着边际收益曲线 MR 上也会出现一个断裂。其间断部分如垂直虚线所示。断裂的边际收益曲线，可以解释寡头市场上的价格刚性现象。只要边际成本 MC 曲线的位置变动不超出边际收益曲线的垂直间断的范围，寡头厂商的均衡价格和均衡数量都不会发生变化。

虽然折射需求曲线模型为寡头市场较为普遍的价格刚性现象提供了一种解释，但是该模型并没有说明具有刚性的价格本身，如图 5—11 中的价格水平 P_1 是如何形成的。这是该模型的一个缺陷。

（二）竞争寡头博弈矩阵模型

20 世纪上半叶，边际分析方法或微分学方法在经济学中的运用引发了经济学的“边际革命”。

20 世纪下半叶，信息经济学面对信息不完全和不确定性，用博弈方法分析大企业的相互关系，引起经济学的又一次新革命——“博弈论革命”。在寡头市场上，厂商既相互勾结又相互欺瞒，他们经常考虑的是采取什么策略打败对手。经济学用博弈论来分析在价格、产量、广告、研发等方面竞争寡头的对局策略。1994 年三位经济学家因在非合作寡头的博弈分析中做出了开创性贡献，同时获得诺贝尔经济学奖；1996 年两位经济学家在博弈论应用方面同时获得诺贝尔经济学奖。同一领域五位学者获奖，这是史无前例的。注重相互关系分析的博弈论把对局策略思维引入经济学，博弈论正在重构经济学的基础并将成为经济学的主流。保罗·萨缪尔森在谈到博弈论时说，要想在现代社会做一个有文化的人，你必须对博弈论有一个大致了解。博弈分析的原始模型是“囚徒困境”。

用同一个矩阵表示两个参与者得失的表达方法，来自博弈理论的先驱者托马斯·谢林，他发明的矩阵使博弈论走进数学大师以外的更广泛的领域。

1. 囚徒困境——串谋的困难

囚徒困境是指虽然合作对双方都有利，但理性和不相信对方使他们选择打击对手而使自己利益最大化的最优策略。有两个犯罪嫌疑人，因偷窃被抓并且被怀疑犯有杀人罪。被

抓之前他们建立了攻守同盟，如果两人都保持沉默都会被判 1 年，是最有利的，但经济理性导致没有人遵守协定。坦白符合个人理性需求，自己无罪，对方则会被判 10 年，结果，两个都坦白，构成均衡，两个人都被判 8 年，即“纳什均衡”。请看表 5—4。

表 5—4

B A	坦白	沉默
坦白	A 8 年，B 8 年	A 无罪，B 10 年
沉默	A 10 年，B 无罪	A 1 年，B 1 年

“囚徒困境”可以用来解释企业之间在产量、价格、市场等方面的竞争关系。

考虑两个寡头厂商，每一厂商都在“高”产量和“低”产量之间进行选择。根据每一厂商的不同选择，它们相应的获利情况如表 5—5 所示。

表 5—5

厂商 A 厂商 B	高产量	低产量
高产量	A 获利 200 万元 B 获利 200 万元	A 获利 100 万元 B 获利 500 万元
低产量	A 获利 500 万元 B 获利 100 万元	A 获利 400 万元 B 获利 400 万元

不论厂商 A 做出什么样的选择，厂商 B 都会认为选择高产量是合理的：高产量时 B 获利为 200 万元或 500 万元，而低产量时 B 获利为 100 万元或 400 万元。同样，不论厂商 B 做出什么样的选择，厂商 A 都认为选择高产量是合理的。每个厂商都认为高产量策略是最优的，这种状况被称为“纳什均衡”。结果 A 获利 200 万元，B 获利 200 万元。

“囚徒困境”模型要点：（1）利益相关者。对局的参与者是利益相关者，即任何一方的利益都受对方决策的影响。（2）信息不对称。参与者知道有几种选择并且知道选择的结果，但不知道对手的选择。（3）占优战略。一定规则下的博弈就像游戏需要规则一样，各方都希望做出对自己有利的决策。（4）纳什均衡。虽然合作对双方都有利但规则下的博弈结果却是不合作、对双方都不利。寡头之间的竞争对厂商并非最优，个人理性选择不一定是集体理性选择。（5）有效惩罚。有效惩罚、重复博弈是化解囚徒困境的钥匙，“不合作的损失更大”才能实现合作。（6）运用广泛。“囚徒困境”模型用在寡头之间在产量、广告、价格等方面的竞争关系。

2. 斗鸡博弈

两人过独木桥，进则两败俱伤，退则一无所获。请看表 5—6。

表 5—6

B A	进	退
进	A−3，B−3	A 2，B 0
退	A 0，B 2	A 0，B 0

两个寡头厂商都会避免两败俱伤（－3，－3）或一无所获（0，0），过独木桥的两个寡头厂商会有两个纳什均衡（2，0），（0，2），敌进我退，敌退我进。究竟哪个纳什均衡会发生，取决于谁先采取行动（先动优势）。为了使对方不采取行动，寡头厂商会威胁对方，但这种威胁是不可信的，即“不可置信的威胁”。寡头厂商总是千方百计让对方相信自己传递的信息。

“斗鸡博弈模型”的要点：(1) 避免冲突。对局各方不会选择两败俱伤，“杀敌一千，自伤八百”乃不理性选择。(2) 威慑战略。博弈首先表现为威慑对方，千方百计让对方相信自己传递的信息，使对方不采取行动，争取有利结果。威慑是无代价、无成本的，所以威慑往往是“不可置信的”。(3) 先占优势。首先采取行动的一方具有优势。(4) 化解冲突。对局双方会充分估计自己的实力，看是否能打败对手。更多的情况是通过谈判、沟通、协调化解针锋相对的冲突。(5) 妥协和让步。虽然会形成对先动方有利的格局，但谈判中劣势方往往有优势——冲突发生损失更小。所以，强势方要学会谈判，聪明地学会做出更多妥协、让步，补偿弱势方对强势方也有好处。(6) 第三方协调。化解冲突的谈判需要强有力的、有权威的第三方来仲裁和强制执行。

3. 智猪博弈

猪圈中有一大一小两头猪，食槽和开关分别在两边，按一下会有 10 个单位的猪食，不管是谁按，成本为 2，即－2，同时去按，成本为－4＝－2－2。如表 5—7 所示。

(1) 同时按开关，减去成本后，大小猪得到 5 和 1。

(2) 同时等待，大小猪得到 0 和 0。

(3) 大猪按开关，大小猪得到 4 和 4。

(4) 小猪按开关，大猪得到 9，小猪得到－1。

表 5—7

大猪 A \ 小猪 B	按开关	等待
按	A 为 5（＝7－2），B 为 1（＝3－2）	A 为 4（＝6－2），B 为 4
等待	A 为 9，B 为－1（＝1－2）	A 为 0，B 为 0

小猪会按吗？“按开关”的收益为 1 或－1，“等待”的收益为 4 或 0，聪明的小猪当然选择等待。大猪如何选择？“按开关”的收益为 5 或 4，“等待”的收益为 9 或 0，它面临收益性和安全性之间的两难选择：“按”的收益为 5 或 4，较安全，但收益不太高；“等待”的收益为 9 或 0，收益高（9），但风险大（0）。它会犹豫。但是，一旦它知道小猪选择等待后，它会无奈地、责无旁贷地选择按开关。所以，“纳什均衡”为大猪按开关、小猪等待（4，4）。

“智猪博奕”的要点：(1) 主动行动。任何情况下“大的寡头”的最优决策都是主动行动，“小的寡头”的最优决策都是等待。(2) 产业领袖。一个行业需要负责任的企业领袖，有产业领袖，才有利于技术进步、产品创新。负责任的行业领袖的出现是一个行业成熟的标志。(3) 市场竞争。行业领袖不是行政指定或者上级捏合而成的，是在激烈的市场竞争中成长起来的。

“智猪博弈”在经济学上的应用，如大股东监督公司总经理，小股东搭便车；大企业

搞研发、做广告，小企业模仿；有钱人出资修路建桥，老百姓方便；大国与小国等。

厂商之间的博弈对整个社会和消费者而言是一件好事。

（三）寡头厂商产品和广告的竞争

寡头垄断者在价格和产量上达成协议或形成默契以后，削价和变动产量都会被指责为“不道德的行为”。因此，寡头垄断者的竞争更多地表现在产品本身和广告宣传上。

1. 产品的竞争

产品的竞争有时导致微小的或者象征性的产品变化；但是，也有真正重大的变化。一个显著的实例，就是汽车生产中的“马力比赛”。整个20世纪50年代和60年代，美国汽车往更长、更宽、更重的方向发展。马力在不断增加，每千米耗油指标在下降，不断出现新的特点，如增加了自动变速、中央控制锁、驾驶方向盘助力等。20世纪70年代，石油危机后，美国人开始购买由欧洲进口的小而经济的汽车。进口增长很快，当进口达到几十万辆时，美国的汽车制造者也开始研发生产他们自己的“紧凑的”车型。最终，与其说是国内的竞争，不如说是国外的竞争把车体不断加大和价格不断提高的趋势遏制住了。

美国的紧凑车型，同外国汽车比还是比较大的，购买和使用都比较昂贵。由于从1974年原油和汽油价格大涨之后，购买者不得不考虑使用费用，外国汽车因油耗低继续增加在美国市场上的销售量。美国汽车制造者相应地又展开了关于“小巧”、“更小巧”的工作，并以减轻车身重量、改变引擎设计来改进每千米耗油指标。

2. 广告的竞争

寡头厂商的产品广告不是信息广告，而是引导需求的广告，商业电视最为典型，其目的是让产品与美妇人、美男子、时尚、荣华富贵的生活联系在一起，使购买他们的产品成为一种生活方式。

有关研究表明，在美国的8个产业中，广告费占总销售额的比重分别是：化妆品15%、食品10%、药品10%、肥皂9%、啤酒类饮料7%、果汁饮料6%、香烟5%、酒类5%。另外，汽车工业广告费用的绝对值也是名列前茅。

（1）“防御性的广告”。广告常被作为一种投资。年复一年的广告可建立某种市场地位，享有一种“商誉”。短期中，如果公司停止广告，这个牌子的商品还继续有好销路。但是，长期中，积累起来的“商誉”会有某种程度的衰退。所以，某种程度的“防御性的广告”是必要的，以便维持其市场份额。

（2）“进攻性的广告”。雪佛莱汽车广告的目的是提高对雪佛莱牌汽车的需求，降低对其他品牌汽车的需求。当然有可能由于汽车广告对公众的强烈影响，而提高对汽车总的需求。但是，需求从何而来呢？因为消费者收入依旧，它可能全是来自对其他产品消费的减少，因此，与其说是影响需求的增加，不如说是影响需求的变动。广告创造需求，只有在消费者总的收入提高和储蓄部分减少，从而更渴望购买物品的情况下才有可能。

广告也有某种“军备竞赛”的味道。每个公司密切注视其他公司：如果福特公司多拨出一些钱做广告，大众公司和通用汽车公司就感到也非如此做不可。在各竞争者和大企业经理之间，还有互相较量的平行现象。一个寡头垄断者从事竞争性广告，试图向右移动他的需求曲线。他可能成功，也可能不成功，因为他的对手也作这种努力。如果一个公司的广告部想出一个独特的口号，可能会暂时获得好的销路。但是，之后广告的竞争运动会使它们互相抵消，结果使每个公司的需求曲线一如既往。不过，每家的费用因广告费而增高了。

看来，竞争性广告很可能失去理性。在这种情况下，寡头垄断者想到最好是协商一致，以减少广告预算，节省开支。

“广告竞赛”是新生产者的进入障碍，进入障碍越高，已确立的生产者就能把价格提得越高，所得利润也就越多。这可能是集团广告开支水平显著高于一般生产者水平的原因。

第六节　不同市场类型的经济效率比较

经济效率是指利用经济资源的有效性。不同市场类型的经济效率（包括产品价格、产量成本、收益、盈亏、生产资源利用程度和有效性、消费者得到多少福利等）是不一样的。

西方经济学通过对不同市场条件下的厂商长期均衡的分析得出结论：完全竞争市场的经济效率最高，垄断竞争市场的经济效率较高，寡头市场的经济效率较低，垄断市场的经济效率最低。结论：市场竞争的程度越高，则经济效率越高；市场垄断程度越高，则经济效率越低。

一、价格和产量的比较

(1) 在完全竞争市场下，厂商的需求曲线是一条水平线，且厂商的长期利润为零。

在完全竞争厂商长期均衡时，水平的需求曲线相切于 LAC 曲线的最低点，表明了产品均衡价格最低和产品的均衡产量最高，且生产的平均成本最低。

(2) 在垄断竞争的市场上，厂商的长期利润为零。

在垄断竞争长期均衡时，向右下方倾斜的、相对比较平坦的需求曲线相切于 LAC 曲线的最低点的左边，表明了产品的均衡价格比较低，产品的均衡数量比较高，且生产的平均成本较低，企业存在着多余生产能力。

(3) 在垄断市场上，厂商在长期内可获得利润。

垄断厂商长期均衡时，向右下方倾斜的、相对比较陡峭的需求曲线与 LAC 曲线相交，表明了产品的均衡价格最高和产品的均衡数量最低，且生产的平均成本最高。若垄断厂商放弃一些利润，价格可下降一些，产量便可增加一些。

(4) 在寡头市场上，厂商的需求曲线不太确定。

一般认为，寡头市场是与垄断市场比较接近的市场组织，在长期均衡时，寡头厂商的产品的均衡价格比较高，产品的均衡数量比较低。

二、价格和成本的比较

西方经济学认为，某个行业在长期均衡时是否实现了“价格等于长期边际成本”即 $P=LMC$，也是判断该行业是否实现了有效的资源配置的一个条件。商品的市场价格 P 通常被看成是商品的边际社会价值，商品的长期边际成本 LMC 通常被看成是商品的边际社会成本。当 $P=LMC$ 时，商品的边际社会价值等于商品的边际社会成本，它表示资源在该行业得到了最有效的配置。倘若不是这样，当 $P>LMC$ 时，商品的边际社会价值大于商品的边际社会成本，它表示相对于该商品的需求而言，该商品的供给是不足的，应该有更多的资源投入到该商品的生产中来，以使这种商品的供给增加，价格下降，最后使该商品的边际社会价值等于商品的边际社会成本。

(1) 在完全竞争市场，在厂商的长期均衡点上，有 $P=LAC=LMC$，它表明资源在该行业得到了有效的配置。

(2) 在垄断竞争市场，在厂商的长期均衡点上，有 $P=LAC>LMC$，它表示资源在行业生产中的配置是不足的。

(3) 在垄断市场，在厂商的长期均衡点上，有 $P>LAC>LMC$，它表示资源在行业生产中的配置严重不足。

三、垄断的利弊

(一) 垄断的弊端

(1) 阻碍技术进步。(2) 价高、产量低。(3) 不公平。(4) 过于庞大的广告支出会造成资源的浪费和抬高销售价格，过于夸张的广告内容会误导消费者。(5) 破坏价格机制的资源配置功能等。

(二) 垄断的优点

(1) 技术创新。垄断厂商利用高额利润所形成的雄厚经济实力，有条件进行各种科学研究和重大的技术创新。

(2) 规模经济。对不少行业来说，只有大规模的生产，才能收到规模经济的好处，而这往往只有在寡头市场和垄断市场条件下才能做到。

(3) 产品的差别。在完全竞争市场条件下，所有厂商的产品是完全相同的，它无法满足消费者的各种偏好。在垄断竞争市场条件下，众多厂商之间的产品是有差别的，多样化的产品使消费者有更多的选择自由，可满足不同的需要。但是，产品的一些虚假的非真实性的差别，也会给消费者带来损失。真正的产品差别来源于独创性或垄断性。

(4) 广告信息。垄断竞争市场和产品差别寡头市场的大量广告，有的是有用的，它为消费者提供了信息。

【案例 1　产品差异好不好】

请看下面的一段辩论。

甲：垄断竞争市场给我们带来了产品的多样化，正是由于垄断竞争，我们才可以有那么多种时装，有那么多种品牌的电视机，有那么多种洗衣粉。

乙：你真的需要 40 多种洗衣粉、50 多种肥皂？据我所知，洗衣粉和肥皂的化学成分是固定的，阿司匹林也只有一个配方。

甲：没有差异就没有创新。

乙：有差异也不一定有创新，有很多是借助于广告创造出来的。

甲：请不要忘记，公开的产品竞争，特别是广告，有助于宣传产品的性能，保证产品的质量。

在垄断竞争市场上，企业只有不断地制造出产品差异，才有可能获得超额利润。成功的企业是那些不断地进行市场调查，充分了解消费者对于颜色、款式、大小等产品差异因素的需要，从而满足市场尚未得到满足的需求的经营者。多样化和技术进步对于我们消费者来说太重要了，以至于我们愿意接受一定程度的低效率，因为它们涉及消费者偏好的满足和生活水平的提高。

企业对花费上百万元创造出来的品牌一定非常重视，就会不断地改进质量以维护它。另外，新产品的出现只有通过广告把信息传递给消费者才能与名牌产品竞争。在这里，广告起到了限制垄断的作用。因此，广告宣传有助于市场竞争。

乙：你说得太多了。产品差异和广告浪费了稀有的社会资源，甚至产生欺骗和非质量竞争。把大把大把的钞票用于微不足道的产品差异，这有意义吗？毫无疑问，产品差异和广告对社会施加了成本，使得消费者为此支付更高甚至成倍的价格。问题是我们是否真的需要那么多的同类产品。几十种洗衣粉的上市，由于广告使得我们支付两倍的价格，但大多数消费者还是随便购买一种。也就是说，产品差异并不总是能提高社会净福利。

广告宣传不仅左右人们的偏好，而且带有虚假成分。欺骗性的广告时有出现。这不仅浪费巨额资源，而且给消费者带来伤害。

广告宣传不仅很容易在生产者之间产生非生产性竞争，而且会造成进入障碍，从而限制竞争。即使某一家企业不愿意做广告宣传，它也没有其他选择，因为退出竞争就意味着失败，它不得不花费这一部分成本。

甲：广告是一种艺术品，它可以被视为所推销产品的副产品。

乙：得了吧！你真的希望在乒乓球比赛进行到 19:20 时插入一段广告吗？

甲：如果没有广告，你恐怕连 19:20 也看不到。

…………

从上面的辩论中我们可以看出，对于产品差别存在不同的认识，并且两种认识都具有合理性。西方经济学家认为，在完全竞争市场条件下，所有厂商的产品是完全相同的，它无法满足消费者的各种偏好。在垄断竞争市场条件下，众多厂商之间的产品是有差别的，多样化的产品使消费者有更多的选择自由，可以满足不同的需要。但是，产品的一些虚假的非真实性的差别也会给消费者带来损失。

而对于广告费用，西方经济学认为，垄断竞争市场和产品差别寡头市场的大量广告，有的是有用的，因为，它为消费者提供了信息。但是，过于庞大的广告支出会造成资源的浪费和抬高销售价格，再加上某些广告的内容过于夸张，这些都是对消费者不利的。

你认为产品的差异好吗？

【案例 2　欧佩克和世界石油市场】

由于寡头市场只有几个卖者，所以，寡头的关键特征是合作与利己之间的冲突。如果

寡头集团合作起来并像一个垄断者那样行事——生产少量产品并收取高于边际成本的价格，利润都会很高。但由于每个寡头只关心自己的利润，所以使企业集团很难维持垄断的结果。下面我们看欧佩克的例子。

欧佩克力图通过减少产量来提高其产品的价格，以获得更大的利润。欧佩克力图确定每个成员国的生产水平。但是欧佩克和其他垄断集团一样面临着合作和利己之间的冲突。欧佩克想维持石油的高价格，但是，卡特尔的每个成员国都受到增加生产以得到更大总利润份额的诱惑。欧佩克成员国常常就减少产量达成协议，而后又私下违背协议。

1973—1985 年，欧佩克成功地维持了合作和高价格：原油价格从 1972 年的每桶 2.64 美元上升到 1974 年的 11.17 美元，然后在 1981 年又上升到 35.10 美元。但在 20 世纪 80 年代初，各成员国开始扩大生产规模，欧佩克在维持合作方面变得无效率了。到了 1986 年，原油价格回落到每桶 12.52 美元。

现在虽然欧佩克组织仍然定期开会，但该组织在控制石油产量方面的作用已变得非常有限，结果，欧佩克成员国主要是相互独立地做出生产决策，世界石油市场相当有竞争性。

由欧佩克的例子我们可以看出，当寡头企业个别地选择利润最大化的产量时，他们生产的产量大于垄断的产量水平，但小于竞争的产量水平。寡头价格小于垄断价格，但大于竞争价格。那么，你对寡头市场是如何看的呢？为什么希望合作的寡头厂商有违背协议的企图呢？

【案例 3　美国民航业的歧视定价】

其实歧视定价不仅垄断企业可以用，在寡头甚至垄断竞争行业，只要具备我们所说的两个条件都可以用。美国民航业是寡头行业，但也广泛采用了歧视定价的方法。

民航服务实行实名凭证件乘坐飞机，机票不可转让，这就符合歧视定价的一个条件。但是就民航而言这个条件并不重要。民航乘客对民航的需求弹性不同。公务乘客根据工作需要决定是否乘坐飞机，费用由公司承担，因此，很少考虑价格因素，或者说，需求缺乏弹性。私人乘客根据价格及其他因素，在民航、铁路、公路或自己驾车之间作出选择，而且自己承担费用，这样，需求富有弹性。民航乘客的需求弹性不同，使民航实行歧视定价有了可能。

但关键是要找出一种办法客观地把不同需求弹性的乘客分开。民航公司采用了不同方法：第一，对两个城市之间的往返乘客周六在对方城市过夜的实行折扣价，周六不在对方城市过夜的实行全价。因为他们发现，一般来说，公务乘客周六不在对方城市过夜，即使价格高他们也要在周末回去与家人团聚。但私人乘客在有折扣时愿意选择周六在对方城市过夜。第二，根据订票时间制定票价。一般来说，私人乘客出行有一个计划，可以提前订票，而公务乘客临时决定外出的购票者多。这样就可以根据订票时间不同而制定票价了。如提前 2 周订票打 7 折或更多，登机前临时购票者是全价。第三，对不同收入者实行歧视定价。机票价格在高收入者的支出中占的比例很低，需求就缺乏弹性，而对低收入者来说，机票价格占支出的比例可能就高，需求富有弹性。因此，根据不同的服务对象确定不同的票价。例如：高价的票无任何限制，随时可以乘机，高收入者不在意多花钱，只想方便；低价的票有种种限制（周末不能乘机，提前 2 周订票，航班由航空公司指定，等等），低收入者也愿意接受。这些办法都有效地区分了不同需求弹性的乘客，可以有效地实行歧视定价。

歧视定价原理告诉我们，价格竞争不只是提价或降价，还可以灵活地运用多种价格形式，歧视定价就是一种重要的定价方式。

【案例 4 经济学教科书的特色化经营】

在国外，大学用的经济学教科书多如牛毛，但每一种教科书都有自己的市场，这就在于每一种教科书都突出了自己的特色，即有自己的产品差别。

经济学教科书市场是一个垄断竞争市场。不同的教科书内容基本相同，但在写作风格、内容侧重、表述方式，甚至包装印刷等方面又有自己的特色。产品特色使它们可以在一部分消费者中形成垄断地位，内容大同小异又使它们相互有替代性，形成竞争。这正是一个典型的垄断竞争市场。

在这个市场上，每一种有特色的教科书都可以获得成功。例如，萨缪尔森的《经济学》以作者知名度高和历史悠久而占有一部分市场。萨缪尔森被称为 20 世纪经济学的“掌门人”，获得过诺贝尔经济学奖。作者的这种名声与学术地位本身就成为这本书的特色，而且这本《经济学》是现代经济体系的第一本教科书，这又是其他同类教科书无法比拟的产品差别。斯蒂格里茨的《经济学》教科书出版时间并不长，但作者不仅理论造诣深，曾获得 2001 年诺贝尔经济学奖，而且曾担任克林顿总统经济顾问委员会主席和世界银行副行长，对现实经济相当了解。他的这本书理论与实际的结合，就成为重要特色。曼昆是经济学界的后起之秀，名气不如前两位，但他的《经济学原理》以通俗、生动、活泼的风格赢得了市场。迈克尔·帕金并不是知名经济学家，但他的《经济学》理论有一定深度，又通俗易懂，最适于作为入门教科书，同样有自己的市场。每一本经济学教科书都以自己的特色分享一部分市场，它们之间的竞争又使这种教科书越写越好。没有特色的教科书就没有市场。

尽管现在的经济学教科书已经很多了，但仍然有新的教科书在出现，每出一本新书必然有与其他教科书的不同之处。在这个市场上，创造产品差别的活动是不停歇的。这正是教科书越写越好、市场非常有活力的原因。

本章小结

1. 在完全竞争市场条件下，厂商所面临的需求曲线、平均收益曲线以及边际收益曲线这三条线是重合的。完全竞争厂商的短期均衡存在着不同情况。在 $MR=MC$ 所决定的均衡产量下，当 $AR>AC$ 时，厂商获得超额利润；当 $AR=AC$ 时，厂商利润为零；当 $AVC<AR<AC$ 时，厂商亏损，但继续生产；当 $AR=AVC$ 时，厂商停止营业。厂商实现长期均衡的条件为 $P=MR=LMC=SMC=LAC=SAC=MC$，所有厂商通过对生产规模的不断调整，逐渐消除利润和亏损，实现均衡。

2. 在完全垄断市场条件下，厂商的平均收益曲线与需求曲线 D 重合，是一条向右下方倾斜的曲线，厂商的边际收益曲线 MR 也向右下方倾斜，并且低于 AR 曲线。厂商的短期均衡遵循 $MR=MC$ 原则，在均衡点 E 处，当 $AR>AC$ 时，获得超额利润，$AR=AC$ 时，利润为零，$AR=AVC$ 时，为厂商停止营业点；长期内，厂商的均衡条件是 $MR=LMC=SMC$，$P>LAC>LMC$，垄断厂商依此逐渐调整生产规模，由于垄断厂商排斥其

他厂商的进入，因而垄断厂商在长期内获得最大利润。

3. 垄断竞争厂商的长期均衡条件为：$MR=LMC=SMC$，$AR=LAC=SAC$，$P=LAC>LMC$，在厂商的长期均衡产量上，厂商的经济利润为零。

4. 寡头市场条件下，每家厂商在该行业的总产量中都占有相当大的份额，以至于其中任何一家厂商的产量或价格的变动，都会对市场的价格和供给量产生重大影响。

5. 不同市场类型的经济效率是不一样的。完全竞争市场的经济效率最高，垄断竞争市场经济效率较高，寡头市场经济效率较低，垄断市场的经济效率最低；市场竞争的程度越高，则经济效率越高；市场垄断程度越高，则经济效率越低。

本章关键概念

1. 寡头垄断：是介于完全垄断和垄断竞争之间的以垄断为主要特征的一种市场结构。这个市场上，每家厂商在该行业的总产量中都占有相当大的份额，以至于其中任何一家厂商的产量或价格的变动，都会对市场的价格和供给量产生重大影响。

2. 卡特尔：生产相似产品的独立企业公开相互勾结、限制产量和联合提价的一种组织，借助于午餐或宴会的形式相聚。

3. 博弈分析：在寡头市场上，厂商抉择的后果是不确定的，厂商行为后果主要受对手行为影响，厂商既相互勾结又相互欺瞒，他们经常考虑的是采取什么策略打败对手。博弈论是研究寡头厂商在价格、产量、广告、研发等方面对局策略的理论。

4. 经济效率：是指利用经济资源的有效性。

5. 不完全竞争市场：完全竞争以外的市场，包括完全垄断、寡头垄断和垄断竞争市场。

讨论及思考题

1. 下列有关完全竞争企业的陈述对吗？为什么？

（1）一个企业将提高产量，直到价格等于平均可变成本的那一点为止。（提示：决定产量大小的是利润最大化原则 $MR=MC$；完全竞争企业的价格等于平均收益、边际收益，即 $P=AR=MR$）

（2）当价格低于平均成本的最低点时，企业停止营业。（提示：短期中企业停止营业条件是 $P=AR\leqslant AVC$，长期中是 $P=AR<LAC$，企业退出该行业；复习停止营业点和盈亏平衡点）

（3）企业的供给曲线仅仅取决于它的边际成本。任何其他成本概念与供给决定无关。（提示：$P=AR>AVC$；$S=MC$）

（4）完全竞争企业使价格等于边际成本。（提示：完全竞争企业长期均衡条件是 $P=AR=MR=LAC=LMC$）

2. 用文字和图形比较完全竞争与垄断竞争的经济效率。（提示：比较图 5—5、图 5—7）

3. 为什么寡头垄断厂商会避免价格战？（提示：价格刚性）

4. 能说出一个政府制造垄断的例子吗？（提示：许可证、经营牌照、专利、关税、配额等）

5. 为什么垄断竞争厂商需要做广告，而完全竞争厂商不需要做？（提示：前者是产品差别和价格的创造者，后者是价格的被动接受者，完全生产同质产品）

6. 已知一垄断厂商成本函数为：$TC=5Q^2+20Q+10$，产品的需求函数为：$Q=140-P$。求该厂商利润最大化的产量、价格及利润。（提示：由 $Q=140-P$，得 $P=140-Q$；根据 $TR=Q\cdot P=140Q-Q^2$ 求导得到 MR，根据 TC 求导得到 MC，根据 $MR=MC$ 得产量 $Q=10$，价格 $P=130$，利润为 1 010）

第六章

外部性、公共物品与政府

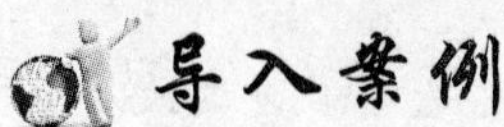

买卖污染许可证

大多数环境管制都是通过限制企业或个人排放污染物，但是这种方法并不是很有效，它并不适合所有污染物的排放，并且，它只是政府的一种强制管制，并没有考虑到排放量和治污成本之间的关系，没有考虑到激励因素，所以在一定程度上可能会产生低效率。

1990 年，美国政府在其环境控制计划中，宣布了一种用以控制二氧化硫这一最有害的环境污染物的全新方法。在 1990 年《空气洁净修正法案》中，政府发放了一定数量的许可证以控制全国每年二氧化硫的排放量，目标是到 20 世纪 90 年代结束，排放量应当减少到 1990 年的 50%。这一计划的创新之处就在于许可证可以自由交易。电力产业得到污染许可证，并被允许进行交易。那些能以较低成本降低硫化物排放的厂商会卖出他们的许可证。另外一些需要为新工厂争取更多额度许可证的或不能减少排放的厂商会发现，比起安装昂贵的控污设备或是倒闭来说，购买许可证或许更经济一些。

排污许可证的买卖产生了非常良好的效果。最初，政府计划在开始几年许可证的价格应在每吨二氧化硫 300 美元左右。然而到了 1997 年，市场价格下降到每吨仅 60 美元～80 美元。成功的原因之一是这一计划给了厂商足够的创新激励，厂商发现使用低硫煤比早先预想的要容易，而且更便宜。这个重要的试验为那些主张环境政策应以市场手段为基础的经济学家们提供了强有力的支持。

本章要点

1. 经济运行中存在“市场失灵”，市场不能解决四大问题：外部性、不公平、垄断、公共产品，它们会使市场失效，影响资源最优配置。

2. 外部问题可以通过税收、补贴、企业合并、产权界定和市场协商以及政府管制等方式，在一定程度上予以克服。

3. 解决外部性问题需要一定成本，成本到底应由谁承担，经济学家运用边际分析方法，根据边际利益与边际费用相等原理给出了费用负担的不同情况。

4. 完全满足非竞争性和非排他性特征的物品叫纯公共物品，如空气、国防、环保等。两个特征只居其一的物品被称为非纯公共物品，它分为：(1)“共有资源”，如海域、共有地；(2)“自然垄断物品”，如有线电视、养老金等。公共物品不能由市场提供。政府是大部分公共物品的供给者。

5. 针对市场失灵（垄断、不公平、外部性、公共物品）而采取的政策叫微观经济政策，包括反垄断政策、解决经济外部性问题的政策、保护消费者的政策。

市场失灵在一定程度上可以通过政府来解决，但并不总是能够通过政府来解决，因为存在政府失灵，垄断、不公平、外部性、公共物品要政府出面解决，但同时又要引入市场竞争。

知识点：本章要求学生了解外部性、公共物品、公共选择等基本概念，理解外部性的类型、外部性对资源配置效率的影响，掌握解决外部性的办法，熟悉科斯定理及产权的重要性。

能力点：理解经济运行中不同程度地存在“市场失灵”和“政府失灵”。

注意点：市场失灵在一定程度上可以通过政府来解决，但并不总是能够通过政府来解决，因为存在政府失灵，垄断、不公平、外部性、公共物品要政府出面解决，但同时又要引入市场竞争机制。

第一节　外部性

一、外部性、外部成本和外部收益

外部性是指生产或消费行为给他人带来非自愿的成本或收益，却不用支付由此带来的成本或不能从这些收益中得到补偿。换句话讲，外部性是一个经济主体的行为对另一经济主体所产生的影响，而这种影响（成本或利益）未能通过市场价格反映出来，施加这种成本或利益的人也没有为此付出代价或得到收益。外部性也称外部影响、外部关系、外在性、溢出效应和毗邻影响。

按照外部性的性质，可将其分为正的外部性和负的外部性。前者是有益的，后者则是有害的。有害的带来外部成本，有益的带来外部收益。

（一）外部成本

例如，两个相邻企业，一个生产眼镜，另一个生产焦炭，生产焦炭的企业处于上风位置，生产眼镜的企业处于下风位置。由于空气的污染会影响眼镜精密磨轮的运行，而污染程度决定于焦炭的产量，因此，眼镜的生产水平不仅决定于眼镜生产企业的投入要素多少，还受焦炭生产水平的影响，增加焦炭产量会使高质量的眼镜产量减少，焦炭生产带来的污染或外部成本无须焦炭生产者承担而是被转嫁给了眼镜生产企业。

（二）外部收益

外部收益的著名事例是养蜂人与苹果生产者。蜜蜂需要通过吸取苹果花粉生产蜂蜜，苹果产量增加可以增加蜂蜜的产量，即苹果生产者给养蜂人带来外部性；反之，蜜蜂在采蜜的同时可以为苹果传授花粉，增加苹果产量，因此养蜂人给苹果生产者也带来了外部性。

二、社会成本和社会利益

（一）私人成本与社会成本（供给分析）

私人成本是指企业在生产商品时需要投入的费用。社会成本是指全社会为了某项活动需要支付的费用，包括从事该项经济活动的私人成本加上这一活动给其他经济单位施加的成本，即外部成本加上私人成本。例如，工厂排放有毒物质到空气或水中，社会最终要承担其后果，并为此支出昂贵的费用。从社会观点看，这种损失应该算作生产费用的一部分。这样，社会成本是私人成本加上对别人没有补偿的损失，即社会成本＝私人成本＋外部成本。

企业的私人成本小于社会成本时，就会产生外部成本。例如，某一企业向河流和空气排放废物所造成的污染，会使他人蒙受一定的损失，即对他人来说是一种成本，而污染的制造者却不必为自己所造成的环境质量下降支付费用。在这种情况下，私人的成本不能反映全部社会成本，私人成本小于该种活动的社会成本，从而引起外部成本。

外部成本也会发生在消费者身上。例如一个人吸烟有害于另一个人的健康，但吸烟者却不必为其他受害者提供任何补偿。在这种情况下，消费者个人为其本人的消费所支付的成本只是这种消费活动的全部社会成本的一部分，从而产生外部成本。

私人成本和社会成本之间的矛盾，在整个社会经济中到处可见。社会对汽车的所有者，既不收他的排气污染费，也不收他造成的公路拥挤费。航空公司不必为他们造成附近住户的不适付费。饮料瓶制造商只知道用不回收的瓶子便宜，但对废物处理的外部成本却不付分文。由于外部性的存在，产生了私人成本和社会成本的差别。请看图 6—1。

图 6—1 中，以私人边际成本和社会边际成本说明了私人成本和社会成本的区别。MC_2 代表社会边际成本，MC_1 代表私人边际成本。两条曲线间的距离表示由于外部性所引起的外部成本。私人边际成本加外部成本构成社会边际成本。如图 6—1 所示，私人没有承担全部成本，其产量超过社会最适量，$x_1>x_2$。在图 6—2 中，私人边际成本高于社会边际成本，市场均衡量超过社会最适量，$x_1<x_2$。例如，新发明的运用、绿地和森林的扩大，往往由于私人成本高而使社会最适量（产出量）低于市场均衡量，这就需要政府的支持和补贴。

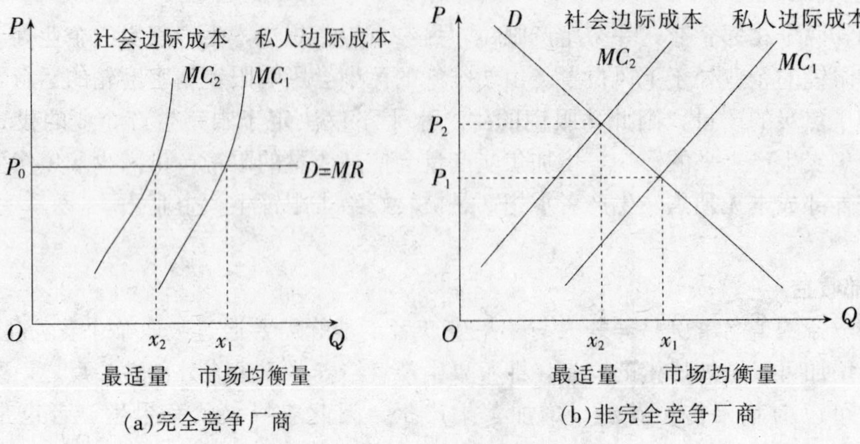

图 6—1　私人成本小于社会成本(负外部性)

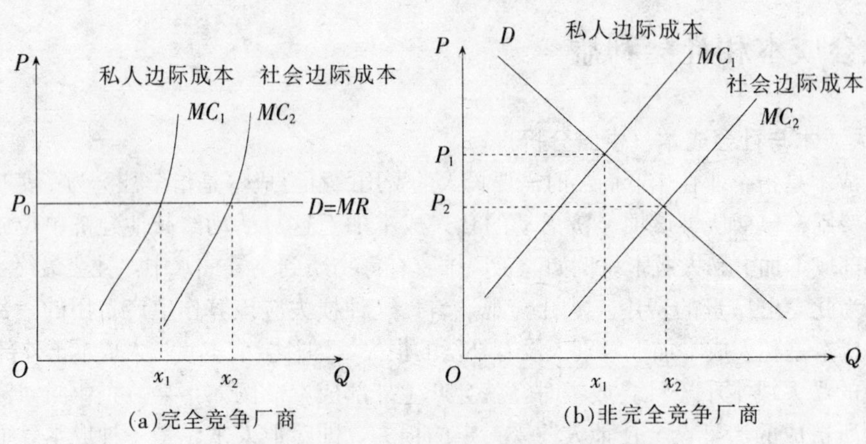

图 6—2　私人成本大于社会成本(正外部性)

(二) 私人利益和社会利益（需求分析）

私人利益是指某一经济主体通过市场上的经济活动所得到的利益。社会利益是指一项经济活动使全社会获得的收益，它包括从事经济活动的单位获得的私人收益，也包括其他经济单位获得的收益，即某经济主体的私人利益加上该经济主体经济活动所产生的外部利益。社会利益＝私人利益＋外部利益，企业的私人利益小于其社会利益，即外部利益＞0时，就会产生外部利益。当某一行业中的某个企业增加产量时，可使为该行业服务的其他行业企业提高效率，从而使与该企业同行业的其他企业由此受益。例如，飞机制造企业的急剧扩张可以使生产铝的企业坐收规模效益之利，而铝的生产成本降低，可使其他铝加工企业也从中获益。在这些情况下，私人与社会的利益之间存在着差别，社会之所得大于某一特定企业的所得。又如，某一个消费者出资建造外观上很漂亮的房屋，并在住宅周围种植花草，这不仅会使该消费者自己受益，也会使他的邻居受益；家长教育自己的孩子，使其成为有责任感的公民，也会给其邻居和社会带来好处。在这种情况下，消费者的私人利益只是他的消费活动所产生的全部社会利益的一部分，从而引起外部利益；当你发明一种更好的尾气排放方法时，其利益便会外溢到许多人之中，但那些人并不会付给你任何

费用。

我们知道，贝尔电话实验室里的发明家们于 1948 年发明了晶体管。这一发明预示着电子时代到来，超级计算机、电子电话转换器、立体声设备、数字手表和其他用品的生产随之出现。贝尔从这种发明中获得了丰厚的收益，即私人利益。但晶体管革命所产生的外部性给全世界带来的外部收益，贝尔却分文未得。晶体管并不是一个孤立的例子。人类各个时代的发明和发现，从车轮、火、计算机到超导体，都不可避免地带给人们外部利益。这些外溢的好处比发明者自己所得要大得多。

企业的私人利益大于其社会利益，即外部利益＜0 时，就会产生负外部利益。例如，烟酒的生产和消费会使社会其他人的利益受损。

图 6—3 中，以私人边际利益和社会边际利益成本，说明了私人利益和社会利益的区别。*SMR* 代表社会边际利益，*MR* 代表私人边际利益。两条曲线间的距离表示由于外部性所引起的外部利益。私人边际利益加外部利益构成社会边际利益。

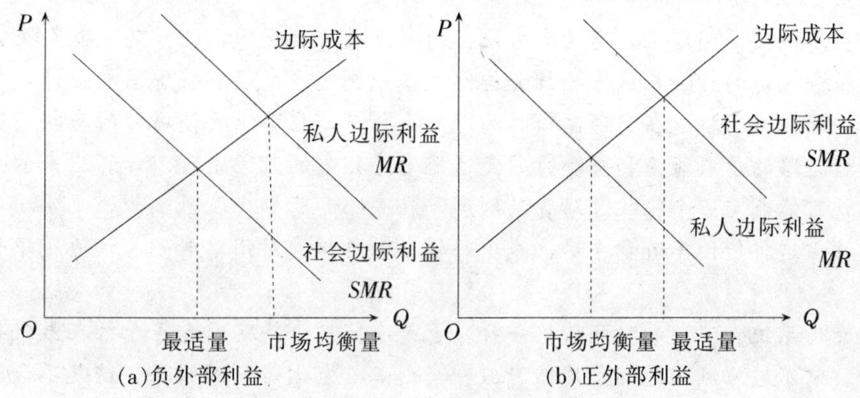

图 6—3　私人利益和社会利益

三、外部性对资源配置的影响

由于存在未在市场中反映出来的外部性，外部性的存在会造成私人的成本和利益与社会成本和利益之间的差别，从而影响到市场配置资源的效率。

如果一个人的某种活动可以增进社会福利但自己却得不到报酬，他的这种活动必然低于社会最适量的水平，企业也是如此。因而，如果某种产品的生产可以产生外部利益，则其产量将可能少于社会最适产量。如图 6—2 和图 6—3（b）所示，经济学家说，“办一所学校可以少盖一所监狱”，但投资者的私人收益少于社会收益，市场均衡量低于社会最适量（产出量）。

如果一个人的某种行为会增加社会成本，但这种成本却不必由其本人承担，他的这种活动在量上将会超过社会所希望达到的水平，企业也是如此。如果某种产品的生产会产生外部成本，则其产量将可能超过社会最优的产量。换言之，当存在外部性时，市场不能保证追求个人利益的行为使社会福利趋于最大化。请看图 6—1 和图 6—3（a）。

【案例 1　交通问题及解决办法】

私人成本和社会成本之间的矛盾特别表现在汽车交通领域。小汽车交通的私人边际成本是低的。对小汽车所有者来说，在道路使用、使别的汽车遭受拥挤、造成噪音和空气污染方面，收费很少或者根本不收费。

这样，相对于小汽车所有者带来的社会边际成本而言，他的私人边际成本很低、很便宜，收益却很大，因为使用小汽车既不受干扰、行动方便，又有操纵交通工具的快乐。

由于汽车急速增加，造成早晚上下班以及周末和假日时交通十分拥挤。

公路部门和交通工程师的反应是建造更多更宽的公路。他们认为道路必须满足高峰时期的通行无阻，这就助长了不断扩大公路的倾向，建筑这些日益求精的直通公路、高速公路和立体交叉公路，是很费钱的。城市比乡村更贵。在美国，分级高速公路每一车道英里的现行费用，在乡间约为30万美元，而在大市区中心多达500万美元。这还不包括给整个邻区的损害，拆毁很多房屋而减少房屋供给，使公路附近居民受害，造成交通杂音和空气污染等引起的费用。道路供给的增长，创造自己的需求，而拥挤问题在交通密度加大时又重新出现。市政当局卷入一个很明显的没有尽头的循环：筑路——拥挤——筑更多的路——仍然更多的拥挤。

目前在解决交通问题上，有两个办法：(1) 发展公共交通；(2) 交通服务收费。

交通服务收费的标准应该依据社会边际成本来制定。交通拥挤费用也应计入社会成本中。例如，摩托车司机选在交通高峰时的道路上行车，在路上要使另外的车辆慢下来。如果我们知道道路的承载能力和每小时的交通流量，损失的时间是可以计算出来的。有了这个资料，就可能制定一个征收过路费的制度。在高峰的时刻，收最高费，平常减半，而在空闲时不收。这样能使车流量平均，减少每辆车的延误。对用路者而言，他花了钱却省了时间。

大众交通系统在不同的时间价格一样，也是个问题。铁路通勤等于给在最拥挤时的旅客发奖金。它不鼓励利用边际费用低时（即交通工具空闲时）的服务，这是不合算的。正确的定价，是在高峰时大大提高收费。如果对公共交通是如此做法，也应该对沿上述路线行驶的汽车这样做。这等于说，高峰时汽车行驶收费大大（也许是十倍）高于高峰时公共交通（可能收费平均提高两倍）。这样，会使乘车人回到公共交通工具上，便于改善公共交通的财政状况，同时减少公路的拥挤。

【案例2　污染控制与资源配置】

1. 污染最佳控制水平

企业和家庭向空气和水中排放废弃物对其他企业或家庭造成负的外部性，这意味着其他企业或家庭为使环境恢复到可用的水平需要付出一定费用。例如水的污染会造成下游居民不得不花费更多的钱来净化水；位于下游的企业可能也不得不多费些钱提高水的质量使之适合生产需要；污染可能使鱼死亡；划船和游泳可能被禁止；废物和臭气可能减少娱乐休息区的吸引力。污染的程度可以测出，各种物质污染程度的费用也能够计算出来。污染造成社会成本，减少污染将获得社会利益。

假定，水全部被污染，其质量为零。那么水质需要清洁到什么水平为好呢？请看图6—4。

在图6—4中，水平坐标轴表示清洁度的增加，用纯净水百分数表示；垂直坐标轴表示边际费用和边际利益。图6—4中，改进清洁度1%的边际收益随清洁度的增加而下降（回忆一下，任何物品增加的消费遵守边际效用递减规律）；清洁度由20%提高到21%，

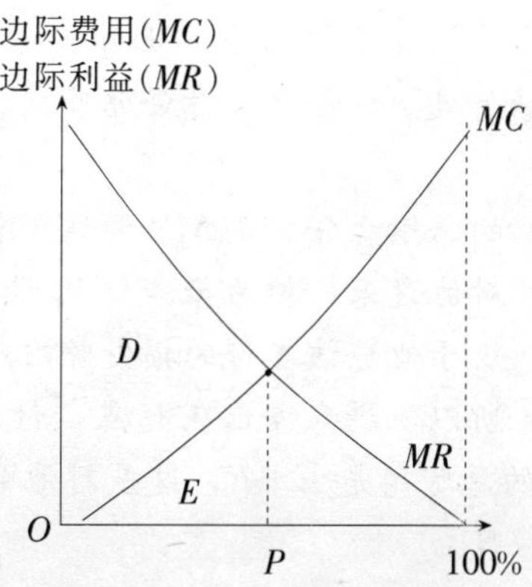

图 6—4　最佳污染控制水平

所得利益由 85%提高到 86%。这样，边际收益曲线就具有图 6—4 的 MR 的形状。

减轻污染需要利用经济资源，或者需要改变生产过程，或者需要采用净化系统，这都需要劳动和资本。不论是谁付钱，这都是社会成本。可以预期，清洁度每增加一个单位，成本随着清洁度的日益提高而上涨。这是一个普遍的法则。水质改善的边际成本曲线如图 6—4 中的 MC。

水净化程度增加 1 度，就会提高边际成本和降低边际收益。当边际成本等于边际利益时，决定了污染控制最佳水平，即图 6—4 中的 P 点所示。它表示控制污染的边际成本与其获得的社会边际收益一致时，污染控制达到最佳水平（利润最大化原则 MR=MC）。

这一结论告诉我们：将任何程度的污染都看作绝对的坏，而把完全净化看作绝对的好，却不管其费用如何，这是没有道理的。水清洁到什么程度合算呢？通常经济的回答是看边际情形，只要进一步改进水质的边际收益超过改进水质的边际成本，水质的水平就应提高。也就是说，它应该提高到如图 6—4 的 P 水平，而不是到 100%。

2. 损失赔偿（污染者承担费用的情况）

污染受害者获得损失赔偿是一种权利，即环境财产权，应如同其他财产权那样予以保护。请看图 6—5。

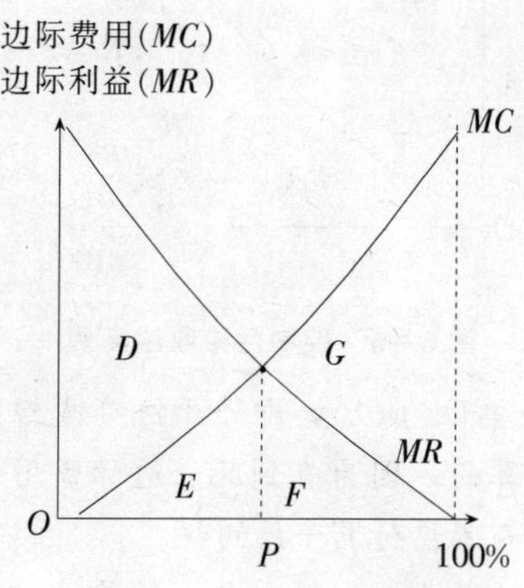

图 6—5　污染损失赔偿

图 6—5 中，在一个特定的污染情况下，MC 曲线表示清洁度连续增加的边际成本。达到这一个清洁度的总费用是 MC 以下直到该点的面积。污染者被控诉造成的污染损失，等于 MR 曲线所示的消除污染的好处。污染者有责任赔偿的，表示在 MR 曲线下该点右边的面积（D、E、F）。

如果污染者什么也不干，他的赔偿责任将是 MR 曲线下整个面积，即$D+E+F$。这从他的立场看，不是最好的办法。对他说来，把污染减低到 P 点合算。因为直到此点以前，污染控制每增加一单位的费用，少于他应该支付的损失费用。超过 P 点情形则相反，污染控制费用，大于损失赔偿费用。所以他愿意停止在 P 点，付给他没有清除的污染所造成的损失 F 面积的损失赔偿费。他的总费用是 $E+F$，这是对他最低的费用，而这也正是在前面我们说过的减轻污染的最佳程度。

3. 贿赂和补助（被污染者承担费用的情况）

被污染损害的人可能聚合到一起，出钱给污染者，即贿赂污染者进行污染控制。这看来可能很不公道。但是，在一定条件下对被污染者有利。如图 6—5 所示，他们同意付全部费用把污染减到 P 水平，这全部费用为面积 E。他们从此得到的利益是 $D+E$。他们还有所得，而污染者像过去一样很好。这里，减轻污染的费用由受害者方面负担，而公司（及其消费者）不支付什么。

另外，如果政府同意支付安装污染控制设备费用，那么，政府就要给企业补助。控制污染的补助来自于政府税收。因此，这种补助增加了政府税收负担，并且补助有可能刺激企业增加或夸大它的污染程度，以便取得更多的补助。

4. 征税（消费者承担费用的情况）

征税是对每个污染源根据排放废物的容量和毒性收税，通常称为浓度费。对污染者征税最终会被转移到购买者身上。控制污染征税的方法见图6—6。

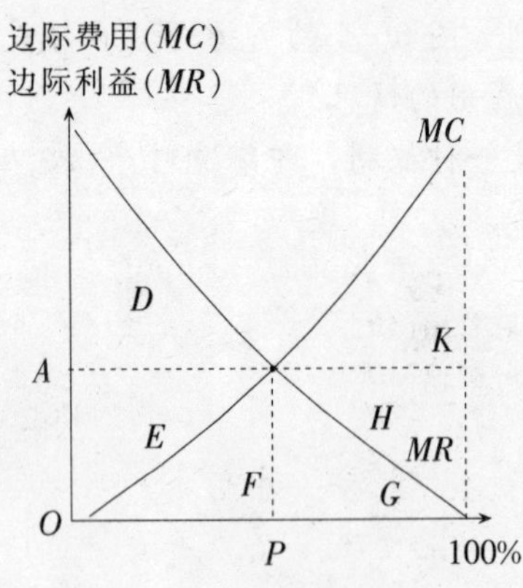

图 6—6 控制污染收浓度费

在图 6—6 中，费用定为每单位为 OA，即等于污染减轻到最佳程度 P 时的边际费用。污染者把他的排放减到 P 是合算的，因为直到此点边际费用少于他要付的税金。他愿意付出等于 F 面积的清除污染费用而不愿付$E+F$ 的税。

超过 P 点的污染，他将付给等于 $G+H$ 的税。他愿意这样做，而不愿出 $G+H+K$ 的费用去清除污染。如果政府愿意，能够给残存的污染的受害者补偿，他们的损失是 G。还

留下 H 的收益，这可用作其他目的或者减低税率。从私人工厂收集的污染浓度费，有助于解决公共废物处理设施的费用。

公司的整个费用将转到产品的购买者头上，共为 $F+G+H$。认为产品消费者应该付与产品有关的污染费用，这种思想很可能符合大多数人的公平观念。通过征税方式来控制污染优点很多：

其一，具有自我督促作用。征税形成了控制污染的一种经济机制。污染者会行动起来控制污染，与其说是害怕进法院，倒不如说是出于自身利益。

其二，征税可不断鼓励发现新的和低成本的减低污染的办法。一个产业，常常能够用改变它的生产方法来大大改变它的污染物的产生。例如，造纸业将亚硫酸法改为硫酸法，每吨产品的废物减少 90%。钢材酸洗，由硫酸改变盐酸，可以使废物减少到几乎等于零。废物有时能回收用作原料，或用于主要产品，或新的副产品。那些不能再用的，在排放出去之前，可以减低它的毒性。如果企业对污染不需花费任何代价，企业就会忽视污染问题。一旦收费，它们就会积极采取各种措施。

四、解决外部性问题的政策措施

（一）税收和补贴政策

政府采取税收和补贴政策，向施加负外部经济影响的厂商征收恰好等于外部边际成本的税收，而给予产生正外部经济影响的厂商等于外部边际收益的补贴，以便使得厂商的私人边际成本与社会边际成本相等，从而促使厂商提供社会最优的产量。

这种方法遇到的最大问题是如何准确地以货币的形式衡量外部影响的成本或利益。在实践中，政府或有关部门往往是近似地估计这些成本。

（二）企业合并

将施加和接受外部成本或利益的经济单位合并。如果外部经济影响是小范围的，那么就可以采取这种方法。通过这种合并，企业的外部成本被内部化，从而合并后的企业所决定的产量等于社会的最优产量。

（三）明确产权和谈判

西方产权理论把科斯定理作为解决外部经济影响的思路。

科斯定理可以概括为：如果财产权是明确的并且可以无成本（交易成本很小）地进行协商和交易，则无论最初的财产权属于谁，市场总会有效地配置资源并解决外部性问题。科斯定理是美国芝加哥大学教授科斯提出的，后被西方学者作为用于解决外部经济影响的市场化思路。

科斯定理在解决外部经济影响问题上的政策含义是：政府无须对外部经济影响进行直接的调节，只要明确施加和接受外部成本或利益的当事人双方的产权，就可以通过市场谈判加以解决。

科斯定理的结论是非常诱人的，但是其隐含的条件却限制了科斯定理在实践中的应用。

首先，谈判必须是公开的、无成本的，这在大多数外部经济影响的情况下是很难做到的。其次，与外部经济影响有关的当事人只能是少数几个人。在涉及多个当事人的条件下，不仅谈判成本增加，而且“搭便车”又会出现。因此，科斯定理并不能完全解决外部经济影响问题。

【案例 1　公海问题及解决办法】

产权是拥有某种资源或利益并可以交易的权利。例如，上游企业如果拥有排污权，下游企业想得到干净的水，就必须与上游企业协商并支付费用；反之，则由上游企业补偿下游企业。这样，可以通过市场交易解决外部性问题。

产权可分为共有产权和私有产权两种。

1. 共有产权

共有财产是任何人都可以使用而无须支付直接费用的物品，这些物品归社会或群体所有，任何人都可以无偿使用。如在关于环境污染问题的讨论中所涉及的空气和水、广播和电视信号、公海中的鱼类资源、公海下以及南极的矿产、外层空间、野生动物等，即是共有财产。共有财产的产权即是共有产权。

2. 私有产权

由特定的人（包括自然人和法人）所有，其所有者可以禁止其他人使用，非所有者只能在所有者同意的情况下，并通常需要支付一定费用才能使用的物品称为私有财产。私有财产的产权即是私有产权。

存在共有产权的条件下，其外部影响会导致资源枯竭（即“共有地悲剧”），这里我们以在海洋中捕鱼为例。

在大多数情况下，公海中的鱼类是共有财产。任何人都可以买或租一条船，并开到某一公海海域进行捕鱼活动。每一个渔民都会倾向于使捕鱼量达到捕鱼的边际成本与鱼的价格（$MC=MR=P$）相等的水平。就每一个渔民而言，这种做法可以使短期利润最大化。但从长期看，当大量的渔民都这样做时，便会出现过度捕捞的趋向，从而导致鱼类资源的日益枯竭，使未来的捕鱼量下降。由于鱼类资源是共有的，个体的渔民将不会考虑致使鱼类资源枯竭的成本。任何一个渔民都不会为“保护”资源的存量而自动减少自己的捕鱼量。

如果鱼类资源是归某一个企业或个人所有的，情况将完全不同。在这种情况下，所有者将会认识到，今天的活动会影响到以后的捕鱼量，为此他将会相应地调整现期产量。上述观点可以用图 6—7 来说明。

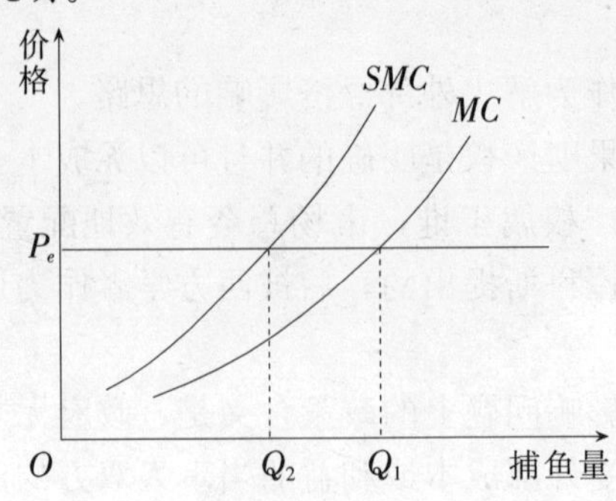

图 6—7　共有产权条件下资源的过度使用

假定鱼的价格处于 P_e 的水平上，现期捕鱼的边际成本曲线为 MC。在共有产权的条件下，为使现期利润最大化，每个捕鱼者将使其捕鱼量达到 Q_1 的水平。如果鱼类资源唯一地归一个企业所有，这个企业将同时考虑到现期成本和未来的成本。由于增加现期捕鱼量会减少未来各年可以实现的捕鱼量和利润，该企业在决定其现期捕鱼量时，所考虑的边际成本曲线将是 SMC 曲线。这一曲线既反映了现期成本，也反映了减少将来捕鱼量的成本。当考虑到全部成本时，能使利润最大化的捕鱼量为 Q_2，因此，作为唯一的所有者，这个企业将使其捕鱼量达到 Q_2 的水平。

这一例子说明，在共有产权的情况下，每个渔业企业都不会考虑自己的活动对未来捕鱼量的影响，资源被过度使用，与这种影响相联系的成本实际上是由未来的捕鱼者分摊的，即每个捕鱼者都使其他人蒙受一定的外部成本。如果鱼类资源的产权唯一地归于一个所有者，这个所有者将会使这种外部性内部化，他将在维护资源不致枯竭的基础上进行捕捞。近些年许多国家提出，在传统的 12 海里领海之外，还应划出 200 海里"经济带"，这一主张可以说是上述原理的一种实际应用。通过这一措施，可以创造出这些国家对 200 海里邻海的资源包括鱼类资源的产权，从而可以使过度捕捞这种外部性内部化。

【案例 2 科斯定理与交易成本】

产权理论强调产权界定、市场交易、合约谈判在解决外部性问题中的作用。在现实中，单纯靠自愿交易或竞争的市场常常无法解决与环境有关的外部性问题。企业和个人的各种活动常常污染空气；都市中的噪音常常有损于居民的健康；沿街的广告招贴造成了大量的"视觉污染"。这些外部性的受害者也许可以通过与外部性的生产者进行交易，从而使其内部化来改善资源的配置。

但是在现实经济中却很难做到这一点，其主要原因就在于交易成本太高。交易成本也称交易费用。它通常是指在直接生产过程之外的费用支出，如信息费、谈判费、策划费和实施契约费等。这里的交易成本产生于外部性受害者与制造者之间交易的费用。要将这些外部性的受害者组织起来，形成一个有效的交易实体常常是非常困难的，而且这些外部性给受害者造成的损失很难用货币单位量化。同时，法律体系一般是为处理特定的原告与被告间纠纷设立的，不适于处理大而松散的团体权利问题。所有这些因素都会增加交易成本，致使交易成本过高。

在交易成本较高的情况下，产权的归属会对资源配置效率产生影响。例如，在一般情况下，空气和水域是共有财产而非私人产权。每个企业和个人都有权利以任何一种方式使用邻近区域的空气和水域，包括向空气和水域中排放污染物。由于在共有产权条件下，交易成本过高，难以将这种外部成本内部化到他们的决策之中。因此，产生污染的经济活动水平必然会高于与资源最优配置状态相应的水平。

在交易成本较高的情况下，产权的界定及其分配状态影响着各种经济活动的成本曲线，从而对生产方法和生产技术的选择也具有重要作用。例如，污染所带来的社会成本全部由污染制造者承担，采用污染严重的生产技术就只能得到较少的利润。从而，该种技术很难推广。从动态上看，产权的界定对技术的发展会产生重要影响。例如，反空气污染法的实施可以促进低含硫量的燃料在发电业的普遍采用，促进地热和太阳能电站的发展。

当市场协商和谈判非常困难时，政府在解决外部问题中的作用就变得举足轻重了。

第二节　公共物品

一、两类物品

（一）私人物品

私人物品即市场上的普通商品和劳务。它有两个特点：第一，竞争性。如果某人已经消费了某种商品，则其他人就不能再消费这种商品了。第二，排他性。对商品或劳务支付价格的人才能消费，其他人则不能如此做。

（二）公共物品

公共物品是指由集体消费并且在消费和使用上不具有竞争性或排他性特征的物品，例如，国防、道路、广播、电视、交通、秩序和公正（法律）、航空控制、气象预报、灯塔、环境保护、警察、蚊蝇控制和预防传染病的工作等。一般物品，一个人能否享用通常取决于他是否为此支付了费用。支付费用者可以享用，不支付费用者不得享用。而公共物品则是一个例外。比如，在海上建立一座灯塔，很难不让不交费的人利用灯塔，因为在海上要对每一艘利用这座灯塔的船收费在技术上难以办到，即使能办到，在经济上也不合算，因为收取费用的成本很高。这样，公共物品就无法避免“搭便车”现象。“搭便车”是指不支付费用而参与消费，不交费而利用灯塔、不纳税而享受国防安全就属于这种情况。

1. 纯粹公共物品

纯粹公共物品同时具备非竞争性和非排他性两个特性。

第一，非竞争性。非竞争性是指某人对物品的消费或享用并不影响其他人的消费或享用，也不会对生产成本产生影响，即产品的边际成本为零。无论增加多少消费者，都不会减少其他人的消费。消费者和消费数量的增加不会引起商品生产成本的增加。公共物品的边际成本为零，如果由私人来生产公共物品，那么，厂商的定价原则应该是价格等于边际成本，公共物品的价格应该等于零，结果私人不可能供给这些产品。新生人口享受国防提供的安全服务，并不能降低原有人口对国防的“消费”水平；海上的灯塔，十艘船利用与二十艘船利用都一样，得到的便利也相同。正由于这个特点，公共物品的消费就不必通过交易，即不用花钱去购买，私人提供公共产品就无利可图，只能由政府提供公共产品。

第二，非排他性。非排他性是指某个消费者在购买并得到一种商品的消费权之后，并不能把其他的消费者排斥在获得该商品的利益之外，或者说任何人都可以无偿享用，消费者可以不支付成本就获得消费的权利，生产者不能把那些不付费的人排除在外。公共物品的非排他性使得通过市场交换获得公共物品的消费权利的机制出现失灵。由于公共物品的非排他性，公共物品一旦被生产出来，每一个消费者不支付任何费用就可以获得消费权利。生产公共物品的厂商很有可能得不到抵补生产成本的收益，长期来看，这些厂商不会继续提供这种物品。

2. 自然垄断公共物品

具有非竞争性和排他性的物品是自然垄断物品，如从宽敞通畅的桥上通过，可能不具有竞争性，满足非竞争性条件，但却可以通过收取过桥费实现排他性使用。收费的道路、有线电视广播、付费桥梁、计费游泳池、政府提供的养老金、收费的不拥挤的公园等，只要它们不具有竞争性，都属于自然垄断物品。自然垄断物品生产上的特点是产品在其规模不断扩大的过程中平均成本始终一贯地下降。

3. 共有公共物品

具有非排他性和竞争性的物品是共有公共物品。例如，可能无法通过收费的方式禁止某些渔船出海捕鱼，这样做的成本过于高昂，但捕鱼船的增加却会使鱼类资源趋于枯竭（竞争性）从而增加社会成本。例如，公共草坪、清洁的空气、失业补助、野生动物、公共厕所、公共过道、不收费的拥挤的公园和公路等。

政府提供的物品不全是公共物品（政府也提供与私人企业生产的相同的物品），但公共物品通常由政府提供。因此，有的西方经济学教科书把公共物品定义为：私人不愿意生产或无法生产而由政府提供给群体享用的产品或劳务，包括国防、空间技术、公务人员劳务、法官、邮政、气象预报、社会公正、公共教育、卫生保健、社会保障、城市建设等。政府被定义为公共物品的生产者，公共物品有时也被定义为政府所生产的物品。

要使消费者的欲望得到满足，公共物品是必不可少的，但市场本身缺乏提供充足的公共物品的机制。政府提供公共物品也需要各种生产要素，也需要成本支出。政府为提供或生产公共物品而进行筹资的渠道是多种多样的：（1）强制税收；（2）发行政府债券；（3）资本市场筹资，组建股份制公司。

【例题　高速公路是什么产品】

（1）拥挤的不收费的高速公路；

（2）拥挤的收费的高速公路；

（3）不拥挤的收费的高速公路；

（4）不拥挤的不收费的高速公路。

高速公路的以上四种状态使得高速公路成为不同的产品，请说明为什么。

答：（1）“拥挤的收费的高速公路”是私人物品，具有竞争性和排他性，随着收费水平的不断变化，价格机制会调节汽车流量，最终解决拥挤问题。

（2）“拥挤的不收费的高速公路”是共有公共物品，因为拥挤意味着竞争性、相互影响并产生外部性；而不收费会激励人们竞争拥挤的、稀缺的东西。大家都去竞争稀缺的、免费的、没有产权所有者的“无主资产”，最后会产生“共有悲剧”，表现为资源浪费、资源消耗、共有产品短缺。

（3）“不拥挤的收费的高速公路”是自然垄断公共物品，具有非竞争性和排他性。

（4）“不拥挤的不收费的高速公路”是纯粹公共物品，是具有非竞争性和非排他性特征的物品。蔚蓝的天空、明媚的阳光、寂静的黑夜、维系生命的空气、孕育人类的青山绿水和山川河流等，这些极其珍贵而我们还能免费享用的东西，既具有非竞争性（丰富、充裕），还具有非排他性（免费获取），是最接近全民的共同所有和使用的物品。

二、公共物品与市场失灵

（一）非排他性导致的市场失灵

任何购买公共物品的人都不可能因付费购买而独占该物品所带来的全部效用或收益。例如，美国某公司曾生产出一种对汽车尾气进行过滤的装置，这种东西对净化城市空气大有益处，但因为增加了汽车成本而遭到汽车制造商的拒绝。消费者同样拒绝购买这种对每个人都能带来好处的东西，因为，清新空气不能阻止其他人享用，即使没有付费购买和使用该产品的人，也能获得该物品所提供的效用和收益。每一个购买者仅仅考虑自己购买的成本收益，而不会将其他人可能得到的好处作为一种收益考虑。所以，市场机制既不能促使私人厂商去生产这种物品，也不能让潜在的购买者作出支付或购买决策。只有当购买者能独占收益时，他才愿意负担公共物品生产中投入的成本。

【知识点解答　非排他性效应】

外部性、共有物品、公共产品都有一个共同点：非排他性的效应。请问："非排他性"会产生什么后果?

答：在一个稀缺的世界里，非排他性使得行为人不承担行为的后果，不用支付行为代价，正外部性行为得不到张扬，负外部性不能被有效遏止，共有物品越来越枯竭，公共物品受到污染，生命多样性面临威胁，交通拥挤，生态恶化，等等，都是"免费使用"惹的祸。

（二）非竞争性导致的市场失灵

有些物品是非竞争性的，如不拥挤的桥梁和公路、宽敞的游泳池、乙脑疫苗、有线电视等，这些物品的使用和消费必须付费，以便收回生产成本。但是，如果不支付费用就不允许消费或使用，就意味着这些产品的浪费、闲置，使得资源配置效率降低，即市场机制不能促进资源的最优配置。例如，对不交费的家庭禁止观看有线电视节目，这种做法会损害效率；不太拥挤的桥禁止未付费者通过，也减少了社会总福利和社会满足感。

三、公共物品与政府失灵

（一）公共物品的供给与需求

西方学者认为，公共物品的需求者或消费者是选民、纳税人，供给者或生产者是政治家、官员。供求双方相互作用完成公共物品的生产和交易。

政府官员的行为动机至少有两个目标：机构扩张和职位的稳固、升迁。为取得尽可能多的选票，政府官员和政治领袖一般倾向于在决策中使用多数原则。这样，生产什么、生产多少公共产品，就要通过投票来表决。

投票是按一定规则进行的，不同的规则对选择的结果和个人偏好的满足程度会产生不同的影响。"投票经济学"主要有一致同意规则和多数规则。

1. 一致同意规则

凡是按一致同意规则通过的方案都是最优的。这一方案的通过不会使任何一个人的福利

受到损失，也就不会使社会福利受到损失。一致同意规则可以满足全体投票者的偏好，不存在任何把一些人的偏好强加于另一些人的因素。但是，一致同意规则也有明显的缺点。缺点之一是决策成本太高。一项提案要一致同意，必然要耗费大量时间和人力。另一个缺点是招致威胁、恫吓。一些人为了通过方案，不惜威胁、恫吓反对者，迫使他们投赞成票。

2. 多数规则

多数规则可以分为简单多数规则和比例多数规则。按照简单多数规则，只要赞成票过半数，提案就可以通过。例如，美国国会、州和地方的立法经常采用这种简单多数规则。比例多数规则规定赞成票必须占应投票的一个相当大的比例，比如说，必须占 2/3，才算有效。美国弹劾和罢免总统、修改宪法等一般采用这一规则。西方经济学家认为，多数规则能增进多数派的福利，但会使少数派的福利受到损失。在一定的限制条件下，例如在受益者补偿受损者的条件下，多数规则也可能达到帕累托最优状态。多数规则可以满足多数人偏好，但未必能满足全体成员的偏好，因而存在把一些人的偏好强加于另一些人的因素。西方学者认为，在多数规则下作出的决策是投赞成票的多数给投反对票的少数加上的一笔负担。即使所有投票人都能从一项法案的实施中获得利益，并为法案的实施付出代价，即纳税，由于收益超过代价（赞成者），因而增加净福利；反对者获得的利益小于付出的代价，因而减少净福利。

投票规则的重要是因为，公共物品的生产不仅取决于个人偏好，也取决于所采用的投票规则。由于公共物品必须集体购买、集体消费，中间投票集团的偏好对公共物品的生产会起决定作用。

如图 6—8 所示，当两党的候选人对倾向自由和倾向保守的选民采取中间立场时，获得的选票最多。因为，不同观点的投票人的分布呈正态分布，如果采取偏向保守或自由的立场，获得的选票就会大大下降。任何政党的候选人要想当选，都必须代表位于中间的多数选民的利益，这样，一小部分人的利益就会受损。当少数人对公共产品的决策不满时，除了忍受之外，还有两种方法：第一，离开国境，其成本是迁移成本和机会成本；第二，从持不同的政见到反叛，这时付出的成本可能无限大（坐牢甚至于丢了性命）。

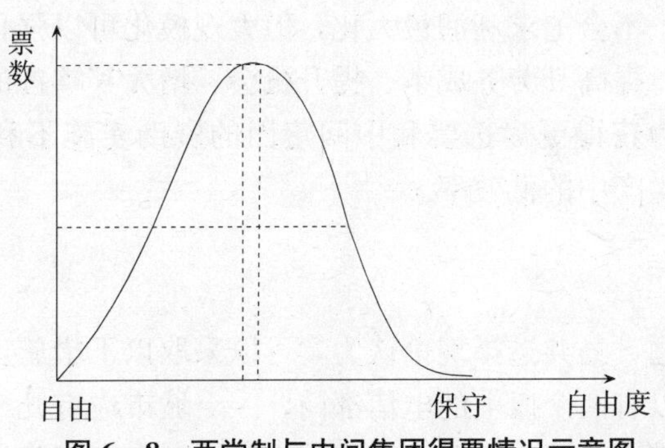

图 6—8　两党制与中间集团得票情况示意图

（二）阿罗不可能定理：投票失灵

阿罗认为，“民主社会”进行社会决策时，有两种方式：投票方式和市场选择方式。除此之外，还有“独裁”和“惯例”两种形式。

在社会所有成员的偏好为已知时，有没有可能通过一定程序从个人偏好次序达到社会偏好次序？有没有可能通过一定程序准确地表达社会全体成员的个人偏好或者达到合理的社会决策？阿罗认为，企图在任何情况下从个人偏好次序达到合乎理性的社会偏好次序，这是不可能的——这就是"阿罗不可能定理"。

阿罗在论证自己的"不可能定理"时用了"投票矛盾"。假设有一个公社，只有三个投票者，他们要从武装解决、政治解决、经济制裁三种社会行动方式中选择一种。设投票者为甲、乙、丙，三种方式为A、B、C，投票者的选择偏好次序分别是甲（A、B、C）、乙（B、C、A）、丙（C、A、B）。按照多数票原则，如果投票结果是：对A的偏好甚于B，对B的偏好甚于C，那么，就应当对A的偏好甚于C。可实际情况却如表6—1所示。

表6—1　　阿罗不可能定理的证明——"投票矛盾"

偏好情况	投票者（个人）	
	赞成者	反对者
对A的偏好甚于B	甲、丙	乙
对B的偏好甚于C	甲、乙	丙
对C的偏好甚于A	乙、丙	甲

投票结果并不因"对A的偏好甚于B"和"对B的偏好甚于C"都获得多数票而得出"对A的偏好甚于C"。相反"对C的偏好甚于A"也获得多数票。这种社会选择同可传递性显然是矛盾的。因此，阿罗等西方学者认为：用投票的方式不可能把个人的偏好集中起来，形成合乎理性的社会偏好。

四、政府失灵的对策

（一）政府失灵的原因

公共选择理论认为，政府失灵的原因如下：第一，垄断性。政府各部门提供公共产品，没有竞争者，无法判断其成本的高低和产出的多寡。第二，规模最大化目标。政府官员不能把利润占为已有，不会追求利润最大化，但大规模化可以强化其预算支出、改善工作条件、减轻工作负担、提高其劳务成本、提升机会、增大其掌握的权力和地位，办公条件也得以改善。第三，为获得更多选票和中间集团的资助实施不利于大多数人的预算方案。这些导致公共物品生产中的低效率。

（二）竞争机制的导入

解决政府低效率问题，公共选择理论认为，可以采取以下措施：第一，公共部门权力的分散化。一个国家可以有两个以上的电信部门，一个城市应有几个给水排水公司。公共权力集中带来垄断和规模不经济，而公共部门权力的分散有利于降低垄断程度，增加竞争成分，提高效率。第二，私人公司参与。例如，美国的高速公路由政府投资，但由私人建筑公司生产。在处理城市垃圾、消防、清扫街道、医疗、教育、体格检查等公共劳务的生产方面都可以通过私人公司参与的方式提高效率。第三，地方政府之间的竞争。如果资源及要素尤其是劳动力可以自由流动，则会促使地方政府间的竞争、防止职权被滥用并提高

效率。因为，某地税收太高或者垄断程度高，投资环境差，政府提供的公共服务差、价格高，居民会迁出，从而会减少当地政府的税收。

第三节　市场失灵与微观经济政策

“市场失灵”是由于经济生活中存在垄断及进入障碍、外部性、公共物品、不公平，使市场机制在许多场合不能导致资源的有效配置。“市场失灵”的克服需要执行微观经济政策，对这些缺陷加以矫正。

一、反托拉斯政策

西方许多国家都制定了反垄断法或反托拉斯法，其中最为突出的是美国。

19 世纪末 20 世纪初，美国出现了第一次大兼并，形成了一大批经济实力雄厚的大企业。这些大企业被叫做托拉斯。从 1890 年到 1950 年，美国国会通过一系列法案和修正案，反对垄断，其中包括《谢尔曼法》（1890）、《克莱顿法》（1914）、《联邦贸易委员会法》（1914）、《罗宾逊—帕特曼法》（1936）、《惠勒—李法》（1938）和《塞勒—凯弗维尔法》（1950），统称反托拉斯法。在其他西方国家中也先后出现了类似的法律规定。

美国反托拉斯法的执行机构是联邦贸易委员会和司法部反托拉斯局。前者主要反对不正当的贸易行为，后者主要反对垄断活动。对犯法者可以由法院提出警告、罚款、赔偿损失、改组公司直至判刑。

二、解决经济外部性问题的政策

经济活动的外部性分为外部收益（新发明、接种疫苗、教育投资、国防建设等）和外部成本（生态失衡、环境污染、噪音释放、公共场合吸烟、汽车排放废气等）。解决经济外部性可以采取以下政策：

第一，税收和津贴。对于外部成本问题，政府可以制定法律、法规，对其或罚款或征税，其数额应等于该外部行为所造成的损害，使私人成本和社会成本相等。对外部收益，政府应给予奖励、实施专利保护法，政府也提供公共工程、公共设施和公共产品。

第二，产权重新界定。关于外部成本问题，只要政府明确界定产权（厂商是否具有排污、噪音释放扰民的权利，居民的阳光享用权、洁净空气呼吸权等），当不考虑交易费用时，市场机制可能导致均衡产生并使其达到高效率，即通过当事人之间理智的讨价还价的谈判，使资源配置优化。例如，在产生污染与受污染之害的两个企业之间，无论使用空气的产权归哪一方所有，从资源配置的角度说，其最终结果都一样，双方对于产量达到实现资源最优配置水平的兴趣是相同的。

第三，合并——外部效应内部化。通过合并，厂商能获取有益的外部效应，或者可以消除有害的外部效应。例如，上游造纸厂与下游养鱼场的合并，合并的企业会把纸产量推进到使上游造纸厂的边际收益等于下游养鱼场的边际损失时为止。一个占地面积较大的度假村，兼并周围的服务企业后，服务企业可因此得到较多的顾客，而度假村则因服务企业的加盟而改善其整个经营环境，这是有益外部效应的内部化。大城市辖区范围的扩大也可以使某些外部效应内部化：一个大城市所产生的空气污染并不局限于该市市区之内，对邻近县区也有影响；大城市作为商业、文化中心，也会给邻近地区带来好处——大城市辐射，如果建立辖区较大的跨区域性的政府，该城市可以对其辐射区征税以用于支持市区的发展，这就可将大城市的溢出效应内部化。

三、保护消费者的政策

政府制定和实施的消费政策本质上是政府提供的公共产品或公共服务，这也是私人或厂商无法提供的。政府的消费政策包括：第一，商品质量标准以及对商品进行检验；第二，消费宣传的有关规定以及对某些产品广告宣传的限制（烟和烈性酒）；第三，消费禁止（如枪支、毒品、刺激性药物、不利于儿童健康的玩具和书刊）；第四，特殊服务的资格认定，如医生、律师、会计师、教师、评估师等；第五，限制价格政策（如生活必需品、公用事业服务、房租等商品价格限制政策）；第六，消费外部化干预政策，如禁止或限制人们对珍稀动物的消费，以最低限价来抑制人们对水资源的浪费，小轿车增容购置费限制人们对小汽车的需求，减缓城市环境污染、交通拥挤。

另外，公共产品和公共服务也不一定完全由政府提供。例如，建立“消费者协会”、“行业协会”等非官方的组织，也可以接受消费者对产品与劳务质量、价格等方面的申诉，为消费者索赔，保护消费者利益。

【案例　不完全信息导致的市场失灵】

二手车是指用过的旧车。二手车差别很大，有的还相当好，有的早该报废了。从外表上很难判断二手车的内在质量。卖主对车况了如指掌，这是他拥有的私人信息，买者仅从表面并看不出二手车的内在质量。这就是二手车市场上的信息不对称。

在这种情况下，卖者总希望把自己已快报废的二手车“装扮”一新，当作好的二手车卖出。这就是拥有私人信息一方的道德危险。

买者并不知道某一辆车的具体内在质量如何，但知道卖者都会利用他们的私人信息，力图把最坏的车卖给他们。这样，买者就把市场上的所有二手车都看成是最差的车，只愿意付给最低价格。这时，好的二手车的车主就不愿意把自己的车拿到旧车市场上出售。市场上的二手车就都是最旧的，这就是逆向选择。这时，谁也不愿买最旧的车，而市场上又只有最旧的车，交易就无法进行了。

解决这一问题的机制是找到一种低成本地获取卖主旧车私人信息的办法。确定旧车的内在质量是专业性很强的技术，如果买主仅仅为了买一辆车而去学习鉴定旧车的技术，成本就太高了。这时市场上就在卖者与买者之间出现了中间商，他们对旧车进行检验，并给不同质量的车做上记号，这时卖者与买者之间信息对称，旧车按质论价，交易就可以正常进行了。

中间商不是鉴定一辆车，而是以此为职业，鉴定许多辆车，他们学习鉴定旧车的专业知识，就能实现规模经济，获得每一辆车私人信息的成本很低。同时，他们作为中间商要在市场上生存下去，必须取信于买卖双方，所提供的信息必须真实可靠。市场竞争迫使他

们为自己的信誉而一定要提供真实信息，当旧车市场上出现中间商时，买卖双方信息对称，交易就可以正常进行了。这说明，市场本身能够自发地产生克服信息不对称的方法，使市场在信息不对称的情况下也能正常运行。

本章小结

1. 市场主体的经济行为有的会产生外部性问题。外部性分为外部收益（外部经济或正外部性）和外部成本（外部不经济或负外部性）。不管是生产行为还是消费行为都存在外部性。

2. 外部性的存在会影响资源的配置效率。生产或消费的外部不经济使市场产量大于社会最优量（社会希望的产量），生产或消费的外部经济使市场产量小于社会最优量。

3. 外部问题可以通过税收、补贴、企业合并、产权界定和市场协商以及政府管制等方式，使其在一定程度上予以克服。

4. 解决外部性问题需要一定成本，成本到底应由谁承担，经济学家运用边际分析方法，根据边际利益与边际费用相等原理给出了费用负担的不同情况。

5. 公共物品是指在消费和使用上具有非竞争性或非排他性特征的物品。私人物品是具有竞争性和排他性特征的物品。(1) 完全满足非竞争性和非排他性特征的物品叫纯粹公共物品，如空气、国防、环保等。(2) 两个特征只居其一的物品被称为非纯公共物品，它分为："共有资源"或"共有公共物品"，如捕鱼海域、共有地、不收费但拥挤的道路；"自然垄断公共物品"，如有线电视、养老金、收费不拥挤的道路。

6. 公共物品不能完全由市场提供。政府是大部分公共物品的供给者。公共物品的选择，即公共选择，由投票来决定。投票并不是总能解决公共物品的生产分配问题。市场存在失灵，政府也存在失灵，经济学家不否认政府干预的必要性，而是尽力在探讨干预的程度和方式，寻找更有效的方式去弥补市场的不足并不断地修正政府失灵。

7. 微观经济政策主要是针对市场失灵（垄断、不公平、外部性、公共物品）而采取的政策，包括反垄断政策、解决经济外部性问题的政策、保护消费者的政策。

本章关键概念

1. 外部性：是指生产或消费行为给他人带来非自愿的成本或收益，却不用支付由此带来的成本或不能从这些收益中得到补偿。外部性也称外部影响、外部关系、外在性、溢出效应和毗邻影响。

2. 私人成本：是指企业在生产商品时，各种投入的费用。

3. 社会成本：是指外部成本加上私人成本。

4. 私人利益：是指某一经济主体通过市场上的经济活动所得到的利益。

5. 社会利益：是指某经济主体的私人利益加上该经济主体经济活动所产生的外部利益，社会利益＝私人利益＋外部利益。

6. 社会边际利益：私人边际利益加外部利益构成社会边际利益。

7. 产权：是拥有某种资源或利益并可以交易的权利。

8. 共有财产：是任何人都可以使用而无须支付直接费用的物品，这些物品归社会或群体所有，任何人都可以无偿使用，如蓝天、洁净的空气、阳光、国防等。

9. 私有财产：由特定的人（包括自然人和法人）所有，其所有者可以禁止其他人使用，非所有者只能在所有者同意的情况下并通常需要支付一定费用才能使用的物品。

10. 科斯定理：如果财产权是明确的并且可以无成本（交易成本很小）地进行协商和交易，则无论最初的财产权属于谁，市场总会有效地配置资源并解决外部性问题。科斯定理是美国芝加哥大学教授科斯提出的，后被西方学者作为用于解决外部经济影响的市场化思路。

11. 交易成本：也称交易费用。它通常是指在直接生产过程之外的费用支出。

12. 非竞争性：某人对物品的消费或享用并不影响另一个人的消费或享用。

13. 非排他性：对物品的消费或享用无须付费。

14. 私人物品：即市场上具有竞争性和排他性的普通商品和劳务。

15. 公共物品：是指在消费和使用上不具有竞争性或排他性特征的物品。

16. 自然垄断公共物品：是指具有非竞争性和排他性的物品。

17. 共有公共物品：是指具有非排他性和竞争性的物品。

18. 公共物品：不具有竞争性或排他性特征的物品，公共物品包括纯粹公共物品、自然垄断公共物品、共有公共物品。

19. 政府：公共物品的生产者。

20. 阿罗不可能定理：阿罗认为，企图在任何情况下从个人偏好次序达到合乎理性的社会偏好次序，这是不可能的。

21. 市场失灵：是由于经济生活中存在垄断及进入障碍、外部性、公共物品、不公平，使市场机制在许多场合不能导致资源的有效配置。

22. 企业合并：矫正外部经济影响的手段之一，它是将施加和接受外部成本或利益的经济单位合并。这种方法适用于小范围的外部经济影响。通过企业合并，企业的外部成本被内部化，从而合并后的企业所决定的产量等于社会的最优产量。

讨论及思考题

1. 什么是外部性？举例说明生产和消费的外部性。如何判定外部收益或外部成本？市场能解决外部性问题吗？假设你与一位吸烟者同住，并且你们有充足的时间协商，根据科斯定理，不吸烟的你与你的室友如何解决吸烟的外部性问题？

2. 外部成本对资源配置有何影响？如何解决外部性问题？

3. 污染控制的目标是消除污染吗？如何确定污染控制的最佳水平？（提示：$MR=MC$ 原则）

4. 焰火、灭火器、易拉罐、烟酒在消费中存在外部性问题吗？如果存在，会给社会带来外部收益还是外部成本？

5. 已知香烟的供求函数为：$D=120-2P$，$S=60+2P$。如果对每盒香烟征 2 元的销售税，求征税前后的均衡价格和均衡数量。[提示：征税影响供给函数，$S'=60+2(P-2)$]

6. 已知汽车上用的灭火器的供求函数为：$D=40-P$，$S=100+P$。如果对购买每单

位灭火器的消费者补贴 10 元，求补贴前后的均衡价格和均衡数量。[提示：补贴影响需求函数，$D'=40-(P-10)=50-P$]

7. 请根据物品的竞争性和排他性特点，对下列物品进行分类并把这些物品（最少选出八种）填入表 6—2 中的空白处（A、B、C、D）。

（1）食品及日用品；（2）环境和洁净的空气；（3）拥挤的不收费道路；（4）汽车；（5）消防物品；（6）春节燃放的焰火；（7）有线电视；（8）国防资源；（9）拥挤的收费道路；（10）海洋的鱼；（11）不拥挤的收费道路；（12）政府提供的邮政服务和养老金；（13）公共图书馆的座位和图书；（14）基础研究；（15）天然林木；（16）未受保护的野生动物；（17）公共牧场；（18）矿藏资源；（9）防洪大坝；（20）灭蚊项目。

表 6—2

排他性＼竞争性	是	否
是	A. 私人物品：	B. 自然公共垄断物品：
否	C. 共有公共物品：	D. 纯粹公共物品：

第七章

国内生产总值、总需求与总供给

导入案例

案例 1

GDP——20 世纪最伟大的发明之一

GDP 核算已成为宏观经济管理部门了解经济运行状况的重要手段，是制定经济发展战略、中长期规划、年度计划和各种宏观经济政策的重要依据。

GDP 的重要性是毋庸置疑的，美国经济学家萨缪尔森认为，GDP 是 20 世纪最伟大的发明之一。他将 GDP 比作描述天气的卫星云图，能够提供经济状况的完整图像，能够帮助领导者判断经济是在萎缩还是在膨胀，是需要刺激还是需要控制，是处于严重衰退还是处于通胀威胁之中。没有像 GDP 这样的总量指标，政策制定者就会陷入杂乱无章的数字海洋而不知所措。

判断宏观经济运行状况有三个主要指标：经济增长率、通货膨胀率和失业率。这些指标都与 GDP 有十分密切的联系。经济增长率就是 GDP 增长率，通货膨胀率一般是用国内生产总值平均指数或居民消费价格指数来衡量的。而著名的奥肯定律则告诉我们，失业率与经济增长率之间具有密切的联系，通过经济增长率可以对失业率进行大致的

判断。

在国际社会中，一个国家的GDP与该国承担的国际义务、享受的优惠待遇等密切相关。比如说，联合国会费是根据各国的GDP与人均GDP等数据计算确定的。

近年来，人们对GDP的局限性开始有越来越多的认识。经济学家举出了以下例子来加以说明：

一位先生请了一个保姆，洗衣做饭、打扫房间，先生付给她报酬。这报酬在统计上被记入GDP。日久生情，先生娶保姆为妻。妻子照样做那些家务活，先生却不用给她报酬，她的劳动成果也不被反映在GDP里。

一辆汽车在马路上正常地行驶，这时的汽车对GDP的增长没有什么贡献。突然，汽车撞上了路边的大树，司机受伤，汽车损坏。救护车来了，把司机送到医院，医院立即抢救；抢险车来了，把汽车拖到修理厂，修理厂修好了汽车。这一系列的服务统统被记入GDP，GDP因事故而增加。GDP计算，只统计看得见的，不考虑看不见的。一系列抢险、修车、治疗占用了资源，减少了用在其他地方的资源则看不见。

这两个例子中，"保姆"的例子说的是GDP不包括家务劳动的价值，不能完全反映社会的劳动成果。"汽车"的例子说的是GDP只反映结果，而不管原因，本来是坏事在统计上却变成了好事。

除了这些局限，GDP也不能反映经济增长所付出的环境污染、资源消耗等代价，不能准确反映社会成员个人福利状况，人均GDP会掩盖收入差距的扩大。

近来人们反思最多的，是GDP不能反映经济发展对资源环境所造成的负面影响。例如，只要采伐树木，GDP就会增加；采伐后会造成森林资源的减少，GDP却不考虑相应的代价。再比如，某些产品的生产会向空气中或水中排放有害物质，GDP却无法表现这些损害。尽管我们的GDP增长很快，但代价也很大，单位GDP所消耗的资源水平大大高于国外。如果当前的经济发展过度地消耗了自然资源，就会对未来的经济发展造成不利影响，这样的发展是不可持续的。

正是看到了GDP的缺陷，一些经济学家提出了一些新的指标，如净经济福利指标和绿色GDP指标，但是，这些指标目前还缺乏可操作性，许多国家及国际组织都在对国民收入核算指标体系的完善进行积极探索和研究。

案例2

住房需求是消费还是投资？

在GDP核算中，住房是一种投资。但是，在我们中国人的观念中购买住房是一种消费，与购买冰箱、彩电、汽车一样。在经济学家看来，购买住房实际上是一种投资行为，即投资于不动产。

为什么购买住房不是消费而是投资呢？我们先从这种购买行为的目的来看。消费是为了获得效用，例如，购买冰箱、彩电、汽车等都是为了使满足程度更大。但投资是为了获得利润，或称投资收益。在发达的市场经济中，人们购买房子不是为了住或得到享受（如果仅仅为了住可以租房子），而是作为一种投资得到收益。住房的收益有两个来源：一是租金收入（自己住时所少交的房租也是自己的租金收入），二是房产本身的增值。土地总是有限的，因此，从总趋势来看，房产是升值的。正因为这样，许多人把购买住房作为一种收益大而风险小的不动产投资。

把住房作为消费还是投资在经济学家看来是十分重要的。因为决定消费与投资的因素不同。在各种决定消费的因素中最重要的是收入，但在决定投资的各种因素中最重要的是利率，因为利率影响净收益率。只有利率下降，收益率提高，人们才会投资，而且只要净收益率高，就愿意借钱投资。因此，要刺激投资就要降低利率。如果经济政策的目标是抑制投资和房价，限制人们购买住房，关键不是增加收入，而是提高利率。

本章要点

1. GDP是非常重要的宏观经济变量，潜在的GDP反映了长期内既定资源和技术条件下的最大生产潜力。现实的GDP可能大于、小于、等于潜在的GDP。

2. 从支出角度计算GDP，它包括：消费支出、投资支出、政府支出、净出口，即总支出（$C+I+G+X-M$）；从收入角度计算GDP，它包括：工资、租金、利息、利润、税收、资本折旧，即总收入，总收入最终分成消费、储蓄、税收（$C+S+T$）。

3. GDP的变化将引起失业率和价格水平的变化。所以，GDP、失业率、通货膨胀率是三个最重要的宏观经济变量，而GDP、失业率、通货膨胀率是由总需求与总供给决定的。

4. 影响总需求的因素包括价格、居民收入、预期、税收政策、政府支出、厂商目标或预期、货币供应量等；在资源闲置时，总供给曲线是一条水平线，可以在不提高价格水平的情况下，增加总供给；短期中，总供给曲线向右上方倾斜，总供给量的增加伴随总需求和价格水平的上升；长期中，总供给曲线是垂直的，总需求或价格水平的任何变化都不能增加总供给量。

5. 总供求模型是指用总供给曲线与总需求曲线模型来说明国内生产总值、价格总水平乃至整个经济的波动。

宏观经济学将国民经济运行当作一个整体加以考察，它研究的都是经济总量，如国内生产总值、就业总量、价格水平、总消费、总储蓄、总投资、总需求、总供给。宏观经济学研究的核心问题是就业问题，理论基础是国民收入决定理论。

知识点：首先要了解国内生产总值等几个宏观变量，并且应该把握总收入与总支出、实际总供给与总需求的恒等关系；其次，要领会失业和失业率及奥肯定律，理解影响总需求和总供给的诸多因素及它们如何影响总供求；最后，要理解实际总供给与潜在总供给及不同总供给曲线的区别，应熟练掌握总供求模型及实际运用。

能力点：弄清楚总供求与国内生产总值及就业、价格水平之间的关系。

注意点：(1) 潜在的GDP反映了长期内劳动、资本、土地等生产资源的最大生产潜力。现实的GDP可能大于、小于、等于潜在的GDP。同样，事前的或预拟的国民收入可能不等于实际的国民收入。(2) 垂直的或长期的总供给曲线又被称为“潜在总供给曲线”或“充分就业时的总供给”。它的经济意义是：总需求或价格水平的任何变化都不能增加总供给量。(3) 当资源未充分利用或存在闲置资源时，总供给曲线是一条水平线，其经

济意义是：可以在不提高价格水平的情况下，增加总供给。呈水平状的总供给曲线又称为“凯恩斯总供给曲线”。(4) 运用总供求模型可以说明短期中“滞胀”的原因以及不同措施治理通货膨胀的不同效果。

第一节　宏观经济变量

一、国内生产总值

(一) 国民生产总值和国内生产总值

衡量一国的生产总水平或总产出的经济变量有多个，如国内生产总值（GDP）、国内生产净值（NDP）、国民收入（NI），其中GDP最常用。经济学常常用GDP来表示一国总产出或一国财富量，并且把GDP与国民收入（Y）混用。

国民生产总值（GNP）是指一个国家在一定时期内本国居民在国内国外生产的所有最终物品和劳务的市场价值总额。

国内生产总值（GDP）是指一个国家在一定时期内在其领土范围内，本国居民和外国居民生产的所有最终物品和劳务的市场价值总额。美国在1991年以前采用GNP，之后也采用GDP作为总产量的衡量指标。

【宏观经济分析　总量分析法】

总量分析法是指对整体经济变量的决定、变动及关系的分析。总量包括两个方面：一是总和量，如GDP、工业增加值、失业总量、国际收支、外汇储备等；二是平均量，如平均价格水平、人均GDP、失业率等。2010年，中国GDP 5.878 6万亿美元，总排名世界第二，是美国的40.0%，是日本的107.4%，是德国的178.2%，但人均GDP世界排名第100名。

(二) GDP：现实的和潜在的

现实国内生产总值是指实际发生的国内生产总值，潜在国内生产总值是指当资源得到充分利用时一国经济能够生产的总产值。潜在国内生产总值反映了长期内劳动、资本、土地等生产资源的最大生产潜力。

当一国资源得到充分利用时，经济在此产出水平上也达到了充分就业。所以，潜在的国内生产总值又叫充分就业国内生产总值。现实国内生产总值可能大于、小于、等于潜在国内生产总值。

(三) 国内生产总值的三种核算方法

1. 支出法

支出法是根据购买最终产品的支出来计算国内生产总值的方法。一国总支出包括：消费支出、投资支出、政府的购买支出和净出口。总支出是指在一定时期内一国经济在购买最终产品上的支出总额。一定时期内生产的最终产品或被当期售出，或未被售出，未被售出的最终产品总额作为存货计入投资支出，所以，总支出等于国内生产总值。

综上所述，通过购买物品和劳务的支出法核算 GDP 的方法和内容如图 7—1 所示。

国内生产总值（GDP）
消费支出（C）
耐用品
非耐用品
劳务
投资支出（I）
固定资本投资
居民住宅投资
企业存货投资
政府支出（G）
中央政府
地方政府
净出口（$X-M$）
出口与进口之差

总支出

图 7—1　国内生产总值——支出法

【数据分析　GDP 结构分析】

我国 2009 年 GDP（支出法）数据：

2009 年：345 023.6 亿元，其中：

165 526.8 亿元（最终消费支出，48.0%）；

164 463.5 亿元（资本形成总额，47.7%）；

15 033.3 亿元（货物和服务净出口，4.357%）。

分析：（1）这些数据是半年至一年推算出来的；（2）最新的数据都是按生产法（第一、二、三产业统计得到）；（3）最终消费包括企业、个人、政府的消费，同样，投资也包括了企业、个人、政府的投资支出；（4）国外（发达国家）最终消费包括企业和个人，政府消费 80%用于四项支出（社保、教育、医疗、国防）。

2．收入法

收入法是根据再生产过程中产生的收入流量来计量国内生产总值的方法。一国收入包括：工资、租金、利息和利润以及间接税、资本折旧。

3．增值法

它是根据生产过程各个阶段上产品的增值或贡献计算国内生产总值的方法。在一国经济中，许多行业专门生产中间产品，不同生产阶段中企业间中间产品的销售，往往会产生重复计算问题，即企业产品市场价值的总和远远大于国内生产总值。为了避免重复计算，经济学提出了增值概念。一个企业产品的增值是该企业销售收入与其中间产品价值之间的

差额。所有企业在一定时期内增值的总和等于国内生产总值。

国内生产总值不同的计算方法是从国民经济运行的不同角度加以观察和计量的结果。从生产角度看，它是国民经济各部门总产出减去中间消耗的增加值之和（总增值或总产出）；从分配或收入角度看，它是这些部门中劳动者收入、税金、利润、净利息、固定资产折旧、非公司企业收入等项价值之和（总收入）；从使用或支出角度看，它是最终使用于消费、投资、增加库存、净出口、政府购买的商品和服务的总和（总支出）。但是，不管采用哪种方法，经过误差调整后所计算出来的国内生产总值都应是相等的。

（四）国内生产总值恒等关系

支出法、收入法、增值法所具有的一致性，可以说明国民经济中的一个基本平衡关系，即实现了的总收入恒等于实现了的总支出，即：

总支出≡总收入

式中≡代表恒等关系，总支出由消费支出（C）、总投资支出（I）、政府购买物品和劳务的支出（G）、净出口（$X-M$）四部分组成。总收入是由用于消费（C）和余下的储蓄（S）以及税收（T）三部分组成。用公式表示：

$$C+I+G+(X-M)\equiv C+S+T$$

以上等式，左边总支出即总需求，右边总收入即总供给，实际的或实现的总需求与总供给都可以代表国内生产总值，即 $Y\equiv AD\equiv C+I+G+(X-M)$，$Y\equiv AS\equiv C+S+T$，$Y\equiv AD\equiv AS$，或 $C+I+G+(X-M)\equiv Y\equiv C+S+T$。

如果不考虑政府参与市场，也不讨论进出口，采用一种简化的模型分析，即国民经济仅涉及企业和居民两部分，因此，国内生产总值恒等式简化为：

$$C+I\equiv Y\equiv C+S$$

这个恒等式表明，在产品流量方面，一定时期内生产的全部最终产品，除了用于消费之外，剩余的都用于投资；在收入流量方面，国内生产总值中除了用于消费的部分，就是储蓄。在恒等式两边消去消费 C，我们得到：

$$I\equiv S$$

这就是投资与储蓄恒等式。在任何时期内，实际发生的投资和储蓄必然相等，这种恒等关系不仅是由于国民收入核算的复式记账法，而且在定义上也是成立的。

如果我们关心的是未来的或未实现的或预期的投资和储蓄，那么，二者就不一定恒等了。计划的总供给与总需求有三种情况：大于、小于、等于。简化成投资和储蓄以后，可表示为：

如果 $S>I$，GDP 下降；如果 $S<I$，GDP 上升；如果 $S=I$，GDP 保持不变。

（五）个人可支配收入

个人可支配收入是指一个国家一年内个人可以支配的全部收入，它是对国内生产总值作了一系列扣除之后，加上政府对个人的转移性支付而得到的。通过个人可支配收入，我们还可以了解其他反映国民经济运行的总量，如图7—2所示。

1. 国内生产总值

 减去：资本折旧

2. 国内生产净值

 减去：

 （1）间接税

 （2）企业未分配利润

 （3）企业所得税和社会保险税

 加上：

 （4）对个人的转移支付

3. 个人收入

 减去：个人所得税

4. 个人可支配收入

图7—2 收入核算中的四个基本总量

图7—2中所列的国内生产总值与个人可支配收入的关系，个人可支配收入可以概括为：从国内生产总值中减去实际上不付给家庭的部分，再减去家庭交纳的个人所得税，加上家庭得到的转移支付；也可以表述为：从国内生产总值中减去折旧和一切税收（直接和间接税），再减去企业的未分配利润，又加上转移支付；还可以表述为：从国内生产总值中，减去企业总储蓄（包括折旧和企业未分配利润），再减去政府的净税收（等于总税收扣去转移支付）。

【案例与实践 国民收入核算】

已知下列资料：（单位：亿元）

（1）个人消费支出500；（2）总投资175；（3）净出口＝出口－进口＝45－30＝15；（4）政府购买200；（5）储蓄160；（6）资本折旧50；（7）公司未分配利润100；（8）企业间接税75；（9）社会保险金150；（10）政府转移支付100，公司所得税50，个人所得税80。

请计算：GDP，NDP，NI，PI和PDI

[答：由支出法得：GDP＝(1)＋(2)＋(3)＋(4)＝500＋175＋15＋200＝890亿元；国内生产净值NDP＝GDP－(6)＝890－50＝840亿元；国民收入NI＝NDP－(8)＝840－75＝765亿元；个人收入PI＝NI－公司所得税和保险税－公司未分配利润＋政府转移支付和政府支付的利息净额＝565亿元；个人可支配收入PDI＝PI－个人收入所得税－其他非税收入＝485亿元]

二、就业与失业

（一）劳动力

就业者与失业者之总和为劳动力。劳动力不包括未成年人、全日制在校学生、退休和丧失劳动能力的成年人。

（二）失业

没有工作但仍在积极寻找工作的成年人称为失业者。失业率是指劳动力中失业者所占的百分比。就业是指在业并参加全日工作。

（三）奥肯定律

美国经济学家阿瑟·奥肯对国内生产总值变化与失业率变化关系进行了描述：相对于潜在国内生产总值，现实国内生产总值每增加3%，将引起失业率降低1%。这一关系表明，增加就业和增加国内生产总值实际是一回事。要解决失业问题，只要增加国内生产总值或国民产出就行了。公式如下：

失业率变动＝－0.5×（实际GDP变动百分比－3%）

根据公式，实际GDP平均增长率为3%时，失业率不变；实际GDP平均增长率大于3%时，失业率下降；实际GDP平均增长率小于3%时，失业率就要上升。例如，实际GDP变动百分比为3%，失业率变动＝－0.5×（3%－3%）＝0，失业率不变；实际GDP变动百分比为5%，失业率变动＝－0.5×（5%－3%）＝－1%，失业率下降1%；实际GDP变动百分比为2%，失业率变动＝－0.5×（2%－3%）＝0.5%。

三、价格水平与通货膨胀

（一）价格水平

价格水平是指在经济中各种商品价格的平均数。衡量价格水平的价格指数主要有：消费者价格指数、生产者价格指数、国内生产总值价格指数或国内生产总值指数。

（二）通货膨胀

通货膨胀即物价普遍而持续的上涨，它是指某种价格指数从一个时期到另一个时期增长的百分比。

【案例　胡佛总统与克林顿总统谁赚得多】

1931年，当时的美国总统胡佛的年薪是7.5万美元。1995年，美国总统克林顿年薪是20万美元。他们谁赚得多呢？

如果仅从货币量来看，美国总统的工资当然增加了。但我们知道，在比较收入时，重要的不是货币量多少，而是这些货币能买到多少东西。货币量衡量的是名义工资，货币的实际购买力衡量的是实际工资。我们比较胡佛与克林顿的工资时，应该比较实际工资，而不是名义工资。

当名义工资既定时，实际工资是由物价水平决定的，即名义工资除以物价水平为实际工资。衡量物价水平的是物价指数。要比较不同年份胡佛和克林顿的工资，首先要知道这一时期物价水平的变动。

根据实际资料，以1992年为基年，这一年的消费物价指数为100，则1931年的消费物价指数为8.7，1995年的消费物价指数为107.6。换言之，在这一时期内物价水平上升了 12.4 倍（=107.6/8.7）。我们可以根据物价指数来分别计算以 1992 年为基年的胡佛与克林顿的工资。

1995 年胡佛的工资=1931 年的名义工资×(1995 年消费物价指数/1931 年消费物价指数)=7.5 万美元×(107.6/8.7)=92.758 6 万美元。

同样，也可以按 1931 年美元购买力计算 1995 年时克林顿的工资：

1931 年克林顿的工资=1995 年的名义工资×(1931 年消费物价指数/1995 年消费物价指数)=20 万美元×(8.7/107.6)=1.617 1 万美元。

这就是说，胡佛的实际工资是克林顿的 4.6 倍，克林顿的工资仅仅是胡佛的 21%。尽管在小布什时工资增加到 40 万美元，但按实际工资也仍然不敌胡佛的工资。

实际上，近 70 年间美国总统的实际工资大大下降了。

第二节　总需求与总供给

前面我们简要地讨论了宏观经济的三个基本变量：国内生产总值、就业、价格水平。这三个宏观经济变量是如何决定的呢？现在，我们通过总供给与总需求来回答这个问题。

一、总需求及总需求曲线

（一）总需求

总需求是指：给定价格、收入和其他经济变量，消费者、企业和政府想要支出的总额。因此，总需求反映的是经济中不同经济实体的总支出，包括消费者购买食品，政府购买坦克，企业购买汽车，等等。影响总需求的因素有价格水平、居民的收入、对未来的预期，以及税收、政府支出、货币供给等政策变量。

总需求按照需求主体划分，可分为居民的需求、企业（单位）的需求、政府的需求、国外部门的需求等。总需求可以被看作是这些方面的需求总和。

总需求按照需求对象划分，可分为对投资品的需求和对消费品的需求，或者对最终产品的需求和对中间产品的需求，因此，总需求又可以被看作是对这些商品的需求总和。

（二）总需求曲线

总需求曲线表示对各种产品的需求总量和对应的价格水平之间的关系。在图形上，总需求曲线是一条斜率为负值、向右下方倾斜的曲线。总需求曲线的这种形状表明，在其他因素不变的条件下，价格水平越高，总需求就越小，反之，价格水平越低，总需求就越大（见图 7—3）。

【知识库　总需求曲线】

总需求曲线向右下方倾斜的原因是什么？答：物价水平的变化改变了货币的实际价值和利率水平，从而引起总需求量相反方向的变动。比如，价格水平上升，降低了同一货币单位的购买力，导致总需求量下降，使得国民收入下降。

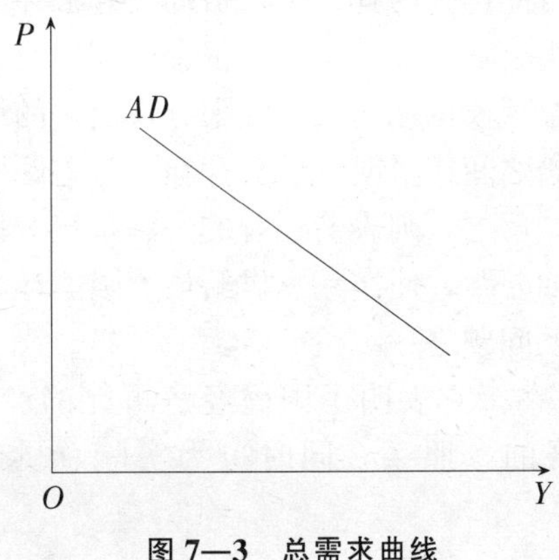

图 7—3　总需求曲线

二、总供给及总供给曲线

（一）总供给

总供给是指：给定现行价格、生产能力和成本，所有企业想要生产并出售的产品总量。当不考虑自给性产品时，总产出等于总供给，总产出恒等于总收入。萨缪尔森在其《经济学》的前 11 版中，均使用“总产出”这一概念，而在第 12 版中，改用“总供给”这一概念分析同一问题，并认为宏观经济学中所有重大问题，现在都用这些新的工具加以分析。

企业一般打算在潜在产出（potential output）水平上进行生产。但是，如果价格低，需求不足，企业可能在低于潜在产出的水平上进行生产；而在价格高，需求旺盛的条件下，企业可能偶尔在高于潜在产出的水平上进行生产。

显然，按照这个定义，总供给与潜在产出水平有密切联系。影响总供给的因素有生产资源（主要是劳动力和资本）的数量，生产资源的利用效率，即社会的技术水平。劳动力的增加、资本的积累和技术进步将推动潜在产出水平的提高。

（二）实际总供给与潜在总供给

在宏观经济运行分析中通常使用的总供给概念，就是实际总供给，它是国民经济各部门已经生产和进口的，并已经向市场提供的商品总量。

在宏观经济运行分析中，与实际总供给有关的另一个总供给概念，或与之相对而言的，是潜在总供给。换句话说，只有在分析与潜在总供给的关系时，我们才在通常所说的总供给概念前冠以“实际”二字，否则，就只用总供给这个概念。

与实际总供给相对而言的潜在总供给，是指在现有的经济资源得到充分有效利用（不能仅仅理解为充分就业）的情况下，国民经济各部门可能向社会提供的商品总量。

在这里，经济资源得到充分有效利用，包含两层意思：

（1）现有的全部经济资源在可能的条件下均被动员起来投入经济过程之中，不存在能够被运用而未被运用的闲置经济资源。

(2) 在现有的技术水平可能达到的程度上，被动员起来并已投入经济过程中的经济资源处于合理的配置和最佳的组合状态，单位经济资源的利用效率达到最大限度。

潜在总供给是实际总供给规模可能达到的极限。在通常的情况下，由于各种因素的影响，实际总供给与潜在总供给之间或多或少总会存在一定差距。二者之间的差距越大，表明现有的经济系统效率越低，反之，则表明现有的经济系统效率越高。因此，如何缩小实际总供给与潜在总供给之间的差距，使实际总供给最大限度地趋近潜在的总供给，是宏观经济运行分析所要解决的主要问题之一。

分析潜在总供给的意义在于它表明了国民经济可能的产出能力，它为实际总供给状况的判断提供了一个客观的参照系，同时也为实际总供给的短期扩张提供了范围限定。

(三) 总供给曲线

总供给曲线表示所有企业想要生产的产出总量和对应的价格水平之间的关系。总供给曲线的形状是西方宏观经济学中较有争议的一个问题。多数学者认为，长期总供给曲线是垂直的，短期总供给曲线向右上方倾斜。

长期总供给曲线是一条垂直线，不论价格水平如何，产出水平即供给水平总是等于潜在国民产出。因为，在长期，所有投入品和产出品的价格都是可变动的。投入品的价格（如工资率等）随产出品价格的上升而上升，成本增长率等于价格增长率。这种价格的变动对企业没有影响。所以，总供给不受价格水平变动的影响，它决定于技术、生产资源的供给和生产资源的正常利用率，这样，长期总供给曲线就是在潜在国民产出水平上的一条垂直线（见图 7—4）。从图 7—4 中所给出的总供给曲线可以看出，它大体上可分为三种情况。

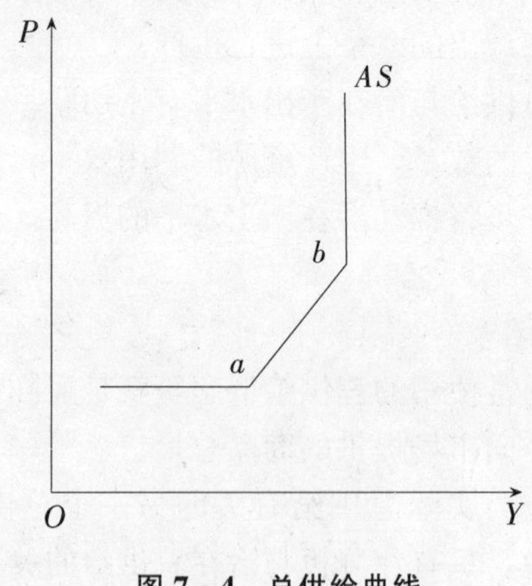

图 7—4 总供给曲线

1. 总供给曲线在 a 点以左时，大体上是一条水平线

它的经济含义是：这时社会上存在着一部分闲置资源，总供给数量会随总需求的增加而增加，即可以在不提高价格水平的情况下，增加总供给。这一情况，是由凯恩斯提出来的，所以，呈水平状的总供给曲线又称为“凯恩斯总供给曲线”。

2. 总供给曲线在 ab 之间，呈向右上方延伸之势

它的经济含义是：这时社会上已不存在便宜的闲置资源；总供给的增加，主要依靠社会平均的单位资源利用效率的提高。但这时，总需求的增加如果没有相应的物价总水平的提高，供给者是不愿继续增加总供给的数量的。在这种情况下，物价总水平的变动与总供给规模的变动之间，呈明显的正相关关系。这种情况在短期中存在，所以，右上方倾斜的总供给曲线被称为“短期总供给曲线”。

【知识库　总供给曲线】

总供给曲线向右上方倾斜的原因是什么？答：根据工资黏性理论，物价水平上升时，工资黏性（长期合约导致工资不能及时调整）导致名义工资不变而实际工资下降。随着企业产品价格上升、盈利增加，激励企业增加生产、扩大规模，总供给上升。

3. 总供给曲线在 b 点以上时，基本上是一条垂直线

它的经济含义是：这时的总供给已经趋近于潜在的总供给，继续动员社会闲置资源和提高社会平均的单位资源利用效率的余地已经没有了，因此，无论这时社会的总需求如何增加，物价总水平怎样上涨，都难以使总供给的规模继续扩大。资源充分利用，经济中实现了充分就业，总供给无法增加，这种情况在长期中存在，故垂直的总供给曲线被称为“长期总供给曲线”。

第三节　总供求均衡与国内生产总值的决定

一国经济中的实际国内生产总值、就业水平和价格水平是由总需求与总供给的相互关系或相互作用决定的。经济中的均衡状态取决于总需求与总供给之间的关系，无论总需求曲线移动还是总供给曲线移动都会改变均衡点，因而改变经济中的实际国民收入和价格水平。下面我们介绍总供求、国内生产总值、就业、价格水平的相互关系。

一、总需求—总供给模型（AD—AS 模型）

把总需求曲线与总供给曲线结合在一起。如图 7—5 所示，总需求曲线与总供给曲线在 E 点相交（E 为均衡点），总供求均衡所决定的国内生产总值或国民收入（Y）为 Y_0，从而也决定了相对应的总就业量，此时的价格水平在 P_0 点。我们把由总供给和总需求相互作用（均衡）决定的国民收入和价格水平称为均衡国民收入和均衡价格水平。

在均衡点的上方，总供给大于总需求，过多的供给会迫使价格水平下降；在均衡点以下，总供给小于总需求，过多的需求迫使价格水平上升。所以，只有总供求均衡时，国民收入和价格水平才相对不变或稳定。一定时期内，实际的国民收入始终是总供给与总需求相等时的均衡的国民收入，即：

总供给＝总需求＝Y

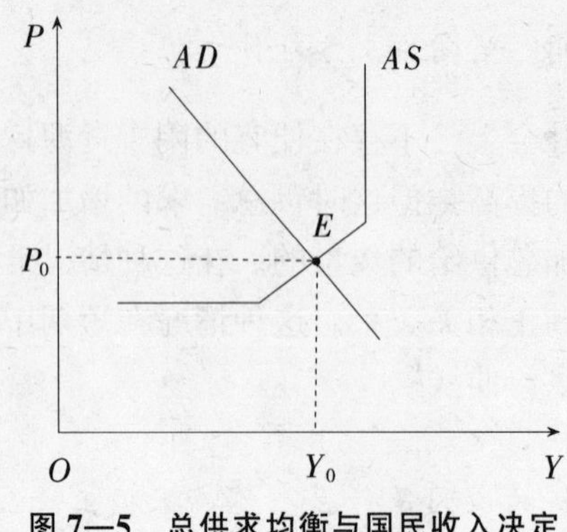

图 7—5　总供求均衡与国民收入决定

二、总需求变动对国民收入和价格水平的影响

总供给曲线的形状不同（凯恩斯总供给曲线、短期总供给曲线、长期总供给曲线），总需求变动对国民收入和价格水平的影响是不一样的。总供给的三种情况产生三种类型。

（一）总需求变动对国民收入和价格水平的影响——凯恩斯总供求模型

图 7—6 说明了总需求曲线移动在未实现充分就业前，价格与国民收入变动的情况，即总需求变动只引起国民收入的增减，而不会引起价格水平变化。

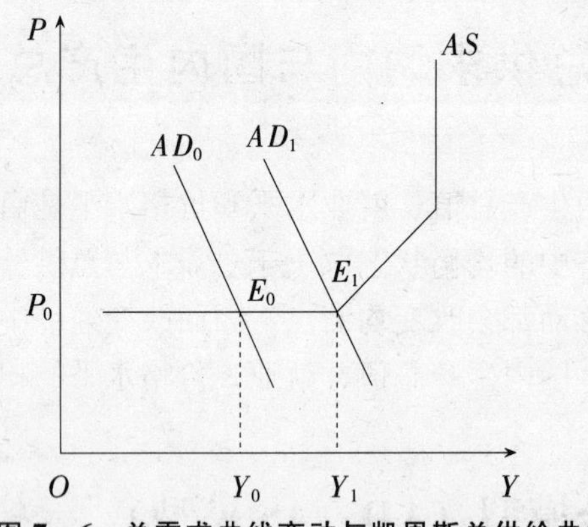

图 7—6　总需求曲线变动与凯恩斯总供给曲线

（二）总需求变动对国民收入和价格水平的影响——短期总供求模型

图 7—7 说明了总需求曲线移动在资源利用接近充分时的就业状况，价格水平和国民收入变动的情况，即总需求变动引起国民收入和价格水平同方向变动。

（三）总需求变动对国民收入和价格水平的影响——长期总供求模型

图 7—8 说明了总需求曲线变动在资源充分利用、达到充分时的就业状况以后，价格水平和国民收入变动的情况，即总需求增减引起价格水平上升或下降，但国民收入水平不变，因为，资源运用达到极限后，不可能再增加。凯恩斯认为，达到充分就业后，总需求再增加，此时总需求为过度需求，过度需求只引起通货膨胀，而总供给不变。

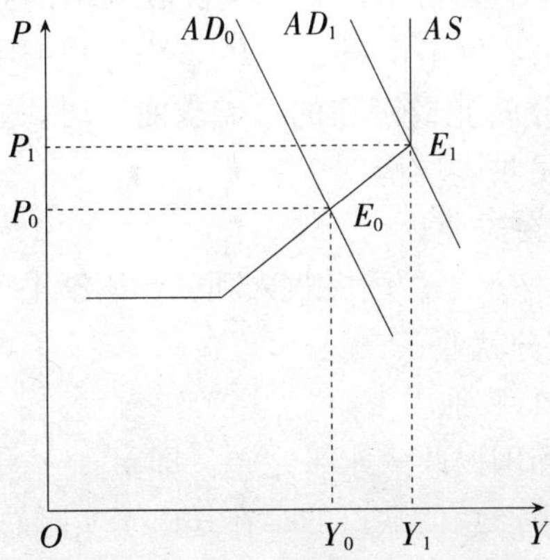

图 7—7　总需求曲线变动与短期总供给曲线

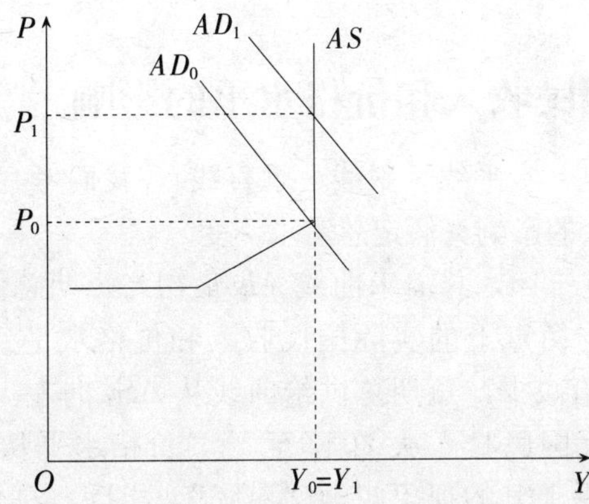

图 7—8　总需求曲线变动与长期总供给曲线

充分就业时的总需求（AD_f）是指全社会资源达到充分利用、没有失业时的总需求，又叫潜在总需求。充分就业时的国民收入是指充分就业时的总需求（AD_f）与潜在总供给曲线（长期总供给曲线）均衡时决定的国民收入水平（Y_f）。

图 7—9 中，当实际总需求曲线为 AD_1 时，价格水平和国民收入处在较低水平（P_1，

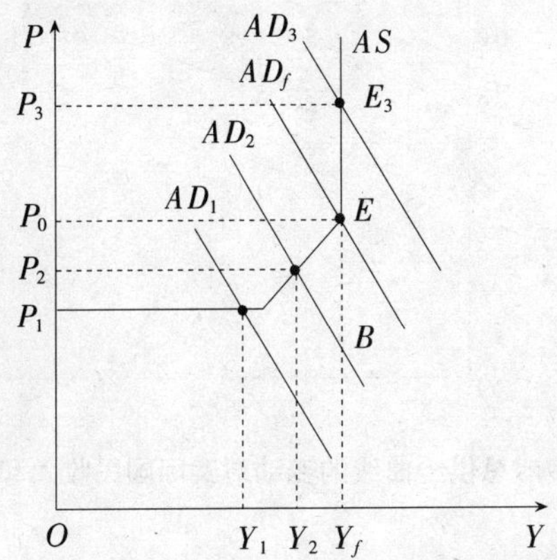

图 7—9　充分就业时的总需求和国民收入

Y_1）；当实际总需求曲线为 AD_2 时，价格水平和国民收入增加到（P_2，Y_2）；当实际总需求曲线为 AD_3 时，与 AD_f 相比，价格上升了（P_3，Y_f），但国民收入没增加，仍为 Y_f。只有当实际总需求曲线等于充分就业或潜在的总需求曲线时，才实现了资源的充分利用，是既无通货膨胀又无失业的国民收入均衡：

当 $AD=AD_1$，$Y=Y_1$，存在失业；

当 $AD=AD_2$，$Y=Y_2$，价格水平、国民收入和就业逐渐上升；

当 $AD=AD_f$，$Y=Y_f$，充分就业；

当 $AD=AD_3$，$Y=Y_f$，通货膨胀。

充分就业的国民收入与均衡国民收入水平之差，即 Y_f-Y_1 或 Y_f-Y_2，是国内生产总值缺口，此时存在失业。国内生产总值缺口的存在是由于实际总需求曲线低于充分就业时的总需求曲线，即 $AD_2<AD_f$。AD_f 到 AD_2 即 BE 可称为通货紧缩缺口（紧缩缺口），在这之上 AD_f 到 AD_3，即 EE_3 可称为通货膨胀缺口（膨胀缺口）。

三、总供给变动对国民收入和价格水平的影响

总供给曲线有三种情况（水平线、斜线、垂直线），我们考察斜线（即短期总供给曲线）对价格水平和国民收入的影响（假定总需求不变）。

短期总供求模型见图 7—10，总需求曲线 AD 最初与短期总供给曲线 AS_0 相交于 E_0 点，Y_0 和 P_0 分别是这个均衡点上的实际国民收入和价格水平。如果战争、自然灾害、政治和经济危机等使总供给减少，短期总供给曲线从 AS_0 向左上方移动到 AS_1 的位置，均衡点从 E_0 移到 E_1，实际国民收入从 Y_0 降至 Y_1，价格水平从 P_0 上升到 P_1。这种实际国民收入下降而价格水平上升的现象叫做"滞胀"。相反，总供给的增加使短期总供给曲线从 AS_0 向右下方移动到 AS_2 的位置，均衡点从 E_0 移到 E_2，实际国民产出从 Y_0 增至 Y_2，价格水平从 P_0 下降到 P_2。这说明，短期总供给曲线的右移会导致实际国民收入增加和价格水平下降。总供给变动与实际国民收入同方向而与价格水平反方向变动。

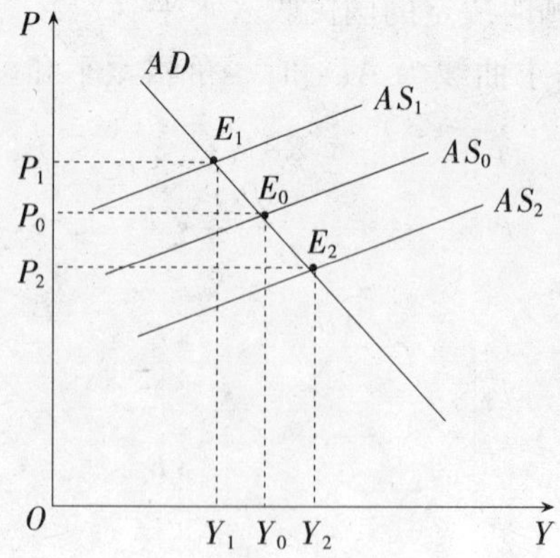

图 7—10　短期总供给曲线的变动对实际国民收入和价格水平的影响

四、总供求模型的运用

总供求模型是分析宏观经济问题的有用的工具。

（一）总供给曲线左移造成“滞胀”

总供给曲线向左上方移动是西方国家经济发生滞胀的重要原因。20 世纪 70 年代中期，美国经济的第一次滞胀，就是由于遭到强烈的“供给冲击”。当时谷物严重歉收，加之对苏联出口大量小麦，使粮食供给不足，粮价猛升。与此同时，石油输出国组织大幅度控制产量提高石油价格，不仅能源价格上升，而且石油制品价格上升，从而使许多产品成本增加。因此，总供给曲线向左上方移动，从而造成严重“滞胀”，国民收入下降（生产停滞）和物价上涨（通货膨胀）两种病症同时发生。

（二）总需求曲线左移引起衰退

当出现通货膨胀时，采取压抑总需求方法（抑制投资需求和消费需求）可以把通胀打压下去。如图 7—11 所示，AD_0 降到 AD_1，价格由 P_0 降至 P_1。但是，采用这一政策时，虽然使价格降下来了，但是国民收入也从 Y_0 减少到 Y_1，国民经济衰退。

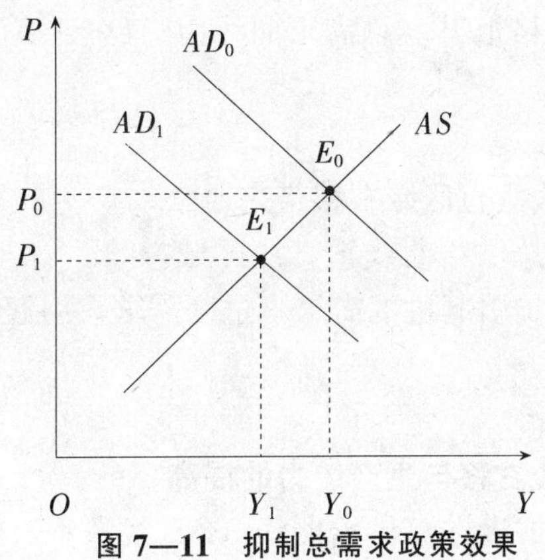

图 7—11　抑制总需求政策效果

（三）总供给右移带来繁荣

如果采取刺激总供给政策，效果就会大不一样。如图 7—12 所示，由于刺激总供给（财政收支政策、产业政策），总供给曲线从 AS_0 下移至 AS_1，价格由 P_0 降到 P_1，国民收入由 Y_0 增加到 Y_1，“滞胀”得以克服。这就是近年流行的“供给经济学”的主旨所在。供给经济学者建议采用减税、放松管制等措施来增加供给，以达到增加产出和降低物价的目的。这种理论在西方经济学界引起了争论。

（四）总需求曲线右移带来高涨

刺激总需求政策效果——“高涨”。在短期总供给曲线斜线区域，运用凯恩斯需求工具——赤字财政政策会刺激总需求曲线右移，国民收入、就业、价格增加。如图 7—11 所示，赤字财政政策使总需求曲线右移，总需求曲线由 AD_1 到 AD_0，国民收入和就业增加了（$Y_0 \rightarrow Y_1$），价格也从 P_0 下降到 P_1。

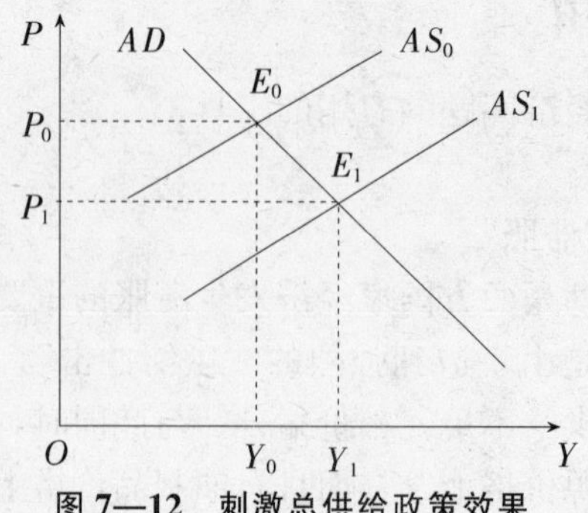

图 7—12 刺激总供给政策效果

（五）总需求曲线在凯恩斯区域右移带来无通胀增长

刺激总需求政策效果——“凯恩斯效应”。在总供给曲线水平线区域，凯恩斯认为，如果国民收入均衡处于未实现充分就业前，由于生产能力过剩、需求不足，采取刺激需求、赤字政策、破窗挖坑政策不会引起通货膨胀，总需求变动只引起国民收入和就业的增减，扩张性财政和货币政策有利于国民收入和就业的增加。

图 7—6 说明了刺激需求政策使总需求曲线向右移动的效果。即总需求变动只引起国民收入的增加，而不会引起价格上升。总需求曲线由 AD_0 到 AD_1，国民收入和就业增加了（$Y_0 \rightarrow Y_1$），价格仍然是 P_0。

（六）总需求曲线在总供给曲线垂直区域右移带来通胀

长期总供求模型。在长期总供给曲线垂直线区域，图 7—8 说明了总需求曲线变动在资源充分利用以后，总需求增加引起过度需求，过度需求只引起通货膨胀，而总供给、国民收入水平和就业不变。

（七）长期（垂直）总供给曲线右移与生产能力的提高

充分就业时的总供给曲线或潜在总供给曲线（AS 线的垂直部分）是一定时期内总供给或国民收入增长的极限，但从更长的时期看，社会生产能力是可以因为组织创新、结构调整、技术发明、科技运用以及新材料、新能源的使用等而发生变化的。

如图 7—13 所示，假设原来充分就业时的国民收入为 Y_{f1}，价格水平为 P_0。如果由于

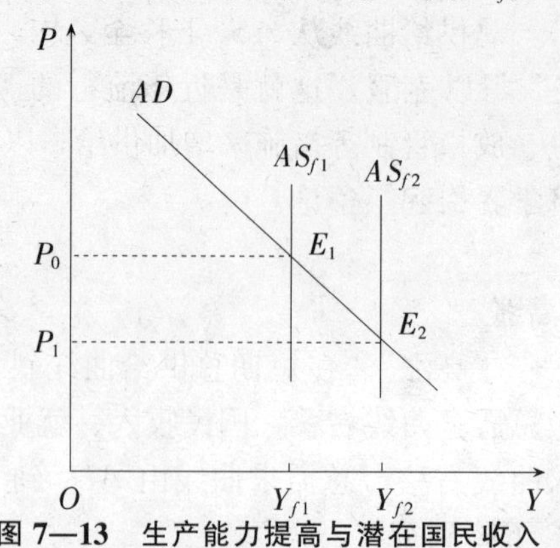

图 7—13 生产能力提高与潜在国民收入

生产能力上升，总供给曲线发生位移，即从 AS_{f1} 到 AS_{f2}，这样充分就业时的国民收入增加到 Y_{f2}，价格水平下降到 P_1。所以，从动态考察，一国经济竞争力和国力的增加、社会生产能力的提高，实际上就是潜在总供给的增加和充分就业时的总供给曲线的右移。

【案例　石油与经济】

原油是生产许多物品和劳务的关键投入，它已经成为一国经济发展中不可缺少的因素，所以石油价格的变化对许多国家的经济产生了很大的影响。在欧洲一些主要利用石油生产产品的国家，国民经济产生较大的波动就主要源于石油价格的变化。

20 世纪 70 年代中期，为了阻止石油价格的不断降低，中东地区的主要产油国组成了一个卡特尔组织——欧佩克。欧佩克成功地提高了石油价格：从 1973 年到 1975 年，石油价格几乎翻了一番；从 1978 年到 1981 年，石油价格翻了一倍还多。对于石油输入国，由于石油供给的减少和石油价格的上升，这些国家生产汽油、轮胎和许多其他产品的企业成本迅速上升，而产品的价格不能同步迅速做出反应，所以这些企业都大量减少产量，有的干脆停业或宣布破产。

通过我们对总供给的分析，了解石油价格上升如何影响总供给。

【案例　战争与经济】

“大炮一响，黄金万两。”震惊世界的“9·11”之后，美英两国对阿富汗发动了军事打击。不少人认为战争会对经济产生了一些积极影响：美国军火商得到了大量的坦克和飞机订单，可以通过军事支出的增加，引起总需求的增加；就业情况也会因许多人应征上前线而得到缓解；美国股市乃至经济将借此一扫晦气。

专家分析认为，此次战争对美国经济的影响与越战和海湾战争不同。20 世纪 60 年代末期，联邦政府的巨额国防开支和非国防开支，使本来已很强劲的私营部门总需求进一步增强，并积聚了很大的通货膨胀压力，这种压力在整个 70 年代也未能得到充分缓解。此后一直到 80 年代末期，大部分经济决策的主要任务就是抑制通货膨胀。海湾战争引发了一次经济衰退，这是“沙漠盾牌行动”初期，消费者信心急剧下降所导致的结果。但由于当时军队所需的大部分物资并不是依靠投资在未来实现的，所以并没有产生通货膨胀。

但阿富汗战争同以往迥异。因为，美国政府不可能像海湾战争那样动用大规模地面部队。更重要的是，这场对抗隐蔽敌人的战争将主要通过非常规手段进行，与此相关的国防资源大多是军备库存中所没有的，需要新的开支计划，这对经济中的总需求会产生积极的影响。

【案例与实践　用总供求模型判断宏观经济运行状态及原因】

运用总供求模型，一方面可以分析总供给曲线或者总需求曲线变动引起的均衡、价格、国民收入、就业变动及相应的政策后果（“滞胀”、“繁荣”、“衰退”、“高涨”）；另一方面，反过来运用总供求模型，可以通过“价量变动方面组合”（P 与 Y 变动方向的不同组合）判断价格变化、经济波动以及“繁荣”、“滞胀”、“衰退”、“高涨”的原因。

请问：如何根据“价量变动方向组合”判断房价变动的大致原因？

答：房价涨跌归纳起来有两方面的原因：

（1）供给方面：“价跌量升”（$P\searrow$，$Q\nearrow$），“繁荣”乃减税、放松管制、科技进步、结构调整、组织创新等“总供给管理政策”（曲线右移）所致；“价升量跌”（$P\nearrow$，$Q\searrow$），“滞胀”乃征税、管制、企业成本上升等“总供给冲击”（曲线左移）所致。

（2）需求方面："价量齐跌"（$P\searrow$，$Q\searrow$），"衰退"乃紧缩性"总需求抑制政策"（曲线左移）的结果；"价量齐升"（$P\nearrow$，$Q\nearrow$），"高涨"乃扩张性"总需求刺激政策"（曲线右移）的结果。

本章小结

1. GNP和GDP是两个重要的宏观经济变量，GNP是一国国民在境内和境外生产的所有最终物品和劳务的市场价值总额。GDP是本国居民和外国居民在其领土范围内所生产和提供的最终物品和劳务的市场价值总额。

2. GDP分为现实的GDP和潜在的GDP，潜在的GDP反映了长期内劳动、资本、土地等生产资源的最大生产潜力。现实的GDP可能大于、小于、等于潜在的GDP。

3. 从支出角度计算GDP，它由四个组成部分：消费支出、投资支出、政府支出、净出口，这四个部分之和被称为总支出（$C+I+G+X-M$）；从收入角度计算GDP，它有六个组成部分：工资、租金、利息、利润、税收、资本折旧，一国所有居民的收入加上税收和资本折旧即总收入，总收入最终分成消费、储蓄、税收（$C+S+T$）。总支出与总收入存在恒等关系，即：

$$C+I+G+(X-M)=C+S+T$$

4. 失业率是指劳动力中失业所占的百分比。失业是指劳动力中那些没有工作但仍在积极寻找工作的成年人。经济学家发现：（1）大多数人的失业是短期的，少数人失业引起的失业问题是长期的；（2）国内生产总值或国内生产总值的变化与失业率的变化密切相关，奥肯定理：

$$失业率变动=-0.5\times(实际\ GDP\ 变动百分比-3\%)$$

5. GDP的变化将引起失业率变动，同时价格水平或通货膨胀率也会发生变化。所以，GDP、失业率、通货膨胀率是三个最重要的宏观经济变量。

6. GDP、失业率、通货膨胀率这三个宏观经济变量的决定离不开总需求与总供给。当非价格因素不变时，总需求曲线与价格水平呈负相关关系，即总需求曲线的斜率为负、向右下方倾斜。总需求曲线的移动会影响GDP水平和物价水平。影响总需求的因素除了价格水平外，包括居民收入、对未来预期、税收政策、政府支出、厂商目标或预期、货币供应量等。

7. 长期中，总供给量取决于一国劳动、资本、技术、土地等资源量，不取决于物价水平，曲线是一条垂直的线。垂直的或长期的总供给曲线又被称为"潜在总供给曲线"或"充分就业时的总供给"。它的经济意义是：总需求或价格水平的任何变化都不能增加总供给量。当资源未充分利用或存在闲置资源时，总供给曲线是一条水平线，其经济意义是：可以在不提高价格水平的情况下，增加总供给。呈水平状的总供给曲线又被称为"凯恩斯总供给曲线"。短期总供给曲线向右上方倾斜。它的经济意义是：总需求和价格水平上升，才能引起总供给量的增加，物价总水平与总供给规模的变动呈明显的正相关关系。向右上方倾斜的总供给曲线被称为"短期总供给曲线"。

8. 总供求模型是指用总供给曲线与总需求曲线模型来说明国内生产总值、价格总水

平乃至整个经济的波动。运用总供求模型可以说明短期中“滞胀”的原因以及不同措施治理通货膨胀的不同效果，可以说明总需求的增减对国民收入和就业及价格水平的影响，还可以说明长期中生产能力提高促使总供给曲线的移动及后果。

本章关键概念

1. 国民生产总值（GNP）：是指一个国家在一定时期内本国居民在国内国外生产的所有物品和劳务的市场价值总额。

2. 国内生产总值（GDP）：是指一个国家在一定时期内在其领土范围内，本国居民和外国居民生产的所有最终物品和劳务的市场价值总额。

3. 现实国内生产总值：是指实际发生的国内生产总值。

4. 潜在国内生产总值：又叫充分就业国内生产总值，是指当资源得到充分利用时一国经济能够生产的总产值。

5. 支出法：是根据购买最终产品的支出来计算国内生产总值的方法。

6. 收入法：是根据再生产过程中产生的收入流量来计量国内生产总值的方法。

7. 增值法：是根据生产过程各个阶段上产品的增值或贡献计算国内生产总值的方法。

8. 个人可支配收入：是指一个国家一年内个人可以支配的全部收入，它是对国内生产总值作了一系列扣除之后，加上政府对个人的转移性支付而得到的。

9. 劳动力：就业者与失业者之总和。

10. 失业者：是指没有工作但仍在积极寻找工作的成年人。

11. 失业率：是指劳动力中失业者所占的百分比。

12. 就业：指在业并参加全日工作。

13. 奥肯定律：指美国经济学家阿瑟·奥肯对国内生产总值变化与失业率变化关系的描述。根据奥肯定律，相对于潜在国内生产总值，现实国内生产总值每增加3%，将引起失业率降低1%。这一关系表明，增加就业和增加国内生产总值实际是一回事。要解决失业问题，只要增加国内生产总值或国民产出就可以了。

14. 价格水平：是指在经济中各种商品价格的平均数。

15. 通货膨胀：即物价普遍而持续的上涨，它是指某种价格指数从一个时期到另一个时期增长的百分比。

16. 总需求：是指给定价格、收入和其他经济变量，消费者、企业和政府想要支出的总额。

17. 总需求曲线：表示对各种产品的需求总量和对应的价格水平之间的关系。

18. 总供给：是指给定现行价格、生产能力和成本，所有企业想要生产并出售的产品总量。

19. 潜在总供给：是指在现有的经济资源得到充分有效利用（不能仅仅理解为充分就业）的情况下，国民经济各部门可能向社会提供的商品总量。

20. 总供给曲线：表示所有企业想要生产的产出总量和对应的价格水平之间的关系。

21. 均衡国民收入和均衡价格水平：由总供给和总需求相互作用（均衡）决定的国民收入和价格水平称为均衡国民收入和均衡价格水平。

22. 滞胀：实际国民收入下降而失业率和价格水平上升的现象叫做滞胀。

讨论及思考题

1. 什么因素会引起总需求曲线向右移动？用总供求模型说明这种移动对价格水平和国内生产总值及就业量的影响。（提示：财政和货币政策、消费、投资、出口、预期等都会影响总需求；注意资源未充分利用、短期、长期三种不同情况下的不同影响）

2. 在任何时期内，实际发生的消费和储蓄（$C+S$）一定等于消费和投资（$C+I$）。但是，假设我们在2007年1月1日这一天，对这一年的经济运动有所预期，但计划的、预期的消费和储蓄就不一定等于计划的、预期的消费和投资。出现这种不均衡时，国内生产总值的变化情况会怎样？（提示：如果 $S>I$，GDP减少；如果 $S<I$，GDP增加；如果 $S=I$，GDP不变）

3. 说明下列事件对总需求或总供给的影响：（1）石油输出国组织联合限制石油产量和石油出口；（2）军备竞赛导致国防开支和军火采购大量增加；（3）一场罕见的自然灾害导致农副产品大幅度减少。（提示：用短期总供求模型图说明，所谓影响是指它首先导致总需求曲线移动还是总供给曲线移动以及这样的移动引起均衡价格和均衡产量变化的情况）

4. 用总供求模型图说明上题中各事件对国内生产总值和价格总水平的影响。（提示：同上）

5. 用 AS—AD 曲线说明：短期内，增加支出和需求将导致高国民收入和高就业，同时带来高价格。但在长期内，不可能使收入水平保持在高于潜在产出的水平，改变的只是价格总水平。（提示：AS—AD 曲线图即总供求模型图）

6. 用 AS—AD 曲线图说明：总需求较大幅度减少引起价格水平下降和经济衰退。（提示：用短期总供求模型图说明）

7. 下列事件是否影响长期总供给：（1）体制创新使高科技全面进入实际应用；（2）严重的暴风雨危及沿海地区的制造商；（3）一次工会的集体行动增加数百万人的工资；（4）经历了未曾预料到的移民浪潮。（提示：注意长期总供给曲线移动的方向）

8. 已知某一经济社会的如下数据，分别按收入法和支出法计算GDP：

工资100亿元，利息10亿元，租金30亿元；

消费支出90亿元，利润30亿元，投资支出60亿元；

出口额60亿元，进口额70亿元，政府用于商品的支出30亿元。

（提示：支出法，GDP＝90＋60＋(60－70)＋30＝170亿元；收入法，GDP＝100＋10＋30＋30＝170亿元）

第八章

凯恩斯的国民收入决定理论

导入案例

破窗经济和乘数原理

某商店的一块玻璃被打破了，店主花1 000元买了一块玻璃换上。玻璃店老板得到这1 000元收入，假设他支出其中的80%，即800元用于买衣服，衣服店老板得到800元收入。再假设衣服店老板用这笔收入的80%，即640元用于买食物，食品店老板得到640元收入。食品店老板又把这640元中的80%用于支出……如此一直下去，你会发现，最初是商店老板支出1 000元，但经过不同行业老板的收入与支出行为之后，总收入增加了5 000元。其原因何在呢？乘数原理回答了这一问题。

投资乘数是指最初投资增加所引起的国民收入增加的倍数。在该例子中，最初的投资就是玻璃店老板购买玻璃的1 000元。这种投资的增加引起的衣服店、食品店等部门收入增加之和为5 000元。所以乘数就是5（=5 000/1 000)。一笔投资增加所引起的国民收入成倍增加就是宏观经济学中的乘数效应。

经济中为什么会有乘数效应呢？国民经济中各部门之间是相互关联的，一个部门的支出就是另一个部门的收入。循环下去，一个部门支出的增加就会引起国民经济各部门收入与支出的增加，最终使收入的增加是最初支出增加的倍数。

在“破窗经济”中，乘数是5。为什么乘数是5而不是其他数呢？乘数效应的大小取决于边际支出倾向（边际消费倾向）的大小。在该例子中，当边际支出倾向为0.8时，乘数是5；如果你把边际支出倾向改为0.5，乘数就变为2。可以看出，边际支出倾向越大，乘数越大。

“破窗经济”只是个例子，把这个例子换为财政支出增加，你就可以看出乘数效应多么重要了。假定政府支出100亿元用于基础设施建设，支出会带动建筑、材料、机械等各部门收入与支出的增加。近年来，我国政府加大基础设施投资支出，带动整个经济持续稳定快速增长，正是乘数效应在发挥作用。

本章要点

1. 总需求与总供给以及由二者相互作用决定均衡国民收入。但是，凯恩斯认为，在短期（如一年）总供给是不变的，决定国民收入的基本力量是总需求，在两部门经济中，总需求包括消费需求和投资需求，这样消费和投资就决定国民收入，即$Y=C+I$。

2. 消费取决于收入和消费倾向，消费倾向分为平均消费倾向和边际消费倾向。投资决定于利息率和资本的边际效率（投资的预期利润率），利息率决定于流动偏好和货币数量，资本边际效率决定于预期利润收益和资本品的供给价格或重置成本。

3. 总需求决定国民收入，如果总需求发生了变动，就会引起国民收入的增加或减少。总需求的变动有两种情况：一是边际消费倾向的变化，二是自发总需求的变动。

4. 凯恩斯根据消费与储蓄对国民收入的不同影响，得出一个重要的结论，即“节俭悖论”：如果储蓄增加、消费减少，会使社会萧条、国民收入减少，尤其是在萧条时期，储蓄会加剧萧条。

5. 乘数原理是凯恩斯用来说明投资效应的一个理论工具。投资乘数具有正反两方面的作用：一方面，投资增加会引起收入和就业量成倍增加；另一方面，投资减少也会导致收入和就业量成倍减少。

本章分析的是简单的国民收入的决定理论，简单凯恩斯模型的中心内容是产品市场的均衡，凯恩斯把分析的重点由供给转移到需求，并把总需求函数作为决定就业量和收入水平的关键因素。凯恩斯采取短期分析方法，在短期内总供给是不变的，只有总需求才是收入水平的决定性因素。

知识点：本章主要了解总需求的构成及各自特点、总需求与国民收入的决定及变动、需求变动引起国民收入变动的数量关系即乘数理论；理解决定国民收入的因素，即消费函数、储蓄函数、投资函数；领会储蓄与投资的关系与均衡国民收入，掌握乘数理论的实际运用。

能力点：国民收入决定理论是凯恩斯提出的，主要研究国民收入如何决定。凯恩斯采取的是短期数量分析，由于总供给短期不变，所以国民收入就取决于总需求或有效需求，从而建立了以需求为中心的国民收入决定理论。

注意点：凯恩斯采取短期分析方法，在短期内总供给是不变的，只有总需求才是收入水平的决定性因素。

第一节　总需求的构成

前面分析了总需求与总供给以及由二者相互作用决定的均衡国民收入。但是，凯恩斯认为，在短期（如一年），决定国民收入的基本力量是总需求，导致失业、萧条的根本原因是总需求不足。所以，国民收入决定理论把重点放在对总需求的分析上，分析总需求的构成、变动及对国民收入的影响。

一、一则古老的寓言

20 世纪 30 年代初的经济大萧条使 3 000 多万人失业，1/3 的工厂停产，金融秩序一片混乱，整个经济倒退到第一次世界大战前的水平。经济大危机中，产品积压，工人失业，生活困难，绝大多数人感到前途悲观。

持续的经济衰退和普遍的失业，使传统的经济学遇到了严峻挑战。一直关注美国罗斯福新政的英国经济学家凯恩斯勋爵从一则古老的寓言中得了启示。这则寓言是这样的：从前有一群蜜蜂过着挥霍、奢华的生活，整个蜂群兴旺发达，百业昌盛。后来，它们改变了原有的生活习惯，崇尚节俭朴素，结果蜂群衰落，最后被敌手打败而逃散。

凯恩斯从这则寓言中悟出了需求的重要性，建立了以需求为中心的国民收入决定理论，并在此基础上引发了经济学上著名的“凯恩斯革命”。这场革命的结果就是建立了现代宏观经济学。

凯恩斯在进行需求分析时，有三点重要的假设：

第一，总供给不变。假定各种资源没有得到充分利用，总供给曲线处于水平线区域，总需求的增加可以引起均衡国民收入上升，即总供给随着总需求的增加而增加，总供给曲线不发生移动，也就是不考虑总供给对国民收入决定的影响。

第二，潜在国民收入不变，即充分就业时的国民收入水平不变。

第三，价格水平既定。

二、总需求的四个部分

我们知道，总需求表示在一定的收入水平、价格水平等条件下，消费者、企业、政府和外国想要购买的本国生产的物品和劳务的总量。所以，它由消费需求、投资需求、政府部门需求和净出口四部分构成。总需求也是一定时期内整个经济中的计划总支出。计划支出与实际支出有时并不一致。例如，某时期某企业计划不增加存货投资，但由于对其产品的需求意外下降，销量减少，存货增加，存货投资实际大于计划。

（一）消费

消费是指居民对产品与劳务的需求或支出，包括：耐用消费品支出、非耐用消费品支出、住房租金，以及对其他劳务的支出。西方经济学家对长期消费统计资料的分析表明：

在总需求中消费的需求是相当稳定的。

（二）投资

投资是指厂商对投资品的需求或支出，包括：企业固定投资（用于厂房、设备等固定资产的投资）、存货投资（用于原材料、半成品及未销售的成品的投资）以及居民住房投资。投资在经济中波动相当大。

（三）政府支出

政府支出这里是指政府对各种产品与劳务的需求，或者说是政府购买产品与劳务的支出。随着国家对经济生活干预的加强，总需求中政府支出的比例也一直在提高。

（四）净出口

在分析国民收入的决定时出口是指净出口，即出口与进口之差。

本章着重研究消费和投资——总需求的两个主要组成部分，详细分析决定消费和投资的因素。在此基础上研究总需求在国民收入决定中的作用，研究只包括消费和投资的国民收入决定的最简化模型——凯恩斯的乘数模型。

三、消费函数

在论述消费函数理论时，通常假设消费者的所有可支配收入都用于消费和储蓄。消费，如上定义的，是居民在购买物品和劳务上的支出。储蓄则定义为没有用于消费的那部分收入。

在简单的国民收入决定理论中，我们假定总需求中的其他部分不变，仅仅考虑总需求中消费的变动对总需求的影响。这样就先要了解消费函数以及相关的储蓄函数。

（一）消费函数与储蓄函数

消费函数是消费与收入之间的依存关系。在其他条件不变的情况下，消费随收入的变动而同方向变动，即收入增加，消费增加；收入减少，消费减少。如果以 C 代表消费，Y 代表收入，则消费函数就是：

$$C=C(Y)$$

消费与收入之间的关系，可以用平均消费倾向和边际消费倾向来说明。平均消费倾向是指消费在收入中所占的比例。如果以 APC 代表平均消费倾向，则是：

$$APC=\frac{C}{Y}$$

边际消费倾向是指增加的消费在增加的收入中所占的比例。如果以 MPC 代表边际消费倾向，ΔC 代表增加的消费，ΔY 代表增加的收入，则是：

$$MPC=\frac{\Delta C}{\Delta Y}$$

储蓄函数是储蓄与收入之间的依存关系。在其他条件不变的情况下，储蓄随收入的变动而同方向变动，即收入增加，储蓄增加；收入减少，储蓄减少。如果以 S 代表储蓄，Y 代表收入，则储蓄函数就是：

$$S=S(Y)$$

储蓄与收入之间的关系，可以用平均储蓄倾向和边际储蓄倾向来说明。平均储蓄倾向是指储蓄在收入中所占的比例。如果以 APS 代表平均储蓄倾向，则是：

$$APS=\frac{S}{Y}$$

边际储蓄倾向是指增加的储蓄在增加的收入中所占的比例。如果以 MPS 代表边际储蓄倾向，以 ΔS 代表增加的储蓄，ΔY 代表增加的收入，则：

$$MPS=\frac{\Delta S}{\Delta Y}$$

全部的收入分为消费与储蓄，所以：

$$APC+APS=1$$

同样，全部增加的收入分为增加的消费与增加的储蓄，所以：

$$MPC+MPS=1$$

（二）消费与收入关系的函数形式

用线性形式来表示消费函数，则：

$$C=a+bY$$

其中，a，b 为常数，C 为消费，Y 为收入。根据该函数，平均消费函数（倾向）为：

$$APC=\frac{a+bY}{Y}=\frac{a}{Y}+b$$

边际消费函数（倾向）为：

$$MPC=C'=(a+bY)'=b$$

储蓄函数可以由消费函数得到：

$$S=Y-C=-a+(1-b)Y$$

【知识点问答　消费函数】

请解释消费函数：$C=a+bY$，其中，C 表示消费，a 是一个常数，Y 是收入，b 是决定收入中用于消费的系数。

答：(1) 消费函数表示消费是收入的函数，消费由收入决定。(2) 自主消费不受收入约束，是一个确定的数量，即使收入为零，也要消费，即消费 a。(3) 收入中用于消费的比例由 b 决定，Y 决定消费的绝对量，b 的大小决定消费的相对量。(4) b 被称之为“边际消费倾向”，凯恩斯认为“边际消费倾向”存在递减的趋势，即随着收入的增加，增加的收入中，用于消费的部分越来越少。例如，已知，$a=400$，b 由0.8变为0.5，则消费函数就由 $C=400+0.8Y$ 变为 $C=400+0.5Y$，其经济学含义是：增加任何单位的收入，消费的增量占收入增量比重从80%降低到50%。

在西方经济学中，描述消费这种构成变化的一个著名定律叫做“恩格尔定律”，它是由德国统计学家厄恩斯特·恩格尔提出来的。这个定律的要点是：(1) 一个国家中，家庭的平均收入越少，平均用在购买食物上的费用在消费中占的比例则越大；随着收入的上升，用于食物的开支所占的比例下降。(2) 随着收入的上升，用于住房的开支所占的比例基本上保持不变。(3) 随着收入的上升，用于奢侈品的开支所占的比例上升。

当然，家庭收入并不都用在消费上，未用于消费的部分则是储蓄，它可以增加未来时期的消费。处在不同收入水平上的家庭，消费水平不同，储蓄水平也不同。一般来说，无论在绝对数量上还是在相对数量上，高收入家庭的储蓄要多于低收入家庭的储蓄。对于收入很低的家庭，如果本期的消费大于收入，就必须靠借债或动用过去的储蓄来弥补差额，这时储蓄为负值。

家庭的储蓄是由它的消费和收入之间的关系决定的。消费在收入中占的比例增大，储蓄在收入中占的比例就缩小。然而，消费与收入之间的确切关系如何，在西方经济学家中却众说不一。

【案例　中美边际消费倾向比较】

据估算，美国的边际消费倾向现在约为0.68，中国的边际消费倾向约为0.48。也许这种估算不一定十分准确，但是一个不争的事实是：中国的边际消费倾向低于美国。为什么中美边际消费倾向有这种差别呢？

一些人认为，这种差别在于中美两国的消费观念不同：美国人崇尚享受，今天敢花明天的钱；中国人有节俭的传统，一分钱要掰成两半花。但在经济学家看来，这并不是最重要的。消费观念属于伦理道德范畴，由经济基础决定。不同的消费观来自不同的经济基础，还要用经济与制度因素来解释中美边际消费倾向的这种差别。

(1) 收入预期。美国是一个成熟的市场经济国家，经济的稳定决定了收入的稳定性。当收入稳定时，人们就敢于消费，甚至敢于借贷消费了。中国是一个转型中的国家，正在从计划经济转向市场经济，尽管经济增长速度快，但就个人而言收入并不稳定。这样，人们就不得不节制消费，以预防可能出现的各种风险。

(2) 社会保障制度。人们敢不敢花钱，还取决于社会保障制度的完善性。美国的社会保障体系较为完善，覆盖面广而且水平较高。失业有失业津贴，老年人有养老金，低于贫困线有福利金，上大学又可以得到贷款。这样完善的社会保障体系使美国人无后顾之忧，敢于消费。中国社会保障体系还没有完全建立起来，而且受财政实力的限制也难以在短期内有根本性的改变，从而人们要为未来生病、养老、孩子上学等必需的支出进行储蓄，消费自然少了。

(3) 边际消费倾向与收入差距成反比。在总收入为既定时，收入差距越小，社会的边际消费倾向越高；收入差距越大，社会的边际消费倾向越低。这是因为富人的边际消费倾向低而穷人的边际消费倾向高。

由以上的分析可以看出，各国边际消费倾向由许多因素决定，在短期内不易改变。

(三) 消费与储蓄的关系

在两部门经济中，国民收入被用于消费和储蓄，它们二者之和等于总收入，用公式表示：

$$Y=C(Y)+S(Y)$$

四、投资函数

(一) 投资对象

在国民收入核算中，投资包括：生产性固定资产投资（包括厂房的建筑和机器设备的购置与安装）、住宅投资和存货投资。在美国历年的投资总额中，平均来说，厂房和设备上的固定资产投资约占70%，住宅投资约占25%，存货投资略高于5%。不同投资对投资波动具有不同影响。

(二) 投资分类

重置投资，又叫更新投资，是指用来补偿损耗掉的资本设备的投资，在价值上以提取折旧的方式进行。重置投资取决于原有的资本存量。净投资是指扩大资本存量进行的固定资本和存货投资。净投资是为了弥补实际资本存量与理想的资本存量之间的缺口而进行的投资，它可以为正值、负值和零。

总投资＝净投资＋重置投资

(三) 投资函数

1. 投资函数 $I=I(i,\ r)$

投资首先取决于市场利息率，并且随着利息率的降低而逐渐增加，即投资是利息率的减函数。以 I 表示经济中的投资，r 表示利息率，则投资函数可以一般地表示为：$I=I(r)$。受利息率影响的投资被称为引致投资。

另外，投资还取决于预期投资收益率（i），当利息率不变时，预期投资收益率与投资同方向变动。受预期投资收益率影响的投资不随利息率的变动而变动，因而称它为自主投资。

投资函数以线性的形式表示出来为：$I=I_0-dr$，其中，d 是一个常数。I_0 不随利息率的变动而变动，称为自主投资，($-dr$) 则是由利息率变动引发的投资，称为引致投资。

投资需求取决于预期投资收益率（i）和市场利息率（r），用函数公式表示为：$I=I(i,\ r)$。

2. 资本边际效率

凯恩斯用资本边际效率来说明投资需求的决定。

资本边际效率是使资本资产在未来各年预期收益的现值之和等于资本资产的购买价格

的贴现率。

设 R_1，R_2，R_3，…，R_n 为年预期投资净收益流量；R_0 为本年资本资产的购买价格，即当年费用（$-R_0$）；i 为将来收益流量折成现值的贴现率。

这样，未来 n 年收入流量的现值之和是：

$$\frac{R_1}{(1+i)}+\frac{R_2}{(1+i)^2}+\frac{R_3}{(1+i)^3}+\cdots+\frac{R_n}{(1+i)^n}$$

而投资项目的净现值是：

$$净现值=-R_0+\frac{R_1}{(1+i)}+\frac{R_2}{(1+i)^2}+\frac{R_3}{(1+i)^3}+\cdots+\frac{R_n}{(1+i)^n}$$

如果净现值等于 0，则投资项目既不盈利也不亏本，那么由公式：

$$R_0=\frac{R_1}{(1+i)}+\frac{R_2}{(1+i)^2}+\frac{R_3}{(1+i)^3}+\cdots+\frac{R_n}{(1+i)^n}$$

解出的 i 值就是资本边际效率。因此，资本边际效率实际上是使资本资产的购买价格等于它的预期收入流量的现值时的预期收益率。当资本边际效率高于利率时，投资才有利可图，所以，投资取决于资本边际效率与利率之差。

投资与利率的关系是：利率提高会导致投资需求减少，反之，利率降低使投资需求增加。利率决定着投资成本。利率上升使得投资成本提高。投资与利率之间存在着负相关关系。当企业投资使用的是自有资金时，投资也受利率影响，因为企业要考虑不同用途的机会成本，如果投资的收益率低于利率时，企业会选择其他途径为资金找出路，如购买政府债券、基金等。

根据投资需求与利率的关系，我们可画出一条曲线，即投资需求曲线。图8—1表示投资需求与利率之间的关系，当利率发生变动时，投资需求沿着这条曲线移动。当利率（r）以外的因素（企业所得税、对未来经济的预期、投资收益、通货膨胀等）发生变化时，将引起投资曲线向上或向下移动。

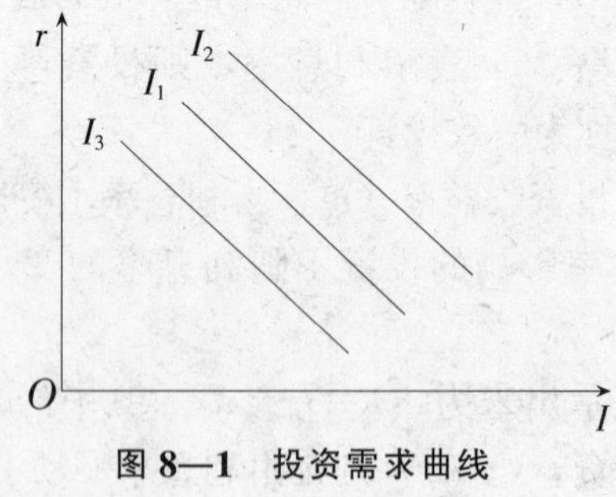

图 8—1　投资需求曲线

第二节　总需求与国民收入的决定

总需求由消费支出和投资支出构成（暂不考虑政府支出和净出口）。在两部门经济中，社会总支出（AE）为：$AE=C+I$。如果社会总收入为 Y，则总供求均衡决定的均衡条件

可以表示为：

$$Y=C+I$$

这就是两部门均衡国民收入模型。现在假定总供给不变，即在图 8—2 中，纵轴是总支出或总需求，横轴是国民收入或收入，45°度线上的任何一点表示总收入（总供给）与总支出（总需求）相等。因为 45°线上的任一点到横轴和到纵轴的距离是相等的。

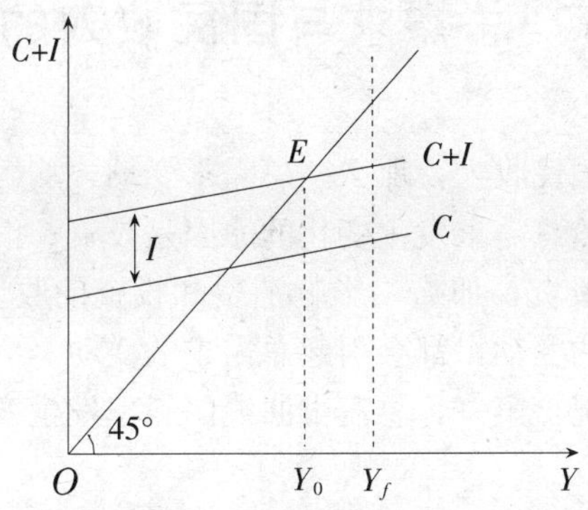

图 8—2　消费和投资如何决定国民收入

图 8—2 中，曲线 C 是实际的消费曲线，它表示在不同的收入水平上居民想要或计划用于消费的支出。由于在各个产出水平上，投资支出保持不变，总支出曲线 $C+I$ 平行于消费曲线 C，它等于消费曲线 C 和投资曲线 I 垂直相加之和。所以，图 8—2 与图 8—3 是完全等同的。

图 8—3 中，实际总需求曲线（AD_0）与 45°线相交于 E，在 E 点右边，居民计划的消费和厂商计划的投资小于总供给，这会促使企业缩小生产规模，企业存货下降，总供给下降，直至均衡点；在 E 点左边，居民计划的消费和厂商计划的投资大于总供给，这使企业扩大生产规模，供给趋于上升，直到等于均衡水平 E 及 Y_0；在 E 点，居民计划消费加上企业投资恰好等于总供给，即总供给等于总需求，均衡状态的国民收入是 Y_0。

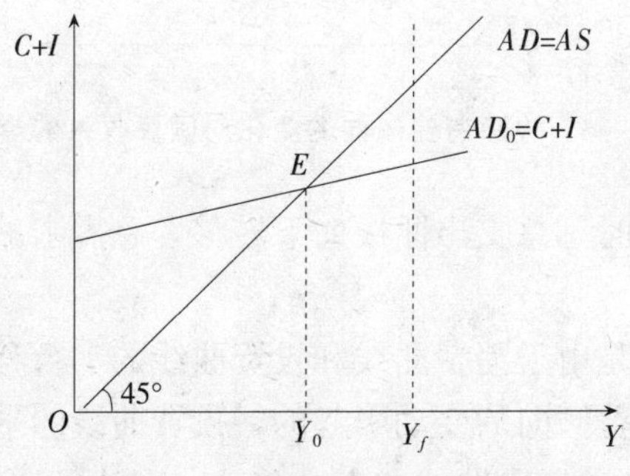

图 8—3　总需求与国民收入的决定

所以，总需求小于或大于总供给，都会促成总供给的调整，当总需求等于总供给时，国民收入（总产出量）既不增加，也不下降，处于均衡状态，由此决定了均衡的国民收入 Y_0，即 $Y_0=C+I$。

如果消费函数是线性的，则 $C=a+bY$，其中，a 是自主消费，$a>0$，b 是边际消费倾向，$0<b<1$。

在各个产出水平上，投资支出保持不变（自发投资），总支出曲线 $C+I$ 平行于消费曲线 C，它等于消费曲线 C 和投资曲线 I 垂直相加之和，即 $Y=C+I=a+bY+I$。

这样，凯恩斯国民收入决定模型可以表示为：

$$Y=C+I \text{ 或者 } Y=(a+I)/(1-b)$$

第三节 总需求与国民收入的变动

既然国民收入是均衡的国民收入，那么，总需求变动，均衡点移动，由此决定的均衡国民收入也会发生变化。导致总需求发生变化的原因是投资、消费、政府支出、净出口的变动等。如果只考虑消费和投资，那么，影响消费和投资的收入、边际消费倾向、利率、预期、资本边际效率等因素的变动，都会引起总需求的变动。

总需求的变动有两种情况：第一，总需求曲线的斜率发生变化；第二，总需求曲线平行上移或下移。

边际消费倾向直接影响消费支出，进而影响总需求曲线的斜率。

当边际消费倾向增大时，总支出曲线的斜率增大，从而使总支出曲线向上转移。如图 8—4 所示，总支出曲线从 $C+I_0$ 向上转移到 $C+I_1$。新的总支出曲线 $C+I_1$ 与 45°线的交点 E_1 表示新的均衡点，国民收入的均衡水平从 Y_0 增加到 Y_1。

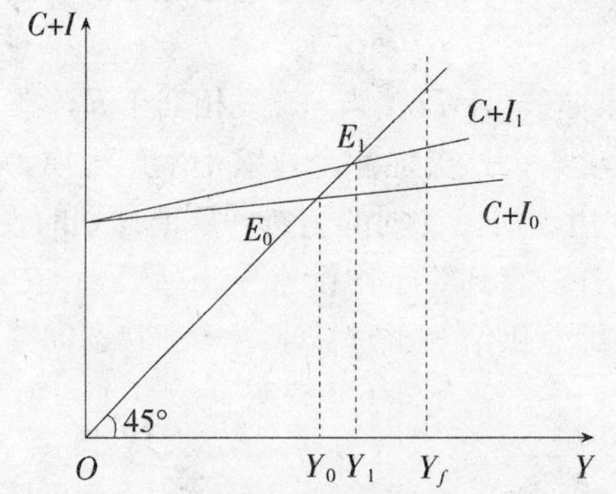

图 8—4 边际消费倾向的变化对国民收入的影响

而当边际消费倾向减少时，总支出曲线向下转移，总需求减少，国民收入的均衡水平降低。

总需求曲线的平行移动是由于消费曲线和投资曲线的平行移动引起的。消费曲线的平行移动是由于人们的平均消费倾向的变动引起的，投资曲线的平行移动是由于私人投资的增减引起的。在图 8—5 中，总需求曲线向上方移动，即从 AD_0 移动到 AD_1，表示总需求增加；总需求曲线向下方移动，即从 AD_0 移动到 AD_2，表示总需求减少。当总需求为 AD_0 时，决定了国民收入为 Y_0。当总需求为 AD_1 时，决定了国民收入为 Y_1。$Y_1>Y_0$，这就说明由于总需求水平由 AD_0 增加到 AD_1，而使均衡的国民收入水平由 Y_0 增加到 Y_1。当总需求为 AD_2 时，决定了国民收入为 Y_2。$Y_2<Y_0$，这就说明由于总需求水平由 AD_0 减少到 AD_2，而使均衡的国民收入水平由 Y_0 减少到 Y_2。

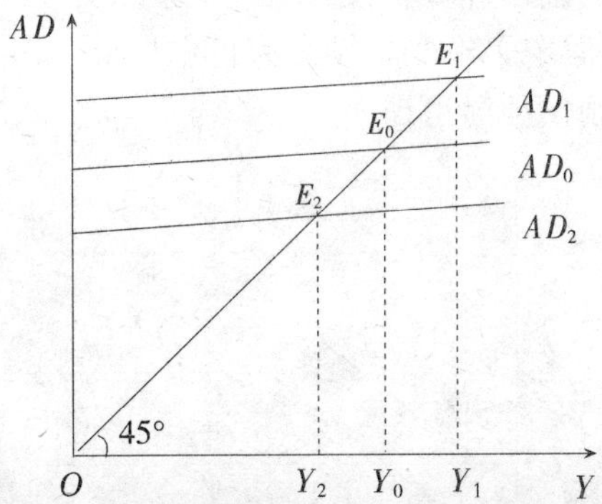

图 8—5　消费与投资的平行移动对国民收入的影响

总需求的变动对国民收入的影响也可用总供给—总需求模型来直观地表示。如图 8—6 所示，总需求变动在凯恩斯总供给曲线区域内，即总需求的变动只引起国民收入的增减，而不会引起价格水平的波动。

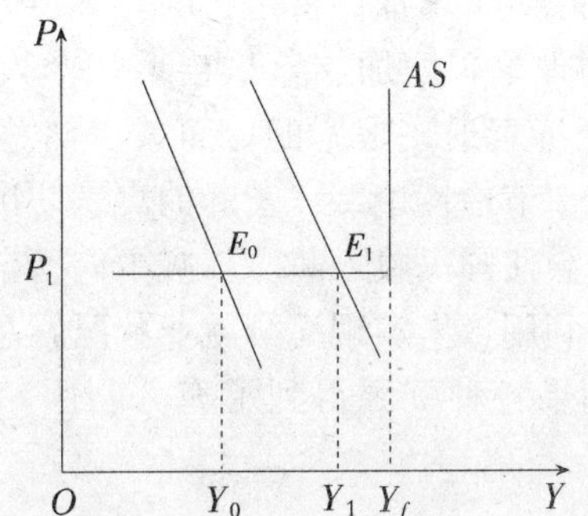

图 8—6　由总供给—总需求模型来说明总需求的变动

第四节　国民收入的注入与漏出

图 8—6 表明，投资和消费的增减引起总需求变化，进而影响国民收入的增减变化，也就是说，投资和消费可以看成国民收入的注入。同理，政府支出、净出口也都是对国民收入的注入，公式 $Y=C+I+G+(X-M)$ 右边每个变量的改变都会引起国民收入同方向的变动。

国民收入从收入法角度来看，它由全体居民的收入组成，所有的工资、利润、利息、地租形成的总收入或总供给最终会用于消费或储蓄。总收入或国民收入既定时，消费与储蓄是呈反方向变动的，即当国民收入为 Y_0 时，总供给为 $C+S$，即消费与储蓄之和，则：

$$C+S=Y_0=C+I$$

当国民收入 Y_0 不变时，C 与 S 之间此消彼长，即消费增加，储蓄减少；消费减少，储蓄增加。当储蓄增加时，消费减少，则总需求下降，进而国民收入下降；反之，储蓄减少时，消费增加，总需求上升，进而国民收入增加。所以，储蓄的变动作为漏出引起国民收入反方向变动。如果考虑政府，那么，收入要分解为消费、储蓄、税收三部分。因而，税收与储蓄一样是国民收入的漏出。我们用图 8—7 来说明，因为国民收入均衡模型 $C+I=C+S$ 可以简化为 $I=S$，假定 I 不变，投资为自主投资，即 $I=I_0$，则储蓄变动对国民收入变动的影响很明显地表现出反向运动。

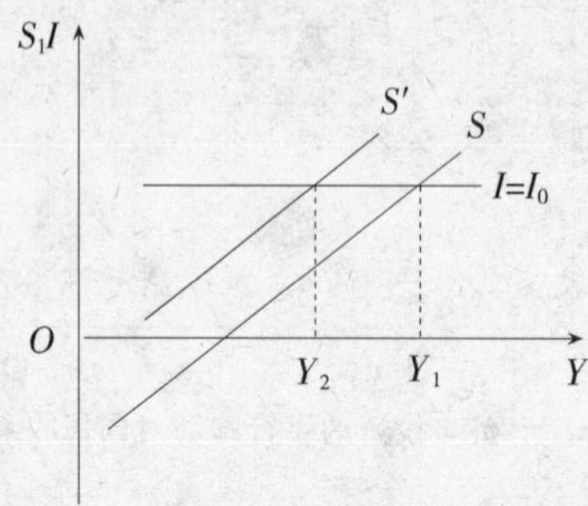

图 8—7　储蓄的变动与国民收入的决定

根据消费是一种注入、储蓄是一种漏出的思想，凯恩斯得出这样一个与传统的道德观相矛盾的推论：按照传统的道德观，增加储蓄是善的，减少储蓄是恶的。但按上述储蓄变动引起国民收入反方向变动的理论，增加储蓄虽会增加个人积蓄，对个人来说可能是好事，但会减少国民收入，使经济衰退，是恶的；而减少储蓄会增加国民收入，使经济繁荣，是善的。这种矛盾被称为"节俭悖论"。"蜜蜂的寓言"讲的就是这个道理。

应该指出的是，增加储蓄会使国民收入减少，减少储蓄会使国民收入增加的结论仅仅适用于各种资源没有得到充分利用，未实现充分就业状况，总供给曲线呈水平状，从而总供给可以无限增加的情况。如果各种资源得到了充分利用，从而要考虑到总供给的限制时，这一结论就不适用了。

第五节　乘数原理

一、定义及例证

虽然上述分析说明了总支出的变动会引起国民收入的变动及其变动的方向，却没有说明这些变动的数量关系。当投资增加 100 万元时，国民收入增加多少呢？回答这个问题需要借助于乘数概念。

乘数是指自发总需求的增加所引起的国民收入增加的倍数，或者说是国民收入增加量与引起这种增加量的自发总需求增加量之间的比率。

在西方宏观经济学中，乘数定义为支出的自发变化所引起的国民收入变化的倍数。由于通常用国内生产总值衡量国民收入，乘数可以用公式表示为：

$$\text{投资乘数}=\frac{\text{国民生产总值的变化}}{\text{支出的变化}}=K$$

乘数的值大于 1，也就是说，因支出的自发变化而引起的国内生产总值的变化要几倍于支出的变化。因此乘数是一个数字，用它去乘支出的变化会得到支出的变化所导致的国民收入变化的数字。

现在举例说明凯恩斯的乘数理论。假设某一经济社会增加 100 万美元的投资，并假设边际消费倾向为 4/5，当这 100 万美元被用来购置投资品时，它实际上是被用来购置制造投资品所需要的生产要素，因此，这 100 万美元以工资、利息、利润和租金的形式流入生产要素所有者的手中，即流入该社会的居民手中，从而，居民的收入增加了 100 万美元。这笔增加的收入代表增加 100 万美元的投资所造成的该社会收入的第一次增加。

由于该社会的边际消费倾向被假设为 4/5，所以当它的收入增加了 100 万美元时，它会把其中的 80 万美元$\left(=100\times\frac{4}{5}\right)$用于消费品。当它购买消费品时，它实际上是购买制造这些消费品的生产要素。因此，80 万美元会以工资、利息、利润和租金的形式流入生产要素所有者的手中。从而，该社会居民的收入增加了 80 万美元，这笔增加了的收入代表该社会收入的第二次增加。

同样，由于该社会的边际的消费倾向被假设为$\frac{4}{5}$。所以当它的收入增加了 80 万美元时，它会把其中的 64 万美元$\left(=100\times\frac{4}{5}\times\frac{4}{5}\right)$用于消费，从而这笔消费代表该社会的收入的第三次增加。

根据同样的说法，可以得到第四笔增加的数值为 51.2 万美元$\left(=100\times\frac{4}{5}\times\frac{4}{5}\times\frac{4}{5}\right)$。如此类推，如表 8—1 所示。

表 8—1　　乘数作用的过程

(1)	(2)	(3)
第一次	100	ΔI
第二次	$\frac{4}{5}\times100=100\times4/5$	$b\Delta I$
第三次	$\left(\frac{4}{5}\right)^2\times100=64$	$b^2\Delta I$
第四次	$\left(\frac{4}{5}\right)^3\times100=51.2$	$b^3\Delta I$
⋮	⋮	⋮
	$100+\left(\frac{4}{5}\right)\times100+\left(\frac{4}{5}\right)^2\times100+\left(\frac{4}{5}\right)^3\times100+\cdots$	$\Delta I+b\Delta I+b^2\Delta I+b^3\Delta I+\cdots$

根据表 8—1 中第（2）栏，国民收入增加的总量为：

$$\begin{aligned}\Delta Y&=100+\frac{4}{5}\times100+\left(\frac{4}{5}\right)^2\times100+\left(\frac{4}{5}\right)^3\times100+\cdots\\&=100\times\left[1+\frac{4}{5}+\left(\frac{4}{5}\right)^2+\left(\frac{4}{5}\right)^3+\cdots\right]\\&=100\times\left[\frac{1}{1-4/5}\right]=100\times5=500\end{aligned}$$

第（3）栏中，ΔI 代表投资增量，b 代表边际消费倾向，则：

$$\Delta Y=\Delta I+b\Delta I+b^2\Delta I+b^3\Delta I+\cdots$$
$$=\Delta I\cdot(1+b+b^2+b^3+\cdots)$$
$$=\Delta I\cdot\left[\frac{1}{1-b}\right]$$

$$乘数=\frac{\Delta Y}{\Delta I}=\frac{1}{1-b}=K$$

在我们的例子中，乘数$=\frac{500}{100}=\frac{1}{1-4/5}=5$。它表示每增加 1 元投资而导致收入增加 5 倍。

二、乘数公式

如果以 ΔY 代表增加的收入量，以 ΔI 代表增加的投资量，以 K 代表乘数，则有：

$$K=\frac{\Delta Y}{\Delta I}$$

在上例中，ΔI 为 100 万元，ΔY 为 500 万元，所以：

$$K=\frac{500\text{ 万元}}{100\text{ 万元}}=5$$

如果以 ΔC 代表消费的增加量，则：

$$\Delta Y=\Delta I+\Delta C$$
$$\Delta I=\Delta Y-\Delta C$$

由此，可以得出：

$$K=\frac{\Delta Y}{\Delta I}=\frac{\Delta Y}{\Delta Y-\Delta C}=\frac{\frac{\Delta Y}{\Delta Y}}{\frac{\Delta Y}{\Delta Y}-\frac{\Delta C}{\Delta Y}}=\frac{1}{1-\frac{\Delta C}{\Delta Y}}$$

又因为，$1-\frac{\Delta C}{\Delta Y}=\frac{\Delta S}{\Delta Y}$，所以：

$$K=\frac{1}{1-\frac{\Delta C}{\Delta Y}}=\frac{1}{\frac{\Delta S}{\Delta Y}}$$

$\frac{\Delta C}{\Delta Y}$是边际消费倾向，所以乘数是 1 减边际消费倾向的倒数，或者说是边际储蓄倾向的倒数。乘数与边际消费倾向成正比，与边际储蓄倾向成反比。

在西方宏观经济学中，乘数分为投资乘数、政府购买乘数、政府转移支付乘数、税收乘数，不同乘数反映了政策手段效果的差异，乘数的作用主要表现在解释国民收入的波动和用于制定宏观经济政策方面。例如，在萧条时期，政府可能采取扩张性宏观经济政策，如增加政府支出或通过增加货币供给和降低利率提高投资水平，从而达到刺激总需求、提

高国民收入水平、减少失业的目的。但是，支出应该增加多少才能使经济恰好达到充分就业水平呢？如果支出增加太少，对国民收入水平的提高影响不大，不足以解决经济中存在的失业问题。如果支出增加太多，对经济刺激过大，国民收入水平会超过充分就业水平，这时虽然失业问题解决了，却又会产生通货膨胀问题。因此，运用适当而有效的宏观经济政策，需要对支出变化和由它引起的国民收入变化之间的乘数关系作出准确估计，从而确定为使经济达到充分就业水平需要增加（或减少）的支出总额。

【知识点问答　简单凯恩斯模型】

什么是简单凯恩斯模型？影响国民收入和就业的参数和变量主要包括哪些？投资是怎样影响国民收入和就业的？边际消费倾向与投资的关系是什么？

答：(1) 简单凯恩斯模型 $Y=(a+I)/(I-b)$，国民收入 Y 与自主消费 a、自主投资 I、边际消费倾向 b 成正比。自主消费 a、自主投资 I、边际消费倾向 b 的增加都能增加国民收入和就业。(2) 乘数 $=\dfrac{\Delta Y}{\Delta I}=\dfrac{1}{1-b}=K$，表明投资增加会引起国民收入倍增，而乘数 $K=1/(1-b)$，即 b 与 K 成正比，b 增加引起 K 增加，所以，b 增加引起投资乘数和国民收入的倍增。

第六节　不同的理论和相异的政策

一、“古典”国民收入决定理论

在古典理论中，研究的重点并不是宏观经济问题，而是微观经济的最优资源配置问题，一国经济被假定可以自发地达到充分就业水平。因此，宏观经济理论在古典理论中没有得到过系统阐述。在现代西方宏观经济学中，用来与凯恩斯理论进行对比的所谓古典宏观经济理论，是从古典经济学家的论著中提取出来的。

“古典”宏观经济理论强调在竞争市场中价格调节的作用，并认为通过提高或降低要素市场或产品市场的价格可以消除供不应求或供过于求，达到供求平衡。在西方经济思想史的大部分时期，这种古典经济理论占有支配地位。该理论有三大要点：(1) 前提是萨伊定律；(2) 在完全竞争条件下，有一个供给量，就会产生一个相应的需求量，因此，经济社会的生产活动能够创造出足够的需求来吸收所供给的商品和劳务；(3) 由此可以推论：任何商品和劳务的产量的增加，都会使收入和支出按照同等的数量增加。生产要素所有者都愿意将自己拥有的要素（土地、劳动、资本、企业家才能）出售给厂商使用，厂商也都愿意购买并使用一切尚未得到利用的要素，直到所有的劳动、土地和其他资源都达到充分利用为止。因此，经济社会存在着走向充分就业均衡的必然趋势。假如说，存在商品过剩的话，那也只是局部的；若存在失业，那也只是摩擦失业和自愿失业。

二、凯恩斯国民收入决定理论

在1936年出版的凯恩斯的《就业、利息和货币通论》一书不但选择了最好的时机，而且提供了一种以全新观点系统地阐述宏观经济运行的理论，由此产生了所谓的“凯恩斯革命”。

凯恩斯理论认为，在短期内，价格和工资并不像古典理论所说的那样是灵活易变的，实际上现代经济中的价格和工资往往是呆滞的、没有弹性的、刚性的，或者说是具有黏性的。产生黏性价格和工资的原因有多种。首先，工人根据长期合同工作。在合同生效期间，工人的货币工资就是合同中规定的工资。所以，这种合同使得工资率在短期内不易变动。其次，许多产品的价格是由政府控制的。例如，在 20 世纪 70 年代中期，美国的电话服务、天然气、石油、电、铁路、航空和海运的价格是固定的。价格调整，通常要拖延几个月甚至一年。最后，由大公司规定价格也在很大程度上增加了价格黏性。例如，通用汽车公司必须召集大型会议才能决定较重要的价格变动。

在凯恩斯理论中，价格和工资黏性是理解宏观经济运行的关键，我们可以用图 8—8 说明。图中 Y 表示实际国民产出，P 表示价格水平。

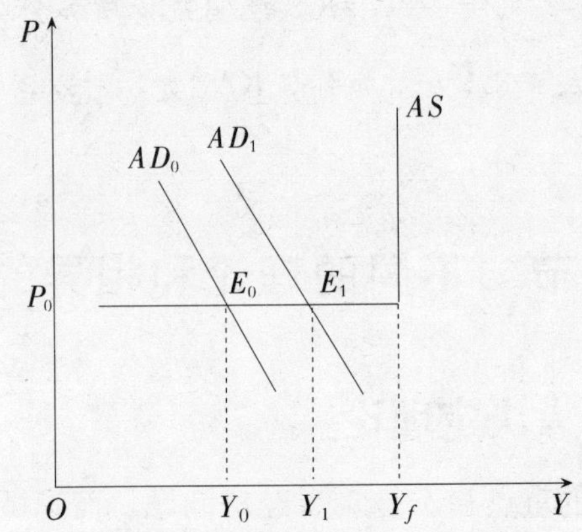

图 8—8　凯恩斯国民收入决定理论

图 8—8 表示的是用于描述萧条时期国民产出决定的凯恩斯经济模型。为什么总供给曲线 AS 是一条水平直线？因为假设在短期内价格和工资固定不变，而且在低于充分就业水平上存在着未利用的生产资源。

在凯恩斯理论中，短期内的国民产出水平是由总需求决定的。如图 8—8 所示，总需求曲线 AD_0 与总供给曲线 AS 相交于 E_0 点，决定了国民收入 Y_0 和相应的就业量。总需求增加（$AD_0 \rightarrow AD_1$），国民收入也增加（$Y_0 \rightarrow Y_1$），但价格水平不变（P_0）。由于充分就业的国民收入水平和就业水平是 Y_1，所以，有效总需求的不足导致非自愿失业。

三、不同的政策主张

“古典”理论认为既然市场调节能达到总供求均衡、市场的自发作用能实现充分就业，那么，政府干预对国民收入水平和就业水平就不会产生影响，干预的结果只会引起价格波动。政府的财政政策由于“挤出效应”，政府支出取代或挤出了私人投资，总供求的均衡实际上不是由于干预造成的，而是“看不见的手”作用的结果。

凯恩斯理论则强调政府干预的作用。凯恩斯理论认为：虽然市场供求力量的自发性调节可以使经济趋向均衡，但是这种均衡不一定是充分就业均衡，经济中的失业或通货膨胀

会长期持续下去。因此，凯恩斯主义者相信，政府可以采取适当的经济政策，对经济实行有效的宏观控制，把国民经济推向充分就业水平。

【案例 凯恩斯理论的缺陷与新古典综合】

根据古典经济学派的观点，经济中存在自我矫正的力量，可以自动实现总供给与总需求的均衡。工资和价格由竞争性市场决定，可以灵活地自由伸缩以消除超额的需求和供给，价格和工资的灵活性能够保证实际支出水平足以维持充分就业。同时，储蓄与投资伴随着利息率的变动以适应于充分就业的产出决定。

但是凯恩斯认为，古典经济学派的宏观经济理论出现了循环论证的错误，原因是：经济中储蓄主要不取决于利息率，而是因为储蓄是收入减去消费之后的余额而取决于收入。为了决定国民收入就必须分析投资。但是按照古典经济学的分析，投资取决于利息率，利息率取决于投资与储蓄的均衡，而又因为储蓄取决于收入，因而在没有决定收入之前，不可能决定储蓄，也就不能决定均衡的利息率，从而不能决定投资量，也就不能说明均衡收入量的决定。因此，凯恩斯断言，古典经济学理论是一种循环论证。

凯恩斯提出了一种与古典经济学派不同的宏观经济理论。他指出，总收入决定于与总供给相等的有效需求，而有效需求决定于消费支出和投资支出。在凯恩斯看来，在短期内居民的消费倾向相对稳定，因而有效需求主要决定于投资。经济中投资量取决于资本边际效率和利率的比较。若资本边际效率一定，则投资决定于利息率，而且与利息率呈反方向变动。进一步，凯恩斯认为利息率是由货币市场所决定的。因此，通过货币需求即流动偏好和货币供给的分析可以得到均衡的利息率，并进而说明了影响投资从而最终影响均衡收入决定的货币市场上的因素。

凯恩斯的逻辑是，投资是决定均衡国民收入的关键，首先在简单的产品市场上分析投资对收入的影响，进而再扩展到货币市场，分析利息率。但是，我们也不难发现，在凯恩斯理论中，均衡的收入取决于利息率，而利息率又决定于货币需求，但在货币需求中，交易需求取决于收入水平。结果，如果收入没有决定下来，均衡利率又无法确定，没有利息率也就不知道投资量，从而也就不能最终决定均衡的收入。这就是说，凯恩斯的理论也存在着循环论证问题。

凯恩斯的后继者发现了这一循环推论的错误，并把商品市场和货币市场结合起来，建立了一个商品市场和货币市场的一般均衡模型，即 *IS*—*LM* 模型，以解决循环推论的问题。这一模型的核心思想是认为产品市场的国民收入决定和货币市场的利息率决定都是局部均衡，只有把两个市场联系起来，建立一般均衡模型才能同时决定收入和利息率。*IS*—*LM* 模型被认为是新古典综合派的杰作，它最早由英国经济学家希克斯提出，后由美国经济学家汉森、莫迪利亚尼、克莱因、萨缪尔森等人发展。长期以来，这一模型被认为是概述凯恩斯主义的需求决定论最便利的方式。

本章小结

1. 本章分析的是简单的国民收入的决定理论，简单凯恩斯模型的中心内容是产品市场的均衡，凯恩斯把分析的重点由供给转移到需求，并把总需求函数作为决定就业量和收入水平的关键因素。他采取短期分析方法，在短期内总供给是不变的，只有总需求才是收入水平的决定性因素。

2. 凯恩斯以封闭的两部门经济为考察对象，把总需求分解为消费需求和投资需求，并分别对它们进行分析。就消费而言，消费取决于收入和消费倾向，消费倾向分为平均消费倾向和边际消费倾向。就投资而言，投资取决于利息率和投资的预期利润率即资本的边际效率，利息率取决于流动偏好和货币数量，资本边际效率取决于预期利润收益和资本品的供给价格或重置成本。

3. 凯恩斯在假定利率水平既定、投资水平为一常数、总供给短期内不变的情况下，总需求决定国民收入。在两部门经济中，如果已知消费函数和自发投资量，就可计算出均衡的国民收入。如果总需求发生了变动，就会引起国民收入的增加或减少。总需求的变动有两种情况，一是边际消费倾向的变化，二是自发总需求的变动都会引起国民收入的变动。

4. 凯恩斯根据消费与储蓄对国民收入的不同影响，得出一个重要的结论即“节俭悖论”：如果储蓄减少、消费增加，会使社会繁荣、国民收入增加；而如果储蓄增加、消费减少，会使社会萧条、国民收入减少，尤其是在萧条时期，储蓄会使萧条更萧条。“节俭的反论”只在社会各种资源没有得到充分利用的情况下才成立。

5. 乘数原理是凯恩斯用来说明投资效应的一个理论工具。投资增加所引起的国民收入增加的倍数，就是投资乘数，乘数（K）$=\frac{1}{1-\text{边际消费倾向}}=\frac{1}{\text{边际储蓄倾向}}$。投资乘数具有正反两方面的作用：一方面，投资增加会引起收入和就业量成 K 倍地增加；另一方面，投资减少也会导致收入和就业量成 K 倍地减少。

6. 凯恩斯的国民收入决定理论体系的基本内容（简单凯恩斯模型）：

（1）总供求均衡决定国民收入及就业和价格水平。

（2）假定两部门经济中潜在总供给不变时，资源没有得到充分利用，技术和价格水平不变。

（3）国民收入及就业和价格水平取决于消费（C）和投资需求（I），即 $Y=C+I$，左边是国民收入或总收入或总供给，右边是总支出或总需求；两部门经济中，总收入最终会分解为消费和储蓄，所以，国民收入 $Y=C+S$，国民收入均衡 $C+I=C+S$ 可以简化为 $I=S$。

（4）三部门的国民收入决定为 $Y=C+I+G=C+S+T$，G 和 T 分别为政府支出和税收；四部门的国民收入决定可以表示为 $Y=C+I+G+(X-M)=C+S+T$，$(X-M)$ 为净出口。

（5）消费取决于收入（Y）和消费倾向。消费倾向包括平均消费倾向和边际消费倾向。由边际消费倾向可以求出投资乘数，这样就建立起了消费与投资的内在联系。

（6）投资取决于资本边际效率和利率。资本边际效率由预期收益率和重置成本或资本资产的供给价格决定，资本边际效率与预期投资收益成正比，与重置成本或资本资产的供给价格成反比；利率由货币供应量（M）和货币需求决定，货币需求由流动偏好（L）决定，货币需求是预防动机和谨慎动机的增函数，是投机动机的减函数。

（7）边际消费倾向递减规律、资本边际效率递减规律、流动偏好规律三大心理规律使得消费不足和投资不足，从而引起总需求不足，使得总供求均衡决定的国民收入均衡低于充分就业时的国民收入均衡。

本章关键概念

1. 消费：居民对产品与劳务的需求或支出，包括：耐用消费品支出、非耐用消费品支出、住房租金，以及对其他劳务的支出。

2. 投资：厂商对投资品的需求或支出，包括：企业固定投资（用于厂房、设备等固定资产的投资）、存货投资（用于原材料、半成品及未销售的成品的投资）以及居民住房投资。在日常生活中，个人购买房产、生产设备、证券、股票等都被看成是一种投资行为。但在经济学中，投资特指增加实际资本的行为，具体表现为一定时间内增加新的建筑物、耐用设备以及增加或减少存货等。

3. 乘数：自发总需求的增加所引起的国民收入增加的倍数，或者说是国民收入增加量与引起这种增加量的自发总需求增加量之间的比率。

在西方宏观经济学中，乘数定义为支出的自发变化所引起的国民收入变化的倍数。

4. 政府支出：这里是指政府对各种产品与劳务的需求，或者说是政府购买产品与劳务的支出。

5. 储蓄函数：指储蓄与收入之间的依存关系。在其他条件不变的情况下，储蓄随收入的变动而同方向变动，即收入增加，储蓄增加；收入减少，储蓄减少。储蓄函数可以由消费函数得到。假定 S 表示储蓄，于是储蓄与收入之间的函数关系可以表示为：$S=Y-C(Y)=S(Y)$。

6. 边际消费倾向：增加的消费在增加的收入中所占的比例。边际消费倾向说明了收入变动量在消费变动和储蓄变动之间分配的情况。一般地说，边际消费倾向总是大于 0 而小于 1 的，即 $0<MPC<1$。

7. 平均消费倾向：消费在收入中所占的比重，即每单位收入的消费数量。它说明了家庭既定收入在消费和储蓄之间分配的状况。

8. 消费函数：指消费与收入之间的依存关系。在其他条件不变的情况下，消费随收入的变动而同方向变动，即收入增加，消费增加；收入减少，消费减少。以 C 表示消费水平，Y 表示国民收入，则在两部门经济中，消费与收入之间的关系可以用函数形式表示为：$C=C(Y)$。

9. 恩格尔定律：它是由德国统计学家厄恩斯特·恩格尔提出来的。这个定律的要点是：（1）一个国家中，家庭的平均收入越少，平均用在购买食物上的费用在消费中占的比例则越大；随着收入的上升，用于食物的开支所占的比例下降。（2）随着收入的上升，用于住房的开支所占的比例基本上保持不变。（3）随着收入的上升，用于奢侈品的开支所占的比例上升。

10. 绝对收入理论：家庭消费在收入中所占比例取决于其收入的绝对水平。如果其他情况保持不变，随着家庭收入的提高，平均消费倾向趋于下降，而平均储蓄倾向趋于上升。

11. 持久收入理论：家庭的消费主要取决于它的持久收入，而不是它的现期收入，多数家庭希望在长期内保持消费水平的相对稳定。

12. 相对收入理论：由于在家庭消费中存在示范作用，所以当收入提高时，平均消费倾向并不一定下降。对于一个家庭来说，降低它曾达到的消费水平要比缩小储蓄在收入中所占的比例更为困难。因此，当收入发生变动时，家庭宁可改变储蓄来维持消费的稳定。

13. 线性消费函数：在分析短期消费与收入之间关系时，尤其是在不考虑边际消费倾向作用的条件下，消费函数可以由线性消费函数表示为：$C=a+bY$。其中，a，b 为常数。在式中，a 被称为自主性消费，它不受收入变动的影响；bY 是由收入引致的消费，它随着收入的增加而增加。线性消费函数表明，随着收入的增加，消费按固定不变的一个比例 b 增加，此时，消费曲线是一条向右上方倾斜的直线。

14. 重置投资：指用来补偿损耗掉的资本设备的投资，在价值上以提取折旧的方式进行。重置投资取决于原有的资本存量。

15. 净投资：指扩大资本存量进行的固定资本和存货投资。净投资是为了弥补实际资本存量与理想的资本存量之间的缺口而进行的投资，它可以为正值、负值和零。

16. 资本的边际效率（MEC）：是一个贴现率，这一贴现率恰好使得一项资本品带来的各项预期收益的贴现值之和等于该项资本品的价格。如果一项资本品在未来一定时期内预期获得的收益依次为 R_1，R_2，…，R_n，而此项资本品的购买价格为 R_0，那么满足下列等式的 R_c 即为该项资本品的边际效率：$R_0=\frac{R_1}{1+R_c}+\frac{R_2}{(1+R_c)^2}+\cdots+\frac{R_n}{(1+R_c)^n}$。

17. 贴现：指将未到期的收入变换为现期收入的过程，而贴现值则是未来收入贴现到现在的价值。

18. 投资函数：投资取决于市场利息率，并且随着利息率的降低而逐渐增加，即投资是利息率的减函数。以 I 表示经济中的投资，r 表示利息率，则投资函数可以一般地表示为：$I=I(r)$。

19. 自主投资和引致投资：投资函数以线性的形式表示出来为：$I=I_0-dr$。其中，d 是一个常数。在式中，I_0 不随利息率的变动而变动，因而称它为自主投资；$(-dr)$ 则是由利息率变动引发的投资，故称为引致投资。

20. 投资乘数：即由投资变动引起的收入改变量与投资支出改变量以及政府购买支出的改变量之间的比率。其数值等于边际储蓄倾向的倒数。

讨论及思考题

1. 试分析简单凯恩斯模型中决定总需求的消费需求。（提示：消费取决于不同性质的收入、边际消费倾向、平均消费倾向、预期等；其中最主要的影响因素是自主消费、边际消费倾向和收入，用公式表为 $C=a+bY$）

2. 试分析简单凯恩斯模型中决定总需求的投资需求。（提示：投资需求取决于市场利息率、预期收益率、资本边际效率和要素价格等）

3. 凯恩斯的国民收入决定理论中，总需求如何决定国民收入？总需求的变动怎样导致国民收入的变动？请用图形表示。（提示：图 8—8）

4. 按照凯恩斯主义的观点，增加储蓄对均衡的国民收入会有什么影响？减少储蓄对均衡的国民收入会有什么影响？（提示：萧条时储蓄是一种漏出）

5. 说明“节俭悖论”，并结合我国的现实情况阐述目前国家采取的刺激需求政策的适用性。（提示：分析我国居民储蓄的原因）

6. 什么是乘数原理？乘数原理发挥作用的前提条件是什么？现实经济生活中是否存在着乘数效应？（提示：国民经济各部门密切联系、生产能力过剩、资源未充分利用）

7. 概述凯恩斯国民收入决定理论体系的内容。

8. 假设 $I_0=1\,800$ 亿元，$C=400+0.8Y$（亿元），求投资乘数、均衡国民收入和消费量。（提示：投资乘数 $K=\frac{1}{1-b}$，$b=0.8$；均衡国民收入由 $Y=C+I$ 模型求得）

9. 已知储蓄函数 $S=-100+0.2Y$，投资为自主投资，$I=50$，求：

(1) 均衡的国民收入。

(2) 均衡的储蓄量。

(3) 投资乘数。

（提示：根据均衡国民收入模型 $S=I$ 求出均衡国民收入；把求出的 Y 代 S；当边际储蓄倾向为 0.2 时，边际消费倾向 $b=0.8$，再由 $K=\frac{1}{1-b}$ 求出投资乘数；也可以根据 $Y=C+I$，$Y=C+S$ 得到 $C=Y-S=100-0.8Y$，故均衡国民收入 $Y=750$，$S=-100+0.2Y=50$，$K=\frac{1}{1-b}=\frac{1}{1-0.8}=\frac{1}{0.2}=5$）

第九章

失业和通货膨胀理论

导入案例

节俭悖论

节俭是美德还是祸根？这一问题是颇有争议的。按照传统的经济学理论，节俭导致储蓄，而后者又是促进积累形成资本存量的关键因素，这将导致一国的经济增长。然而，按照凯恩斯《通论》的观点，节俭意味着消费的减少，因而使得国民收入和就业量降低。如果把就业量考虑在内，节俭是不是美德就值得商榷了。在充分就业的状态下，节俭当然是美德，但是在存在失业的状态下，节俭却未必是美德，有时甚至是祸根。用凯恩斯的话来说，“如果你储蓄 5 先令，那将使一个人失业一天”。在这里，节俭被看成是危险的自我毁灭过程，因为它减少了用于购买最终商品的支出，并且使得生产者的利润降低，同时也形成了进一步增加最终产量的资本资源。这种矛盾的过程必然进一步加重经济萧条。这种观点在 20 世纪 30 年代的经济萧条时期得到发展。与把节俭视为社会美德的观点相对立，认为节俭成为经济萧条祸根的观点逐渐占上风。

早在 1714 年，伯纳德·曼德维尔就在他在英国出版的、当时被英国政府列为禁书的《蜜蜂的寓言》一书中提出了节俭悖论。曼德维尔以勤劳的蜜蜂作为例子说明，尽管储蓄这种节俭的行为是增加私人财富的方法，但对一个国家而言，如果普遍地使用这种方法则不能得到相同的结果。后来，凯恩斯主义者为这种观点提供了总需求决定的理论基础。现代西方经济学家倾向于认为，在社会存在失业的状态下，储蓄并不是改善经济状况的良好行为。

本章要点

1. 国民收入均衡（或总供求均衡）只要小于充分就业的国民收入均衡时，就会出现失业，即需求不足的失业（又叫周期性失业）。但是，即使消灭了需求不足导致的失业，也仍然存在自然失业。失业分为周期性失业和自然失业（摩擦性失业、结构性失业、临时性和季节性失业）。经济学较多地关注需求不足的失业，因为，它周期性地出现，不断地困扰着人类社会。

2. 通货膨胀的经济根源在于社会总需求超过了社会总供给。这一经济根源形成了需求拉动和成本推动两种力量，导致了通货膨胀的产生。

3. 英国经济学家菲利浦斯提出了一个被称之为“菲利浦斯曲线”的经济模型，以说明失业和通货膨胀之间的交替关系。市场经济条件下必须警惕菲利浦斯曲线的恶化，即“滞胀”局面的出现。

在市场经济条件下，失业和通货膨胀是不可避免的。有效的经济政策是把失业和通货膨胀控制在适度的范围内。

知识点：要求准确掌握通货膨胀和失业的基本概念，同时理解通货膨胀和失业的经济根源，掌握政府从宏观上介入市场经济，就是要根据社会经济的实际情况，在一定的失业率和一定的通货膨胀率之间作“相机抉择”，从而力争把失业和通货膨胀控制在对社会来说比较安全的范围内。

能力点：失业理论与通货膨胀理论是运用国民收入决定理论，分析失业和通货膨胀的原因、相互关系及政策。

注意点：(1) 凯恩斯认为，国民收入均衡（或总供求均衡）只要小于充分就业的国民收入均衡时，就会出现失业。(2) 即使消灭了需求不足导致的失业，也仍然存在自然失业。

第一节　失业及原因

一、需求不足的失业与充分就业

(一) 失业

失业者是指在一定年龄规定范围内（如 18～65 周岁），有工作能力，愿意工作并积极寻找工作而未能按当时通行的实际工资水平找到工作的人。当存在失业者时，我们说存在失业。在失业者中，有的是第一次加入劳动力队伍的新失业者；有的是离开旧职但没找到新工作，已登记注册的失业者；也有的是被辞退而无法返回岗位的失业者。

根据失业者的定义，有几点需要注意：第一，年龄规定以外的无工作者不是失业者；第二，丧失工作能力者不计入失业者；第三，在校学习者不叫失业者；第四，由于某种原因不愿工作或不积极去寻找工作的人不统计在失业者中；第五，有些未领取失业救济的未登记注册的无工作者，没有被计入统计数字。

【知识点解答　如何计算失业率】

1. 某国平均每人每两年失业一次，一次7周，失业率是多少？

答：失业率$=\frac{7}{52\times 2}=6.7\%$。

2. 某国家有1.9亿成年人，其中1.2亿人有工作，0.45亿人没工作也没找工作，0.1亿人没工作仍然在找工作。

求：(1) 劳动者人数；(2) 劳动参与率；(3) 失业率。

答：1.3亿人；68.4%；7.69%。

经济学意义上的失业与统计学意义上的失业是不同的。

一方面，统计数字可能低于实际的失业水平。有些人并非不愿意工作，但由于在规定时间内没有“积极寻找”工作，而被看作是“自愿失业者”，没有计入失业人数。例如，有些人可能在相当长一段时间里一直在寻找工作，却一直找不到工作，从而失去了信心。这些人只是不愿把时间和精力白白花费在毫无结果的寻找工作过程中，并不是不愿意工作。然而，这部分人却被视为“自愿失业者”而未计入失业人数。例如据美国劳工统计局估计，1983年初美国有将近200万这种“失去了信心的工人”。还有许多被迫只在部分时间工作的人，这些人实际上处于半失业状态，例如，一般工作日为8小时，而有些企业的工人却因产品需求不足，每天只工作6小时，这部分工人实际上是25%的失业者。但在统计失业人数时，却是把这部分工人作为完全的就业者看待的。据美国劳工统计局估计，1983年初美国有200万工人非自愿地每天只工作部分时间。如果按这些工人平均每天工作3/4个工作日计算，则相当于50万个工人处于完全失业状态。

另一方面，还存在一些使统计数字高于实际失业水平的因素。有些人声称自己在积极寻找工作，实际上却并没有积极寻找。例如，失业救济金在缓解失业给失业者及其家庭带来的痛苦的同时，可能刺激一些人故意造成失业或故意延长失业时间，靠领取失业救济金过悠闲的生活。这部分人可以说是自愿失业者，然而在统计过程中却由于无法分辨其是否真在积极寻找工作，而计入了失业人数。还有一些人本来有工作可做，却自认为工作不合意而放弃了就业的机会。这种做法有时是合理的，例如一个大学教授不愿当清扫工；但有时却是不合理的，例如一部分人文化和专业知识水平较低，却一心想当工程师，然而，由于无法区分每个人的要求是否合理，而常常将这部分人计入了失业人数。

失业的几何解释如图9—1所示。

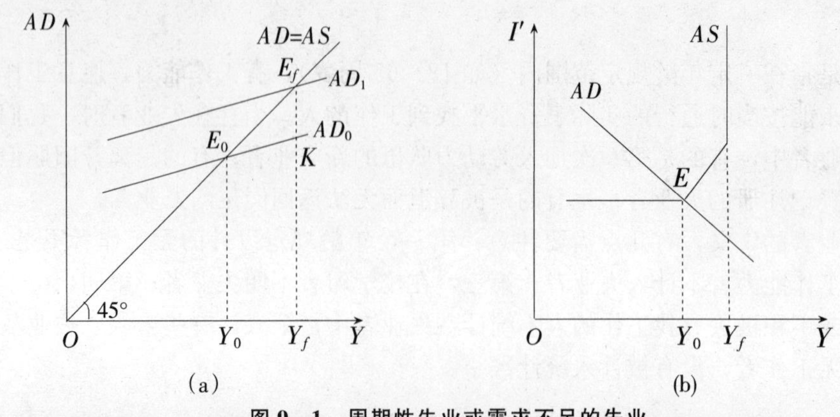

图9—1　周期性失业或需求不足的失业

（二）充分就业

充分就业是指在现有工作条件和工资水平下，所有愿意工作的人都参加了工作的就业量。在几何意义上，充分就业是这样一种状况：总需求与总供给相等时的均衡国民收入正好是潜在国民收入水平，与总需求相适应的对劳动力的需求能全部吸纳所有愿意工作并正在寻找工作的劳动者（见图 9—1）。如果均衡的国民收入水平低于潜在的或充分就业时的国民收入水平，此时就存在失业，即"需求不足引起失业"，也就是凯恩斯讲的"周期性失业"。消灭了"需求不足引起失业"或"周期性失业"就达到了充分就业。充分就业的几何解释如图 9—2 所示。

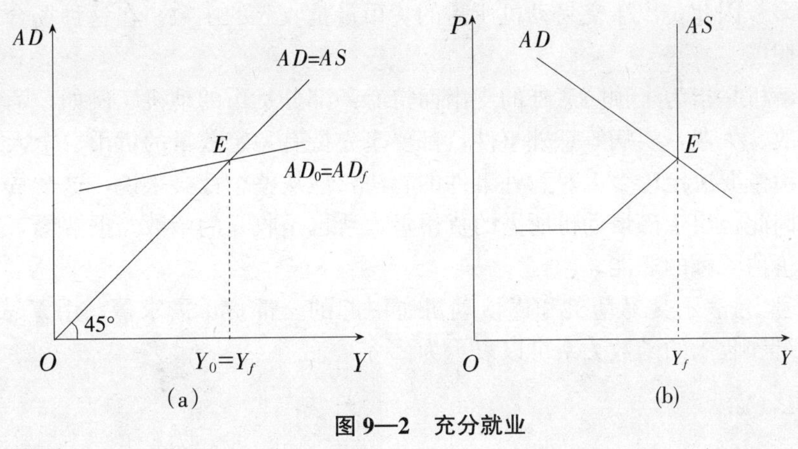

图 9—2　充分就业

（三）需求不足失业的原因

凯恩斯认为失业的原因是需求不足，即有效需求不足，总需求与总供给均衡时决定的均衡国民收入小于充分就业时均衡的国民收入。造成需求不足的原因则是三大心理规律的作用：边际消费倾向递减规律导致消费不足；资本边际效率递减规律造成投资需求不足；流动偏好规律使利息率的下降有一个最低限度，无法拉开利润率与利息率的差距以便刺激投资。其结果是总需求不足，出现紧缩缺口。

1. 心理上的消费倾向

即所谓的边际消费倾向递减规律。这就是说，随着收入的增加，消费也增加，但在增加的收入量中，用来消费的部分所占比例越来越少。用凯恩斯的话来说就是：无论从先验的人性看，或从经验中之具体事实看，有一个基本心理法则，我们可以确信不疑。一般而论，当所得增加时，人们将增加其消费，但其消费的增加，不如其所得增加得多。

2. 资本边际效率递减规律

是指一定资本增量预期的收益与其供给价格（重置成本）之间的比率递减趋势。由于竞争的缘故，资本品增加，产品增加，价格下降，厂商预期的收益下降；同时，竞争会使该资本品的需求增加，导致供给价格或重置成本上升，这样，预期收益的减少和重置成本的增加使得资本边际效率下降。

投资是为了获得最大纯利润，而这一利润取决于投资预期的利润率（资本边际效率）

与为了投资而贷款时所支付的利息率。如果预期的利润率越大于利息率，则纯利润越大，投资越多；反之，如果预期的利润率越小于利息率，则纯利润越小，投资越少。资本边际效率下降使得利润率与利率的差距缩小，引起投资不足。

3. 流动偏好

表示人们喜欢以货币形式保持一部分财富的愿望或动机。凯恩斯认为，人们需要货币，是出于三种动机：交易动机、谨慎动机和投机动机。

（1）交易动机主要决定于收入。收入越高，交易数量越大，为应付日常支出所需要的货币数量就越多。因此，出于交易动机所需的货币量是收入的函数。在这种场合，货币执行交易媒介的职能。

（2）谨慎动机是指为了预防意外的支出而持有一部分货币的动机。例如，消费者和企业为了应付事故、失业、疾病等意外事件，都要事先持有一定数量的货币。个人出于谨慎动机所需的货币主要决定于个人对意外事件的看法，但从整个社会来说，这个货币量同收入密切相关。因此，出于谨慎动机所需的货币量大致也是收入的函数。据解释，在这种场合，货币执行价值贮藏的职能。

现在用符号 L_1 表示交易动机和谨慎动机所引起的全部货币需求量，用 Y 表示收入，这种货币需求量和收入的函数关系可以表示为：

$$L_1=L_1(Y)$$

L_1 是收入的函数，同利率无关。Y 是以货币计算的收入，它等于价格水平 P 同实际收入 Y 的乘积。

（3）投机动机是指人们为了抓住有利的获利机会，例如购买股票、债券等有价证券的机会，而持有一部分货币的动机。债券等有价证券的价格一般都随利率的变化而变化：利率提高，有价证券的市场价格下降；利率降低，有价证券的市场价格上升。投机者会利用利率水平和有价证券价格的变化进行投机。

用 L_2 表示投机动机引起的货币需求量，用 r 表示利率，则 L_2 与 r 的关系用函数公式表示为：

$$L_2=L_2(r)$$

利率与货币需求量 L_2 呈反方向变动。当利率极低时，如2%，投机动机所引起的货币需求量是无限的，人们会把有价证券抛出，换回货币。因为，当利率极低时，意味着证券持有者相信它不可能再降低，将义无反顾地保留货币而放弃证券。因为，如果保留证券，利率上升时会蒙受资本损失。因此，人们这时不再购买证券，而是有多少货币就愿意持有多少货币。这种情况叫做“凯恩斯陷阱”或“流动偏好陷阱”。

把 L_1 与 L_2 加在一起，便得到全部货币需求量，即：

$$L=L_1+L_2=L_1(Y)+L_2(r)$$

上述公式表明，L_1 取决于 Y（收入），与利率（r）无关，而 L_2 的大小则与利率（r）保持相反的方向变化。我们根据公式及 $L_1=L_1(Y)$ 及 $L=L_1(Y)+L_2(r)$ 作图 9—3，它表明由交易动机和谨慎动机引起的货币需求与利率（r）无关，因而是一条垂直线，而投

机需求引起的货币需求则与利率反方向变动，最后为水平线（凯恩斯陷阱），如图 9—4 所示；最后我们可以做出货币总需求曲线（见图 9—5）。

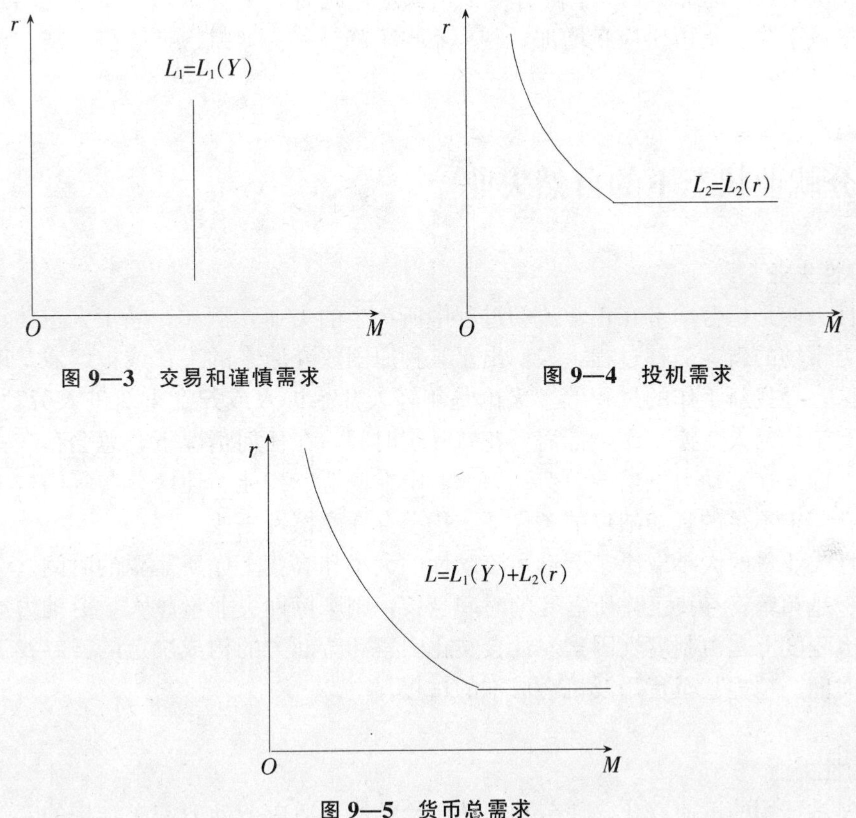

图 9—3　交易和谨慎需求

图 9—4　投机需求

图 9—5　货币总需求

利息率的高低取决于货币的供求，流动偏好代表了货币的需求，货币数量代表了货币的供给。货币数量的多少由中央银行的政策决定，货币数量的增加在一定程度上可以降低利率。但是，由于流动偏好的作用，利率的降低总有一个最低限度，低于这一点人们就不肯储蓄而宁可把货币保留在手中了。可以用图 9—6 来说明这一问题。

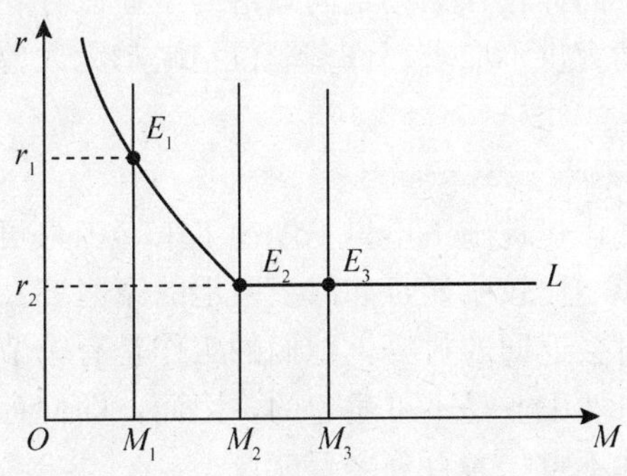

图 9—6　货币供求与利率的决定

在图 9—6 中，横轴 OM 代表货币数量（货币供给），纵轴 Or 代表利率，L 为流动偏好线（货币需求曲线），M_1，M_2，M_3 为三条不同的货币数量线。当货币数量为 OM_1 时，M_1 与 L 相交于 E_1，决定了利率为 Or_1；当货币数量增加为 OM_2 时，M_2 与 L 相交于 E_2，决定了利率为Or_2。这时，由于货币数量从OM_1增加到了OM_2，利率由Or_1下降至Or_2，表明货币数量的增加可以使利率下降。但货币供给量增至OM_3时，M_3与L相交于E_3，此时利率仍为Or_2，这说明利率下降有一个最低限，此时无论货币供应量如何增加，都不能使利率继续下降。货币供应量增加，利率不再下降被称为“凯恩斯陷阱”或“流动偏好陷阱”。

二、充分就业状态下的自然失业

（一）摩擦性失业

摩擦性失业是指劳动者在正常流动过程中所产生的失业。例如，老工人退休、年轻人进入劳动力市场的新老交替过程，人们出于某种原因放弃原来的工作或被解雇，以及转移到新的地区，寻找新工作的过程等。无论是年轻人开始进入或妇女重新进入劳动力市场，还是原来有工作的人变换工作，都需要花费一定时间，在任何情况下，总会存在一定的摩擦性失业。即使在劳动力供给与对劳动力的需求在职业、技能、地区分布等结构上完全相符，不存在需求不足的紧缩缺口的条件下，仍会存在摩擦性失业。

摩擦性失业量的大小取决于劳动力流动性的大小和寻找工作所需要的时间。劳动力流动量越大、越频繁，寻找工作所需要的时间越长，则摩擦性失业量越大。劳动力流动性的大小在很大程度上是由制度性因素、社会文化因素和劳动力的构成决定的。寻找工作的过程是付出时间、精力甚至货币及机会成本的过程。

（二）结构性失业

由于经济结构的迅速变化，使劳动力的供给结构不适应劳动力需求结构的变动，从而产生结构性失业。这种情况下，往往“失业与空位”并存，劳动者很难找到与自己的技能、职业、居住地区相符合的工作。例如，在有些现代西方国家，随着经济和科学技术的发展，世界贸易格局的变化，汽车工业开始走向衰落，对汽车工人的需求减少，从而引起了汽车工人的失业。与此同时，某些新兴工业所需要的具有特殊技能的劳动力却供不应求，产生了许多职位空缺。同样，在某些走向衰落的工业区存在大量失业者的同时，某些新兴工业区却可能出现劳动力供不应求、许多职位空缺却无人愿去的情况。

（三）临时性和季节性失业

例如建筑业遇到坏天气，建筑施工不得不停顿下来，工人可能会临时失业。季节性对农业、旅游业、餐饮业的影响比较明显，如海滨胜地的家庭妇女在假日季节里去餐馆当帮手、城里做工的民工农忙时会返回农村等，他们的工作是有季节性的。

西方经济学者认为，自然失业是不可避免的，因而，即使存在自然失业，也可以说实现了充分就业，充分就业并不意味着百分之百就业。

三、失业的对策

针对不同原因引起的失业，要采取不同的对策：对于需求不足引起的周期性失业，一

般采取财政政策和货币政策调节总需求，即“逆经济风向调节”；经济萧条、失业出现时，可以增加财政支出并减少税收扩大货币供应量，增加对商品和劳务的需求、增加投资需求。

对于摩擦性失业和结构性失业，则采取提供职业训练、提供就业信息、反对就业歧视等措施。

四、失业的影响

失业对个人而言，影响始终是消极的、负面的。它减少个人收入，降低个人和家庭的地位、声望和消费预期，失业者的身心健康也会受到极大影响。心理学研究表明，解雇造成的创伤不亚于亲友的去世或学业上的失败。

失业的宏观影响是双重的。一方面，失业是一种竞争压力，促使劳动者学习，不断掌握新的知识和技术，提高工作效率，以适应社会经济结构变化对劳动力更高的要求；失业还促进劳动力的流动和资源的有效配置。另一方面，失业影响社会安定，引发种种社会问题。失业会使失业津贴、社会保险等转移支付增加，引起政府财政支出大大增加，造成财政上的困难。另外，失业还造成社会人力资源闲置从而引起国内生产总值的损失。奥肯定律表明，失业率上升，国内生产总值增长率就会下降，失业长期存在，人们的收入水平、健康状态、人均寿命、生活质量、市场信心和衣食住行等就会受到影响。

【知识库　2010年诺贝尔经济学奖与结构性失业】

2010年诺贝尔经济学奖授予了三位对“经济政策如何影响失业率”作出了深入研究的经济学家，他们是美国麻省理工学院的戴蒙德、美国西北大学的莫滕森和伦敦政治经济学院的皮萨里季斯。为什么在很多人失业的同时，却有不少职位空在那里？宏观经济政策究竟会如何影响失业率、职位空置和工资？三位大师的理论和模型就与上述问题有关。失业和职位空缺并存，即存在结构性失业的情形表明：劳动力市场实际上并不总是有效的，在一个存在着搜寻成本的市场中，可能有不同的结果。三位经济学家的工作建立起了一个“搜寻理论”框架，来分析这个问题。他们的一大突破，就是不再单纯讨论失业本身，而是从招聘、解雇、辞职、职位空缺和寻找工作等各个环节，来理解失业所导致的宏观经济后果。

中国现在缺乏与失业有关的宏观经济指标，如只有城镇登记失业率，没有反映全社会就业状况的失业率，也没有反映包括结构性失业在内的自然失业率，因此，也就无法建立引入失业率、自然失业率的宏观经济分析框架。在成熟市场经济国家，通常有一组与失业有关的指标，除了年、季、月失业率外，还有每周向政府申请失业救济金的人数等。例如，在美国，每周申请失业救济金的人数20万是一个临界值，大于20万则意味着存在周期性失业，劳动力供大于求，经济出现下滑或衰退；小于20万则意味着劳动力供不应求，经济出现景气过度。由此就可以为宏观经济分析、预测和政策制定提供有力的依据。又如，测算并发布自然失业率，就可以将实际失业率与之比较，进而得出经济增长处于何种状态，是大于潜在增长率还是小于潜在增长率，以利于出台相关的宏观经济政策。

五、凯恩斯需求不足失业原理的要点

凯恩斯认为，国民收入均衡小于充分就业的国民收入均衡时就出现失业，失业的原因是总需求不足，总需求不足是由于三大心理规律的作用，即边际消费倾向递减规律导致消费需求不足，资本边际效率递减规律和流动偏好规律导致投资需求不足。具体包括以下各点：

（1）国民收入决定于消费和投资。

（2）消费决定于消费倾向和收入。消费倾向分为平均消费倾向和边际消费倾向。边际消费倾向大于0而小于1。因此，收入增加时，消费也增加。但在增加的收入中，用来消费的部分所占比例越来越小，用来储蓄的部分所占比例越来越大。

（3）消费倾向比较稳定。因此，国民收入的波动主要是来自投资的变动。由于边际消费倾向大于0而小于1，投资乘数因而大于1。投资的增长和下降会引起收入的多倍增长和下降。

（4）投资决定于利率与资本边际效率。

（5）利率决定于流动偏好和货币数量，流动偏好是货币需求，货币数量是货币供给。流动偏好由L_1和L_2组成，其中L_1来自交易动机和谨慎动机，L_2来自投机动机。货币数量由m_1和m_2组成，其中m_1满足交易动机和谨慎动机，m_2满足投机动机。

（6）资本边际效率决定于预期利润或收益和资本资产的重置成本或供给价格。预期利润或收益很不稳定，造成经济周期波动。在长期中，预期利润或收益下降。

第二节　通货膨胀

通货膨胀问题是现代经济学的重大课题。通货膨胀是指物价水平普遍而持续的上升。按照价格总水平上涨幅度的不同，可分为“爬行的或温和的通货膨胀”（一位数，10%以下）和“加速的或奔腾的通货膨胀”（两位数甚至三位数，10%以上，100%，200%），当通货膨胀极高时（三位数以上，达到1 000%），则称为“超级的或恶性的通货膨胀”。

一、通货膨胀的原因

根据通货膨胀的形成原因，通货膨胀分成需求拉动型通货膨胀、成本推动型通货膨胀、需求拉动和成本推进混合型通货膨胀、结构型通货膨胀、预期型通货膨胀。

（一）需求拉动型通货膨胀

凯恩斯主义者关于通货膨胀的解释是：当资源被充分利用或达到充分就业时，总需求继续上升，这时，过度需求必然会导致通货膨胀。

在图9—7（a）中，总需求AD已经超过了充分就业时（或潜在国民收入水平）的总需求AD_f，这时由于过度需求，国民收入并没有增加，仍为OY_f，但价格水平却由OP_0上升为OP_1。

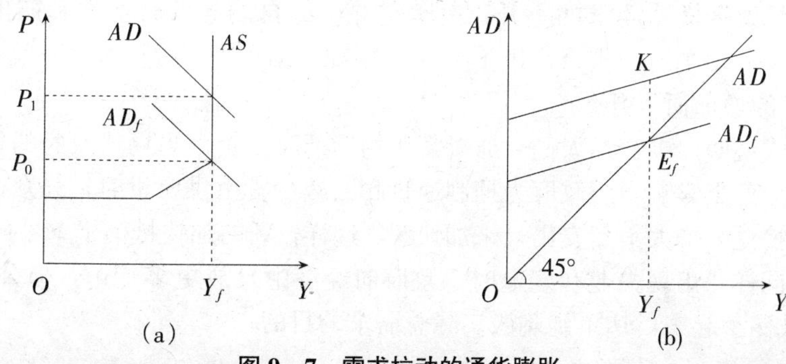

图 9—7　需求拉动的通货膨胀

在图 9—7（b）中，由于国民收入已经达到充分就业水平，总需求的增加无法再提高均衡的国民收入水平，形成膨胀性缺口 KE_f，结果出现通货膨胀。图 9—7 表达了通货膨胀与失业不会同时存在，通货膨胀是在资源充分利用或充分就业之后产生的。

1. 短期总供给曲线与总需求变动

短期中，总供给曲线与价格水平同方向变动，资源接近充分利用，这时产量增加会使生产要素的价格上升，从而带动成本增加，价格水平上升。这是由于总需求增加后，总供给的增加不能迅速满足总需求的增加，产生暂时的供给短缺，于是出现通货膨胀，显然，此时，失业与通货膨胀是并存的。

在图 9—8 中，由于货币供应量增加、政府支出增加等原因，总需求由 AD_0 增加到 AD_1，价格水平由 P_0 升到 P_1，均衡国民收入由 Y_0 增加到 Y_1，但并未达到充分就业水平。

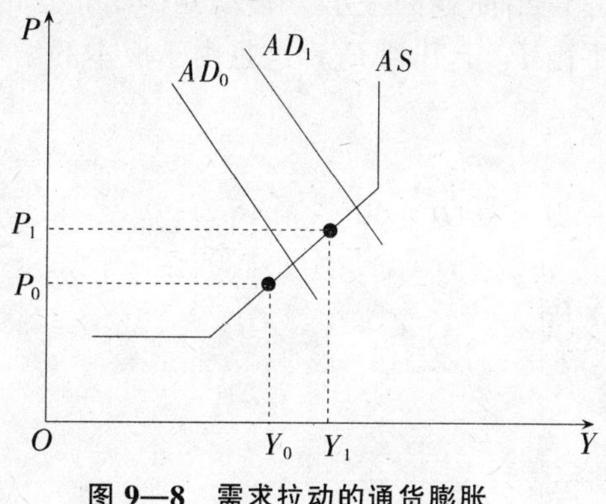

图 9—8　需求拉动的通货膨胀

2. 货币主义者的解释

他们认为，货币供应量增加，社会名义总需求量的增长，并不能自发带动就业量的增长，即国民收入、就业量、总供给量不会因此而有实际的变化。该理论以费雪方程式为基础，说明货币超量发行的后果。

$$MV=PT \quad 或 \quad P=\frac{MV}{T}$$

上式中，M 为货币供应量，V 为货币流通速度，MV 即为名义总需求，P 为价格水平，T 为产品总量或产出量，PT 为名义总供给量。根据 $MV=PT$ 的恒等关系，如果货币供应量增加，导致名义总需求的上升，由于它并不能自动导致就业量和产出量的相应增加，这样，当 MV 增加时，现有产出量 T 不能增加，结果 P（价格水平）就必定同比例于货币供应量 M 的增加而上升。

费雪方程式说明，当存在人们对通货膨胀的预期时，货币当局或政府的货币政策对实际国民收入不会产生影响。当政府为抑制通货膨胀减少货币供应量时，公众都会用加速花钱的办法（如挤兑、增大消费支出）来加快 V，这样，V 的加快抵消了 M 的下降，价格水平保持不变；同样，出现失业和衰退时，政府向经济中投放更多货币，但公众会降低 V，多增加的 M 被储蓄起来，达不到刺激实际总需求的目的。

（二）成本推动型通货膨胀

成本包括工资、利润和用于购买原材料、能源的支出等项费用。成本的各个组成部分都可能提高，从而引起总成本的提高。有些西方经济学家认为，成本的上升主要是由工资的增加引起的。他们认为，在现代经济中，工人们可以施加压力，迫使企业提高工资，而具有一定垄断性的企业又会相应地提高产品价格，从而引起通货膨胀。这种由工资的提高引起的通货膨胀被称作“工资推进的通货膨胀”。还有一些西方经济学家指出，企业为增加利润，也可能先行提高产品价格，由此引起的通货膨胀则称作“利润推进的通货膨胀”。此外，进口原材料价格的上升（如 20 世纪 70 年代石油危机对西方石油输入国的冲击）及由资源枯竭、环境保护政策造成的原材料、能源等生产成本的提高也会引起成本推进的通货膨胀。

在图 9—9 中，原来的总供给曲线 AS_0 与总需求曲线 AD 决定了国民收入为 Y_0，价格水平为 P_0。成本增加，总供给曲线向左上方移动到 AS_1，这时总需求曲线没变，决定了国民收入为 Y_1，价格水平由 P_0 上升到 P_1，这是由于成本的增加所引起的。这就是成本推动的通货膨胀。

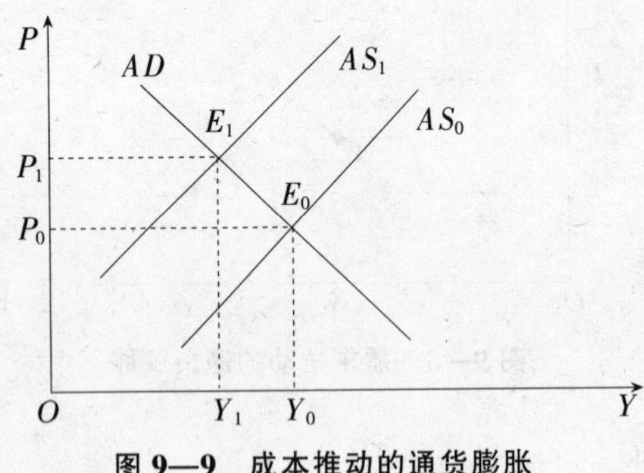

图 9—9　成本推动的通货膨胀

（三）需求拉动和成本推动混合型通货膨胀

1. 供求混合相互作用引起的通货膨胀是混合型通货膨胀

如果通货膨胀是由需求拉动开始的，即过度需求导致物价上升，物价上升使工资水平上升，工资成本上升又引起成本推动的通货膨胀。如图 9—10（a）中，由于需求由 AD_0 增加到 AD_1，虽然国民收入增加到 Y_1，但物价水平上升到 P_1；如图 9—10（b）中，物价

上升导致成本推动（$AS_0 \to AS_1$），物价进一步由 P_1 上升到 P_2。

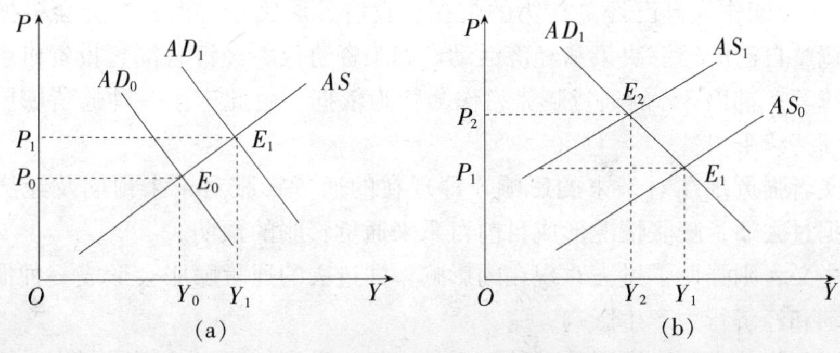

图 9—10　混合型通货膨胀

2. 成本推动的通货膨胀

如果通货膨胀是由成本推动开始的，即成本增加引起物价水平上升（$AS_0 \to AS_1$，$P_0 \to P_1$）。物价上涨，产量下降，即 $Y_0 \to Y_1$。此时，由于国民收入下降，经济衰退，可能结束通货膨胀。只有当成本推动导致通货膨胀的同时，总需求由 AD_1 上升为 AD_2 时，才会使国民收入恢复到 Y_0，而此时，价格水平就由 P_1 进一步上升到 P_2，如图 9—11 所示。

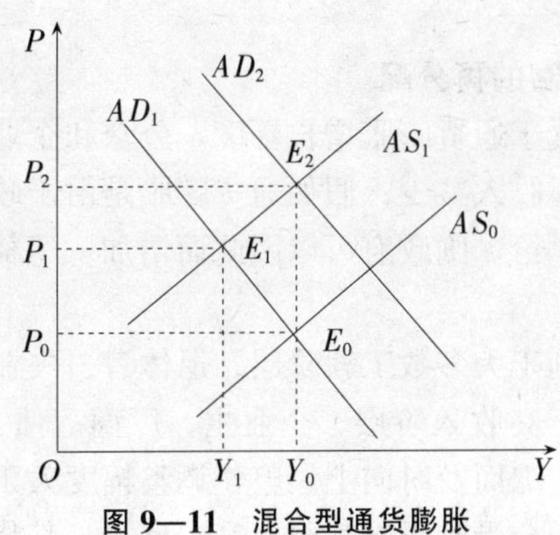

图 9—11　混合型通货膨胀

（四）结构型通货膨胀

收入结构与经济结构的不适应和错位引起的通货膨胀是结构型通货膨胀。第一，高成长性部门和行业因种种限制，不能获得资源和人力，资源价格和工资水平上升，而夕阳产业和衰退行业尽管资源和人力过剩，收入不仅不会下降，因攀比效应反而上升，工资成本推动物价上涨。第二，劳动生产率高的部门，高速增长，带动工资上升，各部门向高增长部门看齐，使工资增长率超过劳动生产率引起通货膨胀。第三，劳动力市场的技术结构、地区结构、性别结构的互不适应，工资刚性（工资水平能上不能下），使“失业与空位”并存，最终导致通货膨胀。第四，产生大国示范效应，小国向大国、强国看齐、非开放部门工资水平向开放部门看齐，工资水平和通货膨胀的国际传递导致通货膨胀。

（五）预期型通货膨胀

通货膨胀一旦出现，人们会根据经验或根据过去的通货膨胀率来预期未来的通货膨胀率。例如，过去几年的通货膨胀率为 8%，人们会据此推断下一年的通货膨胀率仍会是 8%，并把这种预期作为自己经济行为的依据。政府、居民、厂商、工会会根据预期的通货膨胀率来调整自己的经济决策和经济活动，如工资协议、经济合同、投资机会成本、实际利率的计算等，都以 8%的通货膨胀率作为行为依据，由此产生一种通货膨胀预期，使通货膨胀不断持续下去。

货币主义者强调现在对未来的影响，即现在的通货膨胀对未来预期及经济行为的影响。人们根据过去通货膨胀情况形成目前对未来通货膨胀的预期。

凯恩斯主义者则强调了过去对现在的影响，即过去的通货膨胀会形成一种惯性，对现在的经济活动和经济行为产生影响。

虽然通货膨胀的类型或原因是多种多样的，经济学家们可以从不同角度、不同方面做出解释，但许多学者相信，通货膨胀往往是由各种因素共同作用所引起的，只不过不同因素或原因在不同情况下起的作用是不同的。

二、通货膨胀的影响或后果

如果通货膨胀是不能预期的、非均衡的，那么，它会产生一系列后果。

（一）造成实际收入和实际财富的再分配

如果名义工资率的增长慢于通货膨胀增长幅度，公众和企业因货币贬值、所获得的货币收入购买力将下降，即实际收入减少；假如通货膨胀是由于政府借款造成中央银行向社会过量发行货币、增加货币供给，则政府可以因此而增加一笔额外的收入——“通货膨胀税”。

概括地讲，通货膨胀不利于大多数工薪阶层、退休者、失业和贫困者、接受政府救济者、债权人；通货膨胀有利于高收入阶层、企业主、厂商、债务人。在通货膨胀过程中，那些其货币收入能够随物价上涨而及时向上调整，调整幅度大于或等于物价上涨幅度的社会阶层和集团，其实际收入不会受到影响甚至上升；反之，其货币收入不能随物价上涨及时调整，或虽有所调整但上调幅度小于物价上涨幅度的社会阶层和集团，其实际收入将随物价上涨而有所下降。

（二）资源的重新配置

在通货膨胀中，那些价格上涨超过成本上升的行业将得到扩张，而价格上升慢于成本上升的行业将收缩。当价格上涨是对经济结构、生产率提高的反映时，价格变动和资源配置将趋于合理；反之，当通货膨胀使价格信号扭曲、无法正常反映社会供求状况，使价格失去调节经济的作用时，通胀会破坏正常的经济秩序，使价格失去核算功能，降低经济运行效率。

（三）国民收入和就业水平的变化

需求拉动引起的通货膨胀在一定条件下，能促使厂商扩大生产规模、增雇工人，导致国民收入上升；通货膨胀使得银行的实际利率下降，这又会刺激消费和投资需求，促进资

源的充分利用和总供给的增加。但是，当通货膨胀率可预料时，就不会对国民收入水平和就业发生直接的影响。

供给下降引起的通货膨胀只会引起国民收入水平和就业量的下降。

大致说来，温和的通货膨胀对经济的影响较小，不会给社会带来危害；而奔腾的或者恶性的通货膨胀对经济影响较大，给社会造成的危害也大，即弊大于利。

【案例　幸福指数与痛苦指数】

幸福和痛苦是我们每个人都会有体会的两种截然相反的感受。可是当你幸福或痛苦的时候有没有想到过把它们用具体的数字表现出来？经济学家们这样做了。幸福指数最早是由美国经济学家萨缪尔森提出来的，他认为幸福等于效用与欲望之比，用公式表示即：幸福＝效用/欲望。从这个等式来看，当欲望既定时，效用越大越幸福；当效用既定时，欲望越小越幸福。幸福与效用同方向变化，与欲望反方向变化。如果欲望是无穷大，则幸福为零。我们经常会说“人的欲望是无限的”，那是指人们常常会表现为一个欲望满足之后又会产生新的欲望，而在一个欲望满足之前，我们可以把这个欲望当作是既定的，当欲望既定时，人的幸福就取决于效用了。因此我们可以简单地把追求幸福最大化等同于追求效用最大化。从上面的描述中可以看出，幸福指数衡量的是个人的主观愿望，每个人认为自己幸福与否和自己的欲望及效用有关。中国人力资源开发网在2004年全国范围内进行的“工作幸福指数调查”显示，只有9.79％的被调查者幸福地工作着，中国职场人士“工作幸福指数”仅为2.57（最高5分、最低0分）。这样一种状况，使得探讨工作中的幸福感来源成为了必要；同时，个人该如何更好地享受工作，企事业单位又该采取什么样的管理手段让员工更快乐地工作，无疑是探讨的“连带”内容。可以说，当主客观、内外部这两方面达到相辅相成的认知高度时，人们“工作并幸福着”才有可能。在事业的成败决定着大多数人的前途与命运的今天，我们如何应对工作中的不快乐？对很多人来说，解决了这个问题，也就是解决了人生的基本问题。

与幸福指数衡量个人主观愿望不同，痛苦指数是用来衡量宏观经济状况的一个指数，它等于通货膨胀率加上失业率。例如，通货膨胀率等于5％，失业率等于6％，则痛苦指数等于11％。这个指数说明人们对宏观经济状况的感觉，指数越大，人们就会感到越是遗憾或痛苦。在失业与通货膨胀中人们往往更注重失业状况。根据美国耶鲁大学的调查，人们对失业的重视程度是通货膨胀的6倍，因此表示人们对政府不欢迎程度的指数就等于6乘上失业率加通货膨胀率。在前面的例子中，政府不受欢迎程度的指数为6×6％＋5％＝41％。这一指标越高，政府越不受欢迎，该届政府获得连任的机会就越少，所以各国政府都把降低失业率当作非常重要的工作目标。

三、失业与通货膨胀的交替及菲利浦斯曲线

（一）菲利浦斯曲线及其运用

按照凯恩斯主义的理论，失业与通货膨胀是不会同时并存的：充分就业前，总需求增加只会引起国民收入增加而价格水平不会上升；达到充分就业时，总需求增加只会引起通货膨胀而国民收入不会继续增加。菲利浦斯曲线则说明了失业与通货膨胀之间的交替关系。

在图 9—12 中，横轴 u 表示失业率（%），纵轴$\frac{\Delta P}{P}$代表通货膨胀率，A、B、C 各点表示不同的通胀率与失业率的组合。由于曲线向右下方倾斜，斜率为负，当失业率高时，通胀率就低，反之，当失业率低时，通胀率就高。图中阴影部分表示“社会可接受”的“临界点”，即 6%的通胀率和 6%的失业率。

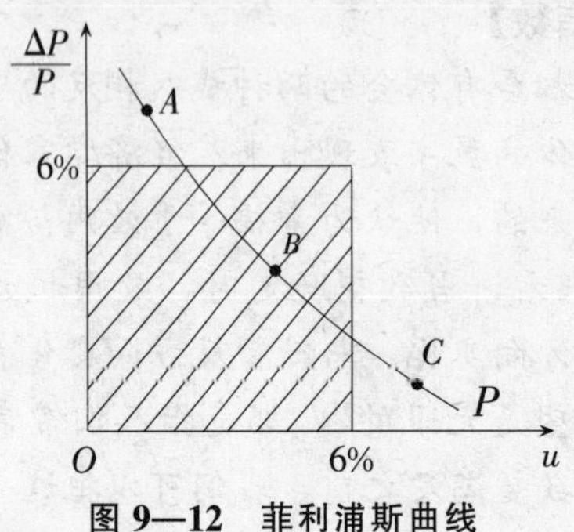

图 9—12　菲利浦斯曲线

基于以上菲利浦斯曲线表明的失业率与通胀率的交替关系，政府可以根据具体情况及政治、经济目标，采取不同的调控措施，有意识地进行“相机抉择”。如图 9—13 所示，菲利浦斯曲线并不始终是稳定的，曲线的上移表明经济情况的变化。当“临界点”（失业率与通胀率的组合）位于阴影区（6%的失业率和 6%的通胀率）时，菲利浦斯曲线为 P_1，处于“安全区域”，政府不用干预；当菲利浦斯曲线上移后（P_2），通胀率与失业率的组合远离“临界点”或“安全区域”，政府必须进行需求管理和调控；当菲利浦斯曲线继续移动至 P_3 时，政府就要加大调控力度。曲线的移动意味着社会将不得不忍受越来越高的失业率和通货膨胀率。

菲利浦斯曲线移动或恶化的原因是由通货膨胀预期造成的。

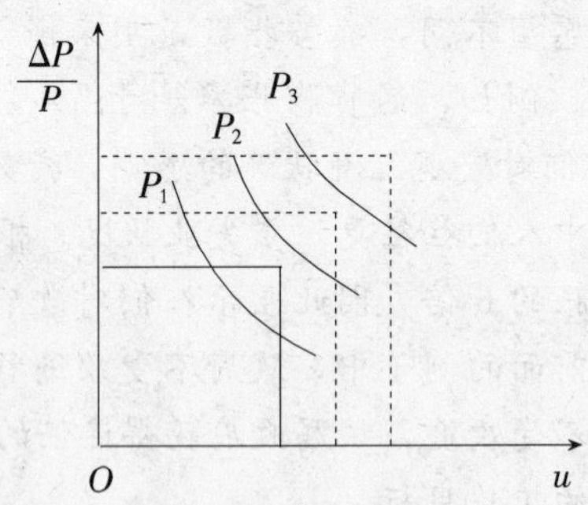

图 9—13　菲利浦斯曲线的恶化示意图

（二）长期菲利浦斯曲线

虽然短期中，失业率与通胀率之间存在交替关系，政府的调控在短期中有效，但长期中，工人会根据实际发生的情况不断调整自己的预期，并且，预期的通货膨胀会不断接近于实际的通货膨胀，这样，工会及工人将要求增加名义工资，使实际工资不变，造成通货膨胀率只上升不下降，从而否定了早期菲利浦斯曲线失业率与通货膨胀率的交替关系。长期中，菲利浦斯曲线是一条垂直线。在图 9—14 中，LPC 代表长期菲利浦斯曲线，它表

明，无论通货膨胀率怎样变动，失业率总是固定在自然失业率的水平上（长期中经济能实现充分就业，失业率是自然失业率），采用扩张性财政政策和货币政策，并不能降低失业率，只会引起进一步的通货膨胀。

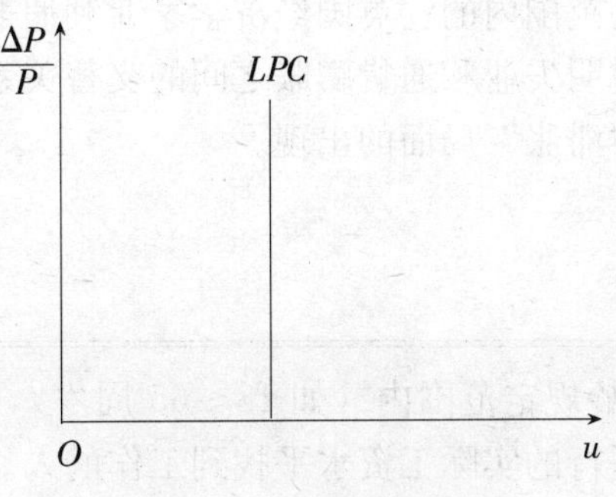

图 9—14　长期菲利浦斯曲线

【案例　世界财政部长会议】

2003 年世界财政部长会议的议题是“如何治理通货膨胀”。

主题发言讨论的是市场经济国家所经历的问题。发言者总结了各国在过去经济发展中所经历的通货膨胀，深刻分析了通货膨胀给经济发展带来的危害。所概括的通货膨胀的危害有：价格上升；降低一国的工业在世界市场上的竞争力；导致国际收支状况恶化，并进而产生失业。各国财长说到通货膨胀的危害时，都是满面忧思，很明显，许多国家都深受通货膨胀之害。

一位经济正在迅速发展的国家的代表对此感到有些迷惑。他所在国家的经济增长很快，以至于没有任何失业，而工资又很低，因而也没有通货膨胀问题。

他被告知：他的国家的进一步发展将会遇到这些问题，通货膨胀将会首先出现。由于经济处于充分就业，当厂家要进一步扩大生产规模、雇用更多的劳动力时，劳动力供给将会紧张，因而为了雇用到工人，某些厂家不得不支付更高的工资，通货膨胀的过程就会开始。或者这种影响持续增加导致对进口消费品的需求大量增加，从而国内产品生产减少。

本章小结

1. 通货膨胀可分为三种类型：一是温和的通货膨胀；二是奔腾的通货膨胀；三是超级的通货膨胀，这种通货膨胀在任何时候都会给经济带来极大的危害。通货膨胀的经济根源在于社会总需求超过了社会总供给。这一经济根源形成了需求拉动和成本推动两种力量，导致了通货膨胀的产生。

2. 失业的种类主要包括摩擦性失业、结构性失业、临时性和季节性失业三种类型。经济学较多地关注临时性和季节性失业。

3. 对于现代社会来说，失业是一个严重的问题。在高失业率期间的损失，比通货膨胀或其他经济因素造成的浪费和由此引起的缺乏效率要大许多倍。在市场经济条件下，即使劳动力市场和产品市场都处于均衡，失业仍然会存在，经济学把这时的失业率称之为自然失业率。在市场经济条件下，自然失业率不会等于零，一般认为，自然失业率是市场经济条件下，在一国不出现高速增长的通货膨胀前提下，所能享有的最低失业率，即经济社会在正常情况下的失业率。

4. 在市场经济条件下，失业和通货膨胀是不可避免的，有效的经济政策是如何把失业和通货膨胀控制在适度的范围内的？英国经济学家菲利浦斯提出了一个被称为“菲利浦斯曲线”的经济模型，以说明失业和通货膨胀之间的交替关系。市场经济条件下必须警惕菲利浦斯曲线的恶化，即“滞胀”局面的出现。

本章关键概念

1. 失业者：在一定年龄规定范围内（如 18～65 周岁），有工作能力，愿意工作并积极寻找工作而未能按当时通行的实际工资水平找到工作的人。

2. 充分就业：在现有工作条件和工资水平下，所有愿意工作的人都参加了工作的就业量。

3. 周期性失业：如果均衡的国民收入水平低于潜在的或充分就业时的国民收入水平，此时就存在失业，即需求不足引起失业。

4. 资本边际效率递减规律：一定资本增量预期的收益与其供给价格（重置成本）之间的比率递减趋势。

5. 边际消费倾向递减规律：随着收入的增加，消费也增加，但在增加的收入量中，用来消费的部分所占比例越来越少。

6. 流动偏好：人们喜欢以货币形式保持一部分财富的愿望或动机。

7. 流动偏好陷阱：人们义无反顾地保留货币而放弃证券，不再购买证券，而是卖出证券持有货币。这种情况叫做“凯恩斯陷阱”或“流动偏好陷阱”。

8. 摩擦性失业：劳动者在正常流动过程中所产生的失业。

讨论及思考题

1. 市场经济中有没有可能“消灭”失业？为什么？（提示：不能，因为存在自然失业）

2. 如何理解“自然失业率”？（提示：充分就业不等于百分之百就业，自然失业不可避免）

3. 周期性失业和结构性失业的区别在哪里？（提示：前者是就总量而言，后者是就结构而言；存在结构性失业的时候可能仍然会有职位空位）

4. 如果通货膨胀和通货紧缩是宏观经济政策必选其一的状况，你认为哪一种政策倾向更好一点？

5. 通货膨胀对不同收入阶层的人产生的影响是不是相同的？（提示：不同；影响与否取决于收入增加的幅度是大于还是小于物价上涨的幅度）

6. 哪些失业可以消除？哪些失业不可以消除？短期中失业和通货膨胀之间的关系是什么？

7. 失业和通货膨胀的影响及对策有哪些？

第十章

经济周期与经济增长

导入案例

中国未来经济增长的潜力和前景

自 1979 年以来，中国经济已经连续高速增长了 30 多年。在 2007—2010 年全球金融危机中，中国仍然保持了高增长，分别是 11%、9%、9.2%、10.3%。从现在到 2020 年，中国的经济还会高速增长吗？这是国内外学者、政府和投资者所研究和关注的问题。未来十年中，中国的经济至少还将会以 7%～8%的速度增长，2020 年时，按不变价格计算，GDP 总量将达到 80 万亿元，人均 GDP 将达到 60 000 元。中国未来经济增长的潜力和前景反映在以下几个方面。

第一，中国目前人均 GDP 的水平还很低，增长的人均基数还较小。从世界各国经济增长的经验来看，基数小，增长快；基数大，增长慢，这是一个较为普遍的现象。美国人均 GDP 2010 年达到 47 284 美元，年增长 1%，绝对额增长 472 美元；中国人均 GDP 2010 年 4 382 美元，年增长 10%，GDP 才增加 438 美元。因此，中国未来低基数基础上的高增长是国民经济成长的重要趋势。

第二，中国居民生活水平提高的主要内容还是物质消费的满足，因此，物质产品的大规模生产和建设将强劲推动国民经济的持续增长。从城镇居民的需求来看，住房需求和汽车需求将是经济增长强劲的拉动力；从农村转向城市人口的需求来看，住房、日用消费品数量和质量的提高，以及其他耐用消费品消费的增加，也是经济增长强劲的拉动力。

第三，中国有着丰富的人力资源，工资成本是工业化国家的1/20～1/15。而且随着教育的发展，适龄青年高等学校入学率在2020年将达到35%左右，中国将会成为人力资本规模最大的国家。劳动力便宜的成本比较优势和人力资本的增加，将成为国民经济强有力的推动因素。

第四，从农村社会和农业向城市社会和非农业的结构转型及其带来的人口迁移，形成的劳动力可得以利用。中国到2020年如果城市化水平每年提升1%，累计将有2.1亿农业人口向城镇转移，由此带来的城市和交通建设、城市人口增加和消费增加等，也是一个强劲的经济增长推动因素。

第五，中国城镇人口占总人口的49.68%，达6.655亿人，中国因人口众多，随着人民收入水平的提高，几乎任何产业都有可观的市场需求规模，这为产业的投资和发展创造了规模化的市场条件，中国产业在世界市场波动时，国内有足够的需求回旋余地。

第六，成长着的巨大的中国市场，劳动力资源丰富和工资成本便宜的比较优势，稳定的国内政治和社会环境，将使中国成为世界上投资最安全和最有收益的地区，而外国资本大量进入也是中国未来经济增长的有力推动因素。

第七，从东亚一些国家和地区经济增长的经验来看，结构转型在城市化水平35%～55%阶段，仍然是高速增长阶段。比如，韩国在1953—1962年间GDP增长速度平均为3.84%，1962—1991年间平均增长8.48%，1991—2000年间平均增长5.76%，高速增长长达38年；新加坡1960—1965年间平均增长5.74%，1965—1984年间平均增长9.86%，1984—2000年间平均增长7.18%，高速增长了35年；中国台湾地区1951—1962年平均增长7.92%，1962—1987年平均增长9.48%，1987—2000年平均增长6.59%，高速增长长达49年。而中国内地未来结构转型特征和人均GDP水平变动，正是处于这样一个经济高速增长的时期。因此，对中国内地未来经济的高速增长持否定和怀疑态度是没有道理的。

本章要点

1. 经济增长理论主要研究经济长期变动趋势，如何才能实现稳定的增长，哪些因素影响经济增长，以及经济该不该增长等问题。

2. 经济增长理论主要有两方面的内容：一是以凯恩斯的储蓄投资分析为基础的各种经济增长模型，主要是哈罗德—多马经济增长模型，新古典经济增长模型和剑桥经济增长模型。二是经济增长因素分析，主要讨论影响经济增长的因素及在经济增长中的作用。

3. 经济周期是指一国总体经济活动的波动，即经济活动的扩张、收缩、循环往复的过程；经济周期一般分为谷底、扩张、顶峰、衰退四个阶段。判断经济处于哪一个阶段要根据一些统计指标的变动，这些经济指标主要有国内生产总值、工业生产总值以及失业率、利息率、批发价格、零售总额等。

凯恩斯的储蓄与投资相等是哈罗德—多马经济增长模型的基础和前提。在一个经济周期中，经济扩张通常表现为国民收入的增加，即经济增长，而经济衰退则表现为国民收入的减少。在一定时期内，实际国民收入为Y，它的改变量为ΔY，那么经济增长率就表示为：

$$g_w = \frac{\Delta Y}{Y}$$

在估计各种因素对经济增长的贡献时，西方学者通常考虑技术、资本、劳动三大因素，即经济增长是技术、劳动、资本的函数。

4. 从国民收入循环和均衡公式，可以推导出开放经济中国民收入均衡条件，利用 $S-I=X-M$ 可以说明本国储蓄、国内投资、资本输入（输出）的关系。

5. 国家贸易产生的原因在于贸易利益。比较优势说明各国参与贸易的好处。

6. 由于各国使用不同的币种，因此国家结算必然涉及汇率。汇率的变动主要由货币购买力水平、国际收支状况、通货膨胀、利率、经济增长率、财政赤字及外汇储备等因素决定。这些因素不同程度地影响对外汇的需求和供给。

7. 国际收支平衡表是一种系统记录一定时期（通常为一年）一个国家国际收支项目及其金额的统计报表。它包括经常项目、资本项目、官方储备项目和净误差。国际收支平衡表贷方项目总值大于借方项目总值的差额称为国际收支顺差或盈余；反之，贷方项目总值小于借方项目总值的差额则称为国际收支逆差或赤字。

国际收支平衡表反映一国综合经济实力和对外交往情况，调节国际收支可以实现国民经济均衡运行。

知识点：要求了解影响经济增长的因素和经济周期的分类，理解经济增长模型，掌握如何保证经济稳定增长和消除经济周期的影响；了解国际收支和国际收支平衡表，理解经常项目、资本项目、官方储备项目等国际收支项目。

能力点：理解经济增长对一国居民意味着什么。掌握哪些因素影响国际收支均衡。

注意点：(1) 凯恩斯的储蓄与投资相等是哈罗德—多马经济增长模型的基础和前提。(2) 在估计各种因素对经济增长的贡献时，西方学者通常考虑技术、资本、劳动三大因素，即经济增长是技术、劳动、资本的函数。(3) 国际收支平衡表中，只要是获得或增加货币收入的交易项目，即是一国资产增加或负债减少，记入贷方，反之记入借方。(4) 国际收支平衡是经常项目和资本项目的总和的平衡，如果经常项目的顺差（或逆差）与资本项目的顺差（或逆差）相等，则国际收支就还是平衡的。

第一节　经济周期及成因

一、经济周期

国民收入及经济活动水平有规律地经历扩张和收缩的周期性波动，叫经济周期。

在经济的扩张期，就业增加，产量上升，投资增加，信用扩张，价格水平上升，公众预期乐观，生产要素和资源越来越被充分利用。当繁荣达到顶点时，产量水平也达到极限。繁荣开始让位于萧条。

在经济的收缩期，股票价格下跌，存货增加，信用关系中断，一些企业倒闭，国民收入、就业水平、生产下降，价格和利润跌落，工人失业，公众预期悲观，就业和产量跌至谷底。随着时间的推移，经济进入恢复期。开始新一轮的循环。

扩张和收缩是经济周期两个大的阶段。如果更细一些，则可以把经济周期分为四个阶段：繁荣、衰退、萧条、复苏。其中，繁荣与萧条是两个主要阶段，衰退与复苏是两个过渡性阶段。

美国经济学家阿尔文·汉森对第二次世界大战前的经济周期的长度进行了分析，结论是，主要经济周期的平均长度大致为8年，例如，在1895—1937年间，共有17次周期，其平均长度为8.35年。

经济周期，意味着即使是在经济繁荣期间，人们也注定要为失业和生活水平的下降担惊受怕。有的人腰缠万贯，但当经济萧条到来时，可能变为一无所有。

二、经济周期的成因

自19世纪中期以来，经济学家们提出的经济周期的原因非常多，比较有代表性的几种是：（1）纯货币周期理论。当银行体系降低利率、信用扩大、贷款增加时，生产扩张，供给增加，收入和需求进一步上升，物价上涨，经济活动水平上升，经济进入繁荣阶段。由此引发通货膨胀，银行体系被迫收缩银根，停止信用扩张，贷款减少，订货下降，供过于求，经济进入萧条阶段。萧条时期，资金逐渐向银行集中，银行采取措施扩大信用，促进经济复苏。货币理论认为，货币量的扩张和收缩对经济周期有普遍的影响，这一理论的代表人物是拉尔夫·霍特里、米尔顿·弗里德曼。（2）投资过度理论。投资的增加（原因很多，如货币量增加引起投资增加、发明和创新引起投资增加）引起经济繁荣，经济繁荣导致对生产资料等投资品需求的增加。资本品的生产过度发展引起了消费品生产的减少，形成结构失衡，资本品过剩，使经济由繁荣转入萧条。（3）创新周期理论。采用新技术、新材料、新能源、新市场组合和企业管理方法，开发了一种新的产品或新的产品功能，这一切会给创新者带来巨大盈利，使其他企业竞相仿效，形成创新浪潮。创新浪潮使银行信用扩张，投资膨胀，引发经济繁荣。随着创新的普及，盈利机会消失，银行信用收缩，投资下降，直至经济衰退。创新理论的发明者熊彼特，因其理论的独特性，至今仍被关注。（4）心理周期理论。英国的庇古和凯恩斯认为，人们对经济前景乐观和悲观预期的交替引起了经济周期中繁荣与萧条的交替。庇古认为，经济高潮时，人们总是对未来有乐观的预期，引起经济过度繁荣，而当过度乐观的情绪及其后果被察觉后，又会变成不合理的过度悲观的预期。由此出现投资的过度下降，造成经济萧条。凯恩斯认为，预期收益下降和重置成本上升导致资本边际效率下降，资本边际效率递减导致社会总投资、总需求不足，总需求不足形成紧缩缺口，缺口大到一定程度时，就会出现经济萧条。萧条期间，获利机会减少，储蓄倾向得到强化，即使利率降至2%，工商业者也不肯借款，所以，凯恩斯指出：要复苏经济，花钱比储蓄更重要，获利前景取决于需求的增长。在凯恩斯主义盛行的时代，节俭是罪恶，消费倒成了值得推崇的行为。凯恩斯经济学使景气维持了30年，凯恩斯时代是需求管理的时代。

除了以上对经济周期成因做出不同解释外，还有诸如太阳黑子周期理论、政治周期理论，也有的经济学家用星相、战争、政治事件、金矿的发现、人口和移民的增长、新疆域和新资源的发现、科学发明和技术革新等来诠释经济周期。诺贝尔经济学奖获得者、美国经济学家萨缪尔森用“乘数—加速数相互作用原理”来说明经济周期并因此成为现代经济周期理论的代表之作。

第二节　经济增长模型

现代经济增长理论是在凯恩斯主义出现之后形成的。经济增长一般是指一国的商品和劳务总量的增加，即国内生产总值的增加。衡量经济增长的指标通常有两个：一是实际国内生产总值，即以不变价格计算的国内生产总值；二是人均国内生产总值，即按人口增加的情况修正实际国内生产总值。

第二次世界大战以后，西方经济增长理论的发展可以概略地分为三个时期，每个时期都有其突出的主题。第一个时期是20世纪60年代以前，这一时期主要是建立各种经济增长模型；第二个时期从20世纪60年代初开始，研究的重心是对经济增长因素的分析；第三个时期从20世纪70年代开始，在这一时期，许多经济学家对经济增长本身提出了疑问，从而展开了关于经济增长的各种争论。

一、经济增长模型

(一) 哈罗德—多马经济增长模型

英国经济学家哈罗德以凯恩斯经济理论为基础，于1939年发表了《论动态理论》一文，试图将凯恩斯经济理论长期化、动态化，以讨论长期经济增长问题。此后，他又于1948年发表了《动态经济学导论》一书，提出了他的经济增长模型。20世纪40年代中期，美国经济学家多马进行了类似的研究，提出了另一个经济增长模型。由于他们两人所提出的经济增长模型含义相同，因而一般将他们的模型合称为哈罗德—多马经济增长模型。

(二) 基本假设和基本公式

1. 基本假设

(1) 假定全社会所生产的产品只有一种。这种产品既可能用于个人消费，也可以作为投资所需的生产资料，继续投入生产。

(2) 假定只有两种生产要素，劳动是除资本以外唯一的另一种生产要素；并且两种生产要素之间不能相互替代，两种要素只有一种可行的配合比例。

(3) 假定规模收益不变。即不管生产规模大小，单位产品所需成本不变，如果劳动和资本同时增加一倍，收入也相应地增加一倍。

(4) 假定技术不变，即不存在技术进步。

(5) 由于规模收益不变，技术不变，并且劳动和资本两种生产要素的配合比例不变，因此在任何时候，生产单位收入所需要的劳动力数量和资本数量是不变的。

(6) 假定边际储蓄倾向不变。因而边际储蓄倾向等于平均储蓄倾向或储蓄占国民收入的比率，平均储蓄倾向或储蓄占国民收入的比率是不变的。

2. 基本公式

哈罗德从凯恩斯的“储蓄—投资分析模型”出发，将有关的经济因素抽象为三个变量：

(1) 储蓄率 (s)，即储蓄量占国民收入的比重。以 S 表示储蓄量，以 Y 表示国民收入，则

$$s=\frac{S}{Y}$$

(2) 以 K 代表为得到总产出（国民收入 Y）的资本投入，则资本系数 (k) 代表资本与国民收入之比，则

$$k=\frac{K}{Y}$$

根据假定，资本系数是不变的，因此

$$\frac{K}{Y}=\frac{\Delta K}{\Delta Y}$$

上式中，ΔK 为资本增量，即净投资 I，所以有

$$k=\frac{K}{Y}=\frac{I}{\Delta Y}$$

(3) 有保证的国民收入增长率 g_w，即在 s 与 k 既定的条件下，能够使投资等于储蓄 ($I=S$) 的经济增长率。

根据 $I=S$

$$k\cdot\Delta Y=s\cdot Y$$

$$\frac{\Delta Y}{Y}=\frac{s}{k}$$

故 $g_w=\frac{s}{k}$

这就是哈罗德—多马经济增长模型的基本公式。有保证的增长率与储蓄率 s 成正比，与资本系数 k 成反比。

3. 有保证的增长率与实际增长率

在资本系数不变，储蓄率不变的假定条件下，按照哈罗德—多马经济增长模型，要实现经济稳定均衡增长，即在经济增长过程中保证总供给等于总需求，或按照凯恩斯的储蓄—投资分析，保证投资等于储蓄，就必须使实际增长率等于有保证的增长率。只要使实际增长率等于有保证的增长率，就能够实现经济稳定均衡的增长。哈罗德—多马经济增长模型的经济含义就在于此。

例如，假设储蓄率 $s=20\%$，资本系数 $k=4$，并且在增长过程中，储蓄率和资本系数保持不变，则有保证的增长率：

$$g_w=\frac{s}{k}=5\%$$

若实际增长率 $g=g_w=5\%$，则储蓄就能够全部转化为投资。投资一方面作用于需求，使总需求等于总供给；另一方面作用于供给，使生产能力增加，使下期国民收入增加。进而使国民收入进一步增长。

当投资量与储蓄量不相等、投资率不等于储蓄率时，实际增长率就与有保证的增长率不一致了。

当实际投资率大于储蓄率时（$i>s$），则实际增长率大于有保证的增长率，如 $s=20\%$，$i=24\%$，实际资本系数 $k=4$，则

$$实际增长率=\frac{0.24}{4}\times 100\%=6\%$$

$$有保证的增长率=\frac{0.2}{4}\times 100\%=5\%$$

如果实际投资率小于储蓄率，则 $i<s$ 时，那么实际增长率小于有保证的增长率。如 $s=20\%$，$i=16\%$，$k=4$，则

$$实际增长率=\frac{0.16\times 100\%}{4\times 100\%}=4\%$$

$$有保证的增长率=\frac{0.2}{4}\times 100\%=5\%$$

实际增长率大于有保证的经济增长率，意味着实际投资大于储蓄，总需求大于总供给，过度投资在加速系数的作用下，会放大经济增长，导致经济高速扩张；反之，会导致经济紧缩。

二、经济增长因素分析

在估计各种因素对经济增长的贡献时，西方学者通常考虑技术、资本、劳动三大因素，即经济增长是技术、劳动、资本的函数，即

$$g=a\left(\frac{\Delta K}{K}\right)+b\left(\frac{\Delta L}{L}\right)+TC$$

上式中，g 代表经济增长率，$\frac{\Delta K}{K}$，$\frac{\Delta L}{L}$ 分别代表资本、劳动的增长率；TC 为技术进步速度；a，b 分别代表资本和劳动的收入占国民收入的比重。根据统计资料，$a=\frac{1}{4}$，$b=\frac{3}{4}$，则

$$g=\frac{1}{4}\left(\frac{\Delta K}{K}\right)+\frac{3}{4}\left(\frac{\Delta L}{L}\right)+TC$$

由此可以得出资本增长和劳动增长对经济增长的贡献：

资本增长 1%，可使国民收入增长 $\frac{1}{4}\times 1\%=0.25\%$；劳动增长 1%，可以使国民收入增长 $\frac{3}{4}\times 1\%=0.75\%$。

技术进步对经济增长的贡献则是无法直接计算的。但可以将它作为“剩余”来估算，即从经济增长率中减去资本和劳动增长的贡献，余值就是技术进步对经济增长的贡献。

$$TC=g-\frac{1}{4}\left(\frac{\Delta K}{K}\right)-\frac{3}{4}\left(\frac{\Delta L}{L}\right)$$

假设经济增长率为 3.2%，资本增长率为 3%，劳动投入的增长率为 1%，则

$$\begin{aligned}TC&=3.2\%-\frac{1}{4}\times 3\%-\frac{3}{4}\times 1\%\\&=3.2\%-0.75\%-0.75\%=1.7\%\end{aligned}$$

即在 3.2%的经济增长率中，资本增长的贡献是 0.75%，劳动投入增长的贡献是 0.75%，而技术进步的贡献是 1.7%。据此还可计算三个因素的贡献占全部经济增长率的百分比。即在全部经济增长中，资本增长的贡献约占 23.44%，劳动增长的贡献约占 23.44%，技术进步的贡献约占 53.12%。

第三节　经济增长是非论

一、零增长理论的提出及基本观点

零增长理论是指 20 世纪 60 年代末出现的反经济增长理论，该理论的基本观点是：假定世界上的自然的、经济的和社会的关系没有重大变化，那么，由于世界粮食的短缺、资源的耗竭和污染的严重，世界人口和工业生产能力将会发生非常突然和无法控制的崩溃。为了避免这种灾难性前途，必须停止人口增长和工业投资增长，以达到零增长的全球性均衡。所以，经济增长是有极限的，即使可以增长，增长也是不可取的。

零增长理论最初是由一些科学家、经济学家和新闻界、文化界、教育界的专家以及实业家在意大利的罗马讨论人类的处境时提出的，这就是“罗马俱乐部”的由来。罗马俱乐部委托麦多斯把讨论的情况整理成书，这就是麦多斯在 1972 年出版的《增长的极限》，它与福雷斯特尔在 1971 年出版的《世界动态学》一起，成为零增长理论的代表作。

他们的基本观点是：人口和经济增长必然加大对非再生资源和食物的需求，并增加污染，由于资源和能够提供食物的供给及环境吸收污染的容量是有限的，因此，经济增长必然在某一时间内达到极限。如果经济不受阻碍地继续增长下去，那么，到 2100 年之前，因为环境污染、粮食短缺、人口过多、资源耗尽，食物和医药缺乏将引起死亡率上升，最后人口增长停止，人类社会面临崩溃的危险，所以“麦多斯—福雷斯特尔模型”又被称为“世界末日模型”。他们认为，为了避免由于经济增长达到极限而导致人类社会的崩溃，应停止追求经济增长，尽力减少资源的消耗和污染。

二、增长价值怀疑论

如果增长是可能的，或者说经济增长不会导致人类社会毁灭，那么，经济增长是值得

的吗？

美国经济学家米香对经济增长的价值提出了怀疑：第一，持续的经济增长使人们失去闲暇、新鲜的空气、秀丽的景色和安静的环境、平衡的生态，使生存质量下降；第二，人类幸福不仅仅局限于物质享受，对幸福的理解取决于他在社会上的相对地位，虽然增长能增加个人的绝对收入，但不一定能提高他在社会上的相对地位。经济增长带来的结构变动、心理紧张使人类得到的幸福、福利大打折扣。米香认为，应停止经济增长，恢复过去那种田园式的生活。

三、对零增长理论的反驳

弗里德曼认为，麦多斯等人不过是“带着计算机的马尔萨斯”。既然古典经济学家马尔萨斯的悲观预测未能应验，现代的悲观预测将来也不会灵验。影响未来的因素是复杂的、无法预测的，而福雷斯特尔和麦多斯等人的分析却是简单的，是建立在一系列假定基础上的。

一些经济学家指出，即使零增长，也并不能减少污染和资源消耗。经济增长中出现的各种问题只有通过技术进步、经济发展来解决。如果经济增长和技术进步停止，人类只能自取灭亡。

还有的学者指出，如果真正实现零增长，将会使低收入者没有改变贫困状况的机会，将使发展中国家永远处于落后挨打的地位，将使政府管制无限扩大。零增长既然要使一切保持现状，它将使社会成为一个僵化的社会，社会中的不平等将恒久保持下去甚至进一步扩大。零增长战略的贯彻，要求采取严格的行政管制，政府要监督企业的投资率、生产规模、产量、雇用人数、工作时数等，政府要建立庞大的官僚机构，负担庞大的财政支出，企业会想方设法逃避检查，这一切将给社会带来灾难。在世界范围内，发展中国家不会实施零增长政策，那会让它们永远落后；发达国家也不愿使自己的经济增长缓慢下来，因为，如果其他国家一如既往地污染大气、海洋、湖泊和森林，自己国家仍然会遭受损害。

大多数西方经济学家相信，技术进步的作用是不可估量的，完全可以突破资源的限制，使经济增长持续下去，办法总比困难多，而解决经济增长消极后果的办法就在经济增长中。

第四节　开放经济中的国民收入均衡

一、收入均衡公式

在简单的开放经济条件下，总需求＝消费＋投资＋政府支出＋出口＝$C+I+G+X$，总供给＝消费＋储蓄＋税收＋进口＝$C+S+T+M$。

总供给＝总需求，即$C+S+T+M=C+I+G+X$。

如果假定政府收支相等，且去掉消费项，那么，$S+M=I+X$

$$S-I=X-M$$

$S-I$ 是储蓄投资差额，$X-M$ 是进出口差额。

这两个差额中，任何一个差额都可以通过调整另外一个差额来加以变化，或者增加出口，或者减少进口；或者减少储蓄，或者增加投资。通过调节，达到国民收入均衡。

利用 $S-I=X-M$ 可以说明本国储蓄、国内投资、资本输入（输出）的关系。

（一）净出口等于国外净投资（$X-M=I_f$）

以 I_f 表示国外净投资（本国对国外投资与外国对本国投资之差），国外净投资应等于净出口，即 $I_f=X-M$。因为，当 $X-M>0$ 时，盈余以外汇、国外股票、国外债券、国外古董等资产形式存在，即国外净投资为正，$I_f>0$；当 $X-M<0$ 时，贸易逆差以外国投资者购入本国货币、本国股票、本国债券、本国企业资产的形式存在，即国外净投资为负，$I_f<0$。所以，$(X-M)=I_f$。

（二）储蓄投资差额等于国外净投资（$S-I=I_f$）

$$S-I=X-M$$
$$S-I=I_f$$

公式 $S-I=I_f$ 的经济意义是：$S-I>0$，国外净投资 I_f 为正，盈余和官方储备增加，本国对国外投资增加；$S-I<0$，国外净投资 I_f 为负，盈余和官方储备减少，本国对国外投资减少而外国对本国投资增加。

（三）本国储蓄可用于国内投资和国外投资（$S=I+I_f$）

$$S=I+I_f$$

公式 $S=I+I_f$ 的经济意义是：本国储蓄可用于国内投资（I）和国外投资（I_f）。

（四）资本输入国与资本输出国

当一国有贸易顺差时，$X-M>0$，$I_f>0$，该国就是资本输出国；当一国有贸易逆差时，$X-M<0$，$I_f<0$，该国就是资本输入国。

二、汇率与收入均衡

（一）进出口的变动（假定其他条件不变）涉及汇率问题

汇率是指一国货币单位同他国货币单位的兑换比率。在开放经济中，为了保持收入均衡，必须使汇率接近于货币价值。因为，在生产能力、消费者偏好和收入既定的条件下，如果汇率高于货币价值，即货币升值，将使进口增加，出口减少，收入均衡受到破坏；如果汇率低于货币价值，即货币贬值，出口上升，进口减少，收入均衡同样受到破坏。

（二）汇率的决定

汇率的变动主要由货币购买力水平、国际收支状况、通货膨胀、利率、经济增长率、

财政赤字及外汇储备等因素决定。这些因素不同程度地影响对外汇的需求和供给。如图10—1所示，r代表汇率（即以本国货币表示的外币的价格）；D，S分别代表对外汇的需求和供给；Q代表外汇数量。外汇供求相互作用决定的均衡汇率为Or_0。均衡外汇数量为OQ_0。

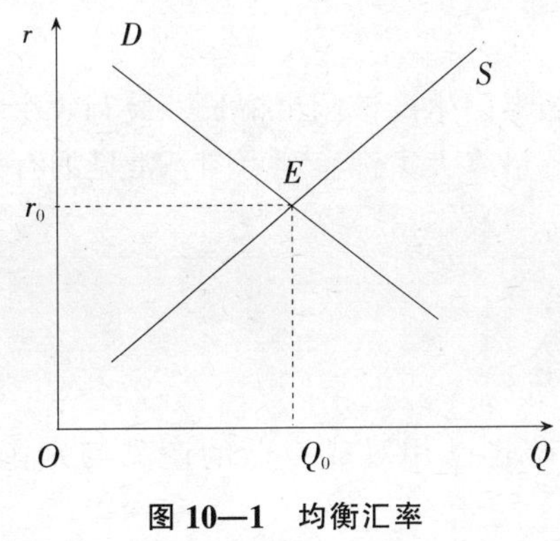

图10—1　均衡汇率

三、“传递”对国民收入均衡的冲击

传递是指一个国家发生国民收入不均衡（失业、通货膨胀、“滞胀”）会影响其他国家的国民收入均衡。

（一）通过国际贸易渠道的“传递”

其“传递”过程是：世界市场价格波动——国内开放部门价格变动——国内非开放部门价格变动；国内价格波动——产量与就业变动。

（二）通过国际资本流动渠道的“传递”

例如，某国出现资本过剩或资本严重缺乏，国内利息率大幅度下降或提升，引起本国资本的流出或者国际资本的流入，导致国际金融市场的利息率大幅度波动。这又进一步引起国际资本流动，并对其他国家的利息率发生影响。如果一国经济严重衰退并迫使它从国外抽回资金，停止向国外供给信贷，从而引起其他国家的企业发生支付困难，导致其他国家金融市场的紧张情况；或者，一国经济衰退时，无法到期偿还欠国外的债务，使国外的债权人受损，从而引起国际金融市场混乱。

（三）通过利率和汇率方式的“传递”

假如，美国国内投资债券收益率为11%，其他国家则低于10%，许多国家的投资者会把其手中的本国货币换成美元，所有人都竞相争购美元，美元升值；在美国，进口货价格便宜，出口产品价格上升，出口小于进口，就业机会下降。由于进口货便宜，许多人会购买进口货，国内通货膨胀率会下降，但国内生产下降，就业机会减少。这时，美国为了避免国外资本流入过多，将会扩大信贷，增加货币流通量，使国内通货膨胀率上升，降低债券投资的实际收益率，直到资本不再流入，本国货币贬值，汇率下跌，其他各国持有美元者会纷纷抛售美元，结果，美国出口产品价格下降，进口产品价格上升，出口大于进口，这等于把“失业”传递到国外。

第五节　比较优势理论与国际贸易的成因

比较优势理论说明，各国专门生产该国最擅长、最有效率的产品，然后换取它们无法生产或生产效率不高的产品，最终大家都有利可图。常见的有相对成本优势理论与机会成本差异优势理论。

一、相对成本优势理论

这种理论认为，一国生产自己相对成本低的产品与别国进行交换，对双方都是有利的。

例如，英国与葡萄牙生产呢绒与葡萄酒的成本如表 10—1 所示。

表 10—1　　　　英国与葡萄牙生产呢绒与葡萄酒的成本

	呢绒	葡萄酒
英国	100	120
葡萄牙	90	80

如表 10—1 所示，葡萄牙生产这两种产品都比英国有利。在这种情况下，双方贸易的基础不是绝对成本而是相对成本。

从葡萄牙来看，生产呢绒的成本是英国的 90%，生产葡萄酒的成本是英国的 67%。这就说明，葡萄牙生产两种产品都绝对有利，但生产葡萄酒的相对优势更大。从英国来看，生产呢绒的成本是葡萄牙的 1.1 倍，生产葡萄酒是葡萄牙的 1.5 倍。这就说明，英国生产这两种产品都绝对不利，但生产呢绒相对有利一些。这样，双方生产自己相对有利的产品并进行交换就是有利的。英国生产呢绒换取葡萄牙的葡萄酒，葡萄牙生产葡萄酒换取英国的呢绒，双方都有利。这是因为，英国 220 单位的劳动可以生产出 2.2 单位的呢绒，葡萄牙 170 单位的劳动可以生产出 2.125 单位的葡萄酒。两国按 1∶1 的比例交换，则劳动成本相同，能消费的产品都增加了。

相对成本优势理论在国际贸易理论中具有重要的地位，已成为自由贸易政策的依据。以后的各种国际贸易理论都是由此而发展来的。

二、机会成本差异优势理论

现实中，要衡量生产某种商品的资源成本是相当困难的，为此，经济学家用机会成本差异来解释贸易可以带来的利益。

假定，在 A 国，一个资源单位可生产 10 千克小麦或 6 件衣物，这意味着，1 千克小麦的机会成本是 0.6（=6/10）件衣物，而每件衣物的机会成本是 1.67（=10/6）千克小麦。

在B国，1个资源单位可生产出10千克小麦或20件衣物，也就是说，1千克小麦的机会成本是2.0（＝20/10）件衣物，而一件的衣物的机会成本是0.5（＝10/20）千克小麦。请看表10—2。

表10—2　　A、B两国小麦和衣物的机会成本

	小麦/千克	衣物/件
A国	0.6件衣物	1.67千克小麦
B国	2.0件衣物	0.5千克小麦

根据表10—2，A国为增加1千克小麦而需要放弃的衣物小于B国（0.6<2.0）；B国为增加一件衣物而需要放弃的小麦小于A国（0.5<1.67）。如果由A国生产小麦而由B国生产衣物，其产量为10千克小麦、20件衣物，其总产量组合优于分别由A国和B国生产两种商品的其他选择（如A国生产10千克小麦，B国生产10千克小麦；A国生产6件衣物，B国生产20件衣物；A国生产6件衣物，B国生产10千克小麦）。

除此之外，还有许多其他的理论，如偏好差异理论、规模经济优势理论、要素禀赋理论、绝对优势理论、技术缺口和产品生命周期贸易理论等。

【案例　克林顿为什么限制墨西哥西红柿进口美国】

美国、加拿大和墨西哥在1993年签署了北美自由贸易协定，但是1996年克林顿政府却限制墨西哥西红柿进口美国。

美国西红柿质次价高，墨西哥西红柿质高价低。无论从哪一个角度看，美国从墨西哥进口西红柿都受益。进口西红柿受损的主要是佛罗里达州的种植者。他们的损失总体上小于消费者的受益。但他们人少，分摊到每个人身上的损失并不小，因此，就会组织起来反对西红柿进口，消费者虽然人多，但分散，他们无法组织起来支持西红柿进口。

那么，克林顿为什么不支持消费者而支持生产者呢？因为消费者不会由于西红柿进口减少而不支持他，但生产者会由于西红柿进口而反对他。1996年正值总统大选，克林顿担心支持西红柿进口会失去佛罗里达州的支持，所以限制墨西哥西红柿进口。

这个例子说明，决定国际贸易的不仅有经济利益，还要考虑政治与其他社会问题。国际贸易对一些人有利，也对另一些人不利。决策者在考虑自由贸易时通常要考虑各集团利益的冲突与平衡。这是自由贸易受到限制、保护贸易经常抬头的原因所在。

第六节　汇率和国际收支

一、固定汇率制

固定汇率制指一国货币同他国货币的汇率基本固定，其波动仅限于一定的幅度之内。在这种制度下，中央银行固定了汇率，并按这一水平进行外汇的买卖。中央银行必须为任何国际收支盈余或赤字按官方汇率提供外汇，当有盈余时购入外汇，当有赤字时售出外汇，以维持固定的汇率。

实行固定汇率有利于一国经济的稳定，也有利于维护国际金融体系与国际经济交往的稳定，减少国际贸易与国际投资的风险。但是，实行固定汇率要求一国的中央银行有足够的外汇或黄金储备。如果不具备这一条件，必然出现外汇黑市，黑市的汇率要远远高于官方汇率，这样反而会不利于经济发展与外汇管理。

二、浮动汇率制

浮动汇率制指一国中央银行不规定本国货币与他国货币的官方汇率，听任汇率由外汇市场自发地决定。

浮动汇率制又分为自由浮动与管理浮动。自由浮动又称“清洁浮动”，指中央银行对外汇市场不采取任何干预措施，汇率完全由市场力量自发地决定。管理浮动又称“肮脏浮动”，指实行浮动汇率制的国家，其中央银行为了控制或减缓市场汇率的波动，对外汇市场进行各种形式的干预活动，主要是根据外汇市场的情况售出或购入外汇，以通过对供求的影响来影响汇率。

实行浮动汇率有利于通过汇率的波动来调节经济，也有利于促进国际贸易，尤其在中央银行的外汇与黄金储备不足以维持固定汇率的情况下，实行浮动汇率对经济较为有利，同时也能取缔非法的外汇黑市交易。但浮动汇率不利于国内经济和国际经济关系的稳定，会加剧经济波动。

为说明浮动汇率（均衡汇率），我们作图解释。如图10—2所示，假定只有两个国家参与的外汇市场，图中本国为中国，外国为美国。横轴 OQ 代表外汇（美元）的数量，自由浮动汇率就是能使外汇市场上对美元的需求和对美元的供给相等的汇率。

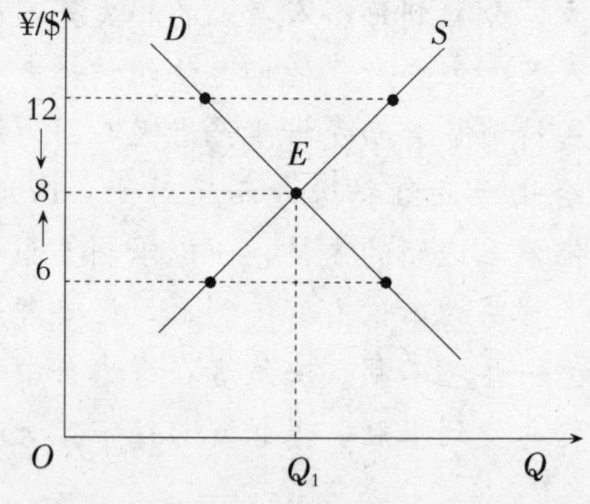

图10—2　汇率由美元的供求决定

中国对美元的需求产生于中国对美国产品和劳务及各种资产（包括股票、债券等）的需求。当兑换1美元需要支付较多的人民币时，以人民币单位衡量，美国的产品和劳务价格较高。因此，中国对美国的产品、劳务及各种资产的需求量较低，从而中国对美元的需求量较小。反之，当兑换1美元需要支付的人民币较少时，中国对美国产品、劳务及各种资产的需求量较高，从而中国对美元的需求量较大（根据这种关系，可得出对美元的需求曲线）。

美元供给产生于美国对中国产品、劳务及各种资产的需求。美元的供给与汇率的关系和对美元的需求与汇率的关系正好相反。当一单位美元可以兑换较多的人民币时，以美元单位衡量，中国产品、劳务及资产价格较低，美元供给较大（根据这一关系，可以划出美

元供给曲线)。图 10—2 中，美元的供给曲线 S 与对美元的需求曲线 D 相交于 E 点，E 点对应的均衡水平为 8（均衡汇率），它表示 8 元人民币等于 1 美元。这种以外国货币为基准，把一定整数单位的外币兑换成一定数额本币的标价方法叫直接标价法。这是目前国际上大多数国家采用的方法，也是我国采用的标价方法。

当实际汇率（如 12）高于均衡汇率 E 时，对美元的需求小于供给，汇率会下降；当实际汇率（如 6）低于均衡汇率 E 时，对美元的需求大于美元的供给，汇率会上升。在自由浮动汇率制度下，汇率会自动上升至均衡汇率水平。

当均衡变动时，例如均衡汇率下降到 7 时，就表示人民币升值，外币贬值；反之，人民币贬值，外币升值。

三、国际收支平衡表

国际收支是一国在一定时期内（通常是一年内）对外国的全部经济交往所引起的收支总额的对比。这是一国与其他各国之间经济交往的记录。国际收支集中反映在国际收支平衡表中，该表按复式记账原理编制。1983 年美国国际收支平衡表如表 10—3 所示。

表 10—3　　1983 年美国国际收支平衡表　　单位：亿美元

项目	＋贷方	一借方	净额
(a)	(b)	(c)	(d)
Ⅰ. 经常项目			
1. 货物品贸易额	2 000	－2 610	－610
2. 劳务和其他			＋190
3. 经常项目平衡差额			－420
Ⅱ. 资本项目			
4. 资本流量	820	－490	
5. 资本项目平衡差额			＋330
Ⅲ. 统计误差			＋80
6. 需要清偿的总额			－10
Ⅳ. 官方结算差额			
（美国官方储备资产变动净额）			＋10
7. 形式上的总计净额			0

下面我们根据表 10—3 的有关问题来分析国际收支。

（一）编制国际收支平衡表的基本原则

（1）只有国内外经济单位间的经济交易才记入国际收支中，其中包括居民、企业与政府。区分国内与国外的概念十分重要，例如，一家企业在国内的部分是国内，而在外国的子公司被视为国外。

（2）要区分借方和贷方两类不同的交易。借方是国内单位付给国外单位的全部交易项目，是一国资产减少或负债增加；贷方是国外单位付给国内单位的全部交易项目，是一国资产增加或负债减少。在国际收支平衡表上，最后借方与贷方总是平衡的。

（3）国际收支平衡表是复式簿记。

（二）国际收支平衡表的内容

国际收支平衡表中的项目分为三类。

1. 经常项目

经常项目又称商品和劳务项目，包括：第一，商品（进出口）；第二，劳务，如运输、保险、旅游、投资劳务（利息、股息、利润）、技术专利使用费，其他劳动；第三，国际间单方转移，如宗教、慈善、教育事业赋予、侨汇、非战争赔款等。

2. 资本项目

指一切对外资产和负债的交易活动，如各种投资、股票与债券交易等。

3. 官方储备项目

是国家货币当局对外交易净额，包括黄金、外汇储备等的变动。如果一国贷方大于借方，则这一项会增加；反之，如果一国借方大于贷方，则这一项会减少。

最后的误差项是在借方与贷方最后不平衡时，通过这一项调整使之平衡。

（三）国际收支的均衡与不均衡

在不考虑官方储备项目的情况下，国际收支有平衡与不平衡两种情况，不平衡又分为国际收支顺差与逆差两种情况。

当经常项目与资本项目的借方与贷方相等，也就是在国际经济活动中一国的总支出与总收入相等时，就称为国际收支平衡。这里要注意的是，国际收支平衡指经常项目与资本项目的总和平衡。这就是说，如果经常项目的顺差（或逆差）与资本项目的逆差（或顺差）相等，则国际收支就还是平衡的。当国际收支平衡时官方储备项目不变。

当经常项目与资本项目的借方与贷方不相等时，就是国际收支不平衡。如果是贷方大于借方，即总收入大于总支出，则国际收支顺差，或者说国际收支有盈余。如果是借方大于贷方，即总支出大于总收入，则国际收支逆差，或者说国际收支有赤字。就经常项目与资本项目来说，如果经常项目和资本项目都有盈余，则国际收支有盈余；如果经常项目和资本项目都为赤字，则国际收支为赤字。如果经常项目的盈余大于资本项目的赤字，则国际收支有盈余。如果经常项目的盈余小于资本项目的赤字，则国际收支有赤字。如果经常项目的赤字大于资本项目的盈余，则国际收支为赤字。如果经常项目的赤字小于资本项目的盈余，则国际收支有盈余。

当国际收支顺差即有盈余时，会有黄金或外汇流入，即官方储备项增加；当国际收支逆差即有赤字时，会有黄金或外汇流出。这也就是说，当国际收支中的经常项目与资本项目之和不相等即国际收支不平衡时，要通过官方储备项目的调整来实现平衡。

【例题 汇率与出口】

某旅游鞋出口产品制造商，出口鞋的单价为 40 美元，一年卖 10 万双。问：当汇率从 7 降为 5 时，该企业以人民币计算的销售收入是多少？

解：美元兑换人民币从 7 降低为 5 时，即从 7×40×10 到 5×40×10，该企业以人民币计算的销售收入从 2 800 万元减少为 2 000 万元。人民币升值使出口企业收入减少 800 万元人民币。

【例题 汇率与进口】

某汽车产品进口经销商，进口汽车单价 4 万美元，一年进口 1 万辆。问：当汇率从 7 降为 5 时，该企业以人民币计算的进口汽车成本是多少？

解：美元兑换人民币从 7 降低为 5 时，即从 7×4×1 到 5×4×1，该企业以人民币计算的进口汽车总成本从 28 亿元减少为 20 亿元。人民币升值使进口企业成本减少 8 亿元人民币。

本章小结

1. 经济增长一般是指一国的商品和劳务总量的增加，即国内生产总值的增加。衡量经济增长的指标通常有两个：一是实际国内生产总值，即以不变价格计算的国内生产总值；二是人均国内生产总值，即按人口增加的情况修正实际国内生产总值。

2. 经济增长理论主要研究的是如何才能实现稳定的增长、哪些因素影响经济增长，以及经济该不该增长等问题。其内容为：一是以凯恩斯的储蓄投资分析为基础的各种经济增长模型，主要是哈罗德—多马经济增长模型、新古典经济增长模型和剑桥经济增长模型；二是经济增长因素分析，主要讨论影响经济增长的因素及在经济增长中的作用。

3. 经济周期是指一国总体经济活动的波动，即经济活动的扩张、收缩、循环往复的过程；经济周期一般分为谷底、扩张、顶峰、衰退四个阶段。判断经济处于哪一个阶段要根据一些统计指标的变动，这些经济指标主要有国内生产总值、工业生产总值以及失业率、利息率、批发价格、零售总额等。

4. 经济学家们提出种种理论来解释经济周期的原因。传统的经济周期理论认为经济中存在引起波动的内在力量。实际的经济周期理论认为波动不过是随机的和未预期到的冲击的结果。货币主义者和新古典经济学家把波动主要归结为错误导向的货币政策的结果。而新凯恩斯主义者把波动看作来源于经济内部和外部的各种原因，不过他们认为现代经济的内在特征扩大了一些这样的干扰，并使其作用持续存在。

5. 用 $S-I=X-M$ 可以说明本国储蓄、国内投资、资本输入（输出）的关系。

6. 汇率的变动主要由货币购买力水平、国际收支状况、通货膨胀、利率、经济增长率、财政赤字及外汇储备等因素决定。这些因素不同程度地影响对外汇的需求和供给。

7. 比较优势理论说明，一国生产自己相对成本低的产品与别国进行交换，对双方都是有利的。

8. 国际收支平衡表是一种系统记录一定时期（通常为一年）一个国家国际收支项目及其金额的统计报表。它包括经常项目、资本项目、官方储备项目和净误差。

9. 国际收支均衡是指国际收支的差额等于零，即贷方项目总值等于借方项目总值。

如果贷方项目总值不等于借方项目总值，国际收支就是非均衡的。贷方项目总值大于借方项目总值的差额称为国际收支顺差或盈余；反之，贷方项目总值小于借方项目总值的差额则称为国际收支逆差或赤字。

本章关键概念

1. 经济周期：国民收入及经济活动水平有规律地经历扩张和收缩的周期性波动。在一个经济周期中，经济扩张通常表现为国民收入的增加，即经济增长，而经济衰退则表现为国民收入的减少。

2. 经济增长：指一国的商品和劳务总量的增加，即国内生产总值的增加。衡量经济增长的指标通常有两个：一是实际国内生产总值，即以不变价格计算的国内生产总值；二是人均国内生产总值，即按人口增加的情况修正实际国内生产总值。

3. 零增长论：指 20 世纪 60 年代末出现的反经济增长理论，该理论的基本观点是：假定资源既定，世界人口和工业生产能力将会发生非常突然和无法控制的崩溃，所以必须停止人口增长和工业投资增长，以达到零增长的全球性均衡，经济增长是有极限的。

4. 增长价值怀疑论：如果增长是可能的，经济增长不会导致人类社会毁灭，经济增长也是不值得的、不可取的，因为增长意味着生存质量下降并且人类得到的幸福、福利大打折扣，人类应停止经济增长，恢复过去那种田园式的生活。

5. 比较优势理论：各国专门生产该国最擅长、最有效率的产品，然后换取它们无法生产或生产效率不高的产品，最终大家都有利可图。

6. 汇率：一国货币单位同他国货币单位的兑换比率。

7. 传递：一个国家发生国民收入不均衡（失业、通货膨胀、“滞胀”）会影响其他国家的国民收入均衡。

8. 固定汇率制：一国货币同他国货币的汇率基本固定，其波动仅限于一定的幅度之内。

9. 浮动汇率制：一国中央银行不规定本国货币与他国货币的官方汇率，听任汇率由外汇市场自发地决定。

10. 自由浮动：又称“清洁浮动”，指中央银行对外汇市场不采取任何干预措施，汇率完全由市场力量自发地决定。

11. 管理浮动：又称“肮脏浮动”，指实行浮动汇率制的国家，其中央银行为了控制或减缓市场汇率的波动，对外汇市场进行各种形式的干预活动，主要是根据外汇市场的情况售出或购入外汇，以通过对供求的影响来影响汇率。

12. 比较国际收支：指一国在一定时期内（通常是一年内）对外国的全部经济交往所引起的收支总额的对比。

讨论及思考题

1. 经济增长的源泉有哪些？

2. 解释哈罗德—多马经济增长模型。

3. 什么是经济周期？经济周期经历哪些阶段？

4. 经济周期主要有哪些种类？

5. 经常项目和资本项目各有哪些主要内容？

6. 什么是国际收支均衡？国际收支均衡对一国的经济意义是什么？保持国际收支顺差对一国的经济发展会不会更有意义？（提示：国际收支顺差总是比国际收支逆差好，因为，顺差意味着收入高于支出，该国国外净投资为正，或者该国官方储备增加，这都表明国家的实力上升。但长期的巨额顺差会引起本币供应增加，引发通货膨胀。如果顺差源于出口过多，则会影响本国经济发展）

7. 仔细思考下列观点："尽管比较优势学说过于简单化，但却很深刻。忽视比较优势论的国家会在生活水平和经济增长方面付出沉重的代价"；"西方经济学者在货物和技术贸易方面极力推销他们的比较优势、自由贸易学说，却闭口不谈发达国家在劳动力国际间流动方面设置种种障碍和限制"。试想，连人力这样重要的资源都不能自由流动，还谈何贸易自由？（提示：比较优势理论深刻而重要，但自由贸易是有条件的）

8. 体育明星姚明该不该自己洗衣服和粉刷房屋？为什么？（提示：比较优势理论，机会成本理论）

9. 完全自由的国际贸易会使实际工资像两个相互连接的管道里的水一样趋于相同水平吗？为什么不会？（提示：劳动市场实际上是不完全竞争市场，由于个人自然天赋和非经济因素等不同程度地存在垄断）

10. "高关税可以给政府带来较多财政收入，高关税还可以使国内免受竞争"。这样说对吗？（提示：在短期可能如此，但长期却并非如此；免受竞争的代价是国内企业越来越缺乏竞争力）

11. 保护"幼稚行业"往往是不发达国家提出的一种观点。据说在国内产业年幼无知的时期，即在没能力与国外成熟的生产者相竞争的时期，需要保护。请判断这种说法含有多少正确的成分。（提示：19 世纪德国经济学家李斯特的国民生产力理论，提出了保护"幼稚行业"，因为它有利于一国长远利益，但真正需要保护而且应该保护的行业是极其有限的）

12. 如果一国突然发现了新的油田并进入国际市场，该国的贸易收支会出现顺差还是逆差？该国自由浮动的货币会增值还是贬值？（提示：顺差；增值）

13. 3/4 以上的世界人口生活在发展中国家，但他们只享有不到 1/5 的世界收入。说明经济增长为什么重要，尤其对发展中国家？解释哈罗德—多马经济增长模型。

14. 比较优势理论包括相对成本优势理论和机会成本差异优势理论。假定玛丽打字或打篮球，每年挣 8 万元、5 万元，而 NBA 明星科比也是打字或打篮球，每年挣 10 万元、1 000 万元。请计算玛丽、科比的机会成本是多少？（提示：玛丽打字、打篮球的机会成本是 0.625 万元/万元、1.6 万元/万元，显然，她打篮球的机会成本高，她应该打字；科比打字、打篮球的机会成本分别是 100 万元/万元、0.01 万元/万元，显然，科比打篮球的机会成本低）

第十一章

宏观经济政策

里根的经济政策

在经济政策方面，里根最为人所传诵的是他在就职演说中的名句：“就目前的（经济）危机而言，政府不能解决我们的问题，政府本身就是问题。”

要理解里根所说的危机，我们得回到20世纪70年代末，也就是里根上任的前夕，看看里根接手的是怎样的一个经济摊子。

70年代末期，美国经济出现了前所未有的滞胀，也就是通胀率与失业率同时居高。凯恩斯主义经济学家束手无策，因为按照凯恩斯主义的理论，尤其是当时盛行的菲利浦斯曲线原理，失业率和通胀率具有替代关系，此消彼长，不会同时出现。

里根完全否定了这套学说及其背后的理念。他欣赏一些与之对立的经济学家，采纳了两套全新的经济理论，其一是弗里德曼的货币理论，其二是曼德尔和拉弗等人的供应学派理论。

弗里德曼的货币理论认为：通货膨胀的唯一原因是货币发行量过大，而不是其他理由。虽然控制通货膨胀是中央银行的工作，与行政无关，但里根并非无事可做。里根上任当天，就签署法令，立即解除了全国的汽油价格管制。加油站外排了10年的长队，一个礼拜就消失了。

供应学派理论认为：政府要增加收入，边际税率并非越高越好。据说拉弗在一块餐巾

上画出了著名的“拉弗曲线”：如果税率是零，政府的收入是零；但如果政府的税率是100%，人们不想从事任何工作，政府的收入也是零。只有适当调节税率，政府才能取得最大的收入。

美国当时的边际税率高达70%，已经接近后一个极端。因此，里根主张减税，从而鼓励企业增加生产，把经济带出困境。为了给民主党人控制的国会施加压力，他在黄金时间发表电视演说，要求国民给他们选区的国会议员写信或打电话，表达减税的心愿。这一招果然奏效，国会通过了里根大刀阔斧的减税计划，边际税率两年后减至50%，而美国经济也开始复苏。

然而，最大的问题是，里根在减税的同时，完全没有触及庞大的政府开支。他竞选时承诺要致力于缩小政府规模和福利开支，但此后8年，他实际上没有减少一项政府开支，加上他推行的大规模军备计划，结果财政赤字激增。

里根上任时的财政赤字是500亿美元，80年代中期是2 000亿美元，到他离任时达到1.5万亿美元。人们指责里根任内的经济繁荣，是靠“先花钱后挣钱”带来的。继任的布什和克林顿，为了填补这个窟窿，不得不连番征税，累计超过了里根上任时的水平。

真正的供应学派，是在减税的同时减少政府项目，否则公共开支不可能平衡，而赤字迟早要靠税收来填补。相比之下，说服国会通过减税提议不难，但政府开支一旦上马，就几乎永远不可能削减。所以，人们称颂的“里根经济学”，其实只尝试过一半。

没有人怀疑里根让政府“瘦身”的雄心壮志，但无情的数字证明他在这方面一事无成。这位共和党领袖能做的，似乎只有幽自己一默。记者质问他：“你把问题推卸给过去，推卸给国会，难道自己就没有责任?”里根接过话茬回答：“有。我（年轻时）当过多年的民主党党员。”

本章要点

1. 宏观调控的目标一般包括充分就业、物价稳定、经济增长和国际收支平衡。

2. 在运用财政政策（政府支出与收入的变化）来调节经济时，要根据宏观经济状况，采用扩张性财政政策和收缩性财政政策，即逆经济风向调节。

3. 政府在实施财政政策时，会遇到诸如赤字财政政策和挤出效应等许多问题。

4. 货币政策工具包括改变法定准备率、调整再贴现率和进行公开市场业务。

5. 宏观财政政策和宏观货币政策各有自己的特点，在不同的情况下效果也各不相同。因此，政府在调节政策干预经济活动时，应进行相机抉择。

本章是要说明利用哪些财政、货币政策调控手段促使经济达到充分就业、物价稳定、经济持续稳定增长和国际收支平衡目标。

知识点：学习本章要求学生了解财政政策和货币政策及其局限性，理解和掌握如何运用财政和货币政策调控经济。

能力点：学习如何运用财政和货币政策调控经济。

注意点：政府在调节政策干预经济活动时，应进行相机抉择。

第一节　财政政策

财政政策是指国家为达到既定经济目标对财政收支和公债做出的决策。财政支出包括政府购买和转移支付两类。财政收入主要是税收和公债。公债是政府弥补财政赤字的经常性手段，也是借以调整经济活动的重要工具。

一、财政收入

政府财政收入主要是个人所得税、公司所得税和其他税收。个人和公司所得税是以收益、利润和报酬等形式的所得作为课税对象，向取得所得的纳税人和公司征收的税。个人所得税的课税范围包括工人和雇员的工资、薪金、退休金；经营取得的商业利润；利息收入、股息收入、租金收入和特许使用费收入等各种收入。公司所得税的课税对象是本国公司来源于国内外的收入和外国公司来源于本国境内的收入。尽管各国的税收制度不尽相同，但所得税多采用累进税制。

（一）销售税

销售税是指对生产、批发和零售商品进行的课税，其主要特征是税负转嫁，即间接税。销售税由营业税和消费税组成，营业税的课税对象是全部商品和劳务，消费税只对消费品课税。

（二）财产税

财产税是指对承担纳税义务者的财产的课税，其征税范围包括土地、房屋、资本、遗产和馈赠等。

（三）社会保险税

社会保险税是指对大多数职业的雇工和被雇人员征收的占薪金和工资额一定百分比的税额，其用途包括失业救济、养老、伤害补助。社会保险税或工薪税在美国由联邦保险税、铁路公司退职税、联邦失业税和个体业主税四种税组成，其中联邦失业税的税率为3.2%。

（四）直接税和间接税

所得税、财产税、工薪税都属于直接税，而销售税则属于间接税。直接税是直接就个人纳税者征收，负担是个人的，规避不了。直接税的优点是稳定性强、征收成本低、收入较高、公平。直接税是调节经济非常有效的手段，它的累进性可以消除收入和财富的严重不均，促进社会协调。直接税的缺点是对劳动的抑制。较高的直接税率会引起移民、阻碍个人加班或担负额外工作甚至强化逃税倾向、降低生产率、投资降低等现象发生。间接税不是就个人直接征收，而是就个人的活动征收，间接税可以通过不参加经济活动来规避，

也可以通过各种途经转嫁给他人，即间接税存在一个赋税归宿问题。间接税除了前面提到的销售税，实际上还包括购买税、烟草税、汽油和燃油税、印花税、关税、货物税等。间接税有的是从量税，即按实物单位征收一定金额（如汽油税、烟草税、葡萄酒税等）；有的是从价税，即按商品批发或零售的价格征税。西方各国，目前最常见的税种是增值税。增值税是在每一经济活动水平上，即价值增添的每一阶段征收的一种税，涉及的商品和劳务范围非常广泛。例如，建筑商或开发商用的混凝土预制构件，其增值至少发生在三个阶段：(1) 从砾石井坑里取出自然产品；(2) 原料制成半成品；(3) 预制构件被安装到房屋建筑物上。在每一阶段征收例如10%的增值税。假设1 000万元的砾石制成3 000万元的预制件，预制件又构成房屋建筑价值8 000万元。三方的应税金额分别是：砾石井老板100万元，预制构件生产商200万元，房屋开发商500万元。消费者或最终购买者（如某物业公司或企业集团）应缴纳的总税额是800万元。下面分析一下增值税作为一种间接税是怎样逐步转嫁到最终购买者身上的：第一步，砾石井老板从井里取出的自然产品，价值1 000万元，要缴10%的增值税，他便以1 100万元卖给生产商；第二步，生产商把原料制成产品，价值3 000万元，增值2 000万元，应缴增值税200万元，预制构件生产商以(2 000＋200)＋(1 000＋100)＝3 300万元价格卖给房地产商；第三步，房地产商生产的建筑物价值8 000万元，增值额8 000－3 000＝5 000万元，应缴增值税500万元，房地产商以(5 000＋500)＋(2 000＋200)＋(1 000＋100)＝8 800万元的价格把房屋卖出。这样，赋税最后由消费者承担（800万元），中间商只承担商品价值增值部分的税负。

(1) 间接税的优点：1) 其效应扩及整个社会，而且常常在纳税人不知不觉的情况下征收，因为他们只看到所需要的那种物品或劳务的价格。2) 没有间接税，政府要筹措所需要的税款为自己的活动提供经费将是困难的，因为，直接税的征集具有抑制效应，打击人们的生产和劳动积极性。而间接税把赋税分摊给广大公众，刺激着一种社会责任感。3) 有些接近自由取用的物品（水、沙石、泥土、土地、木材、原始森林、旅游资源、空气等），具有高度的需求价格弹性，由于价格极其低廉，几乎是“分文不名”，导致人们在使用上浪费很大但只产生很小的边际效用。间接税可以改变这一情况，提高了价格，也促使公民关注这些税款的使用。4) 间接税对事业心、进取心没有明显的影响，如果课税对象是消费者需要的产品和劳务，他会努力工作、争取回报以便购买到他需要的东西。只要赋税水平合理，间接税的刺激作用可以提高生产和劳动效率，并有利于整个国家。5) 间接税可作为政府的政策工具。例如，可以用关税保护新兴工业，使之免受国外竞争的影响；撤销或实施赋税可促进社会标准的提高，如废除19世纪英国的窗户税，使房屋设计得以改进，室内采光度提高；征收赌博税可以限制赌博，征收烟草税可以减少肺癌。国际收支均衡可以通过鼓励出口和限制进口得以实现。

(2) 间接税的缺点：1) 间接税的累退性对穷人来说负担较大。例如，对吸尘器、洗衣机、电冰箱、汽车、空调等家庭耐用品征收20%的购买税，就是累退性税收。由于没有一个家庭绝对需要这类物品，穷人和富人的税额一样，为购买物品而支付的货币额对穷人的效用大于对富人的效用，穷人的负担就相对较重。正由于此，通常对基本必需品（肉、蛋、奶、面包、土豆、蔬菜）的生产销售上根本不征税，以减轻累退赋税（间接税）的有害影响。与此不同，对于烟草、酒精饮料、茶叶、化妆品等奢侈品征收的间接税常常很重，因为，它常常是富人的“必需品”、穷人的奢侈品，较重的间接税实际上是对富人征税。另外，这类物品的需求价格弹性弱，这一特性使其特别适合于赋税目标，对其征税或提高税率，可以很容易增加财政收入，因为，这些物品没有替代，消费者无法以减少购买逃税。2）间接税可能导致通货膨胀。为了抵消税收对收入的影响，人们会要求增加工资，一旦获准，人们收入上升，财政当局又被迫再次增加赋税，工资的再次提升，又引起赋税进一步攀升，这种循环会导致通货膨胀的发生：原材料价格上涨、政府增加间接税、各公司竞相抬价，通货膨胀越来越严重。

（3）间接税的归宿。间接税的归宿决定于商品或劳务的需求价格弹性。需求弹性大的商品或劳务，税负转嫁给生产者；需求弹性小的商品，税负转嫁给消费者。相对弹性小的一方分担较多的赋税。

在图 11—1 中，政府对制造商课税，供给曲线向左移动，原来供给曲线与新供给曲线的距离就是税额（$E'F$ 或 P_1X），即间接税中的从量税。供给减少后，商品价格大幅度上升，以前是 P_0，现在上升到 P_1。每单位产品价格（OP_1）中，企业家实际获得 OX，而征税前是 OP_0。产业只少量收缩，大部分税款由消费者缴纳。

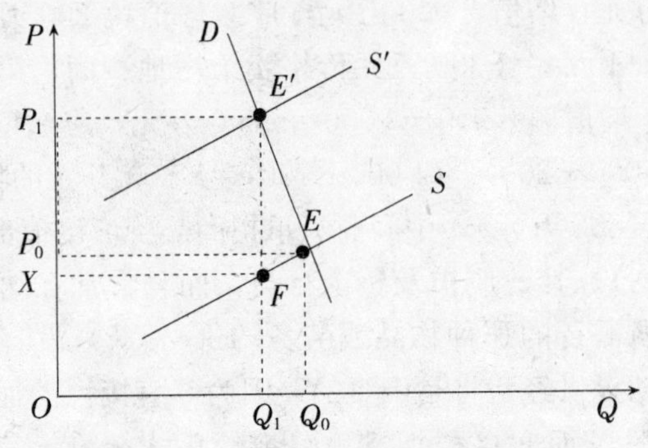

图 11—1　间接税主要转嫁给消费者

图 11—1 中，制造商缴纳的税额 P_1X 中，消费者分担的部分为 P_1P_0。

在图 11—2 中，政府对制造商课税后，供给曲线向左移动，原供给曲线与新供给曲线的距离（$E'F$ 或 P_1Y）就是税额。同理，税收使供给下降，价格上升，即 Q_0 减少为 Q_1，P_0 上升到 P_1，单位产品价格（OP_1），企业家实际得到的收益为 OY，而征税前是 OP_0。在 P_1Y 的纳税额中，制造商分担 P_0Y，而消费者只分担较小部分（P_0P_1）。

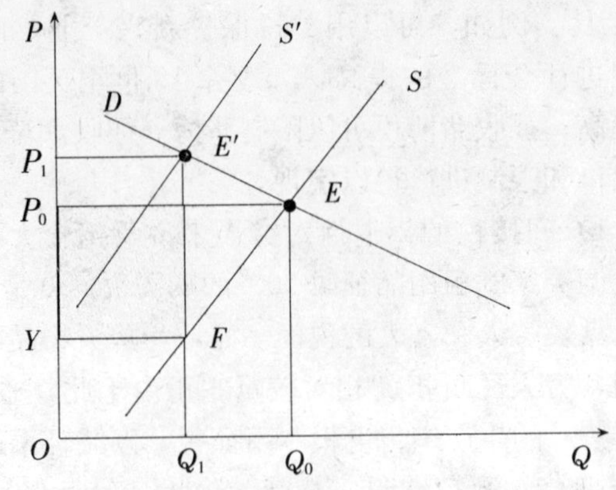

图 11—2　间接税主要转嫁给生产者

（五）亚当·斯密的课税准则

英国古典经济学家亚当·斯密提出了政府应遵循的四项课税准则：（1）平等准则，即税额应与纳税人的收入成比例；（2）确定准则，即不因收税人的好恶而变动；（3）方便准则，即课税安排、税率税种选择应方便征收；（4）经济准则，即征税收入应大于征收耗费。

就平等而言，人头税最不公平，比例税次之，累进税是大多数国家采用的直接税征收方式。课税为什么要一贯？因为不确定的税收制度会导致不稳定、混乱、任意偏袒和歧视。中世纪欧洲“包税制”使地方官员腐败成风而统治者不追究收税人从“承包”中赚取了多少钱，因而收税人可以任意扩大课征金额和征税范围。课税方便是指使纳税尽可能变得简单、减少逃税损失。英国历史上的所得税是6个月一次总收，使公民一次付出几周甚至更多的工资，许多人不交或拖欠。后来所得税预扣制解决了这一困难。关于课税经济原则，毫无疑问，税收应产生收益，课征费用高于课征金额显然是浪费人力、物力和财力。在税收史中，19世纪，几十个没有经济价值的税目被放弃了，各国财政税绝大多数来自五种税：所得税、印花税、酒税、烟草税、茶叶税，之所以如此，是因为这五种税较符合经济原则。

（六）现代财政税收的其他准则

现代财政税收除了遵循亚当·斯密的四准则外，还增加了课税公正无偏准则。累进税通常被称为“纵向平等”，它对收入、被赡养者等方面处境相同的公民征收同等税额，对较高收入者征收较高的税，这有助于消除社会贫富不均（纵向平等）；对于收入和义务相同的公民，直接税使之缴纳相同的税额（横向平等）。但是，间接税却不能使相同收入的人交同样的税额，烟草税、酒税对绝大多数妇女而言毫无影响，美容化妆品税也赚不到男士的钱，只要纳税人没有相同等级的物品偏好，间接税就不可能实现“横向平等”。

现代财政税收另外两项准则是“对努力劳动者和企业没有抑制作用准则”和“遵守税法的低代价准则”。累进税过高，抑制人们努力工作，降低工作责任感，甚至人们会“用脚投票”，离开这个国家。守法纳税代价低，人们会依法纳税，否则，人们会根据纳税税率和起征点找到临界点，使他自己的纳税不超过一定数额。

二、财政支出

财政支出或政府支出包括政府公共工程支出（政府投资兴建铁路、公路、桥梁、水利工程等基础设施以及航空航天空间技术、邮电广播电视、体育文化卫生教育医疗等公共产品和半公共产品）、政府购买（政府对各种产品和劳务的购买，又叫政府订货或政府采购），以及转移支付（政府对居民的各项福利支出，如失业救济、困难补助、特殊救助、生活必需品补助等支出）。

政府支出分为中央政府支出和地方政府支出。中央政府支出主要包括购买和转移支付，而购买又主要用于外交和国防支出项目。1984年，在美国联邦政府的预算支出中，购买支出占支出总额的1/3，而在2 960亿美元的购买支出中，国防开支占75%。可见，军费支出是中央政府直接影响总需求的一个重要途径。

转移支付是指把资金转移给政府以外的个人，资金来源主要是个人所得税、社会保险税，转移支付通过对家庭津贴的形式支付出去，包括退休、伤残、医疗、失业等社会保险金支出。

中央政府的支出除了政府购买和转移支付外，还有给地方政府的拨款（科研、医疗、体育、卫生及公共工程建设等）和债务利息（联邦政府公债到期利息支付）。

地方政府支出包括购买（商品和劳务）、转移支付、净利息支付、补贴减企业利润。在地方政府支出中，购买占的比重最大，1984 年美国地方政府购买支出占其总支出的 89%，而转移支付只占 11%，净利息支付、补贴减企业利润没有。进一步观察，地方政府购买支出中，最大的项目是教育经费支出，占购买支出总额的 40%。所以，同国防开支是联邦政府支出（中央政府支出）中的主要购买支出项目一样，教育经费是地方政府支出中的主要购买支出项目。

2010 年，美国联邦、州和地方三级财政支出 6.532 万亿美元，占其 GDP 的 44.55%，财政支出中医疗、教育、养老、福利占到 60%以上，国防和政府行政及交通支出占到 37%。

三、财政政策的运用——财政收入与支出的变化

无论政府支出的变化还是政府收入的变化，都会影响到总需求，进而对经济增长和国民收入水平产生影响。

在运用财政政策（政府支出与收入的变化）来调节经济时，要根据宏观经济状况，即是处于萧条状态还是膨胀状态。

当出现失业、萧条、需求不足时，应采用扩张性财政政策，反之，出现通货膨胀、需求过度时，应采用收缩性财政政策。具体来说，在经济萧条时期，总需求小于总供给，经济中存在失业，政府就要通过扩张性的财政政策来刺激总需求，以实现充分就业。扩张性的财政政策包括增加政府支出与减税。政府公共工程支出与购买的增加有利于刺激私人投资，转移支付的增加可以增加个人消费，这样就会刺激总需求。减少个人所得税（主要是降低税率）可以使个人可支配收入增加，从而消费增加；减少公司所得税可以使公司收入增加，从而投资增加，这样也会刺激总需求。

在经济繁荣时期，总需求大于总供给，经济中存在通货膨胀，政府则要通过紧缩性的财政政策来压抑总需求，以实现物价稳定。紧缩性的财政政策包括减少政府支出与增税。政府公共工程支出与购买的减少有利于抑制投资，转移支付的减少可以减少个人消费，这样就压抑了总需求。增加个人所得税（主要是提高税率）可以使个人可支配收入减少，从而消费减少；增加公司所得税可以使公司收入减少，从而投资减少，这样也会压抑总需求。

在 20 世纪 50 年代，美国等西方国家就是采取了这种“逆经济风向行事”的财政政策，其目的在于实现既无失业又无通货膨胀的经济稳定。60 年代以后，为了实现充分就业与经济增长，财政政策以扩张性的财政政策为基调，强调通过增加政府支出与减税来刺激经济。特别是在肯尼迪政府时期，曾进行了全面的减税。个人所得税减少 20%，最高税率从 91%降至 65%，公司所得税率从 52%降到 47%，还采取了加速折旧、投资减税优惠

等变相的减税政策。这些对经济起到了有力的刺激作用，造就了 60 年代美国经济的繁荣。70 年代之后，财政政策的运用中又强调了微观化，即对不同的部门与地区实行不同的征税方法，制定不同的税率，个别地调整征税范围，以及调整政府对不同部门与地区的拨款、支出政策，以求得经济的平衡发展。80 年代里根政府上台之后，制定了以供给学派理论为依据的经济政策，其中最主要的一项也是减税。但应该指出的是，供给学派的减税不同于凯恩斯主义的减税。凯恩斯主义的减税是为了刺激消费与投资，从而刺激总需求，而供给学派的减税是为了刺激储蓄与个人工作积极性，以刺激总供给。90 年代克林顿总统上台后，又采用增加税收的政策，以便利用国家的力量刺激经济。

四、政府财政政策实施中的困难

政府在实施税收政策时，会遇到以下困难：(1) 减税容易，但增税会遭到选民的反对；(2) 萧条时期减税，达不到刺激需求的目的，人们会把少纳税的钱用于储蓄而不是消费或投资；(3) 税收政策的滞后性，从方案设计、立法机关通过到税务机关执行有一个较大过程，到其发生作用时，情形已经改变。

政府在实施财政支出政策时，会遇到以下困难：(1) 减少政府购买（如减少军事订货、公共工程项目订货），会遭到大企业的反对；(2) 政府削减转移支付会遭到选民的反对；(3) 政府增加转移支付也会导致人们储蓄增加而消费、投资不变；(4) 政府兴办公共工程或基础设施，增加支出时，也会遭到大公司（私营公司）的指责和反对，这被认为是“与民争利”，干了不该由政府干的事情；(5) 政府支出对经济的影响也有一个时滞或作用过程，从决定建设公共工程到开工兴建并使之在经济中起到调节总需求的作用，有一个过程，短期内不能见效，而一旦过程完成时，情况已经发生了变化。

五、赤字财政政策和挤出效应

按照凯恩斯派经济学家的主张，为了克服萧条、消灭失业，政府必须减少税收、增加支出（双管齐下），或者减少税收、增加支出，其结果是出现财政赤字。

凯恩斯认为，财政政策应该为实现充分就业服务，因此，必须放弃财政收支平衡的旧信条，实行赤字财政政策。20 世纪 60 年代，美国的凯恩斯主义经济学家强调了要把财政政策从害怕赤字的框框下解放出来，以充分就业为目标来制定财政预算，而不管是否有赤字。这样，赤字财政就成为财政政策的一项重要内容。

凯恩斯主义经济学家认为，赤字财政政策不仅是必要的，而且也是可能的。这是因为：第一，债务人是国家，债权人是公众。国家与公众的根本利益是一致的。政府的财政赤字是国家欠公众的债务，也就是自己欠自己的债务。第二，政府的政权是稳定的，这就保证了债务的偿还是有保证的，不会引起信用危机。第三，债务用于发展经济，使政府有能力偿还债务，弥补赤字。这就是一般所说的“公债哲学”。

政府实行赤字财政政策，把公债卖给中央银行，这叫货币筹资。公债不直接卖给公众或厂商，因为这样可能会减少公众与厂商的消费和投资，使赤字财政政策起不到应有的刺激经济的作用。公债由政府财政部发行，卖给中央银行，中央银行向财政部支付货币，财政部就可以用这些货币来进行各项支出，刺激经济。中央银行购买的政府公债，可以作为发行货币的准备金，也可以在金融市场上卖出。

“挤出效应”是指增加某一数量的公共支出，就会减少相应数量的私人投资，从而总需求仍然不变。具体讲，政府财政支出增加，引起利率上升，而利率上升会引起私人投资与消费减少。可用图 11—3 来说明财政政策的挤出效应。

图 11—3 是 IS—LM 模型，IS_0 与 LM 相交于 E_0，决定了国民收入为 Y_0，利率为 i_0。政府支出增加，即自发总需求增加，IS 曲线从 IS_0 向右上方平行移动为 IS_1，IS_1 与 LM 相交于 E_1，国民收入为 Y_1，利率为 i_1。在政府支出增加从而国民收入增加的过程中，由于货币供给量没变（也就是 LM 曲线没有变动），而货币需求随国民收入的增加而增加，所以引起利率上升。这种利率上升就减少了私人的投资与消费，即一部分政府支出的增加，实际上只是对私人支出的替代，并没有起到增加国民收入的作用。这就是财政政策的挤出效应。从图 11—3 中还可以看出，如果利率仍为 i_0 不变，那么国民收入应该增加为 Y_2。Y_1—Y_2 就是由于挤出效应所减少的国民收入增加量。

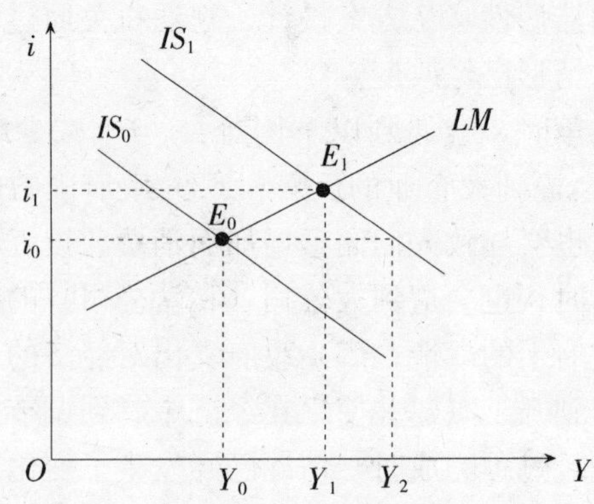

图 11—3　财政支出的挤出效应

财政政策挤出效应的大小取决于多种因素。在实现了充分就业的情况下，挤出效应最大，即挤出效应为 1，也就是政府的支出增加等于私人支出的减少，扩张性财政政策对经济没有任何刺激作用。在没有实现充分就业的情况下，挤出效应一般大于 0 或小于 1，其大小主要取决于政府支出增加所引起的利率上升的大小。利率上升高，则挤出效应大；反之，利率上升低，则挤出效应小。

主张国家干预的凯恩斯主义者认为，财政支出的“挤出效应”必须具体分析：（1）在萧条时，有效需求不足，私人宁愿把货币保留在手中而不愿支出，或者商业银行的钱根本贷不出去，这才需要政府支出去填补支出不足。只有在充分就业时，才存在挤出效应。（2）影响私人投资的因素除了利率，还有预期利润率，如果财政支出增加能提高预期收益率，那么，私人投资不仅不会被挤出，反而会增加。萧条时期，私人投资者对利润前景缺乏信心，裹足不前；增加公共支出，既能增加政府对私人的订货，又能增加消费者的收入，从而扩大市场需求。这样私人投资者对市场前景也就增强了信心，投资需求将上升。（3）财政支出上升，对利息率的影响有两种情况，即当货币供应量能随支出的增加而增加时，则利率不会上升，私人投资也不会减少；当货币供应量不变或很少增加时，则会出现利率上升情况，但是，如果利率上升相对于预期利润率的上升微不足道时（私人投资因利率和预期利润率的同步变化不受影响)，挤出效应就不会发生。

六、财政政策乘数

财政支出和税收对国民收入的影响程度大小可用财政政策乘数来描述。就是说，财政收支对国民收入的影响具有乘数作用，或者说，由于经济中的连锁反应，因政府支出 G 和税收 T 引起的国民收入变动的幅度往往几倍于政府支出 G 和税收 T 变动的幅度。这种因政府财政政策变动而引起的国民收入变动的倍数即被称为财政政策乘数（政府支出乘数、税收乘数、平衡预算乘数)。

(一）政府支出乘数

它是指政府的支出引起的国民收入增加倍数。在这里，可以把政府的支出看成是政府投资，即：$G=I$，以 K_G 代表政府支出乘数，b 为边际消费倾向。

$$K_G=\frac{\Delta Y}{\Delta G}=\frac{1}{1-\frac{\Delta C}{\Delta Y}}=\frac{1}{1-b}$$

(二）税收乘数（赋税乘数)

它是指政府增加或减少税收所引起的国民收入变动的程度。由于税收增加使国民收入减少，税收减少使国民收入增加，所以，税收乘数是负值。以 K_T 表示税收乘数，ΔT 表示赋税变动额，则：

$$K_T=\frac{\Delta Y}{\Delta T}$$

又因为投资乘数 $K=\frac{\Delta Y}{\Delta I}=\frac{\Delta Y}{\Delta C}=\frac{1}{1-b}$，即消费支出 C 可以看成投资，可得到：

$$\Delta Y=\frac{\Delta C}{1-b}$$

根据消费增量与税收增量的关系，征税变动后的消费变动额之绝对值应为征税变动额乘以边际消费倾向，即：

$$\Delta C=-b\cdot\Delta T$$

$$\Delta T=-\frac{\Delta C}{b}$$

这样：

$$K_T=\frac{\Delta Y}{\Delta T}=\frac{\Delta C}{1-b}\cdot\frac{-b}{\Delta C}=-\frac{b}{1-b}$$

(三）平衡预算乘数

它是指政府支出和税收的等量变动而引起的国民收入变动的倍数，一般表示为政府支出乘数和税收乘数之和。由于等量的政府支出和税收的变动不影响财政预算的平衡关系，这种乘数可以说明在不改变政府的预算盈余或赤字的情况下，变动政府支出和税收对国民收入的影响。政府支出乘数 $K_G=\frac{1}{1-b}$，税收乘数 $K_T=\frac{-b}{1-b}$，所以平衡预算乘数 $K_B=\frac{1}{1-b}+\left(-\frac{b}{1-b}\right)=\frac{1-b}{1-b}=1$，即：

$$K_B=1$$

如果政府支出增加 4 万亿元，同时税收也增加 4 万亿元，均衡国民收入将增加 4 万亿元，即如果政府支出和税收均按同等数额增加，由此引起的国民收入的增量等于政府支出（自发支出）的增量。平衡预算乘数说明，当经济萧条时，政府可以通过适当地增税来弥补等量的政府增支，这样既可以提高国民产出和就业水平，又可以避免财政赤字。经济萧条时，政府支出应扩大多少，税收应减少多少，要考虑政府支出乘数、税收乘数和平衡预算乘数。当经济膨胀，需要抑制通货膨胀时，政府支出减少和税收增加的程度也应根据 K_G，K_T，K_B 而定。

现实经济生活中，平衡预算乘数往往不等于 1。但理论上，假定纳税人的边际消费倾向与政府支出的边际消费倾向相等，则 $K_B=1$。

【例题　乘数与财政政策】

已知，$b=0.8$，求（1）政府收支增加 4 万亿元时的国民收入增量。（2）政府支出增加 4 万亿元，税收增加 1 万亿元时的国民收入增量以及财政状况。

解：（1）根据乘数公式，得到投资乘数和税收乘数分别为 5 和 -4，代入后，$\Delta Y=5\times4+(-4)\times4=4$ 万亿元。（2）$\Delta Y=5\times4+(-4)\times1=16$ 万亿元，财政收支状况＝收入－支出＝$T-G=1-4=-3$ 万亿元，即财政赤字 3 万亿元。

第二节　货币政策

一、货币供应量

货币政策又称金融政策。凯恩斯的宏观货币政策是指：通过中央银行增加或减少货币供应量，影响利息率，通过利息率的升降来间接影响投资和消费，实现宏观政策目标。所以，货币政策的实施是通过货币供应量的变化来实现的。货币供应量有狭义与广义之分。狭义货币包括硬币、纸币、银行活期存款。其中银行活期存款比纸币和硬币更重要，因为大部分交易是用支票偿付的。广义货币是在狭义货币的基础上再加上储蓄和定期存款。

（一）法定准备率

西方国家的银行体系由中央银行与商业银行构成，从而产生了银行体系创造货币的机制。在货币政策调节经济的过程中，商业银行体系创造货币的机制是十分重要的。这一机制与法定准备金制度、商业银行的活期存款以及银行的贷款转化为客户的活期存款等制度相关。

商业银行资金的主要来源是存款。为了应付存款客户随时取款的需要，确保银行的信誉与整个银行体系的稳定，银行不能把全部存款放出，必须保留一部分准备金。法定准备率是中央银行以法律形式规定的商业银行在所吸收存款中必须保持的准备金的比例。商业银行在吸收存款后，必须按法定准备率保留准备金，其余的部分才可以作为贷款放出。例如，如果法定准备率为 20%，那么，商业银行在吸收了 100 万元存款后，就要留 20 万元准备金，其余 80 万元可作为贷款放出。

正如我们以前所介绍的，在西方，商业银行的活期存款就是货币，它可以用支票在市场上流通。所以，活期存款的增加就是货币供给量的增加。

因为活期存款就是货币，所以客户在得到商业银行的贷款以后，一般并不取出现金，而是把所得到的贷款作为活期存款存入同自己有业务往来的商业银行，以便随时开支票使用。所以，银行贷款的增加又意味着活期存款的增加和货币供给量的增加。这样，商业银行的存款与贷款活动就会创造货币，在中央银行货币发行量并未增加的情况下，使流通中的货币量增加。而商业银行所创造货币的多少，取决于法定准备率。我们可用一个例子来说明这一点。

假设法定准备率为 20%，最初某商业银行（A）所吸收的存款为 100 万元，该商业银行可放款 80 万元，得到 80 万元贷款的客户把这笔贷款存入另一商业银行（B），该商业银行又可放款 64 万元，得到这 64 万元贷款的客户把这笔贷款存入另一商业银行（C），该商业银行又可放款 51.2 万元……这样继续下去，整个商业银行体系可以增加 500 万元存款，即 100 万元的存款创造出了 500 万元的货币。

如果以 R 代表最初存款，D 代表存款总额即创造出的货币，r 代表法定准备率（$0<r<1$），则商业银行体系所能创造出的货币量的公式是：

$$D=\frac{R}{r}$$

由这一公式可以看出，商业银行体系所能创造出来的货币量与法定准备率成反比，与最初存款成正比。

（二）货币乘数

银行创造货币的机制说明了中央银行发行 1 元钞票但实际的货币增加量并不是 1 元，因为，在这 1 元钞票被存入商业银行的情况下，还会创造出新的货币量。货币乘数就是表明中央银行发行的货币量所引起的实际货币供给量增加的倍数。中央银行发行的货币称为货币基础或高能货币，这种货币具有创造出更多货币量的能力，用 H 来代表。货币供给量，即增加 1 单位高能货币所增加的货币量，用 M 来代表，则货币乘数 K_m 的公式为：

$$K_m=\frac{M}{H}$$

假如中央银行发行了 1 单位高能货币 H，社会货币供给量增加到 3 单位，即货币乘数为 3。同理，根据已知的中央银行发行的高能货币量与货币乘数也可以计算出货币供给量会增加多少。

二、凯恩斯主义的货币政策

（一）货币政策发生作用的前提

当货币供应量发生变化时，利息率也会发生相应的变化，这样就可以通过利率变动影响需求，进而调节经济。但是，通过货币供应量调节利息率，是以债券是货币的唯一替代物的假定为条件：如果货币供给量增加，人们就要以货币购买债券，债券的价格就会上升；反之，如果货币供给量减少，人们就要抛出债券以换取货币，债券的价格就会下降。其公式为：

$$债券价格=\frac{债券收益}{利息率}$$

根据以上公式，债券价格与债券收益的大小成正比，与利息率的高低成反比。这样，货币量增加，债券价格上升，利息率就会下降；反之，货币量减少，债券价格下降，利息率就会上升。如果没有人们以债券和货币形式保持财富的假定，比如人们货币多了，倾向于购买房屋、珠宝、藏品、股票、保险、耐用品等，那么，货币政策的效力将大打折扣。

（二）货币政策工具

凯恩斯主义的货币政策工具主要包括：公开市场业务、贴现政策、准备率政策。

1. 公开市场业务

公开市场业务就是中央银行在金融市场上买进或卖出有价证券。其中主要有国库券、其他联邦政府债券、联邦机构债券和银行承兑汇票。买进或卖出有价证券是为了调节货币供给量。买进有价证券实际上就是发行货币，从而增加货币供给量；卖出有价证券实际上就是回笼货币，从而减少货币供给量。公开市场业务是一种灵活而有效地调节货币量，进而影响利息率的工具，因此，它成为最重要的货币政策工具。

2. 贴现政策

贴现是商业银行向中央银行贷款的方式。当商业银行资金不足时，可以用客户借款时提供的票据到中央银行要求再贴现，或者以政府债券或中央银行同意接受的其他“合格的证券”作为担保来贷款。再贴现与抵押贷款都称为贴现，目前以后一种方式为主。贴现的期限一般较短，为一天到两周。商业银行向中央银行进行这种贴现时所付的利息率就称为贴现率。贴现政策包括变动贴现率与贴现条件，其中最主要的是变动贴现率。中央银行降低贴现率或放松贴现条件，使商业银行得到更多的资金，这样就可以增加它对客户的放款，放款的增加又可以通过银行创造货币的机制增加流通中的货币供给量，降低利息率。相反，中央银行提高贴现率或严格贴现条件，使商业银行资金短缺，这样就不得不减少对客户的放款或收回贷款，贷款的减少也可以通过银行创造货币的机制减少流通中的货币供给量，提高利息率。此外，贴现率作为官方利息率，它的变动也会影响到一般利息率水平，使一般利息率与之同方向变动。

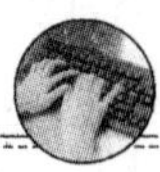

3. 准备率政策

准备率是商业银行吸收的存款中用作准备金的比率，准备金包括库存现金和在中央银行的存款。中央银行变动准备率则可以通过对准备金的影响来调节货币供给量。假定商业银行的准备率正好达到了法定要求，这时，中央银行降低准备率就会使商业银行产生超额准备金，这部分超额准备金可以作为贷款放出，从而又通过银行创造货币的机制增加货币供给量，降低利息率。相反，中央银行提高准备率就会使商业银行原有的准备金低于法定要求，于是商业银行不得不收回贷款，从而又通过银行创造货币的机制减少货币供给量，提高利息率。

除此之外，还有道义劝告（中央银行对商业银行的业务指导）、垫头规定、利息率上限、控制分期付款与抵押贷款条件。

（三）货币政策工具的运用

货币政策工具的运用主要通过中央银行进行，针对不同经济状况，中央银行分别采取“紧”或“松”的货币政策。

在繁荣时期，总需求大于总供给，为了抑制总需求，就要运用紧缩性的货币政策。其中包括在公开市场上卖出有价证券，提高贴现率并严格贴现条件，提高准备率等。这些政策可以减少货币供给量，提高利息率，抑制总需求。

在萧条时期，总需求小于总供给，为了刺激总需求，就要运用扩张性的货币政策。其中包括在公开市场上买进有价证券，降低贴现率并放松贴现条件，降低准备率等。这些政策可以增加货币供给量，降低利息率，刺激总需求。

凯恩斯主义者承认，货币政策实施中也会遇到困难，例如，萧条时期，商业银行要考虑放款风险，尽管贷款需求因利率变化出现回升，但商业银行仍会惜贷；萧条时期，因为企业预期利润率较低，企业也不愿意向银行贷款。在通货膨胀期间，尽管中央银行采取措施来提高利息率，但企业感到这时借款有利可图，仍会继续借款，置较高的利息率于不顾。

【案例　格林斯潘与美国货币政策】

在美国，甚至全世界，前美联储主席格林斯潘的一言一行都备受关注。他被认为是美国仅次于总统的第二号人物，在经济方面，甚至比总统地位还高。他知道自己“一言可以兴邦，一言可以废邦”，说话格外谨慎，习惯于用一种故意让人不明其意的“美联储语言”，以至于他用这种语言向女友求婚时，女友没听懂，婚事拖了好几年。

格林斯潘为什么有如此大的影响呢？原因来自两个方面：一是货币政策在美国经济中的重要性及美国经济在世界上的地位；二是美联储的独立性及决策权。

美国政府一直运用财政政策与货币政策调节经济。但总的趋势是货币政策的作用在不断加强，而财政政策的作用相对下降。这是因为，美国经济学家芒德尔证明了，在资本自由流动和浮动汇率的情况下，货币政策对国内宏观经济的影响要大于财政政策。在20世纪90年代，克林顿政府就是主要靠货币政策实现了经济繁荣与物价稳定。这种政策的主要制定者正是格林斯潘。在世界上，美国经济是世界经济的领头羊，“美国感冒，全世界打喷嚏”。这样，对美国经济影响至大的人，必定也是对世界经济影响重大的人。

格林斯潘的地位还与美联储的独立性相关。美联储的最高领导机构由总统任命，并由得到议会批准的7名理事会成员组成，每位成员任职14年，每两年更换一位。理事会主席，即美联储主席由总统任命并得到议会批准，任期4年。决定货币政策的机构是联邦公开市场委员会，由美联储7位理事和12个地区联邦储备银行总裁组成（其中5位有投票权，除纽约联邦储备银行总裁有投票权外，其他4位轮流担任），这些地区联邦储备银行总裁并不是政府任命，而是选举产生的。格林斯潘也是联邦公开市场委员会的主席。货币政策由美联储的联邦公开市场委员会决定，不受议会和政府干预。从而美联储的这种独立性也加强了格林斯潘的地位。

格林斯潘自1987年以来先后由老布什、克林顿和小布什任命为美联储主席，可见他在美国货币政策的决定中起了至关重要的作用。

三、货币主义的政策主张

货币主义的代表人物是米尔顿·弗里德曼，他们反对凯恩斯主义的干预政策，主张把市场从政府干预中解脱出来。弗里德曼提出“自然失业率”，认为适当的失业是可以忍受的，是市场经济的正常现象，政府没必要去想尽办法减少失业。政府干预只会导致极其有害的通货膨胀，政府在失业与通货膨胀左右为难的政策选择中破坏了市场功能，因而，他主张货币供应量的变化应遵循“单一规则”。货币主义的政策主张对1979年以来的英国撒切尔政府和美国里根政府的经济政策有很大影响。

货币主义的货币政策在传递机制上与凯恩斯主义的货币政策不同。货币主义的基础理论是现代货币数量论，即认为影响国民收入与价格水平的不是利息率而是货币量。货币量直接影响国民收入与价格水平这一机制的前提是：人们的财富具有多种形式，如货币、债券、股票、住宅、珠宝、耐用消费品等。这样，人们在保存财富时就不仅是在货币与债券中做出选择，而是在各种财富形式中进行选择。在这一假设之下，货币供给量的变动主要并不是影响利息率，而是影响各种形式的资产的相对价格。在货币供给量增加后，各种资产的价格上升，从而直接刺激生产，在短期内使国民收入增加，以后又会使整个价格水平上升。

货币主义者反对把利息率作为货币政策的目标。因为货币供给量的增加只会在短期内降低利息率，而其主要影响还是提高利息率。这首先在于，货币供给量的增加使总需求增加，总需求增加一方面增加了货币需求量，另一方面提高了物价水平，货币实际供应量减少了，结果，利息率提高。另外，货币供应量增加，会提高人们的通货膨胀预期，从而也提高了名义利息率。

第三节　经济中的自动稳定因素

一、财政制度中的自动稳定器

某些财政政策由于其本身的特点，具有自动地调节经济使经济稳定的机制，被称为内

在稳定器，或者自动稳定器。具有内在稳定器作用的财政政策，主要是个人所得税、公司所得税，以及各种转移支付。个人所得税与公司所得税有其固定的起征点和税率。当经济萧条时，由于收入减少，税收也会自动减少，从而抑制了消费与投资的减少，有助于减轻萧条的程度。当经济繁荣时，由于收入增加，税收也会自动增加，从而抑制了消费与投资的增加，有助于减轻由于需求过大而引起的通货膨胀。失业补助与其他福利支出这类转移支付，有其固定的发放标准。当经济萧条时，由于失业人数和需要其他补助的人数增加，这类转移支付会自动增加，从而抑制了消费与投资的减少，有助于减轻经济萧条的程度。当经济繁荣时，由于失业人数和需要其他补助的人数减少，这类转移支付会自动减少，从而抑制了消费与投资的增加，有助于减轻由于需求过大而引起的通货膨胀。

这种内在稳定器自动地发生作用，调节经济，无须政府做出任何决策，但是，这种内在稳定器调节经济的作用是十分有限的。它只能减轻萧条或通货膨胀的程度，并不能改变萧条或通货膨胀的总趋势；只能对财政政策起到自动配合的作用，并不能代替财政政策。因此，尽管某些财政政策具有内在稳定器的作用，但仍需要政府有意识地运用财政政策来调节经济。

二、农产品价格维持制度

农产品价格维持制度是指政府为调动农场主积极性，就某些农产品采取的支持价格政策，或允许农场主以农产品作为抵押，从有关的信用部门取得贷款。实行这一制度，在经济萧条时，农场主能从政府那里得到补贴，以弥补农产品价格下降造成的损失；在通货膨胀时期，农产品价格上升，政府可以抛出手中的农产品，从而抑制了农产品价格攀升。

三、调节通货膨胀的自动因素

（一）凯恩斯效应（利息率效应）

根据凯恩斯的灵活偏好规律，对货币的需求由日常交易需求、预防需求、投机需求三部分组成。假定货币供应量不变，当出现通货膨胀时，必将增加货币的日常需求而减少货币的投机需求。因为，投机需求与利息率存在反向变化关系，即投机用的货币减少，利息率将上升，投资需求因此下降，总需求下降，这就抑制了通货膨胀。相反，物价下降，当货币供应量不变时，日常交易用的货币减少了，投机用的货币增加了，利息率就会随之下降，利率下降，投资增加，总需求扩大，会阻止物价下跌。

（二）庇古效应（实际货币余额效应）

按照庇古的观点，通货膨胀发生后，实际货币（人们手中名义货币实际的购买力）余额少了，货币持有人财富减少，于是人们将减少消费，消费需求减少，总需求下降，从而通货膨胀得到抑制。反之，物价下降，实际货币上升，人们将增加消费，需求扩大，这会阻止物价继续下跌。

（三）累进所得税效应

通货膨胀时，人们收入（名义货币收入）增加，较多的人进入较高的纳税等级或达到纳税起征点，纳税的人多了，投资和消费需求受到抑制，这会遏制通胀的加剧。反之，物价下跌后，人们收入下降，有些人将远离纳税起征点或降入纳税较低的等级，纳税下降，收入增加，消费和投资增加，总需求上升，阻碍物价进一步下降。

第四节　财政政策与货币政策的配合——相机抉择

一、相机抉择

相机抉择是指政府在进行需求管理时，可以根据市场情况和各项调节措施的特点，机动地决定和选择哪一种或哪几种措施。

财政政策措施与货币政策措施的特点是不同的。财政政策措施较直接，而货币政策较间接（通过利息率起作用），在猛烈程度、时延程度、影响范围、政策阻力等方面各项措施都不一样：

（1）猛烈程度。

例如，政府支出的增加与法定准备率的调整作用都比较猛烈；税收政策与公开市场业务的作用都比较缓慢。

（2）时延程度。

例如，货币政策可以由中央银行决定，作用快一些（6～9个月见效）；财政政策从提案到议会讨论、通过，要经过一段相当长的时间。

（3）影响范围。

例如，政府支出政策影响面就大一些，公开市场业务影响的面则小一些。

（4）政策阻力。

例如增税与减少政府支出的阻力较大，而货币政策一般说来遇到的阻力较小。因此，在需要进行调节时，究竟应采取哪一项政策，或者如何对不同的政策手段进行搭配使用，并没有一个固定不变的程式，政府应根据不同的情况，灵活地决定。

这种对政策的配合在于要根据不同的经济形势采取不同的政策，例如，在经济发生严重的衰退时，就不能运用作用缓慢的政策，而是要运用作用较猛烈的政策，如紧急增加政府支出，或进行公共工程建设；相反，当经济开始出现衰退的苗头时，不能用作用猛烈的政策，而要采用一些作用缓慢的政策，例如有计划地在金融市场上收购债券以便缓慢地增加货币供给量，降低利息率。

相机抉择的实质是灵活地运用各种政策，所包括的范围相当广泛。例如，在什么情况下不用采用政策措施，可以依靠经济本身的机制自发地调节；什么情况下必须采用政策措施等。这些都属于运用政策的技巧。

二、菲利浦斯曲线及“临界点”

菲利浦斯曲线表示通货膨胀率（以 P 表示）与失业率（以 U 表示）此消彼长，即失

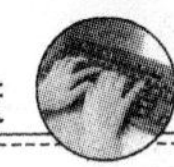

业率高，通货膨胀就低；反之，失业率较低，通货膨胀率就较高。

在进行政策选择时，菲利浦斯曲线提供了一个理论依据。也就是说，政府可以根据政策目标（失业率与通货膨胀率的不同组合）来决定采取不同的财政政策和货币政策。

在利用菲利浦斯曲线来确定政策时，政策目标的选择也不是没有限制的，一个国家或政府不能任意选择通货膨胀率与失业率的组合，如图 11—4 所示，政府不能选择 a 点或 c 点。因为：在 a 点，虽然失业率较低，但通货膨胀率为 5%，为社会所不能接受，这时，应采取紧缩性财政政策和货币政策。在 c 点，虽然通胀率较低，但失业率 5%为社会所不能接受，于是，需要采取扩张性的财政与货币政策，降低失业率。

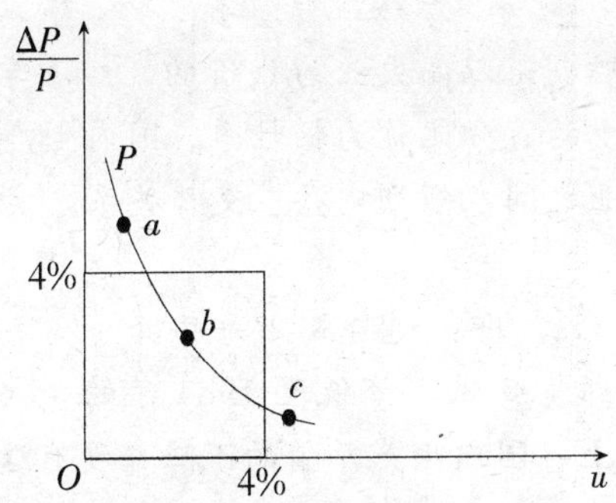

图 11—4 菲利浦斯曲线及“临界点”

“临界点”是指对于失业率和通货膨胀率的“社会可以接受程度”，即图11—4中的阴影部分。如果失业率和通货膨胀率在阴影区域（4%，4%），表明此时是社会可以接受的，政府没有必要进行调节、干预，只有当失业率与通货膨胀率超出阴影区域，政府才有必要采取政策措施加以调节。

“临界点”在不同的国家和地区是不同的。20 世纪 60 年代以后，菲利浦斯曲线不断向右上方移动，这使“临界点”也不断提高。如图 11—5 所示，当菲利普斯曲线由 L 变为 M 后，M 不通过有阴影的部分，即不在“临界点”区域内，这时，无论采取什么样的财政和货币政策措施，都不能把通货膨胀率和失业率降低到“临界点”之内（阴影区域），因此，旧的“临界点”就被新的“临界点”代替。

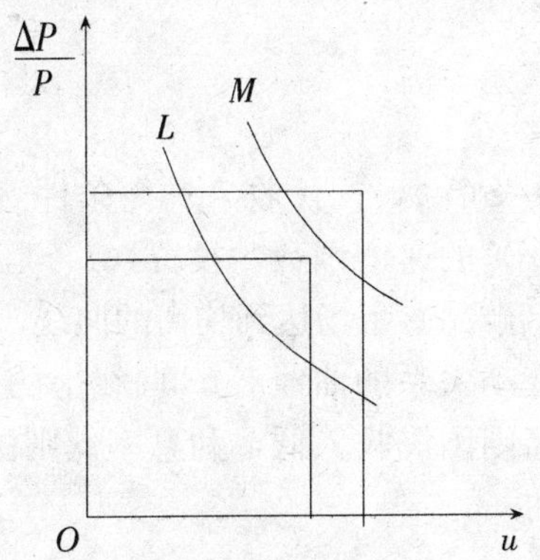

图 11—5 菲利浦斯曲线的恶化与“临界点”的移动

【案例　沃尔克反通货膨胀的代价】

20 世纪 70 年代末、80 年代初，时任美联储主席的沃尔克为反通货膨胀所付出的代价说明了菲利浦斯曲线的存在。

20 世纪 70 年代，滞胀一直困扰着美国。1979 年夏，通货膨胀率高达 14%，失业率高达 6%，经济增长率不到 1.5%。在这种形势下，沃尔克被卡特总统任命为美联储主席。沃尔克上台后把自己的中心任务定为反通货膨胀。他把贴现率提高到 12%，货币量减少，结果 1980 年 2 月通货膨胀率高达 14.9%。与此同时，失业率高达 10%。沃尔克顶住各方面的压力，继续实施这种紧缩政策，终于在 1984 年使通货膨胀率降至 4%，开始了 80 年代的繁荣。

沃尔克反通货膨胀的最终胜利是以高失业为代价的。经济学家把通货膨胀率减少 1% 的过程中每年国内生产总值减少的百分比称为牺牲率。国内生产总值减少必然引起失业加剧。这充分说明通货膨胀与失业之间在短期内存在交替关系，实现低通货膨胀在一定时期内要以高失业为代价。

经济学家把牺牲率确定为 5%，即：通货膨胀每年降 1%，每年的国内生产总值减少 5%。沃尔克把 1980 年 10%的通货膨胀率降低至 1984 年的 4%，按此推理，每年减少的国内生产总值应为 30%。实际上，国内生产总值的下降并没有这么严重。其原因在于沃尔克坚定不移的反通货膨胀决心使人们对通货膨胀的预期下降，从而菲利浦斯曲线向下移动。这样，反通货膨胀的代价就小了。但代价仍然是有的，美国这一时期经历了自 20 世纪 30 年代以来最严重的衰退，失业率达到 10%。

反通货膨胀付出的代价证明了短期菲利浦斯曲线的存在，也说明维持物价稳定的重要性。

三、*IS—LM* 模型

IS—LM 模型是说明产品市场和货币市场同时均衡时国民收入与利息率决定的模型。在 *IS—LM* 模型中，可以显示储蓄（S）、投资（I）、货币需求（L）与供给（M）如何影响国民收入和利息率（Y 和 i），利用 *IS—LM* 还可以分析财政政策和货币政策。所以，*IS—LM* 模型是宏观经济分析的核心。

（一）IS 曲线的导出

根据 $C=C(Y)$，$I=I(i)$，$S=S(Y)$，国民收入均衡条件 $S=I$，可以得出：$S(Y)=I(i)$，即储蓄（S）是国民收入（Y）的递增函数，投资（I）是利息率的递减函数。如图 11—6 所示，*IS* 曲线是描述商品（产品）市场达到均衡的曲线，当 $S(Y)=I(i)$ 时，国民收入与利息率之间存在着反方向变动关系的曲线。*IS* 曲线上的任一点，$S=I$，即总供给与总需求相等，它表明，利息率高则国民收入低，利息率低则国民收入高。之所以如此，是因为利息率与投资成反方向变动。

（二）LM 曲线的导出

根据 $L_1=L_1(Y)$，$L_2=L_2(i)$，货币市场均衡条件 $M=L$，可以得 $M=L_1(Y)+L_2(i)$。

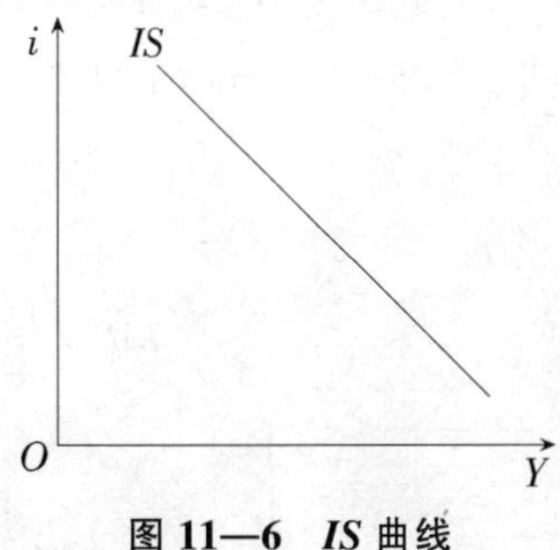

图 11—6　**IS 曲线**

也就是说，当货币供给（M）不变时，由于 L_1（对货币的交易需求和预防需求）与国民收入同方向变动（递增函数），L_2（对货币的投机需求）与利息率是反方向变动（递减函数），L_1 上升（因国民收入 Y 上升），M 既定，为了使 $M=L$ 成立，货币的投机需求 L_2 必须减少。L_2 的减少是利息率上升的结果，L_1 的增加是国民收入增加的结果。因此，当货币市场实现均衡时，国民收入与利息率之间必然是同方向变动的关系，即 $M=L_1(Y)+L_2(i)$，$i\uparrow$，$L_2\downarrow$，$L_1\uparrow$，$Y\uparrow$，也就是当 M 不变且 $M=L$ 时，$i\uparrow$，$Y\uparrow$。如图 11—7 所示，曲线 LM 上的任一点，$M=L=L_1(Y)+L_2(i)$。

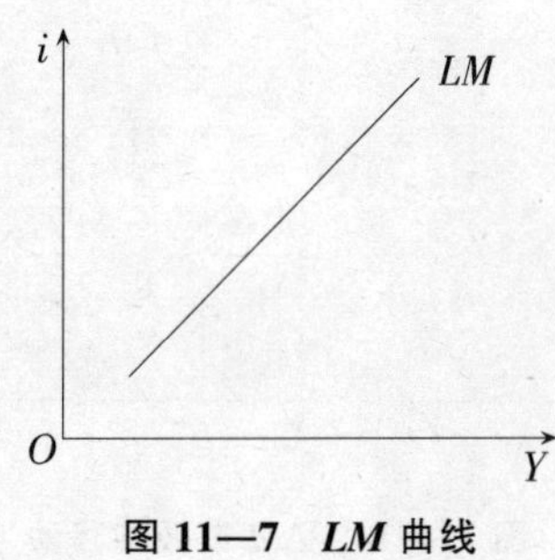

图 11—7　**LM 曲线**

（三）IS—LM 模型及运用

把 IS 曲线与 LM 曲线放在一个图上就可以得出两个市场（商品市场和货币市场）均衡时，国民收入和利息率的决定。如图 11—8 所示，两条曲线相交于 E 点，是两个市场同时均衡的点，此时 $I=S=L=M$ 决定了均衡的利息率水平为 i_E，均衡的国民收入为 Y_E，当 $i=4\%$时，$Y=5.6$ 万亿。而在 E 点以外，则不能实现两个市场的均衡。

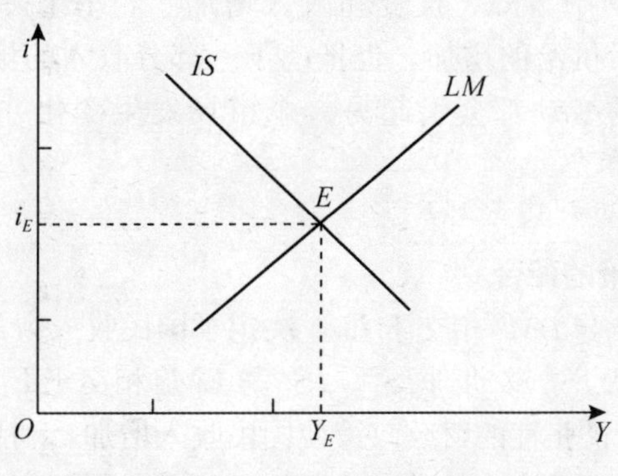

图 11—8　两个市场的均衡

总需求（自发总需求 i）的变动引起利息率和国民收入的同方向移动（见图 11—9）；货币量的变动引起 LM 曲线的移动，从而引起利息率反方向移动，引起国民收入同方向移动（见图 11—10）。

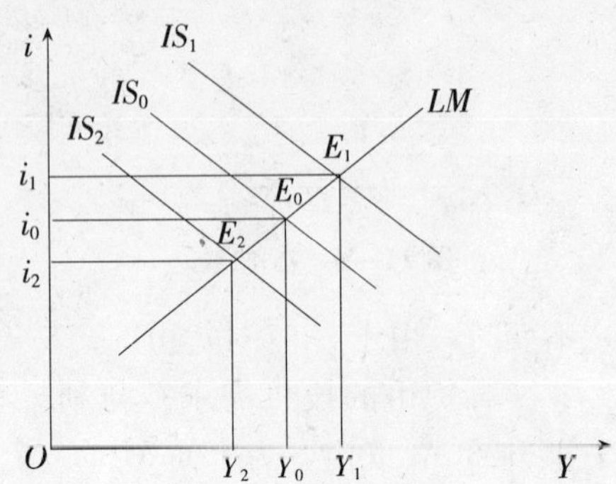

图 11—9　*IS* 曲线的移动

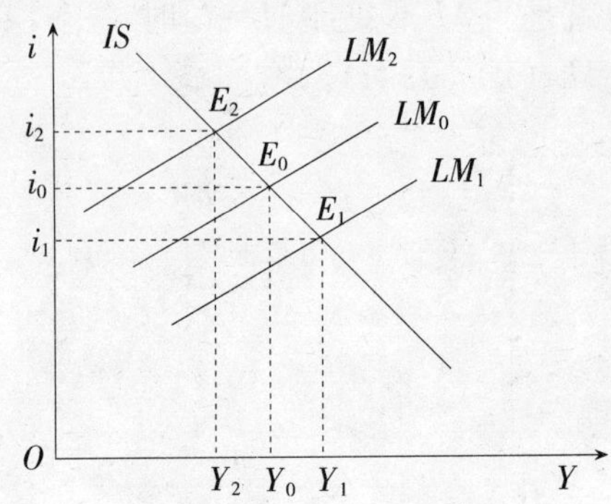

图 11—10　*LM* 曲线的移动

实际的均衡国民收入是由 LM 和 IS 曲线共同（交点）决定的，所以实际的收入变化要比单独考察 IS 曲线或 LM 曲线移动所引起的收入变化要小，因为，当 IS 曲线单独移动时，需求增加，收入会增加，对货币的需求增加，而货币供给不变，利率会上升，抑制了投资，这样，需求的增加使收入上升的同时又抵消了一部分收入（挤出效应），所以，收入增加的幅度要小于单独考察的 IS 曲线中收入增加的幅度；当 IS 曲线不变时，LM 曲线右移，货币增加，利率下降，投资和收入增加。利率下降，又使对货币的需求上升，从而抵消一部分货币供给的增加，也抵消了一部分收入的增加。所以，在两个市场模型中，任何一个市场的变动都会引起另一个市场发生变化并使收入的变化相对地减弱了。

（四）财政政策与货币政策的配合

在图 11—11 中，IS_0 与 LM_0 相交于 E_0，决定了国民收入为 Y_0，利息率为 i_0。实行扩张的财政政策，IS 曲线从 IS_0 移动到 IS_1，IS_1 与 LM_0 相交于 E_1，决定了国民收入为 Y_1，利息率为 i_1。这说明实行扩张性的财政政策使国民收入增加，利息率上升，而利息率的上升产生挤出效应，不利于国民收入的进一步增加。这时，再配合以扩张的货币政策，即增

加货币量使 LM 曲线从 LM_0 移动到 LM_1，LM_1 与 IS_1 相交于 E_2，决定了国民收入为 Y_2，利息率为 i_0。这说明，在用扩张的货币政策与扩张的财政政策配合时，可以不使利息率上升，而又使国民收入有较大的增加，从而可以有效地刺激经济。

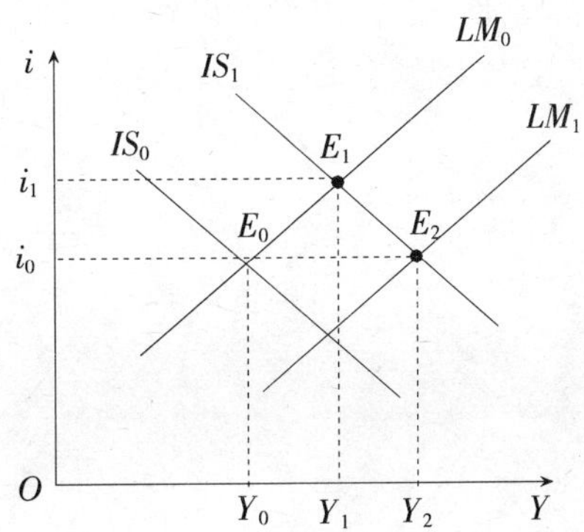

图 11—11 财政政策与货币政策的配合

在繁荣时期，也可以同时使用紧缩性财政政策与紧缩性货币政策，以便更有效地制止通货膨胀。有时还可以把扩张性的财政政策与紧缩性的货币政策配合，以便在刺激总需求的同时，又不至于引起严重的通货膨胀。或者把扩张性货币政策与紧缩性财政政策配合，以便在刺激总需求的同时，不增加财政赤字等。还可以把需求管理政策与供给管理政策配合，例如，在运用扩张性需求管理政策的同时，运用收入政策，把通货膨胀率控制在一定程度之内。

第五节 供给管理政策

一、税收政策

减税能给劳动和资本的投入带来影响。许多经济学家如拉弗等人还指出，税收不但影响劳动供给，还影响对劳动的需求。提高税率（工薪税）会提高人工成本，从而减少企业对劳动的需求。反之，降低工薪税则会增加企业对劳动的需求。

（一）减税不一定减少财政收入

许多经济学家担心减税会减少政府财政收入，从而削弱政府调控经济的能力。但拉弗认为，减税不一定减少财政收入。如图 11—12 所示，纵横轴分别代表政府财政收入总额和税率。显然，当税率为 0 时，财政收入为 0；当税率为 100%时，财政收入仍然为 0。拉弗曲线说明：税率高，政府财政收入不一定高。只有当税率为 50%左右时，政府财政收入最高。拉弗认为，实际生活中的税率特别是边际税率已经超过 50%，所以，减税不但不会减少政府财政收入，反而可以由于征税和税基面有较大幅度的扩大而提高政府收入。

（二）减税在供给和需求方面的作用

减税对供求的影响，在西方存在争论，但大多数西方经济学家认为，至少在短期内，减税对供给和需求都有影响，只不过对需求的影响更明显一些。如图 11—13 所示，开始时需求曲线和供给曲线为 AD_0 和 AS_0，价格水平为 P_0，国民收入为 Y_0。减税后，总需求增加为 AD_1，总供给增加为 AS_1，总需求增加到 AD_1 使价格水平上升，国民收入也相应增加；而总供给增加会降低价格水平，国民收入也提高；并且，总需求曲线移动的幅度大于总供给曲线移动的幅度，所以，减税会起到增加国民收入、提高价格的作用。

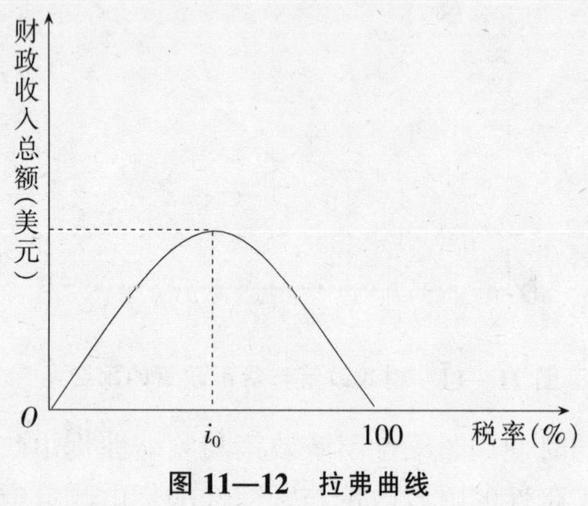

图 11—12　拉弗曲线

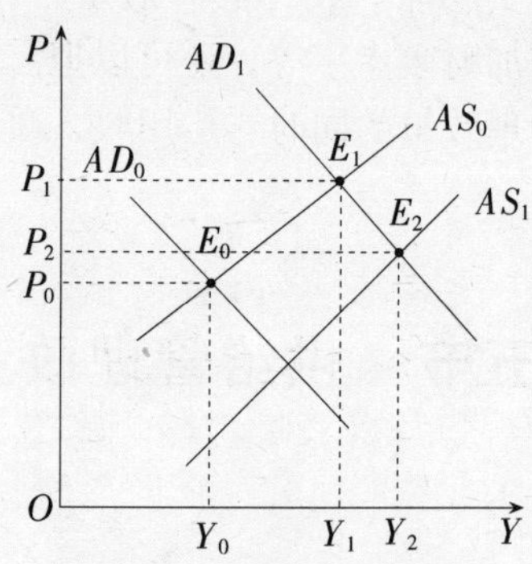

图 11—13　减税的影响

二、收入政策

收入政策主要是通过控制工资与物价来抑制通货膨胀的政策。此政策的出发点是认为通货膨胀是由成本（工资）推动引起的。收入政策把工资与物价的调控作为对象，其办法有：

（1）工资—物价冻结。

冻结时间长则一年半载，短则三个月。经济学家认为，冻结工资—物价，短期或特殊时期可用，长期中有害无益。

（2）工资与物价指导线。

政府规定工资增长率，要求企业、工会根据“工资指导线”确定工资增长率，企业要根据政府规定的工资、物价上涨的上限确定工人工资和产品涨价幅度，不执行者将受到惩罚（课以重税或法律惩治）。

三、指数化

通货膨胀会引起收入分配的变动，使一些人受害，另一些人受益，从而对经济产生不利的影响。指数化就是为了消除这种不利影响，以对付通货膨胀的政策。它的具体做法是，定期地根据通货膨胀率来调整各种收入的名义价值，以使其实际价值保持不变。主要的指数化措施有两个。

（一）工资指数化

按通货膨胀率指数来调整名义工资，以保持实际工资水平不变。在经济发生通货膨胀时，如果工人的名义工资没变，实际工资就下降了。这就会引起有利于资本家而不利于工人的收入再分配。为了保持工人的实际工资不变，在工资合同中就要确定有关条款，规定在一定时期内按消费物价指数来调整名义工资，这项规定称为“自动调整条款”。此外，也可以通过其他措施按通货膨胀率来调整工资增长率。工资指数化可以使实际工资不下降，从而维护社会的安定。但在有些情况下，工资指数化也引起工资成本推动的通货膨胀。与工资指数化相关的是其他的收入指数化。

（二）税收指数化

按通货膨胀率指数来调整起征点与税率等级。当经济中发生了通货膨胀时，实际收入不变而名义收入增加了。这样，纳税的起征点实际降低了。在累进税制下，纳税者名义收入的提高使原来的实际收入进入了更高的税率等级，从而使缴纳的实际税金增加。如果不实行税收指数化，就会使收入分配发生不利于公众而有利于政府的变化，成为政府加剧通货膨胀的动力。只有根据通货膨胀率来调整税收，即提高起征点并调整税率等级，才能避免不利的影响，使政府采取有力的措施来制止通货膨胀。

此外，利息率等也应该根据通货膨胀率来进行调整。

四、人力政策（就业政策）

人力政策又称就业政策，是一种旨在改善劳动市场结构以减少失业的政策。它主要有以下几种。

（一）人力资本投资

由政府或有关机构向劳动者投资，以提高劳动者的文化技术水平与身体素质，适应劳动力市场的需求。从长期来看，人力资本投资的主要内容是增加教育投资，普及教育。从短期来看，是对工人进行在职培训，或者对由于技术不适应而失业的工人进行培训，增强他们的就业能力。

（二）完善劳动市场

失业产生的一个重要原因是劳动市场的不完善，例如劳动供求的信息不畅通，就业介绍机构的缺乏等。因此，政府应该不断完善和增加各类就业介绍机构，为劳动的供求双方提供迅速、准确而完全的信息，使工人找到满意的工作，企业也能得到他们所需要的工人。这无疑会有效地减少失业，尤其是降低自然失业率。

（三）协助工人进行流动

劳动者在地区、行业和部门之间的流动，有利于劳动的合理配置与劳动者人尽其才，也能减少由于劳动力的地区结构和劳动力的流动困难等原因而造成的失业。对工人流动的协助包括提供充分的信息，以及必要的物质帮助与鼓励。

五、贸易政策和汇率政策

（一）保护贸易政策

保护贸易政策有三种：（1）关税保护；（2）进口限额和出口补贴；（3）进口特许。这几种方式都会起到保护本国工业的作用，有的措施是降低国内市场产品的供给总量而提高国内产品的价格，尤其是提高进口产品的价格，使其缺乏竞争力（如关税方式）；有的措施直接限制国外产品的进口量，同样达到了提高进口产品价格的目的（如进口限额）；而进口特许则是直接降低国内对进口品的需求。

保护主义的副作用是显而易见的：第一，使国内产品价格高于国外产品；第二，国内消费者对同样产品支付较高的货币量，因此会减少消费量，减少消费者剩余；第三，长期中使国内企业越来越依赖于保护政策，丧失国际竞争力。但是，也有的经济学家认为，保护政策可以改变一国的贸易条件，使国内生产者和消费者从中获益（如 OPEC 从石油涨价中得到的巨额石油美元）；保护政策可以保护“幼稚工业”；还能减少失业，实现非经济目标等。

（二）汇率贬值政策

本国货币贬值会降低出口产品的相对价格，扩大出口，减少进口。贬值的益处通过一定时间才能显露出来。因为，汇率贬值后，绝大部分贸易按原来签订的合同交易，在按新汇率结算时，会使以本币计算的出口商品收汇减少，而以外汇支付的进口商品的数额却不变，于是就在短期内使国际收支状况恶化。只有过一段时期后，随着出口增加，进口减少，对经济才会有有利的影响。例如，从 1976 年底到 1978 年底，美元汇率平均下跌 15%，但贸易赤字却从 1976 年第四季度的 30 亿美元增加到 1978 年第一季度的 110 亿美元，到 1978 年第四季度才下跌至 60 亿美元。

（三）汇率管制政策

在浮动汇率之下，政府也要运用买卖外汇的方法对汇率进行干预，避免汇率的大幅度波动。这是因为汇率的波动影响人们对未来的预期，使人们对经济持悲观态度，从而影响经济的稳定性。特别是汇率的过分贬值还会使国内通货膨胀加剧，不利于物价稳定的目标。有时为了经济与非经济目标，也需要通过干预，维持较低或较高的汇率。

【案例1　宏观政策的最优组合是一门艺术】

在开放经济的条件下如何调节经济，以实现经济繁荣，是各国都遇到的问题。在20世纪90年代克林顿政府成功地使美国经济保持了近10年之久的繁荣的经验，值得我们重视。

1993年，克林顿上任时，面临两个挑战：从1981年开始并一直增加的财政赤字已占GDP的4.9%，经济在衰退，失业率超过了7%。他的目标是减少赤字，实现充分就业。按传统理论，这两个目标需要两种不同的政策，减少赤字要用紧缩政策，实现充分就业要用扩张性政策。在美国这样一个开放的经济中，应该用什么政策组合来同时实现这两个政策目标呢？

美国经济学家芒德尔证明了，在一个资本自由流动而且实行浮动汇率的经济中，就对国内宏观经济的影响而言，财政政策的作用远远小于货币政策。因为在资本自由流动条件下，当实行扩张性货币政策使国内利率下降时，资本流出，汇率下降，可以促进出口与经济繁荣，而财政政策引起利率上升，对经济的刺激作用有限。于是克林顿采用紧缩性财政政策，减少支出，增加税收，结果财政赤字减少。美联储实行扩张性货币政策，刺激了投资，而投资增加，股市上扬，又增加了人们的消费信心，消费也增加，边际消费倾向从长期的0.676上升到0.68。这就有力地刺激了美国的经济。

这种政策的最优组合说明运用政策调节经济是一门艺术。

【案例2　美国宏观经济政策的演变】

美国在经历了1929—1933年的经济大危机之后，开始放弃自由、放任经济，转而实行政府干预，注重财政政策与货币政策的使用。20世纪30年代至60年代，美国经济政策以财政政策为主，货币政策从属于财政政策，这种政策搭配效果是好的，达到了促进经济增长和维持物价相对稳定的目的。60年代末，越南战争的爆发成为美国经济的转折点。财政赤字日益增加，通货膨胀不断加剧，经济出现滞胀的局面。滞胀使凯恩斯主义陷入尴尬境地，而以弗里德曼为代表的货币主义开始兴起。在这种背景下，七八十年代以控制货币供应量为中介目标的货币政策得到加强。

80年代，美国联邦政府为了解决经济滞胀问题，将控制通货膨胀作为首要经济目标，实行了紧货币、松财政的政策。这种政策搭配有效地控制了通货膨胀，降低了失业率，但同时也种下了高利率、高赤字和高负债的恶果。1993年克林顿政府调整了财政货币政策，转而实行了适度从紧的财政政策，并配合以偏松的货币政策。通过税收政策来增加财政收入，并适当压缩财政支出，调整政府支出结构。与此同时，美联储连续调低贴现率，为紧缩性财政政策的实施创造了条件。90年代中后期美国的财政货币政策是成功的，它对经济稳定增长起到了积极的促进作用，反过来，经济的长期稳定增长又改善了财政状况，维护了良好的金融秩序。

2001年，美国经济开始出现衰退，消费物价指数创45年来最大的跌幅，固定资本投资受阻，库存积压，企业支出疲软。为应对这一局面，布什政府采取了积极的财政政策与扩张的货币政策的组合。美国联邦政府从2001年开始采取减税政策；美联储连续11次降息，特别是"9·11"事件后，放松银根125个基本点，减轻了债务负担，降低了融资成本。同时，住房抵押贷款利率降至30年来的最低水平，使住房供给资金攀升，为2007年8月美国次贷危机引发的全球金融动荡、经济危机埋下了祸根。

【案例3 刺激经济：消费还是投资】

短期总需求分析的主要假设条件是总供给不变，应该承认，总需求在短期中对宏观经济状况的确有重要的影响。但如何增加内需呢？我们知道，就内需而言，如果不考虑政府支出，重要的在于出口、消费和投资“三驾马车”。消费函数理论说明了消费的稳定性，它告诉我们，要刺激消费是困难的。20世纪末、21世纪初的前后几年中，中国八次降息，但对内需的拉动有限，居民储蓄一直增加，2010年，我国城乡居民人民币储蓄存款余额达到30万亿元，这说明拉动消费不容易。

还要注意拉动投资。第一，要区分投资与消费的差别。例如，我们过去一直把居民购买住房作为消费就是一个误区。应该把居民购买住房作为一种投资，并用刺激投资的方法拉动这项投资。应该说，在我国人口多而居住条件仍然较差的情况下，在未来几十年中，住房仍然是投资的热点，只要政策得当，住房可以增加内需，带动经济。第二，在我国经济中，私人经济已有了长足的发展，成为经济的半壁江山。投资中的企业固定投资应该是以私人企业投资为主。这就要求为私人企业投资创造更为开放宽松的环境。

但是，2004年以来，在消费增长有限的情况下，我国投资以20%～40%的速度增长，2009年，我国资本形成总额16.45万亿元，占当年GDP的47.7%，与最终消费持平，这与经济增长由主要依靠投资、出口拉动转向出口、消费、投资“三驾马车”协调拉动的结构战略显然不符。

本章小结

1. 宏观调控的目标一般包括充分就业、物价稳定、经济增长和国际收支平衡。

2. 赤字财政政策是凯恩斯主义的理财原则。弥补财政赤字的办法：一是通过中央银行增发货币，二是发行公债。凯恩斯主义经济学家认为，为弥补财政赤字而增发的公债有利无弊，既不会形成社会负担，也不会加剧国民收入分配的不平等。

3. 货币政策工具包括改变法定准备率、调整再贴现率和进行公开市场业务。

4. 宏观财政政策和宏观货币政策各有自己的特点，在不同的情况下效果也各不相同。因此，政府在调节政策干预经济活动时，应进行相机抉择。

本章关键概念

1. 宏观经济政策：说明利用哪些政策调控手段促使经济达到充分就业、物价稳定、经济持续稳定增长和国际收支平衡目标。

2. 转移支付：指把资金转移给政府以外的个人。

3. 挤出效应：增加某一数量的公共支出，就会减少相应数量的私人投资，从而总需求仍然不变。

4. 政府支出乘数：指政府的支出引起的国民收入增加倍数。

5. 税收乘数（赋税乘数）：指政府增加或减少税收所引起的国民收入变动的程度。

6. 平衡预算乘数：指政府支出和税收的等量变动而引起的国民收入变动的倍数，一般表示为政府支出乘数和税收乘数之和。

7．法定准备率：指中央银行以法律形式规定的商业银行在所吸收存款中必须保持的准备金的比例。

8．货币乘数：表明中央银行发行的货币量所引起的实际货币供给量增加的倍数。

9．公开市场业务：指中央银行在金融市场上买进或卖出有价证券。

10．贴现：指商业银行向中央银行贷款的方式。

11．贴现率：指商业银行向中央银行进行这种贴现时所付的利息率。

12．准备率：指商业银行吸收的存款中用作准备金的比率。

13．内在稳定器：某些财政政策由于其本身的特点，具有自动地调节经济，使经济稳定的机制，也被称为自动稳定器。

14．相机抉择：政府在进行需求管理时，可以根据市场情况和各项调节措施的特点，机动地决定和选择哪一种或哪几种措施。

15．工资指数化：指按通货膨胀率指数来调整名义工资，以保持实际工资水平不变。

16．税收指数化：指按通货膨胀率指数来调整起征点与税率等级。

17．人力资本投资：由政府或有关机构向劳动者投资，以提高劳动者的文化技术水平与身体素质，适应劳动力市场的需求。

18．法定准备率货币乘数：表明中央银行发行的货币量所引起的实际货币供给量增加的倍数。

讨论及思考题

1．财政政策的工具主要有哪些？

2．什么是自动的或内在的稳定器？主要包括哪几种？

3．试述财政政策的乘数效应和挤出效应。

4．如果一国政府实行平衡预算，会对国民产出水平有影响吗？为什么？

5．中央银行控制货币供给的三大政策工具是什么？

6．试述货币政策作用的局限性。

7．什么是相机抉择？

8．政府在实施财政政策时，会遇到哪些困难？

9．凯恩斯为什么认为货币政策效果不好？

附　录

重要术语英汉对照检索表

A

aggregate demand 总需求
aggregate demand（AD）curve 总需求曲线
aggregate expenditures curve 总支出曲线
aggregate supply 总供给
aggregate supply（AS）curve 总供给曲线
allocation of resources 资源配置
antitrust law 反托拉斯法
asset 资产
automatic stabilizer 自动稳定器
average cost 平均成本
average fixed cost 平均不变成本
average product 平均产量
average propensity to consume 平均消费倾向
average propensity to saving 平均储蓄倾向
average revenue 平均收益
average variable cost 平均可变成本

B

balance of international payment 国际收支平衡
balanced budget 平衡预算
balanced budget multiplier 平衡预算乘数
barriers to entry 进入障碍
black market 黑市
breakeven point 收支相抵点
budget deficit 预算赤字
budget surplus 预算盈余
built-in stabilizers 内在稳定器
business cycle 经济周期
business fluctuation 经济波动

C

capital deepening 资本深化
capital forming 资本形成
capital gains 资本收益
capital market 资本市场
capital-output ratio 资本—产出比
capital widening 资本广化
cardinal utility theory 基数效用论
cartel 卡特尔
central government finance 中央财政
classical economics 古典经济学
clearing market 出清市场
closed economy 封闭经济
Coase's Theorem 科斯定理
Cobb-Douglas production function 柯布—道格拉斯生产函数
commercial bank 商业银行
comparative static analysis 比较静态分析
compensated budget line 补偿预算线
competition 竞争
competitive equilibrium 竞争性均衡
competitive market 竞争性市场
complement goods 互补品
complete information 完全信息
condition for efficiency in exchange 交换的最优条件
condition for efficiency in production 生产的最优条件
constant-cost industry 成本不变行业
constant returns to scale 规模收益不变
consumer 消费者

consumer price index（CPI）消费者价格指数
consumer surplus 消费者剩余
consumer's equilibrium 消费者均衡
consumers preference 消费者偏好
consumption 消费
consumption demand 消费需求
consumption function 消费函数
consumption price index 消费物价指数
contract curve 契约曲线
corporate income tax 公司所得税
corporation 公司
cost-benefit analysis 成本—收益分析
cost-push inflation 成本推动型的通货膨胀
cost function 成本函数
credit 信贷
crowding out 挤出效应

D

decreasing-cost industry 成本递减行业
decreasing returns to scale 规模收益递减
deflation 通货收缩
demand 需求
demand curve 需求曲线
demand function 需求函数
demand price 需求价格
demand-pull inflation 需求拉动的通货膨胀
demand schedule 需求表
depreciation 折旧或贬值
depression 萧条
derived demand 引致需求
devaluation 贬值
diminishing marginal utility 边际效用递减
diminishing returns 收益递减
discounting 贴现
discount rate 贴现率
discretionary 相机抉择
disposable personal income（DPI）可支配收入
dissaving 负储蓄
distribution 分配
distribution theory of marginal productivity 边际生产率分配论
downward rigidity of wages 工资下降刚性
duopoly 双头垄断
durable goods 耐用品

dynamic analysis 动态分析
dynamic models 动态模型

E

economic development 经济发展
economic efficiency 经济效率
economic growth 经济增长
economic model 经济模型
economic profit 经济利润
economic rent 经济租金
economic stabilization policy 经济稳定政策
economies of scale 规模经济
economies of scope 范围经济
effective demand 有效需求
efficiency 效率
efficiency wage theory 效率工资理论
elasticity 弹性
elasticity of demand 需求弹性
elasticity of supply 供给弹性
employment theory 就业理论
entrepreneur 企业家
entrepreneurship 企业家才能
envelope curve 包络曲线
equation of cost 成本方程
equilibrium 均衡
equilibrium growth 均衡增长
equilibrium of capital market 资本市场的均衡
equilibrium price 均衡价格
equilibrium quantity 均衡数量
exclusion principle 排他性原则
exchange 交换
expansion path 扩展线
expectation 预期
expected return 预期收益
expected utility 期望效用
expenditure 支出
expenditure method 支出法
explicit cost 显性成本
export 出口
external diseconomies 外部不经济
external effects 外部影响
external economies 外部经济
externalities 外在性

F

factor demand curve 要素需求曲线
factor market 要素市场
factor supply 要素供给
factors of production 生产要素
fiscal budget 财政预算
fiscal policy 财政政策
fiscal restrain 财政紧缩
foreign trade 对外贸易
free rider 免费乘车者
fixed cost 不变成本
fixed input 不变投入
frictional unemployment 摩擦性失业
full employment 充分就业
full employment budget surplus 充分就业预算盈余
functional finance 功能财政

G

galloping inflation 奔腾式通货膨胀
game theory 博弈论
GDP deflator GDP 折算指数
general equilibrium 一般均衡
general equilibrium position 一般均衡状态
Giffen good 吉芬物品
government expenditure multiplier 政府支出乘数
government monopoly 国家垄断
government purchase 政府购买
government regulation 政府管制
gross domestic product（GDP）国内生产总值
gross national product（GNP）国民生产总值

H

human capital 人力资本
hyperinflation 超级通货膨胀

I

ideal output 理想的产量
imperfect competition 不完全竞争
imperfect information 不完全信息
implicit cost 隐含成本
import 进口

income 收入
income effect 收入效应
income elasticity of demand 需求的收入弹性
income method 收入法
income policy 收入政策
income theory 收入理论
income velocity of money 货币的收入流通速度
increasing-cost industry 成本递增行业
increasing returns to scale 规模收益递增
indexing 指数化
index number 指数
indifference curve 无差异曲线
individual analysis 个量分析
induced investment 引致投资
industry 行业
inelasticity 缺乏弹性
inferior good 低档物品
inflation 通货膨胀
innovation 创新
input 投入
instrument of fiscal policy 财政政策工具
insurance 保险
interest 利息
interest rate 利息率
interest rate elasticity 利率弹性
investment 投资
investment demand 投资需求
investment function 投资函数
investment multiplier 投资乘数
inventory investment 存货投资
invisible hand theorem "看不见的手"定理
involuntary unemployment 非自愿失业
IS curve *IS* 曲线
IS—LM analysis *IS—LM* 分析
isocost line 等成本线
isoquant curve 等产量曲线

K

Keynes's law 凯恩斯定律
Keynesian economics 凯恩斯主义经济学
Keynesian revolution 凯恩斯革命
Keynesianism 凯恩斯主义
kinked demand curve 折弯的需求曲线

L

laissez faire 自由放任
land price 土地价格
law of demand 需求规律
law of diminishing marginal propensity to consume 边际消费倾向递减规律
law of diminishing marginal utility 边际效用递减规律
legal reserve 法定准备金
lemons market 次品市场
limit pricing 限制性定价
liquidity preference 流动性偏好
liquidity trap 流动性陷阱
LM curve *LM* 曲线
long run 长期
lottery ticket 彩票

M

macroeconomics 宏观经济学
marginal cost 边际成本
marginal cost of factor 边际要素成本
marginal efficiency of capital（MEC）资本边际效率
marginal efficiency of investment（MEI）投资的边际效率
marginal product 边际产量
marginal productivity 边际生产率
marginal propensity to consume 边际消费倾向
marginal propensity to save 边际储蓄倾向
marginal rate of substitution of commodities 商品的边际替代率
marginal rate of technical substitution 边际技术替代率
marginal rate of transformation 边际转换率
marginal revenue 边际收益
marginal revenue product 边际收益产品
marginal taxes rate 边际税率
marginal utility 边际效用
marginal utility theory 边际效用论
market 市场
market clearing 市场出清
market failures 市场失灵
market share 市场份额
microeconomics 微观经济学
mixed economy 混合经济
model 模型
monetarism 货币主义

money 货币
monetary illusion 货币幻觉
monetary policy 货币政策
monetary policy tool 货币政策工具
money demand 货币需求
money markets 货币市场
money multiplier 货币乘数
money supply 货币供给
monopolistic competition 垄断竞争
monopoly 卖方垄断
monopsony 买方垄断
moral hazard 道德陷阱
moral suasion 道义劝说
mortgage credit 抵押贷款
multiplier 乘数
multiplier effect 乘数效应
multiplier theory 乘数理论

N

Nash equilibrium 纳什均衡
national income（NI）国民收入
national income accounting 国民收入核算
natural monopoly 自然垄断
natural rate of unemployment 自然失业率
Neo-Cambridge School 新剑桥学派
Neo-Classic School 新古典学派
Neo-Classical Synthesis 新古典综合派
Neo-Classic growth model 新古典增长模型
Neo-Keynesian School 新凯恩斯学派
net exports 净出口
net investment 净投资
net national product（NNP）国民生产净值
nominal GDP 名义 GDP
nominal GNP 名义 GNP
normal good 正常物品
normal profit 正常利润

O

oligopoly 寡头垄断
oligopoly market 寡头市场
open economy 开放经济
open market operation 公开市场业务

opportunity cost 机会成本
optimum plant size 最优生产规模
ordinal utility theory 序数效用论
output elasticity of a factor 要素的产出弹性

P

Pareto criterion 帕累托标准
Pareto efficiency 帕累托效率
Pareto improvement 帕累托改进
Pareto optimality 帕累托最优
partial equilibrium 局部均衡
perfect competition market 完全竞争市场
perfect elasticity 完全弹性
perfect inelasticity 完全无弹性
personal disposable income（PDI）个人可支配收入
personal income（PI）个人收入
personal income tax 个人所得税
philips curve 菲利浦斯曲线
pigovian taxes 庇古税
point elasticity 点弹性
Post-Keynesian economics 后凯恩斯经济学
potential GDP 潜在的 GDP
potential GNP 潜在的 GNP
precautionary demand 预防需求
preferences 偏好
price ceiling 价格上限
price-consumption curve 价格—消费曲线
price discrimination 价格歧视
price elasticity of demand 需求的价格弹性
price elasticity of supply 供给的价格弹性
price expansion path 价格扩展线
price floor 价格下限
price index 价格指数
price leadership 价格领导
price rigidity 价格刚性
price stabilization 价格稳定
price theory 价格理论
private cost 私人成本
private goods 私人物品
producer 生产者
product differentiation 产品差异
product markets 产品市场
production function 生产函数

production contract curve 生产的契约曲线
production possibility curve 生产可能性曲线
productivity 生产率（力）
profit 利润
progressive tax 累进税
property rights 产权
proportional tax 比例税
prosperity 繁荣
public debt 公债
public goods 公共物品
pure oligopoly industry 纯粹寡头行业

Q

quantity theory of money 货币数量论
quasi-rent 准租金

R

rate of rediscount policy 再贴现率政策
rate of unemployment 失业率
rational expectations 理性预期
real GDP 实际 GDP
real GNP 实际 GNP
real interest rate 实际利率
real wages 实际工资
recession 衰退
relative income hypothesis 相对收入假说
rent seek 寻租
replacement investment 重置投资
required reserves 法定准备金
resource allocation 资源配置
revenue 收益
ridge line 脊线
rigid price 刚性价格
risk 风险
risk averter 风险回避者
risk lover 风险偏好者
risk neutral 风险中性者

S

saving 储蓄
saving function 储蓄函数
Say's law 萨伊定律

scarcity 稀缺
service 劳务
short run 短期
shutdown point 关闭点
single rule 单一规则
social cost 社会成本
social welfare function 社会福利函数
speculative demand 投机需求
static analysis 静态分析
stagflation 滞胀
sticky prices 黏性价格
sticky wages 黏性工资
stock 股票
structural unemployment 结构性失业
substitutes 替代品
substitution effect 替代效应
supply curve 供给曲线
supply curve of capital 资本供给曲线
supply curve of factor 要素供给曲线
supply curve of labor 劳动供给曲线
supply curve of land 土地供给曲线
supply function 供给函数
supply schedule 供给表
supply-side school 供给学派

T

tax multiplier 税收乘数
tight-money policy 紧缩银根政策
time deposit 定期存款
total cost 总成本
transaction costs 交易成本
transaction demand 交易需求
transfer payment 转移支付
transfer payment multiplier 转移支付乘数
treasury bills 国库券

U

uncertainty 不确定性
undistributed profit 未分配利润
unemployment 失业
unintended investment 非意愿的投资
utility 效用

utility function 效用函数
utility possibility curve 效用可能性曲线

V

value of marginal product 边际产品价值
variable cost 可变成本
variable input 可变投入
velocity of money 货币流通速度
voluntary unemployment 自愿失业
voting paradox 投票悖论

W

wage 工资
Walras general equilibrium 瓦尔拉斯一般均衡
Walras' law 瓦尔拉斯定律
warranted rate of growth 有保证的增长率
wealth 财富
welfare 福利
welfare function 福利函数
welfare economics 福利经济学

参考文献

1. ［美］萨缪尔森. 经济学（第十版）. 北京：商务印书馆，1981

2. ［美］雷诺兹. 宏观经济学. 北京：商务印书馆，1986

3. ［美］雷诺兹. 微观经济学. 北京：商务印书馆，1986

4. 高鸿业，吴易风. 现代西方经济学. 北京：经济科学出版社，1988

5. ［英］凯恩斯. 就业、利息和货币通论. 北京：商务印书馆，1988

6. ［美］萨缪尔森，诺德豪斯. 经济学（第十二版）. 北京：中国发展出版社，1992

7. ［美］萨缪尔森，诺德豪斯. 经济学（第十七版）. 北京：人民邮电出版社，2004

8. 宋承先. 现代西方经济学. 上海：复旦大学出版社，1994

9. ［美］凯斯，费尔. 经济学原理. 北京：中国人民大学出版社，1994

10. 魏杰. 经济学. 北京：高等教育出版社，1995

11. 汪祥春，夏德仁. 西方经济学. 大连：东北财经大学出版社，1995

12. 缪代文，陈友龙. 西方经济学. 北京：当代世界出版社，1998

13. 刘凤良，吴汉洪. 经济学. 北京：高等教育出版社，1998

14. ［美］曼昆. 经济学原理. 北京：生活·读书·新知三联书店，北京大学出版社，1999

15. ［美］曼斯费尔德. 微观经济学（第九版）. 北京：中国人民大学出版社，1999

16. ［英］怀特海德. 经济学. 北京：新华出版社，1999

17. 张泽荣. 20 世纪的经济学发现. 北京：经济科学出版社，2000

18. 吴汉洪，郭杰. 经济学基础. 北京：高等教育出版社，2001

19. 陈友龙，缪代文. 现代西方经济学. 北京：中国人民大学出版社，2002

20. 马龙龙，裴艳丽. 政府、政策与经济学. 北京：高等教育出版社，2002

21. 梁小民. 西方经济学. 北京：中央广播电视大学出版社，2004

22. 缪代文. 微观经济学与宏观经济学. 北京：高等教育出版社，2004

23. 缪玉林，何淘. 微观经济学. 北京：科学出版社，2005

24. 缪代文. 西方经济学. 北京：中国人民大学出版社，2005

25. 刘凤良. 西方经济学. 北京：中国人民大学出版社，2005

26. 赵英军. 西方经济学. 北京：机械工业出版社，2006

27. [美] 曼昆. 宏观经济学. 北京：中国人民大学出版社，2002

28. [美] 平狄克，鲁宾菲尔特. 微观经济学. 北京：中国人民大学出版社，2000

29. [英] 琼斯. 现代经济增长理论导引. 北京：商务印书馆，1994

30. [美] 萨缪尔森，诺德豪斯. 经济学（第十六版）. 北京：华夏出版社，1999

31. [美] 斯蒂格利茨. 经济学. 北京：中国人民大学出版社，1997

32. [美] 索洛. 经济增长论文集. 北京：北京经济学院出版社，1989

33. [法] 瓦尔拉斯. 纯粹经济学要义. 北京：商务印书馆，1989

34. 王志伟. 现代西方经济学流派. 北京：北京大学出版社，2002

35. [英] 希克斯. 价值与资本. 北京：商务印书馆，1979

36. [美] 张伯伦. 垄断竞争理论. 北京：三联书店，1980

37. Coase R.. The Problem of Social Cost. Chicago：Journal of Law and Economics，1960

38. Durnbusch and Fischer. Macroeconomics. New York：McGraw-Hill Co.，1994

39. Friedman. Micreconomic Policy Analysis. New York：McGraw-Hill Co.，1984

40. Gibbons R.. Game Theory for Applied Ecnomists. Princeton：Princeton University Press，1992

41. Hall and Taylor. Macroecnomics. New York：Norton，1993

42. Hicks J. Value and Captial. London：Oxford University Press，1946

43. Mansfield. Microeconomics：Theory and Application. New York：Norton，1991

44. Nicholosn W.. Intermediate Microeconomics and Its Applications. New York：Dryden Press，1992

45. Phelps E. W.. Seven Schools of Macroeconomic Thought，Oxford：Clarendon Press，1990

46. Samuelson P. and Nordhaus W.. Economics. New York：McGraw-Hill Co.，1995

47. Sherman and Evans. Macroeconomics-Keynesian，Monetarist and Maxist View. New York：Harper and Row，1984

48. Solow R.. Technical Change and Aggregate Prodution Function. Review of Economies and Statistics，1957

图书在版编目(CIP)数据

西方经济学/缪代文主编. 3 版. —北京：中国人民大学出版社，2011
21 世纪高等继续教育精品教材·经济管理类通用系列
ISBN 978-7-300-14570-9

Ⅰ.①西… Ⅱ.①缪… Ⅲ.①西方经济学-成人高等教育-教材 Ⅳ.①F091.3

中国版本图书馆 CIP 数据核字(2011)第 211124 号

21 世纪高等继续教育精品教材·经济管理类通用系列
西方经济学(第三版)
主编　缪代文

出版发行	中国人民大学出版社		
社　　址	北京中关村大街 31 号	**邮政编码**	100080
电　　话	010－62511242(总编室)		010－62511398(质管部)
	010－82501766(邮购部)		010－62514148(门市部)
	010－62515195(发行公司)		010－62515275(盗版举报)
网　　址	http://www.crup.com.cn		
	http://www.ttrnet.com(人大教研网)		
经　　销	新华书店		
印　　刷	北京密兴印刷厂	**版　　次**	2004 年 12 月第 1 版
规　　格	185 mm×260 mm　16 开本		2011 年 11 月第 3 版
印　　张	19.75	**印　　次**	2011 年 11 月第 1 次印刷
字　　数	462 000	**定　　价**	33.00 元

教师信息反馈表

为了更好地为您服务，提高教学质量，中国人民大学出版社愿意为您提供全面的教学支持，期望与您建立更广泛的合作关系。请您填好下表后以电子邮件或信件的形式反馈给我们。

<table>
<tr><td>您使用过或正在使用的我社教材名称</td><td colspan="2"></td><td>版次</td><td></td></tr>
<tr><td>您希望获得哪些相关教学资料</td><td colspan="4"></td></tr>
<tr><td>您对本书的建议（可附页）</td><td colspan="4"></td></tr>
<tr><td>您的姓名</td><td colspan="4"></td></tr>
<tr><td>您所在的学校、院系</td><td colspan="4"></td></tr>
<tr><td>您所讲授课程的名称</td><td colspan="4"></td></tr>
<tr><td>学生人数</td><td colspan="4"></td></tr>
<tr><td>您的联系地址</td><td colspan="4"></td></tr>
<tr><td>邮政编码</td><td></td><td>联系电话</td><td colspan="2"></td></tr>
<tr><td>电子邮件（必填）</td><td colspan="4"></td></tr>
<tr><td>您是否为人大社教研网会员</td><td colspan="4">□ 是，会员卡号：＿＿＿＿＿＿＿＿
□ 不是，现在申请</td></tr>
<tr><td>您在相关专业是否有主编或参编教材意向</td><td colspan="4">□ 是　　　　□ 否
□ 不一定</td></tr>
<tr><td>您所希望参编或主编的教材的基本情况（包括内容、框架结构、特色等，可附页）</td><td colspan="4"></td></tr>
</table>

我们的联系方式：北京市海淀区中关村大街 31 号
中国人民大学出版社教育分社
邮政编码：100080
电话：010-62515912
网址：http://www.crup.com.cn/jiaoyu/
E-mail：jyfs_2007@126.com